El Verdugo de Gaudí

Crimen y Misterio

Aro Sáinz de la Maza

El Verdugo de Gaudí

Serie Milo Malart

DESTINO

Esta obra se publicó originalmente bajo el título *El asesino de La Pedrera*

Ediciones Destino, un sello editorial de Editorial Planeta, S. A.
Avda. Diagonal, 662-664, 08034 Barcelona (España)
www.planetadelibros.com
www.edestino.es

Adaptación de la cubierta: Booket / Área Editorial Grupo Planeta
Fotografía de la cubierta: Cover Kitchen
Primera edición en Colección Booket: enero de 2020
Segunda impresión: junio de 2023
Tercera impresión: julio de 2024
Cuarta impresión: noviembre de 2025

Depósito legal: B. 25.097-2019
ISBN: 978-84-233-5667-6
Composición: Realización Planeta
Impreso en España

Biografía

Aro Sáinz de la Maza nació en Barcelona, ciudad en la que reside y escribe habitualmente. Es el autor de la prestigiosa serie negra protagonizada por Milo Malart, traducida a varios idiomas y galardonada con diferentes premios, que ya cuenta con cuatro entregas, todas publicadas en Ediciones Destino y Booket: la primera de ellas, *El Verdugo de Gaudí*, ha sido adaptada por Netflix; le siguen *El ángulo muerto* (Booket, 2020), *Dócil* (Destino, 2020) y *Malart* (Destino, 2023), la más reciente. También es autor de otras novelas, como *La mujer de Judas*, publicada originalmente en 1998 y recuperada por Destino en 2025, que inicia una novedosa serie de novela negra psicológica, el universo preferido del autor, con Jabo Ciendones como protagonista, el reverso del inspector Malart.

Para Beatriz, claro

La alegría fecunda. El dolor engendra.

William Blake

Prólogo

Barcelona, 10 de junio de 1990

El joven se encogió sobre la losa. Temblaba. Desde que había salido del centro se sentía anulado, sin voluntad. Perdido. Como una carcasa sin espíritu. Las pesadillas se reproducían una y otra vez en su mente, oía las voces, revivía las órdenes. Igual que dos días atrás cuando, desorientado, sus piernas lo habían conducido como un autómata al camposanto. No sabía qué hacía allí desde entonces, en aquella estancia reducida, rodeado de nichos a izquierda y derecha, unos encima de los otros, cada cual con el nombre de un familiar y las fechas de nacimiento y muerte labradas en la piedra. Necesitaba instrucciones, un sentido. Pero la única persona que se los podía facilitar se había quedado atrás, en la casa, y sin ella su vida carecía de fuego. Echaba de menos su fuerza. Requería con urgencia que le marcara el rumbo.

Y que lo perdonara.

Se incorporó despacio en la oscuridad hasta quedar

de rodillas. Una idea cobró forma poco a poco en su cerebro. Seguiría los pasos del genio. Crearía una obra para alabarlo, para conseguir su redención. Algo sublime, algo que lograse que se sintiera orgulloso de él. La epifanía lo inundó de paz. Hoy era el primer aniversario, pero también la fecha que marcaría el inicio de su camino. De su nuevo camino. Ahora, solo tenía que buscar piezas de desecho, rotas, inservibles. Sabría cómo aprovecharlas. Pero antes, debía liberar a su ángel del monstruo, obtener de nuevo su favor. Ansiaba su mandato para ponerse en marcha. Solo así desaparecería la debilidad. Y recuperaría el fuego.

Se levantó con decisión.

—Nadie va a detenerme. Nadie —dijo, la voz rasposa.

Abandonó la reducida estancia. La noche lo acogió con los brazos abiertos.

Ya notaba cómo se avivaba su calor interno. La lava.

1

Y saltó.

En el aire, su cuerpo no describía ningún arco prodigioso. Tampoco caía con bella elegancia. Como un fardo, se limitaba a precipitarse al vacío, desmadejado, agitando brazos y piernas como un pelele mientras se aproximaba con vertiginosa velocidad a las afiladas rocas del fondo. Entretanto, el mar, embravecido, estrellaba con saña sus olas contra el acantilado, y Milo Malart tuvo la impresión de que no le aguardaba precisamente para acogerlo en su seno, sino más bien con la indiferencia de recibir una nueva descarga de basura, otra más. Como al resto del mundo, al mar le traía sin cuidado su salto.

Un segundo, dos, y su cabeza reventaba por el impacto, salpicando de sangre la superficie húmeda de las rocas. Al instante, una poderosa ola barría el escenario y lo dejaba limpio de nuevo. La sangre efímera. La sangre de un inútil.

—Jodida vida —murmuró, abriendo los ojos.

Retrocedió un par de pasos.

Su móvil comenzó a sonar. Llevaba así todo el día.

Cerca del abismo, observó la belleza del azul, cómo se retorcía entre coronas blancas, su potencia hipnotizadora. Era un espectáculo que siempre, desde los tiempos de su infancia, cuando se situaba en el mismo lugar, le había conferido una energía inexplicable. Fuerza. Lucidez. Sin embargo hoy, subido a lo más alto de Punta Gran, allí donde la tramontana empujaba sus rachas con mayor ferocidad de todo el Alt Empordà, su ritual no surtía efecto.

El móvil dejó de sonar. Cerró los ojos de nuevo.

Debía ponerse en su piel, pensar y sentir como Marc. Y para ello, el método escogido daba igual: un salto al vacío, un disparo en la boca..., el resultado era el mismo. Fin de la partida. *Game over*. ¿Por qué lo había hecho? Le había cogido su HK, su arma como inspector del Grupo Especial de Homicidios, y se había volado los sesos. ¿Por qué? La pregunta le machacaba una y otra vez. ¿Por qué un adolescente de quince años decidía de pronto poner fin a sus días? ¿Realmente había llegado a la conclusión de que todo había terminado, de que no valía la pena continuar? Todo era un maldito despropósito.

Una ráfaga de viento le hizo trastabillar. Sin inmutarse, recuperó la vertical. Tampoco le hubiera importado precipitarse peñas abajo. *Tú sí tienes motivos, pero eres un cobarde*. Inspiró hondo. De nuevo, se obligó a ponerse en su piel.

Estoy en casa de Irene y Milo, en la sala. Ellos están en el dormitorio, discutiendo. Voy a coger su pistola. La ha dejado por descuido en el mueble junto a la puerta de entrada. Con ella en la mano me acerco a la ventana. Tengo la visión borrosa y solo percibo sombras más allá del cristal. Es la adrenalina. Noto la respiración acelerada, como el pulso. Me acerco el arma, mi mano tiembla. Sé lo que voy a hacer y estoy temblando. Soy el verdugo y la víctima en la misma persona. Por fin soy algo. Pero no basta. No hay esperanza para mí. ¿Por qué esperar? Oigo mis latidos. Es el último sonido, el que anuncia que la partida ha finalizado.

El móvil volvió a sonar.

Me introduzco el cañón en la boca, y disparo. La detonación es seca. Ya está. El arma cae de mi mano y llega al suelo antes que mi cuerpo. La cabeza sale despedida hacia atrás por el impacto y yo, como una marioneta a quien le han cortado los hilos, me desplomo, sin vida, hasta caer de espaldas sobre el parqué. En las paredes, sangre. Sangre en el techo y los muebles. Sangre en el suelo, formando un charco por el torrente que surge, a borbotones, de la parte superior de mi cráneo.

Milo se llevó las manos al rostro. Tras oír el disparo, salió de la habitación y vio a Marc tirado en el suelo, como un muñeco roto. Pero su sangre no era la de un inútil. *Sin esperanza.* Era joven, con el futuro a sus pies. *¿Por qué esperar?* Lo tenía todo, familia, oportunidades, pero nada le fue suficiente. *No me importa lo que tengo.* Irene chillaba y él, consciente de lo absurdo de su acto, le tomó el pulso. *Estoy cansado de disimular.* La cabeza destrozada y él le tomaba el pulso. De locos. *No soporto la vergüenza.* Para echarse a reír y no parar. *No soy nada.* Irene no cesaba con sus gritos y él permanecía quieto, arrodillado junto a su cadáver, incapaz de reaccionar. *Voy a daros una lección.* Un instante eterno, grotesco.

El móvil sonó otra vez. *No soporto la vergüenza.* Exasperado, Milo abrió el teléfono.

—¿Qué? —gritó.

—¿Dónde estás? ¡Llevo todo el día intentando dar contigo! —exclamó Susana Cabot, jueza de instrucción de Barcelona. Una buena amiga, antigua amante, y un halcón en su trabajo—. Dime, ¿dónde diablos estás?

—En el cementerio, visitando a Marc. ¿Y por qué tengo que darte explicaciones? Estoy expedientado, ¿recuerdas? Puedo hacer lo que me dé la gana.

Susana Cabot guardó unos instantes de silencio.

—No me vendas motos —dijo, al cabo—. ¿Acaso tu sobrino está enterrado en un túnel de viento?

Milo suspiró. A la jueza era difícil colarle una trola.

—Vale, iba a ir a Montjuïc, pero me he escapado a Port de la Selva. Iré luego.

—Eso está bien, hay que reconciliarse con los muertos.

—Y ahora que cuento con tu aprobación, ¿podríamos hablar en otro momento? Te llamo luego, o mejor ma...

—No —interrumpió ella—, te necesito en Barcelona, ahora mismo. ¿No has leído la prensa, visto las noticias?

—De algo me he enterado. Te refieres a lo de La Pedrera, a lo ocurrido hace unos días.

—Cuatro días, Milo. La madrugada del sábado al domingo 4 de julio. Cuatro días y nadie de la DIC tiene idea de quién pudo haber llevado a cabo esa atrocidad. Estamos en blanco, y la ciudad está a punto de arder. Ni te imaginas las presiones que estoy soportando.

—¿Arder? Curiosa asociación de ideas.

—Inspector Malart, no es momento para sarcasmos. Te hablo como jueza. Dime lo que sabes del asunto.

Milo intentó hacer memoria. Un hombre había aparecido colgado en la fachada de la Casa Milà, conocida también como La Pedrera, en pleno paseo de Gràcia. El asesino había utilizado cable de acero para atarle por las muñecas, lo había suspendido desde el balcón del primer piso y luego le había prendido fuego. Cuando llegaron los bomberos, la víctima ya estaba calcinada.

—Si no recuerdo mal, fue identificado como un alto cargo de La Caixa, un *exconseller*, creo que de Cultura; un tipo que sonaba en las quinielas como alcaldable. Hay que reconocer que el asesino tuvo valor para...

—Sí, en el centro, en la mismísima milla de oro de Barcelona, y en un edificio de Gaudí. Es demencial. ¿Quién puede haber hecho una cosa así? Algún chiflado, sin duda. Nadie en su sano juicio se tomaría tantas molestias para matar a un ser humano.

—O todo lo contrario. ¿Sabéis ya cómo se las ingenió para colgar el cuerpo?

—Hizo una actuación para nosotros ante las cámaras de vigilancia. Lo registraron mientras se subía a la acera con un vehículo de esos con plataforma elevadora que utilizan los de Parques y Jardines. Algún imbécil lo dejó aparcado a pocas manzanas. El asesino le hizo un puente, lo condujo hasta La Pedrera, y lo situó bajo la terraza escogida. Después, subió la víctima a la plataforma, la alzó hasta el primer piso, y la colgó en el forjado del balcón. Acto seguido, la regó con líquido inflamable, se entretuvo con ella unos segundos, algo que nos desconcertó al principio, y luego, una vez en la acera, encendió un Zippo y se lo lanzó. El cuerpo ardió como una tea.

—Mala muerte. ¿La víctima estaba drogada?

—Lo desconocemos, el fuego eliminó todos los fluidos del cuerpo. Lo que los forenses sí han podido concluir es que estaba viva antes de arder.

Milo desvió la vista hacia el mar. Distinguió no muy lejos un ave, probablemente un cormorán, flotando sobre los vaivenes de las olas. Desplegaba las alas, como intentando alzar el vuelo, y luego las volvía a replegar.

—Si tenéis la grabación, sabréis su aspecto.

—Diestro, complexión atlética, unos setenta kilos y metro ochenta. Vestido de motorista: mono negro, guantes, botas de suela gruesa y casco con visor tintado, lo que nos impide concluir que se trate de un varón, pero es lo que suponemos por su forma de correr. De entre veinte y cuarenta años. Y además de sangre fría, tiene un especial sentido del humor. Saludó a la cámara, o se despidió, agitando una mano.

Milo clavó los ojos en el cormorán. Seguía moviendo las alas sin lograr despegar. Con las plumas empapadas, lo vio debatirse sobre el mar de fondo, sacudir el cuello.

—¿Y qué hizo con el vehículo? —preguntó.

—Lo condujo hasta la esquina de arriba y lo abandonó. Las cámaras lo perdieron mientras cruzaba el paseo a la carrera y supusimos lo más lógico: que se había subido a algún vehículo propio para largarse de allí. Pero el tipo regresó, se situó en el chaflán de enfrente, según dedujimos por el ángulo de grabación, y se dedicó a filmar la agonía de la víctima desde la distancia.

—Su filmación ha aparecido.

—En internet. Intentamos detener su difusión, pero las cadenas de televisión ya se la habían bajado y la han reproducido hasta la saciedad. El muy cabrón, cuando se entretuvo con la víctima, resulta que la estaba filmando en primer plano. Y luego, continuó grabando hasta la llegada de los bomberos. ¿Entiendes por qué es tan urgente que regreses hoy mismo y nos ayudes en el caso?

Siguió atento al cormorán. Pugnaba por levantar el vuelo y conjeturó que debía de tener una pata trabada en algún sedal o trozo de red.

Trabado. Marc. ¿Con qué?

—¿Estás ahí? ¡Solo oigo el puñetero viento! ¿Milo?

—Aquí estoy, no me he dormido.

—No entiendo cómo aguantas ese ventarrón, dicen que trastorna.

—Ya no viene de ahí. ¿Instruyes tú el caso?

—Me pilló de guardia —dijo la jueza—. En días como estos me hubiera gustado no haber dejado Menores. Maldita sea mil veces mi mala suerte.

—La suerte depende de uno mismo —murmuró.

—¿Cómo dices?

—¿Testigos?

—A docenas. Pero salvo un par, inservibles. Ocurrió a las 5.40 de la madrugada y ya sabes la fauna que circula a esas horas por la ciudad. Borrachos, colgados...

—Oye, no puedo volver. Estoy suspendido de empleo y sueldo, a la espera de juicio, sin arma ni placa, y no cuento con muchos amigos en el Cuerpo.

—¿Y eso te importa? ¿Desde cuándo?

—Te digo que no puedo. Estoy... digamos que reinventándome. Debo solucionar un tema personal y...

—¡Eres un bastardo egoísta, me tienes harta con tus rarezas! ¡Te pido colaboración y me sales con paridas! ¡Reinventándote! ¿Se puede saber qué coño es eso? Me parto la cara moviendo hilos para resolver tu suspensión, ¿y tú me sueltas recetas de tus libros de autoayuda?

Aguardó a que Susana recuperara la calma.

—Mira, inspector Malart...

—¿Vuelves a hablarme como jueza?

—Como jueza y como amiga. Hay un detalle del caso que no ha trascendido. Antes de quemarlo vivo, el asesino lo tuvo encerrado cinco días; y durante ese periodo de tiempo, lo mantuvo... sin comer, sin beber. Es la conclusión a la que han llegado los forenses. Cinco días. Un ser humano puede aguantar semanas sin comer; pero sin ingerir líquidos, no resiste más de cuatro días, cinco a lo sumo. Y lo retuvo en esas condiciones justo cinco días. ¿Entiendes lo que te digo? La víctima fue torturada de forma limpia, sin marcas ni violencia. El asesino tomó asiento, se dedicó a esperar, y la dejó morir de sed. Y cuando la tuvo a punto, debilitada hasta el límite de la resistencia humana, la colgó en una de las joyas arquitectónicas de la ciudad y la quemó viva. Nos las tenemos con un sádico, Milo, con un maldito sádico.

—¿Y el móvil?

—Estamos a oscuras. Eduard Pinto, la víctima, está limpio. Hemos repasado su vida de arriba abajo, y nada. Casado, dos hijos, sin amantes ni escándalos, de economía más que adinerada. No se le conocen vicios ni debilidades, nada de nada.

—¿Habéis indagado en su ámbito político?

—Por supuesto, pero nadie le hace algo así a un rival.

—¿Insinúas que creéis que fue elegido al azar?

La jueza dejó transcurrir unos segundos.

—Por ahora —dijo, contenida—, lo descartamos. Nadie quiere ni plantearse que nos encontremos ante un oportunista. Que lo vuelva a repetir es... es impensable.

—Ya veo, tienes las manos atadas. Alguien de Interior se ha puesto muy nervioso y ni hablar de llevar a cabo un discreto despliegue por otros edificios de Gaudí. Y menos, a tres semanas de la visita del Papa. ¿Me equivoco?

—Estamos en plena temporada, no podemos rodear de agentes las principales atracciones turísticas de Barcelona. ¡Si solo la Sagrada Familia atrae a más de dos millones y medio de turistas! ¿Te imaginas lo que supondría para la imagen de la ciudad ese discreto despliegue del que hablas? El daño, a ojos del mundo, sería irreparable. —Milo se mordió los labios para no replicar—. Tiene que haber algo en el expediente de Eduard Pinto, algo que no hemos sabido encontrar, que justifique un asesinato tan cruel.

—¿Por qué hacemos las cosas? Es la pregunta del millón. No siempre hay respuesta.

—No, coincido con los responsables de la investigación. Se trata de un caso aislado, de un ajuste de cuentas. Solo que no damos con la clave que nos lleve al asesino. Y ahí es donde me haces falta. Necesito tu cabeza, tu maldita parabólica.

—A alguien con mentalidad demente para que atrape a otro demente.

—A alguien que investigue lo que a otros inspectores les pueda haber pasado por alto.

—¿Bromeas? Sería como echarme a los lobos.

—Como si es al circo romano. Es tu problema, no el mío. ¿Te preocupa tu reputación?

—Siempre he admirado tu sutilidad, jueza.

—Déjate de sarcasmos. La gente tiene que saber que podemos detener a ese tipo, y yo necesito disponer de los mejores inspectores. Tú eres uno de ellos, uno con un talento muy especial; el único al que no le importa llegar hasta el final sean cuales sean las consecuencias.

—El único lo suficientemente idiota.

Al otro lado de la línea oyó un bufido de impaciencia.

—Hace tres años fuiste clave para resolver el caso de la Asesina de Gràcia. Y un año después, en contra de todos los que creían tener al sospechoso principal, señalaste al verdadero Asesino del Parking. De idiota, nada.

—Pura chiripa.

—Te avalan los hechos. Sabes unir los puntos, cazar detalles que a otros les pasan desapercibidos. Ves con claridad el lado oscuro de la gente y, en este caso, aunque luego me tenga que comer con patatas mis palabras, nos puede beneficiar contar con alguien que no crea en el ser humano. Sí, tus métodos son poco ortodoxos, ¿y qué? Funcionan. La presión de los medios va a ser salvaje, como ya lo está siendo la de la clase política. Las elecciones de septiembre están a un paso y ya ha empezado el baile de sillas. Y lo siento, pero no confío al cien por cien en el actual equipo de investigación. Las medallas, ahora, no deben ser el aliciente. Por eso creo que tú eres el hombre indicado. A ti no te gusta la política y sé, no me lo vas a negar, que te encanta este trabajo del demonio.

—Ahora sí que me he dormido, señoría.

—¡Por Dios, corta ya ese rollo del sarcasmo!

Apartó el teléfono y volvió a fijar la vista en el cormorán. Permanecía quieto, alejándose poco a poco por la fuerza del oleaje. Recuperando las fuerzas.

Se acercó de nuevo el móvil.

—Me gustaría saber dos cosas —dijo—. La primera, quién está al mando del caso; y la segunda, qué hilos son esos que dices que has movido.

—Empezaré por la última. Después de un duro tira y afloja, el comisario jefe Bastos accede a retirar temporalmente tu suspensión; solo pone dos condiciones. Y sobre lo otro, es una mala noticia: el caso lo lleva el inspector jefe Singla, creo que sois uña y carne.

—Sí, en nuestro último encuentro acabó con el pómulo fracturado. —Hizo una pausa—. Susana, nada de todo esto va a salir bien.

—Te pido tu sombrío par de ojos en la investigación, no que te cases con él.

—Intuyo que no me van a gustar esas dos condiciones.

—Una: te someterás a tratamiento psicológico. Y dos: te acompañará alguien del Grupo. Si accedes, tu suspensión será congelada hasta el juicio y recuperarás de inmediato placa, arma y sueldo. Pero el comisario jefe Bastos ha sido muy tajante: a la primera que te desmandes, fuera. Y esta vez, de forma definitiva.

—Me pone a un canguro para controlar mis pasos y a un loquero para que haga otro tanto con mi cabeza.

—Lo vas entendiendo. Te espero en mi despacho esta noche a las nueve en punto. Y oye, no te reinventes mucho; no me gustaría que te estropearas.

—Mejor por la mañana, señoría. A la misma hora. Y una última cosa: doy por sentado que tendré absoluta libertad de movimiento, ¿será así?

—Sin problemas.

Milo cortó la comunicación. En el acto, se arrepintió de haber aceptado. No tenía ningunas ganas de regresar al Grupo. De volver a sentirse un bicho raro. De soportar los comentarios soterrados, las miradas de soslayo. La jueza estaba equivocada. No le gustaba aquel trabajo, ni lo que le obligaba a revivir una y otra vez; las sombras, los temores a traspasar la fina línea de la cordura. Pero ya estaba harto de permanecer en el dique seco, dedicándose a matar el tiempo y poco más. Dos meses desorientado, con aquella odiosa sensación de aislamiento, eran más que suficientes. Echaba de menos la actividad, saberse útil. Un sentido que dar al paso de las horas. Por no hablar del sueldo. Necesitaba el dinero.

Buscó el ave con la mirada. Había desaparecido. Hizo visera con la mano. Ni rastro. ¿Había logrado levantar el vuelo? ¿Realmente lo había visto o solo habían sido figuraciones? Dio un paso hasta situarse de nuevo en la linde del acantilado. Miró hacia abajo y contempló las aristas de las rocas. La cabeza reventada. Marc no pudo librarse de lo que le había trabado y eligió una opción. Detrás de su indiferencia latía la frustración. Y él no lo supo ver. No supo descorrer las cortinas y atisbar en su interior. Fue tan invisible para él como para todos. Y le falló. Maldita invisibilidad.

No soporto la vergüenza.

Comenzó a sentir vértigo. Ya no estaba seguro de querer saber las respuestas. Con un nudo en la garganta, se dijo que a él también le estaba trabando algo. Si no se libraba pronto, acabaría en el fondo. Debía averiguar qué le había empujado a volarse la tapa de los sesos. O quién. Dio media vuelta y descendió del promontorio.

Se subió al viejo y abollado Volkswagen y arrancó. Condujo por la sinuosa carretera y atravesó el pueblo. Luego, aceleró hacia la autopista. Una vez en la vía rápida, ocupó el tercer carril. A lo lejos vislumbró la silueta del hospital psiquiátrico donde tuvo que ingresar a su padre. Pisó el gas con fuerza. El tráfico en dirección norte iba cargado, en contraste con el casi inexistente de los que se dirigían, como él, hacia el sur. Avanzó con rapidez mientras caía el atardecer. Medio aletargado por el zumbido del motor, circuló con la impresión de resbalar por un inmenso y suave tobogán que lo conducía a la ciudad.

Más adelante, distinguió en el cielo unas alargadas nubes teñidas de rojos y calabazas. Y debajo, inflados por el aplastante calor húmedo, unos negros y densos nubarrones de polución que permanecían suspendidos sobre la urbe. Fluyendo hacia la oscuridad, tuvo de pronto la extraña sensación de que se adentraba por la boca abierta de un enorme animal salvaje. Una boca de pesadilla.

Sacudió la cabeza y aceleró. Solo era Barcelona.

Aparcó en el paso de peatones, justo en la esquina de paseo de Gràcia con Provença, y bajó del coche. A aquellas horas la gente todavía inundaba de forma masiva las aceras. Por las vestimentas, distinguió que la mayoría eran turistas; cámara en ristre, curioseaban las lujosas tiendas, señalaban los escaparates y sorteaban los mendigos que salían a su encuentro. Resultaba fácil identificar a los residentes de la ciudad; pocos, para su sorpresa. Mantenían la mirada fija al frente o bien caminaban con los ojos clavados en el suelo, como avergonzados por su palidez en contraste con la piel requemada por el sol de los foráneos.

Cruzó el lateral de la calzada y se situó ante la Casa

Milà. No quedaban rastros del suceso. Ni cintas balizadoras de la policía ni marcadores de la Científica, ni siquiera las huellas del fuego en la pared bajo el balcón del primer piso. El turismo era una de las primeras fuentes de ingresos de la ciudad y había que mimarlo, no asustarlo. La gente, entre risas y exclamaciones de admiración, desfilaba por el mismo lugar donde había ardido vivo Eduard Pinto. Algunos sacaban fotos. Se encogió de hombros. Él no estaba allí para juzgar.

A fin de tener mejor perspectiva, atravesó la calzada central y se situó en la esquina opuesta. Desde allí, una vez más, se asombró por la belleza de la insólita construcción. Majestuosa, única, excepcional. Una de las obras más imaginativas de Gaudí. «La manifestación atormentada de un alma catalana», recordó que dijo Dalí sobre el edificio escultura. Contempló las cinco plantas, las ondulaciones de la fachada. Parecía como si una fuerza mágica diera forma a aquel bloque enorme, imprimiéndole movimiento. Todo en aquel edificio semejaba fluir, desde los hierros forjados de los balcones, simulando flores y plantas trepadoras, hasta las superficies redondeadas que huían de la línea recta. En la azotea sobresalían las chimeneas; por la combinación de los sifones con los cascos que las coronaban, se asemejaban a soldados embozados, con yelmos. Sus rostros estaban perforados de tal modo que producían el fantasmal efecto de tener las cuencas negras, sin ojos.

Bajó la vista al balcón del primer piso, situado en el lateral que daba al paseo de Gràcia, justo al romper la esquina. Unos árboles le tapaban en parte la visión y tuvo que desplazarse varias veces, sin éxito, para lograr verlo sin obstáculos. Se sintió desconcertado. A falta de comprobarlo en la comisaría, estaba más o menos en la misma posición que el asesino cuando grabó a su víctima. Entonces, *¿por qué la colgó allí?* Las ramas interferían, y hubiera sido más sencillo colgarla en la fachada al disponer la acera de más espacio donde estacionar el vehículo de Parques y Jardines. Si lo que pretendía era causar la máxima repercusión al filmar la agonía de Eduard Pinto, ¿por qué había elegido un balcón lateral con la visión reducida a causa de los árboles? No tenía sentido. Se preguntó qué había tras ese balcón.

Cruzó en rojo el paseo y se dirigió hasta la enorme verja de hierro de la entrada. Cerrada. Pegó la cara al cristal para escudriñar si algún vigilante se hallaba en el vestíbulo. Nadie. Leyó en un letrero el horario de visitas. Tendría que esperar a las nueve de la mañana.

Retrocedió hasta situarse en el vértice de la esquina. Miró a su izquierda, hacia el balcón del primer piso que daba al lateral, y luego al frente, al balcón de la fachada. Gracias a la tenue iluminación interior, vio que ambos ocupaban el mismo espacio. No atisbó paredes ni tabiques, solo columnas y un techo que imitaba, en yeso, la superficie del mar rizada por el viento.

La sirena de una ambulancia le hizo girar la cabeza. Junto al Volkswagen, un guardia urbano terminaba de colocar una multa en el limpiaparabrisas.

Se acercó en dos zancadas.

—Agente, soy inspector del Grupo de Homicidios y he aparcado aquí para realizar una comprobación en el edificio. —Echó mano al bolsillo para extraer la placa. Maldijo para sus adentros—. No llevo la documentación encima pero...

El urbano lo miró de arriba abajo con desconfianza. Observó su barba de varios días, las ojeras, la camiseta arrugada, las deportivas tan gastadas como los vaqueros, y le dijo que no se podía estacionar en un paso de peatones.

—Estoy de servicio, acabo de sumarme a la investigación del crimen que se cometió aquí y no llevo la placa conmigo...

—Solo cumplo con mi deber.

—Sí, con el cupo. ¿Sabes qué hay en el primer piso?

—¿Yo? —Se subió a la moto—. Soy guardia urbano, no guía turístico.

Milo contuvo el impulso de replicar. Retiró la multa, subió al coche, la metió en la guantera junto a las otras y arrancó. Se dirigió a la Barceloneta, el barrio donde vivía desde hacía un par de meses. Una vez allí, circuló con lentitud debido a la gente que iba o venía de la playa, aunque hoy en menor número, cosa que volvió a extrañarle. Dobló por una travesía hasta llegar a un viejo almacén junto a la calle de la Atlàntida. Allí, entre tablas de surf y bicicletas de alquiler, le dejaban aparcar.

Se apeó, salió al pegajoso calor húmedo y se internó por unas callejuelas hasta llegar a una taberna. Nada más entrar, le golpeó el tufo agobiante a sudor, vino barato y fritangas. El local estaba hasta los topes y ocupó un reducido espacio al principio de la barra. En lo alto del otro extremo, un televisor atraía las miradas de todos los parroquianos. Misterio resuelto, ya sabía dónde se había metido la gente. Viendo un partido de fútbol. Hizo una seña al viejo de detrás de la barra y le pidió lo de siempre.

—¿No puedes esperar? Jugamos contra Alemania —señaló el monitor—, la semifinal.

Milo negó con un gesto. Refunfuñando, el hombre

preparó varios platos sin apartar los ojos del televisor. Al cabo, le puso delante la ensaladilla rusa, los pescaditos fritos y el pan con tomate, y le sirvió un vaso de vino tinto. Milo se inclinó sobre la cena y empezó a tragar sin apenas masticar. Con el calor no tenía hambre y comía solo para llenar el depósito. Dudó con el vino. La herencia genética era un rival demasiado fuerte y el alcohol podía precipitar las cosas. Bebió un sorbo y terminó los platos. Indicó al dueño que se lo anotara en la cuenta. El hombre fue hacia él con gesto iracundo cuando los parroquianos estallaron en un grito de júbilo. El viejo apretó los puños.

Llegó al portal. Dio al interruptor de la luz y subió a oscuras las cuatro plantas hasta llegar al ático que le habían prestado. En el pequeño piso, fue directo a la nevera. Tras alcanzar una lata de tónica, salió a la terraza, donde se dejó caer sobre la única tumbona. Cansado, cerró los ojos mientras apoyaba la lata helada sobre la frente.

—Jodida vida —murmuró.

2

Cuando llegó a la Ciudad de la Justicia, el recién inaugurado macrocomplejo de la mayoría de los servicios judiciales de la ciudad, pasaban treinta minutos de la hora de su cita con la jueza Susana Cabot. Estaba situado en las afueras, junto a la Gran Via poco antes de convertirse en la C-31. Los ocho edificios que lo componían estaban pintados de colores pastel, siendo el detalle más llamativo sus angostos ventanucos. Sudando a mares, dejó el coche en el parking, agarró el libro y se apeó. Después de recorrer varios pasillos, abandonar el libro en un mostrador vacío, y perderse un par de veces, entró en una sala donde Alba Conte, la secretaria de la jueza, parapetada tras montañas de papeles y dosieres, lo recibió con cara de pocos amigos.

—Llega cuarenta minutos tarde, y su señoría está muy ocupada —le reprochó. Acto seguido, como si le costara un gran esfuerzo, se incorporó y señaló hacia una estancia contigua—. Sígame, le está esperando.

Milo fue tras ella dócilmente. La mujer golpeó la puerta con los nudillos y la abrió.

—Jueza Cabot, el inspector Malart ha llegado.

Susana estaba hablando por teléfono y le indicó por señas que pasara y tomara asiento. Milo prefirió antes curiosear por el nuevo despacho.

Sobrio y funcional, se dividía en dos espacios. A un lado, una mesa rectangular desbordada por montones de papeles atados con cintas, algunos amarilleados por el tiempo. Debajo, en el suelo, más expedientes cubiertos por una fina capa de polvo. Al otro lado, una estantería repleta de libros de leyes junto a un ficus de gran tamaño. Y situada en diagonal, cerca de tres ventanucos verticales, la mesa de la jueza. Vacía de papeles y carpetas, solo destacaban el teléfono y un marco de plata junto a la lámpara. Tomó asiento y giró la fotografía. Una juvenil Susana, con el pelo castaño más largo y unos veinticinco años menos, sonreía mientras un hombre de mediana edad, de rostro serio y adusto, la abrazaba por los hombros.

—Mi padre —dijo, colgando—. De cuando gané las oposiciones. Llegas tarde.

—Tienes sus mismos ojos. El tráfico está imposible.

—No es excusa. Gracias. ¿No podrías haberte afeitado? Y esa camisa, ¿tanto te costaba plancharla?

—Era la única limpia, y la plancha ha desaparecido. Como la maquinilla de afeitar.

—Seguro que aún no has desempaquetado las cajas —dijo Susana—. En fin, tú sabrás.

Milo cabeceó. Lo ocurrido con Marc, su separación y todo lo demás, no le había dejado con ánimos más que para llevar a cabo la mudanza al ático prestado y amontonar las pocas cajas con sus pertenencias en un rincón.

—¿Sabes algo de tu ex?

—No es mi ex, todavía no nos hemos divorciado. Irene y yo solo estamos separados.

—Como digas. ¿Sabes algo de ella?

—Nada. Continúo siendo tan invisible para Irene como cuando vivíamos juntos.

—¿Y cómo llevas lo de Marc?

—Fatal. Me siento responsable.

—¿Has vuelto a hablar con tu hermano desde...?

—Ni una palabra. Hugo y yo hemos cortado la comunicación. Y le entiendo. Si hubiera sido a la inversa, haría lo mismo que él y lo señalaría como culpable.

—Tú no tuviste nada que ver. Fue Marc quien tomó la decisión.

—Pero utilizó mi arma, Susana. Y tendría que haberlo detectado. No hay perdón.

Volvió la cabeza y recorrió el lugar con la mirada.

—Solo es una mala racha, Milo. Estas cosas pasan.

—Bonito despacho —dijo él.

—Sí, lo mejor es la vista.

Un instante y ambos rompieron a reír. Fue una risa cálida, espontánea. Balsámica.

Se habían conocido muchos años atrás, cuando Milo era un agente recién salido de la Academia de Policía de Mollet, y ella una jueza de instrucción tras haber solicitado su traslado del Tutelar de Menores donde había ejercido durante varios años. Ocurrió fuera de sus responsabilidades laborales, en un encuentro casual que terminó en casa de Susana. Ella era una atractiva mujer de treinta y cuatro años y él un impresionable joven de veinticinco. Mantuvieron la aventura cerca de un año, hasta que ella comenzó a notar que él perdía interés y una noche sacó a relucir el tema. Milo le confesó que había conocido a alguien que había trastocado todos sus esquemas. Susana le sonsacó que se trataba de Irene Margarit, hija única de uno de los principales industriales textiles de la ciudad, y le insinuó que lo que realmente le atraía de esa mujer era su pertenencia a la alta burguesía catalana. Aquello propició la ruptura y enfrió su amistad. Pasado el estallido de celos, Susana lo aceptó. Intuía desde el comienzo que quizá nueve años suponían un escollo para su relación. Superado el momento de tristeza, se recompuso con rapidez. Si algo la caracterizaba era el dominio del sentido común sobre el corazón. Ella lo llamaba su «único talento natural»: tener cabeza, y no perderla nunca. Con el tiempo, a medida que progresaban en sus carreras, recuperaron la amistad hasta convertirla en una estrecha complicidad, donde ella no podía evitar sentirse responsable de él, como una especie de protectora, y Milo, con su vida emocional habitualmente caótica, el apoyo incondicional de Susana.

—¿No añoras los viejos tiempos? —dijo ella.

—Solo cuando la espalda protesta. —Percibió un leve brillo de decepción en sus ojos—. No me hagas caso. Después de tirar mi carrera por el retrete, y viendo el desastre actual de mi vida, perderme de vista es lo mejor que te pudo pasar.

—No te soporto en plan victimista. Das grima.

—Es la verdad. Soy responsable de lo que me sucede. El pasado no se puede cambiar.

—¿Más recetas de autoayuda? Odio tus frasecitas.

Milo se inclinó hacia delante y le preguntó por los detalles del secuestro de Eduard Pinto. Ella extrajo una carpeta roja de un cajón y se la lanzó sobre la mesa.

—Ahí lo tienes todo. No es mucho. Salió de su despacho de la Diagonal, condujo a bordo de su Audi hacia su casa en la avenida del Tibidabo. Su mujer dio la señal de alarma al ver que no llegaba a cenar. Lo llamó varias veces al móvil y le saltaba el buzón de voz. El Audi apareció abandonado en una calle cercana. Sin huellas, sin testigos. Ignoramos si lo drogaron o lo amenazaron con un arma. Los de Personas Desaparecidas creyeron que se trataba de un secuestro y montaron el dispositivo para interceptar la llamada de rescate, que no se produjo. El resto ya lo conoces. Cinco días después, apareció colgado en La Pedrera envuelto en llamas.

Ambos se miraron sin pronunciar palabra.

—Me preocupa el fuego —dijo él—. ¿Hacia dónde habéis dirigido la investigación?

—A todas partes y a ninguna. Nos hemos limitado a dar palos de ciego. Sin resultado.

Milo abrió la carpeta y echó un vistazo. Luego, la volvió a dejar sobre la mesa.

—¿Tienes idea de quién ocupa la primera planta de la Casa Milà? —preguntó.

—Nadie, es una sala de exposiciones.

—¿Y antes? ¿Qué había? ¿Vivía alguien?

—Lo único que sé es que el actual propietario es la Fundación Caixa Catalunya. ¿Qué piensas?

—Necesito saber más sobre la primera planta. El crimen está relacionado con la sala situada tras el balcón que da al lateral del paseo. El asesino no colgó allí a su víctima por casualidad.

—Pues investiga, ¿a qué esperas? —Se levantó—. Vamos, te acompaño a la Central.

—Olvídalo, solo me faltaría llegar contigo de la mano. ¿El jefe Bastos está al corriente de mi regreso hoy?

—Te espera justo en estos momentos. Luego ha programado una reunión con el resto de los inspectores del Grupo. Llegas tarde, otra vez.

—Joder. —Se incorporó de golpe—. Lo último que necesito es empezar con mal pie.

—Ahora lo llamo para decirle que te he entretenido con unos detalles. —Le alargó el dosier—. Puedes llevártelo, es una copia.

Milo lo alcanzó mientras sonaba el teléfono.

—El alcalde, seguro. Me llama cada quince minutos para preguntar cómo va el caso —explicó Susana. Y antes de descolgar, dijo—: De nada, no se merecen.

Milo cerró la puerta. Al instante, asomó la cabeza.

—Te debo una, una más. ¿Cenamos un día?

La jueza hizo un gesto, como si espantara una mosca, y atendió al alcalde.

Condujo con las ventanillas bajadas. El Volkswagen no tenía aire acondicionado y el bochorno, a pesar de no ser ni mediodía, ya era asfixiante. El termómetro marcaba treinta y ocho grados, pero con la humedad rondarían los cuarenta y pico. Se notaba empapado y el aire era tórrido, irrespirable. Dobló por Travessera de les Corts y encaró el último tramo hasta la Comisaría Central. El edificio era singular, moderno, inconfundible con su fachada cubierta por cristaleras con franjas blancas donde rebotaban los rayos del sol. Allí tenían su sede las distintas secciones que componían la División de Investigación Criminal y las oficinas de apoyo básico de cada área. Giró para enfilar la pendiente que llevaba hasta el parking y se detuvo ante la cabina donde un agente se resguardaba de la canícula.

—¿Inspector Malart? —dijo, sorprendido. Se acercó hasta la ventanilla con un sujetapapeles—. ¿Qué le trae por aquí?

—Vuelvo al trabajo, cosa de los jefes.

El agente echó una ojeada a la lista. Azorado, le dijo que no constaba y que su vehículo particular no estaba autorizado.

—¿No te han avisado de mi reingreso hoy?

—El jefe Singla no me ha dicho nada.

Le ordenó que llamara a la cuarta planta y el agente activó el intercomunicador del hombro.

—Solucionado —dijo, al rato—. Solo ha sido un malentendido. Le abro.

Circuló por el parking en busca de una plaza cerca del ascensor. Todas estaban ocupadas y dejó el coche en una bastante alejada. Con la carpeta roja bajo el brazo, caminó hacia los ascensores. Se detuvo en seco. También le faltaba la tarjeta magnética de acceso. Gruñendo por lo bajo, se dijo de no perder la calma, salir a la calle, y entrar como cualquier ciudadano. Afuera, el calor lo golpeó con dureza. Bajo un sol de justicia, anduvo hasta la entrada. Antes de franquearla, tomó aire y, mientras el agente de guardia se cuadraba, accedió al edificio.

Se encogió por el brusco cambio de temperatura. A pesar de los recortes en los gastos debido a la crisis, las potentes máquinas de aire acondicionado trabajaban a destajo para refrescar el ambiente hasta unos veinte grados. Dejó atrás los mostradores donde se tramitaban las denuncias en primera instancia y se dirigió a los ascensores. Pulsó la llamada. En la cabina, dio al botón de la quinta planta. Recordando la cámara oculta en la rejilla del techo, bajó la cabeza e introdujo las manos en los bolsillos. Luego, sin hacer caso de las miradas de los agentes y mandos, avanzó hasta llegar al despacho del comisario jefe Benet Bastos.

Se detuvo en el umbral.

—Adelante —dijo el comisario sin separar la vista de unos papeles sobre su mesa—. Llega tarde, para variar.

—La jueza Cabot me ha entretenido con...

—Sí, me ha avisado. —Lo miró a los ojos—. Tiene usted una defensora muy tenaz, inspector Malart. Y vehemente. Me ha llamado cada día veinte veces para convencerme de la necesidad de su vuelta. Lo de congelar su suspensión y todo eso. Según ella, no podemos vivir sin usted.

Milo no despegó los labios.

—La jueza Cabot es una mujer admirable, y si ella dice que no podemos vivir sin usted, es que no podemos vivir sin usted. Desde que estoy al frente de la División nunca me había encontrado un hueso tan duro de roer. Está claro que sabe ejercer presión, rematadamente claro. Pero a mí la presión me resbala. —Bastos entornó los ojos. Tenía el hábito de utilizar largos silencios para centrar la atención o incomodar a su interlocutor. No era un hombre de la casa, provenía del mundo de la política, y su elección se había debido a su experiencia como gestor. Su característica más acusada era la suspicacia permanente. Con todos y con todo. Tras unos segundos que parecieron minutos, prosiguió—: No obstante, puede que en este caso la jueza tenga razón. Y repito que solo en este caso. A lo mejor su aportación nos sirve para algo en este maldito asunto, lo que comprobaremos los próximos días. Tome asiento y vayamos al grano.

Milo ocupó la única silla frente a la mesa y aguardó.

El comisario cerró el dosier y se incorporó para guardarlo en un archivador junto a la pared. Su tamaño era descomunal, una mole. La cabeza calva, grande como una sandía, se apoyaba directamente sobre los anchos hombros, sin cuello aparente. Era un gigante con brazos como vigas que se movía con la ligereza de un gato. Tomando asiento de nuevo, indicó que los casos de homicidio que no se resolvían en cuarenta y ocho horas acababan archivados en su mayoría.

—Esto no va a suceder esta vez —apostilló—. Porque a mí no me valen las estadísticas. —Al ver que Milo permanecía mudo, hizo otra pausa de las suyas. Se dobló hacia él y lo señaló con un dedo—. Acláreme una cosa. ¿Es usted un payaso que pretende tomarnos el pelo o un inspector competente tal y como afirma la jueza Cabot? Tengo mis dudas.

—Me ocurre lo mismo —dijo.

Bastos se frotó la barbilla. Luego, se reclinó.

—Su suspensión estará congelada a la espera de acontecimientos y evaluaciones —dijo—. Aprovéchelo. Pero no quiero problemas, ¿me ha entendido? Tengo entre manos cosas más importantes que sus trifulcas de patio de escuela. Reportará al inspector jefe Singla y confío en que la relación entre ustedes dos sea fluida. No quiero volver a oír una queja sobre usted. Ni una. ¿Me he expresado con claridad?

—Meridiana, señor. ¿Cuándo recuperaré mi arma y mi placa?

Bastos abrió un cajón de la mesa.

—Aquí tiene su placa y un arma, pero no la suya. —Se las entregó—. Su arma está en una bolsa de plástico precintada y con un número de diligencia policial. Es una prueba para el juicio que se celebrará contra usted por imprudencia temeraria y negligencia con resultado de muerte por el suicidio de su sobrino —agregó.

Con creciente crispación, Milo la alcanzó, la sacó de la funda, y comprobó que se trataba de una HK idéntica a la suya. Se la puso en el cinturón a la espalda, y recogió la cartera con la placa. Acto seguido, con voz desprovista de tensión, preguntó por la tarjeta magnética de acceso al ascensor desde el parking. Bastos la rebuscó por el cajón y se la lanzó sobre la mesa.

—Dada su especial situación, permanecerá exento de guardias —dijo—. Lo único que quiero de usted es un nuevo enfoque, su peculiar visión. A cambio, y como ya ha debido de informarle la jueza Cabot, está obligado a visitar una vez por semana a un psicólogo que suele colaborar con nosotros en casos de trastornos o estrés laboral.

—No tengo estrés, jefe, llevo dos meses descansando. Y el hecho de que haya antecedentes de esquizofrenia en mi familia no implica que yo la padezca.

—Todos tenemos un umbral del dolor emocional y usted ya ha sobrepasado el suyo. —Milo se removió en la silla—. Lo dijo el psicólogo después de leer cinco minutos su expediente. Me corrijo, psicóloga. Judit Gaig. Aquí tiene su tarjeta. Tiene cita para esta tarde a las siete. Sus resultados con otros agentes aquejados de trastornos han sido espectaculares. Es de plena confianza.

Milo alcanzó ambas tarjetas. Luchando por no abrir la boca, aguardó más instrucciones.

—Su nueva compañera será la subinspectora Rebeca Mercader. Viene de Girona, del Área Técnica, y ha realizado varios cursillos de Análisis de la Conducta

Criminal en el extranjero. Posee unos informes excelentes.

Dando la entrevista por finalizada, Milo se incorporó.

—¿Tiene usted prisa? —inquirió el comisario.

—No quisiera perderme la reunión sobre el caso con el resto de los inspectores.

—Singla le pondrá al corriente. Concéntrese en el caso, inspector Malart. Todo esto es muy irregular, pero nos enfrentamos a algo fuera de lo normal. Quiero que se vuelque en el asunto, al cien por cien. Aún esperamos grandes cosas de usted.

El gusanillo de la cólera caracoleó en su garganta.

—Y recuerde —añadió Bastos—, cero errores. ¿Me ha entendido usted bien?

—A la perfección, jefe. Solo una cosa: dado mi regreso, y lo singular de toda esta situación, necesitaría cobrar el sueldo de los dos meses que he estado de baja.

—Lárguese, no tiente a su suerte.

—Jefe, estoy sin blanca, sin efectivo para moverme por la ciudad.

Bastos lo fulminó con la mirada.

—Veré lo que puedo hacer —soltó con aspereza. Aplastó una tecla del teléfono—. Inspector jefe Singla, Malart va para su oficina. Infórmele de todos los detalles de la reunión.

Milo se dirigió a la puerta. En el umbral, se volvió para decir algo. Un instante, se lo pensó mejor, y abandonó el despacho. Caminó sin despegar la vista del suelo.

Detestaba las veladas insinuaciones, las dudas sobre su persona. Se lo esperaba, pero no dejaba de irritarlo. Prefería el sistema de Emilio Vilaplana, el predecesor de Bastos en el cargo; con él se podía hablar de tú a tú, sin ambages. Claro que él había ascendido gracias a sus méritos como investigador y conocía de primera mano el oficio y las circunstancias de los inspectores; pero no se dejó amedrentar por los políticos y, en la última reestructuración, aquello le supuso el relevo. Y aún faltaba lo peor: hablar con Singla. Dejó escapar un bufido y varios oficiales lo contemplaron con perplejidad. Consciente de sus miradas, empujó con fuerza la puerta de las escaleras y bajó andando a la cuarta planta. Se paró en el tramo final y se ordenó relajarse; cuerpo, mente y corazón, por este orden. A continuación, descendió los últimos escalones y entró en las oficinas del GEHME, el Grupo Especial de Homicidios de los Mossos d'Esquadra, la policía de Cataluña.

Avanzó entre la veintena de mesas repartidas hacia el fondo, donde estaba el despacho del inspector jefe Jordi Singla. A través de las persianas de cortinillas vio que estaba reunido con varias personas. Con paso rápido, devolvió un par de saludos e hizo oídos sordos a algún comentario que oyó a su espalda.

Entró sin llamar, y no pudo reprimir un estornudo.

Cuatro rostros se volvieron. Bruno Bachs, su antiguo compañero, se apartó el flequillo rubio. Goyo Bonhora, el forense jefe, se echó atrás en su silla, y acto seguido su cara rubicunda se iluminó de cordialidad. A su lado, una mujer torció el cuello para observarlo. De expresión agradable, en su rostro enmarcado por media melena de color rubio destacaban unos ojos grises, felinos. Vestía tejanos, camiseta con el anagrama del FBI y deportivas blancas. Tuvo la impresión de que se trataba de una mujer eficiente, fría y cálida a la vez. Por la tensa postura de su cuerpo, y la forma de apretar los labios, también detectó un matiz de ansiedad por ser reconocida en su trabajo.

—El figura —dijo una voz—. Se nos ha olvidado extender la alfombra roja.

—Inspector jefe.

Jordi Singla se enderezó en el asiento, alcanzó una taza y dio un sorbo mientras sus ojos lanzaban destellos de animadversión. Su aspecto pálido y demacrado denotaba dificultades para conciliar el sueño. Pelo entrecano, bigote negro y la cara salpicada por marcas de viruela. Siempre utilizaba ropa de corte clásico. Estrecho de hombros, con su sempiterna corbata a juego con la camisa azul arremangada, apoyó los antebrazos sobre la mesa.

Milo vio que no había ninguna silla libre y permaneció de pie, agarrado a la carpeta roja, como un colegial castigado delante de sus compañeros. Sabía que solo estaba siendo sometido por Singla a una prueba más de su estilo vengativo. Tú me fracturas el pómulo, yo te complico la vida todo lo que pueda.

—Llegas tarde, te has perdido la reunión —dijo—. Por lo que veo, tu amiguita ya te ha entregado una copia del expediente, así que no hace falta que perdamos el tiempo poniéndote al día de la investigación.

—Tengo alguna pregunta.

—Dispara, pero no disponemos de toda la mañana.

—¿Algún trapo sucio de Eduard Pinto?

—Ninguno de momento. Rojo y Cervera están en ello.

—¿Y de la viuda? —Buscó el nombre en la carpeta—. ¿Algo de Laia Subirats?

—Tiene un lío con un arquitecto —intervino el inspector Bachs—, un tal Enric Matas. No sabemos si está relacionado con el caso. Estamos repasando su vida y por ahora no hay indicios. Todo es de lo más civilizado.

—¿Alguien en su pasado con motivos para vengarse?

—Nos hemos remontado diez años, y nada —dijo la mujer de ojos grises—. Los de Patrimonio y Fraude no han hallado ningún pufo ni rastro de delito económico. Por cierto, soy la subinspectora Rebeca Mercader.

—¿Y algo que huela a corrupción?

Negó con un gesto. Apretó los labios hasta formar una fina línea blanca.

—¿Y qué sabemos sobre el asesino?

—Muy poco —contestó Bonhora—, lo que se puede extraer de la filmación. Y eso y nada es lo mismo. Su equipamiento de motorista se puede adquirir en cualquier tienda, como el cable de acero y el mechero. Usó gasolina. Y para asegurarse de que el cuerpo ardiera con facilidad, lo impregnó previamente con aceite de motor para que el combustible se adhiriera a sus ropas, piel y cabellos. La Científica recogió rastros de ese aceite en el vehículo de Parques y Jardines, por los asientos, volante y suelo.

—¿Y eso? —quiso saber Milo.

—Sigue las pautas de la clásica bomba incendiaria. La combustión de un cuerpo se produce cuando...

—Bonhora, no vamos a oírlo de nuevo —atajó Singla—. Se lo explicas luego. Siguiente pregunta.

—¿Talleres, concesionarios?

—Bobadas —dijo Singla—. Imposible batirlos todos. Es aceite corriente, lo usa cualquier mecánico, incluso los nuestros abajo, en el Parque de Vehículos.

—¿Quién fue el operario que dejó en la zona el de Parques y Jardines y por qué? ¿Tiene antecedentes?

—Es un listillo —dijo Bachs—. Al no acabar la faena, en vez de devolverlo a cocheras lo aparcó en la esquina de Rambla Catalunya con Consell de Cent por comodidad, para continuar al día siguiente. Lo hemos comprobado y está limpio.

—¿En julio se podan los árboles?

—Es de mantenimiento del alumbrado. No había ninguno disponible con plataforma elevadora y tomó prestado el de Parques y Jardines. Alguien avisó al 010 de que las bombillas de varias farolas del paseo de Gràcia estaban rotas y los del ayuntamiento pasaron la orden de reparación. Algún gamberro, lo de siempre.

—¿Algo más, figura? —dijo Singla—. Es tarde.

—¿Habéis ido a la primera planta de la Casa Milà?

—Sena y yo —dijo Bachs—. Es una enorme sala vacía, muy bonita y todo eso, pero nada más. Suelen usarla como sala de conferencias y...

—¿No hay nada, nada en absoluto?

—Ventanas, techos, columnas y nada más.

—Perdemos el tiempo —soltó Singla—. No vamos a repetir la reunión, ya leerás los informes.

—¿Y qué hay de internet? ¿Habéis localizado la IP?

—Otro callejón sin salida —dijo la subinspectora—. El asesino colgó la filmación digital desde un cibercafé del Raval. Lo frecuenta mucha gente, de todas las edades y aspectos. Nadie recuerda nada que le llamara la atención. Otra pista imposible de seguir. Hasta que no tengamos el retrato robot de un sospechoso...

—Este tipo cubre muy bien sus pasos —cortó Milo—. Lo que me asombra es su audacia. Cuelga a la víctima, la quema, ¿y nadie se alarmó o hizo algo por evitarlo?

—¿Y te extraña? —dijo Singla—. Aquí la gente está habituada al fuego y todo pasó en pocos minutos. Cuando los conductores se dieron cuenta ya era tarde. El fuego y la ciudad. Van de la mano día sí y otro también.

—Necesito ver los dos vídeos, el del asesino y el de las cámaras de vigilancia.

—Te buscas la vida —zanjó Singla—, fin de la reunión. El resto ya tenéis asignadas las órdenes. —Mientras Bachs, Bonhora y Mercader se levantaban, añadió—: No quiero filtraciones, ¿oyes, Malart? El olor a carne quemada está volviendo locos a los periodistas. Los demás ya están advertidos. Y ahora te quedas, quiero hablar contigo.

Milo estrechó la mano que le tendía Bonhora.

—Que te sea leve —murmuró—. Me alegro de verte.

—¿Cuándo te va bien que hablemos? —preguntó, los ojos clavados en Singla.

—Cuando quieras, ya sabes dónde encontrarme. Y oye, tú tranquilo.

—Quería traerte un pastel de bienvenida, pero no he tenido tiempo —bromeó Bruno, desfilando a continuación—. Nos vemos luego.

La última en abandonar el despacho fue la mujer.

—Buena entrada la tuya. Soy tu nueva compañera, Rebeca Mercader.

—Malart, cierra la puerta de una maldita vez —ordenó Singla. Milo hizo una mueca y, ante la atónita expresión de la subinspectora, la cerró en sus narices.

—Lo de las filtraciones, señalándome delante de

todos, ha sido un golpe bajo —dijo—. Entiendo tus problemas conmigo, pero deja fuera de esto al Grupo.

—¿Me estás dando instrucciones?

—Perdonar es bueno, sienta bien. Yo ya lo he hecho.

—¿Tú? ¿Perdonarme a mí? ¡Tendrás cojones!

—No he venido por mi voluntad, me han llamado.

—Sí, ya sé que cuentas con buenos contactos —dijo Singla con desdén—. Pero las órdenes no especifican que deba ponerte las cosas fáciles.

—Ni yo lo pretendo. Otra cosa es ponerme palos en mi investigación.

—¿Tu investigación? Yo estoy al mando, y soy yo quien da las órdenes. No me gustas, Malart. Vas de estrella, con tus aires de tipo raro y todo ese rollo, pero a mí no me engañas. Tuviste éxito en algunos casos del pasado, pero sin el Grupo no hubieras resuelto nada. No trago a los que se creen especiales. No benefician al equipo y solo generan conflictos. Y tú eres uno de ellos.

—Es tu opinión —repuso Milo—, pero por más que la repitas no va a ser cierta.

—Yo, de ti, volvería reptando a tu agujero.

—Ni hablar, jefe. No se está tan fresco como aquí.

Singla negó con la cabeza.

—Decisión equivocada —dijo.

—Es mi problema.

—No, tu problema soy yo. —Se acarició el pómulo—. Todavía espero tus disculpas.

Milo caminó hacia la puerta. La voz de Singla lo detuvo.

—La subinspectora Mercader, tu canguro, ocupa la que era tu mesa. La tuya es la del rincón, junto a los servicios.

Se dirigió a su nueva mesa. Metió la carpeta roja en un cajón y se encaminó hacia la del sargento Toni Crespo, el experto en búsqueda de datos.

Bachs salió a su encuentro.

—Diría que la charla con el jefe no ha ido bien.

—Muy perspicaz —dijo Milo.

—Era de esperar. Le cosieron las mandíbulas para que se soldara el hueso y se pasó tres semanas comiendo papillas a través de un tubo. Le atizaste fuerte, tío.

—No me llames tío, no soy tu tío. Hablamos más tarde, voy a La Pedrera.

—Ya hemos visitado la sala del primer piso —repitió.

—La quiero ver con mis propios ojos, ¿puedo?

Bachs levantó las manos y lo observó alejarse. Hasta no hace mucho, sus vidas habían seguido caminos paralelos. Ingresaron juntos en la Academia de Policía, los dos se licenciaron con las máximas calificaciones, y ambos también fueron destinados a la Región Policial de Girona. Allí, a la espera del traspaso de competencias como parte del proceso de sustitución de la Policía Nacional, ascendieron juntos en el escalafón hasta obtener el grado de subinspectores. En esta RP fue donde el entonces intendente Emilio Vilaplana comenzó a promover el afán competitivo entre ellos y, más adelante, cuando se produjo el despliegue en la RP Metropolitana de Barcelona, se los llevó al GEHME con él y decidió que formaran equipo. Fue un equipo de éxito, singular —Bruno era el bromista y locuaz, y Milo el serio y reservado—, y también juntos alcanzaron el grado de inspectores. Hasta que surgieron las fricciones y se deshizo el tándem.

Malart llegó a la mesa del sargento Crespo.

—Toni, ¿cómo vamos? Necesito el historial completo del primer piso de la Casa Milà; antiguos inquilinos, propietarios, ya sabes. —Crespo empezó a tomar notas—. Luego, un informe profesional y personal de Eduard Pinto; cargos pasados y actuales, compañeros de trabajo, dónde fue al colegio. Todo. Obtén de Tráfico una lista de las multas que se pusieron el día del asesinato, digamos en un radio de diez manzanas desde La Pedrera y desde doce horas antes de ser colgada la víctima. Y por último, consigue la grabación de la llamada al 010 en la que se advertía de la rotura de las farolas. Ah, y necesito ver los dos vídeos.

—Enseguida me pongo a ello —dijo Crespo. De treinta y pocos años, algo obeso y con el pelo comenzando a escasear, poseía el aire distraído de los genios informáticos—. Ya tengo el informe de Pinto; lo pidió Mercader y se lo entregué. Respecto a los vídeos, si quieres te los paso ahora mismo en la sala de visionado. Es un placer trabajar de nuevo contigo, inspector.

—Dejaremos los vídeos para más tarde. Yo también me alegro de verte, Toni.

Al girarse, chocó con la mujer de ojos grises.

—Malart, soy la subinspectora Rebeca Mercader, tu nueva compañera, y...

—Ya me lo has dicho —cortó Milo. Rehízo su camino.

Rebeca fue tras él con gesto airado.

—¿Se puede saber qué te pasa conmigo? —gritó. Varias cabezas se volvieron en su dirección y Milo se detuvo—. ¿A qué juegas? ¿A evitarme? Ya van tres veces.

—Vale, debería haberte saludado, ser cortés, normal. Pero no soy ni lo uno ni lo otro. El día va a ser muy largo y me duele la cabeza. Si me perdonas, tengo cosas que hacer —dijo, y reemprendió la marcha.

—No, no te perdono. —Siguió sus pasos—. Oye, que te estoy hablando.

Milo volvió a detenerse.

—¿Adónde vas?

—Contigo.

—Ni lo sueñes.

Arrancó de nuevo y Rebeca hizo otro tanto.

—Esto es ridículo. Quieras o no quieras, voy a acompañarte, son las órdenes. Así que lo podemos hacer de dos maneras: de forma sensata o como ahora, de forma absurda y patética.

Llegaron al ascensor y Milo pulsó la llamada. Reflexionó un instante.

—Está bien, chica dura, tú ganas —dijo—. Coge un coche del Grupo y recógeme en la entrada; el mío no tiene aire acondicionado. Y tráete una cámara.

Se abrieron las puertas, Milo entró en la cabina y seleccionó el botón de la planta baja.

—¿A qué viene tanta prisa? —preguntó Rebeca.

—Programa para hoy: espirar, inspirar, espirar. —Y antes de que se cerrara el ascensor, aclaró—: Lo dijo Buda.

Durante el descenso, desvió la mirada al suelo y hundió las manos en los bolsillos. Una vez en el vestíbulo, apretó el paso hasta salir del edificio. En la calle, a pesar del sol que caía de pleno, respiró con alivio.

3

—Los señores primero —dijo Rebeca. Y le cedió el paso a la sala del primer piso, en La Pedrera—. Para que veas que yo sí soy educada y cortés.

Habían realizado el trayecto en silencio a bordo de un SEAT León de color pizarra, sin identificaciones exteriores. Seria y concentrada, Mercader había conducido por el denso tráfico sin apresurarse, la mirada fija en la circulación para demostrar su enfado. Milo se había dedicado a mirar a través de la ventanilla. Tras aparcar en una zona de carga y descarga a pocos metros del edificio, extrajo de la guantera una credencial azul, con el logotipo de los Mossos d'Esquadra, y la colocó sobre el salpicadero, bien visible. En la entrada, Milo observó la cola de gente que se extendía media manzana por la calle Provença, turistas en su mayoría. Tras identificarse, Rebeca preguntó por el responsable de seguridad, y este, previa comprobación de las placas, los acompañó por las escaleras para abrirles la puerta de la sala ahora vacía.

La belleza de la enorme estancia dejó a Rebeca sin

aliento. Desnuda de muebles y objetos, su forma era irregular, de paredes sinuosas. Fiel a su estilo innovador, Gaudí había logrado crear un amplio espacio sin tabiques ni paredes de carga, con pilares, para que se pudiera llevar a cabo su división como se deseara, y sin una sola línea recta, su característica más espectacular por la dificultad que entrañaba. Todo allí evocaba temas marinos. En el suelo, unos hexágonos de color verde claro representaban caracolas de mar. Y en el techo, las espirales y espuma de las olas al confluir en la arena de la playa.

Soltó un silbido de admiración y caminó hacia el centro. Milo, a su espalda, permaneció quieto, observando. Le preguntó si era la residencia de los señores Milà.

—Creo que sí. Por lo que he leído, se ve que la señora Milà le hizo la vida imposible a Gaudí. Le alarmó el cariz que tomaban los gastos y le ordenó abandonar multitud de ideas que pensaba aplicar. Luego, nada más acabar la obra, lo primero que hizo la señora fue taparlo todo con su nueva decoración, incluidas las columnas —las señaló—, más acorde con el gusto burgués de la época. ¿Te imaginas? El genio se estruja las neuronas y la mujer de la casa esconde su obra por miedo al qué dirán las visitas. Increíble. —Sin volverse, Rebeca añadió—: Espero que la nota sea alta.

—¿De qué hablas?

—De mi culo. Lo estás mirando. Todos los cuarentones sois iguales.

Retiró de inmediato los ojos de su espigada figura.

—No seas tan creída. Y oye, aprende a restar.

—¿Eres siempre tan sociable?

Milo se dirigió hacia las ventanas. Se situó ante la

que daba al balcón donde el asesino había colgado a su víctima y contempló la calle, el tráfico. Luego, escrutó la balconada, la terraza. No descubrió nada particular.

Se giró con brusquedad.

—Me estás distrayendo —dijo, hosco—, interrumpes mis pensamientos.

—¿Que yo te distraigo? Eres la leche, inspector.

Milo anduvo unos pasos en círculo. Contrariado, señaló la zona en derredor.

—Aquí tiene que haber algo. Pero no lo veo.

—¿Qué buscas?

—El asesino eligió este balcón. Entre media docena, escogió este. ¿Por qué?

—¿Porque le caía más a mano?

De reojo, distinguió unos grabados en la columna más cercana a la balconada. Se aproximó para verlos mejor. Recorrió su perímetro con expresión de asombro.

—¿Has descubierto algo? —dijo Rebeca.

Milo le hizo un ademán para que se acercara.

—¿Qué ves ahí? —indicó.

Rebeca acudió con rapidez y se inclinó hacia donde señalaba. Allí, confundidas entre arabescos, conchas y otras formas grabadas, se podían ver unas palabras.

—*Perdona* —leyó—. Y abajo: *Tot,* «todo» en catalán.

—¿Y ahí? —dijo Milo, dando la vuelta a la columna y señalando otra palabra.

—*Oblida*. «Olvida», en catalán.

—Perdona todo y olvida —musitó. Su rostro se ensombreció—. Un buen consejo. Pero difícil de cumplir.

—¿A qué te refieres?

Una perturbadora sensación se apoderó de él. Vio unos ojos entre las inscripciones. *Sácame de aquí.* La mirada de ira, de furia desquiciada. *Serás como yo, tienes el gen*. La risa ida, hiriente. *Te jodes*. El temor. *Eres mi hijo*. ¿Perdonar? Jamás. ¿Olvidar? Imposible.

Sintió un nudo en la garganta.

—Inspector, te he hecho una pregunta.

Regresó al presente.

—Es más fácil decirlo que hacerlo. Como todos los consejos. Yo no podría.

—¿Crees que guarda relación con el asesinato?

—Ni idea. Pero me parece demasiado casual que justo en la ventana que da al balcón donde Pinto fue quemado vivo haya unas inscripciones que recomiendan perdonar y pasar página. ¿Qué opinas?

—De momento, que Gaudí grabó estas palabras llevado por su espíritu creyente. Tal vez por eso la señora Milà hizo ocultar las columnas. Debieron de ser descubiertas cuando se llevó a cabo la restauración del edificio.

—Me da igual —replicó Milo—. Si el asesino sabía lo de las inscripciones, y la ubicación de esta columna en concreto, bien podría ser el motivo de que eligiera ese balcón del lateral del paseo en vez de uno de la fachada, que hubiera sido más lógico.

—Tiene sentido —dijo Rebeca—. Quizá le pasa como a ti y por eso lo escogió. Porque no puede perdonarlo todo y olvidar.

—O nos dice que no está dispuesto a seguir ese consejo —matizó—. Sea como sea, ni olvida ni perdona.

—¿Y esto adónde nos lleva?

—Al pasado, al origen habitual de todos los problemas.

—O sea, lo que ya sabíamos —constató Rebeca—. No añade nada nuevo.

—Yo no estaría tan seguro. Saca fotos de las inscripciones y salgamos de aquí. —Caminó hacia la puerta—. Y avisa al responsable de que nos marchamos.

—Pero ¡un momento! ¿Adónde vas?

—Te espero en la esquina de enfrente —dijo Milo.

—¿Qué esquina de enfrente? ¿Cuál de las tres?

Milo bajó las escaleras tratando de librarse de aquella sensación. Las inscripciones le habían puesto en marcha la máquina de los recuerdos y llevado a la mente episodios que creía tener almacenados en lo más profundo de la memoria. Revivirlos era una cruz que le agriaba el ánimo. Salían a la superficie sin previo aviso, y entonces no le quedaba otra que apretar los puños con tal de borrarlos de su cabeza. No, olvidar era un lujo que no estaba al alcance de todos. Un lujo más allá de la voluntad. Y no lograrlo, una maldición.

Salió al calor sofocante y cruzó la primera calzada sin mirar. Unos bocinazos lo trajeron de vuelta a la realidad. Atravesó el paseo y se sentó en el banco farola de estilo modernista situado en la acera lateral. Enseguida notó la piel embadurnada de sudor. El bochorno era tan intenso que equivalía a respirar aire hirviendo.

Contempló los edificios, las oficinas, los pisos. A pesar del lujo, los vio como una colmena. Todos apiñados en celdas de oro, unos encima de los otros, cada cual bien protegido de los demás en su mundo aislado. Para él, era otra más de las paradojas de Barcelona. Soledad y aislamiento dentro de una urbe donde la necesidad de llenar el vacío era una prioridad. La ciudad entera pedía a gritos el contacto humano, y sin embargo era el dominio del recelo al prójimo.

Rebeca se plantó delante con los brazos en jarra.

—He recorrido las tres esquinas hasta dar contigo en este banco —soltó.

—¿Y tú eres investigadora? —Se incorporó—. Solo podía ser esta, la que eligió el asesino para filmar la macabra escena. Vayamos al lugar exacto donde se apostó. ¿La has visto?

—Un par de veces —dijo, molesta.

—Guíame.

Lo llevó hasta donde creía que el asesino se había situado con la cámara. Ahora estaba ocupado por manteros, unos africanos de tez oscura que vendían bolsos, gafas y pañuelos, todo de marcas falsificadas. Exponían sus mercaderías en el suelo, sobre sábanas blancas.

—Es aquí —dijo—, más o menos.

—¿Más, o menos? Precisa.

—Diría que donde está ese tipo que vende los LV.

Se acercaron. El hombre, al ver sus placas en la cintura, tiró de una cuerda, formó un hatillo con los artículos y salió a la carrera, al igual que los demás. En unos segundos el lugar quedó despejado de vendedores ambulantes.

Rebeca miró a izquierda y derecha, calculó el ángulo de filmación tomando como referencia La Pedrera, y por último se situó dos pasos más allá.

—Aquí es, seguro —dijo.

Milo se alejó unos metros. Se protegió los ojos con la mano y alzó la vista. Las modernas farolas, siguiendo un modelo más funcional, se levantaban a unos seis metros de altura, repartidas cada veinte, y no contaban con pantallas protectoras. No le pareció muy difícil romper las bombillas.

—¿Cuáles son las que tuvieron que ser reparadas?

—Esta, esa y aquellas tres —señaló dos en la esquina donde se encontraban, y tres más en el otro chaflán—. ¿Crees que fueron escogidas adrede?

Milo regresó a su lado. Se encogió de hombros.

—Puede. Quizá fue el asesino quien se cargó las bombillas y luego llamó al 010 para que alguien de mantenimiento acudiera con el vehículo de plataforma elevadora a repararlas. Y rompió cinco para que el operario no tuviera tiempo de acabar la faena y se viera obligado a dejar el resto para el día siguiente.

—¿Y cómo adivinó que aparcaría el vehículo en la zona? Podría haberlo devuelto a cocheras.

—Mecánica popular. No acabes hoy lo que puedes dejar para mañana. Y si te ahorras un viaje, todo eso que tienes ganado. ¿Quién se va a enterar? ¿Un supervisor? Hablamos de folclore nacional, no de empresas privadas.

—Demasiado arriesgado —dijo ella—. Y complejo. Muchas cosas podrían no haber salido como había planeado.

—¿Más arriesgado que colgar a un moribundo en un edificio como La Pedrera y prenderle fuego? Además, seguro que tenía un plan B. Este tipo es muy minucioso, no creo que dejara nada al azar.

—Pero si, como dices, la Administración funciona de esta manera, ¿cómo sabía el asesino que darían la orden de reparación tan rápido? Es imposible calcular el tiempo entre la llamada y la respuesta de los de mantenimiento.

—¿Dónde estamos ahora? —preguntó Milo.

—En el paseo de Gràcia, ¿por qué? Sí, la milla de oro y todo eso, pero...

—Piensa. Aquí no puede haber cinco farolas con las bombillas rotas, ¿qué dirían los turistas? Sería un escándalo. ¿Cristales por el suelo frente a La Pedrera, tan cerca de la Casa Batlló? No, sabía que no tardarían ni un día en dar la orden de reparación, y contaba con ello. Otra cosa es si hubiera sucedido en El Raval, Horta o Sants. No estarían reparadas ni en Navidades.

Rebeca permaneció unos instantes en silencio.

—¿Siempre tienes respuesta para todo? Eres un chollo.

—Cuéntaselo a mi mujer.

Ella le lanzó una mirada interrogante. Lo vio situarse en el lugar de la filmación, observar el suelo con fijeza, mover el cuello de un lado para otro.

—¿Qué buscas? —preguntó—. Han pasado cinco días desde que nuestro sujeto se apostó aquí, y no hay nada. Los de la Científica ya lo revisaron.

Milo hundió las manos en los bolsillos. Con la cabeza inclinada, caminó por la zona. De vez en cuando apartaba con el pie alguna hoja, celofán o restos de colillas.

—Insisto, no hay nada que hallar. Han pasado muchos días y los de la...

—Ellos buscaban rastros. Yo, otra cosa.

—¿El qué? ¿De qué hablas?

De pronto, Milo se puso en cuclillas y dijo:

—De esto, por ejemplo.

Rebeca se acercó. Se arrodilló a su lado.

Vio que señalaba una letra G escrita con espray negro sobre las baldosas hexagonales, entre un banco de madera y el parterre de arbustos. De tamaño medio, su contorno redondeado aparecía claramente pulverizado sobre el embaldosado diseñado por Gaudí.

Unos peatones se pararon para ver qué observaban con tanta curiosidad. Al instante, se congregaron varios más. Una anciana les preguntó qué estaban mirando.

—Señora, circule. Y los demás, hagan lo mismo —dijo Rebeca con gesto autoritario—. No hay nada que ver, asunto de la policía. —Se volvió hacia él—. ¿Qué es?

El aullido ensordecedor de una sirena se elevaba sobre la cacofonía uniforme de bocinas y tubos de escape, el sonido natural de la ciudad.

Cuando la chirriante estridencia se desvaneció, dijo:

—Una pintada.

—Eso ya lo veo, ¿y qué? Hay muchas más. Allí, sin ir más lejos —dijo. Indicó la rampa del bordillo: NO A LA ESPECULACIÓN—. Y ahí, en la pared, el garabato de un grafitero. Y ese símbolo en el suelo —señaló una A dentro de un círculo—. Y ese 1984 sobre el cajero automático. Esto está lleno de pintadas.

—Por eso los de la Científica no le prestaron atención. Pensaron que se trataba de otro grafiti más.

—¿Y no lo es?

—No creo en las casualidades —dijo, la voz queda.

—¿Casualidades? La ciudad entera es un mural de pintadas, te las encuentras por todas partes, y tú te fijas exactamente en esta. ¿Qué tiene de especial?

—Que es una G.

—Tengo ojos. Lo que pregunto es qué significa.

Ajeno a todo, Milo contuvo el aire. Aquello no era solo una pintada. ¿La había hecho el asesino? Se había apostado allí para filmar a su víctima mientras se retorcía entre las llamas. Llegaron los bomberos, era hora de marcharse y dejó de filmar. Pero antes... antes... *Debo firmar mi obra. Ahora soy alguien, y dejo huella. La huella del verdugo.* El shock le nublaba la mente y comenzó a jadear. *Soy invisible.* No podía sucumbir a su cerebro, su enemigo interior. *Todos están ciegos.* Un peso le comprimió el pecho, como si una presencia ominosa se hubiera aposentado en sus pulmones y le dificultara respirar. *No podrán detenerme.* Si lo que percibía era cierto, iba a abrir la caja de los truenos. *Mi mundo está a salvo.* Todos sus sensores le indicaban la importancia de aquella letra. Y para él, su percepción era la realidad.

Pero también podía estar equivocado.

Pálido, logró arrancarse de la mente aquella impresión, sacarse de encima la pesada presencia, y recuperó el aliento.

—¿Te sucede algo?

Milo inspiró hondo. *La huella del verdugo.* Espiró.

—Estoy bien —dijo, la lengua trabada—. Puede significar muchas cosas, yo qué sé.

—¿Podría ser la G de Gaudí? —apuntó ella—. Pero me parece pueril; no nos lleva a nada y me suena melodramático, absurdo. ¿Qué opinas?

—Quién sabe.

—¿Eso es todo lo que tienes que decir?

—La letra G tiene muchas connotaciones simbólicas —dijo, como al desgaire. *Mi mundo está a salvo*—. Entre otras, es la letra masónica por excelencia.

Rebeca adoptó una expresión dubitativa.

—Puede ser la firma de un grafitero urbano —dijo.

—O la del asesino —repuso Milo.

Intercambiaron una mirada.

—Lo que significa... —dijo ella, el pulso acelerado.

—Continúa.

—No, continúa tú que eres el experto.

—¿El experto? —soltó Milo. Se incorporó con dificultad—. ¿No eres tú quien hizo varios cursillos de Análisis de la Conducta Criminal en el extranjero?

—Eso ahora no viene a cuento —replicó Rebeca. Se puso también en pie.

—¿Cómo que no? ¿Dónde los realizaste?

—En Quantico, Virginia, Estados Unidos.

—¿Y allí no te enseñaron nada? —preguntó, colérico.

—¿Por qué te pones así?

—Porque me sulfuras —dijo, con acritud—. Apareces a mi lado como un perrito faldero, me distraes todo el rato sin dejarme concentrar, y no paras de hacerme preguntas. ¿Cómo quieres que me ponga? Exasperado, así es como me pones.

—Ignoraba que mi presencia te alterara tanto.

—¡Pues lo hace!

—Inspector, con todo el respeto...

—Olvídate del respeto —cortó—, no creo en jerarquías. ¡Habla!

—¿Por qué te sientes amenazado por mi sexualidad?

—¿Qué coño estás diciendo?

—En Quantico, cuando nos instruyeron sobre trabajar con un compañero de distinto género, nos avisaron de que esto podía ocurrir. Lo llaman tensión...

—Gilipolleces. A otro con ese rollo.

—No es un rollo, sucede. —Lo vio parpadear, el esfuerzo por contenerse. Suspiró—. Qué tal si apartamos tus problemas y nos centramos en esa maldita G.

Ofuscado, Milo clavó la mirada en la letra. Todo pintaba cada vez peor por culpa de aquella G. Si significaba lo que intuía, le iba a acarrear un sinfín de complicaciones. Podía prever la reacción de Singla cuando le contara su teoría, la cadena de acontecimientos que se iban a poner en marcha. Lo iba a crucificar.

—Es la naturaleza del ser humano: joder a los demás.

—¿Cómo dices?

—Sácale unas fotos y...

—No te atrevas a dejarme plantada otra vez.

—¿Te apetece beber algo? Estoy deshidratado. —Ella asintió—. Vamos a la cafetería de La Casa del Libro, a dos manzanas de aquí. Y oye, chica dura, no me siento en absoluto amenazado por tus hormonas. Que te quede claro.

—Ni yo soy un perrito faldero; en todo caso, de caza. —Esbozó una sonrisa. Pero se le congeló al ver que Milo daba media vuelta y se alejaba con paso rápido.

Esta vez lo encontró sin dificultad. Estaba sentado a una mesa del rincón de la cafetería, un espacio que solía ser habilitado para presentaciones de libros. Dos botellines de zumo, uno de manzana y otro de naranja, permanecían sin abrir junto a dos vasos.

Milo la vio aproximarse con andar elástico y resuelto. Alta por encima de la media, proporcionada, de cintura estrecha. Al salir de la comisaría se había puesto una americana negra de lino para ocultar el arma y el vuelo de los bajos se movía al compás de su media melena. Eligió una silla, le dio la vuelta, y se sentó a horcajadas.

—¿Qué está ocurriendo? —quiso saber.

—Si algo puede salir mal, saldrá mal. No tiene por qué ser así, pero lo es. Siempre. Y en este caso los problemas no han hecho sino comenzar. Ya me sé la historia. Surge algo inesperado y todo el mundo pierde los papeles.

—Me refería a ti. No entiendo tus reacciones, tus salidas de tono.

Rígido de repente, Milo se cruzó de brazos.

—¿Lo ves? —dijo ella—. Ya estás a la defensiva.

—No tiene nada que ver contigo.

—Aquí llega el «pero».

—Pero yo estoy acostumbrado a trabajar a mi aire. —La miró con fijeza—. Pongamos las cartas sobre la mesa. Hay algo aquí —se dio en la cabeza— que me permite registrar cosas; y no me tomes por un bicho raro. —Quiso explicarle que la línea que separaba lo real de lo intuido era tan fina que a veces temía volverse majara, pero no lo hizo—. Y para ello necesito espacio, silencio, no charla incesante.

—Entonces, ¿es verdad que oyes voces?

Milo hizo una mueca.

—Ya sé que en la Central hay quien piensa que la única diferencia entre los sonados que detenemos y yo es una placa. Y todo porque dejo en marcha la parabólica, mi instinto. Pero solo es mi sistema.

—Tienes la capacidad de empatizar, de ponerte en la piel del otro. Comprendo.

—No, no lo pillas. Solo funciona en el trabajo; con la vida, soy un desastre. Y no siempre controlo mis reacciones. Pero no estoy loco —dijo, la voz glacial.

—Lo distinto, lo que no se entiende, suele ser atacado. De ahí tus conflictos.

—Muy sagaz. Doy por hecho que has captado lo que necesito, la idea.

—Sí, que yo te molesto. Que no estás habituado a trabajar con una mujer.

—¿Otra vez esa bobada? —replicó, con fastidio—.

Hombre, mujer, es lo mismo. El inconveniente es la compañía. Cada vez la soporto menos.

—Pero trabajabas con Bachs, erais compañeros.

—Y así hemos acabado. Ahí tienes la prueba.

—¿Pasó algo entre vosotros dos?

—Nada que deba preocuparte.

—Por si te interesa, yo creo en el trabajo en equipo.

—Y yo, pero después. Primero tengo que estar a solas, sin interferencias. No lo sé hacer de otra manera.

—De acuerdo —dijo Mercader—, me apartaré lo justo para dejarte espacio. Y ahora, dime qué piensas de las inscripciones, de la letra. ¿Adónde nos conducen? Cuéntame qué registra tu parabólica.

—Un momento —dijo Milo. Se levantó—. Voy a buscar la bola de cristal.

Se alejó por la rampa y, al llegar a la caja, se desvió camino de la sección de libros de autoayuda. Estaba harto de preguntas, y él no era el señor de las respuestas.

Ojeó las portadas. Uno hablaba sobre la ley de la atracción y lo desechó; ya tenía bastante con las teorías de la subinspectora. Otro sostenía que la actitud personal condicionaba y creaba el futuro; también lo dejó a un lado. La buena vida, a su juicio, era apartarse de los demás y punto. Echó un vistazo a uno que se refería a las leyes del éxito, a otro acerca del poder de la intención para sanar a las personas, un enésimo sobre cómo dar sentido a la vida, y un último sobre la gestión del tiempo. Cabeceó con disgusto. ¿Por qué nadie escribía sobre algún tema que pudiera ayudarle? Al final de la repisa encontró uno sobre cómo ser feliz en el trabajo. Huyó de él como de la peste. En su trabajo, al igual que en el de limpieza de cloacas, no se podía ser feliz.

—¿Es aquí donde te inspiras? —dijo Rebeca.

Milo la miró con expresión de contrariedad.

—Eres como un grano en el culo. ¿No ibas a dejarme espacio?

—He dicho que me iba a apartar solo lo justo. Y llevas diez minutos aquí.

—Pues no es suficiente. Necesito más.

—No, en serio, ¿qué estabas haciendo?

—Buscar ayuda, ¿no es evidente? Vamos a la cafetería, me he dejado el zumo.

—Mejor nos largamos —dijo ella. Le alargó un botellín—. Me he tomado el de manzana.

—¿Has pagado?

—Qué remedio, ¿no?

—Perfecto —dijo Milo—. Yo quería el de naranja.

Caminaron por un paseo de Gràcia abarrotado de turistas. Bajo un bochorno vibrante, los rondaban carteristas, descuideros y un ejército bien desplegado de mendigas con niños en brazos. Una de ellas, sentada en el suelo junto a una lujosa tienda, tenía en su regazo a una criatura medio oculta entre harapos, quizá real, quizá de plástico, y mientras extendía una mano pidiendo dinero, hablaba a gritos a través de un móvil de última generación. No, la mentira tampoco descansaba en verano.

Al llegar al coche, Milo se dirigió a la puerta del conductor, pero ella sacudió las llaves en el aire, lo apartó con suavidad, y tomó asiento al volante. Milo ocupó el del acompañante, las manos entre las rodillas.

—No te gusta que una mujer lleve el control.

—Y dale. ¿Más patrañas de Quantico?

Ella arrancó, y se sumó al denso tráfico.

—Qué dice el informe de Crespo sobre la víctima.

—Poca cosa. Tras ser *conseller* de Cultura, regresó a La Caixa, donde ocupó un puesto en el Consejo de Dirección —explicó Mercader—. Antes de su paso por la política, Pinto fue director de zona, delegado provincial y delegado de la comunidad. Y con anterioridad, desempeñó varios cargos en diferentes empresas participadas por el Grupo. Puede haber hecho infinidad de enemigos a lo largo de su carrera, es como buscar una aguja en un pajar.

—Descartaría el móvil político o económico. Nadie corre tantos riesgos para vengarse por algo así, ni siquiera por una bancarrota. Es una acción desproporcionada, demasiadas molestias. Aquí hay odio profundo, más allá de rivalidad o dinero.

—¿Nos centramos entonces en su vida personal?

—No «solo», sino «también».

Rebeca se detuvo en un semáforo.

—¿Podrías ser algo menos críptico?

—Perdona todo y olvida —dijo Milo—. Olvidar. Tiempo. Un periodo más amplio que el usual en un ajuste de cuentas. Vieja historia. El móvil está en el pasado lejano.

—¿Todo esto lo deduces por una inscripción?

—El pasado es una losa que te acompaña el resto de tu vida. Que te aplasta cuando menos te lo esperas porque siempre está ahí. Y esto, a la larga, puede averiar la mente más cuerda. Ahogarla en deseos de venganza. Obligarte a concebir un plan siniestro, un plan enfermizo.

Lo observó de reojo. Permanecía encorvado, hablando con tono monocorde y desprovisto de emoción. Igual que si estuviera recitando una letanía.

—¿Hablas por experiencia propia? —insinuó.

Milo carraspeó, y preguntó si había algo relevante

en las declaraciones de los testigos. Mercader explicó que apenas se podía extraer algo de los testimonios y quiso saber si alguna vez se había encontrado con un caso como aquel. No respondió. En su cabeza se mezclaban los interrogantes con las posibilidades, los indicios hallados y las sensaciones que le provocaban. Intentaba calibrar, valorar, examinar, pero todo le resultaba borroso. Tal vez, si lo compartía con ella, podría poner orden en su mente.

—Si damos por hecho que la inscripción está relacionada con el crimen —dijo—, podemos concluir algo positivo.

—¿Alguna vez contestas a lo que te preguntan? En fin, dime qué ves de positivo.

—Que la víctima no fue elegida al azar, lo que nos facilita el trabajo y nos quita un enorme peso de encima. El problema es que no lo podemos afirmar con certeza.

—¿Y cuál es el peso que nos quita? —preguntó.

—La posibilidad de que vuelva a actuar. —Se volvió hacia él. Lo vio pensativo, con la mirada perdida. Retornó la vista al tráfico—. Ya sabes, según el modelo clásico es lo que suelen hacer los asesinos oportunistas. Cuando le pillan gusto al asunto y repiten.

—Pues habrá que celebrarlo.

—Olvídalo. La letra G lo cambia todo.

—¿Por qué? ¿Qué nos dice? —Nerviosa, tomó la curva para coger Travessera de les Corts e invadió el carril bus—. ¿Qué demonios es lo que cambia?

—Si suponemos que es la firma del asesino, puede que no se detenga en Pinto. Tal vez se trate de una serie que ha iniciado con el *exconseller*... lo que va a abrir de par en par la caja de Pandora.

—¿Y si en vez de su firma es otra cosa?

—Si guarda relación con el símbolo masónico, y a su vez con el caso, va a abrir de par en par esa maldita caja, solo que entonces va a salpicar a mucha más gente, a gente poderosa y con influencias.

Rebeca divisó el edificio de la Central. Detuvo el coche y se encaró con él.

—O sea, en cualquier caso se aproxima una tormenta. —Milo asintió—. Una de las gordas. —Asintió de nuevo—. Singla te va a matar.

Milo se arrellanó en el asiento.

—Necesito ver la filmación de las cámaras de vigilancia —dijo.

4

En la pantalla, las imágenes en blanco y negro se veían borrosas. La resolución de las cámaras de vigilancia situadas en el cruce, delante de La Pedrera, no era muy alta, y la calidad de la grabación se veía perjudicada por los reflejos de la potente iluminación del edificio y la nocturna del resto de la calle. El predominio de los grises, unido al verde causado por la refracción de la luz, daba al conjunto una apariencia fantasmal. Pero bastaba para seguir los pasos del asesino y sus movimientos.

Milo entornó los ojos mientras mordisqueaba un sándwich. Rebeca, empujada por su insistencia, lo había dejado solo en la sala de visionado, no sin antes comentar con enfado que aprovecharía para redactar el informe.

Apretó un botón de la consola y reinició la filmación.

Un plano fijo de la esquina, desde un ángulo elevado, recogía el chaflán en el centro, con parte del edificio hasta una altura de tres pisos; a la izquierda, la acera que subía por el paseo de Gràcia y media calzada con varios coches aparcados; y a la derecha, el inicio de la acera que se internaba por Provença.

El reloj situado en el margen superior derecho marcaba las 5.40 horas.

Un vehículo de Parques y Jardines aparecía por el margen inferior central del encuadre. Circulaba a poca velocidad. Luego, frenaba al llegar a la rampa del paso de peatones, subía despacio a la acera, recorría el chaflán, y se detenía bajo el balcón de la primera planta sin parar el motor, como revelaba el humo que salía por el tubo de escape. Las ramas de los árboles tapaban en parte la visión del vehículo, pero no impedían contemplar cómo una figura vestida de negro de pies a cabeza, con guantes y casco de visera tintada, descendía con parsimonia, dejaba la puerta entornada, y se dirigía a la del acompañante dando la vuelta por la parte trasera, abriendo de paso la cancela de la plataforma elevadora. Acto seguido, introducía medio tronco en la cabina y extraía a un semiinconsciente Eduard Pinto, se lo cargaba al hombro con relativo esfuerzo, cerraba la puerta con la cadera, y caminaba sin apresurarse de vuelta a la parte trasera del vehículo, donde lo dejaba caer dentro de la plataforma junto a lo que se distinguía que era un bidón.

El reloj marcaba las 5.41 horas.

La figura apoyaba un pie calzado con una bota de suela de goma sobre el guardabarros y, con un impulso, agarrado a un barrote de la cesta, se impelía al interior. A continuación, sin molestarse en cerrar la cancela, maniobraba el brazo flexo con los mandos hasta situar la plataforma a la altura de la barandilla de hierro forjado del primer piso. Entretanto, el cuerpo de Pinto permanecía inerte, con la cabeza en ángulo torcido, y las manos, atadas con el cable de acero, sobresaliendo por el exterior de la cesta en una súplica muda. La figura lo agarraba por el cable, y lo arrastraba como un fardo hasta lograr pasar el acero por detrás de una punta de la enredadera de hierro, situada en el centro de la balconada. Sin perder un segundo, destapaba el bidón y lo regaba con gasolina, profusa y meticulosamente, por todas partes. Al recibir el líquido inflamable en el rostro, la víctima abría los ojos y la boca, como despertada de un profundo sueño, y su cara mostraba el más atroz de los horrores. Tras devolver el bidón a la cesta, la figura se situaba de espaldas a la cámara, extraía algo del interior de su vestimenta y, reclinada sobre Pinto, se entretenía unos instantes. Al cabo, guardaba el objeto y recuperaba la posición. Después, con una mano apoyada en la cadera, hacía bajar la plataforma. A medida que descendía, el cuerpo, que hasta ese momento permanecía recostado contra la cesta, se iba dejando caer, estirándose hasta adoptar la verticalidad completa, con los brazos extendidos hacia el cielo, poco antes de que la plataforma se detuviera plegada en su totalidad.

El reloj marcaba las 5.43 horas.

La figura recogía el bidón y saltaba al suelo. Y ahora sí de forma apresurada, se metía en el vehículo, lo hacía avanzar unos metros, y salía de él, de nuevo sin apagar el motor, con las manos vacías. Regresaba bajo el balcón, abría la tapa de un mechero, lo encendía y, sin más, lo lanzaba contra el cuerpo que pendía inerte. Al punto, la llama prendía en las ropas de la víctima, envolviéndolo con rapidez en grandes lenguas de fuego. Una antorcha humana. En un principio, el infortunado apenas se movía; pero de pronto, comenzaba a patalear en el aire presa del dolor. La figura, mientras, volvía la cabeza hacia lo alto, hacia la cámara, y efectuaba un gesto que se podía interpretar como saludo o despedida: agitaba una mano y a continuación, replegando cuatro dedos, el índice. Luego, retornaba al vehículo con paso acelerado, se montaba, circulaba un instante por la acera, lo bajaba a la calzada por una rampa, y lo abandonaba en Rosselló. Allí se apeaba con el bidón, cruzaba corriendo el paseo, y desaparecía del ángulo de la cámara. En la esquina, el cuerpo de Pinto, envuelto en grandes llamaradas, pendía sacudido por las convulsiones.

El reloj marcaba las 5.44 horas.

Milo apagó la pantalla.

Tiempo total de la operación: cuatro minutos. Todavía con la imagen de la víctima en sus pupilas, retorciéndose entre el fuego, tiró asqueado el sándwich sobre la mesa. Se recostó en la silla y se frotó los ojos.

Por tercera vez visionaba la filmación. Si algo se podía extraer de ella era que el asesino, por su forma de actuar, poseía una crueldad extrema. Su actitud indiferente ante el sufrimiento de la víctima, su incapacidad para alterarse lo más mínimo, su frialdad y falta de nervios, así como la meticulosidad de todos sus movimientos y actos, le hizo concluir que se hallaban, sin duda, ante un psicópata implacable.

Oyó que a su espalda se abría la puerta de la sala y, sin volverse, dijo:

—Subinspectora, hay malas noticias.

—¡Joder, malas noticias! —aulló Singla. Entró de golpe agitando unos papeles en el aire. Detrás, una cohibida Rebeca aguantaba la bronca con expresión culpable—. ¿Qué leches es eso de que el asesino ha iniciado una serie? ¿Y lo de la masonería? ¿Qué son todas estas pijadas? ¿Dónde están las pruebas? ¡Sabía que solo ibas a traer problemas!

Milo sostuvo su mirada.

—Jefe, por ahora solo son indicios pero...

—¿Indicios? ¡Conjeturas de un jodido chiflado! —Un leve temblor apareció en sus labios—. ¡Cualquiera con dos dedos de frente lo vería! Una pintada, unas inscripciones. ¡Nada! ¿Me oyes? ¡No tienes nada! ¿Te imaginas si esto sale de la comisaría? ¡A la mierda contigo, Malart! ¡Me importa un carajo quien te cubra las espaldas! ¡No pienso arriesgar mi carrera por las fantasías del hijo de un esquizofrénico!

Milo no hizo ningún gesto.

Singla enarboló los papeles. Enfrió su cólera y dijo:

—Esta es la munición que necesitaba. Estás acabado, ¿me oyes? ¡Acabado! Después de esto, Bastos te pegará la patada. No has durado ni veinticuatro horas, majadero.

Abandonó la sala dando un portazo. El silencio se extendió como un manto protector. Con los gritos resonando en su cabeza, Milo respiró hondo.

—No debería haber incluido tus sospechas en el informe —dijo Rebeca—. Me he precipitado, lo...

—No te preocupes, me gusta cuando me duele. Significa que aún estoy vivo. De todas formas, sabíamos que iba a ocurrir tarde o temprano. Ahora que ya ha pasado, podremos trabajar tranquilos.

—Pero cuando esto llegue a oídos del comisario jefe...

—Ya cruzaremos ese puente —zanjó. Se encaró de nuevo con la pantalla—. Volvamos al trabajo. ¿Qué se hizo del bidón? ¿Fue encontrado?

—Sí, la Científica. —Tomó asiento a su lado—. En

un contenedor de Rosselló con paseo de Gràcia. Sin huellas. Gasolina normal.

Milo encendió la pantalla, pulsó el botón, y volvió a aparecer el cuerpo de Pinto envuelto en llamas. El reloj marcaba las 5.45 horas.

—Impresiona —murmuró ella, estremecida.

—Es una filmación demoledora.

—Aún no has visto la que realizó el asesino. Es peor.

—Eligió las 5.40 horas. —Señaló el monitor—. Cuando está más oscuro antes de amanecer, que ahora es sobre las seis y poco. Y solo empleó algo más de cuatro minutos, para reducir la eventualidad de que algún peatón se cruzara en su camino.

—Pero no la eliminó del todo. ¿Qué habría sucedido si alguien hubiera aparecido? Corrió un gran riesgo.

—Jugó con las posibilidades. A esas horas, y en un margen de tiempo tan corto, no es habitual encontrar muchos peatones por la calle. Aunque es cierto que siempre hay algún solitario, algún empleado caminando hacia su trabajo.

—Lo que demuestra que lo planificó hasta lo posible, y luego cruzó los dedos.

En la pantalla, los movimientos de la víctima eran cada vez más pausados. El fuego, por el contrario, tras avivarse unos momentos, se mantenía constante.

Las 5.47 horas. Milo hizo un gesto de incredulidad.

—El cuadro es dantesco. Un cuerpo ardiendo en pleno centro de Barcelona. Colgarlo, quemarlo, exponerlo así. ¿Por qué? ¿Para qué tantas complicaciones?

—Para mostrar el máximo desprecio hacia el objetivo de su ira. Es una venganza llevada hasta el límite. Como decías, indica un odio profundo.

—Y un escarmiento. Da una lección, en el sentido

más salvaje de la palabra. Pero ¿a quién, aparte de la víctima? ¿Y por qué eligió un edificio de Gaudí?

—Hay otros en calles menos frecuentadas —dijo Rebeca—. Pero escogió este en el paseo de Gràcia.

—Cuando hubiera sido más sencillo hacerlo en otro escenario —reflexionó Milo—. Escenario, teatro, representación. Eso es. Todo esto nos parece muy rebuscado porque es exactamente lo que es: teatral.

—¿Y eso adónde nos lleva?

—Ni idea.

Las 5.49 horas. La víctima ya no se movía. Carbonizada, asomaban algunas llamas por el torso y las piernas. Y sobre su cabeza ennegrecida, se ondulaba una más acentuada, como un fuego fatuo.

—¿Puedes pararlo? Mi estómago ya tiene suficiente.

—¿A qué hora llegaron los bomberos?

—A las seis y dos minutos. Un taxista dio el aviso.

Milo apagó la pantalla y ella le dio las gracias.

—No me lo agradezcas todavía —dijo Milo. Rebobinó la cinta—. Tenemos que repasar varias cosas. —Reinició la película. La hizo pasar rápido hasta que el asesino descendía del vehículo por primera vez. Congeló la imagen—. ¿Qué ves?

—Un hombre enfundado en un traje de motorista, con casco, botas y guantes.

—¿Cómo sabes que es un hombre?

—La comparativa biométrica, y por su forma de moverse y fuerza, llevaron a la Científica a concluir que se trataba de un varón.

Milo permaneció unos instantes en silencio.

—Conozco a mujeres que miden cerca de metro ochenta y rondan los setenta kilos —dijo—. Y lo de la fuerza es relativo.

—¿Y su forma de correr? Por nuestra fisiología, lo hacemos de una manera muy concreta.

Milo hizo avanzar la grabación hasta el momento en que la figura abandonaba el vehículo y salía corriendo. Lo pasó tres veces, adelante y atrás.

—Apenas se le ve correr —dijo—. La cámara solo recoge el instante en que inicia la carrera y da unas zancadas. ¿Tú distingues la forma? Yo no.

—Ni yo, pero ellos son los expertos, y es su conclusión.

—Solo me fío de lo que ven mis ojos, y no siempre. También me engañan a veces.

—¿Pones en duda lo que afirma la Científica?

—Pongo en duda todo, es mi forma de trabajar —dijo Milo—. Y aquí veo muchos datos no concluyentes. No me mires así —añadió, sin volverse—. Solo digo que con estas imágenes podemos extraer muy poca información, algo con lo que contaba el asesino al elegir ese atuendo. Por eso no le preocupó la presencia de la cámara.

De súbito, dejó escapar una risa desabrida.

—¿De qué te ríes? —quiso saber ella.

—De mí. Cuando sé que hay una cámara, tengo la manía de bajar la cabeza. Por ejemplo aquí, en el ascensor de la comisaría. Ignoro por qué lo hago, pero lo hago. Tal vez porque me siento culpable, no sé. En cambio, al asesino no le importa que lo vean; al contrario, mira a cámara e incluso saluda. —Hizo retroceder la filmación hasta el punto en que la figura de negro hacía el gesto de despedida. Congeló la imagen—. ¿Qué opinas de esto?

—Que tienes un sentimiento de culpa muy arraigado. Yo, de ti, visitaría a un psicólogo.

—¡Maldita sea! —Sacó la tarjeta que le había entregado Bastos y marcó el teléfono de la psicóloga—. ¿Tienes hora?

—Casi las nueve. Llevas varias horas aquí encerrado.

Escuchó que se activaba un contestador. Al cabo, dejó un mensaje pidiendo disculpas y proponiendo aplazar la cita a las doce del mediodía. Agregó que llamaría poco antes para confirmar la visita, y colgó.

—Sigamos. El asesino —dijo. Señaló la pantalla—. No le preocupa la cámara y se despide. ¿Qué nos está diciendo?

—Es un desafío —afirmó Rebeca—. Nos reta.

—De acuerdo. ¿Y ese índice extendido que mueve de izquierda a derecha?

—Parece que nos esté diciendo que no.

—¿Y qué puede estar negando?

Rebeca repasó el momento despacio, adelante y atrás. El intencionado gesto que ahora le resultaba evidente que era de negación. Milo congeló la imagen.

Con un hilo de voz, la subinspectora dijo:

—No puedo perdonar. No puedo olvidar. No.

—O no *quiero* perdonar, y no *quiero* olvidar.

—La inscripción de la columna de La Pedrera.

Milo asintió levemente con la cabeza.

—Y ahora, fíjate. —Adelantó un par de segundos la filmación hasta el instante en que la figura daba media vuelta de forma apresurada para subir al vehículo. La hizo retroceder, y repitió la operación. Por último, congeló la imagen—. ¿Qué hace ahora?

—¿Deja de negar? —aventuró Rebeca—. Mantiene el índice extendido, quieto.

—Y ese gesto, ¿qué significa?

—Señala un número, el uno —murmuró, aturdida.

Milo inspiró hondo, se recostó en la silla y entrecruzó las manos por detrás de la nuca.

—Bienvenida al equipo —dijo—. Ahora ya son conjeturas de dos jodidos chiflados.

Tras acabar la reunión con el patronato de la entidad, Félix Torrens, el presidente del Círculo Gaudí, entró en su lujoso despacho y se dejó caer sobre uno de los confortables sillones. Se sentía satisfecho. Todo había salido tal y como había calculado. Los patronos habían dado por buenas sus propuestas y aprobado por unanimidad los números que les había presentado, dando así de nuevo su conformidad a la gestión que venía desempeñando con pulso firme desde hacía veinte años. Mientras observaba los artesonados de madera y hierro del techo, obra de Gaudí al igual que el resto del edificio, esbozó una sonrisa de triunfo. Como el genial arquitecto, él también poseía un talento único, inimitable y valioso. Y constatarlo una vez más le provocaba una sensación poderosa, rayana en la invulnerabilidad.

Se ajustó las gafas de fina montura negra y consultó el reloj de muñeca, un Patek Philippe de oro rosa. Calculó que los patronos ya estarían desfilando escaleras abajo hacia la salida del Palau Güell, sede de la fundación. No tenía prisa, pero una de sus costumbres, después de celebrar las periódicas reuniones, era mantenerse alejado de ellos con tal de evitar posibles preguntas embarazosas. Gozaba de su confianza, la mayoría componentes de las llamadas «cuatrocientas familias», pero procuraba restringir su trato tras las obligaciones de la fundación. En cambio, no tenía ningún inconveniente en fomentar los encuentros con ellos en el Liceu, el palco del Barça o el Círculo Ecuestre, donde podía extender sus influencias y hacer nuevos contactos.

Se incorporó con cierta dificultad, propia de un hombre de más de sesenta años, y se dirigió al armario donde se hallaba la caja fuerte. Maniobró con la combinación, extrajo un maletín forrado con piel de imitación, y la cerró. Apoyó el barato portafolios en la mesa y comprobó de un vistazo que estaba lleno de fajos de billetes de quinientos. Luego, abandonó el despacho y atravesó la antesala donde su secretaria levantó la cabeza.

—Hasta mañana, Gemma —dijo, sonriente—. No tardes mucho en irte a casa.

—Así lo haré, señor Torrens. Buenas noches.

Salió al recibidor de la primera planta y, sin prestar atención a la suntuosa decoración de estilo mudéjar, se encaminó hacia las escaleras. Bajó hasta el vestíbulo, que destacaba por su cubierta con doble cúpula, y atravesó la monumental entrada con rejas caladas de hierro forjado, ornamentadas con el escudo de Cataluña y un yelmo con un dragón alado. Una vez en la calle, se dirigió al parking situado a una veintena de metros. Como cada día, se preguntó cómo era posible que el conde Eusebi Güell, uno de los hombres más ricos y poderosos de finales del siglo XIX, le encargara a Gaudí la construcción de su casa familiar, un palacio, en una calle tan miserable como aquella, en un barrio tan inapropiado como El Raval, en vez de escoger la zona alta. Le resultaba inconcebible.

Rebasó una tienda pakistaní de comestibles, una peluquería china, y se metió en el parking. Con prisas, pues le sobrecogía la escasa iluminación del garaje, apretó el mando a distancia para abrir su nuevo Jaguar XJ y se sentó al volante. Dejó el maletín en el asiento de al lado y activó el cierre centralizado. A continuación, lo puso en marcha y condujo hacia la calle. Empezaba a caer la noche y encendió las luces de posición. Fresco y a gusto en su berlina de lujo, desactivó el navegador. Le irritaba aquella voz femenina dándole órdenes todo el rato. Además, conocía de memoria el recorrido hasta llegar a su casa en Torrent de les Roses, en el barrio de Pedralbes, la zona más alta que encontró de la ciudad.

Rodeó la plaza con el mirador de Colón y tomó las Ramblas arriba consciente de las miradas que despertaba entre turistas y gente en general. Adoraba aquella sensación; él, encerrado y a salvo en su Jaguar, protegido del mundo de los anónimos, mientras los demás se asaban vivos o conducían sus vehículos mediocres. Contempló el paseo central, la cantidad de gente que abarrotaba las terrazas, que caminaba arriba y abajo, que se detenía ante las esculturas humanas o ante las paradas de flores y kioscos. Toda aquella muchedumbre sudorosa y sucia no formaba parte de su realidad. Lo suyo era estar por encima, en los lugares de privilegio, sin rozarse con los ciudadanos de a pie. Y observarlos como en el zoo, a distancia. Sin contaminarse.

Tomó por el paseo de Gràcia y aceleró para coger en verde los semáforos. Al llegar a la Diagonal, volvió a girar por la rotonda y enfiló por la amplia avenida en dirección hacia la zona universitaria.

El móvil comenzó a sonar y activó el manos libres.

—¿Sí?

—Sería bueno que habláramos pronto del tema.

—Tú haz tu parte, que yo me encargo del resto.

—Esto se alarga y nuestro hombre está con la mosca detrás de la oreja.

—Ya estoy trabajando según las sugerencias que me planteaste. Tranquilo.

—De tranquilo, nada. Tiene que estar resuelto como máximo a fin de mes.

—Lo estará, confía en mí —insistió.

—¿Y lo otro? ¿Cómo va esa adjudicación?

—En marcha, a punto de caramelo.

—Intercede para liberar los trámites.

—¿Me dices cómo hacer mi trabajo? Todo sigue su curso, como siempre.

—Me alegra saberlo. Tranquilizaré a quien ya sabes.

Cortó la comunicación.

—Advenedizo de mierda —dijo.

Enojado, cambió de carril sin poner el intermitente y, a la altura de la Facultad de Económicas, giró a la derecha para subir por la avenida del Ejército. Siempre le ocurría lo mismo con los políticos de nuevo cuño; perdían los nervios, y a él le tocaba calmar los ánimos. No entendían que las cosas de palacio iban despacio, que no era bueno apretar las tuercas en exceso. Él tenía experiencia. Llevaba muchos años manejándose con asuntos similares y sabía lo que se debía hacer y lo que no.

Condujo recto, montaña arriba. El camino empezaba a empinarse a medida que se aproximaba al laberinto de callejuelas. Giró por una de ellas y se preparó para recorrer el último tramo repleto de recovecos y curvas pronunciadas. Al frenar ante un stop, notó algo a su espalda. Un movimiento.

Entonces se volvió hacia el asiento trasero.

—Sigamos —dijo Milo—. ¿Por qué apartó el vehículo de Parques y Jardines?

Rebeca observó la imagen en donde el asesino se subía a la cabina y lo hacía avanzar unos metros.

—Imagino que para evitar que el fuego lo alcanzara. Y tras lanzarle el mechero, lo condujo hasta la esquina de arriba para que no interfiriera en la filmación.

—O para que nadie pudiera subirse a él y socorriera a la víctima. Lo calculó todo para que nada impidiera que ardiese.

—Lo que subrayaría su meticulosidad y absoluto desprecio por la vida. Tanta crueldad, da náuseas.

Milo apagó la pantalla. En el monitor apareció reflejada su imagen. Observó su rostro cansado, ojeroso. Rebeca señaló el sándwich y le preguntó si se lo iba a acabar.

—Adelante. Te diría de ir a cenar algo, pero esta noche no puedo.

—¿Una cita?

—Más o menos.

—¿Y no vas a analizar ahora el vídeo que realizó el asesino, el que colgó en internet?

—Antes quiero ver algo con...

—Tus propios ojos —finalizó ella, la boca llena.

—Una cosa. ¿Cómo llegó con la víctima al vehículo de Parques y Jardines? En moto no pudo, es imposible llevar un cuerpo semiinconsciente de paquete.

—En otro tipo de transporte, digamos un coche. ¿Te describo la secuencia? —Asintió—. Llega a la esquina de Rambla Catalunya con Consell de Cent, donde lo ha aparcado el operario listillo. Necesita acercar el cuerpo lo máximo posible al dichoso vehículo y sin llamar la atención.

—¿A qué hora?

—Sobre las cinco y media de la madrugada, para reducir riesgos. Lo deja en el chaflán, el motor encendido. Fuerza la cerradura del vehículo de Parques y Jardines y hace un puente. Sale con él, lo detiene. Vuelve al coche y lo aparca en la plaza que acaba de dejar libre. A continuación, saca el cuerpo, lo mete en el vehículo, y hace otro tanto con el bidón. Luego, sube al trasto de Parques y Jardines y conduce hasta la Casa Milà por paseo de Gràcia o Rambla Catalunya.

—Por el lateral del primero, según las cámaras.

—Llega a La Pedrera y hace lo que sabemos. Cuando termina, corre hasta situarse en la esquina frente al edificio. Filma su maldita película. Llegan los bomberos, para la grabación y entonces traza la G en el suelo. ¿De dónde sacó el bote de espray?

Milo se encogió de hombros.

—¿Otra vez de debajo de su indumentaria?

—Ahí dentro llevaba un arsenal; cámara, mechero y espray —repuso ella—. Una vez ha pintado la letra, se larga. Nadie lo ve, ningún testigo aporta nada válido.

—La poca gente que hubiera, ¿hacia dónde miraría? Hacia el fuego.

—Se va caminando, tiene la precaución de evitar las cámaras de Tráfico y las de bancos y tiendas. Ninguna grabó a un motorista con casco y a pie a esas horas. Llega a su coche y se marcha de allí. Fin de la operación.

Milo reflexionó, le pareció razonable.

—Me acabas de jorobar la posibilidad de obtener datos sobre su coche; en el mejor de los casos, un nombre —dijo—. Le he pedido a Crespo una lista de las multas en la zona el día del asesinato. Si aparcó a esas horas y donde dices, está permitido. O sea, no hay multa.

—Lo más probable es que lo robara.

—Recuerda mañana pedir a Crespo un listado de ladrones de coches en activo. Podría servirnos para cruzar datos. Este tipo sabe forzar puertas y hacer puentes, algo no al alcance de todo el mundo.

—Yo sabría hacerlo —se jactó Rebeca—. Tal vez no con los vehículos modernos y sus aperturas por ondas codificadas, pero sí con un trasto con llave para la puerta y el arranque, a la antigua.

—Eres muy espabilada, chica dura. Por eso, mañana me darás un informe con las conclusiones que hemos sacado y otro con las tuyas sobre la conducta criminal del asesino. Tú eres la experta de Quantico. Y oye, que esta vez no sea un informe... precipitado. —Ella dio un leve cabeceo—. Vale, yo cierro máquinas. ¿Sabes quién de Personas Desaparecidas llevó el caso de Pinto? Quiero hablar con él.

—Mateo Sonseca.

—No lo conozco, ¿es un buen tipo? —Rebeca se encogió de hombros—. ¿Te acerco a algún sitio?

—Voy a quedarme un rato más. Redactando.

—No te canses mucho —dijo. Abrió la puerta.

—Inspector Malart, ¿puedo hacerte una pregunta? —Asintió—. ¿Por qué tienes que visitar a un psicólogo?

—Es una de las dos condiciones que me han impuesto para ser readmitido. Los de arriba consideran que no estoy bien de la azotea.

—¿Y la otra?

—Tú. Eres mi canguro —dijo. Y abandonó la sala.

Entró en el portal de la calle de la Atlàntida, dio al interruptor de la luz y subió a oscuras los cuatro pisos hasta llegar al ático. Se preparó algo de cena y salió a la terraza. Mientras masticaba, observó la animación del paseo Marítimo. Un batiburrillo de músicas llegaba hasta sus oídos junto al rumor de la multitud congregada.

En Barcelona, la gente era el paisaje.

Llevó los restos a la cocina y se dirigió al dormitorio. Se quitó la ropa y se echó sobre las sábanas. Cerró los ojos. El sudor le resbalaba por la espalda. Al rato, decidió salir de nuevo a la terraza y recostarse en la tumbona. Peor. Los gritos de la gente, algún conato de pelea entre borrachos, la chirriante combinación de ritmos musicales. Con la cabeza embotada por el cansancio, se vistió otra vez y bajó a la calle.

Cruzó el paseo y caminó hasta la orilla. Se desnudó, amontonó la ropa y se adentró en el mar. Con la primera zambullida, notó de inmediato la cabeza despejarse y cómo una energía vigorizante recorría su cuerpo. Dio unas brazadas hacia lo hondo. Poco después, se dejó flotar con los brazos y piernas extendidos. No era el mar de Port de la Selva, donde podía bañarse en compañía de bancos de peces, pero bastaba para refrescarse, como una inmensa piscina. Contempló la línea de la costa. El hotel W, inconfundible con su forma de vela desplegada; la vieja torre del funicular, con su combado cableado ascendiendo hasta la montaña de Montjuïc; los rascacielos de la torre Mapfre y el hotel Arts, rivalizando en altura y diseño; y a lo lejos, las chimeneas de la central térmica del Besòs, ya en desuso, pero mantenidas en pie por el valor testimonial de una época.

Desde el mar, el paisaje de Barcelona era otro. Y su belleza, hipnotizadora.

Lejos de tierra firme le resultaba una ciudad entrañable, cálida. Le despertaba afecto. Era su escenario vital, como parte de la familia. Por ello, podía juzgarla con severidad. Y juzgaba que durante los últimos veinte años había perdido el alma. Seguía el modelo de urbe turística, de ciudad que había renunciado a su identidad a cambio de convertirse en mero destino de touroperadores. Sus gestores la habían transformado en una gigantesca atracción para visitantes, y el precio del cambio eran los ciudadanos que, a golpe de excavadora, habían sido desposeídos para construir plazas duras y hoteles de cinco estrellas. De súbito, tuvo la sensación de que no estaba solo. Percibió cuerpos inertes a su alrededor. Miles de cuerpos. Flotaban junto a él, igual que si estuviera inmerso en un estanque de formol de una morgue decimonónica. Una masa de víctimas olvidadas.

Nadó furiosamente hasta la orilla. Se vistió a toda prisa y se encaminó al ático. Sacó del congelador la botella de vodka. Iba a echar un trago cuando recordó la amenaza que pendía sobre su cabeza. Vaciló. Los temores pudieron más que la tentación y la devolvió a su sitio. Temblando, fue a darse una ducha. Luego, recogió la placa, el arma, un libro cualquiera del montón junto a la puerta, y salió del piso.

Circuló por las cada vez más desiertas calles a medida que se alejaba de la playa. Aún no era la hora y aprovechó para subir hasta el mirador. Se detuvo para observar el panorama. La urbe descansaba con placidez, acurrucada entre el mar y la montaña. De bajada, dudó en acercarse a donde vivía Irene; pero enseguida lo descartó. Irene. Solo pensar en ella y se le agriaba el ánimo. Aceleró con fuerza.

Pasaban unos minutos de las cinco cuando aparcó en un vado del paseo de Gràcia. Descendió del coche con el libro bajo el brazo. Ya faltaba poco para la hora. Se situó en la acera opuesta a La Pedrera y observó el edificio por tercera vez en día y medio. No había ni un alma. Para hacer tiempo, se acercó a uno de los bancos modernistas y abandonó el libro. Luego, hundió las manos en los bolsillos y se dedicó a caminar arriba y abajo por el paseo.

A las cinco y media, se detuvo en el lugar donde el asesino había filmado a su víctima.

Y esperó.

Entonces escuchó el repiqueteo de unas ruedecillas. Vio a un indigente de edad indefinida, desaliñado y sucio, que caminaba pesadamente hacia él arrastrando un carrito de la compra lleno de trastos hasta los topes. Camisa ajada, pantalones atados con una cuerda y sandalias rotas que dejaban a la vista unos pies amoratados. El cabello ralo e hirsuto se erizaba en todas direcciones. Parecía hablar solo.

Al llegar a su altura, Milo detectó un rastro acre de sudor y otro más rancio del humo de picadura. Pero por encima de todos, el inconfundible hedor a vino barato.

—¿Has visto mi maleta? —preguntó el hombre de improviso, la voz cascada y ronca—. Yo tenía mi maleta. En mi maleta estaba todo.

Sus ojos tenían la misma impronta que los de su padre: miraban por encima de su hombro, como si observaran algo más allá de él, muy lejos. Reconoció de inmediato aquella mirada desenfocada, sabía lo que significaba. Las fugas momentáneas de la realidad.

—¿Y mi maleta? —insistió—. ¿La has cogido tú?

Aquel hombre tenía una historia. En algún punto las cosas se le habían torcido, desencadenando unos acontecimientos que lo habían llevado hasta ese estado. Y como en toda tragedia, no se pudo sustraer a ella. Ya no había una ilusión que lo cambiara todo, la vida lo había desbordado, y ahora no significaba nada para nadie. Pero en el pasado, sí debió de existir alguien a quien le importara. ¿Quién era capaz de prever un guion así? Y no obstante, ocurría. Cada vez más a menudo.

—No, yo no he sido —dijo Milo—. Pero sé quién puede haberlo hecho.

Los ojos del sintecho parpadearon. Luego, se clavaron en su rostro con un destello de ansiedad.

—Dime quién me ha robado mi maleta. En mi maleta lo guardaba todo.

—Fue el motorista que estuvo plantado aquí hace unos días, ¿lo recuerdas? —dijo. Todos los testigos miraban hacia el fuego. ¿Quién no lo habría hecho? Un indigente, alguien a quien le trajera sin cuidado lo que sucedía a su alrededor. Cruzó los dedos y añadió—: Estoy seguro de que fue él.

El hombre se enderezó despacio. Desvió la vista. Tras asimilar sus palabras, volvió a fijarla sobre su hombro.

—¿Aquel chico? —balbuceó.

—¿Lo viste?

El hombre sacudió la cabeza, los ojos idos.

—No, ese marica no cogió mi maleta.

—¿Cómo sabes que era un marica?

—¡Porque lo era! —gritó, agresivo—. ¡Ese maricón de mierda! ¡Se quedó ahí hasta que vino una furgoneta y se lo llevó!

—Tranquilo. También me robó la mía.

—¿A ti también te robó tu maleta? —repitió, el rostro contraído en una mueca—. ¡Ese marica ladrón!

—¿Qué aspecto tenía? ¿Le viste la cara?

—Era guapo —dijo, súbitamente sereno—. Con el pelo rubio rapado. Se subió a la furgoneta blanca y se largó. ¡Pero no se llevó mi maleta! —rugió. Con la mirada turbia de nuevo, levantó un puño y amenazó al aire—. ¡Mi maleta no se la llevó ningún marica! ¿Fuiste tú?

Milo supo que no iba a obtener nada más de él.

—No, te prometo que yo no fui.

—En mi maleta estaba todo —salmodió otra vez.

Bajó la cabeza, agarró el carrito, y reemprendió su camino arrastrando los pies. De vez en cuando, volvía el rostro y miraba desconfiado a su espalda.

Milo dejó escapar un suspiro. Dio un vistazo al móvil. Marcaba las 5.42 horas.

Ya era el momento.

Se situó donde se había detenido el asesino y trató de quedarse en blanco. Vaciarse para poner en práctica su método y sentir como otro. Como un psicópata.

Volvió a fijar la mirada en la Casa Milà. Según las revistas satíricas de la época, un gigantesco aparcamiento para dirigibles. Todo lo diferente, lo nuevo, provocaba resistencia, crítica feroz. Como bautizarla en burla La Pedrera por su aspecto de mole pétrea. Era el precio de la genialidad. No se entendió su revolucionario concepto orgánico y Gaudí fue atacado. El tiempo sería el encargado de poner las cosas en su sitio: los memos y sus críticas, al cajón del olvido, y el maestro arquitecto a la memoria colectiva y la veneración de generaciones posteriores.

Cerró los ojos y trató de ponerse en la piel del asesino, ser él. Visualizar la escena.

El hombre ya está envuelto en llamas. Se merece arder en el infierno. Ahora debo filmarlo. Me sitúo aquí, enfoco y lo grabo. Por fin tiene su castigo. El espectáculo me reconforta. Su dolor es mi recompensa. Pero no basta.

—No tengo suficiente —murmuró. Apretó los párpados—. ¿Qué más quiero?

Dar un escarmiento, completar mi venganza.

—¿A quién? ¿Por qué?

Más daño. Causar más dolor. Humillar.

—Pero ¿por qué este edificio?

Quiero mancillar al genio, la memoria colectiva. Manchar la imagen de la ciudad. Marcarla a fuego para siempre. Para que nunca olvide. La odio. Y voy a darle una lección.

—¿La ciudad es tu víctima, tu objetivo? —farfulló.

Abrió los ojos. Sacudió la cabeza. Sonó el móvil.

—Milo, soy Susana. Ha desaparecido otro hombre camino de su casa, igual que el anterior.

5

El rostro moribundo, desencajado; la piel macilenta. El horror en los ojos. Y en la comisura de los labios resecos, estriados, se acumulaban gruesas boqueras blanquecinas. En un gesto de desesperación, empujado por la extrema sed, la víctima extraía la lengua para intentar atrapar unas gotas del líquido que chorreaba por su cara. Acto seguido, su mueca de repulsión al notar el sabor a gasolina. Y un par de segundos después, cuando su cerebro abotargado lograba relacionar aquel regusto con el hecho que se iba a producir a continuación, dilataba los ojos de puro pánico. Milo pudo observar con claridad el momento en que realizó la sinapsis. El instante exacto en que comprendió que iba a morir devorado por el fuego. Al averiguar el destino que le aguardaba, todo su rostro se contrajo en una mueca de terror sin límites.

Era la primera imagen del vídeo que filmó el asesino: un primer plano de su víctima. Lo detuvo. Asqueado, impulsó la silla con ruedas y se alejó del monitor. Ya tenía bastante. Se incorporó y dio unos pasos por la sala.

Tras recibir la llamada de la jueza Cabot, decidió acudir a comisaría. Condujo sumido en un mar de interrogantes. ¿Otro desaparecido significaba que su teoría era acertada? ¿Se hallaban efectivamente ante un asesino en serie? ¿Tendría relación con Pinto? Amanecía cuando entró en la oficina. Cruzó unos saludos con un par de sargentos, deambuló como un fantasma y, por último, se dirigió a la sala de descanso en busca de un café bien cargado. Después de un par de tazas, cogió varias barritas de cereales y fue a la sala de visionado. Antes de que estallara la conmoción en la Central por la noticia quería ver la grabación que el asesino había colgado en internet. Intuía que la jornada iba a ser intensa.

La película era en color, rodada con una cámara digital de alta definición. Se podían observar con nitidez los más mínimos detalles. Sin embargo, no contenía marcadores de fecha y hora, y Milo se había visto obligado a calcular los minutos con la grabación de las cámaras de videovigilancia. La dura imagen del primer plano correspondía a las 5.42 horas, cuando el asesino les daba la espalda y se entretenía unos instantes con la víctima. ¿Le había dirigido unas palabras? ¿Se había regodeado en su sufrimiento avisándole de lo que le iba a ocurrir? ¿Le había dado un último mensaje? Por su perfil, Milo estaba seguro de que no desaprovecharía una ocasión como aquella para infligirle una nueva tortura. Además, el hecho de haberlo filmado sin sonido le reafirmaba en su convicción. Era un asunto privado entre él y su víctima, y no quería testigos de la posible conversación.

Regresó con rapidez al monitor. Hizo retroceder unos segundos la película. La detuvo en el momento en que Pinto comprendía que iba a morir. Su rostro mostraba un abrumador espanto. Y algo más. Pasó la filmación despacio, adelante y atrás. La víctima desorbitaba los ojos de pánico; pero tras una breve pausa, casi indetectable, contraía su rostro en una expresión de espanto aún mayor. Parecía un detalle insignificante, pero ahí estaba. Era un lapso de tiempo ínfimo, lo justo para oír una frase corta de su verdugo. Y los ojos de la víctima reflejaban un súbito... reconocimiento.

—El asesino se identificó —dijo.

Después de tenerlo cautivo cinco días, sin darle comida ni bebida, aguardó al último instante para decirle quién era. Y su nombre le provocó un terror absoluto.

Confuso, se reclinó en la silla y dejó avanzar la filmación. Si estaba en lo cierto, no alcanzaba a comprender por qué el asesino mantuvo en secreto su identidad durante el periodo de cinco días. Le resultaba extraño, desconcertante. Mientras cavilaba al respecto, observó el siguiente plano del vídeo. Situado ya en la esquina opuesta, frente a La Pedrera, el asesino filmaba la agonía y muerte de Pinto desde la distancia. Calculó que el plano correspondía a las 5.45 horas, un minuto después de salir a la carrera tras abandonar el chaflán de la Casa Milà y a su víctima ardiendo.

Perfectamente encuadrado, el cuerpo aparecía envuelto en llamas. El lacerante dolor mordiendo cada célula de su ser. Las ramas de unos árboles tapaban en parte la visión de la antorcha humana. Sus convulsiones. Entonces, con sádica lentitud, perdiendo definición a medida que se acercaba, el objetivo de la cámara se aproximaba para mostrar, en un cruel plano corto, su boca desgarrada por un grito mudo. La carne de sus mejillas empezando a derretirse por el avance del fuego. Poco después, a las 5.47 horas, el objetivo se alejaba de nuevo para, en un plano medio, enfocar las sacudidas cada vez más pausadas mientras el fuego se mantenía constante. Pinto dejaba de agitarse a las 5.49 horas. Inmóvil, las lenguas de fuego asomaban por su torso y piernas. A continuación, en un largo plano general, la cámara mostraba una imagen todavía más impactante: mientras el cuerpo pendía calcinado, una llama cimbreaba sobre su cabeza como un fuego fatuo; y detrás, como insólito cadalso, el majestuoso edificio de La Pedrera con su fachada ondulante. La imagen, sumada al estremecedor silencio, provocaba una mezcla de atracción y repulsión.

Sobrecogido por la plástica del plano, Milo apenas prestó atención cuando la película recogía la llegada de los bomberos a las 6.02 horas y cómo se afanaban en apagar los últimos rescoldos del fuego. La grabación finalizaba un minuto después.

Apagó el monitor.

Pasaban veinte minutos de las ocho de la mañana cuando Rebeca llegó a la comisaría con la extraña sensación de que aquel viernes se iban a precipitar los acontecimientos. Inquieta, se sentó a su mesa y observó el despacho del inspector jefe Singla a través de las cortinillas abiertas. Caminaba de un lado para otro con el teléfono pegado a la oreja, gesticulando sin parar. Lo vio colgar con ademán acalorado y efectuar una nueva llamada. Más allá, sentado en una de las sillas, el inspector Bachs también hablaba por el móvil. A diferencia de Singla, mantenía una expresión serena, pero la tensión se reflejaba en el constante repiqueteo de su mano izquierda sobre la mesa.

Uno de los sargentos de guardia que abandonaba la oficina pasó por su lado.

—¿Sabes qué se está cociendo? —Rebeca señaló el despacho con la barbilla.

—¿No te has enterado? Anoche desapareció otro hombre y esta mañana pintan bastos. El comisario jefe ha ordenado reunión urgente y todo el mundo anda revolucionado. Ya sabes cómo se las gasta cuando aprieta el botón de alarma. Yo ahora acabo el servicio y no te imaginas cómo me alegro de marcharme a casa.

—¿Hay noticias del inspector Malart?

—Está encerrado en la sala de visionado. Ha venido pasadas las seis con cara de haber visto un espectro, pálido como el papel. Paseaba entre las mesas igual que un alma en pena, hablando solo. Es un tipo la hostia de raro.

—¿Sabes a qué hora es la reunión?

—¿No te han convocado? Tú estás en el caso, ¿no?

—¿La sabes, sí o no? —insistió ella, impaciente.

—A las nueve, en la sala de revista. Van a estar todos.

Se levantó en el acto y fue con rapidez a la sala de visionado. Se encontró un cuadro deprimente. Medio echado en la silla, y con las piernas apoyadas en la mesa, Milo dormía como un tronco abrazado a sí mismo, la cabeza sobre el pecho, soltando algún ronquido que otro. Cerca de la pantalla, una taza de café volcada y tres barritas de cereales sin abrir. Y por toda la estancia, el desagradable olor a cerrado más un penetrante tufo a sudor.

Cruzó la sala, abrió una ventana y fue a despertarlo. Alargó una mano, pero la detuvo en el aire. Su rostro mostraba los estragos del cansancio. Bolsas de profundo color morado, la piel ajada con barba de varios días, la boca semiabierta en un rictus desmayado.

Abrió los ojos de repente y Rebeca pegó un salto.

—No encaja —dijo, la voz pastosa—, no encaja.

Con la mirada ausente, a medio camino entre la vigilia y el sueño, la miró sin reconocerla, desvalido. De pronto, descruzó los brazos, bajó las piernas al suelo y se enderezó en la silla.

—¿Qué haces aquí?

—Eso digo yo, ¿cómo es que dormías en la sala de visionado?

—¿Sala de visionado? ¿Qué sala de...? —balbució, mirando en derredor.

—Inspector Malart, estás en la comisaría.

Milo se frotó los ojos. Volvió a enfocarla y vio que vestía vaqueros y camiseta gris con las letras NYPD estampadas. El pecho. Levantó la vista de inmediato.

—Bonita colección de camisetas —dijo.

—En cambio tú das asco. Llevas toda la ropa arrugada y hueles que apestas, por no decir nada de tu barba de indigente y de ese pelo que pide a gritos un buen lavado. Tienes el tiempo justo para mejorar tu aspecto antes de que empiece la reunión.

—¿Qué reunión?

—¿A ti tampoco te han convocado? Es dentro de unos minutos, a las nueve.

Se incorporó de golpe. Un súbito mareo le sobrevino y tuvo que volver a sentarse. Con la cabeza dando vueltas, vio a Rebeca abandonar la sala. Agarró una de las barritas, hizo rodar la silla hasta la ventana y observó la calle dando bocados. El sol ya proyectaba su potencia abrasadora, enturbiando la luz con la bochornosa atmósfera. Oyó que se aproximaba una sirena. Al poco, vio a una ambulancia zigzaguear entre el tráfico.

Rebeca dejó un café y un zumo sobre la mesa.

—Te lo aviso, es la última vez que te hago de camarera. Que te quede claro. La última.

Milo le pidió que le hablara de la reunión.

—Anoche desapareció otro hombre camino de su casa y Bastos la ha ordenado con urgencia. Me acabo de enterar que van a acudir todos, pero no sé quiénes exactamente. Nosotros, desde luego, no. ¿Estabas al corriente de la nueva desaparición?

—Esta madrugada me ha llamado la jueza Cabot para comunicármelo.

—¿Y no podrías haber hecho lo mismo conmigo? Soy tu compañera, ¿recuerdas?

—¿A qué teléfono? —dijo—. Estaba en la calle y no sé tu móvil ni si tienes fijo. Y ya en comisaría, sí, podría haberlo averiguado y llamarte, pero estaba tan perplejo por los últimos sucesos que solo he pensado en ver la filmación del asesino.

—¿A qué últimos sucesos te refieres?

Abrió el zumo y lo apuró en dos tragos.

—Te lo cuento luego. Debo darme prisa para no llegar tarde otra vez.

—¿Piensas ir a la reunión sin que te hayan convocado?

Bebió un largo sorbo de café y abrió otra barrita.

—Estoy en el caso, tengo novedades, y debo estar presente. —Dio un mordisco—. Es cosa de Singla, su memoria es muy selectiva. Y tú me vas a acompañar.

—¿Seguro? —dudó—. Yo no quiero problemas.

—Pues te quedas en casa y te pierdes la diversión. Tú decides. Lo tomas o lo dejas.

Rebeca no se lo pensó dos veces.

—Pásame el móvil —dijo. Extendió la mano y él se lo entregó—. Mientras vas a los vestuarios, introduciré mis teléfonos. Ya no podrás utilizar la misma excusa.

Milo apuró el café, agarró la última barrita, y se dispuso a salir de la sala.

—Mientras esperas, ¿por qué no imprimes las fotos que sacaste ayer?

—Lo hice anoche, las tengo en el dosier. Y también algunos fotogramas de la filmación de las cámaras de vigilancia, los más reveladores. Está todo preparado.

Lo vio salir con prisas. ¿Diversión? Arqueó las cejas.

En las oficinas del GEHME había un tráfico inusual de gente que iba de aquí para allá. La mayoría portaban papeles bajo el brazo, imprimían una inusual aceleración a sus pasos, y gesticulaban de forma tensa. Con nerviosismo creciente, Rebeca contemplaba aquel despliegue frenético desde su mesa. Sin dejar de controlar su reloj a cada minuto, se preguntaba dónde diablos se encontraba el inspector Malart.

—¿Lista? —dijo Milo, surgiendo a su espalda. Seguía sin afeitar, pero se había dado una ducha, cambiado de camisa, y adecentado un poco.

—Llegamos tarde —dijo Rebeca.

—¿Tienes ya el dosier preparado?

Ella resopló de impaciencia y caminaron hacia la sala de revista. Al llegar a la puerta, Milo se detuvo, tomó aire, y la abrió directamente, sin llamar.

—Señores, disculpen el retraso —dijo. Se apartó lo justo para que Mercader accediera a la sala—. Dificultades de última hora.

La estancia era grande, rectangular. Había repartidas una veintena de sillas, la mayoría orientadas en semicírculo hacia un atril delante de la pizarra magnética que cubría la pared. Una docena de rostros se volvieron en su dirección. Distinguió a la jueza Cabot sentada junto a un hombre a quien no conocía; aspecto atildado, traje de color crema, gafas de gruesa montura negra, y abultadas bolsas bajo unos ojos como ranuras. Su mirada evidenciaba el desagrado por la interrupción. En uno de los extremos, Singla se removía en el asiento. Y ocupando el resto de las sillas, los inspectores Bruno Bachs y su compañero Víctor Sena, y Tomás Rojo y Arturo Cervera, los encargados de investigar a Pinto. También estaban presentes dos hombres de Patrimonio y Fraude, cuyos nombres ignoraba, y otros dos más que supuso que pertenecían al Departamento de Personas Desaparecidas. Por último, de pie ante el atril, se encontraba Bastos, quien permanecía observándolos con fijeza y rostro inexpresivo.

—Si hacen el favor de acomodarse —señaló—, seguiremos con la reunión.

—Comisario jefe —dijo Singla—, el inspector y la subinspectora no han sido convocados. Se han incorporado a la investigación hace un día escaso.

—Tiene razón, solo somos un recurso de última hora —dijo Milo. Avanzó resuelto. Tras él, Rebeca hizo otro tanto—. Y en efecto, no hemos sido avisados, pero todo se debe a un malentendido. Debido a las numerosas preocupaciones del inspector jefe Singla, se le ha pasado por alto. Un error, sin duda, puesto que traemos relevantes novedades que podrían cambiar el enfoque del caso.

Se hizo un embarazoso silencio mientras Bastos miraba a ambos de forma alternativa.

—Yo no sé a ustedes —intervino la jueza Cabot—,

pero a mí me gustaría escuchar lo que el inspector Malart dice que han averiguado.

—No se hable más —zanjó Bastos—, ocupen unos asientos y continuemos.

Milo cogió dos sillas y las situó fuera del semicírculo, detrás de la jueza y el hombre del traje color crema. Rebeca sujetó con fuerza la carpeta sobre sus piernas mientras el comisario jefe agradecía a la jueza Cabot y al fiscal anticorrupción Màrius Fuster que hubieran acudido a aquel encuentro.

—Dada la gravedad de lo sucedido —dijo el fiscal Fuster—, dejemos los agradecimientos y vayamos al asunto. Por favor, avancemos con los hechos.

—Los hechos, muy bien. Anoche desapareció otro hombre en circunstancias similares a las del malogrado Eduard Pinto. Se trata de Félix Torrens, presidente del Círculo Gaudí, miembro del Consejo de la Fundación Catalana y de una conocida familia de la alta burguesía. Debido a su posición, y a la importancia de su entorno, su desaparición o secuestro supone un escándalo de proporciones inimaginables que debe ser tratado con suma delicadeza y de forma prioritaria, pues la presión de las fuerzas políticas y los medios va a ser mayúscula. Jefe Sonseca, su turno.

Mateo Sonseca, inspector jefe de Personas Desaparecidas, consultó un bloc de notas.

—El hecho ocurrió pasadas las 21 horas, no podemos precisar más —dijo—. Hacia las 20.50 horas, el señor Torrens salió de su despacho en el Palau Güell, en la calle Nou de la Rambla números 3 y 5, y se dirigió a su domicilio. Según su secretaria, acababa de mantener una reunión de cuentas con el patronato de la entidad y llevaba un maletín. Nada más abandonar el edificio, se encaminó al aparcamiento situado a pocos metros en la misma calle. Sus cámaras son solo disuasorias y no recogieron ninguna imagen. Sabemos por el vigilante que se subió a su vehículo, un Jaguar XJ de color azul metalizado, y salió del garaje. A partir de aquí, el señor Torrens desactivó el navegador de a bordo. Tras haber triangulado su posición por la última llamada que recibió en el móvil, lo situamos en la Diagonal, cerca de la zona universitaria. Suponemos que fue abordado y neutralizado por alguien que se escondía en el asiento posterior en alguna de las estrechas calles próximas a su casa. Su mujer dio la señal de alarma pasadas las once de la noche, después de varias llamadas infructuosas. Encontramos el vehículo cerrado y vacío, aparcado en la calle Can Falgàs, en un tramo que no dispone de cámaras de vigilancia. La Científica no ha encontrado huellas ni rastros en el asiento trasero ni en las puertas. Es todo lo que tenemos de momento.

—¿Se ha recibido alguna petición de rescate? —preguntó el inspector Rojo.

—Es demasiado pronto. Debido a ello, aún no podemos descartar que se trate de un secuestro y por tanto mantenemos el dispositivo para interceptar la llamada.

—¿Hay testigos?

El inspector jefe Sonseca negó con la cabeza.

—¿Y cuál es vuestra hipótesis sobre lo que ocurrió? —quiso saber Sena.

El inspector Sergi Cruz, de Personas Desaparecidas, carraspeó.

—Creemos que el sujeto pudo entrar en el coche de la víctima tras copiar la frecuencia de apertura —dijo—. Estos vehículos de lujo poseen lo que se llama una llave inteligente, que abre y cierra las puertas, y bloquea el arranque del motor. Pero nuestro individuo solo pretendía acceder a su interior, no robar el coche. Para copiarla, tendría que haber estado cerca de él con anterioridad al objeto de captarla y luego reproducirla; no es difícil de hacer con los medios adecuados. Suponemos que se introdujo en el vehículo en el parking. Está mal iluminado, el vigilante es mayor, se le acumula el trabajo y no siempre está en su garita, y las cámaras son de pega; cualquiera con capacidad de observación se daría cuenta. Lo abre, se mete en el asiento trasero, y lo cierra. Cuestión de segundos. Aguarda a que la víctima se suba. Y cuando sucede, se limita a esperar en silencio, inmóvil, hasta llegar al sitio idóneo para neutralizarlo. Un lugar tranquilo y solitario, sin cámaras, y donde menor sea la posibilidad de que haya testigos. Lo tiene todo calculado.

—¿Y cómo lo noquea?

—Lo más probable es con una Taser, se puede conseguir en el mercado negro o por internet, o con una inyección de alguna sustancia anestésica. En una dosis de alta concentración los efectos son fulminantes. Son fáciles de adquirir en la calle.

—Y una vez neutralizado —dijo Sonseca—, se baja del coche, aproxima su propio vehículo, que lo ha aparcado previamente en la misma calle, y traslada el cuerpo. Luego, limpia sus huellas, se lleva el maletín y cierra el coche.

—En un abrir y cerrar de ojos termina la operación de secuestro y se larga de allí sin apresurarse para no llamar la atención. Es como un fantasma —dijo Cruz—. Silencioso, con nervios de acero, escurridizo y limpio en todos sus pasos. Planifica con tiempo, sigue a su víctima, prepara sus acciones al detalle, y las lleva a cabo con eficacia. Por ahora, no podemos identificarlo. Es invisible.

—Características que coinciden con nuestro asesino —señaló Milo.

—El método es idéntico al de Eduard Pinto —admitió Sena.

—No nos precipitemos —dijo Singla.

—Dices que se llevó el maletín, ¿no es eso? —preguntó Rojo.

—Félix Torrens salió con él de su despacho —contestó Sonseca—, y en el coche no lo hemos encontrado.

—¿Sabéis qué contenía?

—No —dijo. Lanzó una mirada a Fuster. El fiscal se removió inquieto—. Pueden ser documentos, papeles confidenciales del Círculo Gaudí...

—O dinero —apuntó Rojo.

Sonseca guardó silencio.

—A ese tipo le ha tocado el gordo —dijo Cervera—. Se lleva a un ricachón para pedir una pasta por él, y un maletín lleno de billetes. ¡Tiene una suerte del carajo!

—Cervera —amonestó Singla—, no estamos aquí para soltar gilipolleces.

—Coincido con él —dijo Milo—. Aunque dudo que se trate de un secuestro, sí está claro como el agua que el maletín estaba repleto de dinero.

—¿Y en qué te basas? ¿Tienes alguna prueba?

—Sí, y está aquí. —Señaló la cabeza del hombre sentado delante—. De no contener mucha pasta, ¿por qué habría acudido a la reunión el fiscal anticorrupción?

Fuster se volvió. Despedía chispas por los ojos.

Milo alargó una mano que el hombre del traje color crema estrechó de forma instintiva.

—Soy el inspector Malart, Milo Malart.

Se produjo un tenso silencio. La atención se desvió hacia el fiscal. Fuster se aclaró la garganta.

—Señores, es mi turno de tomar la palabra —dijo—. Tal vez no estamos ante un secuestro, sino ante una fuga.

Encendió el televisor de la sala de abajo y conectó Telecinco. El rostro familiar de Julia Valle apareció en la pantalla de cincuenta y cinco pulgadas. Desconectó el sonido. No soportaba la voz de aquella mujer. Se creía el no va más y solo era una analfabeta con el encanto y atractivo de una vendedora de mercado. A su juicio, ahí radicaba su éxito en la franja matinal: la mayor parte de la audiencia era gente de la tercera edad y amas de casa.

Echó un vistazo a su reloj de muñeca. Las 9.40. Pronto se produciría el corte para la publicidad. Impaciente, Mauricio Navarro miró hacia más allá de los amplios ventanales de la terraza inferior del ático dúplex.

Su vida se aproximaba mucho a lo que siempre había soñado. Estaba en la cima de su carrera, gozaba de una popularidad nada desdeñable, y a sus cuarenta y seis años podía afirmar que había alcanzado un éxito rotundo, algo que no presagiaban sus duros comienzos. De gacetillero a una radio local de Barcelona, donde descubrió que la crónica negra era lo que realmente interesaba al gran público, y de ahí a una emisora de alcance nacional. Fue entonces cuando aprendió a relacionarse con policías, a sonsacarles información, su habilidad más preciada, y a saber adornar los datos, medias verdades e indicios con su verbo elocuente. En sus crónicas seguía un esquema muy simple: informaba de lo que sabía; y lo que ignoraba, lo falseaba por medio de la ambigüedad teniendo siempre como objetivo alcanzar la máxima repercusión. Todo por la audiencia. Y funcionó. Por ende, tuvo la fortuna de coincidir con los crímenes cometidos en Barcelona por el apodado Asesino del Parking, y ese golpe de suerte lo catapultó a la fama. «Según fuentes bien informadas» solía ser su latiguillo de inicio, y luego desarrollaba lo que los medios policiales consideraban deformación de la realidad e intoxicación informativa. Al carecer de escrúpulos, le dieron igual aquellas críticas. Obsesionado por los *shares*, pronto recibió la tan esperada llamada de la televisión. Y no fue una, sino dos. En un nuevo golpe de suerte, tuvo la fortuna de que fueran dos cadenas, Antena 3 y Telecinco, las que se interesaran al mismo tiempo por sus crónicas. En la subasta que se produjo para contar con su colaboración, las cifras se elevaron hasta la locura. Telecinco fue la que se llevó el gato al agua, gracias a la insistencia de su presentadora estrella, Julia Valle, el fenómeno televisivo del momento, y al hecho de encabezar el *share* del país en la franja matinal con su programa diario *Las mañanas de Julia*.

La vida de Navarro cambió por completo. Su primera decisión fue divorciarse, aceptando pasar a su ex una más que generosa pensión mensual para ella y sus dos hijos con tal de acelerar los trámites. Una vez sin ataduras, contrató una hipoteca en plena burbuja inmobiliaria para comprar un lujoso ático dúplex en Tres Torres, un exclusivo barrio de la zona alta. Luego, se trasladó a Madrid, donde alquiló un apartamento en la calle Velázquez, y se dispuso a empezar su nuevo reto laboral en Telecinco dos días a la semana, los martes y jueves, al frente de una sección que tituló *Crónica en negro.* De nuevo, volvió a ser agraciado por la diosa Fortuna. Nada más comenzar, se dispararon los sucesos relacionados con la llamada «violencia de género», lo que le supuso grandes réditos en audiencia así como material fresco para elaborar sus crónicas efectistas. Ni siquiera el hecho de que una de las mujeres a las que entrevistó —para sacarle jugo a su terror con motivo de haber denunciado a su marido por malos tratos— fuera días después degollada por su cónyuge, fue motivo suficiente para obstaculizar su camino al éxito. Al contrario, le supuso un nuevo récord en los *shares* y el reconocimiento de los jefes de la cadena, quienes le aseguraron que la denuncia interpuesta contra él por la Oficina del Defensor del Telespectador no progresaría, como así ocurrió.

A caballo entre dos ciudades, las tardes de los lunes y miércoles se trasladaba a Madrid para acudir temprano a la cadena los días de programa y poder departir con los redactores y Roberto Alcázar, el director. Su perilla de pelo blanco, su ondulado cabello negro, su forma de entornar los ojos cuando sugería los verdaderos motivos «según fuentes bien informadas» del móvil del crimen, y su buena planta, pronto le granjearon, además del premio de la audiencia, el salvoconducto para derribar las reticencias de algunos policías a la hora de filtrarle informaciones declaradas bajo secreto de sumario por el juez instructor.

Últimamente, sin embargo, unos nubarrones ensombrecían su panorama profesional. La audiencia, tan veleidosa, había empezado a dar la espalda a Julia Valle; y con ella, a todo el programa, incluidas las secciones. Y cuando una presentadora estrella veía amenazada su posición, la culpa era desviada hacia alguno de sus colaboradores. En ese caprichoso reparto de responsabilidades, muy similar a la ruleta rusa, Navarro sabía que le podía tocar la bala letal. Y era algo que ahora, agobiado por la abusiva hipoteca que contrató cuando las vacas gordas, con la obligación ineludible de pasar la abultada pensión mensual a su ex, no se podía permitir.

Con un suspiro, observó el cielo despejado. Hoy iba a ser tan sofocante como el resto de la semana. Él prefería el clima de Madrid, más seco, sin aquella insana humedad de las ciudades costeras que le resultaba tan insufrible. De soslayo, vio que daban paso al corte publicitario y se apresuró a llamar a Roberto Alcázar. Solo contaba con cuatro minutos para hablar con el director de *Las mañanas de Julia*.

—Roberto, soy yo —dijo—. Hace días que noto que el equipo está muy tenso. No sé si se debe a que no estáis satisfechos con mi sección o que...

—Mauricio, es Julia, ya la conoces. Está en plena caza de brujas y nos trastorna a todos. Yo no me preocuparía.

—No lo hago —repuso. Pensó a toda velocidad.

—Una cosa es cierta. En los últimos programas te ha faltado *punch*, como si hubieras perdido tu olfato de depredador. No sé si me explico.

—Por eso te llamo. Verás, he pensado que...

—Ya no eres el de antes —interrumpió de nuevo—, tu sección ahora es anodina. Por ejemplo la de ayer; en vez de negra, fue aburrida, gris. Y ya sabes lo que opina Julia. Quiere carne, y cuanto más cruda, mejor. Antena 3 ya te ha pisado varios reportajes mientras tú solo hablas de putas, y para eso ya está Cuatro. Tienes que subir los negros y rojos. Solo soy el mensajero, pero la audiencia es la audiencia.

—Lo sé, de ahí que te llame para decirte que...

—Julia todavía no habla de sustituto, pero yo me pondría las pilas.

—Tengo entre manos algo explosivo —dijo, de corrido—. Hará temblar la cadena.

—Te escucho.

—Es morboso —improvisó—, brutal. Estremecerá al país, díselo a Julia.

—Dame un aperitivo. No le puedo ir con el cuento si no me das algo.

—Tiene que ver con el tipo que frieron en un edificio de Gaudí. La verdad sobre el caso. Tengo una fuente de puta madre, en primera línea. No te lo he dicho antes porque estoy esperando a contrastar la info...

—¿Contrastar? ¡De qué vas! Mueve el culo con esa crónica. Te va la cabeza y el martes se dicta sentencia.

—Va a costar pasta, pero la fuente lo vale.

—¿Y eso es un problema? ¡Joder, tú mismo!

—Es lo que quería oír. El martes vais a alucinar. Es material de primera, una bomba.

—Se lo diré a Julia —aseguró—. Nos vemos el martes. Pero recuerda, necesitamos, necesitas, una buena crónica. Mucho negro y mucho rojo. ¿Contrastar? ¡Tendrás guasa!

—Descuida. Tú díselo a Julia y ya veréis, no os...

El director del programa cortó la comunicación.

Navarro soltó el teléfono. En el televisor, volvió a aparecer el rostro sonriente de Julia Valle.

—Hija de perra.

Lo apagó con rabia y lanzó el mando contra uno de los sofás de diseño. Echó a andar por la sala, furioso. Le urgía contactar con su fuente del pasado, la que le proporcionó el salto definitivo cuando lo del Asesino del Parking. En aquella ocasión, hacía dos años, le filtró datos claves y todo fue como una seda. A excepción de un pequeño detalle. Se produjo un nuevo crimen y otra mujer acabó muerta en un aparcamiento, estrangulada con una bolsa de basura, el método habitual del psicópata. Según las fuerzas de la investigación, con su crónica alentó al asesino y este se vio impelido a actuar. Pero no fue culpa suya, la información es libre, y la responsabilidad era de los medios policiales. Con el escándalo que se armó, la fuente acabó quemada; aunque no descubierta. Y sin un testigo contra él, salió bien librado del atolladero, sin cargos. La suerte, la buena fortuna que siempre parecía acompañarlo, lo volvió a proteger de nuevo. El asunto fue soterrado para guardar las apariencias, y el Departamento de Relaciones con los Medios de los Mossos d'Esquadra no dio ninguna publicidad. Sin embargo, tuvo que presentarse ante el juez acompañado por un abogado para recibir una amonestación y una seria advertencia. Pero todo quedó ahí. En palabras, solo palabras. Él representaba la libertad de expresión, y era intocable.

Aquello ya era historia. Ahora había mucho en juego, mucho dinero, y sabía que su confidente tenía un precio. Y si no, disponía de uno nuevo. Ya había hecho un primer acercamiento. Navarro tenía la certeza de que si la oferta era jugosa, su fuente alternativa del GEHME bailaría en la palma de su mano. Como una marioneta.

Se paró en seco y cogió la BlackBerry. Empezó a buscar en su agenda de contactos.

—¿Una fuga? —se extrañó Rojo—. ¿Podría usted explicarse, fiscal Fuster?

El fiscal anticorrupción se llevó una mano a las gafas y las recolocó con detenimiento. Luego, sin poder disimular su arrogancia, cambió de postura en la silla.

—En estos momentos —dijo— valoramos la posibilidad de que el señor Torrens no haya sido víctima de un secuestro, sino la de que haya huido. Es lo que nos tememos.

—¿Y sus temores se basan en algo concreto? —preguntó Milo, a su espalda.

—Verán —dijo—, se ha producido una insólita coincidencia, por no decir una sospechosa casualidad. Hace mes y medio recibimos en la fiscalía una llamada anónima denunciando graves irregularidades en la gestión financiera del Círculo Gaudí, que, como saben, es una fundación sin ánimo de lucro. Desde entonces venimos trabajando en el asunto y todo señala a que se han cometido varios delitos económicos. Fraude, malversación de fondos, tráfico de influencias, doble contabilidad, apropiación indebida... En resumen, un muestrario completo de corrupción financiera a gran escala, un auténtico saqueo. Según nuestros cálculos, estaríamos hablando de cifras millonarias. Y todavía no hemos ni empezado a tirar del hilo. Pues bien, justo esta mañana, a primera hora, un equipo de agentes comandados por el inspector jefe Daniel Obispo y el inspector Rubén Cano, aquí presentes, del Departamento de Patrimonio y Fraude, y conmigo al frente como responsable de la fiscalía, teníamos previsto entrar en las oficinas de la entidad para proceder a la incautación de documentos y material informático. Sin embargo, anoche fuimos informados de la *oportuna* desaparición del señor Torrens, el principal sospechoso de organizar y llevar a cabo dichos delitos financieros. Como ya pueden suponer, hemos precintado el edificio, a fin de asegurar la integridad de las pruebas, pero suspendido la operación a la espera de instrucciones. En opinión de la fiscalía, es preferible primero aclarar las circunstancias del extraño suceso en que se ha visto envuelto el señor Torrens. De ahí mi presencia aquí.

Rebeca y Milo intercambiaron una mirada.

—¿Iban detrás del presidente del Círculo Gaudí?

—En efecto, inspector jefe Singla. Tenemos fundadas sospechas de que es el responsable de una red de corrupción cuyo alcance no nos atrevemos ni a imaginar.

—¿Hay más personas implicadas?

—Por el momento no puedo añadir nada más.

—Pero lo pensaban detener —insistió Singla.

Fuster asintió con un leve cabeceo.

—Se va a armar la de Dios —dijo Cervera—. Corrupción, alta burguesía, círculos del poder... ¡Pedazo cóctel explosivo! ¡De portada en todos los diarios!

Singla lo fulminó con la mirada.

—¿Y eso te parece divertido?

—Si se trata de una fuga —intervino Rojo—, ¿cómo creen que habrá llegado a oídos del señor Torrens el plan de la fiscalía de entrar hoy en sus oficinas?

El inspector jefe Obispo, con voz gélida, explicó que habían abierto una investigación interna tanto en el

Departamento de Patrimonio y Fraude como en la oficina del fiscal por si se había producido alguna filtración.

—De acuerdo con el señor Fuster —añadió—, y para evitar cualquier fuga de información, tomamos la decisión de entrar en el Palau Güell ayer jueves a media tarde, alrededor de las seis. De ahí que comparta la opinión del señor fiscal sobre lo insólito de la coincidencia de que desapareciera, voluntaria o involuntariamente, escasas tres horas después. Y con un maletín que, por lo que hemos averiguado tras una tensa charla con el director administrativo, Arnau Mascaró, podría contener una cantidad cercana al millón de euros en billetes de quinientos.

—¡Joder! —exclamó Cervera.

—¿Y cuándo ha sido esa charla? —preguntó Rojo.

—Esta mañana, a eso de las cinco en su domicilio —dijo el inspector Cano—. Iba con la guardia baja y algo le hemos podido sonsacar. Luego ha cerrado la boca.

—No creo en las casualidades —murmuró Milo.

—Perdón, ¿cómo dice? —preguntó el fiscal, ahora volviéndose hacia él.

—Un momento. Según el relato de Sonseca, antes de abandonar el Palau Güell anoche, Torrens mantuvo una reunión de cuentas con el patronato de la entidad. ¿No es eso? —Sonseca afirmó con un gesto—. O sea, que estaba en pleno debate cuando el fiscal y los de Patrimonio y Fraude tomaron la decisión de entrar hoy a primera hora en sus oficinas. ¿Cómo pudo preparar entonces su fuga?

—Ya hemos pensado en ello —dijo Cano—. Existe la posibilidad de que fuera advertido a lo largo de nuestra investigación durante mes y medio, y que decidiera posponer su fuga hasta el último instante. Y ayer, pasadas las seis de la tarde, pudo recibir una llamada comunicándole nuestros planes. Es muy justo, pero factible.

Milo enarcó las cejas.

—¿Y tenía ese dinero en la caja fuerte todo este tiempo hasta anoche?

De repente sonó su móvil y se apresuró a sacarlo del bolsillo. Tras leer quién llamaba, colgó de inmediato. Levantó una mano a modo de disculpa.

—Te sorprenderían sus manejos económicos —dijo Cano—. Por las pruebas que tenemos, dirigía la fundación como si fuera su cortijo particular.

—Este caso va a traer cola —aseveró Cervera.

—De entrada —dijo el fiscal—, nos obliga a dar una rueda de prensa para explicar las razones del precintado y detener la avalancha de especulaciones de los medios. Una tarea muy delicada que nos exigirá calibrar con extrema cautela el contenido de nuestro comunicado. A causa de las fuerzas políticas que parecen estar involucradas, tenemos que andar con pies de plomo. Y ya estoy hablando demasiado.

—Nos ocurre lo mismo —dijo Bastos—. ¿Han decidido ya cuál va a ser la línea oficial que van a sostener?

—Estoy a la espera de su diagnóstico. Y señores, el tiempo apremia.

—Hay suficientes indicios como para descartar la relación entre las desapariciones de Eduard Pinto y Félix Torrens —dijo Singla—. En el primer caso, creemos que se trata de una venganza, todo lo macabra que ustedes quieran, pero en definitiva un ajuste de cuentas por motivos que aún no hemos esclarecido. Mientras que en el segundo, por los datos aportados por el señor fiscal, todo apunta a una fuga. Las señales son abrumadoras.

—Hablando de señales, yo no estaría tan seguro —contradijo Milo.

Singla se volvió hacia él con irritación, pero el fiscal Fuster se le adelantó.

—¿Puede explicarse, inspector Lamart? Y por favor, con la máxima brevedad.

—Malart, inspector Malart —corrigió—. Mismo método, mismo perfil. Es el mismo hombre. Y aunque yo no creo en casualidades, tal vez sea esta la excepción que confirma la regla. Por eso, y por lo que hemos descubierto —señaló a Rebeca—, me inclino a pensar que sí hay relación entre ambos casos y el señor Torrens ha sido secuestrado. Sea como sea, en cinco días lo sabremos.

—¿A qué se refiere? —preguntó el fiscal.

—Si se halla en poder del mismo asesino, en estos momentos está siendo torturado sin recibir alimento ni bebida. Y en un plazo de cuatro días, cinco a lo sumo, será colgado en un edificio de Gaudí y a continuación quemado vivo. Lamento mi crudeza, pero esto es lo que va a suceder si, como creo, uno y otro caso están relacionados.

—Demasiado tiempo —dijo Fuster—. La fiscalía no puede permitirse esperar cinco días. ¿Alguno de ustedes tiene otra opinión? —Ninguno de los reunidos hizo ademán de intervenir—. Lo diré de otro modo, ¿algún inspector del GEHME comparte la teoría del señor Malart? Y señorita —se dirigió a Rebeca—, usted no cuenta. No se ofenda, pero usted solo es subinspectora.

Nadie del Grupo despegó los labios.

—Comisario jefe, ¿usted tampoco la comparte?

—Ni la comparto ni la dejo de compartir —dijo Bastos—. Yo solo hablo a través de mis hombres, y en concreto, del jefe Singla. Me atengo a la cadena de mando.

—Entiendo —dijo el fiscal anticorrupción con una mueca—. ¿Debo entonces concluir que ustedes, salvo el inspector Malart, desestiman que nos encontremos ante un secuestro y convienen en cambio que se trata de una fuga?

Bastos empujó a Singla con una mirada.

—Así es, sin duda —respondió el inspector jefe.

—Es un error —dijo Milo—. Me juego lo que sea. Incluso la carrera.

—Tomo buena nota —dijo Singla.

—Señores —interrumpió el fiscal. Se incorporó—. La postura de la fiscalía ya está decidida y mi tarea aquí ha terminado. Les corresponde a ustedes investigar ese odioso crimen que no guarda ninguna relación, y subrayo ninguna, con la fuga del señor Torrens. Ahora tengo que dejarles, mi oficina me reclama. Como ya les he dicho, debemos preparar con urgencia la obligada rueda de prensa. Jueza Cabot, ¿la acerco a la Ciudad de la Justicia?

—Gracias, fiscal Fuster, pero me quedo un rato más. Tengo curiosidad por escuchar las novedades que el inspector Malart presume de traer consigo.

El inspector jefe Obispo se puso en pie y el inspector Cano hizo otro tanto.

—Nosotros, si nos disculpan —dijo el primero—, también abandonamos la reunión. Al igual que el señor fiscal, tenemos un avispero en nuestro departamento.

Mientras los tres hombres se despedían del comisario jefe, Rebeca preguntó a Milo quién le había llamado.

—Número oculto —dijo. Se inclinó hacia Susana—. La política es una mierda.

La jueza Cabot se irguió en el asiento.

—Inspector Malart, acaba de inventar la sopa de ajo. Usted tranquilo y siga adelante con su investigación. Por cierto, ¿va a tardar mucho con esas novedades?

—Señoría, antes me gustaría presentarle a mi nueva compañera, la subinspectora...

—Rebeca Mercader —dijo, no muy segura de que él recordara su nombre—. Mucho gusto, jueza Cabot.

—Lo mismo digo. Mucho ojo con este hombre, es un pájaro de cuidado.

Milo fue a replicar, pero un ligero carraspeo del comisario avisó de que se reanudaba la reunión.

La oscuridad era impenetrable. Parpadeó varias veces. No, no soñaba. Aquello era real, le sucedía de verdad.

Intentó incorporarse, pero un agudo dolor estalló en su cabeza. Se echó de nuevo en el suelo, sobre una superficie rugosa y fría que supuso que era cemento. Palpando a ciegas, descubrió que a su izquierda, a la distancia de su brazo, había una pared del mismo material. Fue todo lo que pudo averiguar. Aturdido, se preguntó dónde estaba, por qué lo habían llevado allí, fuera donde fuese, y lo más importante: quién lo había hecho. Quería respuestas. Lo único que recordaba era haber estado al volante de su berlina de lujo cuando percibió un movimiento a su espalda y se volvió. A partir de ahí, todo era borroso. Una sombra se había abalanzado sobre él y le había clavado algo muy fino en la base del cuello. Había notado el pinchazo y cómo, de repente, las fuerzas le abandonaban. En cuestión de segundos, había perdido la consciencia. Hasta ahora.

Boca arriba, extendió los brazos a los lados, rozó una pared con las yemas de los dedos, y procuró respirar con normalidad. No lo consiguió. La sensación de ahogo comenzó a acentuarse y le invadió el pánico. Gritó con todas sus fuerzas, hasta desgañitarse.

Al cabo, con la respiración agitada, se detuvo. No iba a lograr nada con el histerismo. Pese a ello, se sintió un poco más despejado, lo justo para recuperar algo de serenidad. Con una nueva bocanada de aire, se dijo que debía controlar los nervios, pensar con lucidez. Era lo que siempre le había salvado en los distintos atolladeros en los que se había visto envuelto a lo largo de su vida. Y habían sido muchos.

Repasó la situación. Alguien lo había asaltado, y encerrado en aquel lugar. Si hubiera querido acabar con él, ya estaría criando malvas. Y no, por lo otro no podía ser. Lo tenía atado, todo bajo férreo control. Ninguno se atrevería a levantar una mano en su contra por temor a las consecuencias. No, se trataba sin duda de un secuestro. Su raptor conocía su prosperidad económica y quería sacar un buen pellizco. Respiró con tranquilidad. Si era cuestión de dinero, no habría problemas. Su esposa se pondría en contacto con su abogado, este con su director administrativo, y el asunto sería zanjado con rapidez. Sin intervención de las fuerzas policiales ni nada parecido, de forma privada y sin preguntas. Arnau Mascaró sabría cómo hacerlo. Era su hombre de confianza y estaba bien aleccionado. Además, a él también le iba el cuello; a ninguno le convenía que husmearan en sus cuentas. Todo debía solucionarse con discreción, sin armar ruido. Ya habría tiempo más tarde de recuperar el monto del rescate. O mejor aún, olvidarlo como un mal sueño y volver a centrarse en su vida normal.

Sí, un secuestro tenía sentido.

De súbito, cayó en la cuenta de un detalle. Cuando salió del Palau Güell, llevaba su habitual y barato portafolios con casi dos millones de euros. Solo faltaban doscientos mil para redondear la cantidad. ¿Lo sabía su captor? ¿Se lo había llevado? Nadie cometería un fallo así, y menos un profesional tan eficaz. Entonces, ¿para qué seguir adelante con el secuestro? Y si no era cuestión de dinero, ni por lo otro, ¿de qué podía tratarse?

El asunto empezó a perder su sentido.

El terror a lo desconocido estalló de pronto en su mente y notó cómo un sudor frío le resbalaba por el rostro. Presa del miedo, rodó sobre sí mismo y se puso a cuatro patas. Gateó un paso, y su frente golpeó contra un obstáculo. Lo palpó. Reconoció el mismo material rugoso. Cemento. Sin cambiar de postura, retrocedió un paso de forma torpe. Con el segundo, sus pies chocaron contra otra pared. Tres metros, calculó. Volvió a echarse. Rodó en dirección contraria hasta dar de nuevo con la pared. Se situó en perpendicular. A gatas, repitió la operación. Al segundo paso su cabeza se estrelló contra otro obstáculo. Este era distinto. Metálico. Lo palpó hasta reconocer la forma. Barrotes. No, eran planos, rectangulares. Rejas. De hierro forjado. Extendió la mano y, de rodillas, recorrió su superficie de pared a pared. A medida que avanzaba, crecía su espanto. Algunas eran de forma irregular y, a través del tacto, distinguió que muchas se enroscaban entre ellas como enredaderas. Entonces tocó una diferente y soltó un grito. La había reconocido al instante. Era una boca de hierro, abierta. Repleta de dientes afilados como cuchillos.

Frenético, se puso de pie y empezó a dar alaridos pidiendo ayuda. Caminó por la pequeña celda, golpeándose una y otra vez contra las paredes, para acto seguido retroceder fuera de sí, como un autómata, y repetir la maniobra envuelto en la más completa negrura. En una de sus idas y vueltas, desorientado, metió el pie en un agujero y cayó de bruces. Con un aullido de dolor, se agarró el tobillo herido. Luego, buscó con la mano hasta dar con la abertura. En torno a ella, el suelo se inclinaba en una suave pendiente. Introdujo varios dedos para averiguar su tamaño. Cabía un puño entero. A pesar de que no tenía rejilla, tuvo la impresión de que se trataba de un sumidero. Sin saber por qué, aquello lo precipitó a un horror todavía más grande. Y cuando en un gesto mecánico se llevó los dedos a la nariz y los olió, el hedor a excrementos y materia descompuesta lo aterrorizó hasta la locura.

Se desmoronó como un castillo de naipes.

En el suelo, abrazado a sus rodillas, se echó a llorar como un niño. Un foco de luz se encendió. Lo apuntaba directamente. Cegado, alzó un brazo de forma instintiva para protegerse.

—¿Qui... quién hay ahí? —gimió.

Silencio.

En vilo, le vino a la memoria el fugaz momento en que la sombra se había abalanzado sobre él desde el asiento trasero para clavarle la jeringuilla. Un pasamontañas negro le tapaba la cara. Pero no sus ojos. Parecían mirarlo con las cuencas vacías. Sin fondo.

Sobrecogido, tuvo una certeza: detrás de aquel foco

deslumbrante, amparado por el resplandor, se encontraba la misma persona.

La luz se apagó, sumiendo otra vez a Félix Torrens en una hermética oscuridad.

—Señores, prosigamos —dijo Bastos—. Como ha señalado el fiscal, ahora lo que nos corresponde es centrarnos en el crimen de Eduard Pinto. ¿Novedades?

—Hemos repasado la vida personal y laboral de la víctima, y nada —explicó Cervera—. Estamos como al principio.

—Interrogamos al amante de la viuda por si uno u otro se hallan detrás de su muerte —agregó su compañero, el inspector Rojo—. Para tener el camino libre, ya me entienden. Pero nos parece muy remota. Seguimos sin hallar ninguna prueba.

—¿Inspector Bachs, inspector Sena?

Milo advirtió que Bruno estaba inusualmente apagado. Aún no había intervenido y su rostro, por lo habitual expresivo y sonriente, aparecía pálido, demacrado.

—Continuamos a oscuras, comisario —dijo Sena.

—Inspector Malart, parece que usted es nuestro último cartucho. Su turno.

Milo comenzó a relatar de forma escueta sus hallazgos junto a Mercader. Mientras ella repartía las fotografías, citó las inscripciones de la Casa Milà y la G trazada con espray negro. Acto seguido, explicó las conclusiones a las que habían llegado tras analizar la filmación de las cámaras de vigilancia. Por último, informó de su encuentro anoche con el indigente.

—Al menos alguien ha hecho los deberes —comentó la jueza Cabot.

—Señora, no es por llevarle la contraria —dijo Singla—, pero todo lo que nos ha aportado el inspector Malart son solo meras suposiciones, nada más.

—Y un par de hechos, convendrá conmigo. Las inscripciones y la G son reales, diría yo. Por cierto, sus hombres estuvieron en la Casa Milà y alrededores, ¿y no repararon en las grabaciones de la columna ni en la letra dibujada en el pavimento? Llevan investigando cinco días sin resultado mientras que el inspector Malart, en veinticuatro horas, ha logrado los primeros avances serios que, en mi opinión, suponen un buen punto de partida. Por no hablar del encuentro con el indigente. Tenemos un testigo que vio al asesino, ¿y usted habla de «solo meras suposiciones»? No me haga reír, inspector jefe.

—No perdamos la calma —apaciguó Bastos—. Inspector Malart, ¿podría darnos más datos sobre su conversación con ese indigente?

—Es todo lo que pude obtener, jefe. Según sus palabras, el asesino es un chico agraciado, con el pelo rubio rapado. Respecto a lo que dijo sobre su sexualidad, creo que más bien se trata de alguna obsesión suya o desvarío. Lo que sí tiene relevancia, a mi juicio, es lo que contó acerca de la furgoneta blanca que lo recogió. Esto implica, como mínimo, a dos personas, tal vez a un grupo; lo que nos obligaría a cambiar el enfoque del asunto.

—¿Y todo porque te crees las palabras de un mendigo borracho? —dijo Bachs.

—Opino igual —dijo Singla—. Ese testigo no me merece ningún crédito y, con todos los respetos, esto me parece una solemne pérdida de tiempo. ¡Una bobada!

—Algo en lo que usted, por lo que se ve, es un experto —dijo la jueza Cabot.

Bastos se apresuró a intervenir de nuevo.

—Estoy con Malart —señaló—. Hay que traer a ese indigente a la comisaría e interrogarlo a fondo.

—Jefe, dudo que sea posible sacarle más información —dijo Milo—. Lo único que conseguiremos será alterarlo, ponerlo más nervioso.

—Dos días en una celda, sin probar gota de alcohol, y cantará como un jilguero —aseguró Sena.

—Lo dudo —insistió Milo—. Su problema no es la bebida, sino la cabeza. En su mente hay un código muy diferente al nuestro y aquí, entre cuatro paredes desconocidas, se bloqueará. Lo más probable es que se encierre en sí mismo y no responda a ningún estímulo exterior. No, es un enfermo mental y se sentirá amenazado por el cambio de escenario. No abrirá la boca.

—Lo intentaremos de todos modos —concluyó Bastos—. Ahora quiero oír su teoría. Después de lo que han hallado ustedes dos, ¿cuál es su impresión?

Milo repasó con la mirada a los reunidos y dijo:

—Tal como yo lo veo, Pinto es la primera víctima de una serie. El asesino, o asesinos, no van a contentarse con él. Encabezaba una lista y creo que van a aparecer más cuerpos colgados en edificios de Gaudí. El próximo, si no lo impedimos, será Félix Torrens. Lo señala la similitud entre ambos secuestros y el perfil del sujeto que los llevó a cabo. ¿Los motivos? Por ahora los ignoro, pero el asesino o asesinos no están dispuestos a perdonar ni a olvidar. Tiene que haber algún nexo entre las dos víctimas, algo que los relacione. El móvil proviene del pasado no reciente. Hasta que no lo hallemos, seguiremos a oscuras. Entretanto, el asesino o asesinos...

—¡Para ya de decir eso! —cortó Singla—. ¡Se trata

de un psicópata, de uno solo, y punto! ¡No desbarremos, joder!

La jueza volvió a encararse con él. Milo se avanzó.

—Está bien —dijo—. Hablaré de un asesino; a fin de cuentas siempre hay uno que toma las decisiones, aunque forme parte de un grupo. La cuestión es que no va a detenerse hasta saciar su sed de venganza. Y esta se dirige no solo contra personas concretas, sino también... contra la ciudad. —Hizo una pausa, respiró hondo, y añadió—: Creo que Barcelona es su objetivo; su último, y quizá principal, objetivo.

Todos lo observaron con asombro. Singla apretó los puños. A su lado, Bachs y Sena cruzaron una mueca de burla. Rojo y Cervera se miraron entre ellos enarcando las cejas mientras los dos de Personas Desaparecidas permanecieron inmóviles, como si el asunto no fuera con ellos. El comisario jefe, por su parte, descompuso la expresión pétrea para adoptar una de estupor. Rebeca se agitó nerviosa en su asiento, sin saber hacia dónde mirar.

La jueza Cabot se aclaró la garganta y, con naturalidad, preguntó:

—¿Y en qué se basa, inspector Malart, para sostener esta, digamos, insólita teoría?

—En el uso de las obras de Gaudí. El asesino nos ha enviado un mensaje; no solo quiere acabar con la vida de sus víctimas, sino también *matar* a Barcelona.

—¡Por favor, basta ya! —saltó Singla—. ¿Tú oyes lo que estás diciendo? ¡Te falta un tornillo! ¿Me puedes decir cómo se puede matar a una ciudad?

—Hiriéndola donde más le duele, en su imagen —declaró—. Usted misma, jueza, me lo dijo el otro día por teléfono: el daño, a ojos del mundo, sería irreparable. Pues bien, esto es justo lo que pretende el asesino. ¿Cuál es la joya más preciada de la ciudad, la que la distingue de las demás? Gaudí. Es su reclamo principal. Los grandes símbolos son los grandes blancos. ¿Podrían señalar cuál es el símbolo más grande de Barcelona? Gaudí de nuevo. Este es su gran blanco, ¿no lo ven? Es como tirar ácido a la cara de una persona. Quiere castigarla, que sufra, marcarla de por vida. Lo que en el caso de Barcelona, vista la permanente obsesión de los ediles por su imagen, sería una forma de muerte.

Se detuvo. Aguardó la reacción de los demás. Se mantuvieron en un cerrado mutismo.

—Muy elocuente —dijo Singla, al cabo—, pero no cuela, figura.

—Mataría su imagen —musitó la jueza Cabot—. A ojos del mundo, uniría la visión de hombres calcinados vivos con los edificios de Gaudí. Ambas imágenes irían de la mano, como un icono publicitario. Y señores, yo no quiero ver ese icono.

—Exacto, esto es lo que busca el asesino, ser el verdugo de Gaudí —dijo Milo—. El verdugo de Barcelona.

La jueza dilató los ojos. Se enderezó de repente.

—El Papa va a venir a la ciudad en menos de tres semanas —dijo—, el domingo 25 de julio, para celebrar la ceremonia de consagración de la Sagrada Familia al culto. Será el acontecimiento del año, seguido por cientos de millones de espectadores a lo largo del planeta. Señores, si el inspector Malart está en lo cierto, pónganse por unos momentos en la piel del asesino: ¿desaprovecharían ustedes una oportunidad como esta?

Bastos hizo un ademán de desagrado.

—Señora, ¿no cree que eso es ir demasiado lejos?

—En absoluto. La explicación del inspector Malart, acerca de por qué el asesino utiliza el elemento Gaudí, a mí me ha convencido. Es una locura, pero no olvide que estamos hablando de un psicópata.

—De uno que odia especialmente a Barcelona —subrayó Milo.

—Y Barcelona es mi ciudad, mi querida ciudad, y no la toca nadie, ni Dios —apostilló la jueza—. ¿Tiene algo que decir, comisario jefe?

Bastos se orientó hacia Rebeca y le preguntó qué opinaba sobre la teoría de su compañero.

—Yo, la verdad —titubeó—, estoy tan confusa como usted. Suena algo descabellado; pero a la vez, el razonamiento me parece consistente. No sé qué pensar.

—Inspectores, ¿algo que añadir?

Singla cerró la boca. Los demás guardaron silencio.

—Inspector Malart —dijo Bastos, tras soltar un suspiro—, se ha ganado el derecho a equivocarse. Recapitulando, ¿dónde nos deja entonces su teoría?

—Si hacemos caso a la información del indigente, y aceptamos que hay implicada más de una persona, yo me inclinaría por investigar a todos aquellos grupos que puedan tener mucho odio acumulado contra la ciudad. —Desplegó los dedos y empezó a enumerar—. Primero, por orden de tamaño, al más numeroso: sus damnificados. Segundo, uno que últimamente ha arreciado con acciones cada vez más violentas: los antisistema. Tercero, y pensando en el simbolismo de la G, investigaría también a las sociedades masónicas. —Meditó un instante, y dijo—: Ya está, creo que no me dejo a ninguno.

—¿Seguro? —se burló Singla—. ¿No te olvidas de algún iluminado grupo político, de alguna siniestra corporación económica?

—Ya lo he pensado, pero descarto los móviles políticos y económicos. No encajan.

—¡Esto es demencial! —exclamó Singla—. ¡No estoy dispuesto a...!

—Inspector jefe, cállese —ordenó Bastos.

—Malart, ¿qué entiendes por damnificados? —quiso saber Rojo.

—A las víctimas de Barcelona en aras del progreso, a quienes han perdido sus propiedades por medio de planes urbanísticos, expropiaciones y recalificaciones.

—Pero... suponen una lista enorme.

—Por eso digo que son el grupo más numeroso.

—Oye, que todos esos damnificados, como tú los llamas, recibieron una justa compensación por sus propiedades —dijo Sena—. Que yo sepa, nadie les ha robado nada.

—¿Una justa compensación, y recalco lo de justa? —repuso Milo—. Piénsalo.

Mientras Sena bajaba la mirada, su compañero soltó un bufido y se encaró con Milo.

—¿Y qué pintan los antisistema? —dijo—. ¿Qué pueden tener contra un alto cargo de La Caixa? Esto es lo que me gustaría saber a mí. ¿Me lo puedes decir?

—Tal vez alguno de ellos se vale del grupo para llevar a cabo su venganza personal.

—Y luego están los masones —siguió Bachs, encendido—. ¿Qué pintan en este asunto las sociedades masónicas? ¡Suena delirante, a conspiración trasnochada!

—Con la línea de investigación habitual no habéis llegado a ningún sitio —dijo Milo—. Habéis seguido al pie de la letra el manual y no habéis logrado nada. Lo único que propongo es ampliar la mira, olvidarnos del pensamiento cuadriculado y aproximarnos al asunto desde una óptica distinta. A lo mejor siguiendo unas líneas más imaginativas conseguimos algo. Con las pruebas que tenemos, es necesario cambiar el enfoque. Y eso es todo lo que digo. Si alguno tiene una idea mejor, que la exponga. Este es el momento.

—¿Pruebas? —saltó de nuevo Singla—. Unas inscripciones grabadas hace un siglo, una letra pintada entre un mar de grafitis, la declaración de un indigente esquizofrénico... ¿Pretendes que removamos toda la ciudad basándonos en unas pruebas tan endebles?

—¿Acaso tenemos algo más, inspector jefe? —preguntó la jueza Cabot.

Singla congeló la expresión y enmudeció.

—Pues eso —sentenció la jueza—. ¿Comisario jefe?

Bastos se incorporó. Se situó ante el atril y dijo:

—Como ha indicado el inspector Malart, ampliaremos nuestras miras. No tenemos nada que perder, salvo quizás el tiempo. Inspectores Rojo y Cervera, ustedes se encargarán de llevar a cabo la investigación sobre los antisistema.

—¿Y abandonamos la búsqueda en el entorno personal y laboral de Pinto?

—Pueden llevarla en paralelo —dijo el comisario—. Inspectores Bachs y Sena, ustedes se ocuparán de los damnificados, sean estos quienes sean, además de seguir con lo que ya tenían entre manos. Inspector jefe Singla, usted se encargará de supervisar y combinar las investigaciones, sin dejar de lado las líneas que ya están abiertas. Inspector jefe Sonseca, inspector Cruz, ustedes continuarán con su labor de indagar el paradero de Félix Torrens. ¿Satisfecha, jueza Cabot?

—Se olvida de las sociedades masónicas —señaló ella.

—Nosotros podemos encargarnos —propuso Milo.

—Muy bien, todo dispuesto y en orden —concluyó Bastos—. Señores, urge encontrar a un sospechoso o sospechosos. Si el inspector Malart tiene razón, y es una posibilidad que debemos tener en cuenta, disponemos como máximo de cinco días, hasta el...

—Martes, 13 de julio —apuntó la jueza.

—Ya lo han oído. Estudien los expedientes, analicen las bases de datos e interroguen a quienes crean oportuno. Les aguarda una ingente tarea. Inspector jefe Singla, acompáñeme a mi despacho para preparar nuestra rueda de prensa con la intendente Bassa. Si nadie tiene nada más que aportar, doy por terminada la reunión —declaró. Mientras todos se incorporaban, hizo una seña a Milo para que se acercara—: Malart, ¿tiene usted un minuto?

Milo afirmó con un cabeceo. De camino, se cruzó con Sonseca y le preguntó si podían acompañarlos a visitar a la esposa de Félix Torrens.

—Imposible, tenemos un día muy liado —dijo, alejándose con rapidez.

—Tío, sigues haciendo amigos —le susurró Bachs—. Cuando eres bueno, eres el mejor; pero cuando coges la pendiente, eres peor que una mosca cojonera.

—Que no me llames tío, no me lo hagas repetir —soltó. Fue hasta el atril—. ¿Jefe?

—Solo quería hacerle saber que ya he dado instrucciones para que transfieran a su cuenta el salario de los dos meses en que ha estado suspendido —dijo.

—Se lo agradezco, comisario jefe.

—Eso espero, inspector. —Le dio la espalda, se dirigió a la jueza—. Jueza Cabot, siempre es un placer tenerla entre nosotros.

—Lástima que yo no pueda decir lo mismo —replicó. Pasmado, la vio apartarlo para despedirse de Milo—. Inspector Malart, buen trabajo. Seguimos en contacto.

Milo asintió en silencio. Luego, se rezagó unos instantes a propósito. Cuando todos hubieron abandonado la sala, caminó hacia el exterior con paso cansado.

Rebeca lo aguardaba nada más cruzar la puerta.

—No ha ido tan mal. Al menos, Bastos se ha mostrado de acuerdo con tu teoría.

—Solo me ha seguido el juego —dijo Milo—, para salvar el culo si las cosas se tuercen. Y oye, gracias por echarme una mano. Tu lealtad en la reunión me abruma.

—¿Qué querías que dijera? —se defendió ella—. Solo he dicho la verdad.

—¿La verdad? Esto es una comisaría, subinspectora, no un confesionario.

Rebeca encajó el golpe, y disimuló su enfado.

—En una cosa tenías razón —dijo—. Ha sido muy divertido.

6

Se sentó a su mesa del rincón, y se llevó las manos al rostro. Había puesto a todos en su contra. No solo los había cargado con más trabajo, arruinando de paso sus fines de semana, sino que también los había obligado, por la intervención de la jueza, a aceptar unas peregrinas teorías que ninguno compartía. Como temía, se le venía encima un aluvión de complicaciones.

—Inspector Malart, te traigo los informes que me pediste ayer. —Apartó las manos y vio a Crespo de pie ante él—. Si es mal momento, puedo volver más tarde.

—No, ahora va bien —dijo—. ¿Qué tienes?

El sargento separó un dosier azul de los varios que traía consigo y se lo entregó. Contenía el listado de Tráfico con las multas del domingo 4 de julio.

—Siguiente. —Lo dejó sobre la mesa—. ¿Qué más?

—El historial completo de inquilinos y propietarios de la primera planta de la Casa Milà y del resto del edificio —dijo. Le entregó un dosier de color crema.

—Hazme un resumen —pidió. Lo amontonó sobre el otro.

—Los primeros propietarios fueron Pere Milà i Camps, que fue quien encargó a Gaudí su construcción en 1906, y su mujer, Roser Segimon. El edificio fue vendido en 1946 a una inmobiliaria que construyó trece apartamentos en la buhardilla. En 1966, la primera planta se transformó en oficinas, y entre 1971 y 1975 se efectuó una primera restauración. En 1986 la adquirió Caixa Catalunya; la mantiene abierta al público para su visita, y permite entrar en las viviendas de la cuarta planta, el trastero y la terraza. Las demás están ocupadas por oficinas y algunas familias residentes. Encontrarás los nombres en el dosier.

—Siguiente informe. ¿Tienes el de Pinto?

—Se lo di a la subinspectora. ¿Quieres que se lo pida?

—Si no te importa. No creo que me dirija la palabra, está enfadada conmigo.

El sargento esbozó una sonrisa y fue hasta la mesa de Rebeca. Tras hablar con ella, Mercader abrió un cajón y le entregó un dosier verde. Luego, extrajo otro, de color naranja, y se incorporó para acompañarlo.

—Tengo por costumbre evitar que los temas personales interfieran en los laborales —dijo—. Si me lo hubieras pedido, yo misma te hubiera entregado el informe.

—No sé a qué temas personales te refieres —replicó Milo. Cogió el dosier que le tendía Crespo—. ¿Aquí está todo?

—Todo lo que se me pidió. Las personas de su entorno, cargos pasados y actuales, centros donde estudió. En cuanto a su vida laboral, me he remontado diez años.

Milo tiró el dosier sobre los otros.

—El periodo ha de ser más largo, creía haberlo dejado claro. Se trata de una vieja historia y necesito saber más. Ha de recoger veinte, treinta años. ¿Es eso posible?

—Todo está conectado. Lo intentaré.

—No lo intentes, hazlo. ¿Alguno más?

—No le pegues la bronca a Crespo, la culpa no es suya —dijo Rebeca—. Se lo pedí yo, y él solo siguió mis instrucciones. Pensé que con diez años bastaría.

—Pues mal pensado. Repito, ¿algún informe más?

El sargento le dio el último dosier. Contenía un cedé en su funda de plástico.

—Es la grabación de la llamada al 010 que advierte de la rotura de las farolas —explicó.

—Joder, haberlo dicho antes —soltó Milo—. Vayamos a escucharla.

Se dirigieron a una reducida sala donde, además de diversos ordenadores, había varios equipos de sonido. El sargento tomó asiento ante uno de ellos, introdujo el cedé, pulsó el PLAY, y activó el osciloscopio para medir las frecuencias. Al cabo, mientras en un monitor aparecían las gráficas en progresión ascendente y descendente de los registros sonoros, pudieron escuchar a la operadora preguntando por el motivo de la llamada. Acto seguido, una voz gutural decía que varias farolas del paseo de Gràcia con Provença tenían las bombillas rotas y que su deber era comunicarlo. Cuando la operadora solicitaba más datos, la voz decía que ya había cumplido con su obligación de buen ciudadano y, sin más, cortaba la llamada.

—No es muy hablador —dijo Mercader.

—Pero sí un cínico. Sargento, ponla otra vez.

Crespo la activó de nuevo. La voz anónima volvió a sonar en la sala.

—¿Qué os dice esa voz? —quiso saber Milo.

—Es seca, algo arrogante, inexpresiva —dijo Rebeca—. No imprime ninguna emoción a sus palabras. Y lo llamativo es que habla de deberes y obligaciones. En pocos segundos los cita dos veces. Meras excusas.

—Podría indicar que sigue un guion —dijo Milo—. Toni, ¿has podido extraer algo de la grabación?

—La voz está distorsionada, pero no por medios electrónicos —explicó—. Además, la imposta varios tonos más grave para dificultar su identificación. La llamada se realizó desde una cabina de la calle Provença, probablemente por un hombre. Eso es todo.

Milo cabeceó con disgusto, se esperaba más. Abandonaron la sala. De nuevo en su mesa, procuró poner orden en sus pensamientos.

—Sargento, ¿tienes los datos de los testigos?

—Te los traigo —dijo. Regresó con una hoja—. ¿Quieres la lista entera?

—No, solo el nombre y teléfono del taxista que avisó a los bomberos, porque fue un taxista, ¿no es así? —Rebeca asintió mientras Crespo apuntaba los datos en una nota y se la pasaba a Milo—. Más deberes, Toni. Quiero un listado de ladrones de coches en activo. Y ya que estamos, que llames a Robos para que aprieten a sus confidentes. Buscamos a un manitas que sabe hacer puentes, manejar una plataforma elevadora y copiar frecuencias del mando de apertura.

—Si está fichado, daremos con él. ¿Qué más?

—Un nuevo informe, pero esta vez de Félix Torrens... y completo. Quiero saber su pasado, qué hizo veinte, treinta, cuarenta años atrás. Todo. Cuando añadas lo que falta al de Pinto, podremos cruzar los datos para intentar descubrir una relación entre ellos.

—Me remontaré a cuando iban a la guardería.

—También necesito que hagas otra lista, una muy particular —dijo Milo—. Un listado de crímenes ocurridos en la ciudad en circunstancias extrañas, diferentes a las habituales, durante los últimos cinco años. Por ahora, solo de aquellas víctimas que nadie reclamaría; ya sabes, mendigos, gente sin papeles, los anónimos en general. Y que incluya a los desaparecidos, jóvenes que se han escapado de casa y nunca más se ha vuelto a saber de ellos, estudiantes extranjeros que se han esfumado en el aire, casos así.

—¿Qué se te ha ocurrido? —quiso saber Rebeca.

—Otro tiro al aire.

—¿Algo más? —preguntó Crespo, sin inmutarse.

—Sí, una última cosa, y también muy particular —dijo—. Que rastrees en busca de datos sobre sociedades masónicas de aquí, de Barcelona.

El sargento parpadeó. Estaba acostumbrado a realizar todo tipo de búsquedas, pero no se esperaba aquello.

—¿Puedo sugerirte una idea? Solo para ganar tiempo —dijo. Milo asintió—. Que visites la Biblioteca Pública Arús, en el paseo Sant Joan. Aparte de ser una maravilla, reúne una colección muy completa y valiosa de libros sobre el tema. Es reconocida en medio mundo. Pero solo es una sugerencia. El bibliotecario es amigo mío, Eugeni Gombrowicz. Le dices que vas de mi parte y te atenderá de buen grado. Es un sabio de los de antes, un erudito. Su conocimiento es enciclopédico, lo sabe todo de casi todo.

—Hecho. ¿De qué conoces esa biblioteca?

—Siempre me han atraído los enigmas, las sociedades secretas, los testimonios de los librepensadores —dijo Crespo, ruborizado—. Gran parte de los hombres más destacados de la Historia han estado relacionados con la masonería, y eso es algo que desde joven, cuando me obsesionaban las grandes preguntas, me ha empujado a profundizar sobre el tema. Además, me pilla muy cerca de casa.

—Sargento, eres una caja de sorpresas.

—¿Algo más, inspector?

—Eso es todo, Toni.

—Bien —dijo. Alzó el dosier amarillo—. ¿Necesitas el cedé de la grabación?

Milo afirmó con un gesto. Lo dejó sobre los otros. Y cuando Crespo dio media vuelta, recogió todas las carpetas y las introdujo en un cajón.

—¿No les echas un vistazo siquiera? —inquirió Rebeca.

—Me basta el resumen, de momento. —Señaló su dosier naranja—. ¿Qué llevas ahí?

Rebeca se lo entregó.

—El informe que me pediste anoche sobre la conducta criminal del asesino.

—Muy bien. —Lo metió en el cajón—. Ahora explícamelo, en versión resumida. O mejor, me lo cuentas después. —Se levantó—. Primero tenemos que ir a hablar con Bonhora.

El antiguo laboratorio forense, conocido como «la guarida», se encontraba en el sótano 2, en lo más recóndito de la comisaría. A pesar de que en la actualidad se había visto relegado a desempeñar tareas básicas, el lugar seguía manteniendo el mismo aire de escrupulosa eficacia. La jefatura general había decidido integrar todos los efectivos de la División en una sede central, y había inaugurado un complejo de última generación. El nuevo recinto, situado en la N-150, entre Sabadell y Terrassa, constaba de cinco edificios donde, además de otras unidades, los investigadores de la Policía Científica podían trabajar en unos laboratorios equipados con las más modernas tecnologías y sin problemas de espacio. De igual modo, los servicios forenses de Barcelona habían sido integrados en el Instituto de Medicina Legal, ubicado en la Ciudad de la Justicia, al frente del cual se hallaba el experimentado Goyo Bonhora.

Irrumpieron en su oficina.

—Bonhora, pareces un refugiado —dijo Milo.

El despacho del forense jefe era un caos de objetos y cachivaches. Repartidos en aparente desorden, se amontonaban por estanterías y mesas; reliquias forenses, libros, botes de cristal con los más diversos contenidos en formol y toda clase de artilugios. La iluminación era indirecta y Rebeca no pudo evitar un escalofrío.

—Me siento el último mohicano —dijo Bonhora. Obeso y de baja estatura, en su rostro destacaba una cuidada barba en contraste con su cada vez más escaso cabello. Se incorporó de la desvencijada silla y los saludó con un apretón de manos—. Cuando quiero pensar, prefiero venir aquí; dispongo de más tranquilidad.

—Eres un sentimental.

—Como te oiga mi mujer, me arruinas la vida —bromeó—. ¿Qué os trae por mi refugio?

—El caso Pinto, tengo varias preguntas.

—Un segundo, que cojo mi informe y el de la Científica. —Alcanzó unos dosieres—. ¿Qué quieres saber?

—Primero, todo lo referente al cadáver.

—Veamos, el cuerpo llegó carbonizado al Instituto de Medicina Legal. Como no presentaba ninguna característica física o anatómica particular, y tampoco cicatrices debido a las grandes temperaturas a las que se vio sometido, tuvimos que realizar la identificación por las muestras dentales. El fuego nos complicó bastante el trabajo. Las personas que fallecen quemadas llegan a la mesa de autopsia con los huesos fracturados y multitud de hemorragias epidurales, como si alguien las hubiese matado a base de golpes y luego les hubiera pegado fuego, cuando en realidad son lesiones *post mortem* debidas al intenso calor.

—Debió de sufrir una barbaridad —murmuró.

—Cuando hay quemaduras de tercer grado, es decir, cuando la víctima ya tiene el ochenta por cien de su piel quemada, no hay dolor. El fuego ha destruido las terminaciones nerviosas y no hay transmisión. Pero hasta llegar a ese punto, el sufrimiento es inhumano. Si ya duele una sencilla percusión en un diente, imaginaos lo que debe de ser la lenta cauterización de todos y cada uno de los nervios de nuestro sistema. Y no cabe duda de que la víctima estaba viva antes de arder. Encontramos monóxido de carbono en sus pulmones y pequeñas partículas sólidas que taponaron sus alveolos, lo que indica que respiró su propia combustión.

—¿Cuánto tiempo tarda un cuerpo en arder por completo? —preguntó Milo.

—Unos quince minutos aproximadamente, dependiendo de varios factores.

—Encaja con los cálculos del asesino. Entre el momento en que encendió a la víctima y la llegada de los bomberos, transcurrió tiempo más que suficiente.

—Para ser exactos, se aseguró de ello —matizó Bonhora—. Utilizó, como ya te dije, una impregnación de aceite de motor para que el combustible, la gasolina, se adhiriera a sus ropas, piel y cabellos, provocando que el fuego prendiera con facilidad. Luego, tras esa primera descarga de calor que quemó su piel, empezó a derretirse la grasa corporal que, al ser absorbida por las ropas, actuó como mecha alimentando el fuego, a lo que también contribuyó la médula ósea. La grasa humana suele arder a unos doscientos grados, pero embebida en una mecha puede hacerlo a ciento cincuenta o menos. De ahí que, cuando llegaron los servicios de emergencia, el cuerpo ya estuviera calcinado por completo. Una muerte atroz.

—Y entretanto, el asesino filmando su agonía —dijo Rebeca.

—Es lo que hacen los pirómanos. Disfrutan observando el fuego que han provocado.

—No sigue las pautas de un pirómano, es más perverso —dijo Milo—. ¿Cómo averiguaste que no ingirió alimento ni bebida durante su encierro?

—Por el estado de los huesos, la falta de calcio y la desmineralización. Lo que no pudimos hallar fueron restos de sustancias neutralizadoras. El fuego eliminó todos los fluidos; con el calor, los líquidos se evaporan.

—Casi parece un crimen perfecto —dijo Rebeca—. Sin rastros, sin huellas...

—Subinspectora, como reza el viejo aforismo de la profesión —dijo el forense jefe—, no existe el crimen perfecto, sino la investigación imperfecta.

—¿Qué hay de sus pertenencias?

—Destruidas por el fuego. Cuando el sujeto lo secuestró, lo lógico es suponer que le quitó el móvil, las llaves, la cartera, todo. Y antes de colgarlo en La Pedrera, se las volvió a meter en los bolsillos, que es donde las encontraron. Inservibles.

—El asesino no es un ladrón —señaló Rebeca.

—Hablemos del vehículo de Parques y Jardines —planteó Milo—. Ayer dijiste que la Científica recogió rastros de aceite por los asientos, volante y suelo.

—Sí, y por los pedales; y lo más curioso, por la alfombrilla del copiloto.

—Explícate.

—Vayamos por partes. Cuando el asesino transportó en su vehículo a Pinto, este ya estaba embadurnado de aceite, con lo cual fue dejando un rastro oleoso. Hasta aquí todos de acuerdo. Pero ¿en qué parte de su vehículo lo transportó? Lo más lógico sería suponer que en el maletero. Entonces, ¿cómo se explica que el asesino tuviera aceite en las suelas de sus botas? Si descartamos que se manchara en el lugar donde lo impregnó, dada su meticulosidad, solo hay una forma: había aceite en el suelo del asiento delantero. ¿Y por qué? Porque fue allí donde puso a la víctima para transportarla por la ciudad. Lo escabroso es que, probablemente, lo pisara de vez en cuando para mantenerlo quieto en el suelo, manchándose así las suelas. Y ahora, pensemos: ¿qué tipo de vehículo permite esta operación?

—Una furgoneta —dijo Rebeca.

—Correcto —convino Bonhora—. En vez de llevarlo en la parte trasera, lo colocó en la delantera. Luego, lo traspasó al de Parques y Jardines y lo metió en la parte del acompañante, como se desprende de la filmación de las cámaras. Pero sus botas ya estaban manchadas de aceite y dejó un rastro en los pedales y la alfombrilla del conductor.

—¿Y cómo explicas que también lo hubiera en la del copiloto?

—Tal vez porque otra persona iba con él. Alguien que, de igual forma, se manchó las suelas al ponerle los pies encima durante el traslado hasta la esquina donde lo subieron al vehículo de Parques y Jardines.

—Pero hasta La Pedrera, ese asiento lo ocupó el cuerpo de Eduard Pinto...

—Calma, Mercader, vas demasiado rápido —dijo Bonhora—. Lo que sabemos con certeza es a partir del momento en que las cámaras recogen al vehículo entrando en su ángulo de filmación..., no antes. Según esta hipótesis, puede que circularan tres personas en ese vehículo: el asesino al volante, la víctima en la parte delantera, y un tercer ocupante. Este último pudo bajarse poco antes de llegar a la Casa Milà para no ser filmado y así ocupar su sitio para ver el espectáculo.

—Esto confirmaría que el asesino utilizó una furgoneta y que intervinieron dos personas, tal y como dijo tu indigente de anoche —concluyó Rebeca.

—Sí, pero solo es una hipótesis, no una prueba —dijo Milo—. A Bonhora y la Científica les encanta escuchar cómo los cuerpos y rastros les narran sus secretos, pero no siempre son fáciles de interpretar y a veces dan a entender medias verdades. En mi opinión, han descartado con excesiva facilidad que el asesino se manchara las suelas en otro lugar o de manera distinta. Y respecto a los rastros de aceite en el suelo del acompañante, pudo pisarlo al introducir el cuerpo. Hay otras explicaciones, y todas verosímiles.

—¿Qué indigente de anoche? —quiso saber el forense jefe. Milo se lo explicó de forma resumida—.

Pues ahí lo tenéis. Ya somos varios quienes señalamos la existencia de una furgoneta y una segunda persona.

—Pero ninguno se basa en nada concluyente. —Frunció el ceño—. ¿Cuándo fue formulada esta hipótesis?

—Hace días, tras realizar la inspección del vehículo de Parques y Jardines. Singla recibió los informes. ¿Por qué?

—El muy cabrito lo sabía y se lo ha callado —dijo.

—¿Y qué? —intervino Rebeca—. Allá él, no es nuestro problema. Debemos centrarnos en el caso y dejar a un lado todo lo que nos lo haga perder de vista.

Milo asintió en silencio.

—De acuerdo, mantengamos la cabeza fría. Lo de la furgoneta, pase; pero lo de la segunda persona es una especulación. Según yo lo veo, no es determinante.

—La discrepancia suele ser buena para arrojar luz sobre un problema —citó Bonhora.

—Bonita frase. ¿De quién es?

—Me la acabo de inventar —dijo Goyo, muy ufano.

—¿Obtuvieron una huella completa de sus botas?

—Imposible. Las de la calle fueron destrozadas por los bomberos, y las del vehículo de Parques y Jardines eran parciales, inservibles para hacer una plantilla.

—¿Incluidas las de la plataforma elevadora?

—El suelo es granulado, una pesadilla a la hora de obtener una huella clara.

—¿Dónde está ese vehículo ahora?

—Fue devuelto a las cocheras del ayuntamiento.

—Maldita sea. ¿Estás seguro?

—Después de revisarlo varios días de arriba abajo dos equipos de criminólogos, ya no había nada más que hacer con él. ¿Por qué pones esa cara?

—Malart quería verlo con sus propios ojos —dijo ella.

—Una última cosa, Goyo. A partir de la escritura de una letra, ¿es posible deducir algo?

—¿Solo con una letra? —Bonhora caviló unos instantes—. A ver, la grafología puede elaborar retratos psicológicos a partir de la escritura; no obstante, y como tú dirías, cae dentro del terreno de la hipótesis. No es una ciencia exacta, y menos disponiendo solo de una letra. En la General hay una Unidad de Caligrafía Forense que, en función del tamaño de la muestra, puede determinar características generales del carácter del autor, identificar su personalidad, describir sus emociones o tipo de inteligencia y aptitudes profesionales, y en algunos casos incluso diagnosticar el grado de salud o enfermedad física o mental. Pero con un espacio gráfico tan reducido, lo veo difícil. Si quieres, me la haces llegar y puedo consultar con esa Unidad.

—Te la envío ahora mismo —dijo Rebeca—, aunque no sé los planes del inspector. Con él nunca se sabe cuándo hay que salir corriendo.

—Sin problemas.

—Subinspectora, ve a la oficina y baja la fotografía de la G —ordenó Milo—. Yo iré a por mi coche y te espero en la entrada. Quiero ver el lugar donde Pinto fue secuestrado.

—¿Lo ves? —dijo ella a Bonhora—. Lo que te decía.

—Y tráete...

—Ya sé, la cámara. La podemos necesitar.

Mientras abandonaba el despacho, Bonhora se echó a reír por lo bajo.

—Parece despierta y perspicaz. ¿Cómo te va con ella?

—Es muy preguntona, siempre encima, atosigando; pero tiene capacidad e intuición. Veremos.

—Y además es muy atractiva...

—No sigas por ahí, que te conozco.

—¿Qué tal con Irene? —Al ver su expresión, dijo—: Cambio de tema. En serio, Milo, ¿cómo estás?

—Jodido, cansado y mareado con este olor. No sé cómo lo soportas.

—Si no hay dolor, no hay beneficio.

—Gran reflexión —alabó—. Si no voy errado, es el eslogan de una marca deportiva. Me gusta más: «Encontraré un camino donde no hay camino».

—Mejor esta: «Si uno tiene un porqué, encontrará siempre un cómo».

—«Creer es crear.»

—¡Por favor! Aquí viene la definitiva: «Salta, y la red aparecerá». Punto, set y partido.

—Tú ganas —dijo Milo—. Tengo que irme.

—«Hoy elegiré ser feliz.» Esta es de propina. Cuando quieras otro partido de autoayuda, aquí estoy.

Milo se alejó hacia la salida.

—«Buscaré la sabiduría» —dijo, de espaldas—. Y entonces, volveré.

Un gran número de personas se congregaba ante la entrada de la comisaría. Fotógrafos, cámaras, periodistas micrófono en mano, los de la prensa escrita y otros medios locales y nacionales, así como los curiosos que acudían al reclamo de cualquier aglomeración. Media docena de agentes se afanaban para dejar libre un pasillo, tratando de evitar que nadie se abalanzara.

La temperatura era abrumadora.

Mauricio Navarro se abrió paso a codazos hasta lograr situarse en una posición desde donde podía gozar de mejor perspectiva. A la espera de la rueda de prensa, prevista para dentro de media hora, se dedicó a observar a la gente que entraba y salía.

Un abollado Volkswagen frenó junto a la acera.

Distinguió al conductor. Conocía aquel rostro. El tiempo había deteriorado sus rasgos y ahora su cabello castaño tenía rastros gris plomo, las patas de gallo le estriaban la piel alrededor de los ojos y unas arrugas surcaban su frente y mejillas. Sin embargo, mantenía la misma expresión de fría astucia y su imagen continuaba resultando atrayente como un imán. Aunque solo habían transcurrido dos años, parecía unos diez mayor; pero era él, sin duda.

Una mujer se interpuso en su campo de visión. Había surgido del edificio con gesto enérgico y se dirigía al destartalado vehículo. Sus andares eran felinos, seductores. Navarro contempló su espalda, la esbelta figura, la sensualidad que desprendía con cada paso. Cuando ella se subió al coche, extrajo la BlackBerry, seleccionó un contacto, y pulsó el botón de llamada.

—Has tardado mucho —protestó Milo.

—Bastos me ha entretenido —dijo. Se ajustó el cinturón—. Está que trina contigo.

—¿Conmigo? ¿Qué he hecho yo ahora?

—La loquera lo ha llamado —dijo Rebeca—. En plena reunión con la intendente para preparar la rueda de prensa. Le ha puesto como una moto. Inspector, le has vuelto a dar plantón. Por segunda vez. Y el jefe se lo ha tomado como un asunto personal.

—La madre que me...

Su móvil empezó a sonar. Nada más descolgar, Bastos soltó una retahíla de frases sin darle ocasión de intervenir. Fijó la vista en la calle, en el efecto de la canícula sobre el asfalto. La visión le pareció irreal. Un espejismo.

—Lo siento, comisario. Sí, no volverá a ocurrir. Me hago cargo. No, no le estoy dando largas. Entendido. Los caprichos de nadie. Sí. Un ultimátum. No faltaré.

Colgó. La ira le estalló detrás de los ojos. ¿Por qué no le dejaban en paz? Solo pretendía cumplir con su trabajo, nada más. Su cerebro era su reducto privado y no quería visitantes. *Serás como yo, tienes el gen*. Nadie debía acceder a su interior. *Te jodes*. Su propósito de control tenía un límite.

Golpeó el volante. Una y otra vez. Con rabia.

—¿Se puede saber qué...?

Se volvió hacia ella. Era una extraña, inocente. No, todos eran culpables. Se giraban en su contra. Para acorralarlo. Podía percibir su recelo. El temor.

—¿Por qué me cuestionáis? —gritó—. ¡Cierro los casos, coño! ¿No basta?

—¿De qué demonios hablas?

—¡Lo sabes perfectamente! ¡O voy a la puta consulta esta tarde o me suspenden de nuevo! ¿Por qué no me has avisado de que tenía loquera a las doce?

—Inspector, no soy tu secretaria —dijo Rebeca.

—¡Pero sí mi compañera! —Arrancó. Los neumáticos chirriaron y muchos de los que aguardaban en la entrada se giraron en su dirección—. ¡Esto es ridículo! ¡Solo me faltaba hacer de canguro a mi canguro!

—Desbarras —repuso ella—. Entiendo que soportas mucha presión, que no has descansado en dos días y todo eso, pero no la tomes conmigo. No es justo.

—¡Qué sabrás tú de lo que es justo! ¡Hostia puta, yo no estoy loco!

—Cálmate, ¿vale? Inspira, espira. Buda, ¿recuerdas?

La miró con ojos desenfocados. Rebeca detectó la angustia, el temor. Milo detuvo el coche con un frenazo, se llevó los puños a las sienes.

Ella observó la calle a través de la ventanilla. Aquel brillo de sus pupilas... Al rato, sin volverse, le preguntó si iban a ir a la rueda de prensa.

—La veremos por televisión —dijo Milo. Abrió los ojos—. ¿Dónde estamos?

—Delante del Camp Nou. Te has saltado dos semáforos y por poco atropellas a un grupo de turistas vestidos de azulgrana. Te han dicho de todo.

—Genial —murmuró—. ¿Sabes dónde apareció el coche de Pinto?

—En la calle Lluís Muntadas. Escucha, creo que lo mejor sería ir antes a tomar algo, tranquilizarnos un poco.

—Estoy bien, chica dura. Pero conduce tú.

Se apeó y rodeó el vehículo. Un mareo le hizo perder el equilibrio. Se apoyó en el capó, un instante, y reanudó la vuelta. Sin perderlo de vista, Rebeca pasó por encima del cambio de marchas y se puso al volante. Milo se sentó a su lado.

—¿Seguro que estás bien? —insistió.

—Arranca. Esto es un horno.

Circularon en silencio. Milo apoyó la cabeza.

—El aire abrasa —dijo.

—Viene del norte de África. —Dobló por un cruce—. Deberíamos acudir a la rueda de prensa.

—No van a decir nada que no sepamos. Politiqueo barato para lavar la imagen. Una pérdida de tiempo.

—¿Y no lo es volver al lugar donde fue abandonado el coche de Pinto? Los de Personas Desaparecidas lo revisaron de arriba abajo y...Vale, no crees a nadie, lo pones todo en duda.

—Pensar por uno mismo da resultado. —Se enderezó—. Cuéntame tu informe sobre conducta criminal.

—¿Empiezo por la teoría y luego me centro en nuestro sujeto?

—Mira, no sé qué ha pasado, se me han cruzado los cables. El calor derrite las neuronas.

—¿Te disculpas? ¿Tú?

—El informe, subinspectora.

—A la orden. —Carraspeó—. Un asesino como nuestro sujeto suele estar motivado por múltiples impulsos, que se resumen en dos: poder y compulsión sexual. Es habitual que en su infancia haya sufrido abusos, físicos o psicológicos, provocando en él unos sentimientos de inadaptabilidad que compensa con sus crímenes. Solo así logra satisfacer su venganza y ansias de poder. Disfruta con el terror que provoca en la sociedad, y no busca el lucro, sino la satisfacción personal. Otra característica es su carencia de empatía con la víctima. Se comporta con ella de forma sádica, llegando a emplear la tortura, como la mutilación o muerte lenta, para obtener placer sexual.

—Concuerda bastante con nuestro sujeto, pese a que no veo por ninguna parte esa satisfacción sexual.

—No sabemos qué ocurrió durante su cautiverio.

—Continúa.

—Un factor muy importante en su desarrollo es la fantasía. —Frenó ante un semáforo—. Suele fantasear durante su adolescencia con matar, soñando despierto y de forma compulsiva con dominación, sometimiento y asesinato. En su niñez pudo haber provocado pequeños incendios por la emoción de destruir cosas, practicado la crueldad con animales, y padecido incontinencia más allá de la edad habitual.

—¿Siempre se cumplen estos tres últimos datos?

—Solo en algunos casos, y no todos los investigadores comparten esta teoría. —Arrancó de nuevo—. Está basada en estadísticas.

—De pequeño tuve un amigo que hacía esas tres cosas y hoy dirige una oficina bancaria y tiene cuatro hijos.

—¿Te ves muy a menudo con él?

—La última vez fue hace unos meses, le pedí un crédito y me lo denegó. Y tuve otro que hacía lo mismo. Es controlador aéreo y colecciona obras de arte moderno.

—Tuviste unos amigos muy raros, ¿no? —dijo Rebeca—. Con compañías así, lo raro es que acabaras en la policía.

—No los disculpo, pero en aquella época había muy poco que hacer en Port de la Selva y los niños no siempre teníamos buenas ideas. Y ni se te ocurra preguntar si mojaba la cama.

Mercader enfiló hacia la plaza Molina.

—Este tipo de asesino acostumbra a tener un coeficiente intelectual por encima de la media —prosiguió—. Es capaz de planificar sus crímenes de forma metódica y organizada, aunque tenga que emplear varios años, y rara vez los lleva a cabo por despecho. Su método consiste en ganarse la confianza de la víctima;

luego la secuestra, la mantiene cautiva en un lugar donde la mata, y por último se deshace de ella en otro sitio. Es común que la busque en su pasado, entre la gente que formó parte de su vida y que por algún motivo lo marcó para siempre. La estudia, analiza al detalle todos los obstáculos, y, una vez solventados sobre el papel, lleva a cabo su acción. Posee un alto grado de control sobre la escena del crimen, y acostumbra a estar familiarizado con la ciencia forense para cubrir sus huellas. Le atrae seguir sus hazañas a través de los medios, y puede llegar a comentarlas con las personas de su entorno, ya sean amigos, mujer o hijos, ya que es muy sociable. Cuando es capturado, nadie cree que una persona tan agradable pueda haber cometido tales atrocidades.

—He conocido a alguno como el que describes —dijo Milo—. Pero no era tan inteligente ni organizado.

Rebeca tomó por Balmes en dirección montaña.

—Es el otro tipo, el que actúa aprovechando la oportunidad, de forma impulsiva y sin planear —explicó—. Tras cometer el crimen, deja a la víctima en el mismo lugar y no se molesta en deshacerse de ella. Es el perfil opuesto: bajo coeficiente de inteligencia, poca sociabilidad, sin interés por el seguimiento de los medios, y sin ningún control sobre la escena del crimen ni conocimiento de la ciencia forense.

—Las dos caras de la misma moneda.

—Sí, aunque se han dado casos en que un asesino reúne aspectos de ambos tipos. Comienza como el organizado y, a medida que progresa en los crímenes, pierde el dominio de sus impulsos y se vuelve desorganizado.

—En resumen, hay dos tipos: el controlado y el descontrolado. Siguiente pregunta: ¿de qué género?

—Predomina el varón por aplastante mayoría, y lo usual es que los cometa en solitario. Pero en ambos casos hay excepciones.

—Bien, hasta aquí la teoría. Vamos a nuestro caso.

Rebeca dio un acelerón para saltarse el ámbar.

—Nuestro asesino encaja dentro del primer tipo —dijo—. El hecho de que secuestre a su víctima, y la torture sin darle alimento ni bebida, indica que necesita ejercer un poder definitivo sobre ella. No se conforma con matarla, sino que desea causarle el máximo sufrimiento. La tortura, la humilla colgándola en un lugar público, y luego la quema. Controla sus impulsos y el lugar del crimen. No deja huellas. Lo planifica todo con minuciosidad y eficacia.

—Y cumple su venganza después de buscarla en su pasado, ya sea porque le infligió abusos o por otro motivo —añadió Milo—. La planea con tiempo, estudia a fondo a su víctima, sueña con dominarla, someterla y matarla de la forma más cruel y dolorosa posible. Y por fin, lo logra. No en un arranque, sino con frialdad extrema.

Mercader redujo, y subió por la avenida del Tibidabo.

—Obtiene la satisfacción psicológica del acto vengativo y cubre en parte su ansia de poder. Se siente invencible, y va a por su segunda víctima.

—Repite el método y la atrapa. Se cree tan poderoso que está persuadido de que nadie lo puede detener. Su rabia e impotencia acumuladas por fin se ven resarcidas. Dudo que obtenga placer sexual, pero no lo descarto.

—Aunque no sepamos a qué prácticas las somete durante el encierro —dijo ella—, no sería extraño que estuvieran vinculadas a las formas de abuso que sufrió, si este es el caso. Ha ocurrido que un asesino de este tipo abuse sexualmente de sus víctimas del mismo modo; pero no por lujuria, sino por dominación.

—La pregunta es: ¿por qué ahora?

Rebeca guardó silencio. El sol provocaba estrías ondulantes sobre el asfalto, nubes de vapor multicolores que por un instante la sumieron en una abstracción fantasmal. Torció a la derecha y avanzó por Lluís Muntadas.

—Ya hemos llegado —dijo.

Detuvo el motor, y ambos permanecieron callados, como si necesitaran descanso tras recorrer la mente de un psicópata.

Observaron la calle.

Era tranquila, solitaria, con una estrecha acera al sol y la otra, aún más reducida, en la sombra; allí su tamaño no importaba, nadie caminaba por ellas. Los propietarios de las mansiones que se alineaban a ambos lados no pisaban el exterior si no era a bordo de los vehículos que dormían en sus amplios garajes. No había problemas de aparcamiento. Ni apenas tráfico. Ni sirenas. Es lo que tenía formar parte de la zona alta. Las viviendas se alzaban sobre gruesos muros infranqueables, disfrutando de unas envidiables vistas sobre la ciudad.

Rebeca contempló el escenario sin moverse.

—Desentonamos —dijo—. Tu coche.

Milo no abrió la boca. Al cabo, frunció el ceño.

—Estas casas tan lujosas tienen cámaras, ¿y ninguna lo grabó? No me lo creo.

7

La rueda de prensa dio comienzo con veinte minutos de retraso. A última hora, y aceptando los consejos de sus asesores, el fiscal anticorrupción había decidido celebrarla de forma conjunta con los responsables de las fuerzas policiales, y la intendente Anna Bassa, al frente del Departamento de Relaciones con los Medios de los Mossos d'Esquadra, se vio obligada a pedir disculpas por la demora sin hacer más comentarios. La razón del retraso se había debido a las discrepancias entre ambos organismos por el orden de las respectivas intervenciones. Obligados por las circunstancias, tanto la fiscalía como el Cuerpo querían ofrecer una imagen de unidad para disipar cualquier duda que los medios pudieran plantear sobre la relación entre los dos casos, lo que no significaba necesariamente que estuvieran dispuestos a ceder el protagonismo. Al final, tras un tenso tira y afloja, habían logrado ponerse de acuerdo: Anna Bassa haría las veces de conductora de las declaraciones, concediendo el turno de palabra de forma alternativa, y siendo el fiscal quien interviniera en primer lugar.

Satisfecho por lo que consideraba un triunfo personal, Fuster aguardó a que la intendente terminara las presentaciones. Había cambiado su traje color crema por uno azul, un tono que favorecería su imagen y más acorde con la seriedad de la situación. Con expresión grave, en su interior bullía la impaciencia ante lo que estaba seguro que iba a marcar un punto de inflexión en su carrera.

De pie sobre la tarima de la sala de prensa de la comisaría, y flanqueada por ambos hombres, Anna Bassa proseguía introduciendo el acto sin poder evitar una creciente incomodidad. De corta estatura, lo que se veía resaltado por el tamaño del comisario Bastos, había sido la primera mujer de la policía autonómica en alcanzar el grado de intendente. Vestida de uniforme, con camisa azul claro y corbata, había empleado catorce años en conseguir los galones para dejarse apabullar ahora y verse relegada al papel de conductora. Había dado muestras más que suficientes de su habilidad para comunicar a los medios la información que ella, y solo ella, consideraba pertinente, dosificando los *off the records* con inteligencia, siempre en interés del Cuerpo, y conociendo a cada periodista y medio para saber a quién podía facilitar qué dato. Su mano izquierda había quedado patente, así como su cintura para regatear en los pasillos a los más inquisitivos. Por ello, consideraba que ahora la estaban discriminando, y era algo que la sulfuraba hasta el extremo de haber decidido que, si querían que se limitara a ejercer de presentadora, así sería, pero que luego no la buscaran para arreglar las cosas si alguno de aquellos dos bisoños en lidiar con la prensa cometía un desliz, algo que estaba convencida de que iba a suceder.

El comisario jefe Bastos también mantenía una expresión grave, evitando traslucir su frustración por ocupar el segundo lugar en el turno de intervenciones. La política tenía aquellas cosas y se dijo que no desaprovecharía la oportunidad de colgarse una medalla, él, y la División, por este orden.

Por último, y como soporte, a ambos lados se alineaban los inspectores jefe Sonseca y Cano, y dos responsables de la fiscalía, todos con rostro circunspecto.

—Señores, tiene la palabra el fiscal anticorrupción Màrius Fuster —dijo la intendente Bassa.

El fiscal se aclaró la garganta, dio unos pequeños golpes al micrófono, y, mientras se disparaba un aluvión de flashes, empezó a explicar con voz engolada las razones del precintado del Círculo Gaudí. Luego, añadió:

—Una vez aclaradas con la Jefatura de la Policía de Cataluña las circunstancias de la desaparición del señor Félix Torrens, hemos procedido a entrar en las oficinas de la entidad para incautarnos de documentos y material informático. En ausencia de su presidente, esta fiscalía, en colaboración con el juez Ricard Espinosa, ha estimado conveniente, por el riesgo de una nueva fuga, detener a su director administrativo, el señor Arnau Mascaró, y ponerlo a disposición judicial para ser interrogado sobre la irregular gestión financiera. Por los indicios hallados, y en opinión de todas las fuerzas implicadas, nos encontramos ante un caso de corrupción a gran escala cuyo alcance nos disponemos a esclarecer en el cumplimiento de nuestras obligaciones. Es firme decisión de la fiscalía llevar a cabo todo lo...

En la sala se desató el alboroto y el discurso del fiscal fue interrumpido. Los periodistas le lanzaron una batería de preguntas que se vio incapaz de contener.

—¿Afirma que se trata de un saqueo en toda regla?

—¿A cuánto asciende el importe de lo estafado?

—¿La corrupción salpica a algún grupo político?

—¿Quién informó de las irregularidades?

—¿Desde cuándo sospechaban que en el Círculo Gaudí se cometían estas irregularidades?

—¿Por qué no vigilaron al señor Félix Torrens?

—¿Considera ineficaz la intervención de los Mossos?

El fiscal se volvió hacia Bassa en busca de ayuda.

—Señores, orden —dijo la intendente con firmeza—. Les garantizo que todos sus interrogantes serán despejados. Guarden silencio y esperen el turno que les iré indicando. Un poco de calma, por favor.

La marabunta de voces cesó como por ensalmo y varias manos se alzaron.

Navarro confió en su fama televisiva, así como en la buena estrella que siempre parecía acompañarlo, y se limitó a permanecer quieto. Cuando Bassa escudriñó a los periodistas, se detuvo en su rostro. Había bregado con él en muchas ocasiones, sabía que era poco serio y que deformaba la información, pero su estilo agresivo le pareció oportuno para dar una lección al fiscal.

—Mauricio Navarro, su pregunta.

«Bingo». Asintió para agradecer la deferencia. Acto seguido, se inclinó con disimulo hacia el oído de su cámara.

—Lucas, grábalo todo, no pierdas detalle de sus caras —susurró. Al instante, se enderezó—. Gracias, Anna. Señor fiscal, comisario jefe, mi pregunta es para ambos. ¿Hay alguna relación entre la desaparición del señor Torrens y la del fallecido Eduard Pinto? O dicho en otras palabras, ¿podría Félix Torrens haber sido secuestrado?

Fuster se llevó una mano a las gafas y carraspeó un par de veces.

—Según el Grupo Especial de Homicidios de los Mossos d'Esquadra, responsable de la investigación del asesinato de Eduard Pinto, se trata de una huida, no de un secuestro.

—Comisario jefe, ¿está de acuerdo con la declaración del fiscal? —instó Navarro.

Todas las cabezas se dirigieron hacia Bastos.

El comisario abrió la boca, la cerró. Desvió los ojos.

—No tengo nada que añadir —dijo.

—¿Significa eso que el GEHME no comparte la misma opinión?

Un rumor de voces se alzó de súbito, desatándose otro caos de preguntas. Ante el cariz que tomaba el asunto, Bassa pensó que el aprieto ya era suficiente e intervino con rapidez. No podía permitir que se le desmandara la conferencia.

—¡Orden, orden! —exclamó. En unos segundos, la tormenta se desinfló—. Navarro, no acapare; el comisario jefe Bastos ya ha respondido. —Buscó a otro periodista con la mirada. Convenía uno serio y solvente—. Siguiente pregunta; usted, Josep Maria Hernández.

Mientras su colega del *Avui* la formulaba, Navarro se sintió satisfecho. Ya tenía las imágenes que quería; montadas de forma adecuada, iban a ser el soporte perfecto para su crónica, el ingrediente clave para subir la audiencia. Ahora solo necesitaba el contenido, uno que obtendría más tarde. Ya había pactado el lugar y la hora de la cita.

—Me voy, tú te quedas grabando —dijo a su cámara—. Y no olvides coger primeros planos.

Lucas, el melenudo de la cámara, asintió en silencio.

Se apearon del coche.

—Menudo barrio para vivir —admiró Rebeca.

—Te lo regalo. Aquí, si te olvidas el tabaco, dejas de fumar. Esto no es un barrio, es una urbanización. No hay alma, ni vida. Solo celdas. De lujo.

—Pero se tiene que dormir de fábula. Yo vivo en Gràcia, junto a la plaza de la Virreina, y allí hay tanta vida que no pegas ojo. Demasiada alma para mi gusto.

—¿Sabes dónde apareció el Audi de Pinto, el sitio exacto?

—Fue aquí mismo —indicó la subinspectora.

Milo hizo visera con la mano. A pocos pasos, sobre un lateral del garaje de una torre, distinguió una cámara inclinada hacia la entrada. En la vivienda de enfrente, había otra enfocando su portal de hierro blindado. Un moderno portero automático equipado con visor se hallaba a media altura, a un lado.

Se aproximó hasta el garaje y estudió la cámara.

Rebeca se acercó.

—¿Fue saboteada por el asesino?

Milo se situó ante el objetivo. Extrajo el arma y lo apuntó directamente.

—¿Estás loco? —dijo ella—. ¿Qué haces?

Guardó la HK. Señaló la cámara.

—No vendrá nadie —dijo—. Es de juguete, disuasoria. Como las del Raval. Tienen pasta gansa y solo invierten unos euros en una de pega. Y esa otra —señaló la de enfrente—, lo mismo. El asesino no tuvo que sabotearlas, ya lo hicieron los propietarios por él. Y lo sabía, por eso eligió esta calle, y concretamente este lugar.

Rebeca puso los brazos en jarra y ladeó la cabeza.

—Lo estudió al detalle. Aparca aquí su vehículo, pongamos la furgoneta, y se larga. Parece de mantenimiento, y no llama la atención. Va al parking de La Caixa en la Diagonal, se mete en el Audi y se esconde en el suelo del asiento trasero. Aguarda a que Pinto se suba, circule hacia su domicilio, y cuando están a un centenar de metros lo aborda, lo obliga a doblar por la primera bocacalle, y le ordena frenar en el sitio que ha escogido. Entonces lo neutraliza, lo carga en la furgoneta, y desaparece con él. Rápido y eficaz. Sin dejar rastro. Con un mínimo de riesgo.

—El patrón de asesino organizado —convino Milo—. Estudia a su víctima, y cuando la presa se separa de la manada, la atrapa. ¿Alguna otra conclusión?

—Sí, tres. Que las cámaras solo sirven para después del crimen, no antes. Que la gente de dinero lo tiene porque no lo gasta. Y que con este tipo de gente, las cámaras no sirven ni para antes ni después.

—Premio. Conduces tú.

—¿Adónde vamos?

—Al lugar donde capturó a Félix Torrens —dijo Milo.

Rebeca se puso al volante y condujo hacia el exclusivo barrio de Pedralbes.

—No vamos a descubrir nada nuevo —aseguró—. Sonseca ya ha dicho en la reunión que ese tramo de calle no tiene cámaras. Será otro lugar con escasa iluminación, apartado y solitario, ideal para inmovilizar a una presa.

—No será un viaje en balde. Primero lo comprobamos, y luego aprovecharemos para otra cosa.

El tráfico era denso, pero en un par de horas, al ser viernes, día de la salida en tromba de todos aquellos que disponían de segunda residencia, estaría imposible.

—¿Por qué le has pedido a Crespo un listado de crímenes extraños y desaparecidos?

—Matar es difícil, aunque sea por venganza; hace falta fuerza interior. Mucha fuerza interior y determinación. No está al alcance de cualquiera. A mi juicio, no es la primera vez de nuestro sujeto. Y las víctimas más fáciles para «practicar» sin ser descubierto son los abandonados por el sistema, los que nadie reclamaría. —Se rascó la frente—. No sé, a lo mejor damos con algo.

—¿Un asesino actuando sin nosotros saberlo?

Circularon en silencio. Al rato, Mercader dijo:

—Se me ocurren dos nuevas conclusiones. Si es del tipo organizado, no ataca en su zona de bienestar. O sea, que no vive en la parte alta.

—Es pronto para afirmarlo. Por ahora solo tenemos dos sitios, insuficientes para elaborar un patrón. ¿Y la otra?

—Si sigue actuando, cometerá un error tarde o temprano. La necesidad de venganza es tan incapacitante como cualquier neurosis. Es una enfermedad mental. En sus delirios narcisistas cada vez será más atrevido, querrá ir más lejos. Según la teoría, incluso puede organizar una masacre para enmascarar su objetivo.

—¿En qué piensas?

—En lo que ha dicho tu jueza Cabot. La visita del Papa dentro de quince días. La Sagrada Familia. Gaudí. Será una oportunidad de oro.

Milo la observó con fijeza.

—El dispositivo de seguridad de las fuerzas policiales será lo nunca visto.

—Lo sé —dijo Rebeca—, un despliegue sin parangón. Los TEDAX-NBQ, la Unidad Canina, los GEIS, la del Subsuelo, la de Medios Aéreos, la DI, miles de agentes. No podrá colarse ni un alfiler.

—¿Entonces?

—Pienso en lo meticuloso que es el asesino. En cómo lo discurre todo.

Milo escrutó sus ojos grises. Reflejaban fría inteligencia. O cálida emoción. Se decantó por lo primero.

—No es mi jueza —dijo—. Y oye, acelera.

—Te lo juro, Pablo, no te arrepentirás. Como director de programas te apuntarás un gran triunfo —insistió Navarro. Apretó la BlackBerry contra la oreja—. Es material de primera, la cadena no se puede permitir el lujo de esperar hasta mi sección del martes.

—Eres tú quien no te lo puedes permitir.

—La cadena, yo, ¡qué más da! Cuando se disparen los *shares*, todos saldremos ganando. Y se dispararán, hazme caso.

—No puedo tomar la decisión sin consultarlo antes —dijo Pablo Romero.

—¡Pues llama ahora mismo a Picazo, joder!

—Está reunido, ¿o crees que el director de Telecinco aguarda tu llamada?

—Lo único que te pido es que hables con él, que le digas que la información que he conseguido es la hostia, y que no es noticia para un programa matinal. ¡Coño, será la entrada en todos los telediarios del país, tendrá cobertura internacional! ¿Es que no lo entiendes? ¡No te estoy hablando de cualquier cosa!

—Adelántame algo y veré qué puedo hacer.

—Pablo, que no soy un becario —dijo Navarro—. Mi información es mía y nadie me la va a pisar. Pero te juro que si no me haces caso te costará la cabeza. No estoy bromeando. Me conoces, no voy de farol.

Romero hizo una pausa. Navarro se lo imaginó descruzando las piernas, con gesto amanerado, mientras meditaba a toda velocidad sopesando pros y contras.

—Está bien —dijo—. Un momento, hablo con Picazo y, si me da el okey, te lo paso. Pero, querido, como me la estés jugando, ya te puedes despedir de tu culo.

—Tranquilo, voy bien de tiempo.

Miró a izquierda y derecha por si alguien lo espiaba en la cafetería. Sentado a un extremo de la barra, observó cómo los camareros disponían las mesas para servir los menús del mediodía.

Ismael Picazo, el todopoderoso director de Telecinco, se puso al aparato.

—Navarro, ¿qué es eso tan importante que Pablo me dice que tienes?

—Escucha, habla con Blanco para que en *La ronda* de mañana sábado me haga un hueco de *prime time*. Veinte minutos serán suficientes. Pero a primera hora, que no me deje para la madrugada. Y luego, que intervengas para poner paz con Julia, que no tome represalias. Dile que el martes aportaré más datos sobre la noticia en *Las mañanas de Julia*, que tendrá su parte del pastel. Solo tienes que convencerlos a los dos, eso es todo.

—¿Me das órdenes? —preguntó Picazo—. Estaba reunido y no tengo tiempo para chorradas.

—¡No cuelgues! —gritó, fuera de sí—. Vale, estoy nervioso, pero tú también lo estarías si supieras lo que tengo entre manos. Es algo tan explosivo que va a...

—Basta de venderme el artículo. Me cuentas de qué va o cuelgo ahora mismo.

Navarro se llevó una mano a la boca para proteger sus palabras. Con un hilo de voz, silabeó:

—Barcelona. Asesino en serie. *El Verdugo de Gaudí*. ¿Tienes bastante?

Rebeca maniobró por el laberinto de estrechas callejuelas que subían y bajaban en un chocante caos urbanístico tratándose de un barrio tan selecto. Por fin, dieron con la calle Can Falgàs y detuvo el coche en un vado.

—¿Esto es Pedralbes? —preguntó.

—El extremo sur. El Pedralbes que quita el hipo está más al norte.

—Aquí también hay mansiones que tiran para atrás.

—Pero no las villas entre arboledas centenarias y la intimidad asegurada. Eso es otro mundo.

—No hay panaderías, y a mí me gusta desayunar cruasanes recién hechos.

—Aquí dormirías como un tronco —dijo Milo—. Apuesto a que en este barrio las sirenas están prohibidas para que no alteren el sueño de tan ilustres residentes.

—A ti no te caen muy bien la alta burguesía ni los ricachones, ¿verdad?

Milo se encogió de hombros y observó la calle.

—¿Ves algo? —dijo Mercader.

—Un lugar solitario, apartado, con escasa iluminación y sin cámaras. Muy similar al otro —concluyó—. Vayamos a la calle Torrent de les Roses.

—¿Al domicilio de Félix Torrens?

—Sí, ¿por qué? ¿Acaso no podemos ir?

—Tú sabrás, yo no digo nada. ¿Por dónde se va?

—Pues como siempre, al fondo a la derecha.

Condujo por las callejuelas hasta que acertó con el camino correcto subiendo la montaña. La lujosa vivienda se hallaba en una pronunciada cuesta, asentada sobre gruesos muros de contención. Una verja inexpugnable se alzaba sobre la acera.

Aparcó delante y se apearon. Señaló el Volkswagen.

—Vuelve a desentonar —dijo—. Si un coche es la representación psicológica del propietario, me hago cruces de cómo debes de tener la cabeza. Hecha polvo, abollada...

Milo se acercó al portero automático y pulsó el único botón. Extrajo la placa y la plantó frente al visor de la cámara.

—Inspectores Mercader y Malart —dijo—, del Departamento de Personas Desaparecidas. Queremos hablar con la señora de la casa.

Mientras se activaba el mecanismo de apertura, Rebeca susurró:

—Oye, que ni soy inspectora ni somos del DPD.

—No puedo decirle que somos de Homicidios, ¿quieres que le dé un ataque a la mujer? —Entraron en la propiedad. Cuando la pesada verja se cerró a sus espaldas, Milo se detuvo—. Ahora no hay tiempo para explicaciones, pero no se me dan bien las entrevistas con familiares de víctimas. Llevarás tú el peso de la conversación y yo me mantendré en segundo plano, ¿entendido? Para evitar problemas.

—¿Problemas? ¿Qué clase de problemas?

Milo había echado a andar por el camino asfaltado

que conducía al garaje y Rebeca fue tras él. Tomaron por un sendero de losetas que serpenteaba por el césped de un cuidado jardín hasta la puerta principal. Un hombre de rasgos orientales, vestido con uniforme de mayordomo, les indicó que pasaran. Luego, cruzó un amplio recibidor con el suelo recién encerado y salió a un porche en la parte frontal de la casa.

—Esperen aquí, enseguida aviso a la señora.

La panorámica era espectacular. Barcelona se extendía ante ellos como una alfombra. En el extremo a su derecha podían distinguir la autovía de Castelldefels y los humedales del Prat de Llobregat; luego, la Zona Franca con sus edificios industriales, la singular estructura blanca de la torre de Calatrava, y la montaña de Montjuïc con su castillo en la cima y el gris cementerio encasquetado en la falda. Más al centro, el puerto y su feo almacenaje de contenedores, con los deslustrados barcos cargueros tostándose al sol aguardando su turno fuera de la bocana, y a continuación los impresionantes cruceros de lujo. Todo seguido, el famoso *skyline* de la ciudad: los rascacielos, el mirador de Colón, las cúpulas de la catedral, las inconfundibles puntas de la Sagrada Familia, la torre Agbar con su forma fálica y las chimeneas de la central térmica en la desembocadura del río Besòs. Como en un plano, allí tenían dispuestos a escala real los cuatro puntos de referencia que convertían a Barcelona en una ciudad de fácil orientación: como límites laterales, los ríos Llobregat y Besòs; y completando el rectángulo, el mar y la montaña.

—Yo me habituaría a vivir aquí en unos segundos —dijo Rebeca—. Con estas vistas, ¿quién quiere cruasanes recién hechos por la mañana? Esto alimenta más.

La decoración del porche era exquisita. Unos toldos de telas exóticas protegían del sol dos grandes zonas de sillones, con profusión de almohadones y mesas bajas de diseño. Repartidas aquí y allá, valiosas esculturas de firmas reconocidas. Y por todas partes, originales y caros detalles de estilismo que dejaban bien a las claras el nivel económico de sus propietarios.

—Bonita choza —dijo Milo—. Desde aquí es fácil sentirse el amo de Barcelona. Muy tentador. Con la ciudad a tus pies, lejos de la plebe, no sería extraño que el poder se te subiera a la cabeza. Estas vistas pueden despertar sensaciones peligrosas.

—Les aseguro que a mi marido no se le ha subido nada —dijo una voz femenina a sus espaldas. Los dos se volvieron en el acto—. Y lo peligroso no es la vista, sino este tipo de opiniones. Tal vez quien lo ha secuestrado es alguien que las comparte.

De aspecto noble, con el oscuro cabello lacio, la mujer vestía un elegante dos piezas veraniego; un reloj de oro en la muñeca, un sencillo collar de perlas al cuello y, lo más llamativo, un anillo con un grueso diamante. Su rostro no transmitía ninguna emoción. Pero la traicionaba un leve enrojecimiento en los ojos y la blancura de los nudillos al apretujarse las manos.

—Virginia Colomer, señora de Torrens —se presentó—. ¿Alguna novedad sobre el paradero de mi esposo?

—Lamentamos lo ocurrido, señora —dijo Rebeca—. Somos el inspector Malart y la subinspectora Mercader. Queríamos hacerle unas preguntas.

—Ustedes dirán. Pero antes, ¿les apetece beber algo? Con este calor tan inhumano, les recomiendo limonada natural. Presita, mi... nuestra asistenta, le añade unas hojitas de menta que le dan un sabor realmente delicioso. ¡Presita, por favor!

Al momento, una mujer también de rasgos orientales, vestida con el uniforme clásico, apareció por detrás de unas cortinas que se agitaban por la suave brisa.

—Tres limonadas, bien frías —dijo la señora Torrens. Se dirigió a ellos—: Yo no puedo beber alcohol, por los tranquilizantes, pero si prefieren algo más fuerte...

—Gracias —dijo Rebeca—, las limonadas ya están bien.

—¿Subinspectora? Me había parecido oír que ambos eran inspectores.

—Su mayordomo habrá entendido mal.

—Lo más probable, Ubaldo no es solo corto de estatura. —Señaló unos sillones—. ¿Quieren tomar asiento?

Milo ocupó el más alejado, uno individual, y cruzó las piernas. Rebeca escogió un tresillo y se sentó en el borde, dudando en cómo poner las suyas; resolvió colocarlas en paralelo, inclinadas en un incómodo ángulo. La anfitriona se sentó a su lado, a la distancia precisa, ni muy lejos ni muy cerca.

—¿Forman parte del equipo del inspector jefe Sonseca? —preguntó.

—Técnicamente, sí —dijo Mercader—. Señora Torrens, el asunto que nos trae es muy delicado. —Tragó saliva, azorada—. Lo que queríamos saber es...

—Por los indicios que tenemos —dijo Milo—, da la impresión de que su esposo no ha sido víctima de un secuestro, sino de que podría tratarse de una fuga.

—Tonterías —repuso—. Desconozco de qué pruebas hablan, pero todo es una maniobra de ese hombrecillo de espantosos trajes. ¿Lo han visto por televisión? Parecía un ratón asustado. Créanme, solo es un títere que aspira a hacer carrera en la fiscalía para pasar luego a la política. ¿Félix fugado? No me hagan reír. Todo esto es un montaje de quienes no soportan que mi marido se haya dejado la piel para construir país. Cataluña es lo que es gracias a hombres como él, y eso es algo que no le perdonan. ¿Por qué tendría que haber huido? Él sabe cómo manejarlos, ponerlos en su sitio. —Y con un brillo de desafío en los ojos, añadió—: No, ni por asomo.

—¿Su marido tiene entonces muchos enemigos?

—¿Muchos? Los colecciona —se jactó—. Y todos figuras sobresalientes de la ciudad. Según él, la grandeza de un hombre se mide por la categoría de sus enemigos. Y les garantizo que, por esta regla de tres, mi esposo es de una grandeza deslumbrante.

Milo contuvo las ganas de replicar y preguntó:

—¿Cree a alguno capaz de llevar a cabo su secuestro?

—Querido, usted no lo entiende. Las altas finanzas obligan a compartir mantel con los enemigos. Son las reglas del juego. Con ellos mantiene lo que se podría denominar una «amigable enemistad». Los negocios son los negocios, y a veces unos ganan y otros pierden. Se ponen la zancadilla, incluso se apuñalan por la espalda, como es este montaje del fiscal, pero la sangre nunca llega al río. Por ejemplo, el malentendido del Círculo Gaudí. ¿Cree que puede acabar con una sentencia desfavorable para mi esposo? De ninguna manera. Solo es política. Además, no hay un solo juez capaz de cometer un error tan pueril, sería como un suicidio profesional. Todos juegan a golf con mi marido, no sé si me explico.

—Se explica perfectamente —dijo Milo.

—Insisto, es absurdo pensar que se haya fugado. No tenía ningún motivo. Este tipo de asuntos son el pan nuestro de cada día. Y les aseguro que no le hubiera quitado el sueño ni medio minuto. Mi marido es intocable, ¿entienden? Repito, es el sistema, las reglas del juego. Y Félix lo domina con maestría. ¿Corrupción? ¡Menuda tontería! Estrechez de miras, minucias. Cuestión de formas.

Rebeca vio que Milo se erguía. Decidió intervenir.

—Señora, si estamos aquí es porque nosotros creemos la versión del secuestro.

—¿Conocía su marido a Eduard Pinto? —dijo Milo.

Virginia Colomer estrujó las manos con fuerza.

—¿Se refiere al pobrecillo de la Casa Milà?

—El mismo —dijo Milo.

—Pero... eso no es posible —balbuceó—. Aquello fue obra de un loco, no tiene nada que ver con mi marido.

—No me ha respondido. ¿Lo conocía, sí o no?

—Es probable. En alguna velada de Cultura, no sé.

—¿Mantuvo alguna relación de negocios con él?

—No, que yo sepa. Vimos juntos las terribles imágenes por televisión y se quedó tan sobrecogido como yo. Me hubiera dicho algo...

—¿A usted le cuenta todo su esposo?

—Todo lo que considera que debo saber. Pero... no... no entiendo...

—¿Eduard Pinto era uno de esos enemigos amigables de su marido?

—En absoluto. Solo era un miembro del escalafón intermedio, uno más —dijo—. Félix jamás hubiera tratado con él, no estaba a su altura.

—¿Ni siquiera en el pasado, cuando ambos eran unos principiantes? —insistió.

—Sus caminos nunca coincidieron, yo lo sabría.

—¿No hicieron algún negocio juntos, algún asunto de esos que usted llama tonterías?

La mujer se levantó de golpe. Pálida, señaló a Milo con mano temblorosa.

—¿Quiénes son ustedes? ¿A qué vienen estas preguntas? ¡Me están asustando! —Y desconcertada, añadió—: No pueden tratarme así... yo soy... yo soy...

Apareció la sirvienta con la bandeja de limonadas. La dejó sobre una mesa y se volvió hacia la señora Torrens.

—Señora, el teléfono no para de sonar —dijo—. Decimos a los periodistas que no está en casa, pero Ubaldo ha visto que en la calle se amontona gente con cámaras y micrófonos. ¿Qué quiere que hagamos? Ah, y unos señores de la policía preguntan por usted en la entrada.

—¿De la policía? ¿De qué policía?

—Han dicho que del Departamento de Personas Desaparecidas.

—¡Hazlos pasar de inmediato! —ordenó.

—¿Y qué le digo a Ubaldo?

—¡Nada, que no haga nada de momento!

La sirvienta dio media vuelta y Milo se incorporó.

—Nosotros nos vamos. Muy buena la limonada.

—¡Ustedes se quedan aquí hasta aclarar este asunto! —gritó la señora Torrens—. ¡Voy a pedir explicaciones por su comportamiento!

—Haga lo que quiera —dijo Milo—. Pero yo, de usted, me preocuparía por la jauría que está en la puerta. Han olfateado el escándalo y van a exponer su vida en todos los medios. Esto también son las reglas del juego.

—¡No sabe con quién está hablando! —Un mechón de cabello lacio le cayó sobre los ojos y lo apartó con furia—. ¡Conozco al alcalde, a jueces, a comisarios, departo con ellos cada día en galas y actos benéficos! ¡Una llamada mía y perderá su trabajo!

—Minucias, créame. —Hizo un gesto a Rebeca—. Vámonos, subinspectora.

Se encaminaron hacia la salida dejando atrás sus gritos.

Ubaldo les abrió la puerta. Al tomar por el sendero de losetas, se dieron de bruces con el inspector jefe Mateo Sonseca y el inspector Sergi Cruz.

—¿Qué hacéis vosotros aquí? —preguntó el primero. Milo los esquivó sin pararse—. ¡Malart, este caso no pertenece al GEHME, es del DPD!

Milo se detuvo en seco. Se volvió.

—Antes te he propuesto venir juntos. Que te den.

—Esto no va a quedar así. ¡Hablaré con Bastos! —Milo se alejó seguido por Rebeca. Sonseca voceó—: ¡Malart!

Milo abrió la pesada verja de entrada. Alertados por los gritos, fueron recibidos por un sinfín de disparos de cámaras fotográficas mientras una multitud de periodistas les lanzaban preguntas sin cesar.

Se abrieron paso hasta el coche. Milo apartó a un reportero de televisión que le impedía el acceso y vio que Rebeca lograba entrar en el abollado Volkswagen. A empellones, llegó hasta la puerta del conductor. Un periodista lo agarró del brazo y se zafó. Dio al motor, pisó con fuerza el pedal del gas. Con el estruendo, todos se apartaron de inmediato. Puso primera y arrancó con suavidad, cuesta abajo.

—¿Entiendes ahora los golpes de la carrocería?

—Lo que entiendo son tus problemas con las entrevistas —dijo ella, la respiración agitada—. ¿A santo de qué esa dureza con la señora Torrens?

Dobló por una calle con una pendiente de vértigo.

—No me van las distancias cortas. Dicen que soy demasiado directo.

—Ya lo he comprobado —dijo Rebeca, arisca.

—¿Qué te pasa?

—¿A mí? Que no me ha parecido justa tu forma de actuar con ella, eso es todo.

Aceleró.

—Abre los ojos de una vez y aprende a diferenciar los corderos de las hienas.

—No me importa lo que sea, solo sé que está sufriendo. Su marido ha desaparecido y no creo que nadie, ni siquiera tú, tenga derecho a aumentar su dolor.

Clavó los frenos ante el Cuartel Militar del Bruc. En la garita, un joven soldado se alarmó por su presencia. Agarró el cetme y los miró sin saber qué hacer.

Milo respiró hondo una vez, dos veces.

—Debíamos averiguar si entre Torrens y Pinto había existido alguna relación.

—No hablo de eso. Tu forma de amedrentarla es algo que no puedo tolerar.

Milo se encogió como si hubiera recibido un puñetazo en el estómago. Inclinó la cabeza sobre el volante sin pronunciar palabra.

—No volverá a ocurrir —dijo, al rato. Vio que el soldado se aproximaba hacia ellos con gesto inseguro—. No hacía falta que mandaras al ejército, chica dura.

Arrancó de nuevo. Enfiló hacia la Diagonal.

—Y encima, te has creado un nuevo problema con Bastos —dijo Rebeca.

—No será el último. —Señaló un bar en la esquina—. ¿Tienes hambre? Allí hacen los mejores frankfurts de la ciudad, lo conozco de mi época en Derecho.

Mercader se encogió de hombros.

—Mientras aparco, ¿por qué no entras a coger sitio? De paso, llama al taxista que avisó a los bomberos y dile que venga aquí. —Ojeó la nota del sargento Crespo y se la tendió—. Aurelio González. A lo mejor está por la zona. Dudo que sirva de algo, pero nunca se sabe.

Bajó del coche y entró en el local. Estaba bastante lleno, pero encontró un sitio libre en la barra y se sentó en un taburete para realizar la llamada. Cuando Milo llegó, le explicó que el taxista ya se dirigía hacia allí.

—Tendremos que pagarle la carrera —dijo.

—Le espero en la calle. ¿Por qué no vas pidiendo? Te recomiendo las salchichas del país, son de elaboración propia.

Abandonó el bar. Rebeca lo vio apoyarse en el capó de un BMW. Luego, estudió la carta. Ofrecían toda clase de hamburguesas y salchichas. No era quisquillosa, pero la plancha aceitosa y el olor a fritanga le revolvieron las tripas. Sin embargo, pidió una hamburguesa. Mientras esperaba, observó al taxista frenar en la esquina, bajar del coche y entablar conversación con Milo.

Poco después, ambos entraron en el local.

—Subinspectora Mercader, Aurelio González —presentó—. No vio la furgoneta ni al tipo rapado, solo el cuerpo ardiendo y llamó a los bomberos. Dice que ha quedado contigo en que le pagaríamos la carrera, ¿te aclaras tú con él?

—De acuerdo. ¿Qué quieres tomar?

—Me tengo que ir. Que lo carguen en mi cuenta.

—¿Adónde vas? ¿Tienes cuenta aquí?

—Asuntos personales. ¿Te encargas tú de redactar el informe? Ya tienes un taxi para regresar a comisaría.

Lo vio salir a toda prisa, subir al coche y desaparecer.

—Señora, la carrera sube doce euros —dijo Aurelio González—. Y su compañero me ha prometido cinco de propina si la espero a que acabe de comer. Pero el taxímetro sigue corriendo, ¿eh? El que avisa no es traidor.

8

La ensaladilla rusa estaba rancia; el pescadito frito, incomible, y el pan con tomate parecía de goma. Apartó los platos. Necesitaba un café si no quería quedarse dormido sobre la barra. Pidió uno solo, bien cargado y con hielo. Era un bar de menús baratos. En invierno lo frecuentaban los estudiantes de la universidad y ahora turistas con grandes mochilas y pequeñas billeteras. Desvió la vista hacia el televisor sobre las máquinas tragaperras. Su machacona musiquilla le impedía oír con claridad las noticias del canal 3/24. Las imágenes mostraban a varios agentes de los Mossos, enfundados en chalecos amarillos, saliendo del Palau Güell con cajas de cartón y torres de ordenador.

El camarero le soltó delante un vaso con hielo y una taza medio llena de café.

—Me traes otro. Y esta vez, lleno. Llévate esta mierda y sube la tele.

Rezongando, el hombre se alejó con los platos, agarró el mando a distancia y subió un par de puntos el sonido. Se volvió hacia Milo y separó los brazos.

—Mejor.

En la pantalla apareció el rostro del fiscal anticorrupción explicando las razones del precintado del Círculo Gaudí. Vio el caos en la sala de prensa, su apuro ante las preguntas. Bebió el café mientras la intendente Bassa ponía orden. Le extrañó que eligiera a aquel tipo para intervenir el primero. La conocía bien, no podía ser un error. Aguzó el oído con la respuesta del fiscal. Cuando escuchó que la desaparición de Félix Torrens se trataba de una fuga, se le tensaron los músculos del abdomen. El mismo periodista preguntó a Bastos si estaba de acuerdo con la declaración y contuvo el aliento. Lo vio abrir y cerrar la boca, desviar los ojos, y decir que no tenía nada más que añadir.

—La has cagado —murmuró.

El camarero le trajo el segundo café, la taza llena, y un vaso repleto de hielo. Milo la volcó dentro y se lo llevó a los labios sin dejar de observar la tanda de preguntas y respuestas. El rostro del fiscal empalidecía. Acto seguido, el telediario mostró a varios políticos opinar sobre el asunto, unas declaraciones tan cargadas de vaguedades que fijó la vista en la repisa de enfrente. Las botellas de alcohol. El vacío.

Lo despertó el timbre del móvil. Era Bastos.

—Malart, me piden su cabeza —dijo—. Esa mujer está muy bien relacionada y usted ha dinamitado nuestra política de cautela con su maldita visita.

—Jefe, refrésqueles la memoria. La autoestima de la señora Torrens puede haber sufrido algún arañazo, pero su marido no tiene tiempo que perder con sutilezas. Le restan menos de cinco días de vida. Cuando acabe todo esto, ya le enviaré un restaurador de superficies.

—¿Y sacó algo en claro? —preguntó tras una pausa.

—Afirma que entre ellos solo hubo contactos ocasionales y que la idea de que se haya fugado es ridícula. Puede haber mentido, pero yo la creo.

Bastos hizo una nueva pausa. Después, dijo:

—El inspector jefe Sonseca le acusa de intromisión. Es una acusación grave.

—Transmítale mis condolencias. ¿Alguna queja más?

El comisario volvió a hacer otra pausa. Esta vez una más larga.

—Malart, su placa pende de un hilo.

—Si los resultados no me acompañan al final, yo mismo le daré unas tijeras.

—Hágame un favor, déjese de numeritos. No habrá más advertencias.

—Hablando de favores, ¿podría hacerse cargo de una pequeña factura? No he tenido tiempo de ir al banco y tengo que abonar un menú...

—Estoy más que harto de usted —atajó Bastos—. ¡Páseme con el camarero!

Milo le hizo un gesto, le entregó el móvil, y se desentendió del tema.

—Tendrá que firmar la cuenta —dijo el camarero al devolverle el aparato.

—No hay problema, me sale de maravilla. Tráeme otro café.

Cuando salió a la plaza Universitat, el sol no aflojaba ni por asomo. Cruzó el semáforo y se dirigió al centro de la isla. Observó el piso que antaño había sido de su padre, el hogar familiar, y donde ahora vivía su hermano con Sara. El piso. Marc. En los bajos del edificio había una tienda de mantas. Se volvió para echar un vistazo al reloj de la torre y calculó que Hugo aún estaría en casa. Clavó la vista en el portal. Disponía de unas horas antes de acudir a la psicóloga, y la consulta se hallaba cerca.

Al rato, tal como esperaba, unos jóvenes empezaron a llegar poco a poco a la plaza. Eran una docena de chicos y chicas, entre los catorce y dieciséis años, todos vestidos de forma similar. Camisetas amplias, tejanos anchos y bajos, gorras de béisbol y deportivas de suela plana sin abrochar. El rumor de sus monopatines rodando pronto se sumó al ajetreo del tráfico en la hora punta. Marc le había contado que solía reunirse allí con sus amigos para practicar piruetas. Caminó hacia el grupo de *skaters* sin perder de vista el portal junto a la tienda de mantas. Se detuvo en un singular banco de granito negro. Mientras unos hacían rodar sus monopatines sorteando peatones, otros observaban desde allí. Apoyó un pie.

—Son buenos, ¿eh? —dijo.

Una chica de no más de catorce años le miró con suficiencia. Asintió con la barbilla. Vestía una camiseta contra el maltrato a los animales y lucía dos *piercings*, uno en el labio inferior y otro en la ceja izquierda. Todo el pabellón de su oreja derecha estaba taladrado por una fila de tachuelas plateadas.

—¿Qué quiere este? —le dijo un chico con rastas.

—Hacerse el enterado —dijo la joven de los *piercings*—. Es inofensivo.

—No mola —concluyó el otro.

—Quien sí molaba era Marc —dijo Milo—. ¿Lo conocíais?

—¿Marc? ¿Qué Marc? —soltó el de las rastas.

—Marc Malart. Vivía aquí enfrente. Se suicidó hace dos meses. Ese Marc.

Los jóvenes cruzaron una mirada. La chica se rascó la axila.

—Doble M, sí. Era guay —dijo—. Guay de la hostia.

—Qué fuerte lo que hizo, tía —dijo su compañero—. Qué fuerte. Para flipar.

Llegó uno que frenó en seco con el monopatín. Multitud de cadenas colgaban de su cuello y varios tatuajes asomaban por sus brazos. El de las rastas señaló a Milo y le contó que preguntaba por Doble M. Otro muchacho se aproximó. Frenó con idéntica maniobra, hizo saltar la tabla hasta su mano y se tumbó en el banco.

—¡La puta, este sol te mata! ¿Alguien tiene costo?

—Eres la risa, no hay pasta —dijo el de las cadenas—. Cafinitrina sí, de mi viejo.

Uno más se sumó al grupo. Saltó del monopatín y lo dejó ir. La tabla se estrelló contra el banco. Se quitó la camiseta, introdujo un extremo en los vaqueros, y alzó los brazos.

—¡Puto calor! —Se volvió hacia el resto—. Tengo ketaminas, ¿quién va a por birras?

—Tú —dijo la de los *piercings* a Milo—, ¿cómo vas de pasta? Enróllate, tío.

—Ni para un café. La vida es una jodida mierda.

Los jóvenes lo miraron con respeto y uno le preguntó si Doble M era algo suyo. Milo asintió con la cabeza. El muchacho sacudió las manos.

—Con dos huevos.

—¿Alguno de vosotros sabe qué le pasaba?

—¡La hostia, lo que a todos! —dijo otro. Hizo una mueca—. Nada. Todo.

—No entiendo —dijo Milo.

—¡Ahí le has dado! —exclamó la chica—. Los viejos no entendéis nada.

—¿Qué hay que entender?

—A nosotros, tío. A la peña. ¿Qué ves ahí delante? —Señaló hacia ningún sitio en concreto—. Nada. No hay nada. ¿Y para eso tenemos que ir? Es de pirados.

—¿Marc opinaba lo mismo?

Uno puso los ojos en blanco y los demás callaron. La chica carraspeó. Soltó un salivazo.

—Tenía problemas —dijo—. Estaba jodido. Chungo, muy chungo.

—¿Qué clase de problemas?

—¡Y yo qué sé, tío! ¡Yo no era su colega!

—¡Sí, solo su piba! —se burló el de las rastas—. ¡Lo matabas a pajas!

El grupo se echó a reír de forma compulsiva, animal.

—¡Sois unos mamones! —se revolvió la chica, los ojos brillantes—. Doble M era buen tío, más que vosotros, tíos mierda. Sí, lloraba, ¿y qué? ¿Un tío no puede? ¡Iros a cagar!

Hundió la cabeza entre las rodillas y se abrazó. Los demás se miraron. Un instante y echaron a rodar los monopatines. Se lanzaron arriba y abajo por la plaza, sin ir a ninguna parte. Un fotógrafo, a la sombra de unos sauces, tomaba instantáneas de los movimientos.

De reojo, Milo vio que el portal junto a la tienda de mantas se abría. Salió Hugo. Escuálido, demacrado, los hombros caídos. Su hermano echó a andar con paso lento y cansado. Lo siguió con la vista hasta que torció por Pelayo.

Tocó el hombro de la joven de los *piercings*. Ella levantó la cara en el acto.

—¡Que no me toques, tío! —gritó, el cuerpo tenso, la expresión de odio.

Milo le dirigió una mirada amable. Apartó la mano.

—Gracias —dijo.

La muchacha se quedó sorprendida. Cuando asimiló sus palabras, Milo ya había atravesado la ronda Universitat y entrado en el portal junto a la tienda de mantas.

Subió las escaleras de dos en dos hasta llegar al cuarto piso. Una vez en el rellano, tomó aire, aguardó, y luego se acercó a la tercera puerta. Pulsó el timbre.

Abrió una mujer. Debajo del delantal vestía unos vaqueros recortados, camiseta de tirantes, y calzaba chanclas de ir a la playa. Milo escrutó a su cuñada. Los ojos hundidos, la piel arrugada, el cabello apelmazado, sin brillo. Nada que ver con la Sara de siempre, la de mirada dulce, risueña, con la rubia y sedosa melena bien peinada. Nunca entendió qué pudo ver en un hombre como su hermano, ni explicarse cómo Hugo tuvo la suerte de encontrar a una mujer como ella. Pero todo aquello ya era historia pasada.

—Sara —dijo—. ¿Puedo pasar?

Ella se apartó y él entró en el piso. Olía a comida, a lejía. A dolor. Pasado y reciente. Fue hasta la sala que permanecía en penumbra, con las persianas bajadas por el sol. Recordó que por la tarde daba de pleno y era insoportable. Dio un paso hacia ella y la abrazó. Rígida, Sara se dejó estrechar. Notó su cuerpo menudo, los huesos. Se separó con brusquedad.

—Hugo se acaba de ir —dijo—. Pero ya lo sabías. ¿A qué has venido?

—A hablar. ¿Por qué no nos sentamos? —señaló el tresillo—. Por favor.

—¿Hablar? ¿De qué quieres que hablemos?

—De nada en particular. —Volvió a señalar el tresillo—. De todo un poco.

A la luz mortecina, la vio agarrarse al delantal.

—¿Cómo te van las cosas? —preguntó Milo.

—¿Cómo me van las cosas?

—Sí, ¿cómo va todo?

Ella retrocedió. Milo la cogió de un brazo y la detuvo.

—Por favor, Sara.

La vio pestañear confundida, forcejear un instante. Le golpeó el pecho con blandura, sin energía. Milo la soltó.

—Te odio. No soporto que estés vivo y que él... que él... Con tu arma...

No pudo seguir hablando. Milo evitó que se desplomara y la acostó en el tresillo. Luego, le acomodó la cabeza sobre un almohadón.

—¿Te importa que vaya a su cuarto? —preguntó.

Sara hizo un gesto vago y Milo dio la vuelta con rapidez. Sabía dónde estaba la habitación de Marc. Había sido la suya, compartida con Hugo, durante una época que prefería olvidar. Recorrió el pasillo a oscuras y se detuvo ante la última puerta. Empapado de sudor, se sintió como un ladrón que penetraba en un mausoleo. La abrió. Dio al interruptor de la luz. Todo estaba como siempre. Los pósteres en la pared, la papelera bajo el escritorio, el pijama en el colgador, y varias deportivas en el suelo junto a su baqueteado monopatín. Dos camisetas en el respaldo de la silla. Unos vaqueros sobre su portátil cerrado. La cama hecha, sin una arruga. El portátil. Milo no se lo pensó dos veces. Cogió una mochila negra y lo metió dentro. A continuación, apagó la luz y cerró la puerta. De vuelta a la sala, se la colgó del hombro.

—Sara, me llevo su ordenador —dijo—. ¿Puedo?

Ella no respondió. Milo se inclinó sobre su frente y le dio un beso.

—Estamos en contacto —musitó a la sala en penumbra.

Abandonó aquel piso de atmósfera irrespirable. Cerró la puerta con sigilo y se recostó contra ella. Inspiró una bocanada de aire. *No me abandones.* Experimentó una sacudida y se le disparó el corazón. *Sácame de aquí.* Un sudor frío le recorrió la espalda. *Por favor.* Se tapó los oídos con fuerza. Bajó las escaleras a trompicones. Salió a la calle y trató de recuperar el aliento.

El flujo regular de gente se interrumpió para esquivarlo. Dos ancianas, agarradas del brazo, lo miraron con desagrado. Una de ellas lo señaló con el bastón.

—¿No le da vergüenza, joven? A estas horas y ya bebido.

Reanudaron su camino mientras Milo, como en un espejismo, veía sombras acercarse y alejarse, oía gritos y el estrépito de los coches, sirenas y el irritante rodar de los monopatines en la plaza. El pánico lo invadió al verse rodeado de extraños. Se apoyó en la pared y trató de acompasar la respiración.

Minutos después, acabó de ponerse la mochila y echó a andar con lentitud. Cruzó un semáforo, otro más, y resiguió el edificio de la universidad. A la altura del cine Coliseum sintió que la ansiedad remitía. Ya podía enfocar con claridad los rostros de la gente, la expresión de indiferencia urbana. Avanzó hacia la esquina. En el reloj de una joyería vio que aún era pronto.

Tomó por el paseo central de la rambla. Bajo la arboleda se estaba fresco y agradeció la suave brisa. Algo más arriba, vio la librería Bertrand. Allí encontraría refugio. Atravesó la calzada y entró.

Caminó entre los estantes repletos de libros, rodeó los expositores con las novedades de ficción y se dirigió, bajando unos escalones, a los sillones del fondo. Tomó asiento frente a la sección de autoayuda. El agradable aire acondicionado lo ayudó a recuperar las fuerzas.

Al rato, no pudo resistir la tentación y se acercó a ojear títulos. Uno enseñaba a meditar en un minuto, otro recomendaba vivir en primera clase si se estaba en el paro, y otro más allá afirmaba que todas las personas tenían algo positivo. Cambió de mostrador. Allí, uno sostenía que comer poco alargaba la vida, y otro que la paz interior era la mejor medicina. Ninguno le servía. De nuevo se preguntó por qué nadie escribía sobre algún tema que realmente pudiera ayudarlo. Por ejemplo, cómo esquivar la herencia genética. Algo sobre la vida real.

Se acercaba la hora de la cita y abandonó la librería.

En la esquina, dos empleados de un supermercado vaciaban un gran cubo lleno de envases caducados en un contenedor. Nada más volverse, un hombre y un niño, que permanecían a la espera, se abalanzaron sobre él. El niño introdujo medio cuerpo, el adulto le sujetó por las piernas, y rebuscó comida entre la basura. Acababa de leer que aquel padre y su hijo eran unos afortunados. Vivirían más que nadie.

—Jodida vida —murmuró, cavilando en la paradoja.

Ojeó la tarjeta que le había dado Bastos y se detuvo ante un portal en la esquina de Muntaner con Gran Via. En hilera vertical, varias placas anunciaban que en aquel edificio había un centro de ayuda a afectados por el Síndrome de Down, el consulado de Gambia y la consulta de Judit Gaig, doctora en psicología. Atisbó a través del cristal. El vestíbulo se bifurcaba en dos escaleras, sin ascensor.

Retrocedió, caminó de un lado a otro. Unos niños jugaban a la comba, una joven mulata empujaba a un anciano en silla de ruedas, un hombre fotografiaba los árboles y una mujer paseaba a su perro. Si no acudía, quedaba fuera del caso. O el diván, o el banquillo de los suspendidos. Regresó al portal.

Subió hasta el primer piso, donde vio el nombre de Judit Gaig en la placa sobre una puerta. Pulsó el timbre. Se entreabrió con un chasquido metálico y miró a través de la rendija. No había nadie. Empujó hasta abrirla por completo.

—Aquí —dijo una voz.

El suelo era de parqué y las paredes de color calabaza pastel. En el vestíbulo había un mostrador blanco. En un extremo, un jarrón con flores; en el otro, un bol con caramelos. Entre ambos, asomaba media cabeza con un cabello de tonalidad violácea. La mujer estiró el cuello y Milo calculó que rondaría los setenta años.

—¿Señor Malart? Pase, joven, pase.

—No la veía.

La señora puso cara de circunstancias.

—Llega usted tarde, la doctora lo está esperando. —Le lanzó una mirada reprobadora y tachó su nombre en la agenda—. Por lo que veo, a la tercera va la vencida. Ya verá, no duele nada. —Se levantó con esfuerzo—. Usted es el último y yo ya he cumplido por hoy. ¿Podrá decirle que me he ido a casa? Es al fondo, todo recto.

La mujer extrajo un bastón y se dirigió con paso inseguro hacia la salida mientras se quejaba de que aquellas escaleras iban a matarla.

Milo avanzó por el pasillo. En las paredes colgaban dibujos al carbón de cabezas de caballos, pinturas abstractas y un par de marinas. Se detuvo ante una puerta blanca, la golpeó con los nudillos y la abrió.

La consulta estaba vacía.

—¿Doctora? —dijo—. ¿Doctora Judit Gaig?

El ruido de una cisterna le hizo volver la cabeza. Junto a una estantería había otra puerta blanca y en su interior se oía correr el agua. En la estancia predominaban los colores claros, relajantes. Entre la sala y los ventanales se extendía una galería con plantas que aislaba la consulta del ruido de la calle. Sobre la mesa, dos bolígrafos, el teléfono inalámbrico y una carpeta de tapas púrpura. Y en un brazo lateral, un portátil junto a una impresora. Le extrañó la ausencia del clásico diván. Tomó asiento en uno de los dos butacones frente a la mesa y dejó la mochila en el suelo.

El ruido del agua cesó y Judit Gaig hizo su entrada.

—Tendrá que disculparme, pero las necesidades son las necesidades —dijo.

Vestía pantalones color crema, camisa blanca de manga corta y mocasines beis. Su expresión era cálida, aunque distante. Bronceada, estatura media, hombros estrechos y caderas anchas, ojos color miel, boca pequeña. La voz sorprendía por una octava más grave que chocaba con su aspecto.

—Me merecía la espera —dijo Milo—. Uno a tres.

Desconcertada, le dirigió una mirada vacía de emoción, como si examinara una baldosa de cemento.

—Judit Gaig —dijo—. Me temo que hemos empezado con mal pie.

—Milo Malart. Usted sabrá, es la psicóloga.

—¿Siempre comienza así sus entrevistas, señor Malart?

—Inspector Malart. ¿Así cómo, señora Gaig?

—Doctora Gaig. Así tan a la defensiva.

—Solo es cautela. Cuando termine de elaborar mi dosier —señaló la carpeta sobre la mesa—, se lo hará llegar al comisario con sus conclusiones. En función del contenido, puede significar el fin de mi carrera. Y la elección del color púrpura me remite a funerales.

Judit Gaig tomó asiento. Juntó las manos.

—Todo lo que hablemos entre estas cuatro paredes es confidencial. La relación entre médico y paciente es sagrada.

—¿Podría ponérmelo por escrito?

—¿No se fía de mí?

—Doctora, las palabras se las lleva el viento. Supongamos que detecta algún problema serio en mi cabeza, ¿se lo guardará para usted?

—Inspector Malart, creo que se confunde sobre cuál es mi misión aquí.

—Ilumíneme.

—Mi misión es evaluar su nivel de estrés y ansiedad, si posee alguna dificultad que pueda afectar su trabajo y capacidad de control, eso es todo. Sus superiores opinan que podría estar a punto de desmoronarse. Mi tarea consiste en dictaminar si es válido para el servicio, si necesita un descanso o una terapia personalizada para redirigir su comportamiento. No soy psiquiatra, sino psicóloga, y no estoy cualificada para diagnosticar lo que usted llama un problema serio. Solo en última instancia podría recomendar que visitara a uno, pero eso es algo que, por los datos que poseo, veo muy remoto.

—Esa última instancia es lo que me preocupa.

La doctora sostuvo la mirada de Milo sin parpadear.

—Le propongo un trato. Empecemos la sesión, y si nos topamos con algo grave, le aviso de inmediato y usted decide si nos detenemos o seguimos adelante.

—Pero ¿no habíamos empezado ya la dichosa sesión?

—De hecho, así es —sonrió ella.

—¿Y ya ha detectado algo?

—Bastante. Sus problemas con la autoridad son evidentes. Se muestra reticente y desconfiado, rebelde. Quiere controlar la conversación, y su actitud hostil y descreída, con un punto burlesco, indica la posibilidad de un trastorno de desafío oposicional.

—Suena muy grave.

—No crea, yo padezco esos síntomas y ya ve, estoy al otro lado de la mesa.

—Sí, me he dado cuenta de tu obsesión por el orden —dijo Milo. Hizo un gesto que abarcó la consulta—. Todo está en su sitio, perfectamente colocado. Es tu válvula de escape para controlar el caos que tus pacientes te dejan a diario. La mayoría estamos obsesionados con algo, el problema es la intensidad. La mía es intermedia, ¿y la tuya?

Judit Gaig lo miró con fijeza. Entornó los ojos.

—¿Analizarme te ayuda a vencer tu incomodidad por tener que venir aquí?

—¿No haces tú lo mismo para huir de tus problemas?

—No has respondido a mi pregunta —dijo ella. Se reclinó en el asiento.

—Tú tampoco —dijo Milo. E hizo otro tanto.

—Yo soy la psicóloga y esta es mi consulta.

—Y yo un policía que lo soluciona todo, menos sus propios problemas.

—¿Y qué con eso?

—No sé, lo oí por televisión y he pensado que venía a cuento.

Ambos hicieron una pausa. Inmóviles, se dedicaron a estudiarse en silencio.

—Eres muy escurridizo —dijo ella—. ¿Cuándo hemos pasado a tutearnos?

—Hace un rato, ¿algún problema?

—Inspector, esto no es un juego. Necesitas ayuda.

—Doctora, lo que necesito es agua. Tengo la garganta seca.

Ella se dirigió a un aparador. De una pequeña nevera extrajo dos botellines. Regresó a la mesa, le entregó uno a Milo y fue hasta su butaca.

—¿Por dónde quieres que continuemos? —preguntó.

—¿Por dónde crees que debemos continuar?

Ella bebió un largo trago de agua. Milo la imitó.

A oscuras, sin noción del tiempo, comenzó a torturarse con la idea del agua. Notaba la boca pastosa, la lengua acartonada. La falta de comida lo dejaba débil, mareado, alternando el sueño con la vigilia. Pero la sed era cada vez más acuciante. No cesaba de recrear imágenes de ríos, manantiales, cascadas. Se retorció en el suelo. Apoyó la mejilla contra el cemento y se ordenó dejar de pensar en agua resbalando por su garganta, en revivir la sensación de alivio al tragarla. ¿Quién le hacía sufrir así? ¿Por qué? Él era alguien de peso en la sociedad, no era posible que lo sometieran a un trato tan indigno.

Se arrastró hasta las rejas de la celda y se incorporó con esfuerzo.

—Quiero beber —dijo, la voz estropajosa. Sacudió las rejas—. ¡Quiero beber!

Silencio.

—Pagarás por esto, maldito seas. ¡Tengo amigos influyentes! Tengo... tengo...

Se dejó caer, agotado. No podía ser real. A su paso, todas las puertas se abrían, su presencia provocaba reverencias, y en su despacho se amontonaban las invitaciones para acudir a los sitios de privilegio. Aquello no podía estar ocurriéndole a un hombre como él. Nadie se atrevería a tanto, ni siquiera uno de los protagonistas de sus vídeos. Se expondría a un escándalo que destrozaría su carrera y arruinaría su vida para siempre. No, ninguno de ellos osaría rebelarse, el precio a pagar sería demasiado alto. Y él sabía de precios. Era otro de sus talentos. Exigir el adecuado, ni demasiado alto que pudiera ahogar al pagador, ni tan bajo que provocara la tentación de desestimarlo. Podía adivinar con precisión el de cada hombre. Nunca erraba el tiro. El dinero era siempre la clave. La clave. Todo tenía su precio.

Se enderezó hasta sentarse. Acercó la boca a las rejas.

—Mil euros por un vaso de agua —dijo a la oscuridad.

Su voz le sonó irreconocible, igual que un graznido.

Le costaba articular las palabras, como si la lengua de arena chocara contra un paladar de barro sólido.

—Dos mil —rugió en un murmullo afónico.

No obtuvo respuesta.

—Cinco mil —dijo, las cuerdas vocales desgarradas.

Tras el nuevo silencio, volvió a rebuscar por enésima vez la cartera en los bolsillos, el móvil, las gafas, su valioso reloj de muñeca. En vano. Aquel malnacido le había quitado sus pertenencias y lo había tirado en esa celda como un despojo humano, para que se pudriera hasta la muerte. Una punzada le atravesó el corazón. No podría cambiar las cosas. Su dinero allí era papel mojado. También le había arrebatado su principal argumento. Sin él, no podría alterar el rumbo de los acontecimientos. Ya no estaba al mando, ya no decidía. Era un viejo acabado consumiendo sus últimas horas. Sintió flaquear su entereza.

Abandonando toda idea de poder, suplicó:

—Por favor, un poco de agua... Te daré lo que me pidas... Lo que sea...

El foco de luz se encendió, cegándolo con su resplandor. Pero ahora, en vez de protegerse, se limitó a desviar los ojos. Boqueó al borde del desmayo.

—Agua, por el amor de Dios... Agua...

El haz de luz se vio interrumpido fugazmente por una sombra y una lluvia de papeles le cayó en el rostro. Perplejo, agarró uno con torpeza y lo contempló sin entender. Era un billete de color morado, uno de quinientos euros. Cientos de billetes.

Torrens soltó una risa cavernosa, enloquecida. Bañado en una fortuna y muriéndose de sed. Alzó la cabeza en dirección al foco. El brillo hería sus pupilas.

—Dime... al menos... quién eres...

Dejó caer la barbilla, seguro de que otra vez le iba a responder el silencio. Cerró los ojos. No había salida. Entonces oyó una voz suave; dura, pero suave. Su falta de emoción le hizo estremecer de pies a cabeza.

—Puedes llamarme majestad.

La doctora Gaig alcanzó el bolígrafo rojo, la carpeta púrpura, y se recostó en el asiento. A continuación, apoyó el dosier sobre el borde del escritorio y pasó las hojas.

—¿Qué tal si empezamos por el principio? Natural de Barcelona —leyó—. Un hermano tres años mayor. Huérfano de madre a los seis. Tus abuelos maternos se hicieron cargo de ti hasta los doce... —Levantó la mirada—. ¿De qué murió?

—¿Mi madre? Infarto. Fulminante. A los treinta y cuatro. Padecía del corazón.

—¿Y por qué te fuiste a vivir con tus abuelos?

—No sé, era muy pequeño. Quizá me convenía un cambio de aires y por eso me llevaron con ellos a Port de la Selva. Es un pueblo de pescadores del Alt Empordà.

—Lo conozco. ¿Y a tu padre no le importó alejarse de su hijo pequeño?

—Tendrías que habérselo preguntado a él hace medio año, antes de fallecer.

—¿A qué se dedicaba?

—Era viajante de una marca de electrodomésticos. Cuando murió mi madre, dejó lo de viajar y aceptó un puesto de vendedor en la ciudad. Hasta que lo despidieron.

—¿Qué tal te llevabas con él en aquella época?

—No me llevaba. Siguiente pregunta.

Ella volvió la vista a la carpeta.

—Regresaste al hogar con tu padre y tu hermano. Estudiaste cinco años en los jesuitas de la calle Casp, y luego Derecho en la UB. Entraste en la Academia de Mollet en... —Alzó los ojos—. ¿Por qué decidiste hacerte policía?

—¿Tan raro te resulta? ¿Hay que estar loco para ingresar en el Cuerpo?

Ella meditó unos segundos. Volvió la vista al dosier.

—Tus notas en la universidad pueden calificarse de buenas, más altas que la media —dijo—. Según Jung, en el inconsciente está la clave de nuestra vocación. Podrías haber entrado en cualquier bufete de la ciudad o conseguir un trabajo mejor remunerado y de más prestigio social. Pero escogiste este, uno muy alejado del de tu padre y que no responde a las expectativas corrientes de un joven que pretende labrarse un porvenir... más ambicioso, ¿por qué?

—¿Tal vez porque no era ambicioso?

—Vuelves a hacerlo. Estrategia evasiva. Contestas con una pregunta con tal de buscar tiempo para responder. —Respiró hondo—. ¿No lo eras?

Milo empezó a envararse en el asiento.

—Nunca he encajado en lo que tú llamarías prototipo social estándar.

—No me has respondido. ¿Tenías la vocación desde pequeño? ¿Te alentó tu abuelo?

—Mi abuelo era pescador, sabía leer el cielo y calar a la gente con un vistazo. Me educó para tomar mis propias decisiones. Y no, no tuve vocación. Fue sobre la marcha.

Judit Gaig se introdujo el extremo del bolígrafo en la boca de forma inconsciente. Al rato, señaló a Milo con él.

—¿Hubo algún episodio que te empujara a tomar esa decisión? ¿Algo que te marcara de forma especial?

Milo recolocó la mochila contra la butaca. Pensativo, pasó las páginas del catálogo. Entonces dijo que hubo uno, uno que no lograría olvidar ni en cien años.

—Ocurrió en la universidad, en una fiesta —agregó—. Ya sabes cómo eran. A veces las cosas se desmadraban y pasaba lo que no tenía que pasar. Vi un grupo de tíos en un aula. Gritaban borrachos, se jaleaban. Me acerqué. En el centro del corro había una chica, una compañera de último curso. La sujetaban por los brazos y las piernas, le tapaban la boca. Me di la vuelta y me largué, sin intervenir. Fui testigo, pero me comporté como un cobarde miserable. Días después, me crucé con aquellos salvajes y guardé un silencio cómplice. Allí empezaron mis problemas para conciliar el sueño. Y cuando me licencié, decidí no volver a acobardarme jamás. Tal vez eso influyó, no sé.

La doctora lo observó sin pronunciar palabra.

Milo soportó el peso de su mirada sin moverse. Hasta que se sintió incómodo.

—Está bien, quizá me he inventado algo —dijo—. Es una de las veinte respuestas que tengo preparadas para cuando alguien me interroga al respecto.

—¿Y cuál es la verdadera? —dijo ella.

Milo bajó la cabeza. Cruzó los brazos y se balanceó adelante y atrás.

—Una que me avergüenza hasta la médula. —Resopló—. Tenía doce años, solo era un chiquillo recién llegado a la ciudad. Había dejado atrás la vida sencilla de pueblo y de golpe me vi rodeado por una multitud de niños en el colegio. Era muy tímido. Fuimos de retiro espiritual, a Montserrat. Los jesuitas solían hacerlo a menudo. Lo que ignoraba es que, de paso, uno de ellos quisiera aprovecharse de un chaval como yo, tan marginado. Era presa fácil para un depredador que se escondía detrás de una sotana. Entró en mi cuarto. Aquella noche jugaba el Barça contra el Madrid y los pasillos estaban tranquilos. Me hice el dormido. Mientras era víctima de su mierda, me juré que un día lo llevaría ante un juez. Ahí tienes el motivo, el episodio especial. Recuerdo incluso el resultado del partido, fue de escándalo. ¿Contenta?

La doctora apretó los labios.

—¿Qué número ocupa esta en tu lista de veinte respuestas? —dijo.

Milo hizo una mueca.

—Soy muy mal actor. La número ocho.

—Ya está bien de jueguecitos, no le veo maldita la gracia. Por última vez, inspector, ¿cuál es la respuesta verdadera?

—¡Quería formar parte de un grupo! ¡Nada más!

—¿Otra mentira? A ti no te gusta trabajar en equipo.

—Una cosa no quita la otra.

—Como quieras —dijo ella. Escribió unas líneas en el margen—. No me parece bien burlarse de estas tragedias, hay personas que las han sufrido de verdad.

—¿Cómo sabes que no es cierto? ¿Tienes un detector de mentiras escondido en tu lámpara de diseño? —Extendió un dedo—. ¿Qué escribes ahí?

—No es de tu incumbencia. ¿Qué obtienes tejiendo esa telaraña de verdades y mentiras? Si me engañas, te perjudicas a ti mismo.

—Tú ya te has formado un esquema, solo he dicho lo que esperabas oír. El tópico del hombre torturado por un episodio del pasado que decide hacerse policía para superarlo.

—¿Me has manipulado todo el rato?

—Doctora, puedo fingirme un poco chaveta, pero no soy un mentiroso. Es algo que me funciona con quienes me cruzo en mi trabajo, pero contigo apenas lo he hecho.

—¿Apenas? —dijo Judit Gaig, el rostro encendido.

Milo adoptó una expresión inocente.

—Deberías hacerte mirar esa desconfianza, doctora.

—Eres irritante. Y todo esto, una pérdida de tiempo. —Cerró la carpeta. Se incorporó de golpe—. Paramos aquí la sesión. Ahora mismo.

Milo alargó las manos para detenerla.

—Espera, es que no tengo la costumbre, ¿entiendes? Nunca le cuento nada a nadie, todo esto es nuevo para mí. Mi talento, si lo tengo, es ponerme en la piel de los pirados. El resto, soy un desastre. Sí, vale, soy mentalmente disperso y tengo cierta tendencia a la bipolaridad. ¿Y qué? Ocurre en las mejores familias. Si seguimos con la sesión, intentaré ser sincero. Venga, siéntate y prosigamos.

Ella lo miró dubitativa. Tomó asiento despacio, sin dejar de observarlo.

—Inspector, basta de juegos. Sé que sin estas sesiones perderás la placa. Necesito que respondas a todas mis preguntas con sinceridad. ¿Tengo tu palabra?

—La tienes —dijo—. Y puedes creerme, soy un representante de la ley.

Judit Gaig se reclinó en la butaca. Abrió la carpeta.

—¿Por qué no quieres hablar de tu padre?

Milo se enojó consigo mismo. Con aquel plante inesperado, la doctora había logrado que la conversación se le fuera de las manos, enviado toda su estrategia al traste, y pasado a tomar ella el mando de la sesión. Maldijo para sus adentros la habilidad de aquella mujer.

Vaciló tratando de hallar una escapatoria. Decidió mostrar un resquicio.

—Es un tema privado —repuso.

—¿Por qué te provoca tantos reparos hablar de él?

—Porque era un bebedor, un mal tipo —dijo. Vio a su padre. Fornido, fuerte como un roble. El puño en alto. Fuera de quicio. Su imagen perduraba en su cerebro, la memoria del dolor. Carraspeó nervioso—. Un hombre primitivo, cruel. No sé cómo lo aguantaba mi madre. Eran otros tiempos.

—¿La maltrataba?

—Era muy pequeño, no recuerdo —dijo, tenso.

—¿Qué tipo de relación había entre vosotros?

—¿Con mi padre? —Se encogió en la butaca—. Fría, distante. Me apartó diciendo que era un caso perdido y se concentró en educar a mi hermano como un hombre; duro, resistente, alguien preparado para sobrevivir.

Judit Gaig se inclinó hacia él.

—Debió de ser una época difícil —apuntó.

—Los niños tienen muchos recursos, lo encajan todo —dijo. Con seis años y ya recluido en sí mismo. Y cuando regresó a los doce, se sintió como un extraño. Sin vínculos. Un solitario obsesionado en explicarse el porqué del comportamiento humano. Empezando por el de su familia—. Nada fuera de lo normal.

Ella consultó sus papeles.

—Y poco después se detectaron los primeros síntomas de esquizofrenia en tu padre, lo que provocó su ingreso en un psiquiátrico. ¿Tomasteis juntos la decisión tú y tu hermano?

—No hablo de ese tema. Doctora, un trato es un trato.

—El pacto no era este. Si topaba con algo grave, te avisaba y tú decidías si seguir o no. Pero no he dado con ningún problema, solo es una pregunta más.

—Si nos topábamos, doctora, tú y yo. Y yo decido no ir por ahí.

Ella escrutó su rostro y constató su determinación.

—¿Por qué crees que te han obligado a visitarme?

—Es un malentendido. Ya te he dicho que a veces me finjo un poco cabra, solo que la última vez fui demasiado lejos y ahora se lo han tomado en serio.

—Agrediste a un superior. ¿Sueles tener este tipo de estallidos a menudo?

Milo juntó las manos.

—Mi trabajo comporta mucha tensión —dijo—. Eso hace que a veces salten chispas. Unas palabras malinterpretadas, y una cosa lleva a la otra. Pero nada importante, doctora. Todos entendemos que es algo que conlleva la profesión.

—¿Insinúas que el trabajo de hacer cumplir la ley induce un comportamiento violento?

—Yo no soy quién para insinuar qué induce a qué. Solo sé que es una realidad con la que tropezamos todos los días. Lo que sí afirmo es que la mayoría de nosotros, por no decir la totalidad, no tenemos problemas de control. Pero a veces, en ocasiones muy contadas, uno puede estallar. Igual que en cualquier trabajo, ¿o no? Pues este fue mi caso.

—¿Y los motivos?

Milo notó una fría sensación en el estómago.

—Una chispa. Exceso de testosterona —dijo. La mueca de Singla. Las palabras odiosas, la insinuación. Y de pronto el vértigo, la furia—. Mala combinación.

—Un cóctel explosivo que acabó en expediente disciplinario. Háblame de él.

Milo se rebulló en la butaca.

—¿No está bien ya por hoy? Estoy reventado y mañana me espera un día duro.

Ella echó un vistazo al reloj de muñeca y aceptó concluir la sesión.

—Se nos ha hecho tarde, no estoy habituada a lidiar con pacientes tan difíciles.

—¿Bromeas? Me has exprimido como una naranja. —Recogió la mochila y se incorporó—. ¿Has sacado alguna conclusión relevante?

—Varias, sí. —Cerró la carpeta y se levantó—. Pero es secreto de sumario.

Le indicó el camino de salida y Milo se dirigió hacia el vestíbulo colgándose la mochila al hombro. En el mostrador, la doctora consultó la agenda.

—Te quiero ver el próximo... jueves, jueves 15. A la misma hora. ¿Te va bien?

—¿Tengo otro remedio?

Entró en el portal de la calle de la Atlàntida, dio al interruptor de la luz y subió a oscuras las cuatro plantas hasta llegar al ático. Fastidiado, recorrió el último tramo y entró en el piso. Al cerrar la puerta, la soledad le cayó encima como una losa. Demasiadas emociones en un día.

Dejó la mochila sobre la mesa y salió a la terraza. Afuera bullía la vida, la animación. En su cerebro, solo una retahíla de pensamientos febriles. Entró en la sala y se echó en el sofá. Alcanzó el mando de la televisión. Apretó un botón cualquiera. En la pantalla, imágenes de los Mossos entrando en el Círculo Gaudí. Cambió de canal. El rostro del fiscal anticorrupción declarando en la rueda de prensa. Volvió a cambiar. La jauría de periodistas ante la casa de Félix Torrens. Otro canal. Una serie norteamericana, con la bella detective calzada con tacones persiguiendo a un sospechoso. Quitó el sonido y pulsó de forma compulsiva el mando hasta que dio con lo único que valía la pena. *Los Simpson*. Conectó el audio.

Se sacó las deportivas empujando con los pies y se recostó hasta encontrar una postura cómoda. Envidió a Homer. La sencillez, el optimismo, la alegría por estar vivo. Y cuando reparó en que se comparaba con un dibujo animado, se vino abajo. Las fuerzas lo abandonaron de golpe, como si alguien lo hubiera apagado.

Sonó el móvil y pegó un brinco. Era Susana.

—Se ha armado la de Dios en comisaría, ¿lo has visto?

—Sí.

—Te he despertado.

—No.

—No estás muy hablador —dijo la jueza—. ¿Pasa algo, puedo echarte una mano?

—Me gustaría volver a casa, nada más.

La jueza Cabot reprimió un comentario.

—Milo, no vuelvas a las andadas. Solo es el cansancio. —Silencio al otro lado—. Mi casa es tu casa, lo sabes. Siempre eres bienvenido. A cualquier hora. Sin condiciones.

—Suena tentador. Pero en otro momento, señoría.

—Como quieras. Intenta dormir. Tómate algo si es necesario, pero duerme.

Colgó. En la pantalla, un Homer cariñoso le proponía a su mujer que hicieran «lo que ya sabes». Ella accedía entre risas y ambos se escondían bajo la manta. Cambió de canal. Escogió uno de deportes, natación sincronizada. Volvió a sonar el móvil. Irene. Lo dejó en el sofá. Las notas de un tema de Queen reverberaron en la sala. Se preguntó qué clase de deporte era aquel. No entendía nada. El móvil enmudeció.

9

El amanecer encontró a Milo nadando un largo tras otro en un mar plano como un espejo para sacarse de encima la espesura mental. Se detuvo. Jadeando, contempló un atisbo de la incandescente bola en su progresivo ascenso. Cuando la vio convertida en una mitad perfecta, se dio la vuelta y observó la playa. Los vehículos de limpieza ya la recorrían sorteando a diversos durmientes, a corros de jóvenes apurando las últimas copas, y a alguna pareja de amantes sorprendidos por un alba demasiado madrugadora. Varios agentes de la Guardia Urbana se dirigían a despertar a los primeros, instar el fin de fiesta a los segundos e interrumpir a los terceros para que se fueran a otro sitio. En la orilla, unos pocos bañistas, en su mayoría ancianos, se adentraban en el mar. Las gaviotas picoteaban los desperdicios en busca de comida, dejando impreso en la arena el mapa de sus huellas.

Cansado, sin apenas haber pegado ojo, dio unas brazadas y salió del mar. Se puso los tejanos, se colgó la camiseta al hombro, recogió el libro, y caminó descalzo hacia el chiringuito. Sin detenerse, lo dejó en una de las mesas y prosiguió en dirección al ático.

A pocos metros del portal, alguien se abalanzó sobre él. Sintió en la cara el impacto de un puño que lo despidió a un par de metros. Cayó al suelo. Mientras una miríada de puntos brillantes estallaba en su cerebro, oyó una voz cascada, ronca por los efectos del alcohol.

—Robaste el portátil de mi hijo —dijo Hugo—. Eres un jodido ladrón.

Milo se levantó despacio al tiempo que se limpiaba con el dorso la sangre que manaba del labio. Movió la mandíbula para comprobar si había algo roto y observó a su hermano. Jadeaba, con ferocidad.

—No voy a discutir con un borracho —dijo.

Dio media vuelta y Hugo se enfureció. Alzó el puño, pero Milo reaccionó con rapidez y lo atrapó en el aire mientras le llegaba una vaharada de whisky barato.

—Deja el alcohol, acelera el desarrollo de la enfermedad. ¿Quieres acabar como nuestro padre? Tienes el gen.

Lo empujó y su hermano retrocedió un par de pasos. Se frotó el hombro.

—A la mierda. Tú me quitaste a mi hijo, y ahora...

—Se llamaba Marc. Deliras, estás como una cuba.

—¡No pronuncies su nombre, jodido ladrón! —Le embistió de nuevo.

Milo lo esquivó y lo tiró al suelo. Le puso una rodilla en el pecho para inmovilizarlo.

—Voy a averiguar por qué lo hizo, Hugo. Te guste o no te guste.

Su hermano oscureció la mirada. Como un pozo sin fondo.

—¡Fue por tu culpa, me cago en todo! —Forcejeó para librarse de la presión—. ¡Tú y tus malditos consejos de aficionado! ¡Suéltame!

—¿Qué consejos?

—¡Que me sueltes!

Milo se incorporó sin perderlo de vista, desconcertado. Una idea se abrió paso.

—Sabías que tenía problemas. Y lo dejaste en mis manos. Yo lo vi serio, distinto, pero no pensé que fuera tan grave. En cambio, tú vivías con él, lo veías a todas horas. Y te limitaste a confiar en que hablando conmigo pudiera solucionar las cosas. ¿Fue así? Dime, ¿fue así? —En el suelo, Hugo se abrazó a sí mismo—. Y en algún arranque, debió de decir que quería acabar con todo. Lo oíste, pero pensaste que solo era una forma de llamar la atención. Cosas de adolescentes.

—Solo... solo quería tratarlo como a un hombre, prepararlo para sobrevivir...

—Joder, Hugo, basta ya. —Le tendió una mano—. Levántate, venga.

Se puso en pie poco a poco. Esbozó una sonrisa siniestra.

—Tú apretaste el gatillo —dijo—. Me importa una mierda que seas policía, voy a denunciarte.

—Haz lo que te dé la gana.

—Voy a hacer que te encierren. —Avanzó hacia él. Se detuvo a un palmo de su rostro—. Convertiré tu vida en un infierno.

Milo recogió la camiseta y se alejó hacia el portal.

—Ya lo es. ¿Era lo que querías oír?

—¡Eres un asesino! —gritó Hugo, fuera de sí—. ¡Pagarás por ello!

Milo entró en el edificio y subió los escalones de

dos en dos. La voz de su hermano todavía resonaba en la calle cuando llegó al ático. Cerró la puerta de la terraza. Fue directo a la nevera, sacó unos cubitos de hielo y los envolvió en un trapo. Mientras se lo aplicaba en la mejilla, se dirigió al baño y abrió el grifo de la ducha. Se desnudó, entró en el cubículo. Apoyó la frente contra el alicatado sin dejar de apretar el hielo. Notaba el pulso bajo la piel, y cómo el dolor de la cara empezaba a acentuarse. El otro, no había forma de calmarlo.

—Llegas tarde, figura —dijo Singla—. Rojo y Cervera te esperan en los calabozos para que reconozcas a tu indigente. Lo pillaron en el paseo de Gràcia y ha dormido la mona en una celda.

Milo fue a su mesa y dejó la mochila junto al teléfono.

—¿Me has oído? —Milo se volvió—. ¿Qué te ha pasado en la cara?

—Me he caído de la cama. Bajo enseguida, en cuanto me tome un café.

Intentó sortearlo, pero el inspector jefe se interpuso en su camino.

—Probando tu propia medicina, ¿eh?

Lo esquivó y fue a la sala de descanso. Rebeca hojeaba la prensa del día con una taza de café en la mano. Alzó la vista.

—¡La hostia! ¿Qué te ha pasado en la cara?

—Se me ha caído encima el teléfono de la ducha.

En la máquina seleccionó un café exprés doble.

—¿Has leído los periódicos de la mañana? —dijo Mercader—. Todos abren con la entrada de los Mossos en el Círculo Gaudí. No veas el escándalo que se está montando.

Retiró el café del surtidor y fue a sentarse lejos, a otra mesa. Se concentró en remover la taza al tiempo que bebía la crema con la cucharilla. Rebeca le preguntó qué hizo ayer después de plantarla con el taxista.

—Fui a la loquera.

—Tu cita era a las ocho y te largaste a las cuatro. ¿Investigaste por libre?

—¿Qué pasa? ¿Ahora también eres mi vigilante?

Ella cerró el periódico, lo dejó sobre un montón, y se levantó para marcharse. Se lo pensó mejor, agarró la prensa y la soltó en su mesa. Milo la miró de arriba abajo. Aquella mañana vestía una camiseta azul oscuro con las letras NCIS impresas en blanco. Hizo una mueca.

—Tu fervor por el imperio de los créditos basura da grima. ¿No tienes de otro estilo?

—¿Vas a estar así todo el día? —repuso—. Lo digo para ponerme el chaleco antibalas.

—No lo harás. No tienen estampadas siglas del país donde comenzó todo.

—Vale —dijo. Dio media vuelta—. Hoy toca día con compañero capullo.

Milo la vio salir de la sala y respiró con alivio. Revisó los periódicos.

Todos los titulares hacían referencia al mismo asunto. «Saqueo de una institución histórica.» «Los Mossos entran en el Círculo Gaudí por orden del juez.» «Fraude en el corazón cultural de Barcelona.» «Golpe a la burguesía catalana.» La mayor parte de las fotografías escogidas para las portadas recogían el momento de la entrada de los Mossos en el Palau, primeros planos de Félix Torrens y Arnau Mascaró, y diversas imágenes del edificio de Gaudí. Solo uno de los diarios se salía de la norma. El titular rezaba: «Un señor de Barcelona». En la parte inferior, a un lado, aparecía un retrato de Torrens: rostro surcado de arrugas, sonrisa forzada, gafas de oscura montura fina. El resto de la portada lo ocupaba una lista de los sesenta cargos que desempeñaba, cada uno precedido por un punto en tinta roja. Sesenta círculos como sesenta disparos de pequeño calibre. Como sesenta gotas de sangre. En la primera página no se mencionaba que su desaparición podía deberse a un secuestro, dando por válida la afirmación de la fiscalía anticorrupción de que se había fugado.

Aquello podía ponerle en dificultades con el fiscal, pensó, y no necesitaba un nuevo enemigo. Se avecinaban nuevos problemas. Apuró el café, y se encaminó hacia el ascensor para bajar a los calabozos en el sótano 1.

Rojo y Cervera lo recibieron con cara de pocos amigos.

—Llegas tarde —dijo Cervera.

—¿Qué te ha pasado en la cara? —preguntó Rojo.

—He tropezado con una persiana. ¿Dónde lo tenéis?

—En la siete. Vamos —dijo Cervera.

Hizo una seña al sargento de guardia. Les abrió una puerta metálica. Milo extrajo la HK, se la entregó a través de la abertura en el cristal, y el sargento la guardó bajo el mostrador. Luego, activó la apertura de una verja corredera y los tres accedieron al interior de los calabozos. Recorrieron los pasillos hasta llegar a la celda siete. Allí, echado sobre una cama de obra, se arrebujaba un indigente.

Lo contempló a través de los barrotes.

—¿Ha dicho algo? —quiso saber.

—Ni una palabra —dijo Rojo.

—Tuvimos que sedarlo —explicó Cervera—. Se alteró mucho al meterlo en el coche. No paraba de gritar no sé qué de una maleta y se resistió a soltar el dichoso carrito. De camino se puso a patalear, a darse cabezazos y a soltar burradas. Le metimos un chute y desde entonces está ahí, durmiendo a pierna suelta.

—¿Y no ha abierto la boca? —Negó con un gesto—. Haz que me abran la celda, voy a entrar.

Cervera avisó al sargento. Enseguida oyeron el chasquido y Milo entró. El indigente no se movía. Lo sacudió con suavidad. El hombre permaneció inmóvil.

—¿Qué tipo de tranquilizante le disteis, de caballo?

Apoyó la mano en su espalda y comprobó que respiraba. El hedor echaba para atrás. Se acuclilló a su lado, lo colocó mirando al techo, y lo observó con detenimiento. Reconoció su rostro sin necesidad de que abriera los ojos.

—Es él.

—Pues vámonos —dijo Cervera—, aquí apesta.

—Hay otras cosas que apestan más en este asunto.

—No me toques los cojones. Nos tienes el fin de semana buscando fantasmas y bastante hemos hecho. No nos vengas ahora con rollos de protocolo con este tipo.

Milo se encaró con él.

—¿Cómo has dicho?

Se produjo un violento silencio. Cervera apartó el aire con la mano.

—Sea como sea, habrá que esperar a que se le pase la trompa para interrogarlo.

—No está borracho, sino drogado hasta las cejas con el maldito sedante de caballo.

—¿Y qué querías que hiciéramos? —dijo Cervera—. ¿Dejar que se siguiera dando de hostias? Le dimos una dosis más alta de lo habitual, eso es todo. Que te lo diga Rojo.

Incómodo, el inspector Rojo asintió con la cabeza.

—Bueno, ¿nos vamos o qué? —dijo Cervera.

—Antes quiero asegurarme de que se encuentra bien.

Palmeó sus mejillas sin fuerza. El hombre parpadeó. Cuando fijó una mirada perdida, Milo estudió sus ojos. Se volvió hacia los dos inspectores.

—Que un médico controle las variables de este hombre, de inmediato.

—¡No jodas, Malart!

—¿Prefieres tener encerrado a un fiambre? A su edad, y con la dosis que le habéis metido, no me explico cómo no se le ha parado el corazón. ¿A qué esperas?

El inspector Cervera salió hacia la garita del sargento.

—Se nos fue la mano —dijo Rojo.

Milo observó al mendigo. La boca abierta, el reguero de saliva que le goteaba por la comisura, los ojos vidriosos. Parecía haber encogido veinte centímetros.

—Tranquilo, jefe, recuperaremos su maleta —dijo.

Un repentino brillo asomó en sus pupilas. Pero se desvaneció al momento.

Milo lo contempló un instante y salió de la celda.

—Debería estar en un hospital. Es un enfermo, no un delincuente.

—También es un testigo y necesitamos saber lo que vio. Su declaración.

—No vais a sacarle una palabra. —Echó a caminar por el pasillo—. Ya os lo dije. Se encerrará en sí mismo y punto. Quizás en un hospital, con los cuidados adecuados, os diga algo. Pero aquí, es perder el tiempo. Y lo que es peor, ponemos en riesgo su vida de forma innecesaria.

—Las órdenes son las órdenes —justificó Rojo.

—Pues me cago en las jodidas órdenes.

Se sentó a su mesa. Percibió las miradas cargadas de irritación por tener que trabajar un sábado de julio. Afuera lucía el sol, era un día ideal para salir de la ciudad con la familia, y ¿dónde estaban ellos? En la oficina, desbordados por unas tareas basadas en suposiciones y sin confiar en los resultados. Culpándolo. Los envidió por tener un chivo expiatorio.

El sargento Crespo se acercó con varias carpetas y un bloc. Milo vaciló.

—¿Tú también estás cabreado conmigo esta mañana?

Crespo alzó las cejas.

—¿Tendría que estarlo?

Milo observó su expresión, la franqueza casi infantil. De talante sereno, el sargento era la nota discordante del Grupo. Su forma de trabajar metódica, y una tranquilidad a prueba de bombas, suponían un verdadero *rara avis* en el GEHME. Por añadidura, su eficacia a la hora de recabar datos era de sobra conocida, y nunca parecía agobiarse por más encargos que se acumularan en su mesa; muy al contrario, se entregaba a ellos como si cada búsqueda le reportara la satisfacción de enfrentarse con un nuevo desafío.

—Olvídalo —dijo Milo—. ¿Qué te trae por aquí?

—Varios temas, ¿por cuál quieres que empiece?

—Tú mismo.

Crespo meditó un instante, y le dijo que un aluvión de gente estaba llamando a comisaría afirmando haber visto a Torrens en los lugares más insospechados. Seleccionó un dosier verde y lo leyó de forma rápida.

—Las localizaciones incluyen Andorra, entrando en bancos o saliendo de tiendas, varias poblaciones costeras de Tarragona, donde al parecer se dedica a trasegar cerveza en compañía de jóvenes ingleses, pequeños pueblos de Lleida que ni sabía que existían, y por el Valle de Arán practicando senderismo. Curiosamente, nadie lo sitúa en la provincia de Girona. —Revisó la última hoja—. Uno incluso lo sitúa haciendo submarinismo en Formentera, frente a un hotel en S'Arenal.

Milo se repantigó en la silla.

—¿Todos los testimonios son de este tipo?

—Más o menos. Ninguno se sostiene después de tres o cuatro preguntas. Pasa lo mismo que cuando desapareció Pinto, pero en mayor número. Tras aparecer colgado en La Pedrera, la centralita se volvió un manicomio.

—¿Los zumbados habituales?

—Y todos afirmando haber sido el autor del crimen, y por los motivos más ridículos. Desde el mandato divino, pasando por los rituales de costumbre para exorcizar al demonio, hasta los más pragmáticos como ajuste de cuentas por cuestiones de dinero, por venganza tras haber arruinado su vida, y los más exóticos de índole extraterrestre.

Milo se irguió en la silla.

—¿Guardas las grabaciones de esas llamadas?

—Sí, pero solo contienen disparates —dijo—. Son

tipos de mente enfermiza que buscan algo de protagonismo.

—Nuestro asesino podría encajar en ese perfil.

El sargento Crespo reflexionó.

—Si quieres, te las paso. Pero te aviso, son un montón de tonterías y poco más.

—Hazlo, Toni. Cuando te vaya bien, las reúnes y me las das, ¿de acuerdo?

Crespo asintió, tomó nota, y le entregó el dosier.

Milo lo dejó sobre la mesa.

—Más cosas.

El sargento escogió una carpeta azul claro.

—La lista de ladrones en activo que me pediste. —Se la dio—. Más de la mitad son de poca monta, no casan con lo que buscas. Un tercio son descuideros. Y el resto son profesionales al servicio de redes internacionales, especializados en robos de coches de lujo a gran escala; utilizan sistemas sofisticados, trabajan en equipo, y cuentan con grandes medios e infraestructuras. En total, son un centenar. ¿Quieres saber mi opinión?

—Adelante.

—No creo que nuestro sujeto forme parte de ninguno de estos grupos. Como mucho al último, pero lo dudo; esas redes huyen de los focos, ninguna tendría en sus filas a un asesino. Atraería nuestra atención y sería perjudicial para su negocio.

—¿Entonces?

—Va por libre, y no está fichado —concluyó—. Es un autodidacta que se ha buscado la vida para averiguar cómo llevar a cabo sus propósitos.

—¿Lo de autodidacta lo has dicho adrede o te ha salido sobre la marcha?

Crespo lo miró confundido. Al cabo, se le iluminó el rostro.

—Pura coincidencia, de veras. Los juegos de palabras no son lo mío.

—¿Has llamado a Robos?

—Hablé con la inspectora Elisabet Serra y le trasladé tu petición de que apretaran a los confidentes. Se avino enseguida. Es una mujer muy agradable, y competente. Tendrías que oír su voz... —Hizo una pausa y dijo—: En fin, que si no es por ese camino, me temo que estamos en otro callejón sin salida.

—Veremos, sargento. Siguiente tema.

—El historial ampliado de Eduard Pinto. —Se lo entregó. Luego, cogió el último dosier, de color amarillo, e hizo otro tanto—. Y este es el de Félix Torrens. Aún no está completo, pero con la que está cayendo, obtendré más datos de los medios. La cobertura en los noticiarios autonómicos y nacionales es abrumadora. Esta noche, sin ir más lejos, han anunciado dos programas especiales sobre él. Uno en TV3 y otro en Telecinco. Por no hablar de la radio. Es el tema estrella de hoy, con información a todas horas. Y a partir de mañana, imagino, llegará la repercusión internacional.

Milo se lo devolvió.

—Esperaré a que lo termines. ¿Cuánto tiempo te has remontado?

—Casi al origen, ¿es suficiente? —Reprimió un guiño al ver su cara—. Tiene sesenta y dos años y he recopilado datos muy reveladores.

—Hazme un resumen.

El sargento abrió el dosier y leyó por encima.

—Proviene de familia muy adinerada y era un bala perdida ya desde joven; un niño bien, ya sabes, de carácter díscolo. Hijo de banquero y político, sobrino nieto de escultor famoso... Realizó el bachillerato en los jesuitas de Sarrià... Se licenció como ingeniero textil, hizo cursos de Administración de Empresas... Destacó como líder sin demasiados prejuicios y rodeado de la habitual camarilla de aduladores. Pronto se embarcó en toda clase de proyectos para alcanzar el éxito por méritos propios: una industria textil que montó junto a un ex alto cargo franquista en Lugo, que acabó en fiasco monumental; una plantación de tabaco en República Dominicana, de donde tuvo que salir por piernas; una fábrica de zapatos en Filipinas que...

—Me hago una idea —cortó Milo—. Sigue.

—Después del último escándalo, su padre, harto de tapar sus veleidades y pufos, lo expulsó de Barcelona...

—¿Cómo que lo expulsó?

—Por lo visto, lo obligó a decidir entre quedarse y aceptar un cargo intermedio en el banco que dirigía para sentar la cabeza, o marchar de la ciudad para acallar los rumores sobre su conducta. Torrens se decantó por esta última opción, y, abro comillas, se exilió, cierro comillas, en Tarragona.

—Tampoco se fue muy lejos —ironizó Milo—. ¿Y a qué se dedicó esta vez?

—Un momento, no corras. Ten en cuenta que era el año 1986 y que los Juegos Olímpicos de 1992 ya estaban en el horizonte de Barcelona. Para un hombre tan ambicioso debió de ser un golpe muy duro perderse la movida que iba a cambiar la fisonomía de la ciudad, reconstruyéndola de norte a sur y de este a...

—Entendido —cortó de nuevo—, se iba a perder una gran ocasión, muchos negocios.

Crespo lo contempló por encima del dosier.

—Sigo —dijo—. En Tarragona, apretó las teclas entre sus contactos de la Administración y decidió centrarse en el mundo de los niños desamparados por el sistema. El porqué, lo ignoro. No creo que fuera un asunto muy lucrativo, claro que yo no soy economista.

—Quería lavar su imagen. Continúa.

—La cosa es que contó con la ayuda del Departamento de Protección de la Infancia y, a comienzos de 1987, logró montar una casa o centro de acogida en Tarragona, en un plan o prueba piloto que luego extendería por el resto de las provincias de Cataluña...

—Dejando para el final Barcelona, donde haría su entrada triunfal como organizador de una estructura que proporcionara atención a los niños desheredados de la sociedad, regresando así como prohombre arrepentido de sus pecados de juventud.

—¿Cómo lo sabes?

—Es de cajón —dijo Milo—. ¿Y lo consiguió?

—Montó tres, sí; la que ya te he comentado, otra en Lleida a finales del mismo año, y una última en Girona a mediados de 1988. Luego, decidió traspasar la dirección, y volvió a Barcelona en 1990, cuatro años después de haberse «exiliado».

Milo separó los brazos. Se echó atrás en la silla.

—Justo a tiempo —dijo—. Estaba cantado que un hombre con su perfil no desaprovecharía los fastos de Barcelona 92. ¿Perderse el tren de la gran reestructuración de la ciudad? Ni loco. No un tipo como Torrens.

—Ese hombre no es santo de tu devoción, ¿verdad?

—No es eso, solo que conozco a los de su calaña. La codicia es el motor que los mueve, y todo lo demás es accesorio, créeme. Tendrías que oír a su mujer.

—¿De qué mujer habláis? —dijo Mercader, llegando.

—De la señora Torrens —respondió Crespo.

—¿Y qué pasa con Virginia Colomer? —El sargento le resumió en pocas palabras el asunto—. Toni, deberías saber que el inspector Malart no traga a la alta burguesía, él sabrá por qué. Y que utiliza a sus mujeres como diana para sus dardos.

Milo no replicó. Se giró hacia Crespo.

—¿Continuamos? Torrens llega a Barcelona poco antes de los Juegos y su padre lo recibe con los brazos abiertos, como a un hijo pródigo.

—Ahí te equivocas —dijo Crespo—. Su padre había fundado el Círculo Gaudí, pero con el banco y demás responsabilidades lo tenía abandonado. Varios periodistas de renombre impulsaron una campaña para advertir del deterioro del Palau Güell, y señalaron la necesidad de que sangre nueva se pusiera al frente de la entidad.

—Una campaña muy oportuna —dijo Milo—. Oportuna y casual. Y yo no creo en las...

—Casualidades —terminó Rebeca—. Sí, lo sabemos de memoria.

Milo la fulminó con la mirada.

—Apuesto a que esa campaña la impulsó el mismo Torrens para convertirse en presidente de la fundación —dijo—. Todo a cambio de futuros favores, por descontado. Esta gente actúa así, incluso contra su propio padre si es necesario.

—Fuera como fuese —prosiguió el sargento—, la cosa es que al principio Oriol Torrens, el padre, se opuso al nombramiento de Félix como su sucesor. Pero los periodistas le pidieron públicamente que cediera en su actitud. Argumentaron que su hijo poseía ideas renovadoras, que el traspaso de poderes era urgente, y más ante la proximidad de unos Juegos que iban a impulsar la imagen de la ciudad por el mundo, siendo inaceptable que la figura y obra de Gaudí se quedara atrás.

—El discurso habitual —dijo Milo—. La imagen y bla, bla, bla.

—El asunto se desbloqueó cuando el *president* de la Generalitat de la época intervino a favor de Félix y por fin el padre accedió. La decisión, a pesar de sus recelos, se demostró acertada, y durante los primeros años tanto el Círculo Gaudí como la obra del arquitecto se vieron beneficiados por la gestión del nuevo presidente.

—Díselo ahora a los patronos estafados por él —señaló Milo—. Están que trinan.

—En alguna parte se desvió del camino —dijo Crespo.

—La codicia, sargento, la codicia que mueve todos sus actos. No lo olvides. Con el nuevo cargo su plataforma de ascenso estaba en marcha y ya solo faltaba ampliarla. La obra de Gaudí le importaba un pimiento. Era un buscavidas, un timador, y esta gente no cambia. El final estaba más claro que el agua. ¿Queda algo más?

—Bueno, que a partir de entonces tuvo acceso a todos los niveles del entramado social de Barcelona —dijo Crespo—. Pasó a formar parte de organismos y consejos de empresas, y extendió su red de intereses al mundo inmobiliario, industrial y financiero.

—Hasta acumular unos sesenta cargos. ¿Qué más?

—Pues que su ascenso fue meteórico, como su caída. Y aquí es donde me faltan datos.

Milo alargó la mano.

—Cambio de opinión —dijo—. Dame lo que tienes

y sigue con él. Cuando lo acabes, lo añadiré a la carpeta. —El sargento le entregó el dosier amarillo y Milo lo amontonó sobre los otros—. Siguiente tema. ¿Qué hay del listado que te pedí sobre crímenes extraños y desapariciones durante los últimos cinco años?

—No he tenido tiempo, inspector.

—¿Y tampoco el otro sobre sociedades masónicas?

Algo cohibido, Crespo negó con la cabeza.

—¿Qué esperabas? —dijo Rebeca—. Bastante ha hecho en veinticuatro horas.

Milo observó a uno y otra de forma alternativa.

—De acuerdo. A veces pierdo la noción del tiempo.

—Los tendrás mañana —afirmó Crespo—. El lunes como muy tarde.

—Tengo que pedirte un favor, Toni. —Agarró la mochila—. Es un asunto personal. Tendrás que ocuparte fuera de horarios laborales. Es una putada pero...

—Una putada como una catedral —matizó Rebeca—. ¿Nunca tienes suficiente o qué?

—No hay problema, subinspectora —dijo el sargento—. El día es muy largo. ¿En qué puedo ayudarte?

Milo le entregó la mochila.

—Es el portátil de mi sobrino Marc. Necesito que averigües la contraseña para acceder a su disco duro, cuentas de correo, redes sociales, cosas así. Y ya que estás, que repases sus emails, contactos, archivos personales. Todo. No sé lo que estoy buscando, pero puede que ahí dentro haya una respuesta a lo que... sucedió.

—Me pongo a ello esta misma noche, en casa —dijo Crespo—. Será fácil, los adolescentes no suelen complicarse mucho protegiendo sus archivos. ¿Algo más?

—Es un tema delicado, Toni. Encuentres lo que encuentres...

—Te pondré al corriente. Sea lo que sea. Confía en mí.

Milo asintió con un gesto y se derrumbó en la silla.

—Inspector, ¿puedo hacerte una pregunta? —Asintió de nuevo—. ¿Qué te ha ocurrido en la cara?

—Me han dado una hostia. Pero yo me lo he buscado. Por hacer las cosas con el culo. —Crespo se giró para regresar a su mesa—. Toni, esa biblioteca de la que nos hablaste, ¿está abierta hoy sábado?

—¿La Arús? No, cierran los fines de semana. Pero si quieres, llamo a mi amigo Eugeni para saber si te puede atender... ¿digamos esta tarde?, ¿a las cinco?

—Genial, sargento. Le avisas de que iré acompañado por la subinspectora.

Mientras Crespo se alejaba con la mochila, Rebeca se volvió hacia Milo.

—¿Por qué antes no me has contado la verdad?

Milo apiló las carpetas de colores, abrió el cajón y las metió dentro, junto a las otras. A continuación, se cruzó de brazos y contempló la mesa despejada.

—Hoy la cabeza no me funciona —dijo—. Es como si la tuviera envuelta en una manta de lana.

—No me has respondido. Por qué no me lo has explicado, soy tu compañera.

—Tus camisetas, desconfío de ellas.

Atónita, Rebeca bajó la vista a su pecho en un acto reflejo. Estiró la prenda.

—¿Se puede saber qué tienen de malo?

Milo se incorporó de golpe.

—Vamos a visitar a la viuda de Eduard Pinto. Tal vez nos aporte algo.

—¿Ahora quieres ir a...?

Rebeca no terminó la frase. El inspector Malart había salido hacia los ascensores y ella se apresuró a recoger su americana y correr tras él.

La casa de los Pinto se hallaba en la avenida del Tibidabo, en una de las últimas curvas antes de llegar al pie del funicular. Era una torre señorial, rodeada de amplios muros, que se levantaba varios pisos sobre la altura de la calle.

Rebeca aparcó frente a la entrada principal. Milo bajó del coche y alzó los ojos.

—Tanta mansión no hace más que recordarme mi precaria situación.

—Cochina envidia —replicó Rebeca. Se acercó al portero automático. Pulsó el único botón mientras situaba la placa ante la cámara—. Hablaré yo, ¿entendido? Ya sabemos cómo te las gastas con familiares de víctimas.

Una voz con acento surgió del aparato.

—Inspector Malart y subinspectora Mercader. Queremos hablar con la señora.

La pesada puerta se abrió con un chasquido al tiempo que una voz metálica anunciaba que ya estaba abierta y que podían pasar. Milo y Rebeca se miraron.

—Amabilidad de última generación, además de constatar lo evidente.

—Que cierres la boca, inspector.

Subieron un tramo de empinadas escaleras hasta llegar a un rellano donde, girando en ángulo recto, se extendían varios tramos más sin adivinarse el final.

—Un sistema ideal para desanimar a visitas y cobradores del gas —jadeó Milo.

Desembocaron en un cuidado jardín y ambos tomaron aire. Bajo un sol plomizo, observaron los setos recortados, los diferentes macizos de flores lindando con una alfombra de césped impoluto, y la piscina de forma irregular ubicada en el centro. En uno de sus extremos, una cascada caía con relajante gorgoteo mientras detrás, en espacio aparte, un jacuzzi burbujeaba bajo la sombra de una carpa. Desde la distancia, contemplaron dos cabezas en su interior, un hombre de melena leonada y una mujer con el pelo corto. El chapoteo del agua no impedía oír sus risas apagadas.

—¿Te imaginas un baño ahora, con la que cae? —dijo Rebeca.

Un hombre de rasgos orientales se aproximó. Hizo una ligera inclinación de cabeza, y les dijo que lo siguieran. Caminaron por el césped resistiendo las ganas de descalzarse y sentir la caricia de la hierba. Los condujo hasta el jacuzzi. Luego, retrocedió unos pasos y aguardó impasible.

—¿Laia Subirats, viuda de Pinto? —preguntó Rebeca.

—La misma —dijo ella, con un mohín—. Aunque preferiría que olvidaras lo de viuda, me hace mayor. Disculpa que no me levante.

Soltó unas risitas. Era una mujer de pómulos sobresalientes, labios carnosos y llamativos ojos verdes turquesa. Consciente de su atractivo, les sonrió con afabilidad.

—Subinspectora Mercader, señora.

—Laia —dijo—. ¿Y tu compañero, el del moretón?

—Inspector Malart —dijo Rebeca. Observó al hombre de ojos saltones y piel morena que se refrescaba a su lado. Si la vista no la engañaba, ambos estaban desnudos bajo las burbujas—. Venimos a formularle unas preguntas en relación con la muerte de su marido.

Laia Subirats hizo un gesto afectado.

—Vaya por Dios, otra vez con lo mismo. ¿Los polis no os cansáis nunca?

El hombre con cara de duende apuró su margarita, dejó la copa en el borde del jacuzzi, y se incorporó. Goteando, extendió la mano hacia Rebeca con naturalidad.

—Enric Matas, arquitecto. ¿Queréis beber algo?

—Querido, están de servicio, no pueden —dijo la mujer—. ¿O sí? Fabricio, prepara dos margaritas para los señores. No, que sean cuatro. —Vació su copa—. Este calor es horrible —justificó. El oriental puso las copas vacías en una bandeja y se alejó hacia la casa. Ella susurró—: Su nombre es Fernando, pero yo prefiero Fabricio, tiene más clase, ¿verdad? Ya veréis, sus margaritas no los supera ni el mismísimo Boadas, que en paz descanse.

—Laia —dijo Enric Matas, con cariño—, que no dejas hablar a los inspectores.

—Ay, tienes razón. —Se llevó una mano a la boca. De improviso, se echó a reír de nuevo—: Querido, tápate un poco, haz el favor. Estás ridículo con esos michelines. Además, puede que a nuestros amigos los incomode verte las joyas de la corona.

—Por mí no se preocupe —dijo Milo. Tomó asiento en una silla—. Vivo en la Barceloneta y estoy acostumbrado a ver bisutería en la playa.

El hombre se metió en el agua. Sus ojos saltones se redujeron unos milímetros.

Rebeca se apresuró a intervenir.

—Señora, ¿conocían usted o su marido a Félix Torrens?

—Laia —recordó de nuevo—. Pues no sé, supongo. Debimos de coincidir en algún sitio... Conocemos a tanta gente que vete tú a saber. Ni te lo imaginas, querida; un verdadero agobio. Pero era lo que decía mi marido, las servidumbres del trabajo. Y si eres *exconseller*, y posees un alto cargo en La Caixa, te ves obligado a cumplir con la agenda, te guste o no te guste.

—Háblenos de su marido, ¿cómo era?

Los ojos de la viuda buscaron los del arquitecto y luego los de Rebeca.

—No... no entiendo tu pregunta.

—Responderé yo —dijo Enric Matas—. Era un buen hombre, de gustos sencillos, amante de sus hijos, un padre excelente. Se pasó toda la vida trabajando, empeñado en labrar un porvenir para su familia. Si queréis saber mi opinión, se lo tomaba todo demasiado en serio. No sabía disfrutar de los buenos momentos.

—Sí, su vida era el trabajo, su carrera —confirmó la viuda, con viveza—. No tenía tiempo para sus hijos ni para mí. Apenas lo veíamos por casa.

—Un drama, ya veo —murmuró Milo.

—Mira, comisario —dijo el arquitecto—, Eduard era un hombre ambicioso, pero decente y honesto, no sé si me explico. Y realista. Sabía cómo conseguir las cosas. Desde el principio, cuando entró en Servihabitat como director de Operaciones, ya sabía que iba a ser el trampolín perfecto para acceder a La Caixa. Y de allí, subiendo escalones, al mundo de la política. Diseñó su carrera al mínimo detalle. Si se proponía algo, no paraba hasta lograr su objetivo. Era un pragmático de pies a cabeza, no se dejaba confundir por las emociones. Ahora se le había metido en la mollera ser el próximo alcalde y, no lo dudes, lo hubiera sido.

—¿Tenía algún enemigo? —preguntó Milo—. ¿Alguien que le hubiera jurado venganza por cualquier motivo? ¿Había recibido amenazas?

—En absoluto —dijo—. Repito que era un hombre honesto. Podía despertar envidias o recelos, pero nada serio. No, no creo que tuviera ningún enemigo hasta ese extremo. Todos lo apreciábamos de veras.

—¿Y qué pinta aquí un aparejador?

Ofendido, el arquitecto clavó la mirada en el agua.

—Soy amigo de la familia, una especie de asesor en temas urbanísticos.

—Enric es un ángel, ha sido mi soporte emocional en este trance —declaró la viuda. Acarició su cabello con ternura—. Y con los niños, como un segundo padre. Los ha ayudado a elaborar el duelo, ha sido tan cariñoso y comprensivo...

—¿No están en casa? —dijo Milo—. Los niños, me refiero.

—No, por Dios. Lo más oportuno era alejarlos de todo y los mandé con los abuelos, los padres de Eduard. Pasarán las vacaciones estivales con ellos, en Cadaqués. Son unos angelitos. No sabéis lo que han padecido. Lo echan mucho en falta.

—Como es natural —dijo Rebeca. Miró a Milo de soslayo.

—Estáis escandalizados, lo sé —dijo la viuda—. La vida es corta, y hay que aprovecharla. Nada de lo que veis aquí suponía un secreto para mi marido. El arte de la negociación. Yo interpretaba mi papel a su lado, le daba postín en las fotografías y fiestas, y él se apartaba para concederme mi espacio. No hay nada de malo. Y sí, lamento mucho lo ocurrido, pero sé que él, desde el cielo, ve con buenos ojos que persiga mi felicidad. ¡Ah, ya está aquí Fabricio con los margaritas!

El mayordomo repartió las copas, cada una con una reverencia.

—Brindemos —propuso la viuda—. ¡Por la vida!

Mientras Enric y Laia las entrechocaban, Rebeca desvió la mirada. Milo sostuvo la suya sin saber qué hacer con ella, mareado por el constante borboteo.

—¿Alguna vez su marido le dijo si había tenido la sensación de que alguien lo seguía? —preguntó.

Ella se volvió, pensativa.

—Ahora que lo dices, recuerdo que en una ocasión me comentó que se sentía vigilado. No le di importancia. Cuando te conviertes en alcaldable pueden ocurrir estas cosas. Pero sí, me dijo que había tenido esa sensación. —La expresión concentrada desapareció de su rostro—. ¿No brindas?

Rebeca dijo que se tenían que ir, y entregó la copa al mayordomo. Milo se encogió de hombros y la imitó. El arquitecto señaló alrededor con un gesto.

—Para los tres días que quedan, no vale la pena perder el tiempo en tragedias.

—Vámonos, inspector —acució Rebeca.

Cruzaron el jardín y empezaron a bajar los tramos de escaleras.

—Comienzo a pensar que tienes razón —comentó ella al entrar en el coche.

—¿Me das la razón? El sol te ha afectado la sesera.

10

—Tú nunca sueltas un euro, ¿verdad?

—¿Y dónde quieres que lleve la cartera? —argumentó Milo—. ¿En un bolso?

—Ya, excusas para no pagar —dijo Rebeca.

Después de dejar la avenida del Tibidabo, se habían dirigido al centro para comer algo y hacer tiempo hasta las cinco. Habían escogido un bar cerca del paseo Sant Joan, donde no tenían ensaladilla rusa ni pescadito frito y Milo tuvo que conformarse con ensalada y chipirones. A la hora de pagar, se escaqueó con una oportuna visita a los servicios. Ahora aguardaban ante la biblioteca.

—No parece gran cosa —dijo Rebeca. Observó el gris edificio—. Para ser una biblioteca masónica, me esperaba algo más misterioso.

Se trataba de un inmueble normal y corriente. En la fachada solo destacaba una sencilla galería en el primer piso, de cuya baranda colgaba un farol de forma triangular donde se podía leer BIBLIOTECA PÚBLICA ARÚS, escrito con letras picudas de color azul y rojo. A pie de calle, sin más referencias, un portalón permanecía cerrado.

Mercader comprobó que faltaban diez minutos.

—Por lo que nos han contado la viuda y el arquitecto, Pinto y Torrens son como la noche y el día. El primero era un trabajador empedernido, ascendiendo de manera honesta peldaño a peldaño, mientras que el otro es un trepa ambicioso, siempre buscando atajos y apretando teclas.

—Y salvo que hayan mentido, no había relación entre ellos —dijo Milo.

—¿Dónde nos deja todo esto?

El portalón se entreabrió y un hombre asomó la cabeza.

—¿Vienen de parte de Toni Crespo? —preguntó al tiempo que lo abría un par de palmos. Fueron a su encuentro—. Eugeni Gombrowicz, mucho gusto. Adelante, están en su casa. Los amigos de Toni son mis amigos.

El hombre no medía más de metro sesenta. De mediana edad, delgado y rostro afable, su hablar era lento y pausado, y sus ojos reflejaban un intelecto vivaz. Se apartó para dejarlos pasar y, acto seguido, se apresuró a cerrar la puerta.

—Me disculparán, pero no quiero que la gente del barrio me vea atendiendo a estas horas —dijo—. Luego me pedirán que haga otro tanto con ellos y los fines de semana los suelo dedicar al estudio de los libros. Hay tanto que aprender.

—Le agradecemos que haga una excepción con nosotros —repuso Rebeca—. Somos el inspector Malart y la subinspectora Mercader, del GEHME.

—Ustedes dirán en qué los puedo ayudar. Pero por favor, síganme.

Avanzó por el vestíbulo hasta desembocar en un patio interior, donde una majestuosa entrada se abría ante ellos. Flanqueada por cuatro columnas jónicas, una réplica de la Estatua de la Libertad les daba la bienvenida desde lo alto de una escalinata de mármol, con dos imponentes y pesados apliques de tres brazos a cada lado. Gombrowicz sorteó la estatua y entró en la biblioteca.

El mobiliario era de maderas nobles, y las vitrinas con estanterías repletas de libros antiguos se repartían a lo largo y ancho de las paredes, incluyendo un altillo que circundaba todo el espacio. Los techos eran altos, con lujosos artesonados, mientras el suelo era de cuadrícula blanca y negra, ajedrezado. Al entrar en la primera sala, los recibió el dibujo de una figura humana con un gorro frigio junto al símbolo de la masonería: un compás abierto en vertical sobre una escuadra, enmarcando una G mayúscula y dorada. Y debajo, el escudo de la logia Avant.

—La creó el propio Arús, nuestro benefactor —explicó Gombrowicz—. A él le debemos la donación del edificio, el capital y el valioso fondo masónico de su colección de cuatro mil volúmenes, a los que luego se irían sumando más de cuarenta mil hasta conformar el catálogo actual de nuestra humilde biblioteca.

—¿Humilde? —dijo Milo. Observó un friso en el techo donde se alternaban nombres de filósofos, narradores y poetas; Bakunin y Petrarca junto a Balmes y Verne. Por lo que sabía, todos eran laicos—. Aquí se respira... Cómo lo diría yo...

—¿Conocimiento, racionalismo, ideales democráticos, librepensamiento, tolerancia, universalismo? —sugirió el bibliotecario.

—Por ejemplo, sí —dijo Milo, abrumado.

—Acierta en todo, son nuestros principios; aunque

me he dejado unos cuantos. Fue la primera biblioteca pública de la ciudad, inaugurada en 1895. El señor Rossend Arús cedió su casa para crear este legado con el objetivo expreso de acercar y ofrecer el conocimiento al mundo obrero. Y ya ven, hoy es una de las más importantes de Europa en el tema del movimiento social de los siglos XIX y XX.

—Además de albergar también algunos secretos —dijo Milo.

—Bueno, algunos. Hay que dar con el panel «librería» que gira sobre un eje para abrir la pasarela que da acceso a los libros en lo alto de la sala de lectura, y detrás de alguna hilera hay escondidas diversas mirillas. —Sonrió—. Las usaban los empleados del señor Arús para vigilar a los lectores sospechosos de robar libros, algo no muy diferente a las cámaras de vigilancia actuales, ¿no creen?

Milo asintió mientras hundía las manos en los bolsillos.

—Y alguno más, estoy segura —intervino Rebeca.

—Tal vez, pero hasta aquí puedo leer —dijo Gombrowicz—. Si no, dejarían de ser secretos. ¿Qué tal si nos sentamos y me cuentan el motivo de su visita?

Les indicó unos sillones y los tres tomaron asiento. Por un momento, Milo tuvo la sensación de transportarse a otro siglo, a una época donde la vida era diferente. Sin embargo, se dijo, los problemas seguían siendo los mismos. La supervivencia.

—Verá, señor Gombrowicz... —comenzó Rebeca.

—Eugeni, por favor. Con mi apellido, mejor utilizar el nombre.

—Tenemos entre manos un caso que nos plantea varias dificultades. No podemos darle detalles, pero...

—Subinspectora, creo que podemos confiar en Eugeni —dijo Milo—. Dedicándose a lo que se dedica, imagino que su discreción está asegurada.

—No lo duden, mis labios están sellados. Es una costumbre —concluyó, la expresión hermética—. Pueden hablar con entera libertad. Nada de lo que aquí se diga saldrá de estas paredes, tal y como sucede desde hace más de un siglo.

Mercader se aclaró la garganta.

—Hemos hallado una G, y creemos que guarda relación con un asesinato —declaró sin ambages—. Sabemos que es el símbolo por antonomasia de la masonería, de hecho la acabamos de ver en la entrada, pero ignoramos su significado.

—Y quieren que los ilustre al respecto.

—Nos sería de mucha ayuda, sí —dijo ella.

El bibliotecario reflexionó unos instantes.

—Posee varias interpretaciones —dijo—, aunque algunas en exceso singulares. Les resumiré las más probables. Para comenzar, les diré que están en lo cierto; es la letra que preside toda logia masónica moderna, suspendida sobre la silla del maestro. Es, como señalan, si no el más prominente, sí el más familiar de todos los símbolos de la francmasonería. Nosotros, los masones, gustamos de utilizar símbolos; y no solo no los ocultamos, sino que los exponemos en público, a la vista de todo el mundo. —Adoptó un aire travieso—. Para el iniciado, es muy elocuente, el símbolo habla. En cambio, para el lego, es confuso y extraño, calla. Nos gustan estos inofensivos juegos intelectuales.

Rebeca cruzó una mirada de asombro con Milo.

El bibliotecario prosiguió:

—La G es «ese brillante jeroglífico», como definió

el poeta Burns. Hay discrepancia sobre la fecha en que fue introducido por primera vez. Se sabe que los masones de la Edad Media no lo utilizaban, pues no se encuentra entre los adornos de las antiguas catedrales, pero sí que se halla en el centro del Templo de Salomón. Respecto a su significado, muchos creen que es la inicial de *God*, «Dios» en inglés. Otros le atribuyen el de triunfo, por su orden en el abecedario, que es el siete, y que en la Cábala se relaciona con el éxito o la victoria, así como por ser la primera letra de los conceptos que encierran dignidad, privilegio o importancia, como «Genio», «Grandeza», «Gloria», «Gracia», etcétera. Una tercera posibilidad es la de quienes le asignan el significado de «Gnosis», o conocimiento superior, al cual se accede por medio del trabajo interno. Una cuarta es por la letra griega gamma, venerada por los pitagóricos porque era la inicial de «Geometría», la cual para los artífices era la ciencia con la que se calculaban todos sus trabajos, y para los masones contiene la determinación, la definición, el orden, la belleza y la sabiduría patentes en la creación. Una quinta se refiere a que solo es el símbolo del símbolo, el Ojo del Gran Arquitecto. Y una última, esta ampliamente extendida, es la que afirma que significa Generación.

—¿Generación? —preguntó Rebeca.

—Sí, es la teoría que sostiene que todo está formado por generación y no por creación. Según dicha teoría, la corrupción o la destrucción siguen a la generación en todas sus formas. Y la generación restablece bajo otras formas los efectos de la destrucción, porque el hombre y la mujer son dos en uno solo, y uno en dos eternamente generadores, no sé si me explico. —Hizo una pausa—. El principio generador es uno en su integridad, pero triple en su manifestación de causa, medio y efecto; el macho, la hembra y el producto de la creación.

—Hay algo que no entiendo —dijo Milo—. Si no me equivoco, ustedes se proclaman laicos. ¿Cómo es que Dios puede ser la inicial de su principal símbolo?

—Es muy sencillo —señaló el bibliotecario—, pero para explicárselo tendré que hacer un poco de historia.

—Un resumen, por favor.

Eugeni lo miró con resignación.

—Como quiera, ustedes se lo pierden —dijo—. El origen de la masonería se remonta a los tiempos antiguos; procede de los gremios de constructores de catedrales del siglo XIII. Llegaban al sitio de la obra, a menudo fuera de sus países, y lo primero que hacían era edificar su taller, o logia, donde iban a residir durante años, guardar sus preciadas herramientas, formar a sus aprendices, y transmitir sus técnicas gremiales a quienes habían sido admitidos tras una ceremonia de iniciación en la que juraban fidelidad para que los conocimientos no salieran del círculo de la construcción. Dicho de otro modo, hasta el siglo XVI las logias eran escuelas profesionales donde se enseñaba cálculo, geometría y física, en una época en que la mayoría de la gente era analfabeta. De esta forma, los albañiles constituyeron un gremio organizado y exclusivo, en donde la experiencia de cada uno determinaba los conocimientos a los que podía aspirar, dividiéndose en tres categorías: maestro, compañero y aprendiz.

—Muy interesante, pero ¿qué tiene que ver esto con mi pregunta? —dijo Milo.

—Ahora llego, no sea impaciente —dijo Gombrowicz—. Poco a poco las sociedades masónicas fueron admitiendo miembros honoríficos cuyas profesiones no tenían nada que ver con la construcción. Así, los aspectos técnicos de las logias se convirtieron en algo anacrónico, siendo transformadas a principios del siglo XVIII en lugares de reflexión, libres de dogmatismos y restricciones, dando pie a una masonería cuya finalidad ya no era construir templos, sino edificar el templo de la fraternidad universal para gloria del Gran Arquitecto del Universo, cuyo acrónimo es GADU, otro significado de la G simbólica. A partir de entonces, los masones defendían la igualdad de todos los miembros y, por medio de la tolerancia, fraternidad y libertad, intentaban acotar los desmanes de su época, protagonizados por fanatismos y guerras religiosas. Y precisamente por la religión, la masonería se escindió en dos grupos: la anglosajona, que solo admitía a hombres y creyentes en Dios, y la latina, o liberal, que permitía afiliar a agnósticos y ateos y dar entrada a la mujer. Por este motivo, como la masonería aglutinaba a creyentes y no creyentes, ambos grupos se sentían identificados con la G, escogiendo cada cual el significado más acorde con sus estatutos.

—Muy práctico —dijo Milo—, mismo símbolo para distintas corrientes.

—En la actualidad —continuó el bibliotecario—, la masonería ha derivado en un proceso de autoconstrucción interior que mantiene el compromiso de sus orígenes: «Lo que tú haces, te hace». Somos hombres y mujeres que se reúnen en un templo o taller, amalgamados por un ritual laico de antiguas raíces, a la búsqueda de nuestro perfeccionamiento personal y proyección individual y colectiva al resto de la sociedad. Se aceptan todas las creencias, salvo las que suponen fanatismo o intolerancia, y se rechaza cualquier discriminación por raza o condición social. En pocas palabras, el método masónico es un proceso de autoesclarecimiento continuo, compatible con cualquier fe religiosa o esotérica que no anule la libertad del individuo.

—¿Y me puede decir entonces dónde encaja en esos ideales un asesino despiadado?

Eugeni Gombrowicz miró a Milo sin pestañear.

—Simplemente, no encaja —dijo, la voz queda—. Está en contra de todos nuestros principios. Es inconcebible. De todas todas, imposible.

—¿Imposible o poco probable?

—Dígalo como quiera —replicó Gombrowicz—. Le pondré un ejemplo práctico. Estos últimos días está en boca de todos un personaje público que, por lo que cuentan los medios, se ha fugado tras saquear una conocida entidad cultural de la ciudad. Pues bien, me consta que esta persona intentó entrar, poco antes de celebrarse los Juegos Olímpicos, en una de las logias más prestigiosas de Barcelona, cuyo nombre no revelaré. —Miró a ambos de forma alternativa—. Para su información, les diré que fue rechazado por, y cito textualmente, carecer de las imprescindibles inquietudes como arquitecto de su templo interior. Se lo explico solo para que se hagan una idea de cómo funciona esto. Una logia o sociedad masónica, actualmente, no se mezclaría en crímenes ni nada parecido. Eso forma parte del pasado, de la leyenda negra que se creó de forma interesada para desprestigiarnos.

—¿Habla de Félix Torrens? —quiso saber Milo.

—Yo no he dicho su nombre —dijo Gombrowicz, con beatífica sonrisa.

Mercader se removió inquieta en su sillón.

—¿Y esto dónde nos deja respecto a nuestro asesino?

—Si yo fuera ustedes, lo buscaría en otro lugar. ¿Trazó él esa G? —Rebeca asintió—. Pues entonces, o se trata de una burda maniobra de distracción, que no guarda relación alguna con motivaciones masónicas, o me atrevería a afirmar que su significado encierra otro tipo de simbolismo.

—Sí, pero ¿cuál?

—Todos tenemos un don, un talento; pero por cada don hay una debilidad. Averigüen sus debilidades y dones, solo conociéndolos podrán descifrar esa letra.

—Actúa por venganza, por dolor —dijo Milo—. No puede olvidar, ni perdonar.

—Según mi experiencia —dijo Gombrowicz—, las cosas no suelen ser lo que parecen. Y por lo que me cuentan, un espíritu tan torturado no se va a detener así como así. Me temo que van a ocurrir más actos terribles en nuestra querida Barcelona. —Se incorporó—. Lamento no poder serles de más ayuda.

Milo y Rebeca se levantaron de los sofás y desfilaron hacia la puerta.

—¿Ese crimen es el de La Pedrera? —preguntó el bibliotecario a sus espaldas.

Milo se detuvo en el acto.

—¿Por qué?

—Por Gaudí —dijo—. La masonería y él entrecruzaron sus caminos. Continúa siendo un enigma si perteneció o no a alguna sociedad masónica, pero lo que es innegable es el uso que hizo de nuestro simbolismo. Hay pruebas irrefutables por toda la ciudad. Si quieren, otro día podemos hablar de ello. Les pondré varios ejemplos que los dejarán de una pieza. —Posó una mano en el hombro de Milo y reanudó el camino—. Como aperitivo, les puedo avanzar que en el parque Güell, sobre la escalinata de entrada, hay una estructura en forma de trípode que en su interior contiene una piedra sin desbastar, en bruto, perpetuamente mojada por un pequeño surtidor. Este elemento representa la estructura básica de un horno de fusión alquimista, y es una copia del modelo que aparece en un medallón del pórtico principal de la catedral de Notre-Dame de París. Lo que les decía, nos encantan los retos intelectuales, jugar con los símbolos.

—Son como niños —bromeó Rebeca—, pero en adulto.

—El problema es que nuestro asesino parece querer imitarlos —dijo Milo—. Y sus juegos no tienen nada de inocentes distracciones infantiles.

Dejaron atrás la Estatua de la Libertad y caminaron hacia el portalón.

Eugeni Gombrowicz lo entreabrió unos centímetros.

—Cuando quieran, ya saben dónde estoy. —Estrechó sus manos—. Por cierto, cuiden de Toni Crespo; sé que les tiene en alta estima. Es un hombre muy prometedor, con hechuras de maestro. Cada día progresa como constructor de su templo interior, tengo muchas esperanzas depositadas en él.

Cerró la puerta lentamente. Milo y Rebeca se quedaron mirando, perplejos.

—¿Qué habrá querido decir con eso?

Milo hizo rodar un dedo a la altura de la sien.

Circularon en silencio por Via Laietana en dirección al mar. Por inercia, Milo había tomado por la primera calle que bajaba a la Barceloneta. Sin haber pactado hacia dónde se dirigían, cada uno se sumió en un estado abstraído, dando vueltas a las palabras del bibliotecario, con la extraña sensación de haber regresado de un viaje por el tiempo y aún estuvieran bajo los efectos del *jet lag*. Frenó ante un semáforo en rojo de la plaza del Àngel, se inclinó hacia el parabrisas y permaneció atento al cambio de color. Unos bocinazos lo despertaron de golpe y arrancó con suavidad.

—No dejo de pensar en lo que ha dicho Gombrowicz —comentó, distraído.

—¿A qué te refieres? —dijo ella. Observó la gente, los barcos del muelle.

—Eso de que Torrens fue rechazado por una logia poco antes de los Juegos. Un hombre como él no aceptaría un no con facilidad —dijo. Esquivó unos ciclistas y aceleró para saltarse un semáforo en ámbar. Luego, se internó por las callejuelas—. Seguro que quería valerse de la sociedad masónica como una especie de *lobby* de contactos. Coincide con la fecha de su vuelta a la ciudad tras su exilio obligatorio. —Torció por una última calle y llegó al almacén que utilizaba como parking—. Estoy convencido de que perseguía facilitarse las cosas para lograr su ascenso a todos los niveles del entramado social de Barcelona.

—Pero lo rechazaron —dijo Rebeca. Bajó del coche—. Frustraron sus planes.

Milo cerró su puerta con llave y, de forma mecánica, comprobó las otras tres.

—Apuesto a que se sintió despechado.

—Como mínimo —coincidió ella. Caminó a su

lado—. En su perfil de hombre codicioso, la negativa debió de encenderlo. Pero dudo de que se arredrara.

—Por eso lo digo —señaló Milo. Abrió el portal, dio al interruptor de la luz y empezó a subir los cuatro pisos a oscuras—. Me juego lo que quieras a que se buscó otro camino para conseguir su objetivo, la red de influencias.

—Y conociéndolo, seguro que sería un atajo —resopló ella, a su espalda.

Milo abrió la puerta del ático y cruzó la sala. Se paró en seco.

—Un atajo que podría no haber sido legal. —Se volvió—. Actuaba por despecho.

—Se sentía motivado al máximo —dijo Rebeca, a escaso medio metro de Milo. Lo miró a los ojos—. Y un hombre así no se habría detenido ante nada.

Milo estrechó la distancia. Bajó la cabeza.

—No después de superar tantos obstáculos —murmuró.

—No recién regresado a la ciudad —dijo ella en voz baja. Se alzó de puntillas.

—Y a punto de tocar el cielo con las manos.

—Y lograr lo que siempre había deseado.

El sonido del móvil detuvo sus labios en el momento de entrar en contacto. Ambos separaron las cabezas igual que si hubieran recibido una descarga eléctrica.

Milo leyó el nombre de quien llamaba. Lo dejó sonar.

—¿No contestas? —dijo Rebeca. Se alejó hacia la puerta y la cerró.

Milo quiso lanzar el móvil por la terraza. ¿Por qué de repente lo llamaba Irene?

Desconcertado y furioso a la vez, masculló:

—¿Qué coño hizo ese maldito buscavidas entonces? ¿Cómo logró su red de contactos?

Ella caminó hasta él. Apoyó la cabeza en su pecho, la mano.

Milo permaneció inerte, con los brazos colgando a los costados. La vista clavada en el teléfono fijo. Notó sus caricias, el pulso acelerado. Sin despegar los ojos del aparato, se dejó llevar. Por fin un poco de calidez, y algo más, algo casi olvidado. Sonó el fijo y pegó un respingo. Rebeca lo agarró por la camisa, lo atrajo hacia ella.

El contestador se activó. Y acto seguido, una voz se extendió por la sala.

—Milo, soy yo. Estoy abajo. Sé que estás en casa. Te he visto subir. No me importa que tengas compañía. Pero tenemos que hablar. ¿Me abres el portal? Por favor, es importante.

La llamada se cortó con un chasquido. Rebeca respiró hondo. Se apartó de Milo.

—¿Quién es? —preguntó—. ¿Tu mujer?

—Mi ex. Pero solo estamos separados.

Ella dio media vuelta y caminó despacio hacia la puerta.

—Bonito apartamento —dijo—. Aunque descuidado. ¿Qué son todas esas cajas del rincón? ¿Y esta pila de libros junto a la puerta? —Apretó el botón de apertura del portero automático—. Otro día me lo enseñas. Tengo curiosidad por ver el resto.

Salió del ático. Milo oyó sus pasos resonando por el hueco de la escalera. Se detuvieron, unos segundos, y de nuevo escuchó su retumbar. Poco después, entró Irene.

—La luz no funciona, vaya mierda de inmueble. ¿Qué te ha pasado en la cara?

Larga cabellera rubia y ensortijada, boca sensual, grande, y ojos azules, cristalinos. Delgada, bronceada. Minifalda tejana, sandalias de diseño, camiseta blanca de marca sin nada debajo. Clase, dinero, belleza. Una explosiva combinación. Su mujer. Su exmujer.

Inmóvil en el centro de la sala, Milo no supo qué decir.

—¿No sabes qué decir? —dijo ella. Cerró la puerta.

Milo carraspeó.

—Dos meses, Irene. Dos meses. Y ahora te presentas así, de improviso.

—No me has dejado otro remedio. Llevo llamándote varios días, y tú sin contestar.

—Estoy muy ocupado, en un caso.

—Te veo más flaco. —Fue hacia él—. ¿No comes?

—Lo justo, así disfrutaré de una vida más larga.

Irene se detuvo a unos pasos y Milo percibió su perfume. Era el mismo que alertaba sus sentidos, que despertaba las hormonas, desbancaba reticencias y calmaba discusiones. Que encendía interruptores y provocaba la indefensión, el calor de la debilidad. Los deseos, la piel erizada, los temblores. Las sacudidas y la calma. Pero aquello había sucedido mucho tiempo atrás, en otra vida.

—¿Y quién quiere una vida larga? —dijo Irene—. La mía, económicamente, tiene los días contados. Se va a pique.

Milo sintió una explosión en la cabeza.

—¿Vienes a por dinero? —murmuró—. No entiendo.

—Sí, sí que lo entiendes, a la perfección —dijo. Dejó

el bolso en una silla y dio una vuelta completa alrededor de Milo—. Tú siempre lo sabes todo, ese maldito sexto sentido tuyo. —Se paró ante él—. No tenía que haber abierto la tienda de Bonanova. Va fatal, de puta pena. Y con la crisis, esto amenaza con cargarse la cadena. Justo lo que me advertiste. Y sí, estoy acojonada. Mira por dónde, tu odio ha funcionado.

—Yo no te odio —se oyó decir Milo.

—Vamos a dejar ese tema, no he venido a discutir.

—¿A qué has venido? —preguntó con una voz que no era la suya.

—¿Tienes cerveza? Estoy muerta de sed.

Milo intentó mover los pies, pero algo lo mantuvo pegado al suelo. Señaló la cocina.

—¿Quién era esa chica con la que me he cruzado en la escalera?

Sentados a la mesa, habían improvisado una cena. Ensaladilla rusa, pescadito frito y boquerones, todo acompañado por un vino tinto del Penedès. Mientras ella preparaba el pan con tomate, él había bajado a la taberna. Casi no habían probado bocado. Irene no encontró nada a su gusto, pero había bebido por los dos.

—Mi nueva compañera. Es subinspectora.

—No es guapa, pero resulta atractiva.

—¿De veras?

—Milo, no juegues conmigo. —Desplegó un índice en su dirección—. Sé el tipo de mujer que te va, y esa chica te encaja como un guante. ¿Te has acostado con ella?

—Lo que haga con mi vida no es asunto tuyo, fuiste tú la que te largaste.

—¡Y dale con la vida! No te pongas tan serio, hombre —se rio, algo ebria—. Solo era curiosidad. Parece mentira que no me conozcas.

—Es que no te conozco. Llevamos media vida juntos y aún no sé quién eres.

—¡Por Dios, no vuelvas a hablar de la vida! ¿Quieres amargarme la cena o qué?

—¿Para qué has venido?

—¡A echar un polvo! —exclamó—. ¿Tú qué crees? —Sostuvo su mirada—. Quiero que vendamos el piso, es la única salida; y está a nombre de los dos. Necesito tu firma. Me he citado el lunes con un API. Por lo que me ha dicho, hay un comprador a la vista. Pero a la baja. Con esta maldita crisis, los buitres se ponen las botas.

—¿Y tu padre? —preguntó Milo—. ¿Por qué no le pides ayuda? Le sobra el dinero.

Irene agarró la botella y se levantó de la mesa. Se dejó caer en el sofá.

—No quiero que se entere. Soy una mujer de negocios independiente.

La observó beber un trago. Se le hizo la boca agua. Pero de algo más fuerte.

—¿Otra vez con los secretos, con el qué dirán?

—Veo que sigues con tus prejuicios contra nosotros —dijo ella, la voz pastosa. Lo señaló con la botella—. Y yo no tengo la culpa de llevar mi apellido.

Milo golpeó la mesa con el puño.

—¡Joder, para con ese discurso! No pienso discutir el rollo de siempre.

—Pues antes bien que te gustaba nuestra forma de hacer las paces —repuso ella—. Tragar, no nos tragas; pero jodernos, te volvía loco. Te ponía a cien.

Milo se mordió los labios. Fue hasta el sofá y agarró el mando. Encendió la televisión.

Irene alargó una pierna y le rozó la parte baja de la espalda.

—¿No te gustaría hacer las paces ahora?

Estrujó el mando. Y cuando oyó el móvil, se lo llevó a la oreja con rapidez.

—Milo, soy yo —dijo la jueza—. ¿Estás en casa? Pon Telecinco, rápido. Te llamo luego.

Soltó el móvil y seleccionó el canal. En la pantalla, un rostro con perilla blanca, en primer plano, hablaba con verbo elocuente y tono impostado. A pesar de haber transcurrido dos años, lo reconoció enseguida. Ese tipo había hecho un pacto con el diablo. Con su estilo habitual, saturado de medias verdades y sensacionalismos baratos, Mauricio Navarro comentaba algo sobre unas informaciones en exclusiva referentes al caso que tenía atemorizada a la ciudad de Barcelona.

—¿De qué va eso? —preguntó Irene.

Milo subió el volumen. El periodista, con su voz un punto aflautada, dijo:

—Según fuentes bien informadas, el asesino de Eduard Pinto ha vuelto a actuar en la Ciudad Condal. El Verdugo de Gaudí, tal y como lo apodan los inspectores del cuerpo de policía autonómica que llevan las investigaciones, ha sembrado de nuevo el pánico en las calles de la capital catalana al secuestrar, a plena luz del día y con total impunidad, a Félix Torrens, el presidente de la fundación Círculo Gaudí, hasta ahora el principal acusado de apropiación indebida y fraude a dicha entidad.

En el monitor aparecieron varias imágenes de Torrens, seguidas por las portadas de la prensa. Destacaba una que abría con el titular: «Un señor de Barcelona».

—De momento, y según fuentes de la investigación, se desconoce si hay relación entre Eduard Pinto y Félix Torrens, pero dichas fuentes han afirmado que no descartan que el responsable de ambas atrocidades sea un asesino en serie que escoge sus víctimas al azar.

La pantalla mostró varios fotogramas extraídos de la filmación que realizó el asesino. Uno con el rostro agonizante de Pinto. Otro de su cuerpo envuelto en llamas. Y un último con sus convulsiones mientras el fuego lo consumía vivo con la Casa Milà como fondo. La realización repitió el segundo mientras la voz de Navarro resonaba.

—Los agentes que llevan el caso trabajan con esfuerzo para detener al psicópata antes de que el secuestrado Félix Torrens corra la misma suerte, más propia de los oscuros tiempos de la Inquisición que de nuestro siglo XXI. Pero se trata de una desesperada cuenta atrás, y las posibilidades de éxito, según mis fuentes, son escasas.

Las imágenes con el suplicio de Pinto desaparecieron para dar paso a un plató donde los espectadores, que ocupaban las gradas detrás del presentador Rafael Blanco, se removían en sus asientos, horrorizados por la crueldad. Sentado junto a Blanco, Navarro compuso una expresión grave. La realización recogió ambos rostros.

—Dinos, Mauricio —intervino Blanco, con tono preocupado—, ¿se trata realmente de un secuestro? Tenía entendido, por las declaraciones del fiscal anticorrupción, que las fuerzas policiales lo habían descartado, afirmando que se trataba de una fuga.

—En efecto, Rafael —dijo Navarro, la voz engolada—. En una nueva demostración de falta de coordinación entre las fuerzas de los diferentes estamentos autonómicos, la fiscalía proclamó lo que señalas. Sin embargo, tal y como podremos comprobar en el siguiente vídeo, el comisario jefe Benet Bastos, responsable máximo del Grupo de Homicidios, ya da claves suficientemente gráficas de la confusión que reina en estos momentos alrededor del caso. Y si no, observen su reacción ante una de mis preguntas. Adelante vídeo.

La pantalla mostró el instante de la rueda de prensa en que Navarro preguntaba a Bastos si estaba de acuerdo con las declaraciones del fiscal. En un elocuente primer plano, el comisario jefe vacilaba para, con voz poco firme, responder que no tenía nada más que añadir. La realización repitió cinco veces la secuencia, deteniéndose con especial deleitación en su dubitativo abrir y cerrar de boca.

—Como ves, Rafael —prosiguió Navarro, pinchado por realización—, no se puede decir que el comisario esté muy de acuerdo con la versión del fiscal. Más bien, aunque solo es mi impresión, parece alguien pillado en falta que no sabe, o no quiere, contestar.

—Es lo que se desprende —dijo Blanco. Se dirigió a cámara—. Y ustedes estarán de acuerdo. Las imágenes no engañan. —Se volvió hacia Navarro—. Por lo que has averiguado, parece que la confusión no solo reina entre los mandos.

—Así es. —Plano medio de ambos—. En el siguiente vídeo podremos ver a dos de los inspectores encargados del caso, cuyos nombres soslayaremos, no dar precisamente una imagen de armonía. —Navarro sonrió, sin perder un ápice de gravedad—. Adelante vídeo.

La pantalla mostraba ahora a Milo y Rebeca, aparcados delante de la comisaría, discutiendo en el interior del coche. Por lo acalorado de los gestos, era evidente que no estaban de acuerdo. El vídeo terminaba cuando Milo arrancaba, haciendo chirriar las ruedas, mientras agitaba los brazos con ostensibles aspavientos.

—¡Esa es tu chica, la poli! —señaló Irene.

—No parecen muy bien avenidos —coincidió Blanco, de nuevo en pantalla—. ¿Y dices que son dos de los investigadores del caso?

—Y el varón, en concreto, no es uno cualquiera —dijo Navarro—. ¿Recuerdas el caso hace dos años del Asesino del Parking, también en Barcelona?

—Cómo no —dijo Blanco—. Fue un caso muy sonado.

—Pues se trata del mismo inspector que lo resolvió..., aunque tarde —añadió, tras una pausa efectista—. Si haces memoria, sabrás que se produjo un último asesinato de forma completamente evitable. En un asunto todavía no aclarado, este inspector se vio envuelto en sospechas de filtración, lo que alertó al asesino y, según fuentes bien informadas, lo empujó a cometer su último crimen. Una mujer inocente acabó muerta en un aparcamiento de la ciudad, estrangulada con una bolsa de basura en la cabeza. Y Rafael, lo más triste de todo es que era madre de dos pequeñas criaturas. Una verdadera tragedia.

La cámara enfocó las gradas del plató. Los espectadores mostraban su disgusto arrugando el rostro. Una señora sacudió el cuello con pesar.

—¡Todo eso es falso! —exclamó Irene—. ¡Serán cabrones!

Milo empalideció. Incapaz de controlar los temblores de las piernas, tomó asiento.

—¿Y no fue expedientado? —dijo Blanco con estudiado estupor—. Cuesta creerlo.

—Lo fue. Pero acaba de sumarse al grupo de investigación dada la gravedad del nuevo caso —explicó Navarro—. Sin embargo, observemos las siguientes imágenes. El hombre es el único animal que tropieza dos veces con la misma piedra. Adelante vídeo.

La pantalla mostró a Milo saliendo de un portal. Por su lamentable estado, daba la impresión de estar bebido. Cargaba una mochila al hombro e iba dando tumbos por la calle. El vídeo recogía el momento en que dos ancianas agitaban sus bastones ante él, y cómo cruzaba una plaza repleta de jóvenes en monopatín. En la siguiente escena, Milo dudaba ante otro portal. Segundos después, accedía al interior del edificio sin mucha convicción y la puerta se cerraba tras él. La cámara se aproximaba para filmar una hilera de placas en vertical, y enfocaba una. Activando el zoom, y pixelando el nombre, se podía leer: «Consulta de..., doctora en psicología».

—Te están crucificando, Milo —murmuró Irene—. Y a conciencia.

—Las imágenes hablan por sí solas —sentenció Blanco, en un plano medio. A su lado, Navarro asintió con calculado rostro ofendido—. Un asesino en serie anda suelto por Barcelona, mantiene en su poder a uno de los benefactores de la ciudad, cuya vida pende de un hilo, ¿y a qué se dedican las fuerzas de la investigación?

—No seré yo quien ponga en tela de juicio a la policía autonómica —dijo Navarro—, pero por lo que se desprende del vídeo, los mandos están sumidos en el desconcierto, al igual que los inspectores encargados de capturar al siniestro asesino, y al menos uno de ellos se dedica a empinar el codo —risas en el plató— para armarse de valor antes de acudir al psicólogo, visita que ya de por sí es alarmante. Y entretanto, el Verdugo de Gaudí anda suelto, quién sabe si a la caza de una nueva víctima. Rafael, es descorazonador. Nunca en mis años como periodista había asistido a la crónica de un desastre tan anunciado como este.

La cámara tomó un plano general del plató. A continuación, retomó el plano medio.

—Buen trabajo, Mauricio. Estaremos atentos al caso. ¿Nos seguirás informando?

—Puntualmente, y confiemos en que no sean malas noticias. —Cruzó los dedos en un gesto teatral—. Según mis cálculos, a Félix Torrens le quedan menos de tres días de vida.

—Señores —Blanco se dirigió a la cámara—, los mantendremos al corriente de los pasos del Verdugo de Gaudí. ¿Podrá evitar la policía autonómica que una nueva víctima sea quemada viva en uno de los edificios emblemáticos de Barcelona? ¿Serán capaces de poner fin a esta pesadilla que atemoriza a los ciudadanos de la Ciudad Condal? Esperamos que así sea, y que se estén tomando las medidas oportunas. Gracias, Mauricio. Un aplauso. —Los asistentes obedecieron mientras Navarro daba la mano a Blanco y abandonaba el plató—. Y ahora, damos paso a la publicidad. Pero no se vayan, que *La ronda* continúa con nuevos reportajes y entrevistas.

Milo apagó el televisor.

El morbo ya estaba servido. Con un hábil montaje, el sensacionalismo había puesto en bandeja la suficiente carnaza para generar expectación alrededor del caso.

Y sembrado dudas, sospechas, insinuaciones. La olla a presión iba a estallar, lo presentía. Hasta ahora, siempre había logrado salir airoso de sus conflictos. Pero sabía que un día, todos lo sabían, las cosas se iban a torcer y se pondrían realmente feas para él. Tal vez ese día había llegado.

—Milo, conserva la cordura —dijo Irene—. Tú ya me entiendes.

—Como si mi salud mental te importara algo.

El móvil comenzó a sonar. Milo sacudió la cabeza.

—Te dejo —indicó ella—. El teléfono va a echar humo y estarás muy ocupado. Mañana hablamos de lo del lunes, ¿vale, cariño? Me gustaría que me acompañaras.

Milo cogió el móvil y vio que era la jueza. Pulsó el botón de respuesta. Cerró los ojos.

—Lo sé, Susana —musitó—. Todo se viene abajo. Otra vez.

El foco de luz cegadora se encendió, iluminando la celda donde se hallaba tendido Torrens. Hecho un ovillo, se abrazaba a sí mismo. Su cerebro abotargado tardó unos instantes en reaccionar. Gimiendo, se retorció en el suelo hasta conseguir enderezar medio cuerpo.

—Cambio de planes —dijo una voz rasposa.

Entumecido, sintió renacer una chispa de esperanza. Se arrastró pesadamente hacia la reja tratando de no hacer caso a los agudos pinchazos de sus músculos agarrotados. Se sujetó con ambas manos a los barrotes y pugnó por levantarse, pero las piernas no le respondieron.

Sin fuerzas, se dejó caer, la cabeza colgando, hasta quedar medio sentado.

—¿Estás ahí? —preguntó, las cuerdas vocales ulceradas.

El silencio era tan denso que podía sentir la presión que ejercía en sus oídos.

—Sé que... estás ahí —graznó—. En la oscuridad... todo el tiempo..., disfrutando...

Soltó una carcajada que sonó como un gargajo.

—¿Tienes sed? —dijo la voz.

Desorbitó los ojos. Exasperado, únicamente atinó a pedir agua entre sollozos. Un objeto le golpeó en la cara.

—Bebe —dijo la voz.

Palpó el suelo. Sin gafas, solo vislumbraba sombras. Por fin, dio con el objeto. Era un vaso, de papel. Se lo llevó a los labios con avidez. Una mueca de horror le cruzó el rostro.

—Está vacío —murmuró.

—Bebe —repitió la voz, sin entonación alguna.

Miró el vaso, la luz; lo hizo de nuevo, sin comprender. Boqueó con pastosidad. Entonces entendió un significado. Era tan repugnante que meneó la cabeza sin energía.

—No... no... —suplicó, asqueado.

De pronto, oyó un ruido. Lo reconoció en el acto. Era agua cayendo al suelo. Rebotando en el cemento con refrescante rumor. Salpicando de gotas a poca distancia de la celda. Una de ellas le mojó la cara y se la lamió con rapidez, como un reptil. El ruido cesó.

—Te daré agua —dijo la voz—. Pero antes, bebe. De ti.

Un escalofrío lo recorrió. Aquella voz era mecánica, sin vida. Se limitaba a darle instrucciones, sin rastro de compasión. Y lo que más lo asustaba, no parecía humana. Sobrecogido, supo que tendría que obedecerla si quería sobrevivir. Era lo primero. Lo más urgente. Con un supremo esfuerzo, se incorporó hasta quedar de rodillas.

Se iba a poner de espaldas, cuando la voz lo detuvo.

—No, de cara.

Félix Torrens, el otrora todopoderoso, obedeció.

—Tres, dos, uno... y acción.

No entendió aquello. Beber. Solo quería beber. Al precio que fuera. Descorrió la cremallera con manos temblorosas. Intentó vaciarse en el vaso. Pero después de dos días, no le fue fácil. Logró llenar tres dedos. Sin pensarlo, lo apuró de un trago. El regusto ácido le provocó náuseas y se dobló sobre sí mismo, arrojando una sustancia pestilente y grumosa. Se agitó con las toses, de forma compulsiva. Luego, se volvió hacia la luz. Todavía de rodillas, su mirada era la de un hombre que había perdido la razón. Que lo había perdido todo.

—Ya está... Dame... agua...

—Ponte a cuatro patas —dijo la voz. Obedeció—. Hasta que te lo diga. Sin moverte.

Como un autómata, rendido a las órdenes tras las rejas, aguardó en aquella postura humillante. Pasaron unos minutos, un lapso de tiempo que se le hizo eterno.

—Buen chico —dijo la voz—. Ahora, abre la boca.

Volvió a obedecer, negándose a pensar en nada que no fuera conseguir agua.

—Estás sucio. Quiero que te limpies. Con la lengua. Pásala por los labios.

Sin voluntad propia, siguió las instrucciones al pie de la letra.

—Cómetelo todo, no dejes ni rastro.

Su cerebro estaba anulado. Su voz interior, apagada.

—Ahora, ponte de espaldas, así, a gatas. No te muevas. Me voy. Cuando regrese, quiero encontrarte en la misma postura. Si no, no habrá agua.

El presidente del Círculo Gaudí asintió con la cabeza.

—Te has movido —dijo la voz—. No hay agua.

Al oírlo, se sintió desesperado, al límite de sus fuerzas.

—No..., por favor..., no lo haré más...

La luz se apagó.

Félix Torrens se desplomó sobre el cemento. Lloró en la oscuridad.

11

El ángel de piedra lo miró con misericordia. Y más allá, una virgen marmórea de dulce expresión pareció querer acogerlo en sus brazos. Milo se levantó de una losa horizontal que cerraba un panteón sin nombre. Caminó alrededor de varias tumbas y de nuevo se detuvo ante el nicho de la familia Malart.

—Lo que oyes, estoy perdiendo el juicio. Hablo con un muerto. Es de locos.

Contempló la pared con seis plantas de nichos. Apiñados como una colmena, le provocaron claustrofobia. El de Marc estaba ubicado en la tercera hilera, el cuarto contando por la izquierda. A diferencia de otros, adornados con velas, fotografías de los finados y flores de plástico, el suyo permanecía desnudo. La sensación de abandono le provocó un nudo en la garganta.

A su espalda, se extendían media docena de panteones, presididos cada uno por su correspondiente escultura o losa vertical, y ornamentados con jardineras repletas de geranios, arbustos recortados y otras plantas resistentes. Un panteón tenía en cada una de sus cuatro esquinas un jarrón de piedra con nutridos ramos de rosas blancas. Se dirigió hasta allí y cogió un ramillete.

—No te importa, ¿verdad? —preguntó a la sobria figura grabada en la losa vertical.

El rostro barbado de Jesucristo lo observó con una mirada cargada de paz y ternura. Milo regresó al nicho y colocó el ramillete de lado, sobre la repisa.

—Así está mejor —dijo.

Había salido de Barcelona cuando todavía era noche cerrada, y el amanecer lo había sorprendido fluyendo por una autopista solitaria. Tras el programa de televisión, dormir le había resultado imposible. A la llamada de la jueza Cabot, la habían seguido otras en cadena; y cuando vio el nombre del inspector jefe Singla, apagó el móvil y cogió las llaves del Volkswagen. Conducir de madrugada siempre lo había calmado. Ignoraba la razón; tal vez por el simple hecho de ponerse al volante, sin dirección concreta. Por la autopista desierta, acompañado solo por el ronroneo del motor, se había sentido embargado por una rara paz, como si viajar de noche a cien kilómetros por hora, a solas y en silencio, tuviera lógica para alguien cuya vida se hallaba gobernada por el sinsentido. Cuando le sobrevino el sueño, se detuvo en el bar de una gasolinera a tomar un café. Tras apurarlo, fue a los servicios. Abrió el grifo y empezó a echarse agua en la cara, una y otra vez, de forma virulenta. Luego, miró su rostro en el espejo. No le gustó lo que vio. Las cuencas hundidas, los ojos enrojecidos, el moretón adquiriendo un tono amarillo, y la piel cenicienta, con barba de una semana. Era la imagen del cansancio. Y de algo más, pero no quiso quedarse para averiguarlo.

El viaje de vuelta fue diferente. Se situó en el tercer carril y no lo abandonó hasta llegar a la ciudad. Sin aminorar la marcha, descartó tomar la vía del centro que llevaba hasta la comisaría; no quiso arriesgarse a más embestidas. A cambio, cogió por la ronda del Litoral y torció por la salida que conducía al cementerio de Montjuïc. Quería presentarle sus respetos a Marc, y aquel era un momento tan bueno como cualquiera. Nada más cruzar la verja de entrada, toda la furia se transformó en calma tensa y redujo la velocidad hasta circular a unos veinte kilómetros por hora.

El cementerio de Montjuïc, con su más de medio millón de metros cuadrados y cerca de ciento sesenta mil sepulturas, era el más grande de la ciudad y ocupaba casi la totalidad de la ladera sur de la montaña. La necrópolis era gigantesca. Una estremecedora escultura de un cuerpo cadavérico, yaciendo medio tapado por un sudario, le dio la bienvenida al camposanto. El realismo de la calavera le provocó un escalofrío.

Continuó avanzando con el corazón en un puño.

Por ambos lados se repartían los mausoleos más lujosos, auténticas catedrales en pequeño, junto a humildes nichos familiares. Todo tenía cabida en aquella inmensa ciudad silenciosa. Una vez más, comprobó la necesidad de algunos por mostrar al mundo quiénes habían sido en vida, construyendo sus últimas moradas sin escatimar en gastos. Le resultó chocante. Incluso ante la muerte, el ser humano requería ser diferenciado. Que la tumba evidenciara su clase respecto al común de los ciudadanos. Por ejemplo, el panteón que tenía ante sus ojos. Entre cipreses, se ubicaba una construcción que recordaba a las casas burguesas de antaño; a ambos lados de la puerta aherrojada, dos ángeles custodiaban el sepulcro. En lo alto, sobre un imponente pedestal, se alzaba otra figura que levantaba una cruz apuntando al cielo. Una gaviota se había posado sobre su cabeza y Milo sonrió. Tanta majestuosidad estropeada por una simple y carroñera ave en libertad.

Prosiguió el camino de ascenso. A su paso, fueron desfilando panteones de múltiples estilos y toda clase de grupos escultóricos; algunos intrigantes, como uno formado por dos hombres y una niña; otros monumentales, como los tres hombres armados con escudos y espadas; y otros impresionantes, como el que presentaba al difunto atrapado por un esqueleto envuelto en un sudario. Luego, estaban las esculturas más tradicionales. Ángeles en pie con niños en brazos o dándoles la mano, llorando derrumbados sobre la tumba o sentados con expresión contemplativa, unos con flamígera espada y otros acogiendo a mujeres arrodilladas en actitud de plegaria. También, toda clase de cruces, recargadas y sobrias. Y vírgenes con los brazos separados, mirando al cielo con ojos de súplica, o sosteniendo el cuerpo de su hijo. Y por último, las que representaban a mortales; mujeres sentadas sobre los tobillos ofreciendo flores, hombres ocultando el rostro con las manos, otros abatidos sobre las losas implorando perdón, jóvenes impúberes con pequeñas alas en la espalda, niños como querubines pugnando por subir un montículo hasta llegar a la cruz...

Asombrado por los contrastes, continuó ascendiendo por la sinuosa calle que conducía a la cima. Le sorprendió no encontrar más visitantes en domingo. Solo se había cruzado con media docena de coches y un vehículo fúnebre que, seguido por la comitiva de deudos, lo obligó a detenerse. Mientras dejaba pasar al cortejo, se fijó en un sencillo y solitario panteón empotrado en la pared, bajo unas escaleras que conducían a la calle de arriba. Dos columnas sostenían un arco tubular y sin adornos, salvo un ilegible nombre grabado en el dintel de piedra; en su cenit, destacaba una cruz de hierro profusamente elaborada. Sus recias puertas de madera estaban abiertas y le entró curiosidad por echar una ojeada, pero en aquel momento surgió un individuo con mono azul y gorra de visera, cerró con llave, y cargó una caja de herramientas hasta una furgoneta. Dedujo que se trataba de un empleado de los servicios funerarios y, cuando el último vehículo de la comitiva hubo desfilado, le cedió el paso y reanudó la marcha. Poco después, torció por una calle, recorrió un centenar de metros, y se detuvo en una plazoleta junto a un pino cerca de un cuidado panteón horizontal. Se apeó y caminó hasta el pretil. Dando la espalda a la pared de nichos, observó el mar.

El cielo relucía espléndido, de un azul limpio y despejado. Y el sol, inmune al desaliento, proseguía bombeando su sofocante calor. Todo permanecía en silencio, como suspendido en el aire. De tanto en tanto, lo rompía el trino de algún pájaro desorientado. De pronto, detectó un movimiento a su izquierda y pegó un respingo. Solo era un gato que campaba a sus anchas. Dejó escapar un suspiro.

A continuación, anduvo hacia el nicho de los Malart.

—En serio, Marc. Las cosas no se pueden poner más negras. Ya sé lo que va a suceder. Me acusarán de la filtración, como la otra vez. Quizá pierda mi trabajo, y estoy en la ruina por los malditos costes del psiquiátrico. Si lo sé, ingreso a mi padre en uno público, joder.

A su lado, el rostro de Jesucristo pareció sonreír y Milo estuvo a punto de gritarle: «¡Y tú qué miras!». Se frotó los ojos.

—Si me quitan la placa, qué me quedará por hacer, ¿ser detective de hotel?

Lo interrumpió el graznido de una gaviota. Observó su planeo, sus ojos fríos y negros. Se posó en lo alto de una cruz y se quedó quieta, recortada contra el cielo.

—Alguien cercano va a por mí, lo presiento —dijo—. Se acerca el final del juego. *Game over*. ¿No te suena?

Otra gaviota se sumó a la anterior. Realizó idéntica maniobra. Y al instante, apareció otra, y otra, y otra más. Cada una escogió una cruz donde posarse.

Hundió las manos en los bolsillos y bajó la cabeza.

—Te lo juro, Marc; hay momentos en que me cambiaría contigo de sitio.

Dio unos pasos sin dirección. Se detuvo en el banco, bajo el pino mediterráneo. Tomó asiento y se agarró las manos. Contempló el suelo.

—Lo sé, tengo que aceptar mis sombras, enterrar los miedos. Ya he leído ese libro de autoayuda. Pero este trabajo cambia a las personas, y ya tengo dentro el abismo. —Tomó aire—. Sí, mi mente me da miedo. Aún me funciona el instinto, pero ¿qué haré si se gira en mi contra? ¿Pegarme un tiro como tú?

La virgen marmórea de dulce expresión la cambió por una de profundo desagrado.

—Y qué quieres que haga, ¿rezar? —se enfrentó—. ¿Hasta cuándo crees que voy a mantener la cordura? Tal vez acabar con todo no sea tan mala idea. Cualquier cosa antes que perder la razón y terminar como mi padre.

El ángel de piedra titubeó en su pedestal.

—Sí, estoy haciendo victimismo, ¡y qué! —exclamó—. ¿No puedo? Estoy hasta los cojones del pensamiento positivo. ¡A la mierda con todo ese rollo!

Las gaviotas se giraron. Lo observaron con sus ojos negros, rígidas como estatuas.

—¿Es que no hay perdón para mí?

Algo le cayó en la cabeza. Eso, o el ángel de piedra lo había golpeado con una de sus alas. Debía de ser pinaza. Rebuscó en el pelo. Pero no halló nada.

Se levantó de un salto.

—Joder, ni siquiera en el cementerio puedo estar en paz.

Se alejó fuera de la sombra, a pleno sol. Escrutó las estatuas, las tumbas, las cruces.

Alzando el vuelo, las gaviotas se aproximaron.

Se sintió desfallecer. ¿Qué estaba ocurriendo? ¿Por qué se ponía a hablar con moles de piedra y mármol? ¿Qué hacía allí, rodeado de muertos y aves carroñeras?

Corrió al coche. Echó los seguros y subió las ventanillas. Iba a arrancar cuando vio algo que lo dejó lívido. La virgen lo señalaba con dedo firme, la boca abierta en un grito mudo, y mientras el ángel desplegaba las alas en toda su envergadura, el rostro de Jesucristo ordenó con fiereza, sin rastro de ternura, que lo atacara.

De forma instintiva, Milo cruzó los brazos a la altura de los ojos, dio gas a fondo y salió disparado. Antes de estrellarse contra el pretil y precipitarse cementerio abajo, alargó una mano y controló el volante. Derrapando, abandonó la plazoleta a toda velocidad. Delante, las cruces comenzaron a caer en su camino. Detrás, vio por el retrovisor que una sombra alada se cernía sobre él. Y no iba sola. Por el aire, la bandada de gaviotas la acompañaban acuciadas por el hambre. Y por tierra, tras incorporarse de los sepulcros, se apiñaba una horda de esqueletos con los sudarios a rastras, hombres armados con escudos y espadas, mujeres con hijos en brazos y niños y niñas de rostros querúbicos jaleados por una joven impúber que agitaba sus pequeñas alas.

Despavorido, hizo rugir el motor y tomó una curva a dos ruedas. Vio una verja abierta y la atravesó sin saber dónde desembocaba. Segundos después, reconoció la torre de Calatrava, supo que se hallaba en la zona noroeste, y aceleró para alejarse de la necrópolis. Con la respiración agitada, recorrió la recta del Estadio Olímpico y se dirigió a la plaza España para dejar atrás Montjuïc, la montaña que, según afirmaban las guías turísticas, era mágica.

Se incorporó a la Gran Via sin mirar por el retrovisor.

Subió las escaleras de dos en dos y entró en el ático, sin aliento. Se recostó en la puerta. Con el corazón todavía desbocado, oyó unas voces, música. ¿Se había dejado encendida la televisión? Caminó despacio hacia la sala.

—Por fin apareces —dijo Rebeca. Bajó los pies de la mesilla y se levantó del sofá—. ¿Dónde te has metido todo el día?

—¿Qué haces aquí? ¿Cómo has entrado?

—Ayer vi que tu cerradura es una JIS, un modelo antiguo —explicó—. Son muy vulnerables, basta un sencillo clip de pelo y asunto resuelto. Si hubiera sido de pestillo, otro gallo hubiera cantado. Te habré llamado más de cuarenta veces, ¿ya no contestas al móvil?

—El móvil, sí —balbució.

—¿Qué te sucede? Estás pálido, como si hubieras visto una aparición.

Tomó asiento en el sofá y activó el teléfono. Antes de escuchar los mensajes, comprobó las llamadas perdidas. Cinco de la jueza Cabot, tres de Singla, dos de Bastos y una de Irene, además de la serie de Rebeca. Repasó los nombres de quienes habían dejado un mensaje. Escogió el de Irene. Le recordaba la cita de mañana con el API, le especificaba el lugar, el restaurante La Venta, y por último añadía que necesitaba que acudiera. «No me falles, cariño. Hasta mañana a las dos. Un beso.»

—¿Malas noticias? —preguntó ella al ver su gesto.

Pasó al siguiente. Era de Bastos. Le ordenaba que se presentara en comisaría hoy sin falta. No lo escuchó hasta el final. Pulsó un botón y oyó la voz de Susana diciéndole que solo quería saber si estaba bien, que la llamara en cuanto pudiera. Mientras tecleaba para borrarlos y oír el resto, observó a Rebeca. Estaba plantada en el centro de la sala, los brazos en jarra. Vestía una ajustada camiseta gris con las letras CIA en el pecho. En la hondura entre la C y la A se había formado una pequeña mancha de sudor. Apartó la mirada. Singla le gritaba que aún estaba a sus órdenes y que fuera a su despacho ahora mismo si no quería cabrearlo más todavía. Colgó sin dejarle terminar la diatriba. Se levantó.

—¿Problemas? —repitió Rebeca.

—Además de vestir camisetas horribles —indicó la puerta—, ¿también te enseñaron en Quantico a colarte en las casas sin permiso?

—Lo aprendí aquí, en la Academia de Mollet.

—¿A qué has venido?

—Estaba preocupada por lo de ayer. Y no contestabas a mis llamadas. —Desvió la vista hacia la terraza—. Aquí hace un calor horrible, ¿cómo lo aguantas?

—No lo aguanto. —Dio un paso hacia ella—. ¿Seguro que eso es todo?

—¿Me estás interrogando? —dijo Rebeca.

—Quiero saber la verdad.

—¿La verdad? Esa es una palabra que suena muy rara en tus labios.

—Deja mis labios en paz y responde. —Avanzó otro paso—. ¿Me estás espiando? ¿Es eso? ¿Te lo han ordenado? ¡Contesta!

—No digas bobadas.

—¡Habla!

—Vale, desde anoche tengo un problema. Tus labios, no los puedo dejar en paz.

Milo se detuvo de golpe, petrificado. Ahora fue Rebeca quien acortó la distancia.

—No hablemos —murmuró, los ojos brillantes.

Lo agarró de la nuca y lo atrajo suavemente, pero con firmeza, hasta alcanzar su boca.

Sintió un alfilerazo. Ella era de carne y hueso. La vida. La vida real. Se estremeció, la piel erizada. Sus brazos se lanzaron en busca de refugio y la estrechó con urgencia. Por dolor. Cogió su cara, la enmarcó entre las manos. Por desesperación. La miró fijamente a escasos centímetros. Por necesidad de contacto. Constató en sus pupilas el mensaje. Entonces, se volcó en ella con intensidad. Se aferró a su cuerpo. Con prisa, con torpeza, con ansiedad.

Temblando.

—Calma, tenemos todo el tiempo del mundo —dijo ella, sorprendida por su frenesí.

—No, no lo tenemos. —Se concentró en su cuello—. Se acaba.

Rebeca le puso una mano en el pecho. Lo alejó.

—¿De qué hablas?

—Mi tiempo, lo tengo contado.

Lo contempló sin entender. Dudó un instante.

—¿No puedes cerrar el pico por una vez?

Milo asintió con un rápido gesto. Ella insistió.

—No pienses, déjate ir —ordenó—. ¿Podrás?

—Lo que tú digas.

Ella se llevó un dedo a los labios. A continuación, tiró de él y lo acercó. Repasaron velozmente sus cuerpos. Se dejaron caer sobre el sofá.

—Me vas a romper la camiseta —susurró Rebeca—. Eres un salvaje.

Cayeron las ropas, las defensas. Milo cerró su mente. El dolor. Y se dejó ir.

En el televisor sonó la melodía del telediario y ambos abrieron los ojos. Entrelazados en el sofá, escucharon los titulares. Uno hacía referencia a las nuevas declaraciones del fiscal anticorrupción sobre el caso de la desaparición de Félix Torrens.

—Picas —dijo ella, adormilada—. Podrías afeitarte.

Milo se rascó la barba.

—Lo haré un día de estos.

—Que sea pronto, me irrita la piel.

—¿Ya empezamos con las exigencias?

—Si quieres, te lo hago yo. Tengo experiencia. —Ahogó un bostezo—. Cuando mi hermano tuvo el accidente lo afeitaba cada día en el hospital. ¿Máquina, maquinilla o navaja?

—Maquinilla. ¿De tráfico? —Ella asintió—. ¿Y se recuperó?

—Bueno, no es el mismo, pero se podría decir que sí. Entonces qué, ¿lo hacemos?

—Eres insaciable.

—Y tú un idiota. —Lo golpeó en el pecho—. ¿Quieres o no? Ni siquiera hace falta que te levantes. A él lo afeitaba echado en la cama. Venga, será divertido.

—Un momento. —Señaló la televisión—. Escucha.

Màrius Fuster apareció en pantalla rodeado por un gran número de micrófonos. Con voz altisonante, aseveró que la desaparición de Félix Torrens era una fuga sin ningún género de dudas. Adoptando una expresión severa, agregó que la fiscalía estudiaba iniciar acciones contra Telecinco por difamación, verter afirmaciones malintencionadas y vulnerar el secreto de sumario en uno de sus programas. Las gafas se le desajustaron sobre el puente de la nariz. Empequeñecido por el cúmulo de periodistas que se agolpaban a su alrededor, se apresuró a recolocarlas con gesto nervioso.

Ella bostezó. Buscó por debajo de su cuerpo el mando a distancia y apagó el televisor. Acto seguido, volvió a recostar la cabeza sobre su torso. Acarició sus abdominales.

—Estás en forma.

—Aquí delante tengo una enorme piscina, sería un crimen no aprovecharla.

—Lo que es un crimen es tu barba. Asustas. —Se levantó—. Voy a buscar las cosas para afeitarte. ¿Dónde tienes un barreño?

En la cocina rebuscó bajo el fregadero. Luego, fue al

baño, lo llenó de agua caliente, y volvió cargada con una toalla y el resto de los útiles. Le dijo que no se moviera y extendió la espuma. Al cabo, comenzó a rasurar una mejilla mientras le preguntaba dónde había estado todo el día. Milo se mostró evasivo. Ella se concentró en la zona del mentón, y luego hundió la maquinilla en el agua para limpiar las cuchillas. Hablaron de varios temas. Él quiso saber qué hacía cuando no trabajaba, y Rebeca le contó que se estaba sacando el título de piloto de helicópteros. A continuación, ella se interesó por el ático, si era suyo o pagaba una renta muy alta por estar en primera línea. Milo le dijo que unos amigos se lo habían dejado unos meses mientras estaban de viaje. Rebeca se detuvo. Puso los ojos en blanco.

—Pero ¿tú tienes amigos? —dijo.

—Muy simpática. ¿Has ido hoy por comisaría? ¿Qué se dice?

—Ya te puedes imaginar. Todo el mundo está que echa humo.

—Creen que he sido yo la garganta profunda. —Ella empezó a rasurar la otra mejilla—. Éramos catorce en la reunión cuando se habló del Verdugo de Gaudí y piensan en mí como principal sospechoso. La cosa tiene delito.

—Once —corrigió—. Éramos once. Cuando se dijo el apodo, ya se habían marchado el fiscal y los dos de Patrimonio y Fraude. Quedábamos once. Bastos, Singla, Bachs, Sena, Rojo y Cervera, los dos de Personas Desaparecidas, tu jueza, tú y yo. Once en total.

—Pues eso. Once posibles fuentes y me escogen como culpable. Es la leche.

Rebeca agitó la maquinilla en el agua.

—¿Y a qué crees que se debe?

Milo tomó aire. Le dijo que venía de lejos, de cuando el caso del Asesino del Parking. Le explicó que poco antes de cerrarlo se produjo otra filtración, una que acabó mal, y todos pensaron que había sido él.

—Nunca he sabido por qué. Desde entonces cargo con el sambenito.

—Pero tú no fuiste —dijo, la maquinilla en alto. Milo hizo un gesto negativo. Se inclinó sobre él, la pasó por la garganta—. ¿Alguna idea de quién pudo ser?

Se quedó callado. Lo sabía perfectamente. Pero él no era un chivato, y cerró la boca. Los periodistas siempre estaban al acecho de noticias candentes y pagaban bien cualquier tipo de información. Resultaba muy tentador. Y más, si se estaba atravesando un mal momento, y un tercer hijo venía en camino. No le fue difícil atar cabos. Cuando alguien se pasaba todo el día junto a un compañero lo acababa conociendo mejor que su esposa. Pudo comprender sus motivos, pero no que lo dejara en la estacada cuando las cosas se complicaron. Por suerte, los de Asuntos Internos no encontraron pruebas contra él y todo fue archivado. Pero el mal ya estaba hecho, y la sombra de la sospecha siempre pendería sobre su cabeza.

—Pudo ser cualquiera —dijo—. Había muchos candidatos.

—Pero te escogieron a ti, a un inocente. ¿Y nadie pensó en Bachs? Llevabais juntos el caso, ¿no? —Se irguió y le lanzó la toalla—. Listo, pareces otro.

Milo se incorporó sobre un antebrazo. Arrugó el ceño.

—No es la primera vez que me preguntas por él. —Se limpió la cara—. ¿Por qué tanto interés?

—Por nada —dijo ella—. Menuda piel más fina.

—Y eso lo dice alguien que me acaba de afeitar porque le irritaba mi barba.

Rebeca recogió las cosas. Fue a la cocina, al baño, y regresó. Se recostó a su lado. Permanecieron en silencio. Pasados unos instantes, Milo se aclaró la garganta.

—Esther Garcilaso —dijo—. Es la mujer que murió a causa de la filtración. La última víctima del Asesino del Parking. No hay día que no recuerde su nombre. Tenía dos criaturas.

Ella no hizo ningún comentario.

—Quizá podría haber hecho algo más por evitarlo. No esperar a que el Grupo me creyera, vigilar directamente al tipo que despertó mi parabólica. Perdí un tiempo precioso.

—¿No te hicieron caso?

Negó con un movimiento seco.

—Ellos ya tenían a su detenido, y les importó un carajo que no me cuadraran las cosas. Luego ocurrió lo que ocurrió, pero ya fue tarde.

—Déjalo, es historia pasada. —Se puso a juguetear con su ombligo—. ¿Quién de los once crees que ha sido? Descontándonos a nosotros dos, quedan nueve.

—Hay diez posibilidades.

Ella paró sus juegos en el acto.

—¿Me cuentas a mí?

Milo desplegó tres dedos y dijo que el responsable tenía que reunir tres condiciones.

—Una, que estuviera presente en la reunión cuando se pronunció el apodo; dos, que estuviera al tanto de mi visita a la psicóloga; y tres, que me la tenga jurada. Lo del programa apunta directo a hundirme. Tú encajas en dos de tres, no puedo descartarte.

Rebeca se incorporó con brusquedad. Lo señaló.

—Eres un mierda —dijo—. Yo no te la tengo jurada, ¿a santo de qué? Y no era necesario saber lo de tu visita a la loquera, bastaba con seguirte por la calle. Por último, sí, estaba en la reunión, al igual que otras diez personas, entre ellas la jueza. ¡A saber si después de tu lío con ella le hiciste una putada y ahora va a por ti!

Milo observó su expresión indignada, el contraste con su desnudez, y guardó silencio.

—¡Cabrón, sospechas de mí! —Saltó del sofá. Fue a la terraza.

Él no se perdió ninguno de sus pasos. La figura estilizada, las zonas blancas de su piel. La miró con recelo. Recién llegada y tan preguntona, siempre metiendo las narices en sus cosas, pegada a sus talones. Los de Asuntos Internos podían haber sido muy capaces.

Se levantó lentamente y la siguió. Puso una mano en su hombro, pero ella se escabulló.

—Yo no te acuso de nada, subinspectora. Lo que te he dicho es cierto, pero no es todo. Tú también salías en el vídeo del programa; discutíamos, y el capullo de Navarro te incluyó dentro del equipo de inspectores incompetentes. Si tú fueras su fuente, ¿por qué te habría ridiculizado? No tiene sentido. Es lo que no me has dejado acabar de explicarte.

Rebeca apretó los labios. Entornó la mirada.

—Entonces, ¿no me consideras sospechosa? —Él se encogió de hombros—. Podría haberlo pactado con ese Navarro como coartada. ¿No se te ha ocurrido?

Milo volvió a encoger los hombros. Luego, se apoyó en la barandilla y contempló el mar. Al rato, notó su cuerpo acoplarse a la espalda, rodearlo con los brazos, y recostar la cara entre sus omoplatos. Quietos, acompasaron juntos la respiración.

—Eres un tipo curioso, me intrigas —dijo. Milo oyó rebotar su voz a través de las costillas—. Y si hay algo que me atrae es lo que me intriga.

—¿Lo que no puedes dominar?

—Lo que no puedo entender —matizó—. Por lo que vengo observando, absorbes la energía que te encuentras. Si detectas violencia, te vuelves agresivo; si afecto, amable; si el cielo, flotas en una nube; si el infierno, te conviertes en un alma en pena. Y si es trastorno, enloqueces.

—Y si es muerte, oigo a asesinos y me persiguen estatuas —apostilló él, en voz baja.

Ella separó el rostro, un momento, y volvió a apoyarlo.

—Percibes el tipo de atmósfera y te empapas de ella —prosiguió—. Eres camaleónico, te adaptas en función de lo que recoge tu radar. Me gustaría saber cómo eres en realidad.

—Pierdes el tiempo. Ni yo mismo tengo la menor idea.

—Algo sí sabes. —Descendió la mano—. Por ejemplo, que te gusta esto.

Milo contuvo el aire. Se dio la vuelta. La elevó hasta sentarla a horcajadas en la cintura. Ella lo rodeó con las piernas, lo agarró del pelo y tiró hacia atrás su cabeza.

—¿Confías en mí?

Una explosión de júbilo estalló en la calle. Los gritos resonaron en oleadas.

—¿Qué demonios sucede?

—España —gimió Rebeca—. La final del mundial de fútbol. No me has respondido.

Milo escrutó su rostro resplandeciente, tenso. Aceleró los movimientos.

—No sé quién me la está jugando, pero algo me dice que no eres tú. ¿Satisfecha?

—Depende de ti. —Le soltó el pelo, hundió la cara en su cuello, y le clavó las uñas en la espalda—. Dios bendito, no pares.

Obedeció. Ahora por pasión.

Ella cerró los ojos. Milo los mantuvo bien abiertos.

12

El despertador sonó a las cinco y media. Abrió los ojos. Se levantó de la cama como un autómata y fue hasta el lavabo. Dio al grifo del agua fría. Un potente chorro empezó a llenar la bañera. Se acercó a la máquina de hielo, deslizó la tapa, y recogió varias paladas. Según le había enseñado su padre, un baño de agua fría era el mejor método para estimular la energía, favorecer la vitalidad y mantener una salud pletórica. Él había aprendido por su cuenta que si era helada obtenía además otros beneficios. Calmar su fuego interno y endurecer el cuerpo. Era como en la forja. Con el fuego moldeaba el hierro, y con el agua consolidaba su forma. Ahora, pura lava, era momento de realizar su ritual. Cerró el grifo y se sumergió en la bañera.

El shock de la primera impresión hizo retroceder la sangre de la periferia al interior hasta casi paralizarle el corazón. Sin aliento, notó cómo el agua gélida le protegía de los gérmenes y fortalecía su organismo. Odiaba ser como las personas que abundaban: débiles, delicadas, anémicas, flojas. Bañándose con este sistema todos los días, incluso en los más crudos de invierno, acrecentaba su vigor, le exultaba el ánimo, y lo insensibilizaba a las variaciones del tiempo, logrando que los cambios de estación no le acarrearan enfermedades. Y de paso, conseguía gobernar el fuego, poseer el secreto de su invencible poder. Todo eran ventajas.

Agarró un basto lienzo de lino, la pastilla de jabón, y comenzó a friccionarse con intensidad, haciendo ejercicio y masaje a la vez, para remover los desechos que obstruían los poros de la piel. Con la tela rebosante de espuma, empezó por los pies, siguió por las piernas, y frotó los genitales de arriba abajo, muy suavemente, y nunca de abajo arriba. Luego, prosiguió con los brazos y el tronco, dejando para el final la cara y la cabeza. Entonces, apoyó el lienzo sobre la repisa y procedió a masajearse todo el cuerpo con las manos desnudas. Esta era la parte que más le gustaba. Era cierto que las manos poseían una misteriosa virtud magnética y vitalizadora. Podía sentirla. Por último, se sumergió por completo y salió de la bañera. Había empleado cinco minutos, la duración exacta para no perder demasiado calor.

Se secó con fuerza solo la cabeza, las manos y las muñecas, para que afluyera de nuevo la sangre a la periferia. Así, recuperó el calor perdido y le sobrevino una reacción muy placentera que permanecería durante horas. Con un suave trote, dejando el resto de la piel sin enjugar, a la espera de que se secara por sí sola, salió del baño, recorrió el pasillo, y bajó por las escaleras hasta desembocar en el jardín. Allí, en la salubridad del aire libre, ya fuera otoño o primavera, desafiaba desnudo a los vientos y al clima, endureciendo su naturaleza. Para él, era preciso alcanzar esta fortaleza, hacerse resistente, inmune a cualquier inclemencia. «El árbol se muestra indiferente a la tempestad y a la calma, al calor y al frío», solía decirle su padre cuando era niño, recitando las palabras del abate Kneipp, su maestro. Y si algo ansiaba él era llegar a ser tan fuerte como un árbol. Como un árbol de hierro.

Caminó descalzo unos minutos por la hierba, comprobando que la lesión de su gemelo ya hubiera cicatrizado. Se la produjo al caer desde un andamio a considerable altura las pasadas Navidades, y desde entonces se había aplicado en la zona envolturas de tela mojada y sujeta con imperdibles. No notó ninguna molestia. Hubiera preferido caminar sobre nieve o rocío, que es lo que recomendaba el abate, y por ello, como alternativa de verano, volvió al baño, abrió la máquina de hielo, y se frotó con varios fragmentos las plantas de los pies.

Al terminar, regresó a su habitación. Se puso unos *slips* limpios y secos sobre la piel aún húmeda, y acabó de vestirse con ropa cómoda. Su calor interno no tardaría en transmutar el agua adherida en una forma de calor más intensa. Era igual que rociar el fuego con aspersores de agua. Una sensación muy agradable. Acto seguido, se echó al suelo para realizar varios ejercicios ligeros hasta que su cuerpo quedó bien seco. Ya haría la gimnasia más severa cuando acabara la jornada, al caer la tarde.

Fue a la cocina y se dispuso a desayunar. Tres hojas de lechuga con aceite de oliva, confitura de remolacha, pan con miel, y un vaso de leche mezclado con algún cítrico ya que la piel de las frutas era el mejor regulador intestinal. Finalizó con miga de pan, que le hacía las veces de cepillo de dientes, y se limpió las manos con la miga sobrante mojada en agua. Por último, se metió en el bolsillo unos frutos secos y pasas por si más tarde le entraba hambre.

En el vestíbulo se calzó unos zapatos de piel con suela de esparto, sus preferidos para realizar las largas caminatas diarias, y salió de casa sin hacer ruido. Anduvo con paso firme y dinámico por la empinada calle que descendía hacia el centro, sabiéndose muy superior a esos hombres debilitados por la vida sedentaria que preferían ir en vehículo a sus lugares de trabajo. Él, aplicando lo que denominaba «terapia del movimiento», no solo recorría los tres kilómetros que lo separaban del suyo a pie, sino que ampliaba el recorrido a diez, bajando hasta el puerto para combinar un necesario cambio de altitud, y subiendo luego por Via Laietana sin perder un ápice de vigor hasta llegar a la plaza Gaudí en condiciones óptimas para afrontar su jornada laboral.

Dos horas después de iniciar la caminata, se sentó en uno de los bancos frente al templo expiatorio. Mientras escrutaba los rostros de la gente que circulaba por su lado, echó mano al bolsillo y comió unas almendras crudas. Madres acompañando a sus hijos a las escuelas de verano, ancianos de andares lentos, jóvenes de ambos sexos hablando entre ellos. La mayoría, acostumbrados ya a la monumental construcción, pasaban por delante sin ni siquiera levantar la vista. Otra cosa muy distinta sucedía con los turistas. A pesar de lo temprano de la hora, los autocares repletos con multitud de personas de todas las nacionalidades aparcaban entorpeciendo el tráfico de la calle Marina, provocando el consiguiente caos de bocinazos y protestas. Soltaban su carga humana, y los rebaños de turistas, precedidos por guías con paraguas de diferentes colores en alto para distinguirse de otros grupos, se esparcían por los alrededores contemplando con la boca abierta y continuo disparar de fotos la majestuosidad y belleza de la insólita basílica, impacientes por pasar por taquilla y engrosar las arcas del templo en cien mil euros al día.

A este carrusel de admiración y entusiasmo, últimamente se habían añadido nuevos elementos. Tropas de operarios se extendían por todas partes, descargando sillas y vallas, colgando banderolas o montando cámaras de seguridad, preparando la cercana visita del Papa. De igual modo, mandos de varios cuerpos policiales se encontraban en la zona, acompañados por sus subordinados, ordenando sobre el terreno las medidas oportunas que sus hombres debían llevar a cabo. El enjambre humano alrededor de la «Catedral de los pobres», como la llamaba Gaudí, empezaba a convertirse ya en una farragosa molestia para los vecinos.

Sentado en el banco, terminó con las almendras y le llegó el turno a las pasas. A él no le gustaba aquel ruidoso trajinar; no obstante, tampoco le preocupaba. Con gesto indolente, se apartó una miga de la pernera y consultó su reloj. Faltaban cinco minutos para las ocho.

Se incorporó y, cuando iba a dar un paso, un par de criaturas chocaron contra él. Se quedó quieto, el rostro inmutable. Los niños alzaron las cabezas con miedo y contemplaron su cara agraciada, sin expresión, el pelo rubio cortado a cepillo.

Con sus acerados ojos azules, los miró en silencio.

—Perdone —dijo la madre—. ¡Niños, que molestáis!

Sin moverse, aguardó a que se alejaran los tres.

Entonces fijó la mirada en la Sagrada Familia. Aquella mañana tenía que supervisar la colocación de los cerramientos del púlpito de la nave central, y terminar de pulir sus delicados y exquisitos acabados en hierro que él había forjado con sus manos. Gaudí había trabajado cuarenta y tres años en su obra magna y solo pudo contemplar, y parcialmente, la fachada que estaba mirando, la del Nacimiento, viendo coronada solo la torre de San Bernabé. Él, saltándose una generación, y como último miembro de una saga de forjadores que alcanzó la cumbre de su artesanía colaborando con el genio, completaría los detalles para que todo estuviera a punto cuando Benedicto XVI entrara por la Puerta de la Gloria. La misma Puerta de la Gloria que, según los planos del visionario arquitecto, trazados en 1915 cuando la zona solo era un solar, obligaría en unos años a derrocar todos los edificios desde la calle Mallorca hasta la Diagonal, tres manzanas enteras. Se rumoreaba que las acciones de expropiación ya estaban sobre la mesa de los ediles, y los temores de los vecinos se habían disparado. Pero aquellos infelices tenían la batalla perdida de antemano. La imagen de la ciudad era un argumento que no admitía réplica. Él lo había experimentado en su propia carne. Y más, si se trataba de la joya de la corona. Barcelona era un parque temático, Gaudí su atracción más insigne, y exigía su precio a la hora de ser engalanada. Como lo que iba a suceder en unos días. Los ojos del mundo estarían puestos allí, en aquel templo. El acto iba a ser retransmitido en directo a todo el planeta. Y sin escatimar en medios ni esfuerzos, la orden había sido tajante: todo debía estar ultimado para que el Pontífice pudiera llevar a cabo la ceremonia de consagración. Se habían contratado cuadrillas de refuerzo, movilizado todas las fuerzas policiales, organizado el corte de calles y plazas, y blindado el acceso al interior. Por lo que dependía de él, no faltaría ningún detalle. Dentro de trece días habría terminado su labor. Incluyendo un último acabado. Como correspondía a un artista de la forja, sería algo audaz, genial, en consonancia con la obra. Para él, como rociar el fuego con aspersores de agua. Una sensación muy agradable. Casi podía decir que estaba esperando el momento con ansiedad. Casi, porque en realidad era incapaz de albergar ningún sentimiento.

Cruzó la calle con paso tranquilo y se dirigió hacia una de las puertas de los operarios.

Un vigilante armado sonrió al verlo.

—Buenos días, Héctor —dijo. Le permitió el acceso sin necesidad de mostrar su pase autorizado—. ¿Qué? ¿Estará todo terminado para el gran día? ¿Llegaremos a tiempo?

—Puedes estar seguro —dijo Héctor, con su voz rasposa.

Cruzó la antesala con rapidez, señaló la puerta cerrada del despacho de Susana Cabot, y dijo:

—Su señoría me está esperando, llego tarde.

—¡Pero inspector Malart, su visita no consta en mi agenda! —protestó Alba Conte.

Milo entró sin hacer caso. En el acto, sonó el intercomunicador y Susana apretó un botón mientras lo veía detenerse ante su mesa y tomar asiento.

—Tranquila, Alba, yo me encargo. —Colgó—. Un día de estos la matarás de un infarto. Y es una buena mujer.

—Pero le faltan reflejos. ¿Querías hablar conmigo?

—Eso fue ayer, y hoy es lunes. Te llamé cinco veces.

—Tuve un día muy complicado.

—Responder a una llamada es solo cuestión de minutos.

—Desconecté el móvil y luego se me fue de la cabeza volver a conectarlo.

—Ya, tu cabeza, siempre la misma excusa. —Señaló los papeles de la mesa—. Me pillas muy ocupada. ¿Vienes por algo en concreto o es una visita de cortesía?

—Por dos cosas. ¿Quién es el juez que lleva lo del Círculo Gaudí?

—Ricard Espinosa, lo conozco. ¿Por qué?

—Es posible que necesite una orden de registro para echar un vistazo en los armarios de los Torrens. Mi encuentro con su esposa no fue muy cordial y no creo que se muestre colaboradora. ¿Podrías solucionarlo?

—Algo he oído —dijo la jueza—. Por lo visto, la pusiste de vuelta y media. El teléfono rojo ha sonado por media ciudad. ¿No podrías ser un poco más diplomático? Se logra más utilizando azúcar que vinagre.

—Me sacan de quicio los que hablan desde un pedestal.

—Y te lanzas a tumba abierta, despreciando sus contactos e influencias. ¿Y qué logras? Complicarte la vida, y de paso la de todos. ¿Nunca aprenderás que vivimos en sociedad? No puedes ir por ahí provocando incendios, Milo.

—¿Lo puedes solucionar o no?

—Llegas tarde. El juez Espinosa ya emitió esa orden para los de Patrimonio y Fraude, y ayer llevaron a cabo el registro junto a los hombres de la fiscalía. Pero no te hubiera valido. Era para documentos del caso y tú, que yo sepa, todavía eres de Homicidios y no investigas estafas. La ley es la ley, y ni siquiera el famoso inspector Malart se la puede saltar.

—¿Lo dices por lo de la televisión?

—Fue una perrería. Ese Navarro es un cabrito que se escuda en la libertad de prensa. Ya tuvisteis un encontronazo hace tiempo, ¿no es cierto? Y también se libró sin un rasguño. —Cabeceó con disgusto—. Sé que son las reglas del juego, que la democracia sin información no es democracia, pero lo que ese tipo practica no tiene nada que ver con la información. Es pura manipulación, y que sea intocable ya pasa de castaño oscuro. ¿Habéis averiguado quién es su fuente en el Cuerpo?

Milo negó con un gesto.

—Somos once los sospechosos —dijo—, y tú estás en el equipo titular.

—Me halagas —se rio la jueza.

—Pues estar en el ojo del huracán a mí no me hace ninguna gracia.

Susana cortó las risas en seco.

—Alguien te tiene en su punto de mira, Milo.

—Volvamos a la orden. ¿No podrías hacer algo?

—¿Tiene que ver con el asesinato de Pinto?

—No estoy seguro, es una posibilidad. Por ahora, es solo otro disparo al aire.

—¿Qué estás buscando? O mejor dicho, ¿qué esperas encontrar?

Milo dejó escapar un bufido de frustración.

—Ese Torrens me da mala espina. Hasta donde yo sé, es un hombre que nunca se ha detenido ante las dificultades. Capaz de coger cualquier atajo, legal o ilegal.

Cualquier cosa con tal de lograr su objetivo. Quizás oculte algo en su casa que me ponga sobre la pista.

—No puedo redactar una orden de registro basándome en una de tus corazonadas. Yo creo en ellas, pero...

—La ley es la ley, lo sé.

—Tráeme una prueba, por pequeña que sea, y te la redacto de inmediato.

—Ese es el problema —dijo Milo—. Si no ocurre un imponderable, esto es un punto muerto. Tengo las manos atadas. Me iría de perlas un poco de flexibilidad.

—Que yo no puedo tener, olvídalo. Ya se te ocurrirá algo, algo legal, me refiero. —Hizo una pausa—. Pero sí, tienes razón; por lo que ha llegado a mi despacho, ese tipo es un canalla. Arnau Mascaró, el director administrativo del Círculo Gaudí, ha confesado que se valió de facturas falsas para justificar subvenciones públicas con la excusa de obras en edificios modernistas, todo para que su jefe expoliara sin medida los fondos de la entidad. Estafó a sus amigos y colaboradores, al casi centenar y medio de patronos de la fundación.

—¿Se sabe ya a cuánto asciende el desvío de dinero?

—Por el momento, se calcula en unos cuarenta y cinco millones —dijo. Milo soltó un silbido—. Pero espera, que no contento con eso, los últimos cuatro años se otorgó a sí mismo ochocientos mil euros anuales de sobresueldo, además de desviar millón y medio para obras y reformas de sus inmuebles, y otro medio millón para viajes privados. El colmo es que incluso creó unos cursos de gestión de fundaciones, y no eran baratos precisamente.

—Un claro ejemplo de codicia sin límites.

—Sí, algo patológico, de diván de psiquiatra.

Milo se irguió en el asiento. Tomó nota mental y dijo:

—Así es como trabaja cierto grupo social barcelonés con más de un siglo de protagonismo, las buenas familias, los famosos cuatrocientos que siempre son los mismos.

—Tampoco hay que generalizar, Milo.

—Solo señalo lo que es evidente —replicó—. Está el poder público, legítimo, y luego la llamada «sociedad civil» o «de familias», la que copa todos los puestos clave en los consejos de las principales instituciones de Barcelona. El auténtico poder. Hablo de la élite catalana unida por relaciones de parentesco, matrimonio o amistad.

—Tus palabras son por despecho, por los problemas que tuviste con tu suegro.

—Exsuegro —matizó—. Y si lo digo es porque me revienta el concepto «uno de los nuestros». De grupo aparte, superior, al margen de los demás. Y eso incluye su comportamiento ante la ley. Simplemente, no va con ellos. Juegan en otra liga.

Susana Cabot se removió incómoda.

—No vas muy desencaminado. Están empezando a aparecer algunos de esos nombres relacionados con grupos políticos —dijo—. Por lo que me han contado, parte del dinero del Círculo Gaudí acabó en la órbita de partidos; en concreto, casi dos millones de euros para una fundación política nacionalista. Y además de tráfico de influencias, Torrens también cometió irregularidades en varias operaciones urbanísticas para construir hoteles de lujo en El Raval y Ciutat Vella; salpican a varios cargos intermedios del ayuntamiento, otros más altos, y se rumorea que incluso aún más arriba.

Todo esto que quede entre nosotros, Milo. Ni una palabra fuera de estas paredes.

Milo asintió. Inspiró con fuerza y dijo:

—Entonces pronto se echará tierra encima para tapar el asunto. La sociedad de familias hallará la manera de que las cosas circulen de forma suave y tranquila hasta acabar en vía muerta. El oasis catalán debe perdurar, y perdurará. Aquí nunca pasa nada. Y cuando pasa algo, ya se ocuparán de arreglarlo bajo mano. En otras palabras, es lo que me avisó que ocurriría Virginia Colomer. Y tenía más razón que un santo.

—Ni el alcalde ni otras fuerzas políticas pueden permitirse esta publicidad con las elecciones a un paso —comentó la jueza—. Si no quieres trabajar de desenterrador con pico y pala, date prisa en encontrar lo que sea. Y hablando de encontrar. Un tipo así, con tantas víctimas de sus trapicheos, podría haber despertado deseos de venganza. ¿Ya lo has pensado? Hay muchos candidatos.

—Habría actuado de forma más directa. ¿Para qué secuestrarlo? No, esta corrupción financiera se ha destapado coincidiendo con la acción de nuestro psicópata.

—Y eso lo dice alguien que no cree en coincidencias.

Milo separó los brazos y afirmó en silencio.

—En fin —suspiró ella—, mañana martes de madrugada, según tu versión, sabremos si estás en lo cierto o no.

—Jueza, tener razón me importa un bledo, como este asunto financiero. Nadie se merece un suplicio como el de Pinto. Pero lo que me tiene en ascuas es el tufo que percibo de algo peor, de una corrupción más grave. Por eso te pedía la orden de registro, para poner patas arriba su casa. Torrens esconde algo más que pufos económicos, me lo dice mi instinto.

—Trae una prueba y tendrás esa orden. Pero necesito algo, y pronto. Y oye, ándate con pies de plomo. Este giro político lo complica todo. La presión va a ser salvaje.

Milo se levantó.

—Te traeré la dichosa prueba. Por cierto, gracias por tu apoyo en la reunión del viernes. De no ser por ti, ya me hubieran colgado del palo mayor. —Fue hacia la puerta—. Últimamente me paso la vida agradeciéndote cosas, ¿no?

—Unas cuantas —sonrió ella—. Te olvidas del segundo motivo de tu visita.

Milo agarró el picaporte. Sin soltarlo, se dio la vuelta.

—Mi hermano me va a poner una denuncia, por lo de Marc. ¿Debo preocuparme?

Susana se señaló la mejilla y Milo asintió.

—No, de momento. Pero avísame si las cosas se ponen crudas.

—¿Más? —Abrió la puerta.

—Te queda bien. Ya era hora.

—¿Cómo dices?

—El afeitado. —Y agregó—: ¿Has cambiado alguna otra cosa que deba saber?

En la comisaría, no pudo llegar hasta su mesa en el rincón sin que Rebeca lo abordara.

—Podrías haberme despertado antes de irte —susurró. Miró a ambos lados por encima del hombro—. No he tenido tiempo ni de pasar por casa.

—¡Malart! —rugió Singla desde la otra punta de la oficina—. ¡A mi despacho!

—Por fin una camiseta como es debido —alabó Milo. Era verde caqui, dos tallas más grande, sin estampados—. Me llama el jefe, hablamos luego.

Se alejó sorteando mesas y entró en el despacho. Sin cerrar la puerta, tomó asiento.

Los ojos del inspector jefe despedían chispas.

—Ayer te ordené que te presentaras en comisaría. Desobedeciste. Una vez más.

—No escuché la orden en el buzón de voz hasta bien entrada la noche —repuso.

—Toda la Central en pie de guerra y tú te pasas el domingo en la playa. —Se atusó el bigote—. A mí me suena a escurrir el bulto.

—Jefe, no hay escaqueo que valga. Te digo lo mismo que hace dos años. Yo no fui la fuente entonces y no lo he sido ahora. Me la suda que todo el mundo crea que la filtración es cosa mía. Yo sé lo que sé y punto. Si quieres usarme como diana, adelante; pero te equivocas de hombre. Soy el principal perjudicado por ese reportaje, ¿me tomas por un imbécil?

—Se te escapa un detalle —gruñó—. Tú no eres el principal perjudicado, lo es el Grupo. Nos han dejado como una pandilla de inútiles y eso es algo que me saca de mis casillas. La prensa lleva dos días machacándonos, los medios no hacen más que repetir las imágenes, y la tormenta de críticas se ha desatado sobre el edificio. Está en juego el prestigio de esta oficina. Si atacan a uno de mis hombres, nos atacan a todos. Pienso ir hasta el fondo de este asunto, caiga quien caiga.

—Me alegra oír eso. ¿Por dónde empezamos?

—¿Ese olfato tuyo te dice algo? —inquirió.

—Que deberíamos preguntarnos a quién beneficia todo esto. Aparte de a ese malnacido de Navarro.

—Yo lo traería a la Central y lo interrogaría en una sala sin cámaras —propuso—. Cinco minutos a solas con él y te aseguro que me revela el nombre de su fuente.

—Solo conseguirías darle mayor cobertura y protagonismo, precisamente lo que busca. Conozco a ese tipo, se escudará en su derecho a no revelar sus fuentes y no le sacarás ni una palabra.

—¿Tampoco si tu jueza le abre unas diligencias para investigar la filtración?

—Es inútil presionarlo —dijo Milo—. Le serviría para ganar audiencia y echarnos más mierda encima. No vale la pena encabronarse con él. Tiene bula.

—Sigo pensando que no hay nada como una acción directa. Cara a cara.

—Hazlo si quieres, pero será en balde.

—Entonces solo queda una solución. —Bajó los ojos—. La que más me revienta.

—¿Investigar a tus hombres?

Asintió.

—Los movimientos de dinero, los datos bancarios. Ese tipo habrá pagado bien la información. Tus cuentas, Malart, serán las primeras.

—No hay problema. Están limpias, vacías, quiero decir.

—Puedes haber cobrado en efectivo.

—Como cualquiera, desde Bastos hasta tú mismo.

—Sin olvidarnos de tu jueza.

—Joder, que no es mi jueza.

Singla se echó para atrás en el asiento.

—Esto es una cabronada —dijo—. Un bastardo

nos pone en entredicho y tengo que iniciar una investigación en el Grupo. Justo cuando más tenemos que cerrar filas. Aunque prefiero lavar la ropa sucia en casa, que no metan las narices los de Asuntos Internos. Y todo, en medio de un caso que se está saliendo de madre. Esta mañana el alcalde ha citado a Bastos en el ayuntamiento, y las cadenas de radio y televisión no han parado de llamarnos para pedir una entrevista contigo. Te puedes imaginar dónde les he dicho que se metan sus micrófonos.

Milo permaneció pensativo, sin despegar los labios.

—¿Cómo vas con el caso? ¿Tu radar funciona o no? Si te readmitimos fue para obtener resultados, figura, no para ver cómo te conviertes en una estrella de la tele.

—Demasiada casualidad —murmuró—. Torrens desaparece, el fiscal habla de corrupción a gran escala, surgen conexiones políticas, y estalla todo este lío de la filtración en medio de un caso complejo. Muy oportuno, ideal para desviar nuestra atención. Sospechas, investigaciones internas, lo que sea con tal de abrir nuevos frentes...

—¿De qué hablas? ¡A mí no me van tus numeritos!

—El caso, sí. Avanzamos, pero con lentitud. ¿Cómo les va a los otros? ¿Algún progreso con las nuevas líneas?

—Que te lo expliquen ellos, no soy tu maldita correa de transmisión.

—A la orden, jefe. —Se incorporó de golpe—. Voy ahora mismo.

—Malart —dijo Singla—. Resultados, ¿me oyes bien? Quiero resultados, no malditos palos de ciego.

Atravesó la oficina con rapidez. Al llegar a la mesa de Crespo, aminoró el paso.

—Sargento, ¿sabes algo de Bruno? —preguntó sin detenerse. Señaló su silla vacía.

—Ha venido a primera hora y luego se ha marchado con Sena. —Milo se alejó—. ¡Inspector, tengo la información que me pediste!

Se dio la vuelta, caminó de espaldas.

—Vuelvo enseguida, Toni, entonces me la cuentas —dijo—. Por cierto, estuvimos en la biblioteca Arús. Gombrowicz te aprecia mucho.

Se dirigió a los ascensores. Pulsó el botón de bajada. Mientras aguardaba, apareció Mercader. Las puertas se abrieron y entró deprisa. Ella hizo otro tanto.

—¿Otra vez dándome esquinazo? ¿Adónde vamos?

—Yo a Patrimonio y Fraude. —Hundió el botón de la segunda planta—. ¿Y tú?

—Te acompaño. ¿Cómo ha ido con Singla?

—Suave como la piel de un bebé. ¿Conoces a alguien de Asuntos Internos?

—No, a nadie. ¿Por qué?

—Recuérdame que llame luego a Girona, al Área Técnica. Allí sí conoces a gente, ¿no? Tus antiguos compañeros.

—¿A qué viene esto? Estás muy raro esta mañana.

El ascensor frenó en la segunda planta. Seguido de cerca por Rebeca, fue hacia el despacho de Daniel Obispo. Golpeó la puerta con los nudillos y entró. El inspector jefe estaba reunido con el inspector Cano, los dos inclinados sobre una mesa llena de expedientes.

—Jefe, ¿tienes unos minutos?

Obispo volvió la cabeza en su dirección. Se enderezó al tiempo que cerraba una de las carpetas.

—Dos, te doy dos minutos.

—Quería saber qué encontrasteis en el registro de la casa de Félix Torrens.

Obispo intercambió una mirada con Cano.

—Nada que te incumba —dijo este último.

—No me he expresado bien —repuso Milo—. Mi intención no es entrometerme en vuestro trabajo. Solo me interesa lo que pueda estar relacionado con mi caso.

—Tendrás que explicarte mejor.

—En el registro, además de documentos sobre sus empresas fantasma, archivos de su doble contabilidad y facturas falsas a Hacienda, ¿hallasteis algo más?

—¿Cómo sabes que hemos hallado material comprometedor? —dijo Cano.

—Me lo acabas de confirmar. Imagino que se lo llevó a su casa para esconderlo poco antes de vuestra entrada, ¿es así?

Mientras Cano enrojecía, el inspector jefe Obispo tomó asiento. Repasó a Milo de arriba abajo.

—Ya tenía noticias de que eras un inspector de una pasta distinta. Y por lo que vi en la reunión, alguien de métodos poco ortodoxos, que no se anda con tapujos. Tu nombre ha sonado varias veces en nuestro departamento.

—Vayamos al grano, hemos consumido un minuto de los dos y aún no me has respondido.

—Solo encontramos lo que buscábamos, nada más.

—Suele suceder —comentó Milo—. Y sin que infrinjas ninguna cláusula de confidencialidad, ¿podrías decirme dónde exactamente? Es por curiosidad.

—En su despacho, en un cuarto camuflado detrás de una estantería que se abría con un mecanismo. Las manecillas de un reloj. Había que ponerlas a las cinco.

—Una hora muy poética. Así que al tipo le gustan los mecanismos y escondrijos. ¿Y cómo lo descubristeis?

—Arnau Mascaró, su mano derecha y cómplice en el desvío de fondos.

—Otro clásico —dijo. Miró de soslayo a Rebeca—. La persona más cercana.

—Sí, está confesando de plano toda la organización.

—Y aparte de todos los documentos, ¿no visteis nada fuera de lo normal en esa cámara acorazada? O por el resto de la casa. Algo que os resultara llamativo.

—¿Como qué? —preguntó el inspector Cano.

—No sé, ropas de cuero, látigos, esposas...

—¿Te estás cachondeando?

—Fetiches, revistas de lolitas, de animales, de BDSM, de lluvia dorada...

—¿BDSM? —se sorprendió Obispo.

—*Bondage* y sadomaso —aclaró Milo—. Dominación y sumisión, castigo y dolor.

—Malart, lo tuyo es enfermizo, perverso —dijo Cano.

—Aquí no hay perversión ninguna, inspector, únicamente es sexo. Y mientras lo practiquen adultos con plena conformidad, ¿dónde está el problema? ¿O tú no lo practicas? Vamos a ver, ¿a ti qué modalidad te pone?

—Los hábitos sexuales del inspector Cano no vienen al caso —intervino Obispo—. Tu tiempo ha acabado, Malart. Solo una pregunta, yo también soy curioso.

—Qué ando buscando, ¿es eso? —El inspector jefe

asintió—. Tengo una teoría, el problema es que no puedo entrar en casa de los Torrens para demostrarla.

—Y esa teoría es...

—Nada que incumba a tu departamento, jefe. Muy amable por tu tiempo.

Abandonó el despacho. Rebeca corrió para alcanzarlo.

—¿A qué ha venido lo del sexo? ¿Ibas en serio o los estabas vacilando?

—Subinspectora, yo siempre voy en serio. Y más, si hay un crimen de por medio.

Llegaron a los ascensores. Rebeca apretó el botón de llamada. Milo, en vez de aguardar, empujó la puerta de emergencia y subió por las escaleras. Ella fue tras él.

—¿Podrías explicarme qué has pretendido con eso?

—Dones y debilidades, ¿recuerdas? Sabemos muchas cosas del perfil de Torrens, pero no las suficientes.

—Ya, ¿y?

—Quiero conocerlo a fondo, tener una visión global del personaje. Y eso es lo que persigo. Un dibujo completo del hombre en mi cabeza.

—¿Y crees que una de sus debilidades es el sexo... diferente? —preguntó ella, subiendo de dos en dos los escalones sin apartar la vista del suelo.

Milo se paró de golpe y Mercader chocó contra él.

—El sexo es verdad —dijo Milo. Respiró con hondura—. Entre otras cosas, es el arma más eficaz para obtener información. Tanto para sonsacarla, como para construir un perfil veraz. Dime cómo lo practicas y te diré quién eres. Pero, claro, eso tú ya lo sabes, chica dura.

Arrancó de nuevo. En esta ocasión, Rebeca se quedó contemplando su espalda. Muda.

—Nos dijo que tiene muchas esperanzas depositadas en ti. Según él, tienes hechuras de maestro.

El sargento Crespo sonrió con timidez.

—A veces las expectativas se acaban derrumbando como un castillo de naipes.

—¿Tienes la información que te pedí? —dijo Milo.

—Al completo. —Seleccionó una carpeta azul, que contenía las grabaciones de las llamadas recibidas tras aparecer colgado Pinto, y se la entregó—. Ya te dije que son testimonios de los zumbados de siempre.

—Los escucharé de todos modos. —La dejó sobre la mesa—. ¿Has hablado con Robos, con la inspectora de voz sugerente?

El sargento se ruborizó.

—Elisabet Serra, sí. Ya ha hecho correr la voz entre sus confidentes. Por ahora, sin éxito. Seguirá con ello.

—Y tú con ella. Quiero decir, que continúes en contacto, por si surge algo.

—Entendido, inspector. En contacto. —Sonrió de nuevo mientras abría un dosier amarillo—. Más detalles sobre la vida y milagros de Félix Torrens.

—Nos quedamos en cuando montó tres casas de acogida y regresó antes de los Juegos para hacerse cargo del Círculo Gaudí en olor de multitudes. El hijo pródigo, la campaña de prensa... ¿Tienes algo sobre cómo logró su ascenso meteórico?

—En resumidas cuentas, prestando su apellido a todas las entidades que lo llamaban —dijo el sargento—. Piensa que estaba relacionado, por parte de padre, con familia de banqueros de Madrid. Y con una base de operaciones como el Círculo Gaudí, empezó a hacer favores, a proponer nombres para puestos clave, cosas así.

—Toni, un tipo como ese no presta ni el aire que respira. Y menos, su apellido. Sigue.

—Poco a poco se creó prestigio entre los partidos nacionalistas; financió obras en Montserrat, ayudó a reconstruir el Palau de la Música, el Liceo... Símbolos catalanes, ya me entiendes. Presumía de hacer país.

—Catalanista de pro, y españolista de pies a cabeza. Pragmático hasta la médula.

—Acumuló una fortuna que incluye mansiones y fincas de gran valor. —Dio un rápido vistazo a las hojas—. La Garriga, Begur, Puigcerdà, Altafulla, Viella... En una incluso se hizo construir un auditorio.

—Las cuatro esquinas del territorio. Sí que hizo país, se construyó uno para él —dijo Milo—. Pero entre que empieza a vender su apellido y su despegue fulminante... me falta algo. ¿No has encontrado nada que llene ese hueco?

—Nada que no fuera legal —dijo el sargento—. Si hay algo turbio, cubrió muy bien sus huellas.

—Demasiado rápido. Para armar toda esa red de contactos e influencias en un lapso tan breve tuvo que valerse de otros medios. Me lo dicen las tripas. —Se encogió de hombros—. Claro que puedo estar equivocado.

—No sé qué decirte. —Le entregó el dosier—. He rastreado todas las bases de datos, hemerotecas y archivos, y nada.

—Mis tripas contra los hechos —dijo Milo. Cogió la carpeta amarilla y la puso sobre la otra. Mientras las alineaba, añadió—: Creo que esta vez ganan los hechos.

—Inspector, como tú dices, veremos.

Milo observó su expresión serena, sin dobleces. De improviso, se sintió aplastado por un repentino cansancio.

—¿Algo más?—murmuró.

—Me pediste un listado sobre las sociedades masónicas de Barcelona y aquí lo tienes. —Le alargó un dosier rojo—. Está completo, no llegan a la docena.

—Me temo que has trabajado para nada —dijo. Lo amontonó con los otros—. Por las palabras de Gombrowicz, ya no es necesario.

—Un noventa por ciento de lo que hacemos va a la basura. Solo son vueltas y vueltas hasta que por fin damos con el rumbo correcto. En eso consiste este trabajo.

—Veo que aún tienes dos carpetas.

Crespo le entregó una de ellas. Era blanca, sin etiquetas. Por la súbita gravedad en su rostro, supo de qué se trataba. La contempló sin atreverse a tocarla.

—Los emails y archivos personales de Marc —dijo, con un nudo en la garganta.

—Los que he considerado relevantes. El resto eran trabajos escolares, exámenes, ese tipo de cosas. Solo hay lo que he creído que puede aportar luz al caso.

—¡Te dije todo! —Le arrebató el dosier de un manotazo.

Varias miradas se desviaron en su dirección. Crespo se mantuvo firme, imperturbable.

—Si buscas una respuesta a lo que sucedió, tal vez la encuentres ahí. —Señaló el dosier—. Lo demás no te sirve. Dijiste que confiabas en mí, inspector. Pues confía.

Su furia se desinfló como un globo. Clavó los ojos

en la carpeta de tapas blancas que sujetaba con ambas manos y se quedó inmóvil, sin saber qué hacer con ella.

—Yo la guardaría en el cajón —dijo Crespo—. Ahora no es momento de revisarla. Cuando vayas a casa, te la llevas y, a solas, la abres. Solo es una sugerencia.

Milo continuó quieto unos instantes. Al cabo, siguió sus instrucciones. Luego, cerró el cajón y se recostó en la silla, los brazos cruzados. Dejó vagar la mirada más allá de los ventanales. Afuera latía la vida. Las playas repletas, la gente bañándose, el jolgorio de los niños. Los niños. Marc y él jugando a vóley. Los saltos y remates, las planchas y recepciones. Los dos rebozados de arena. Sus prisas por llegar primero al agua. Los empujones y las risas. Los chapuzones y las bromas. La vida. La muerte. Si pudiera, cerraría las playas y prohibiría al sol que asomara su maldita cabeza.

El sargento carraspeó.

—Lo he dejado para el final. —Le entregó un dosier color crema y aguardó a que lo cogiera—. Contiene datos muy curiosos. Pero léelo tú mismo, los descubrirás enseguida.

Milo lo alcanzó con desgana y lo soltó en la mesa. No le apetecía en absoluto seguir en la oficina. Se sintió tentado de levantarse, subir al coche, y dejar que el viejo Volkswagen lo condujera a cualquier sitio. Uno lo más alejado posible. Escapar. Sabía que no lo iba a hacer, pero el mero hecho de pensarlo le reconfortó lo suficiente como para volver al trabajo.

Abrió la carpeta y repasó la primera página. Encabezada por la fecha de un año, la hoja estaba dividida en dos columnas. En la de la izquierda, la lista de crímenes cometidos en la ciudad, subrayados en rojo los acontecidos en circunstancias extrañas y aún sin esclarecer. Y en la columna de la derecha, las desapariciones de las que el sargento Crespo tenía conocimiento por constar sus denuncias en los archivos. Para facilitar la rápida comprensión, había agrupado ambas listas por meses, separados por casillas independientes, y siguiendo un orden cronológico comenzando por las más recientes.

Milo pasó varias páginas.

—Te has remontado diez años. ¿No te dije cinco?

—Me fui animando —comentó Crespo—. A medida que la elaboraba, consideré que cinco no bastaban para cumplir lo que supuse que querías averiguar. Y ya sé que me pediste solo los crímenes distintos a los corrientes o más habituales, pero te he incluido todos para que obtengas una visión global del asunto.

Milo volvió la vista a las hojas.

Barcelona, a pesar de la percepción de la gente, era una de las ciudades más seguras del mundo en lo que se refería a homicidios. Según las estadísticas, se producía solo uno por cada cien mil habitantes, lo que arrojaba una media que rondaba la veintena de muertes violentas al año, una cifra muy alejada de otras urbes.

Repasó la primera página.

El número de crímenes durante el último año se había elevado a dieciocho. Un hombre tiroteado en la calle Santaló, otros dos en sus casas de Sant Martí; un empleado de hotel acuchillado cerca del Fórum, lo mismo que tres jóvenes en El Raval, Sants y Pueblo Nuevo, y una camarera en un bar de la Sagrada Familia; tres chinos asesinados en el Carmel, tres mujeres víctimas de violencia de género, un cocinero en Fort Pienc, un bebé a manos de su madre, una mujer hallada dentro de una maleta en la Gran Via, y un hombre ahogado en la fuente del Geni Català, en Pla de Palau. Este último estaba subrayado en rojo y a su lado había dos iniciales: NN, del término latino *nomen nescio*, «nombre desconocido».

—Su cadáver no fue identificado —explicó Crespo—. Era un sintecho. El único caso que quedó sin esclarecer ese año.

—¿Y por qué lo marcas en rojo?

—Se ahogó en una fuente.

—Sí, ya veo, ¿y qué tiene eso de extraño?

—Tiene un palmo de profundidad.

Milo frunció el entrecejo. El sargento prosiguió:

—Al cuerpo le faltaba una mano, la izquierda. Además, no es una fuente cualquiera —agregó—. Está presidida por una figura de varón desnudo y alado con una estrella de cinco puntas sobre la cabeza, un antiguo símbolo masónico. Por otra parte, forma un triángulo con dos edificios muy singulares. A un lado del paseo, la Casa Xifré, conocido francmasón de la época, y cuya fachada es paradigma hermético, con profusión de símbolos. Y al otro lado, a treinta metros, la Llotja. Allí se reunían los masones barceloneses durante el reinado de Isabel II, y fue donde se creó la Escuela de Arquitectura de Barcelona. ¿Sabes quién se matriculó en ella, ocupando el piso superior frente a los relieves masónicos de la Casa Xifré?

Milo negó con la cabeza.

—Gaudí —dijo Crespo.

—Joder. Volvemos a la línea de salida.

—Eso parece.

Milo se tapó la cara con las manos.

—¿Te has fijado en la casilla del mes que ocupa esa muerte? —preguntó el sargento.

Apartó las manos y resiguió la página con el dedo.

—Junio —dijo—. El 10 de junio.

—¿Hay alguna desaparición en la columna de al lado, en la casilla de junio?

La vio vacía. Volvió a negar con un gesto.

—Bien, ahora pasa la página —dijo Crespo—. Estamos en el año anterior. Echa un vistazo a la casilla de junio, columna desapariciones. ¿Qué ves?

—Hubo una —leyó Milo—. Un joven sueco.

—Un estudiante —precisó el sargento—. Su desaparición fue denunciada por la mujer que regenta la pensión donde se alojaba. No se ha vuelto a saber más de él.

—Pero en la columna de crímenes sí hubo uno —señaló Milo—. Dos, de hecho.

—Olvídalo. Pasa otra vez la página y sigamos retrocediendo en el tiempo.

Así lo hizo y vio que tres años atrás había ocurrido otra desaparición en junio.

—Esta vez era una prostituta —dijo Crespo—. La denuncia la puso su compañera de piso. Se esfumó sin dejar rastro. Y como la anterior, también un 10 de junio.

Milo comenzó a pasar las hojas con rapidez. Cada año se había producido una muerte en circunstancias extrañas o una desaparición. Y siempre un 10 de junio. En esa fecha concreta, y durante los dos últimos lustros, cinco personas se habían volatilizado en el aire y dos habían sido asesinadas. Aquello no podía ser una coincidencia.

—Faltan tres —dijo Milo—. Hay tres años en que no se cumple la secuencia.

—Lo sé. Solo es una hipótesis, pero piensa que no

todas las desapariciones son denunciadas —argumentó Crespo—. Imagina a un sintecho, por ejemplo. ¿Quién puede saber si ha sido víctima de un secuestro o simplemente se ha largado de la ciudad? Solo he podido incluir, como es lógico, aquellas que han sido denunciadas. Y te lo aseguro, he batido de arriba abajo las bases de datos de todas las fuerzas y cuerpos del Estado, que por suerte están integradas en una base común para la cooperación mutua en las Juntas de Seguridad. Apuesto a que esos tres huecos corresponden a desapariciones de personas que nadie reclamaría, gente anónima que pulula entre nosotros pero a la que nadie le presta atención. Su ausencia pasaría inadvertida, ¿no crees?

—¿Sabes lo que estás diciendo?

—Sí, que hay un patrón.

Ambos se quedaron mirando. La oficina dejó de existir. Los sonidos se apagaron. El suelo se hundió bajo sus pies. Eran los dos únicos habitantes del planeta estupor.

Milo rompió el trance.

—Joder, Toni —susurró—. ¿Estás afirmando que hay un asesino invisible que lleva diez años matando y haciendo desaparecer gente en Barcelona ante nuestras mismísimas narices y nosotros sin enterarnos?

—No lo afirmo yo, lo dicen los datos —repuso, también en voz baja—. Y tampoco he dicho que sean diez años. —Tragó saliva—. Pueden ser más, y esto solo es la punta del iceberg.

—La leche —soltó Milo.

Empezó a tener la desagradable impresión de que todo aquel asunto lo sobrepasaba. Había intuido que alguien capaz de llevar a cabo el cruel asesinato de Eduard Pinto con tanta eficacia y frialdad tenía por fuerza que haber matado antes. Que no era un novato. Pero no había esperado toparse con aquello. Nunca se hubiera imaginado que llegara tan lejos y durante tanto tiempo. Como mínimo, según la lista de Crespo, llevaba diez años «practicando». Un par de meses atrás había leído en un artículo de prensa que, según un sondeo realizado por la revista *Forbes*, Barcelona ocupaba el tercer lugar en la lista de ciudades más felices del mundo. En su momento dudó de la fiabilidad de la encuesta. Ahora ya estaba seguro de que no se correspondía con la realidad. Salvo para el asesino.

—Por si te sirve de consuelo —dijo el sargento—, todo esto demuestra que tus tripas funcionan. Confeccionar esta lista fue idea tuya.

—Pero solo era un tiro al aire —adujo Milo—, no un cañonazo en pleno rostro.

—Lo único que digo es que acertaste.

—¿La otra víctima encontrada también tiene las iniciales NN?

—Sí, era otro indigente.

—¿Y también le faltaba una parte del cuerpo?

—En este caso el cadáver estaba completo. Bueno, no tenía dentadura, lo que no es tan inusual. Se la pudo haber robado otro sintecho. Apareció en la plaza Reial, al pie de una de las farolas de seis brazos. Por allí, bajo las arcadas de la plaza, suelen dormir muchos mendigos. —Hizo una pausa—. Esa farola también es obra de Gaudí.

Milo sintió un sudor frío bajar por su espalda.

—Y sobre lo de las casillas vacías, sostienes que el asesino caza a personas anónimas, nadie denuncia su desaparición, y luego... ¿las borra del mapa, igual que a las otras?

—Como si se las hubiera tragado la tierra.

—¿Y qué crees que pudo hacer con sus cuerpos?

—¿Se deshizo de ellos con ácido? Es la forma más práctica, no deja ni una uña.

—Hay otra —dijo Milo—. El fuego.

Crespo asintió.

—La navaja de Ockham: la teoría más simple es la correcta. ¿Y cuál es? Que nuestro sujeto lleva a cabo una muerte o desaparición al año, y siempre un 10 de junio.

—No sabemos si se trata del mismo hombre —replicó Milo—. ¿Los informes hablan de alguna G hallada cerca de los cuerpos?

—Los he repasado todos y ninguno lo menciona.

—Entonces no es nuestro hombre —murmuró. De súbito, se enderezó con un movimiento brusco—. Joder, es un aniversario.

Crespo mantuvo su mirada mientras asentía en silencio.

Los inspectores Bachs y Sena entraron en la oficina.

—¿Qué ocurrió un 10 de junio? —dijo Milo, distraído.

Crespo se mostró por primera vez intranquilo.

—Miles de cosas. Pero a mi juicio, sí podemos deducir que es el mismo sujeto. Quizá no con absoluta certeza por ahora, pero todo apunta a esta posibilidad.

—Perdona, ¿qué decías?

—Que sí puede ser nuestro sujeto. Hay un indicio muy llamativo.

Bachs y Sena caminaron hasta sus respectivas mesas charlando entre ellos.

—¿Qué indicio, Toni? Habla claro.

—Mira, ya sabes que me gusta leer libros de Historia, todo lo relacionado con la ciudad y la masonería.

Son dos temas apasionantes. —Se rascó la frente—. Desde que estoy con este listado, me he roto la cabeza intentando averiguar qué pudo suceder en esa fecha...

—Toni, al grano —urgió Milo, pendiente de Bachs.

—Puede que sea una coincidencia, no sé.

—¡Desembucha!

—¿Sabes quién murió precisamente un 10 de junio de 1926?

—Ni idea —dijo Milo, a punto de perder los estribos.

—Gaudí.

Milo retrocedió como si hubiera recibido un impacto.

—Tal vez sea una casualidad, no lo niego —agregó Crespo—. Pero a nuestro sujeto, por lo visto, le atrae todo lo relacionado con el arquitecto. Es una constante.

—Yo no creo en casualidades —farfulló. Se incorporó con torpeza—. Toni, tienes que aumentar el periodo de ese listado. No sé, qué tal unos diez años más como...

—Ya lo estoy haciendo —interrumpió Crespo—. Y por los datos seleccionados por el ordenador, en los dos años siguientes se mantiene el patrón.

—Pues sigue retrocediendo —dijo Milo, atento a lo que hacía Bruno.

—¿Sucede algo? —inquirió Crespo. Miró atrás.

—Continuamos en otro momento. —Echó a andar. Deshizo los pasos—. Toni, ni una palabra de esto a nadie. Nos colgarían boca abajo o algo peor. ¿Entendido?

—Descuida.

El sargento lo vio alejarse hacia el centro de la oficina. Apretaba los puños.

Sentado a su mesa. La sonrisa de anuncio de dentífrico. La expresión confiada. Los ojos vigilantes. Se preguntó cómo era posible que durante una época lo hubiera considerado su compañero. Y algo más, tal vez un amigo. Tampoco había transcurrido tanto tiempo.

Se plantó a su lado. El primer impulso fue partirle la cara. Pero se contuvo.

—¿Cómo vais con los damnificados? ¿Habéis encontrado algo relevante?

Bruno desplazó lentamente medio cuerpo para contemplarlo. Dilató la sonrisa.

—Vaya, el crack del Grupo se digna a prestarnos atención. Qué honor.

—Déjate de payasadas y contesta.

—Víctor —dijo Bruno. Se volvió a Sena. Señaló a Milo con el pulgar por encima del hombro—. Aquí el estrella quiere saber si hemos dado con algo. ¿Se lo cuentas tú, que te encanta hablar, o lo hago yo, que me aburre de solemnidad?

Sena hizo rodar su silla hasta la mesa de Bachs.

—La lista es enorme, Malart —dijo, con cara de pocos amigos—. Esa idea tuya nos está haciendo ir de culo. En Barcelona viven algo más de millón y medio de habitantes. Si descontamos a políticos y constructores, diría que millón y medio de ciudadanos forman parte de ese club tuyo de damnificados. Es una cabronada, no hay por donde cogerlo. Ni los dieciocho inspectores de la División podríamos abarcarlos todos. Tío, te has lucido.

—Un resumen me basta —dijo Milo, la vista clavada en Bachs—. Y no me llames tío.

Sena revolvió por encima de la mesa de su compañero hasta dar con unos papeles. Se los arrojó a Milo, quien los atrapó en el aire.

—Ahí está todo lo que hemos obtenido de momento.

—¿Qué parte de la palabra *resumen* no has entendido?

El inspector Sena puso cara de paisaje. Milo creyó oír los engranajes de su cabeza girando oxidados, meditando una réplica. A todas luces, un esfuerzo inútil.

Al rato, dejó escapar un suspiro y se acomodó en la silla.

—Los hay a miles —dijo—. Por la Barceloneta, Pueblo Nuevo, Zona Franca, plaza Cerdà y más allá todavía, por lo de la autopista C-31. No hay un barrio en la ciudad que no haya tenido su expediente de expropiación. De norte a sur y de este a oeste, los cien kilómetros cuadrados de su territorio. Exagero, claro. Terrenos, casas, edificios, negocios. Aquí Bruno dice que es el precio del progreso. Yo empiezo a tener mis dudas. La cosa estalló antes de los Juegos, con los túneles, las rondas, la autovía y la recuperación de la fachada al mar, y continúa hasta ahora, pero en menor escala. Aunque no estoy tan seguro. Ahora mismo hay tres PERI en marcha: en la Sagrera, en Les Corts y en los Tres Turons, que son las colinas del Turó de la Rovira, la Creueta del Coll y el Carmel, que incluye el parque Güell. Los vecinos están que arden. La cara de la ciudad no cesa de ser remodelada, parece una actriz de Hollywood. Es adicta a las operaciones de estética. Y por lo que nos han dicho en Urbanismo, cinco planes más esperan a ser aprobados para ser expuestos en público. Es la hostia. Repito: los damnificados se cuentan por miles. La verdad, no sé para qué va a servir todo esto. Si quieres saber mi opinión, es una jodida pérdida de tiempo. Fin del resumen.

—Nadie te ha preguntado tu opinión. ¿Qué es un PERI?

Sena hizo un gesto de fastidio. Contestó Bachs.

—Plan Especial de Reforma Interior. Un plan urbanístico que sirve para remodelar un conjunto de edificios, manzanas o lo que sea de la ciudad. ¿Contento?

—¿Qué hay en estos papeles? —Los sacudió en el aire.

—Nombres y más nombres, pero no todos. Las zonas afectadas. Información general.

—¿Y hasta cuándo os habéis remontado?

—Ya te lo he dicho, ¿no prestas atención o qué? —intervino Sena. Fingió un infinito cansancio y respondió—: Hasta un par de años antes de las olimpiadas. Se celebraron en 1992, calcúlalo tú mismo. ¿Sabes restar?

—Lo sabe todo, Víctor —se burló Bachs—. Malart es un fuera de serie.

—Este numerito de la pareja de cómicos os sale de fábula —dijo Milo. Echó una ojeada a los papeles—. Creo que os habéis ganado un café. Yo invito. ¿Vamos?

—Paso —rechazó Sena—. Tengo que añadir más nombres. Menos mal de la informática, que si no ya te daría yo club de damnificados por donde yo me sé.

—Cuando termines de incluirlos todos, me dejas el resto del informe en mi mesa.

—Tío, tú no eres nadie para darme órdenes.

—Que no me llames tío. A ti te sacaron muy pronto de la incubadora, ¿no? Yo les pondría una demanda. ¿Vienes, Bruno?

Bachs se levantó entre risas. Empujó la silla de su compañero para abrirse paso.

—Ahí te ha dado, Víctor.

—Iros a cagar. Los dos —dijo Sena, malhumorado.

Bruno y Milo se dirigieron a la sala de descanso.

Caminaron todo recto, hacia el rincón. Milo lanzó los papeles sobre su mesa; calculó mal y algunos cayeron al suelo. Se situó a la izquierda de Bachs y tomaron por el pasillo. Al llegar a la altura de la sala de visionado, vio que estaba vacía, la puerta abierta.

Era su oportunidad.

Empujó a Bruno, lo metió dentro y cerró de un puntapié. Lo agarró de la camisa y lo acorraló contra la pared. Con el antebrazo, hizo presión sobre su garganta.

—Me empiezo a hartar de tus jueguecitos —dijo, pegado a su cara.

—No sé... de qué... me hablas...

—Cuando lo del Asesino del Parking te cubrí las espaldas y cerré el pico. Pero en esta ocasión te juro que no pienso cargar con el muerto. ¿Me has entendido?

—Te repito... que no sé... de qué me hablas... Me estás... asfixiando.

Milo vio aflorar el miedo en su mirada y aflojó la presión. Se retiró medio metro. Bachs tomó una bocanada de aire. Se llevó una mano al cuello.

—¿Te has vuelto majara o qué? —espetó—. ¡Joder, casi me ahogas!

—Nadie me va a endosar de nuevo una filtración, hijo de puta. Esta vez te vas a comer tú el marrón, ¿me oyes? Te ha llegado el turno, ahora te toca a ti.

Bruno endureció la expresión y avanzó hacia Milo.

—Capullo, no te llega la sangre al cerebro. Te digo que no sé de qué estás hablando.

—El Verdugo de Gaudí —silabeó Milo—. Estabas en la reunión cuando se pronunció el apodo. Y tu amigo Navarro lo soltó en su programa de mierda. Tú eres su garganta profunda. No te viene de nuevo. ¿Cuánto te ha pagado esta vez? ¡Dime!

—Yo no soy la fuente —se encaró Bachs—. Pero aunque lo fuera, que te follen. No tengo que darte explicaciones.

—¡Sí que me las vas a dar! ¡Te salvé el pellejo, a ti y a tu familia, y me lo debes!

—¡Vale, lo hice en una ocasión! ¡En una jodida y maldita ocasión! ¡Y qué! —rugió, encabritado—. ¡Atravesaba un mal momento! Te lo repito: yo no he sido. Si no quieres creerme, es tu problema.

—Ya me dejaste colgado una vez, no me lo trago.

—¡Y a mí qué me explicas! Estás haciendo conmigo lo mismo que los demás contigo. ¡Acusarme sin pruebas! ¿Es que no lo ves? Tú tampoco eres ningún santo, tío.

Milo retrocedió un par de pasos. Sentía las sienes palpitar con fuerza.

—No me llames tío —amenazó, la voz queda.

—Búscate a otro culpable, tienes mucho donde escoger. Fuera y dentro de la comisaría. Y no olvides la política —añadió. Entornó los ojos—. ¿No eras tan espabilado?

—¿De qué coño hablas?

—Maniobra de distracción, cortina de humo, intereses ocultos... ¡Yo qué sé! ¿Todavía no te has enterado de cómo van aquí las cosas? ¡La política está detrás de todo! ¡De todo! Eres un estúpido. Lo tuyo es solo pura fachada. Cartón piedra.

Milo empezó a respirar con dificultad, la cabeza dando vueltas.

—Esto no se va a quedar así —dijo—. No sé cómo, pero voy a desenmascararte.

—Olvídame, tío. No sabes lo que dices. Eres patético.

Bruno abrió la puerta. En el pasillo se encontraban varios agentes que habían acudido al reclamo de los gritos. Crespo, Sena y Rebeca estaban entre ellos.

—¡Y no se te ocurra volver a ponerme las manos encima! —voceó Bachs.

Cerró con un portazo que hizo retumbar las paredes.

—Que no me llames tío —murmuró Milo.

Fue hasta la silla y se dejó caer como un peso muerto.

13

Abrió el piso. Estaba a oscuras, olía a cerrado. Junto a la puerta, vio el mueble donde dejó el arma y cometió el error imperdonable. El descuido. Dudó si entrar o no. Dos meses sin acudir al que había sido su hogar. Allí, a pesar de todo, había vivido feliz con Irene. En Diagonal con Sabino de Arana. No podía ser menos tratándose de una Margarit. Para alguien con aquel apellido era imprescindible marcar el estatus, como en el cementerio. La dinámica de las personas con complejo de clase. Pero ahora aquella casa estaba habitada por un fantasma.

Inspiró una bocanada de aire y cruzó el umbral.

El calor lo golpeó como un saco de arena. Fue hasta la sala y subió la persiana, corrió el ventanal. Se sujetó a la barandilla. Cuando abrió los ojos, dejó vagar la vista por el familiar panorama de la sierra de Collserola. La fronda de los árboles estaba reseca, teñida por una pátina grisácea. Si no llovía pronto, toda aquella vegetación se iba a morir de sed.

—Maldito sol —murmuró.

En la cima destacaba el templo expiatorio del Tibidabo. Sacudió la cabeza. No bastaba para una ciudad con tanta gente necesitada de expiar las culpas. Lo tenía al alcance de la mano. Tan cerca, tan lejos. Siempre que lo contemplaba le remitía a la misma imagen: el castillo de Disneylandia. La única diferencia era la figura de cobre en la parte superior, el Sagrado Corazón con los brazos abiertos como puente entre el Cielo y la Tierra. Lo dicho, Disneylandia. En alguna parte había leído que debía su nombre a las palabras que el diablo había dirigido a Jesús cuando le mostraba los reinos de la Tierra. «*Tibi-dabo.*» «Te-daré.» Ya recordaba dónde había sido, en el evangelio de san Lucas. Más Disneylandia.

Se volvió. Todo estaba lleno de polvo; los muebles, los libros, el parqué. Estiró un brazo y cogió de la estantería uno de tamaño bolsillo con citas de Confucio y Lao-Tsé. Entonces vio que sin querer había pisado el lugar donde se había desplomado Marc. *La sangre.* Llamó al timbre, lo hizo pasar. Y no se fijó. No cayó en su expresión tensa, desesperada. Estaba en plena discusión con Irene y no reparó en él. Igual que si fuera invisible. Y pasó lo que pasó. Una bronca con su mujer y perdió el mundo de vista. Otro error. Sin perdón. *No soporto la vergüenza.* El corazón le dio un vuelco y cerró el ventanal.

Se marchó a toda prisa.

—Llegas tarde —dijo Irene. Cerró el libro que estaba leyendo—. Ya pensaba que no venías.

—¿No te habías citado con un API?

Ella apuró el vermut y dejó la copa sobre la mesa.

—Vendrá luego, en el café. Asuntos de última hora.

—No soy el único que se retrasa —dijo. Echó una ojeada al local. Estaba más lleno de lo que se figuraba. La Venta se hallaba en la plaza del Doctor Andreu, dominaba la ciudad desde lo alto, y no podía considerarse un restaurante económico. Se volvió hacia ella—. Dices que estás en la ruina, pero no lo parece.

—Hay que hacer las cosas bien. —Avisó con una seña al camarero—. Aparentar estar forrado. La realidad no le interesa a nadie. Me lo enseñó mi padre.

—¿Por eso no le cuentas tus problemas con las tiendas? Deberías hablar con él.

—Si vas a continuar así, lo mejor será que te largues.

El camarero les entregó dos cartas. Irene le pidió otro vermut, y Milo, agua. Cuando el hombre se fue, decidió cambiar de tema.

—¿Qué leías?

—Un libro de autoayuda. Para emprendedoras.

—¿Solo para mujeres?

—Dice muchas tonterías. —Encendió un cigarrillo—. En el apartado de no venirse abajo con las dificultades, cita el cáncer de mama. —Vio su perplejidad—. Sí, yo tampoco entiendo a qué viene. Dice que nos lo provocamos para castigarnos, por haber bloqueado nuestra luz interior. —Hizo una mueca—. Que solo nos curaremos si nos perdonamos. Tonterías así.

—Culpabilizar al enfermo es una canallada. —Apartó el humo con la mano—. Entonces, ¿qué ocurre con la tienda de Bonanova? ¿La gente ya no juega a pádel?

Irene dio otra calada. Había montado la primera tienda en el Eixample, y con el éxito decidió abrir una segunda en Les Corts. De nuevo le sonrieron las cosas y buscó un tercer emplazamiento. Pero con esta última la suerte le había dado la espalda.

—Más que nunca. Quizá me equivoqué con la zona.

El camarero trajo las bebidas. Irene abrió la carta y pidió ensalada y lenguado. Milo, sin leer la lista de platos, encargó ensaladilla rusa y pescadito frito.

—Cielo, esto es un restaurante, no una taberna. Pide algo más apetitoso.

Milo abrió la carta. Enarcó las cejas al ver los precios.

—¿Invitas tú? —Ella asintió, las mejillas teñidas de rojo—. Erizos de mar gratinados, y rape con gambas al romesco. Y para beber, la señora querrá vino blanco. ¿Te va bien un Foranell? Y pan con tomate, si no desentona.

El camarero se alejó con el pedido.

—Siempre me pones en evidencia —dijo Irene. Bebió de un trago el vermut y aspiró el cigarrillo casi hasta el filtro—. No sé por qué no puedes comportarte como un hombre normal y corriente. Tampoco es tan difícil.

Aplastó la colilla en el cenicero. Se estrujó las manos.

—No has perdido tu olfato de empresaria, Irene. Es la jodida crisis.

Ella jugueteó unos instantes con la copa vacía.

—No es justo —murmuró—. Estudias los costes al milímetro, vas con sumo cuidado, y de pronto estalla la crisis y se te queda cara de tonta. Si hubiera alargado el brazo más que la manga, podría entenderlo, pero te juro que no ha sido el caso. —Negó con la cabeza—. Tenemos que vender el piso, es la única solución.

Sin saber por qué, Milo pensó en el cáncer. Un día

se le cruzaban los cables a una célula y se convertía en un mal bicho. Y crecía, contaminando su alrededor, extendiendo el mal. Sin avisar. Hasta que surgía el bulto y era descubierto. Pero el monstruo ya había crecido. Si tenías suerte, lo cogías a tiempo. Si llegabas tarde...

—¿En qué piensas? —quiso saber Irene.

—En que no es buena idea. Nos van a dar menos de la mitad de su valor.

—¿Te crees que no lo sé? Pero ¿para qué lo queremos? Ahora solo es un mausoleo. Si hubiéramos tenido hijos... Pero no, el señor no quiso por temor a un puto gen.

El camarero trajo el vino, lo descorchó, y sirvió un poco en la copa de Milo, quien señaló a Irene. Ella rehusó con un gesto. El hombre lo metió en una cubitera y se alejó.

—Es lo único que nos queda en común —dijo Milo.

Irene lo contempló con asombro. Iba a responder, pero el camarero regresó con los platos y aguardó.

—Milo, si me ayudas ahora, podemos ver cómo van las cosas. —Alargó la mano y apretó una de las suyas—. Quién sabe, cariño; quizá podamos arreglar lo nuestro.

Vio asomar a la Irene que conocía, la que siempre se salía con la suya. Como a la hora de defender su relación, o de tirar adelante los planes pese a la oposición familiar. Desde el principio, hacía trece años, se había empeñado en vencer todas las dificultades. Hasta que ocurrió lo de Marc y se hartó del juego. Abrió la boca para decir algo, pero la cerró.

Ella volvió a apretar su mano.

—Sigues siendo muy importante para mí —dijo.

—No cambiarás nunca —murmuró él.

—¿Eso es un sí?

—Antes me gustaría ver el piso. Y ahora, comamos.

El rostro de Irene se iluminó. Le soltó la mano.

—Tengo muchos frentes abiertos —dijo. Agarró cuchillo y tenedor—. Pero cuando todo esto acabe, podríamos..., ya sabes, replantearnos el asunto. ¿Qué opinas? Quizá reaccioné de forma algo infantil. ¿Hay posibilidades de corregir el error?

—A tu padre le daría un ataque.

Ella se rio abiertamente.

Terminaron el primer plato y trajeron el segundo. Ambos rechazaron tomar postre y pidieron los cafés. Ella se levantó para ir al servicio.

—Si llega el API, no dejes que se escape. Luego podríamos ir los tres a ver el piso y firmar los papeles. —Caminó unos pasos. Se volvió—. No me has respondido a lo de antes.

Milo se mordió el labio.

—Todo irá bien —dijo.

Ella rehízo su marcha hacia el interior del restaurante.

Milo sacó el móvil y llamó a Rebeca. Acercó el libro de Irene. En la contracubierta aparecía una mujer de mediana edad, vestida de rosa, sentada sobre el brazo de un sofá tan negro como las cortinas a su espalda. La foto le produjo una grima instantánea.

—Subinspectora, llegamos tarde para evitar que crezca, pero no para que se siga extendiendo. Se le cruzaron los cables pronto, en la niñez, o como mucho en la pubertad. Solo es una corazonada, pero diría que se sintió traicionado por Barcelona. Tiene que haber un detonante. ¿Por qué no buscas en mi cajón, en las carpetas? A lo mejor encuentras algo.

Colgó. Acto seguido, hizo otra llamada. Preguntó

por la doctora Gaig y dijo que era urgente. Aguardó unos instantes. Al cabo, la psicóloga se puso al teléfono.

—Inspector Malart, ¿ha ocurrido algo?

—¿Podríamos vernos esta tarde unos minutos?

—Tengo la última visita a las siete. ¿Qué tal si acudes a mi consulta a las ocho?

—Mejor otro sitio, doctora. Puede haber alguien apostado en la calle, de guardia.

—Entiendo. ¿Qué propones?

—¿Conoces el hotel Axel? La cafetería es un lugar tranquilo, y estás a tiro de piedra.

—¿En la cafetería de un hotel? Inspector, no me parece muy adecuado...

—Es un hotel gay, doctora, en pleno Gayxample. No te hagas ilusiones.

—De acuerdo, allí estaré. ¿Algún estallido nuevo?

—Todo va como una seda. Si te llamo es para pedirte un favor. Me gustaría que me confeccionaras un perfil psicológico de Félix Torrens. ¿Sabes de quién hablo?

—Estoy al día. ¿No tenéis especialistas para eso?

—Prefiero un colaborador externo. ¿Tendrás tiempo de analizar su personalidad?

—Ya tengo más o menos su retrato en mi cabeza. Es un caso de manual.

—Perfecto. Nos vemos a las ocho. Seré puntual.

Cerró el móvil, contempló la mesa. Se preguntó qué demonios hacía allí. Apuró el café y, antes de que regresara Irene, se marchó del restaurante.

Cruzó andando el paseo de Isabel II y llegó hasta la fuente del Geni Català. Como había dicho Crespo, solo tenía un palmo de profundidad. Estudió la figura que se alzaba en lo alto. Un varón desnudo con dos grandes alas y una estrella de cinco puntas en la cabeza. ¿Era un ángel? Observó los genitales. Los ángeles no tenían sexo. Inquieto, pues de pronto las esculturas le provocaban escalofríos, se volvió para contemplar los edificios situados a izquierda y derecha. El segundo era la típica construcción clásica, con líneas rectas y estructura monumental; en cambio, el otro estaba adornado con multitud de relieves.

Extrajo el móvil.

—Sargento, estoy delante de la Casa Xifré. Veo muchos símbolos, pero no sé qué significan. Si te los voy describiendo, ¿podrías explicármelos?

—No te muevas, llego en diez minutos —dijo.

—Toni, no hace falta que...

Había colgado y Milo se quedó con la palabra en la boca. Acto seguido, sonó el teléfono y leyó que era Irene. No contestó. Ya sabía para qué llamaba. Fue a sentarse en un banco de Pla de Palau. Una sirena rasgó el rumor del tráfico y la estridencia provocó que varios perros se lanzaran a ladrar. Pensó en el listado de Crespo, en aquella sucesión de crímenes inadvertidos. Se sintió embotado, no tenía que haber comido tanto. De golpe lo invadió una sensación de extrañeza, como si el entorno fuera algo nebuloso, irreal. Notó que una presión le atenazaba la garganta y se levantó. Anduvo deprisa hacia el edificio de corte clásico. Recorrió toda la acera y volvió sobre sus pasos. De nuevo, rehízo el recorrido, pero esta vez a la carrera. Cuando ya se disponía a iniciar la tercera vuelta, una moto se interpuso en su camino.

—Inspector —dijo el sargento Crespo. Se sacó el casco—. ¿Qué haces?

—No hacía falta que vinieras.

—Yo también necesito estirar las piernas de vez en cuando. Si no salgo de la oficina, me voy a volver loco. —Guardó el casco en el compartimiento trasero y retiró las llaves de la moto—. Oye, siento lo de tu bronca con Bachs. La cosa ha llegado a oídos de Singla.

—Era de esperar. Estos días mi intervención no está siendo muy afortunada.

—¿Te parece poco haber descubierto los pasos de un psicópata los últimos años?

—¿Cómo vas con el listado?

—Avanzo, aunque todavía no lo he terminado.

—¿Se sigue manteniendo la secuencia?

—Mejor te respondo cuando lo acabe. ¿Empezamos con esos símbolos?

Caminaron hasta situarse en el centro de la acera, frente a la Casa Xifré. El sargento la señaló con la mano.

—Podría decirse que todo el edificio es una morada filosofal, como diría Fulcanelli.

—En cristiano, sargento.

—Fulcanelli, famoso alquimista del siglo XX, asiduo visitante de Barcelona. Según él, una morada filosofal es el soporte físico de verdades herméticas. Hermes, filósofo egipcio que se supone que vivió en el 2000 antes de Jesucristo, y creador de varios libros de alquimia que dieron pie a la escuela hermética. ¿Sigo? —Milo asintió—. Josep Xifré fue un indiano multimillonario y reconocido francmasón que adquirió estos terrenos a su regreso de Cuba para hacerse construir un edificio. Este mismo lugar, por algún motivo, fue el escogido por los romanos para instalar su primer puerto. Te lo digo porque la ubicación de un emplazamiento no era algo gratuito para un francmasón, tenía que responder a una serie de condiciones.

—Queda claro. Continúa.

—Observa la cornisa de su cuerpo central. —La apuntó—. Es una alegoría perfecta de la ciencia hermética. Ese que ves semidesnudo es Saturno-Cronos, dios del tiempo y señor del caos. Sostiene la guadaña y el reloj de sol mientras apoya una mano sobre el ouroboros, la serpiente que se enrosca sobre sí misma mordiéndose la cola. La figura femenina embarazada frente a él y con un compás en la mano es Urania. Ahora no viene a cuento explicarte lo de su embarazo, aunque tiene que ver con el apodo que se atribuyen los masones. ¿Ves la peana que está detrás de ella? Alude a la herramienta básica de los trabajos herméticos, el atanor, que es un horno de fusión donde se coloca la piedra de antimonio, representada por ese instrumento astronómico que es una esfera armilar. Esta alegoría era muy utilizada por los discípulos de Hermes. Una dama, la Teoría, medita ante el atanor. Significa la preparación intelectual que hay que acumular antes de realizar los trabajos para luego no caer en el error.

—Esa dama debería acompañarme más a menudo.

—¿Ves los porches? Esas figuras son caduceos de Mercurio formados por una vara lisa y cilíndrica, símbolo de la columna vertebral del cuerpo, rodeada de dos culebras entrelazadas y en oposición, que son las dos polaridades que hay que superar, los dos principios opuestos del mundo. Sobre la vara está el yelmo, o coronación del triunfo, y la perla, o poder de la expansión espiritual.

—¿Y ese casco con alas a la izquierda de la cornisa, en la parte superior?

—No son alas, sino las orejas de un asno, y se refieren a Midas —repuso Crespo—. Simboliza lo que te puede ocurrir si orientas mal un trabajo, y el fracaso que te aguarda si solo buscas el oro físico.

—¿Y la concha de peregrino del otro lado, en la derecha de la cornisa?

—Representa el camino largo y difícil del alquimista, como una peregrinación.

—Y justo debajo de todo ese despliegue simbolista, un restaurante.

—Sí, el Set Portes —dijo el sargento—. Su suelo es como el de la biblioteca Arús, ajedrezado, típico de las logias, y en su decoración hay ramas de acacia, el árbol sagrado de los francmasones. En resumen, es evidente que Xifré quiso reflejar en este edificio el simbolismo del hermetismo tradicional y la alquimia clásica.

—Y enfrente, la Llotja, la construcción que albergó la Escuela de Arquitectura donde estudió Gaudí.

—Tenía ante sus ojos, a la altura del piso donde se alojaba, esos relieves masónico-herméticos. Hay quien afirma que pudo influir en su tendencia por reproducirlos en su obra, incluida la Sagrada Familia, lo que no deja de resultar sorprendente.

—Y formando un triángulo con ambos edificios, la fuente del Geni Català, el lugar donde apareció un cadáver sin mano. Es demasiado exacto, no puede ser casual.

—El origen de la fuente no tiene importancia —dijo Crespo—. Se levantó para conmemorar la llegada del agua a la ciudad. No, si el asesino la escogió para abandonar el cuerpo fue por su ubicación. Como dices, es imposible que se den tantas casualidades juntas.

—¿Gaudí era masón? —Crespo se echó a reír—. ¿Qué te hace tanta gracia?

—Tu pregunta. ¿Te imaginas cuántos investigadores y estudiosos de su figura y obra se han devanado los sesos tratando de encontrar la respuesta? Han rastreado su vida hasta el más mínimo detalle y nadie, hasta hoy, ha podido aportar una sola prueba de que lo fuera. Y va y tú me lo preguntas, tan tranquilo...

—Disculpa mi ignorancia pero...

—No, si es lo más sensato —dijo el sargento—. Basta con observar cualquiera de sus obras para abrir el interrogante. Es lo lógico, inspector.

—El otro cadáver apareció en una de las farolas de la plaza Reial, obra también de Gaudí.

—Coronada por el mismo caduceo de Mercurio. Como ves, no es tan raro concluir que, después de observar cada día durante sus años de estudio los mismos relieves, Gaudí pudo sentirse influenciado por esa simbología.

—Y el asesino, de una forma u otra, está obsesionado con la figura y obra del arquitecto. Tres de tres. Lo que no sabemos es por qué.

—Cuatro de cuatro —dijo Crespo.

—¿Ha aparecido otro?

—En los archivos, sí. En 1998 se halló el cuerpo de una prostituta en el parque de la Ciutadella, justo en la plazoleta Aribau, junto al monumento. Le faltaba un pie.

—Y lo relacionas con las muertes en circunstancias extrañas porque...

—La peana de la estatua de Bonaventura Aribau está grabada con signos masónicos: cubos puntiagudos, la tau, la estrella de cinco puntas, hojas de acacia...

—Y porque...

—Quien diseñó la ornamentación de la plazoleta...

—Fue Gaudí.

—Premio. Y otro detalle: si coges un plano y con una regla trazas una línea que una la plazoleta Aribau con la farola de la plaza Reial, es decir, dos escenarios del asesino, los dos diseñados por Gaudí, y la haces continuar todo recto, pasa también por un tercer punto, el Palau Güell, sede de la fundación Círculo Gaudí, y que ya por aquellos años presidía...

—Torrens —finalizó Milo, seco.

—Exacto.

Milo apretó los labios.

—Pero esa línea recta no pasa por la fuente del Geni Català —objetó.

—No la diseñó Gaudí.

Guardaron silencio unos segundos.

—Cinco de cinco —dijo Milo.

—Falta demostrar que Torrens haya sido secuestrado por nuestro asesino, aún no lo sabemos. Puede tratarse de una fuga, como afirma el fiscal.

—Ha sido él.

Su móvil sonó. Distraído, contestó sin leer el nombre.

—Me has dejado plantada —dijo Irene, la voz gélida.

Crespo se alejó discretamente hacia la moto.

—Ahora estoy ocupado, no puedo hablar.

—No te necesito, Milo. Hay otra forma de hacer las cosas. A las malas.

—¿Me estás amenazando?

—Si pido el divorcio, el juez puede decidir que el piso es mío.

—Tal vez. Pero eso requiere tiempo. ¿Lo tienes?

Irene colgó sin responder.

Entró en The Ground Bar con paso acelerado. La combinación de paredes negras, muebles fucsia y matices dorados, junto a las luces multicolores de las vidrieras modernistas del techo, le hizo parpadear. La mayoría de los clientes del bar del hotel Axel eran hombres apuestos, vestidos de forma elegante y exquisita. Sintió que estaba fuera de lugar con los tejanos y la camiseta arrugada. Consciente de sus miradas, distinguió al fondo el rostro impaciente de la doctora Gaig y se acercó a toda prisa.

—Llegas tarde, inspector.

Milo se dejó caer sobre un butacón rojo, de diseño.

—Pensaba que estabas en el bar de la azotea —dijo—. Con este calor, creía que preferirías vernos junto a la piscina. He perdido un tiempo precioso buscándote.

—¿Media hora para subir y bajar en ascensor?

—Había mucha cola.

Judit Gaig enarcó una ceja, lo observó un instante.

—¿Ese morado en tu mejilla significa lo que pienso?

—Fue una puerta. ¿Conocías este local? Es el lugar más *cool* de la ciudad, el punto de encuentro del ambiente *trendy* barcelonés. Aquí la clave es ver y ser visto.

—¿*Trendy*? ¿Qué es, una nueva tendencia? —Milo se encogió de hombros—. No me has hecho venir para vacilarme, ¿o sí?

—Quiero que me hables de sexo —dijo Milo.

Un camarero les preguntó qué querían tomar.

—Un gin-tonic de Hendrick's, cargado —dijo Gaig.

—Lo mismo, pero sin ginebra —dijo Milo—. No, mejor un agua con gas. Vichy Catalán. Sin hielo. Muy fría.

El camarero se alejó.

—Creía que querías hablar del perfil psicológico de Félix Torrens —dijo ella.

—Y es lo que quiero.

La doctora evitó el contacto visual y miró a su alrededor. El ambiente era distendido, cosmopolita, agradable. Observó que era la única mujer en el bar.

—Hagamos bien las cosas —dijo Milo—. Te estoy robando tiempo con una consulta, así que pasa tu minuta a la Central. De paso, puedes incluir las copas.

Judit Gaig se volvió hacia él.

—Como quieras —dijo. Rebuscó en el bolso y le entregó una caja de pastillas—. Son ansiolíticos, por si te notas tenso, a punto de explotar.

—¿Crees que los necesito?

—No he dicho tal cosa —refutó ella. Recuperó su autoridad—. La presión a la que estás sometido puede hacerte estragos. Te ayudarán a sobrellevarla.

—No me gustan, me nublan la cabeza.

—Antes de que la aguja marque el límite es bueno bajar las revoluciones. También te serán útiles para conciliar un sueño profundo y reparador. Y eso sí creo que lo necesitas, con urgencia.

—Lo tendré en cuenta. —Guardó la caja—. ¿Empezamos con el perfil psicológico?

Judit Gaig respiró hondo. Se concentró unos instantes.

—Encaja como un guante dentro del perfil del delincuente de cuello blanco. Estos individuos tienen como única regla moral enriquecerse, y todo lo supeditan a ella. Son fríos. En lugar de encontrar la seguridad en el vínculo afectivo, la hallan en la acumulación de poder y dinero. Están convencidos de que actuar de este modo los convierte en autosuficientes ante las dificultades. Por este motivo, la red de relaciones que tejen no está basada en la confianza, sino en los intereses mutuos. No sienten ninguna empatía por los demás y son incapaces de ponerse en su piel, de sintonizar con su estado de ánimo. Provocan dolor o destrucción sin sufrir lo más mínimo por sus víctimas. Además, son grandes manipuladores. Despliegan su falso encanto arrollador, pues la mayor parte de las veces es superficial e incluso simple, y se creen inmunes, distorsionando la realidad. Con todo esto obtienen gran satisfacción, un chute de adrenalina a la que se acaban enganchando. Son mentirosos y narcisistas, viven como si no necesitaran a nadie, y se sienten intocables. Parecen muy capacitados, pero confunden creatividad con expolio. Suelen desarrollar recursos no basados en la inteligencia, sino en la astucia, y se creen más astutos que nadie. Ah, y desprecian sentimientos como la vergüenza o el arrepentimiento. Los consideran debilitadores, propios de gente mediocre.

—¿Cómo denominarías este tipo de conducta?

—Claramente psicopática —respondió ella.

El camarero sirvió el gin-tonic. Lo observaron combinar los ingredientes. Dejó el agua mineral en la mesa, el vaso sin hielo y con una rodaja de limón, y se alejó.

Gaig dio un sorbo. Dejó escapar un suspiro de alivio.

—Dios, cómo lo necesitaba —dijo—. ¿Tú no bebes?

—Más tarde, continúa.

Ella removió el gin-tonic con un dedo, pensativa.

—El dato más característico de su comportamiento

es que carecen de sentimiento de culpa. Les cuesta ser conscientes de lo que acarrean sus actos, no alcanzan a comprenderlo. Buscan la recompensa inmediata y la quieren aquí y ahora. En resumen, no tienen normas éticas y morales, y consideran las leyes meras barreras que no van con ellos. De ahí que se las salten sin ningún problema.

—¿Y por qué alguien que posee ya suficiente riqueza pierde el control y se lanza al delito sin tapujos?

La doctora bebió otro sorbo antes de responder.

—Porque nunca tienen bastante. Necesitan más, acumular más riqueza, más poder. Son adictos al proceso, ansían la dosis, no pueden parar. Se ven envueltos en una rueda sin fin, atrapados en una bola de nieve que va creciendo más y más a medida que aumenta su red de mentiras y manipulaciones. Son enfermos.

—No me dan ninguna lástima —dijo Milo—. Su sitio es la cárcel.

—No digo lo contrario —repuso ella—. Solo comento que su patología es de las denominadas de «difícil acceso», con una rehabilitación muy compleja de lograr. Hay quien afirma que las causas de sus conductas se hallan en la infancia: pérdidas afectivas, entornos represivos, abandono emocional, necesidad de llamar la atención. Por lo demás, y como enfermos que son, también hay que protegerlos del sentimiento de venganza de sus víctimas.

—Tal vez, pero su enfermedad no los exime de devolver todo lo que han rapiñado.

—Te aseguro que cuando son atrapados sienten gran humillación por su degradación social. No olvides que son personas que han disfrutado de respeto y admiración, que suelen haber sido muy laureadas y aplaudidas por la sociedad. No sé si será suficiente castigo pero...

—¿Sienten culpa y vergüenza?

—No, ya te lo he explicado.

—Entonces no es suficiente —concluyó.

Ella lo estudió con atención.

—Te veo muy rencoroso con ese individuo. ¿Félix Torrens te ha hecho algo a ti o a alguien cercano?

—Tanta hipocresía me da arcadas —dijo Milo—. Por un lado, su imagen de persona intachable, honesta, patriota. Y por otro, su corrupción escondida, sus afanes egoístas de acumular poder, su conducta de canalla antisocial. Va por libre, a él no le afectan las normas de la sociedad, tiene patente de corso para hacer lo que le venga en gana. Y mientras finge que construye, en realidad está destruyendo. Con una mano presume de expandir por el mundo la genialidad de Gaudí, y con la otra contamina todo lo que toca con su prepotencia, codicia amoral y mentira. —Clavó los ojos en la doctora—. ¿Qué hay de su lujuria? Un hombre con tantos vicios privados tiene que haber caído en ella por fuerza. Háblame de sexo.

Judit Gaig puso cara de asombro.

—Inspector, desconozco su caso concreto —dijo—. Me faltan datos.

—Básate en la teoría, en el perfil psicológico que me acabas de confeccionar.

La doctora caviló unos segundos.

—Un hombre que se cree por encima —dijo—, con poder sobre todo y todos por ser quien es, es posible que coja lo que le guste sin importarle las consecuencias.

Milo se irguió en el butacón rojo de diseño.

—¿Cualquier persona que le atraiga?

Ella asintió.

—El problema, claro, será someterla a sus deseos —agregó.

—Puede violarla.

—En efecto, pero entonces no tiene nada que ver con la lujuria, sino con el poder.

—Algo que cuadra perfectamente con su perfil —razonó Milo.

—Así es.

Se inclinó hacia ella y repitió:

—¿Con cualquier persona?

—Sí, ya te lo he dicho —se impacientó Gaig.

—¿Incluso con niños?

La pregunta resonó en sus oídos como un disparo. Tragó saliva, de repente incómoda.

—Inspector, me estás preguntando algo muy delicado que no sé si debo...

Milo la interrumpió.

—Pocos años antes de los Juegos Olímpicos, Torrens se empleó a fondo en lavar su imagen. ¿Sabes a qué se dedicó durante ese tiempo? —Ella negó con la cabeza—. A montar centros de acogida para niños desvalidos, los desamparados por el sistema. A darles cobijo.

La doctora pestañeó, desconcertada.

—Te lo vuelvo a preguntar —dijo Milo—. Un hombre de perfil amoral, acostumbrado a provocar dolor sin sufrir por sus víctimas, ¿puede haber practicado la pederastia?

—Y yo te lo vuelvo a repetir, inspector; ni debo ni quiero responder a esa...

—Adicto a la adrenalina que genera con sus actos —continuó Milo—, narcisista, sin sentimiento de culpa por ninguna de sus acciones, que se cree inmune, intocable...

—Inspector Malart, no me presiones, no soy uno de tus detenidos —protestó.

—Habituado a obtener satisfacción con sus delitos, para quien las leyes solo son una barrera que no van con él, alguien que quizás ha sufrido en su infancia algún tipo de trauma...

—No sigas, por favor —cortó ella—. ¡Esto no tiene ningún sentido!

—¿Por qué?

—Porque no se enriquecería con ese... ese tipo de actos —dijo Gaig.

—Pero sí satisfaría su personalidad de hombre que se cree por encima —acorraló Milo—. Son tus palabras. Encaja con la teoría que me has explicado.

—¡Pero de ahí a la práctica hay un trecho muy largo! ¡Escapa a mis atribuciones!

—Doctora, no pretendo que me lo certifiques —aclaró—. Solo que me digas si es posible que un individuo como Torrens, que se cree superior, un ser superior, puede haber sido capaz de coger... a un niño o una niña y someterlo a sus deseos sin importarle las consecuencias. ¿Sí o no?

—No sé, yo... —titubeó.

—Se siente dueño y señor de todo, de todos —insistió—. Y tiene delante un niño. Vulnerable. O una niña. Indefensa. A una criatura que lo atrae hasta la obsesión. Necesita volcar en ella su poder, su necesidad de dominación. ¿Podría, sí o no?

—¡Pero eso no significaría que fuera un pederasta en el sentido estricto de la palabra!

—Nadie afirma tal cosa —dijo Milo—. Planteo el

mero supuesto de que simplemente se encaprichara de un niño o una niña. No hay leyes. La única norma es satisfacer sus deseos. Todos sus deseos. ¿Podría, sí o no?

Gaig enrojeció, exasperada.

—¡Por supuesto que podría! —soltó—. ¡Pero eso no cuadraría con el comportamiento de un delincuente de cuello blanco!

Milo se destensó de golpe. Cayó contra el respaldo.

—Pero sí con el de un monstruo —dijo, la voz queda.

Agarró el vaso de agua y lo vació hasta la última gota.

—¿Tienes sed?

Torrens abrió los ojos con dificultad y vio el foco de luz encendido. En un primer momento no recordó dónde se encontraba. Desorientado, con el cerebro sumido en tinieblas, se limitó a respirar pesadamente. El dolor laceró sus pulmones.

—¿Tienes sed? —repitió la voz rasposa.

El preso abrió y cerró la boca sin emitir ningún sonido. La mente le instó a seguir durmiendo, refugiarse en el sueño. Cerrar los ojos y acabar con el sufrimiento, sin resistencia. Terminar con todo. La muerte no podía ser algo tan horrible. ¿Sed? Entonces recordó la celda, su situación. Valía la pena un último esfuerzo.

Sin energía, rodó sobre sí mismo muy despacio para encararse con la voz. A cada movimiento, miles de dardos le atravesaron el cuerpo. Intentó hablar.

—Agua —logró decir.

—De rodillas, ahora —ordenó la voz.

Sin fuerzas, se dispuso a obedecer. Poco a poco, consiguió apoyar brazos y piernas hasta ponerse a gatas. Temblando de pies a cabeza, aguardó la siguiente orden.

—Avanza. Hacia mí.

Renqueante, con extrema lentitud, se aproximó un paso, dos. Se detuvo, exhausto.

—Última oportunidad. Quieto.

La voz era fría, de hielo. Inexpresiva.

Procuró no moverse. Rezando para que los músculos no lo traicionaran, contuvo la respiración. Permaneció inmóvil. Transcurrieron los segundos, los minutos. Una eternidad. La vergüenza asomó en su cabeza. Pero también encontró algo insospechado, un cierto gozo en la sumisión. Había paz en la renuncia, en la entrega total.

—Abre la boca —dijo la voz.

Obedeció al instante, sin pensar. Y al hacerlo, una cálida sensación inundó sus sentidos. Algo individual, incompartible. El dulce sentimiento del abandono.

—Y ahora, lame.

Vio una forma borrosa delante de su cara. Parecía un plato. Escuchó el rumor del agua al caer en su interior. Fue breve, pero suficiente para provocarle una insufrible ansiedad. Sacó la lengua y la hundió con avidez en el recipiente. Al primer contacto con el líquido, estalló en su garganta una miríada de explosiones cicatrizantes. Bebió acuciado por la prisa, frenético. Trasegó el escaso dedo de agua y lamió con voracidad la superficie del objeto hasta que fue retirado de forma brusca y repentina.

—¿Qué se dice? —preguntó la voz.

—Gracias —balbuceó, con mansedumbre.

—Buen chico.

De pronto, sintió algo extraño, casi olvidado. Después de tantos años, volvía a experimentar el alivio prohibido de la degradación. Primero, como amo; luego, como esclavo. La íntima gratitud por recibir la recompensa tras ser humillado. El círculo perfecto.

Vibró por una súbita e inesperada corriente de placer.

La voz descubrió el relajamiento de su rostro, el atisbo de su gozo.

—Has recordado —dijo.

—No... no te... entiendo...

—La Ferradura —dijo la voz rasposa, sin entonación.

Aquella palabra lo dejó sin aliento, como si hubiera sido golpeado en el pecho por un puño de hierro. Y supo, en el acto, que las cosas acabarían mal, rematadamente mal.

La memoria se activó al instante.

El cuerpo efébico, tentador. La boca dulce y virginal. La piel sin mácula. Un ángel de mente perversa que se transformó en demonio. Que él transformó en demonio. Y cómo dio mil veces gracias al Cielo por haber cruzado en su camino a un ser tan bello como poderoso.

—Pero tú... tú no eres... —murmuró, paralizado por el terror—. Tú eres...

—Yo soy su discípulo, solo cumplo órdenes —dijo la voz rasposa.

—No... no me hagas daño. Te daré lo... lo que quieras.

—No pienso tocarte. Todavía no.

Félix Torrens perdió la fuerza y cayó de cara contra el cemento. Presa del histerismo, se abrazó a sí mismo y empezó un leve balanceo mientras rezaba una oración.

El potente foco de luz se apagó.

Sonó el móvil y Milo abrió los ojos. Aún no había amanecido. Echado en la tumbona de la terraza, rebuscó el aparato por el suelo y se lo llevó a la oreja.

—¿Dormías?

—Solo daba una cabezada.

—Tómate un par de cafés bien cargados y ven a la Central —dijo la jueza Cabot.

—¿Ha pasado algo?

—El Grupo, con Singla al frente de una unidad de los GEIS, ha detenido esta noche a un sospechoso por el asesinato de Pinto. Como ya te puedes imaginar, las cámaras no se han perdido detalle. Lo van a interrogar dentro de un rato.

Milo se despejó de golpe. Se incorporó.

—¿Un sospechoso? —repitió.

—Lo que oyes —dijo la jueza—. Un antisistema. Te lo explicaré todo cuando vengas. Por las pruebas que me han presentado no he tenido más remedio que firmar la orden de detención. Se ha armado un gran revuelo y ahora le están tomando las huellas. Yo de ti vendría volando. Están todos, solo faltas tú.

Milo se mantuvo un instante en silencio.

—¿Te ocurre algo?

—¿No te parece una detención muy oportuna?

—No me parece nada. Pero deberías alegrarte. Fuiste tú quien señaló la línea de investigación correcta.

—Entonces, ¿por qué siento un regusto extraño en la boca del estómago?

—No sé, ¿quizá porque cenaste algo en mal estado?

14

Vivir mata, leyó Milo en la camiseta negra del detenido. Era joven, con la cabeza rapada salvo un penacho castaño. Pómulos angulosos, rostro repleto de quistes y granos, ojos hundidos. A través del cristal de la sala contigua, observó su expresión indolente, como si estar allí no le inquietara. Exhibía varios adornos: una argolla en el tabique nasal, otra en la ceja, y una última en los labios; en el cuello, un collar de perro tachonado de pinchos, a juego con las muñequeras, y un cinturón de balas plateadas, la hebilla con forma de calavera.

—¿Sabemos su nombre? —preguntó Milo.

—Jon Grau, veinte años, con antecedentes por hurto y actos vandálicos —dijo la jueza Cabot—. Un angelito.

El detenido abrió la boca en un bostezo interminable, se incorporó y, mientras estiraba perezosamente los brazos, dio unos pasos por la sala de interrogatorios. Rodeó la mesa clavada en el suelo, miró a la cámara de vigilancia, y se detuvo ante el espejo. Con una mueca de desprecio, se levantó la camiseta y señaló un número de teléfono escrito en el estómago.

—De su abogado —dijo Cervera a sus espaldas—. Sigue al pie de la letra el manual del guerrillero urbano. Pero ya puede esperar sentado el muy cabrón. Después de su recibimiento lleno de trampas, lo último que vamos a hacer es llamar a uno de sus colegas.

La jueza Cabot se volvió hacia él.

—Inspector, no hace falta que le diga que debemos ser sumamente escrupulosos con los derechos del detenido. Llámelo ahora mismo, ¿me ha oído?

—Jueza, ese tipo pretendía electrocutarnos y por poco no nos quema vivos. Si el DINF no nos hubiera señalado la ubicación exacta, habría ocurrido una tragedia.

—¿Tendré que hablar con el inspector jefe Singla? Obedezca de inmediato y no me haga perder el tiempo.

Cervera abandonó la sala rezongando por lo bajo.

—Tiene que comprenderlo, jueza —intervino Rojo—. No ha sido nada agradable entrar en una casa sembrada de trampas para causarnos el máximo daño.

—¿Y quién ha dicho que este trabajo tenga que ser agradable? —repuso ella—. Iban escoltados por una unidad de los GEIS que les abría camino, y siguiendo las indicaciones del DINF infiltrado. ¿Qué más querían?

—Yo no digo nada, pero...

—Pero nada —atajó. Señaló al detenido detrás del cristal—. Esa gente está en lucha contra el sistema. Y nosotros, la autoridad, somos sus representantes y por tanto sus enemigos. ¿Qué esperaban? ¿Un comité de bienvenida?

El inspector Rojo bajó la cabeza.

—¿Hay un DINF en todo esto? —preguntó Milo.

—Sí, un miembro de la División de Información se

infiltró en el colectivo hace seis meses. Ha rondado de casa ocupada en casa ocupada, por Sants, Gran Via, Gràcia, y la última, donde detuvimos al sospechoso, en Urgell con Floridablanca. Gracias a él se han desactivado varias células muy combativas del grupo de los más violentos, formado por unos cuatrocientos, y fichado a varios antisistema del núcleo duro.

—¿Y cómo obtuvisteis su colaboración?

—Bastos tiró la caña por todos los departamentos y un pez mordió el anzuelo. La DINF tenía en su punto de mira a un tipo que coincidía con las características que buscábamos y nos dio el soplo. Ha sido un golpe de suerte.

—Yo no creo en la suerte.

Rojo se encogió de hombros y salió de la sala.

—Has sido muy dura con ellos —dijo Milo.

—¿Tú tampoco te enteras de qué va el asunto o qué? —se enfrentó ella—. Si no hacemos las cosas bien, luego tendré que aguantar que varios centenares de profesores universitarios firmen un manifiesto tachándome de criminalizar el movimiento social de los antisistema para convertirlos en el chivo expiatorio y así desviar la atención ciudadana de los conflictos reales. Y ya estoy cansada de esta canción. No pienso darles más argumentos y todo se va a llevar a cabo dentro de la más estricta legalidad.

—No la tomes conmigo, señoría. Estoy de tu parte.

La jueza dejó escapar un resoplido de impotencia.

—Todo esto es kafkiano —dijo—. Van contra el sistema, pero a la vez se acogen a las normas del sistema para combatir el sistema. He leído ese manual del guerrillero urbano y, en el colmo del absurdo, tienen la desvergüenza de incluir una advertencia legal sobre la inviolabilidad del domicilio por la policía. ¡Un domicilio que ellos han ocupado! Lo dicho, kafkiano.

El fenómeno de los antisistema llevaba de cabeza cada vez más a las autoridades. Era un asunto complejo. Sumado al núcleo duro de anarquistas violentos muy militantes, se añadía el movimiento alternativo de Barcelona, un magma plural sin estructura organizada. Formaba una heterodoxa nebulosa de okupas, independentistas, antifascistas, sindicalistas, entidades vecinales, estudiantes, grupos feministas y ecologistas, todos agrupados en defensa de los derechos laborales y el acceso a una vivienda digna. En opinión de los sociólogos, la violencia del colectivo se debía a que formaba parte de una generación sin futuro, achacando los brotes de ira como fruto de la desesperación por la falta de expectativas y oportunidades. La pérdida de identidad de la ciudad a base de la renovación constante de calles y edificios, las subidas de alquileres en barrios de moda, y la especulación de la construcción con precios abusivos, eran otras de las causas que apuntaban para justificar el aumento del fenómeno.

Milo se aclaró la garganta.

—No es por llevarte la contraria, señoría, pero yo comparto muchas de sus exigencias. Y antes de que me mandes a chirona, déjame añadir que estoy en contra de la violencia.

La jueza lo fulminó con la mirada.

—La precariedad de empleo o las dificultades para acceder a una vivienda no se combaten con la quema de contenedores y la rotura de escaparates.

—Lo sé, pero no todos los antisistema son violentos. Algunos poseen ideología, y de peso. No hay que meter a todos en el mismo saco.

—Y la propiedad privada es sagrada —agregó ella—. Es la base de nuestro sistema. No se puede invadir la casa de nadie empujado por unas ideas.

—Salvo que seas un joven que está harto de ver cómo se levantan más y más hoteles de lujo para los turistas mientras él sabe que no va a tener casa en su puta vida.

—Es el capitalismo —replicó Susana—. Esos solares los ha comprado alguien y puede hacer en ellos lo que le venga en gana. Son las normas del juego.

—Ya, como levantar pisos para la especulación en vez de para dar cobijo a las personas. Así es como ha estallado esta crisis que nos va a mandar a todos al infierno. Por las malditas normas del juego. Unos pocos ganan, y una inmensa mayoría pierde. No es justo.

—¡Es el sistema! —exclamó ella.

—¡Pues el sistema es una mierda!

—¿Te alineas con un tipejo como ese?

—No lo sé, aún no tengo el gusto de conocerlo.

—Yo te lo presento. Ese tipo es alguien que siembra con trampas la casa que ha ocupado para que cuando alguien como tú entre a detenerlo, caiga en ellas. Como agujeros en el suelo, cubiertos con una esterilla, para que el agente, al pisarlos, se precipite varios pisos abajo. O como puertas conectadas a la corriente eléctrica. O como cubos llenos de gasolina colocados cerca de las entradas para que ardan con una chispa de las sierras radiales y quemen al agente que pretendía forzarlas. ¿Hace falta que siga?

Milo guardó silencio, sorprendido por su vehemencia.

—Es el mismo tipo que se sabe de memoria ese manual del guerrillero —prosiguió ella, encendida—. Se titula *Organiza tu rabia* y su lectura es muy divertida. Recomienda llevar siempre capucha, pues «la capucha es tu amiga», y el rostro cubierto con un pañuelo además de lo del teléfono de un abogado. Y de paso, da consejos sobre cómo frenar una carga policial, bloquear calles, fabricar cócteles molotov y quemar vehículos. Ahora que ya lo conoces, te lo vuelvo a preguntar: ¿te alineas con un tipejo como ese?

Susana se cruzó de brazos y aguardó. Taconeaba impaciente en el suelo.

—¿No dices nada? —apremió.

—¿Ese joven sabe fabricar cócteles molotov?

—Sí, ya te lo he dicho, es un alumno aventajado.

—Necesito saberlo todo sobre él. —Dio media vuelta.

—¿Adónde vas?

El portazo la sobresaltó. De soslayo, vio que el detenido hacía cuernos al espejo con ambas manos y luego regresaba a la silla para repantigarse de nuevo. Soltó un suspiro. No se consideraba supersticiosa, pero sabía que en un martes y 13 nada podía salir bien. Era de cajón.

Rojo estaba en el pasillo, recostado contra la pared, aguardando al interrogatorio. Sostenía un vaso de plástico con un café y miraba distraído el suelo.

Milo acortó en dos zancadas la distancia.

—Escucha, Malart, ¿de parte de quién está tu jueza?

—Déjala estar, Rojo. Recibe presiones de todas partes y este asunto pone de los nervios a cualquiera. Y oye, no es mi jueza. Empiezo a cansarme del estribillo.

—¿Ahora también tú vas a ponerte pejigueras?

—Háblame de Jon Grau, ¿qué sabéis de él?

Rojo bebió un sorbo de café sin dejar de observarlo por encima del vaso.

—Hijo único de familia obrera, de La Verneda. El padre es albañil, en paro, y la madre se dedica a limpiar casas. El chaval dejó el instituto antes de terminar la ESO y tuvo la brillante idea de pedir un curro en la obra, igual que su padre, que como estaba cantado no se lo dieron. Se buscó la vida, trapicheando aquí y allá, hasta que La Caixa ejecutó la hipoteca y desahució a la familia por falta de pago. Endeudados hasta las cejas, perdieron el piso y se vieron obligados a mudarse a casa de un pariente en Bellvitge. Al tipo le sentó como un tiro y se largó a una casa ocupada de Gràcia donde lo acogieron con los brazos abiertos. A partir de ahí, inició su carrera como beligerante guerrillero urbano. Odia el sistema.

—No se lo reprocho —dijo Milo—. Tal vez en su situación yo haría lo mismo.

—Y yo, pero en vez de apuntar a agentes de policía, enfocaría mi rabia más arriba. ¿Por ejemplo a un alto cargo de La Caixa, responsable de la ruina de su familia?

Intercambiaron una mirada.

—Es una posibilidad. ¿Qué más habéis averiguado?

—El 29 de junio, el día en que desapareció Pinto, nuestro joven guerrillero se largó de la ciudad y no regresó a la casa ocupada de Floridablanca hasta cinco días después, el 4 de julio, cuando apareció el cuerpo en la Casa Milà envuelto en llamas.

—¿Coartada?

—Dice que se fue en moto a un festival de música heavy en Jaén, y que estuvo cinco días de farra. Ya sabes, pastillas, alcohol y marcha a tope. Afirma que no estaba al tanto de la desaparición de la víctima y que ni siquiera sabe quién es.

—¿Lo habéis comprobado?

—Estamos en ello. De momento, sin resultados.

—¿Tiene moto?

—No, es de alguien de la casa. Como el traje de motero y el casco. Los están analizando. Lo que sí te avanzo es que el traje y los guantes están manchados de aceite, aunque no es de extrañar. La moto es un trasto viejo, una Bultaco de la época de Maricastaña, que debe de perder aceite por un tubo.

—¿Y qué me dices del casco? ¿La visera es oscura?

—Transparente. Quizá se deshizo del otro.

—¿Habéis encontrado alguna furgoneta blanca?

—No, pero aparecerá, seguro.

—Dudo que ese Jon Grau ni siquiera sepa quién es Gaudí —dijo, pensativo.

—Malart, no le des más vueltas, tenemos al tipo. —Apuró el café—. Al principio no confiaba en tu enfoque, me pareció poco sólido eso de buscar a alguien que odiara Barcelona. Pero tu intuición ha funcionado. Incluso tienes tu G, de Grau. Coincide todo; peso, altura, complexión, y su móvil es más que convincente. ¿Tú no querrías vengarte del tipo que echó a tu familia a la calle?

Milo arrugó los labios.

—Hay muchas cosas que no me acaban de convencer. Por ejemplo, su pelo.

—¿A qué te refieres?

—¿Viste por la casa ocupada a alguno con el pelo rubio rapado?

—Los había con todas las formas y colores. En punta, al cero, con rastas, rubios, morenos y hasta un par teñidos de rojo y otro de azul. Igual que sacados de un cómic.

—¿Quiénes lo vais a interrogar?

—Singla, Cervera y yo.

—¿Te importa que yo también intervenga?

—Tú mismo, pero tendrás que preguntar al jefe.

Milo asintió y fue hacia el despacho de Singla. Al cruzar la oficina, Mercader le llamó la atención con un gesto, pero no hizo caso y avanzó sin detenerse. Encontró la puerta cerrada, las cortinillas bajadas.

Entró sin llamar.

Sentado en su silla, Singla hablaba con un joven vestido con una estética muy similar a la del detenido. Camiseta negra con calavera estampada, todo tipo de adornos plateados, botas y pantalones negros, y largas greñas sucias y despeinadas.

Molesto por la interrupción, levantó la cabeza.

—Reunión privada, Malart. Largo de aquí.

—Solo dos cosas, jefe —dijo Milo. Se aproximó al desconocido con la mano extendida—. Tú eres el DINF, claro. Buen camuflaje. Quería preguntarte si en la casa de Floridablanca viste algún antisistema rubio y con el pelo rapado.

El miembro de la División de Información se la estrechó mirando a uno y otro.

—Malart, ahora no es momento para tus salidas ocurrentes —masculló Singla.

Sin soltarlo, Milo siguió hablando con el DINF.

—Me refiero a alguno con pinta gay, ya sabes, de rostro fino, agraciado.

—Tú debes de ser el que puso en marcha el operativo. Ha estado a punto de costarme el trabajo de los últimos seis meses, mi tapadera.

Milo le soltó la mano.

—Son cosas que pasan.

—Seis meses infiltrado en esa mierda y por poco se...

—Elije un trabajo que ames y no tendrás que trabajar ni un solo día de tu vida —cortó Milo—. Lo dijo Confucio, y es una verdad como un templo.

—García, tú ni caso a este imbécil —dijo Singla—. Es nuestra cruz particular.

—¿García? Un alias muy original. Entonces qué, ¿viste a alguno con esa pinta?

El DINF hizo una mueca burlona.

—Sí y no. Se me ocurre alguno que case con esa descripción, pero no quiere decir nada. Cambian de imagen a menudo, para despistar por si son identificados.

—Unos tipos muy escurridizos.

—Tú lo has dicho. Los del núcleo duro son muy desconfiados, siempre están alerta.

—¿Y en alguna casa has visto una furgoneta blanca?

—De nuevo, sí y no. Disponen de varias para las mudanzas, llevar material, cosas así. Blancas, negras, azules, incluso multicolores. Las pintan con sus consignas. Son fáciles de reconocer. Despiden un humo de tres pares de cojones y los motores suenan a cascajo. Son unas antiguallas que no me explico cómo andan. Las adquieren en los desguaces a precio tirado, y luego las reparan con cuatro cables para que aguanten unos meses.

—Y respecto a Jon Grau, ¿tienes algún dato sobre él?

—Salvo que es un chiflado que sueña con ver la ciudad ardiendo hasta sus cimientos, poco más. Bueno, sí, que disfruta jugando con un Zippo. Se pasa todo el día dale que te pego, abriendo y cerrando la tapa. Tengo ese clic metálico grabado en el cerebro.

—¿Satisfecho, Malart? —inquirió Singla—. Ahora largo de aquí.

—Una última cosa, jefe. Me gustaría participar en el interrogatorio.

—Ni lo sueñes. No pienso permitir que lo estropees con alguno de tus numeritos. Bastos también estará presente y quiero que todo vaya como una seda.

—Me lo debes, yo he sido el causante de esto —dijo—. Además, soy el único al que no le cuadran las cosas. Si el interrogatorio me convence, asunto zanjado y otra medalla para ti como jefe del Grupo.

—Ya somos demasiados. Y no es una reunión social.

—Prescinde de Cervera, lo noto nervioso. No le ha gustado nada lo de las trampas y podría perder los estribos. Tú mismo.

El inspector jefe caviló unos instantes.

—Solo si cierras el pico y nos dejas hablar a nosotros.

—Seré una tumba. —Se dirigió al DINF—. Bonito disfraz, García. Genial la calavera.

Abandonó el despacho. De camino a la sala de interrogatorios, se detuvo en la mesa de Crespo y le preguntó si estaba muy ocupado.

—Con lo del detenido, y la investigación que me ha encargado Singla, no doy abasto. Ya sabes, la de los datos bancarios de todo el Grupo y los registros telefónicos. Para descubrir la fuente de la filtración.

—Seguro que soy el primero de la lista.

—Mi trabajo no es ser un chismoso, no me gusta.

Milo le palmeó un hombro.
—Amainará la tormenta, y volverá la normalidad.
—Me preocupa encontrar algo, no sé si me explico.
—Alto y claro. Y opino igual, emplear tu cerebro en una tarea que puede hacer cualquiera de Asuntos Internos es una gilipollez. Y hablando del diablo, no le cuentes a la subinspectora ni una palabra del asunto del listado. Ya lo haré yo más adelante. ¿Cuento contigo? —Asintió—. ¿Lo has acabado?
El sargento le lanzó una mirada furibunda.
—Entendido, no has tenido tiempo. Se te acumula la faena. —Milo se rascó la mejilla—. Toni, lo siento, pero ahí va una más. Necesito que investigues las casas de acogida que montó Torrens en Lleida, Tarragona y Girona. Los nombres de los centros, si hubo denuncias o rumores, y qué fue de ellos, si siguen funcionando o cerraron sus puertas. No quiero meterte prisa, pero es urgente.
—Haré lo que pueda, inspector.
Milo dio media vuelta y chocó contra Mercader.
—¿Por qué será que tengo la sensación de que siempre estás a mi espalda?
—¿Manía persecutoria quizá? —replicó Rebeca—. Tenemos que hablar.
—En otro momento, ahora tengo prisa —dijo Milo. Intentó esquivarla, pero ella se interpuso en su camino—. No tengo tiempo, de veras.
—Es personal.
Milo reparó en su camiseta azul con las letras CSI. En la expresión de su rostro. En la fuerza con que apretaba las mandíbulas. Asintió despacio.
En ese instante, se abrió la puerta del despacho del inspector jefe y surgió Singla seguido por el DINF. Ha-

cían una extraña pareja. El primero, con su vestimenta clásica; el segundo, con su indumentaria *underground.*

Al llegar a su altura, Singla le señaló el pasillo.

—Bastos viene para aquí. Comienza el espectáculo.

—Voy —dijo. Se volvió hacia Rebeca—. Lo siento, órdenes son órdenes. Bonita camiseta.

Se alejó con paso rápido.

—¡Inspector! —lo llamó. Milo siguió caminando. Ella gritó a su espalda—: ¡No tiene que ver conmigo, sino contigo! Con una carpeta blanca...

Se adentró por el pasillo. Cervera, con la cara enrojecida, lo detuvo en seco.

—Eres un hijoputa. —Punteó cada sílaba con un dedo contra su pecho—. Me juego el cuello en el asalto de la casa y ahora me pierdo un asiento en primera fila por tu culpa. No trago a las sabandijas como tú.

Milo le agarró el dedo y se lo dobló hacia abajo.

—El sentimiento es mutuo, ¿algún problema? —Intensificó la presión y Cervera negó con un gesto—. Entonces aparta, y deja trabajar a tus mayores.

Llegó el último a la sala de interrogatorios y se quedó junto a la puerta, en el rincón. Bastos, apoyado en la pared y con los brazos cruzados, lo saludó con la cabeza. Singla, por su parte, sentado frente al detenido, prosiguió leyéndole sus derechos mientras Rojo, de pie a su izquierda, no le quitaba los ojos de encima.

—¡Hostia, otro más! —dijo Jon Grau—. ¿Qué es esto, una jodida reunión de maderos? Siempre he querido ir a una fiesta de cumpleaños. ¿Quién hace de payaso?

Singla se echó hacia delante.

—¿Ha entendido que la conversación está siendo filmada?

—No pienso comer tarta hasta que no llegue mi abogado. Sabe unos trucos de magia para caerse de culo. Ahora estás aquí, ahora ya no estás. Mola un huevo.

—Llegará de un momento a otro —dijo Singla—. Solo charlamos amigablemente, para ganar tiempo.

—Me parto el pecho de risa.

—Señor Grau, ¿dónde se encontraba el martes 29 del pasado mes de junio alrededor de las nueve de la noche?

—¡Pirándome de esta puta ciudad, joder! ¡Lo habré dicho mil veces! ¿Estáis sordos?

—Queremos oírlo otra vez.

El detenido se removió en la silla.

—¡Pues no me da la gana, capullo! No soy un loro, ¡no te jode!

—Responda. Su actitud beligerante no le va a ayudar.

—¿Belige... qué? *¿Duyuspiquinglis?*

—¿No es cierto que abordó a la víctima en el interior de su vehículo después de haberlo forzado en el aparcamiento de la sede central de La Caixa?

—Jo, tío, esto es mejor que una peli.

—¿Y que lo obligó a virar por la calle Lluís Muntadas, donde lo neutralizó?

—Estás majara, lo que yo te diga.

—¿Y que luego lo transportó en una furgoneta blanca a un lugar donde lo mantuvo encerrado cinco días sin proporcionarle bebida ni alimento?

Grau se recostó en la silla y entrelazó las manos por detrás de la cabeza.

—Tira, tira —animó—. Lo gore me chifla.

—Por último, cuando la víctima se encontraba al

borde de la inanición, ¿no es cierto que la colgó del balcón del primer piso de la Casa Milà y la prendió fuego?

El detenido abrió la boca, sacó la lengua y puso los ojos en blanco.

—El fuego, sí. El fuego es una gozada.

Singla se enderezó de golpe.

—Entonces, ¿lo reconoce?

Grau se dobló hacia el inspector jefe.

—Lee mis labios —dijo—. El fuego me pone.

Singla frunció el entrecejo.

—¿Debo deducir por sus palabras que admite haber prendido fuego a la víctima?

—Barcelona volverá a ser la Rosa de Fuego, el enfrentamiento es inevitable.

—¿Lo hizo por venganza, señor Grau?

—Cuando todo gesto de revuelta es señalado como terrorista, debemos impedir que el miedo nos controle, organizando la solidaridad y la resistencia.

—¿Quizá porque la víctima estaba al frente de la empresa responsable del desahucio del piso de su familia en La Verneda?

—Viva la autorregulación, la lucha y la violencia —recitó Grau, con calma.

—¿Dónde mantuvo secuestrada a la víctima?

—Lo nuestro no es violencia, sino rabia, autodefensa y necesidad —salmodió.

—¡Déjese de proclamas y responda!

—La violencia es del Estado y del capital.

Singla miró a Bastos con expresión interrogante.

De súbito, Milo avanzó un paso.

—¿Tú cuál prefieres, la death, la black, la brutal o la trash? —dijo.

Jon Grau parpadeó estupefacto. Mantuvo la boca abierta hasta que reparó en ello y la cerró de golpe. A continuación, entornó los ojos y guardó silencio.

—¿O te da igual mientras sea metal? —agregó Milo.

—El metal está bien, todo el metal —dijo Grau.

—¿Catalán, andaluz, europeo o norteamericano?

—Todos.

Milo se aproximó. Hundió las manos en los bolsillos.

—Alguno te flipará más que otros.

—Los catalanes, son superfuertes —dijo, precavido.

—¿Vidres a la Sang, Crysys, Agression?

—Jo, tío, esos son los mejores. —Se le iluminó el rostro—. Actuaron en el Jaén Metal Fest y fue una pasada. La peña alucinó mogollón.

—¿Actuaron también los granadinos Canker?

—Y los Avulsed, los Halley, los Exquisite Pus, los... —Se detuvo. Miró a Milo de arriba abajo. Tras unos instantes, dijo—: Tío, tú no eres madero, ¿no?

—Lo que no soy es tu tío. ¿Cuánto duró el festival? ¿Tres, cuatro días? Y luego, con la peña, de pastillas por Valencia. Imagino el colocón, debió de ser la hostia.

—¿Estabas... allí? —balbuceó, pasmado.

—Iba con Gaudí, ¿lo conoces? El de la Norton trucada y chupa de Satán.

Grau negó con la cabeza. Lo observó con desconfianza. Milo prosiguió.

—Sí, hombre, el rubio con el pelo rapado, con pinta de sarasa, ya me entiendes.

—A mí no me van los tíos —soltó, airado.

—Estoy seguro de que lo conoces. —Acortó la distancia—. Le va el fuego, como a ti. Y la gasolina. Tiene un Zippo como el tuyo, solo que él sí lo usa en serio.

—¡No me toques los huevos, tío! ¿Quién es ese jodido Gaudí?

Milo se inclinó hasta acercarse a un palmo de su cara.

—Uno que sí va a hacer realidad lo de quemar Barcelona, no como tú, pringao.

Grau se levantó con violencia y se encaró con él.

—¡A mí no me llamas pringao, tío mierda!

—Vale, metro ochenta más o menos —dijo—. Y setenta kilos o algo así. ¿Sabes lo que pienso? Que te estás haciendo el loco cuando eres el cómplice de Gaudí. Y ese es quien nos interesa, no tú. Dime dónde se esconde.

—¡Vete a cagar! —aulló. Y le lanzó un salivazo.

Milo se limpió la cara con el dorso de la mano. Respiró hondo y volvió a acercarse.

—¿Quieres reconsiderar tu respuesta?

—¡A tomar por culo, capullo! ¡Tú y ese Gaudí de mierda!

—Siéntate —ordenó—, ahora.

—¡No me sale de los cojones!

—Respuesta equivocada —dijo Milo.

Se dio la vuelta y dirigió la mirada a Bastos, quien permanecía impertérrito.

—No es nuestro hombre. Este —señaló a Grau por encima del hombro— solo es un mamón que juega a hacerse el hombrecito, no un psicópata.

Ciego de ira, Grau se abalanzó sobre Milo. Rojo reaccionó con rapidez, pero no pudo evitar que le soltara un puñetazo en la nuca. Tras un leve forcejeo, mientras Singla se levantaba un segundo tarde y el comisario jefe solo atinaba a descruzar los brazos, Rojo inmovilizó a Grau y lo dobló sobre la mesa.

—Y además, un cobarde —dijo Milo. Se frotó las cervicales—. Ya puedes soltarlo, no voy a presentar cargos por agresión. Y Rojo, te debo una. Buenos reflejos.

Salió de la sala en el instante en que un tipo barbado y con mochila al hombro iba a entrar con gesto decidido. Al ver la expresión de Milo, retrocedió un paso.

—Su cliente le espera. Porque usted es el abogado del mamón, ¿verdad?

Asistió con una mezcla de indignación y temor.

—¡Como le hayan puesto la mano encima voy a denunciarlos por abuso policial! ¡Y sepan que no estoy solo, en la calle somos cientos los que pedimos la libertad de Jon Grau por su injusta detención que a todas luces es un atropello a un ciudadano inocente que...!

Sin pensarlo dos veces, Milo lo cogió por los hombros, lo desplazó con suavidad al interior de la sala, y le cerró la puerta en las narices.

—Ahora no estoy para rollos —murmuró.

—¿Te duele? —preguntó la jueza. Apretó la bolsa de hielo—. Eres un idiota integral. Provocar así a un energúmeno con dos dedos de frente. Y encima, le das la espalda.

—Al menos no dirás que no he actuado dentro de la más estricta legalidad.

Cabot dejó escapar un suspiro.

—No sabía que eras un experto en música heavy.

—Tener un sobrino de quince años te aporta mucha información moderna. Bueno, tenía.

La jueza cambió de tema con rapidez.

—Ha sido una buena jugada.

—Ahora sabemos que no es nuestro hombre. No es frío ni calculador, ni ha oído el nombre de Gaudí en su vida, lo que no dice mucho a favor de nuestro sistema educativo. ¿Has entendido eso de la Rosa de Fuego?

—Es el nombre que recibió Barcelona tras arder durante la Semana Trágica de 1909.

Milo soltó una risa desabrida.

—¿De qué te ríes? —quiso saber ella.

—De la realidad, siempre se empeña en asombrarme. El otro día hablamos de las cuatrocientas familias, las que manejan los hilos del poder, y ahora surge el mismo número para cuantificar a los antisistema más violentos. ¿No te parece la leche esta simetría? Los cuatrocientos que mandan, y al otro lado del espejo los cuatrocientos que destruyen. Dos mundos opuestos, pero equidistantes. Ambos se creen por encima de los demás, con derecho a hacer lo que les plazca con tal de que beneficie sus intereses. Unos, para que todo siga igual; otros, para que todo cambie. Y en medio, la sociedad anestesiada por la crisis. Alucino. Hace un siglo, la Barcelona anarquista enfrentada a la Barcelona burguesa. Y hoy, más o menos lo mismo. Susana, nosotros solo somos extras en la función, material de relleno. Simples marionetas.

El silencio se extendió por la sala de descanso.

—A lo mejor tú y yo también tenemos nuestros iguales al otro lado —dijo la jueza—. ¿Te imaginas?

Milo soltó otra risa desvaída.

—Esta detención le va a ir de perlas a la sociedad de familias —dijo—. Va a tapar unos días el escándalo.

—Eso me temo. Durante el interrogatorio he recibido una llamada del alcalde. Quería saber si el detenido podía ser el culpable de la muerte de Pinto. La camisa no le llega al cuello. Ya sabes lo que significa.

—Que esa gente está preocupada porque sus nombres no salgan en el expediente, y que esto les viene como anillo al dedo para ganar tiempo y tapar las cosas.

—Tú lo has dicho —corroboró—. Son muchos apellidos ilustres, con varias generaciones detrás. Fueron seducidos por sus cantos de sirenas y ahora ven peligrar sus posiciones y prestigio por haber prestado su apoyo, y algo más, a un estafador. Y luego están los cargos políticos, y sus partidos. Todos temen que la marea negra de su corrupción los alcance. Se mantiene una calma tensa, pero se avecinan malos tiempos.

—Y nosotros en medio —dijo Milo. Apartó la bolsa de hielo y se dirigió a la máquina de café—. ¿Te apetece uno?

—Preferiría algo más fuerte, pero no estaría bien que la jueza que lleva el caso se tome un lingotazo a estas horas de la mañana.

—Tendrás que conformarte con un café bien cargado.

Milo puso dos tazas bajo el surtidor, pulsó el botón.

—Y las cámaras no se han perdido la detención —dijo—. Seguro que fue Bastos quien dio la orden de que se filtrara a los medios la operación policial.

Retiró una de las tazas y se la entregó a la jueza.

—Lo importante es la noticia, Milo; la realidad es lo de menos. Aquí lo que cuenta es apuntarse el tanto, los mandos y los periodistas.

—¿Azúcar? —preguntó.

—¿Quieres que aumenten mis cartucheras?

—Señoría, no sé de qué cartucheras me hablas —dijo Milo—. Mantienes la misma línea desde hace veinte años.

—Muy amable, pero a otra con ese cuento.

—¿Qué le has dicho al alcalde?

—Que todo está muy verde. Tengo que llamarlo luego.

La puerta se abrió de forma abrupta y Singla irrumpió hecho un basilisco.

—¿Se puede saber a qué ha venido eso? —espetó—. Habíamos quedado en que mantendrías cerrado el pico y, ¿qué haces tú? ¡Echar por tierra nuestra estrategia! Ya lo tenía atrapado, Malart, estaba a punto de reconocer que había prendido fuego a la víctima y va y nos sales con la chorrada del dichoso festival.

Milo bebió un sorbo de café.

—Todo esto despide un tufo a cabeza de turco que apesta —repuso.

—Y lo dice alguien que se basa en la descripción aportada por un indigente lunático y medio alcohólico —se mofó Singla—. ¡Esto sí que apesta!

—Inspector jefe —intervino Cabot—, ¿qué van a hacer con el sospechoso?

—Mantenerlo detenido todo el tiempo que nos permita la ley mientras investigamos su coartada.

—Para guardar las apariencias y tener a la prensa contenta con un hueso al que hincarle el diente —dijo Milo—. Os vais a caer con todo el equipo. Es inocente, y por más que os empeñéis no habrá forma de convertirlo en culpable.

—¿Insinúas algún tipo de conspiración, que esto es una cortina de humo para desviar la atención de los medios?

—Lo único que digo es que yo lo dejaría libre y no complicaría más el asunto.

—Y tú qué sabrás —soltó, con desdén—. Lo que te

revienta es que hayamos detenido a ese tipo porque arruina tu teoría del Verdugo de Gaudí. Después de todo el lío que has montado, tu ridículo será mayúsculo.

Milo respiró hondo. Se contuvo.

—Jefe, Torrens todavía está en manos de ese psicópata. Es un hombre mayor y su capacidad de resistencia sin alimento ni bebida se verá mermada por la edad. Hoy se cumplen cinco días de su desaparición y nos hallamos en un punto muerto. En mi opinión, esta madrugada aparecerá colgado y ardiendo en algún edificio de Gaudí. Es lo que se deduce después de analizar los vídeos, lo que me dicta mi... —chasqueó la lengua—. Da igual. Grau no tiene nada que ver con el asesinato ni con el secuestro. Las pruebas en su contra son circunstanciales. Solo es un aprendiz de guerrillero, no tiene la inteligencia ni encaja en el perfil. No es él.

—Eso lo deduces tú, ¡lo dices tú! ¡El resto del Grupo no comulgamos con tu teoría!

—Señores, no perdamos los nervios —apaciguó la jueza—. Inspector jefe Singla, ¿ha pensado llevar a cabo un despliegue esta noche por los lugares Gaudí ante la eventualidad de que el inspector Malart esté en lo cierto? Al fin y al cabo, la detención del sospechoso es por el asesinato de Pinto. De momento, nadie lo acusa del secuestro de Torrens. Es decir, que el despliegue sigue estando justificado. ¿Me equivoco, inspector jefe?

—No, no se equivoca, jueza —admitió Singla, renuente—. Sin embargo, le recuerdo que la fiscalía sigue sosteniendo que se trata de una fuga, no de un secuestro. Y por otro lado, hay más de dos docenas de posibles escenarios. Lo que me pide es...

—Y yo le recuerdo que ahora no habla usted con el

fiscal anticorrupción. Dejemos aparte las obras menores y centrémonos solo en las mayores. ¿Sería posible realizar un despliegue alrededor de, digamos, la media docena de edificios más emblemáticos?

—Sería posible, pero también una pérdida de tiempo. Lo que afirma Malart es muy improbable que...

—Hágalo, no se hable más —zanjó Cabot.

Singla se dirigió a Milo con media sonrisa.

—Si esto sale mal, figura, te quedas en la calle.

La cabeza del inspector Cervera asomó por la puerta.

—Jefe, el agente de la entrada comunica que se está formando una aglomeración de antisistemas frente a la comisaría. Son más de un centenar gritando consignas para obtener la libertad del detenido, y el abogado acaba de sumarse a ellos y amenaza con tensar las cosas. Ah, y vienen acompañados por varios cámaras de televisión.

Singla apretó los dientes.

—Te lo acabo de avisar —dijo Milo, la voz queda—. El asunto ya se ha complicado.

15

—Se está armando una buena.

—¿Y qué esperabas? —dijo la jueza—. Hoy es martes y 13. Nada puede salir bien.

Ambos contemplaban los disturbios desde la ventana de la sala. Al principio, el centenar largo de jóvenes vestidos con estética okupa se había limitado a gritar proclamas y a proferir insultos contra la policía. De repente, se les habían añadido una docena de individuos embozados con pañuelos negros, armados con piedras y trozos de adoquines, y la algarada se había desmandado. Con los primeros lanzamientos, los agentes del exterior se habían refugiado en la comisaría; pero con la segunda andanada, una unidad de antidisturbios salió en tromba del edificio para dispersar a los manifestantes al tiempo que varios furgones con más unidades frenaban frente a la Central y bajaban a toda velocidad para acordonar la zona. Los cámaras de varios canales de televisión, tanto autonómicos como estatales, tomaban imágenes de las carreras y los enfrentamientos. El tráfico había sido cortado, obligando a vehículos, viandantes y curiosos a rodear la zona. Un encapuchado, con el rostro oculto bajo un pañuelo negro, extrajo de una mochila una botella con un trapo en el gollete, lo encendió y, mientras lo jaleaba el resto de los *blackbloqueros*, arqueó el brazo para lanzarlo contra la fachada acristalada. El cóctel molotov impactó contra la puerta de la comisaría, provocando que una lluvia de llamas cayera sobre el retén de agentes. Bajo la dirección de varios de los embozados, nuevos cócteles fueron arrojados, lo que obligó a salir del edificio a más fuerzas antidisturbios, armadas esta vez con rifles de balas de goma. Se situaron en formación y, sin dejar de avanzar, apuntaron al suelo y comenzaron a disparar. Aquello produjo una dispersión general; pero al instante, imitando las evoluciones de una bandada de estorninos, volvieron a reagruparse en una coreografía ensayada, donde cada manifestante sabía cuál era su papel.

Rebeca entró en la sala de descanso y fue directa al televisor.

—Creo que deberían ver esto —dijo. Lo encendió, sintonizó Telecinco—. Es el programa *Las mañanas de Julia*, y Navarro vuelve al ataque.

Ambos se alejaron de la ventana y miraron la pantalla.

El rostro de Julia Valle apareció hablando en primer plano sobre los acontecimientos que tenían lugar en la Ciudad Condal. A continuación, le pasó el protagonismo a un Navarro serio, la expresión severa, quien en un plano medio se acariciaba la perilla blanca.

—En efecto, Julia —dijo—. Según me informa nuestro colaborador en Barcelona, en estos momentos se está produciendo un grave enfrentamiento entre las fuerzas del orden y un nutrido grupo de antisistemas como respuesta a lo que este colectivo considera una injusta detención de un joven okupa. ¿Tenemos la conexión? Adelante, Sergio. Te oímos. ¿Sergio?

La pantalla mostraba unas imágenes tomadas a la carrera mientras el tal Sergio se ponía a salvo de pedradas, cócteles molotov y balas de goma.

—¿Puedes contarnos qué está sucediendo? ¿Sergio?

El rostro de Navarro aparecía en un recuadro en la parte superior derecha de la pantalla; el resto lo ocupaban unas imágenes del pavimento de la calle tomado de medio lado y a trompicones.

—Julia, de momento no podemos realizar la conexión —dijo Navarro con cierto ahogo, como si hubiera corrido entre los disturbios—. Son los riesgos del directo, como bien saben nuestros telespectadores. —Sonrió con afectación—. Lo que sí te puedo contar es que la detención del sospechoso de haber cometido el terrible crimen de Eduard Pinto se ha producido esta madrugada. Se trata de un joven de diecisiete años, sin trabajo, que ocupaba una casa abandonada en el barrio de Sants. Según fuentes bien informadas, en dicha vivienda se ha encontrado un arsenal de armas, además de pruebas evidentes de haber sido el lugar donde la víctima fue retenida contra su voluntad. El joven presenta un largo historial de agresiones, que incluyen intentos de violación, asaltos a mano armada y otros delitos, y se le tiene por el cabecilla de una peligrosa banda de delincuentes que, amparados tras el colectivo antisistema, vienen asolando varios barrios de la ciudad.

—¿Qué coño dice? —soltó la jueza, asombrada—. No tiene diecisiete años, la detención no se produjo en Sants, en la casa no se mantuvo a nadie encerrado y ni había armas ni esos son sus antecedentes. ¡Todo es una sarta de mentiras! ¿De qué habla?

—Es lo que este tipo entiende por «fuentes bien informadas» —dijo Milo.

—Es lamentable, Mauricio —comentó Julia Valle con tristeza—. La juventud de hoy en día ya no respeta nada. Me refiero a una parte de la juventud, claro —añadió con risita nerviosa—. En el fondo, son víctimas de un sistema que les ha negado las oportunidades.

—Tienes razón, Julia —dijo Navarro. Un plano medio de ambos dejó patente la tirantez entre ellos—. Pero estarás conmigo en que ante un individuo de esta calaña, con su falta total de conciencia, no se puede andar con medias tintas. Si como indican las pruebas es el autor de tan execrable asesinato, debe ser castigado por la ley con la máxima dureza. Ahora lo importante es que las fuerzas de la investigación verifiquen de inmediato su autoría, no vaya a ocurrir como la otra vez, con el Asesino del Parking, que se equivocaron de hombre y el error acabó desencadenando la muerte de una mujer inocente.

—¡Por Dios, Mauricio! —exclamó Julia Valle, estremecida—. Confiemos en que esta vez las fuerzas autonómicas hayan acertado a la primera.

Milo resopló con rabia contenida.

—Jueza, ¿de verdad no puedes empapelar a ese tiparraco?

—Voy a estudiarlo a fondo, a él y al florero que lo acompaña —dijo Cabot—. Hay cosas que traspasan el límite del periodismo y esto roza la difamación.

—¿Solo la roza?

—Por mi larga experiencia en la crónica negra —dijo Navarro, la voz engolada—, las investigaciones sobre asesinos en serie, y todo apunta a que este es el caso, suelen dejar al descubierto el lado oscuro de la policía.

—¿Lado oscuro? —preguntó Julia Valle, escandalizada. Juntó las manos en actitud de plegaria—. ¿A qué lado oscuro te refieres?

—Me refiero a la incompetencia, la burocracia, las oportunidades fallidas, los prejuicios raciales, de género o de clase —bajó la voz una octava—, y otras anomalías que pueden retrasar la investigación y, en ocasiones, permitir más asesinatos. —Hizo una pausa para que la audiencia percibiera el esfuerzo que le costaba pronunciar sus palabras—. Querida Julia, no es plato de mi gusto afirmar que la policía a menudo se muestra reticente en admitir que ha identificado a un asesino en serie debido a la presión que recae sobre ella para capturarlo con rapidez. Pero no hago sino reflejar la cruda realidad, y en ningún caso pretendo menoscabar el esfuerzo de los policías, abnegados en su mayor parte, que llevan a cabo una labor encomiable.

La cámara enfocó las graderías del plató, donde un público compuesto por personas de la tercera edad y amas de casa asentía con desagrado.

—Mauricio, dinos. ¿Podremos contar para el próximo programa con la presencia de los padres de ese joven descarriado? Su testimonio tiene gran interés para nuestro público. ¿O no, señoras y señores? ¿No les gustaría conocer de primera mano cómo se gesta un monstruo, saber qué opinan sus pobres padres, el calvario que habrán debido de padecer? Estoy convencida de que su versión será desgarradora.

Un rumor de voces afirmativas se alzó en el plató.

—Trabajamos en esa dirección, Julia. Pero eso será

el jueves. En este instante, y como no hemos podido establecer conexión con nuestro reportero, vamos a ir un paso más allá y realizar en riguroso directo una llamada a la Comisaría Central de los Mossos d'Esquadra de Barcelona —anunció Navarro, los ojos brillantes—. En nombre de la audiencia, voy a interesarme por la situación y a pedirles una entrevista con el detenido.

—¿Crees que es oportuno, Mauricio? —objetó Julia Valle—. Por lo que nos han mostrado las imágenes, ahora están muy ocupados con los disturbios.

—Soy un ciudadano libre que paga sus impuestos y ellos están al servicio del público —proclamó—. ¡Una exclusiva para nuestros telespectadores! Damas y caballeros, por favor —dijo a los presentes en el plató—, guarden silencio para que pueda efectuar la llamada. —Se llevó un dedo a los labios mientras de fondo se oía la señal de comunicación—. Silencio todos, de un momento a otro voy a hablar con la policía autonómica de la capital catalana.

Milo pulsó el botón de apagado.

—No aguanto más —dijo—. Susana, o te encargas tú de él o lo haré yo personalmente.

—Y yo te echaré una mano —añadió Mercader, con fiereza. Ambos se volvieron hacia ella, sorprendidos—. ¿Qué pasa? A mí también me hierve la sangre. ¿No puedo o qué?

A las seis de la tarde los miembros del GEHME se reunieron en la sala de revista. El inspector jefe Singla los había convocado para organizar el despliegue nocturno por los edificios de Gaudí. Horas antes, alrededor de las dos del mediodía, los disturbios frente a la Central se desvanecieron en el aire, como si alguien hubiera indicado que era hora de comer, y las aguas retornaron a su cauce después de la batalla con el resultado de dos agentes antidisturbios heridos leves, cinco antisistema detenidos, entre los que no se encontraba ninguno de los embozados, y numerosos desperfectos en mobiliario urbano.

Con la impaciencia dibujada en el rostro, Singla hizo un resumen de la situación, que provocó varios comentarios desaprobatorios, y a continuación le cedió la palabra a Crespo, quien aguardaba ante un mapa de la ciudad.

El sargento echó una ojeada a sus papeles.

—Siguiendo las instrucciones del inspector jefe —dijo—, nos centraremos solo en los más importantes, dejando de lado las farolas de la plaza Reial, los pabellones Güell y su reja en Pedralbes, y el parque Güell.

—Pero el parque no es una obra menor —señaló Rebeca—. Si no me equivoco, también fue declarado Patrimonio de la Humanidad por la UNESCO.

—No toques los huevos, Mercader —gruñó Cervera—. Bastante tenemos con pasarnos la noche en vela por la maldita idea de tu compañero.

—Tienes razón, subinspectora —dijo Crespo—, pero no se trata de un edificio y, dada su extensión, someterlo a vigilancia requeriría un número muy alto de agentes.

—La jueza ha sugerido que nos limitemos a los edificios más significativos y eso es lo que vamos a hacer —declaró Singla—. Ni uno más.

—Y espero que ni uno menos —agregó Milo.

Singla hizo un gesto a Crespo para que prosiguiera.

—Nos centraremos en la Sagrada Familia, la Casa

Vicens, la Casa Batlló, el Palau Güell y la Casa Milà. Al respecto de esta última, no creemos que nuestro sujeto repita escenario, pero debido a su cercanía con la Casa Batlló es fácilmente controlable por el mismo equipo.

—¿Y cómo nos vamos a repartir esos cinco edificios? —quiso saber Sena.

—Por barrios —dijo el sargento.

Milo despertó nuevas protestas al afirmar que en aquella lista faltaban varios que eran lo suficientemente famosos como para ser escogidos por el asesino para causar el efecto mediático que perseguía.

—Eres más pesado que una mala digestión, Malart —soltó Bachs—. ¿Podríamos acabar de una vez? Crespo, dime cuál me toca vigilar y punto. Me gustaría ir a casa a dormir un par de horas; algunos tenemos familia y de vez en cuando es bueno que te vean la cara.

—Inspector Malart, ¿a qué edificios te refieres? —preguntó el sargento.

—La Casa Calvet, la torre Bellesguard, el colegio de las Teresianas y la Casa Clapés.

—Pero eso hace un total de nueve —indicó Rojo—. No podemos abarcarlos tres equipos.

—Sí, si cada equipo se hace responsable de un barrio, como ha dicho Crespo.

El sargento repasó sus papeles. Luego, se acercó al mapa y dibujó tres círculos.

—Los nueve edificios están en tres distritos. En el que engloba el barrio de Gràcia —señaló el centro norte del mapa, el distrito 6—, se hallan la Casa Vicens y la Casa Clapés. No están muy separadas.

—Adjudicado —se apresuró a decir Bachs—. Nos lo quedamos Víctor y yo.

A continuación, Crespo indicó el círculo que había trazado al norte de la ciudad.

—En el distrito 5, en el barrio de Sarrià y Sant Gervasi, está el colegio de las Teresianas y la torre Bellesguard. Tampoco hay mucha distancia entre ellos.

—¡Nuestro! —exclamó Cervera—. Rojo y yo nos encargamos de esos dos edificios.

—El último círculo es el más grande —dijo el sargento. Observó a Milo de soslayo—. Acoge el distrito 1, al sur de la ciudad, donde está el Palau Güell, y el distrito 2, en el centro, donde se hallan la Sagrada Familia, la Casa Milà, la Casa Batlló y la Casa Calvet. Cinco edificios en total.

—Ya veo —murmuró Milo.

—Te jodes, por abrir la boca —dijo Bachs. Se incorporó—. ¿Alguna cosa más, jefe, o podemos levantar ya la reunión?

—Eso es todo —dijo—. No confío en este asunto, pero abrid bien los ojos. Si descubrís algún movimiento sospechoso, llamad pidiendo refuerzos. Si al final Malart tiene razón, no quiero que el sujeto se nos escape porque alguno se ha quedado dormido. ¿Ha quedado claro?

—Como el agua, jefe. Atentos y bien despiertos.

Los inspectores comenzaron a circular hacia la puerta.

—La hora clave es poco antes de amanecer —dijo Milo—, cuando la ciudad duerme y apenas hay tráfico.

Ninguno le prestó atención. Abandonaron la sala seguidos por Singla.

—Lo siento, inspector —dijo Crespo—. Te ha tocado la parte más grande del pastel.

Milo se encogió de hombros mientras intercambiaba una mirada con Rebeca.

—Si quieres, yo me puedo encargar del Palau Güell —agregó el sargento—. Son demasiados edificios para un solo equipo.

—¿Y perderme la diversión de las Ramblas en plena madrugada? No, déjalo, Toni. No hay mucha diferencia entre cuatro o cinco edificios. ¿No opinas lo mismo, subinspectora?

—¿Ahora tienes tiempo para hablar conmigo? —dijo Rebeca, sin moverse del asiento.

Milo hizo una mueca.

—¿Lo ves, Toni? Voy a ir muy bien acompañado. Va a ser una fiesta.

Navarro entró en el ático dúplex y lo primero que hizo fue encender las luces, soltar las llaves en el aparador Luis XIV, y dejarse caer en uno de los sofás de la planta de abajo. Se sentía exhausto. En el avión había tenido la mala pata de compartir asiento con una mujer que lo había reconocido, y durante todo el vuelo lo había acribillado a preguntas sobre Julia Valle. Y si algo le ponía nervioso era que lo interrogaran acerca de aquella analfabeta. Se libró como pudo y se sumergió en la lectura de los índices de audiencia. Lo había logrado de nuevo. Gracias a su *Crónica en negro*, el programa había liderado una vez más los *shares* de la franja horaria matinal. Satisfecho, comentó a la cotorra del avión que su nombre sonaba en las quinielas como principal candidato al premio de periodista audiovisual del año. Tras aterrizar, el cansancio y la presión empezaron a pasarle factura. Ni siquiera el hecho de haber arrancado en directo a los Mossos d'Esquadra la promesa de una entrevista con alguno de los inspectores del caso, puesto que al detenido le había resultado imposible por imposición de la jueza encargada del sumario, le había evitado caer en un súbito bajón físico.

Ahora, recostado en un confortable sofá con vistas a una Barcelona iluminada, sonrió pensando en la siguiente jugada. Él era un hombre de recursos, y ninguna jueza de tres al cuarto podría impedirle que entrevistara al sospechoso. Demasiado cansado como para levantarse y preparar una copa, cerró los ojos.

La BlackBerry sonó de forma insistente. Era un número desconocido, muy largo. Pese a ello, se la acercó a la oreja.

—Sí —dijo.

Al otro lado escuchó una respiración pausada. De fondo se oía el rumor del tráfico y una sirena que se apagaba en la lejanía acompañada por varios ladridos.

—¿Mauricio Navarro? —preguntó una voz rasposa, desagradable.

—El mismo. Pero oiga, ahora estoy demasiado cansado y no...

—Escucha —dijo la voz. A Navarro le sonó despellejada, en carne viva. Y el hecho de que lo tuteara, le irritó. Pero algo le impidió cortar la llamada—. Tengo algo que te interesa.

—¿Quién es? ¿Cómo ha conseguido mi número?

—Yo también tengo recursos.

El periodista se enderezó en el acto.

—Mire, no sé cómo ha logrado averiguarlo, pero le advierto que tengo muchas amistades en la policía y si intenta algo contra mí...

—Cállate. Tú y yo sabemos la verdad de tus mentiras. —Navarro empalideció de golpe—. Te ofrezco una exclusiva que no vas a rechazar.

—¿Está relacionado con mi *Crónica en negro*?

—Caliente.

—¿Tal vez con el Verdugo de Gaudí?

—Te quemas.

Comenzó a sudar. Lamentó no haberse preparado la copa. De pronto notaba la garganta seca.

—Le escucho —dijo. Agarró lápiz y papel.

—Buen chico. Nos veremos el viernes, a las seis de la mañana.

—¿Tan temprano? Verá, no sé si...

—Yo mando, tú obedeces —interrumpió la voz—. ¿Lo has comprendido?

—¡Con quién se piensa que está hablando! —protestó Navarro, cada vez más nervioso—. ¡No estoy dispuesto a seguir esta...!

—Félix Torrens en su celda. Un vídeo.

El periodista abrió la boca y se quedó mudo. Su cabeza se disparó a toda velocidad.

—¿Estás ahí? —preguntó la voz, sin inflexión.

—¿Lo tiene filmado? —Silencio—. De acuerdo, el viernes —balbuceó—. ¿No podría ser el jueves? Incluiría su material en el programa y...

—Lo retrasarás al viernes. Julia lo entenderá.

El cerebro de Navarro maquinó la forma de lograrlo. ¡Tenía que hallar la manera!

—Muy bien, a las seis. —Se enjugó el sudor—. Hábleme de esas imágenes.

—Félix Torrens brilla en todo su esplendor.

Tragó saliva. Imágenes en exclusiva del secuestrado. En cautiverio. Iba a ser una bomba. Tuvo que aplicar toda su experiencia para no dejarse llevar por el entusiasmo.

—¿Dónde nos encontramos? —preguntó.

—Montjuïc. Los jardines de Santa Madrona. Junto a los arcos.

—Allí estaré.

—Un minuto tarde y me marcho —avisó la voz.

—Seré puntual, descuide.

La voz calló unos segundos.

—¿Oiga?

—Sin trucos. Ni policía ni cámaras.

—Usted y yo solos —aseguró Navarro. Pensó en un plan B—. Así será, tranquilo.

—Si desobedeces, tendrás problemas.

Iba a repetir que no habría nadie más cuando reparó en que había colgado.

—¡La puta! —exclamó.

Se levantó para prepararse una copa. Se sirvió tres dedos de un malta de veinte años que guardaba para ocasiones especiales. Lo apuró de un trago.

Se apoyó en el mueble bar y se contempló en el espejo.

—Mauricio —dijo—, eres un tipo con suerte.

Se preparó otro whisky. Esta vez llenó la copa con varios cubitos de hielo y vertió una cantidad más generosa.

La alzó hacia su reflejo y se miró fijamente a los ojos.

—La diosa Fortuna está contigo, ¡eres un crack!

Bebió un largo sorbo y salió a la terraza. Se puso a cavilar sobre cómo convencer a Julia para retrasar su sección al viernes. Pan comido. Le soltaría alguna excusa y asunto resuelto. Por supuesto, no le contaría nada sobre aquel vídeo. Ya se podía imaginar la cara de esa chismosa cuando lo mostrara en directo. Y después del programa, seguro que la cadena le ofrecía uno en *prime time*. ¡Saldría en portada en toda la prensa, abriría todos los telediarios! La repercusión sería enorme, estaba convencido. Apartó el tema y se concentró en la cita con el desconocido de la voz rota. Desde luego, no pensaba acudir solo. Ese tipo estaba loco si creía que iba a obedecer sus órdenes al pie de la letra.

—¿Quién se cree que soy, su esclavo?

—Quiero volver a ver el vídeo que filmó el asesino —dijo Milo. Rebeca, sentada en el asiento del acompañante, guardó silencio—. Creo que se me escapó algo, me quedé dormido. Fue antes de la reunión del pasado viernes, ¿recuerdas?

La subinspectora Mercader no respondió.

Estaban aparcados en un vado a treinta metros del Palau Güell. Desde allí podían vigilar la entrada sin apenas obstáculos. Un 4x4 les tapaba parcialmente la vista.

—¿Te pasa algo? Llevas toda la madrugada sin abrir la boca.

Una mujer de piel negra, vestida con minifalda roja y zapatos de tacón alto, se introdujo en el estrecho zaguán de un portal al otro lado de la calle. La acompañaban dos jóvenes extranjeros medio borrachos. Empujó a uno contra el lateral, junto al portero automático. Mientras le desabrochaba la bragueta, palpó con descaro al otro, quien cerró los ojos al tiempo que esbozaba una sonrisa alelada. La mujer inclinó la cabeza a media altura del primero. Sin cambiar de postura, repitió la operación con la cremallera del segundo.

—Hablando de bocas —dijo Rebeca.

—Los muy imbéciles se van a encontrar un regalito.

—Los hombres vais siempre con la lengua fuera.

—¿Me incluyes?

Rebeca soltó un bufido.

—No me extraña que mucha gente piense que el mercado de la Boqueria se llama así por lo que se practica en su perímetro —dijo—. Es bochornoso.

—Díselo al alcalde. Si ahora viniera por aquí, nos pondría una multa por aparcar en un vado; en cambio, a esos dos turistas les daría una palmadita en la espalda, les preguntaría si todo estaba a su gusto, y luego les desearía una buena estancia en nuestra bonita ciudad.

—Y esperaría a que terminaran, para luego detener a la mujer por no tener papeles.

Milo asintió.

—Lo que me sigue dejando perpleja es que el conde Güell, todo un magnate de la época, eligiera una zona de la ciudad tan poco señorial para encargarle a Gaudí que levantara su casa familiar en una calle como esta, llena de orines, suciedad y puterío. No lo entiendo.

—Quizás a finales del siglo XIX las cosas eran diferentes —aventuró Milo.

—Mi padre me contó que enfrente del palacio había un conocido local de mala nota, el Edén Concert, que subsistió hasta los ochenta. Esto era el Barrio Chino hasta no hace mucho, un lugar plagado de burdeles.

—Tu padre está bien informado, ¿a qué se dedica?

—Es galerista, ¿por qué? —preguntó ella, arisca.

—¿Dónde tiene la galería?

—En Consell de Cent. ¿A qué vienen estas preguntas?

—¿No puedo interesarme por tu familia?

Mercader se cruzó de brazos y volvió a fijar la vista al frente.

—Cambiemos de ubicación —dijo, seca—. Aquí no pasa nada y el bochorno me ahoga. Vayamos a otro sitio para que entre un poco de aire.

—Como quieras —dijo Milo. Arrancó el Volkswagen—. ¿La Casa Batlló?

Salió del vado y se dirigió al cruce para subir por las Ramblas hasta el paseo de Gràcia.

—¿Y por qué no a la Sagrada Familia?

—Ya está vigilada por el dispositivo de seguridad.

Circularon en silencio. Observaron el bullicio del paseo más famoso del mundo. Fuera la hora que fuese, en las Ramblas siempre había animación, gente arriba y abajo. Las familias y parejas eran sustituidas, a aquellas horas, por una variopinta fauna humana. Lateros, prostitutas, jóvenes de fiesta, turistas en busca de aventuras, agentes de la Guardia Urbana, mendigos, camellos. La avenida era la misma, pero el ambiente cambiaba como de la noche al día.

—¿Y la Casa Milà?

—Es poco probable, dispone de otros lugares. —Se detuvo en un semáforo—. Y la Casa Calvet no es tan popular. Yo me centraría en la Casa Batlló y el Palau Güell. La primera, porque está en la milla de oro. —Se puso de nuevo en marcha—. Y respecto al segundo, es donde Torrens dirigía el Círculo Gaudí. Si el asesino quiere dar un escarmiento, es el lugar más lógico.

—Pues da media vuelta y regresemos —dijo Rebeca.

—Demos antes una ojeada a la Casa Batlló, no podemos estar en dos sitios a la vez. —Se volvió hacia ella—. ¿Tú crees en mi teoría?

Rebeca puso cara de póquer. De improviso, sonó su

walkie-talkie y ambos se llevaron un sobresalto. Se lo acercó con rapidez.

—Mercader.

—Aquí Bachs. Son las cuatro y media, y nada, sin novedades —dijo, mordaz—. Corto.

Milo dio un acelerón y apretó las mandíbulas. Al rato, aparcó en la esquina opuesta a la Casa Batlló. Apagó las luces.

Contemplaron el estrecho y singular edificio, la forma ondulada de la fachada en sentido ascendente, revestida con cerámica de varios colores siguiendo la técnica del *trencadís*, que consistía en aprovechar materiales de desecho. Destacaban las columnas con forma ósea y las representaciones vegetales, así como los antifaces de hierro en los balcones de las tres plantas superiores. La azotea culminaba en una bóveda recubierta con cerámica vidriada en forma de escamas, en tonos amarillo, verde y azul, que recordaba el lomo de un dragón, y a un lado se elevaba la gran cruz gaudiniana de cuatro brazos.

—Este es un lugar idóneo —comentó Rebeca.

Milo cerró los ojos. Empezaba a temerse que la madrugada iba a terminar en un sonoro fiasco. Al fin y al cabo, ¿en qué se basaba? ¿En su intuición? Todo empezaba a resultarle absurdo, figuraciones de una mente demasiado errática.

—Un hombre de su edad no puede aguantar cinco días sin beber agua. Es imposible. —Abrió los ojos—. ¿Sabes lo que significa? Que me he equivocado en todo.

—Aún hay tiempo antes de que amanezca.

Milo se refugió en el silencio. Fijó la mirada en el edificio y permaneció quieto, con los brazos cruzados. A su lado, Rebeca se acomodó en el asiento.

—¿Por qué te hiciste policía? —preguntó.

—¿Y tú? —replicó él, hosco—. ¿Qué hace la hija de un galerista llevando pistola?

—¿De verdad quieres saberlo? —No contestó—. Está bien. En casa me animaron a hacer Bellas Artes, pero yo preferí la acción. Me va más el rollo buenos y malos. El arte no tiene futuro; las fuerzas del orden, sí. Tu turno.

Oyeron el sonido del *walkie-talkie*.

—Aquí Cervera. Las cinco en punto, y nada, sin novedades. Perdón, dos monjas del colegio de las Teresianas han sacado varias bolsas de basura y las han echado al contenedor de reciclaje equivocado. ¿Procedemos a interrogarlas? Corto.

Milo inspiró lentamente, y expulsó el aire con fuerza.

—Van a estar así toda la madrugada. Son unos idiotas, no les hagas ni caso —dijo Rebeca. Se sentó sobre una pierna y se volvió hacia él—. Según mi padre, juntas a dos hombres y solo se habla de coches, tías y fútbol. Las mujeres, en cambio, podemos charlar de cualquier tema, tenemos sensibilidad, inteligencia. Eso sí, al volante, en su opinión, somos un desastre. No veas cómo se pone mi madre entonces. Es profesora de dibujo en bachillerato y está muy orgullosa de cómo conduce. Y algo de razón tendrá; las multas se las ponen a él, no a ella. Mi hermano, como no podía ser menos, se alinea con mi padre. Hombres.

—¿Quién conducía?

—¿Cómo dices?

—Tu hermano. Tuvo un accidente, ¿no? ¿Conducía un hombre o una mujer?

—¿Qué es aquello? —dijo Rebeca. Señaló el edificio.

Se acababa de detener una furgoneta negra, con los cristales tintados, y dos individuos descendieron. Entre empujones, uno extrajo una cámara y empezó a disparar fotos al otro mientras adoptaba poses ridículas.

—Falsa alarma, dos turistas —gruñó Milo—. Solo buscan unas instantáneas de esta adorable ciudad.

—Lo dices como si Barcelona no fuera...

—Barcelona es un centro comercial —cortó Milo, irritado—. Todo está dirigido a obtener beneficios. Su objetivo son los clientes, de aquí o de fuera, y lo demás es secundario. Se sirve de sus ciudadanos en vez de servirlos, se ha olvidado de ellos. Y yo ya estoy harto de vivir en la planta de deportes, sección caza.

Rebeca observó su rostro contraído, y no replicó.

De súbito, Milo arrancó. Cogió por el lateral del paseo y condujo a toda velocidad hasta llegar a la esquina de la calle Casp con Bruc. Se detuvo con un frenazo que lanzó a Rebeca contra el parabrisas.

—¿Se puede saber a qué juegas? —protestó.

La Casa Calvet, a diferencia de la Casa Batlló, apenas estaba iluminada. Con dificultad, vislumbraron sus balcones de hierro, coronados por cruces de forja, y la tribuna del piso principal, decorada con motivos vegetales y mitológicos. De estilo más barroco, estaba rematada por dos frontones, con profusión de temas florales y columnas salomónicas, culminada por maceteros de aire rococó en la azotea.

El tráfico era escaso, y la calle, desierta de peatones.

—Inspector, no lo tomes como algo personal. Son cosas que pasan.

Milo apretó el volante y no abrió la boca. Dejó pasar los minutos sin moverse. Entretanto, Rebeca se abanicaba con un periódico que había encontrado en el asiento trasero.

—¿Tienes que hacer eso? —preguntó él.

—Pararé si me cuentas por qué te hiciste policía.

—Tradición familiar. Y ahora, para ya de una vez.

La subinspectora lanzó el periódico atrás y se ganó una mirada de rencor. Luego, volvieron la vista al edificio, cada uno rumiando para sus adentros.

—Esto es un jodido laberinto —musitó Milo, al rato—. No sé por dónde tirar.

—Tienes que descansar un poco. ¿Desde cuándo no pegas ojo?

—No me gusta tomar pastillas.

Observó la tribuna principal con gesto rendido. Sabía lo que iba a suceder si todo acababa en un fracaso. Cuando se mostraba eficaz, las cosas tenían sentido; un triunfo lo reafirmaba, le confería un valor. Pero si se revelaba ineficaz, multiplicaría por mil el peor sentimiento que nadie pudiera albergar contra sí mismo. Se precipitaría a una cueva oscura, y el autocastigo sería feroz. Despiadado. Una locura. La locura.

El *walkie-talkie* sonó de nuevo.

—Aquí Sena. Son las seis y en la Casa Vicens no se mueve ni una hoja. —De fondo oyeron las risas de Bachs—. Está a punto de amanecer. Sin novedades. Corto.

Milo hundió la barbilla en el pecho. Minutos después, arrancó con suavidad y circuló lentamente de vuelta al Palau Güell. A su lado, Mercader desvió los ojos hacia la ventanilla.

—Si no llueve pronto, la temperatura va a convertir la ciudad en un infierno.

—Ya lo es —mascculló Milo.

Entró por la calle Nou de la Rambla y aparcó en el mismo vado. Abatido, apagó las luces y cerró el contacto. Se recostó en el reposacabezas.

—Bien, ¿y ahora qué? —dijo Rebeca, con cautela.

—Ahora nada. Esperaremos a que amanezca.

—¿Y luego?

Milo hizo un gesto de impotencia con las manos.

La mujer negra de la minifalda roja hizo de nuevo su aparición en la calle, ahora acompañada por un hombre mayor y de abultada barriga. Se situaron en el mismo portal y ella repitió la operación con idéntica indiferencia. A Rebeca le recordó la fría mecánica de un administrativo en la ventanilla de reclamaciones de Hacienda.

Sonó el *walkie-talkie* en el coche.

—Aquí Rojo. Amanece. Abandonamos la vigilancia. Corto.

—Mierda —dijo Milo, al borde de la capitulación.

—Había que intentarlo, eso es todo.

El *walkie-talkie* irrumpió otra vez en el habitáculo.

—Aquí Bachs. El sol despunta. Cancelamos la guardia. Malart, te has cubierto de gloria. Corto.

—¿Qué decías? —dijo Milo, en un hilo de voz.

—No le des más vueltas. Mañana será otro día.

—Mañana no existe. Lo que tengo es el aquí y ahora.

16

Se despertó. Las sábanas estaban llenas de arena y le picaba la piel. Se incorporó con dificultad. Solo vestía tejanos. En el suelo, vislumbró el resto de sus ropas, el arma y la placa. Pisó dos botellas de vodka, vacías. Caminó con paso inseguro hacia la cocina. Las baldosas ardían. Entró en el baño. Allí no había ninguna nevera. Abrió un grifo y se dobló para beber agua. Sabía a rayos. Al salir, se golpeó con el quicio y trastabilló un par de metros. Por fin, dio con el frigorífico y abrió la puerta. La intensidad de la luz le hirió las pupilas. Levantó una mano. Con la vista moteada por puntos iridiscentes, vio que se hallaba a oscuras. ¿Qué era aquel olor tan nauseabundo? Escudriñó el contenido de la nevera. Latas, conservas, productos envasados. Apestaban. Alcanzó una botella de agua y se obligó a beber un trago a pesar del hedor. Inclinado hacia atrás, contempló las grietas del techo iluminadas por el haz que surgía de alguna parte. Entonces oyó el ruido de un motor que se ponía en marcha y se le escapó el envase. Tambaleándose, se preguntó qué hacía allí, dónde estaba.

Se apoyó en el mármol. Tenía sed, una sed acuciante.

Distinguió la botella cerca de sus pies y se agachó. Al llevarla de nuevo a los labios, comprobó que estaba vacía. La observó unos segundos. Beber, quería beber. Caminó un paso, resbaló sobre el charco, y se precipitó al suelo. El insoportable resplandor de la nevera le dio de lleno y soltó un grito de dolor, como si le hubiera abrasado la piel. Se abrazó a sí mismo y permaneció quieto, agradecido por el frescor que humedecía su espalda. *Te has equivocado.* Se apretó las piernas contra el pecho. *En todo.* Inspiró una bocanada de aire hirviendo. *No eres nada.*

Se quedó dormido.

El hombre era un señor de Barcelona. Cabeza despejada, gafas de oscura montura fina y sonrisa forzada. Tejía una red de sesenta círculos rojos como sesenta disparos de bala. Como sesenta gotas de sangre. Igual que una araña, se agazapaba en una esquina aguardando a que una víctima cayera en la trampa. Muy cerca, un niño estaba de pie. ¿O era una niña? No lo distinguía con claridad. A su espalda, una inmensa hoguera lanzaba lenguas de fuego al aire, ondulándose enfebrecidas. La criatura no se movía, hipnotizada por el crepitar del incendio que devoraba todo a su alrededor. En la mano sostenía una sombra, y de su cuello pendía una soga. Las llamas la envolvieron. Pero el fuego no era rojo. Era negro. Y donde debían estar sus ojos, solo había dos cuencas vacías. Se giró hacia él y le clavó su mirada oscura.

Milo se despertó, la respiración entrecortada.

Vio la puerta de la nevera abierta, el suelo que se extendía ante su rostro, las pelusillas de polvo que se amontonaban bajo los muebles de la cocina, por todas partes.

El aire era espeso, sofocante.

Se soltó las piernas, intentó incorporarse. A punto de perder el equilibrio, cerró el frigorífico y se sumió en una oscuridad completa. De fondo, muy distante, oyó el correr del agua. Salió al distribuidor y fue hacia el rumor que sonaba cada vez más cercano. Con las paredes como apoyo, llegó hasta el baño. De allí procedía el ruido. Sin encender la luz, palpó el toallero, el lavabo, y dio con el grifo abierto. Lo cerró con un movimiento torpe.

Por fin el silencio.

Recorrió el camino inverso, de nuevo con las paredes como guía. Una vez en la sala, se dirigió a la terraza. Tropezó con una mesilla que lo lanzó de bruces contra la puerta. La persiana estaba bajada y forcejeó con la cinta para subirla. Pesaba una enormidad. Afuera, llenó los pulmones. Era de noche. Las farolas de la calle de la Atlàntida iluminaban la plaza desierta. Se frotó los ojos. ¿Dónde estaba todo el mundo? A lo lejos distinguió algunas sombras caminando por el paseo Marítimo. Contempló el mar, la mansedumbre de sus aguas. Unas olas pequeñas morían en la orilla, levantando un sordo murmullo que se repetía como un metrónomo, y aquella cadencia lo inundó de sosiego. Inmóvil, dejó transcurrir los minutos.

Bajó la mirada y observó sus manos. Parecían estar muy separadas de él, a una distancia anormal. Fue de una a otra, sin comprender. Y lo mismo ocurría con los pies. Se hallaban muy abajo, no podían tratarse de los suyos. Tragó saliva y cerró los ojos. Solo eran figuraciones, seguro. Con la sensación de estar controlado por una fuerza extraña, tuvo miedo de abrirlos de nuevo. El cerebro podía jugarle malas pasadas, lo sabía de sobra. Pero ¿qué sabía en realidad? *No sabes nada.* Descanso, necesitaba descanso. Después de dormir unas cuantas horas lo vería todo más claro, recuperaría el equilibrio. *Has perdido el control.* No había nada como un sueño reparador. *Lo has perdido todo.* Abrió despacio los ojos, temeroso de lo que fuera a encontrar. Sus manos, los pies, estaban donde siempre. Respiró aliviado. Iba a sonreír cuando vio que el mar se había transformado en una llanura de fuego. En el centro, se erguía un árbol en llamas. Y por toda la planicie, se extendían cientos, miles de rosas ardiendo. Se quedó rígido, sin poder moverse. Aquello no podía ser real.

Entró corriendo. Se detuvo al observar las cajas de cartón apiladas en un extremo. ¿Dónde estaba? Aquel no era su piso, no reconocía los muebles ni la disposición de la sala. Con el corazón disparado, empezó a abrirlas como un poseso. Ropa, objetos de toda clase, papeles. Lo fue tirando todo al suelo. Nada era suyo.

Se dijo que tenía que salir de allí.

Anduvo hasta la puerta y entró en el dormitorio. *Aquí no es.* Vio su arma. La recogió, se la introdujo en la cintura, y salió en busca de otra puerta. *Te estás volviendo loco.* Puertas, todo eran puertas. Regresó a la sala. La recorrió con la mirada, sin saber qué hacer. *¿Por qué no acabas de una vez?* Se obligó a sentarse en el sofá, a razonar con calma. El arma se le clavó en la ingle. La extrajo y la contempló embobado. *Acaba de una vez.* La dejó caer. Se llevó las manos al rostro. Entonces notó otro pinchazo en los vaqueros. Era una caja de pastillas. Aplastada. Recordó a Janet Grau. No. Judit Grau. Tampoco. *Judit Gaig.* Sí, ella se la había dado. Para combatir la ansiedad.

La vació en el sofá y cayeron dos láminas plateadas

junto a un prospecto. Lo apartó a un lado y apretó uno de los blísteres. Cayó una pastilla. Se la metió en la boca sin pensarlo y se la tragó con un golpe de garganta. Indeciso, dudó si tomar otra. *Tómate la caja entera.* Repitió la operación con la segunda pastilla y se reclinó contra el respaldo. *Eres un cobarde.* Procuró quedarse en blanco, no pensar en nada. Se tendió a lo largo. Agarró un almohadón y lo estrujó contra el estómago. Empezó a contar. Mil uno, mil dos, mil tres. *Esto no ha acabado aquí.* Mil siete, mil ocho, mil nueve. *Nos volveremos a ver.* Mil doce, mil trece, mil catorce.

Las voces cesaron de repente.

Enlazó imágenes con ideas incoherentes. Él era invisible, y vivía en un continente escondido, de leyenda. Un lugar que quizá nunca existió. ¿Barcelona? No, la Atlántida. El arquetipo de la civilización ideal, el símbolo de un porvenir utópico. Un mundo basado en los principios de la razón y el progreso, con una Historia que contenía un mensaje moral acerca de una sociedad que, con la prosperidad, se había vuelto ajena y corrupta, desencadenando su destrucción por castigo divino. ¿La Atlántida? No, Barcelona. Un mito donde convivían víctimas y monstruos.

Resbalando por la espiral del sueño, reparó en que alguien lo observaba con fijeza. Su rostro le resultó familiar. Ojos de cervatillo asustado. Expresión desvalida, frágil. Se parecía a Marc. Pero era una niña, una niña desnuda con mirada de anciana. Y muy bella. Era un ángel con una estrella de cinco puntas en la cabeza.

Sin creer lo que veía, luchó por incorporarse. Fue inútil. Abrió la boca, indeciso, cuando un rayo de luz resplandeciente brotó de una de las manos de la figura pálida. En la otra, sostenía una paloma. La niña le retorció el cuello sin emoción. Pero en vez de sangre y vísceras, solo surgieron circuitos y elementos biónicos.

—El espíritu ha muerto —dijo—. Se acaba mi tiempo.

La niña apoyó el cuerpo roto de la paloma contra su pecho impúber y bajó los ojos.

—Barcelona lo estropeó todo —añadió.

El sol que se colaba por la persiana incidió en sus ojos. Se protegió con la mano. Cuando por fin logró enfocar la mirada, vio el desorden en la sala. Cajas abiertas, ropa por todas partes, la mesilla desplazada. Se enderezó hasta sentarse y apoyó los pies en el suelo. Pisó el arma. La contempló unos instantes sin entender nada. Trató de recordar lo que había pasado. Pero en su cerebro solo había una densa espesura. Contempló sin ver un punto indeterminado mientras procuraba regresar a la realidad. Un aire plomizo, irrespirable, se amontonaba en el ambiente.

Oyó un chasquido. Provenía de la puerta. Empleó unos segundos en darse cuenta de que alguien forcejeaba con la cerradura. Al cabo, con movimientos lentos y pesados, como si sus articulaciones fueran de barro, recogió el arma y la empuñó en dirección al ruido. Aguardó. El cañón de la HK apuntando hacia el distribuidor.

Quienquiera que fuese, se iba a llevar una sorpresa.

Ladeó la cabeza para ajustar la vista en la mira.

Una mujer entró en la sala y se detuvo de golpe al verlo armado. Alzó las manos en un acto reflejo. Milo leyó las letras FORENSIC estampadas en azul sobre una camiseta gris y la reconoció mientras su mente pugnaba por asignarle un nombre. Por la expresión de su rostro, detectó el miedo.

—¿Vas a dispararme, inspector? —dijo la mujer.

Bajó el arma, la dejó en el sofá. Luego, se encogió sobre sí mismo y volvió a perder la mirada.

—¡A qué coño ha venido eso! —exclamó Rebeca. Echó un rápido vistazo alrededor y comprobó el desorden—. ¿Se puede saber qué ha pasado aquí?

Milo murmuró una negativa sin cambiar de postura.

—¿No lo sabes? —se extrañó ella.

Negó con un gesto.

—Es como si hubiera pasado un huracán. —Se acercó hasta él—. Oye, ¿estás bien? Llevas encerrado casi dos días, sin contestar los mensajes. Me tenías preocupada.

Milo curvó los labios hacia abajo y no abrió la boca. Notó un vahído en la cabeza.

—¿Desde cuándo no has comido? —preguntó ella. Apartó con el pie unas camisas.

—¿Qué... qué día es hoy?

—Jueves, mediodía del jueves. Nos vimos por última vez el miércoles, después de amanecer, cuando te largaste tras pasar la noche juntos de guardia. ¿Lo recuerdas?

Sacudió despacio la cabeza.

—No me acuerdo de... de nada.

Rebeca se sacó la mochila que llevaba a la espalda y la dejó con disimulo sobre la HK. Luego, lo contempló en silencio. Señaló la caja de pastillas.

—¿Cuántas te has tomado? —Agarró un blíster y contó los huecos. Dos. Vio que el otro estaba completo—. Con estas cosas no se juega, deberías saberlo.

Se giró hacia Rebeca. Volvió a negar con un gesto. Ella observó su mirada turbia, la expresión ausente.

—Estás grogui. A ti no te gustaba tomar pastillas.

Él asintió de forma titubeante.

—Las detesto —dijo, la lengua de trapo—. Me las dio la... la loquera, y yo... yo...

—Tienes que hacer un esfuerzo por recordar.

Ocultó la cara con las manos. Un instante y las bajó.

—El fuego era negro.

—¿Cómo dices?

Trató de poner orden en su cerebro. Tenía grabada la imagen de la niña.

—Ardía en llamas, la paloma era mecánica —balbuceó—. La tenía en la mano. El espíritu, el espíritu libre. Pero también era artificial. —Su rostro se desfiguró en una mueca de dolor—. Todo es una mentira, un invento. No es libre.

Levantó los ojos y Rebeca vio que traslucían espanto.

—El espíritu está muerto —añadió.

—Oye, para el carro. No sé de qué estás hablando pero me da igual. Lo primero que vas a hacer es tomarte un café bien cargado. Mientras lo hago, ¿por qué no abres las ventanas y ventilas un poco? Esto es un horno, y huele que apesta —dijo. Se dirigió hacia la cocina.

—El fuego era negro —repitió, conmocionado.

La oyó trastear, decir algo sobre un charco en el suelo.

Permaneció inmóvil, sin fuerzas. Se recostó en el sofá. Vio el escuálido cuerpo de la niña, la palidez de su piel. Su falta de emoción al retorcer el cuello de la paloma. Contempló el techo, las sombras. Se fijó en una grieta que lo atravesaba de parte a parte. Quiso recordar si la había visto antes, pero enseguida hilvanó otro pensamiento. Notó el cerebro embotado. Se golpeó la frente con la mano abierta. Volvió a golpearse. No había forma de despejarlo. Caminó con paso inseguro hacia la terraza. Abrió las dos hojas de la puerta. Una brisa caliente entró en la sala.

—¿Te sienta bien el café? —dijo ella, sin perderlo de vista.

Apuró la segunda taza. Hizo un gesto afirmativo.

—Cuando estés en condiciones, iremos a comer algo. Pero antes, necesitas una ducha. No sé si me entiendes.

—No puedo salir a la calle.

Exudaba confusión por todos sus poros y Rebeca dejó escapar un suspiro.

—Tienes que contarme muchas cosas —dijo.

Ella había extendido el toldo y estaban sentados a la mesa de la terraza. Milo contempló la playa. Un día laborable de julio, la arena repleta de gente. Niños correteando de aquí para allá, jóvenes extranjeros con la piel requemada, vendedores ambulantes, mujeres orientales practicando masajes, los vigilantes en sus torres metálicas. La normalidad de un día de verano.

La cafeína hizo efecto. Empezó a hervirle la sangre.

—Empieza tú —instó, arisco.

Ella se echó para atrás, sorprendida.

—¿A qué te refieres?

—¿Por qué lo haces? ¿Te prometieron un ascenso?

—¿De qué hablas?

—¿Te ordenaron que te ganaras mi confianza, convertirte en mi confidente?

—¿Cómo?

—¿A qué has venido? ¿No has obtenido ya bastante?

—Te juro que si no te explicas mejor no te pillo.

Milo señaló con la barbilla su camiseta.

—Debería poner ASUNTOS INTERNOS —dijo.

—Eso es un golpe bajo. ¿A santo de qué viene esto?

—¿Y tú me lo preguntas? Hablemos claro. Eres de Asuntos Internos y me estás investigando. Ignoro el motivo, pero es a lo que te dedicas. Eres una jodida fisgona.

Sus ojos brillaban de forma obsesiva, hostiles. Rebeca pestañeó atónita.

—¿Piensas que te estoy espiando?

—No te hagas ahora la inocente. ¿Qué buscas, un maldito atajo? Colaborar con ellos tiene sus ventajas para la carrera de una subinspectora.

—Sí, para los lameculos. Tú desbarras. ¿Yo, de Asuntos Internos? Qué gilipollez. Ni en un millón de años. No llevo media vida preparándome en el Cuerpo y haciendo cursillos en el extranjero para acabar husmeando en los asuntos de mis compañeros. La cosa tiene guasa. —Cabeceó, incrédula—. ¿Crees que soy idiota o qué?

Milo entornó los párpados.

—¿No eres de Asuntos Internos?

—Ni por asomo.

—¿Seguro? —insistió.

Rebeca le lanzó una mirada férrea.

—¿De dónde has sacado una idea tan absurda?

Milo no supo qué decir. Se frotó una de las sienes.

—No sé, tu insistencia sobre Bachs, la forma en que me has seguido estos días, tus preguntas...

—Deberías hacerte mirar esa manía persecutoria tuya. En serio, inspector. No bromeo.

Milo hundió los hombros.

—Lo vi tan claro, todo encajaba.

—Las cosas no siempre son lo que parecen. Todos cometemos errores.

—Yo no. De este calibre, no. —Bajó la voz—. Sospecho de Bachs, de ti, de todo el mundo. He perdido el instinto, el norte. Empiezan los síntomas...

—¿De qué coño estás hablando?

—Lo estoy perdiendo todo. —Se le hizo un nudo en la garganta—. Todo.

Ella levantó los brazos, exasperada.

—¿Más gilipolleces?

—Dudo hasta de mí mismo.

—Pues yo confío en ti. Aunque visto lo visto, a lo mejor también debería hacerme mirar la confianza.

Milo apretó los labios.

—Quizá sea hora de vivir con lo que tengo.

—¿Eso es sinónimo de que te das por vencido?

No contestó.

—Te castigas de forma injusta. Vale, tu teoría sobre la aparición del cuerpo de Torrens fue un fiasco, ¿y qué? Era una posibilidad a tener en cuenta, factible. Pero de ahí a venirte abajo de esta manera, no sé, me decepcionas.

—Ponte a la cola.

—Exageras, eso es todo lo que digo.

Negó con un gesto.

—También me equivoqué con Bruno. Y contigo. Son demasiados errores.

—Entonces, ¿no piensas volver por la Central?

—¿Para qué? Singla a estas horas ya me habrá dado la patada. Me avisó. Y yo acepté el desafío. —La miró con fijeza—. ¿O no es así?

Rebeca se removió en la silla.

—Bueno, he oído algunas bromas pesadas en comisaría, ya sabes cómo se las gastan. Y ahora todo el mundo se felicita por la detención del sospechoso. No se puede decir que el jefe Singla esté especialmente deprimido.

—Estoy fuera del caso. Yo me lo he buscado.

—¡Joder, Malart! —estalló—. ¡No te soporto así! La verdad, te prefiero insolente y capullo. ¡Me enervas con toda esa... con todo ese...!

—¿Realismo?

—¡Autocompasión! ¡Pareces un crío que se derrumba tras suspender un examen!

Milo inspiró sin energía.

—Me llamaron para resolver un caso y he fallado. Realidad número uno. Realidad número dos: mi trabajo en la Central ha terminado; no he sido eficaz y todo ha acabado en fracaso. Realidad número tres: no quiero volver por comisaría, ¿para qué? Paso. La parte positiva de esto es que la loquera no fisgará más en mi cerebro, ya no tendré que regresar a su consulta. Algo es algo.

—Realidad número cuatro: vas a dejar con el culo al aire a tu jueza. Y te recuerdo que ella se mojó para que te readmitieran en el Grupo. ¿Eso ya no te importa?

—Hablaré con ella, lo comprenderá.

—¡Y un cuerno lo comprenderá! ¡Se sentirá tan traicionada como yo! Ese es tu realismo de mierda. Y todo por tu patética necesidad de autocompasión. ¡Das pena, tío! ¡Y sí, te llamo tío porque me sale de los ovarios!

La observó resoplar colérica. Aguardó un instante.

—Esto ya no es problema tuyo, chica dura. Se acabó. Ya no tengo el impulso, la ambición de continuar. El instinto. Necesito ocuparme de mi salud. Buscaré otro trabajo. Fin de la historia.

—¿Cuál? ¿Detective de una empresa de seguros?

—Te lo repito, no es asunto tuyo. —Hizo una pausa—. Estoy perdiendo el tiempo, mi vida. Y ya estoy harto. Debo buscar otro camino. El mundo cambia. No sé cómo será el nuevo, pero intuyo que yo, a este paso, no tendré cabida.

—Y el ritual nupcial de los somormujos es fascinante.

—¿A qué viene esto?

—A nada, igual que tu discurso.

Milo se incorporó de repente.

—Debes marcharte. Agradezco tu confianza, pero quiero estar solo. —Ella no se movió—. ¿No me has oído?

—Perfectamente. Pero no me voy de aquí ni tú vas a dejar de investigar.

—¿Y por qué, si puede saberse?

—Porque antes tenemos que hablar.

—No hay nada más que decir.

—Falta un asunto. —Fue a la sala, y regresó con la mochila—. Yo volvería a sentarme. Te va a doler.

Rebeca la abrió y extrajo una carpeta blanca. Milo, al verla, se desinfló.

—Y no vas a dejar de investigar porque antes tienes que leer estos papeles —dijo ella—. Son los emails y chateos que Crespo obtuvo del portátil de tu sobrino. ¿O ya no quieres saber por qué Marc hizo lo que hizo?

Lívido, Milo tomó asiento muy despacio.

—Se metió en un asunto feo —dijo Rebeca, al rato.

La expresión de Milo fue cambiando a medida que leía los archivos que Crespo había copiado de los contactos de Marc en las redes. La mayoría eran diálogos banales entre chicos y chicas preadolescentes, repletos de abreviaciones y expresiones procaces, con abundancia de chismes y bromas, referencias a monopatines y algunas menciones sobre temas más serios como el cambio climático o la defensa de los animales. Marc había sido un muchacho tímido, poco dado a hacer amigos, y sus opiniones se limitaban a corear los comentarios más aplaudidos. En total, sus contactos no llegaban al centenar.

Sus emails, sin embargo, mostraban un Marc diferente, desconocido. En especial los que había intercambiado semanas antes de su muerte con una chica llamada Kata. Torturado por las dudas, oscuro, con un estado de ánimo por los suelos, configuraban una personalidad extremadamente negativa, en la antesala de una decisión tan desesperada como definitiva. Toni los había ordenado por fechas, y la cronología evidenciaba su progresivo descenso a los infiernos. «Llevo dos días potando, tía, no puedo más. La pasta mola, pero esa panda de viejos me revuelve las tripas. No sé con quién hablar, me siento perdido.» En respuesta a sus mensajes, la tal Kata había procurado calmarlo. «Tranqui, MM, ¿se te va la olla o ké? Piensa solo en la pasta, es lo único ke importa. No hagas chorradas y no se lo cuentes a nadie.» La réplica de Marc había sido contundente. «¿A quién? Nadie me ve en esta puta ciudad. Estoy solo. No soy nada para nadie. Mi familia es mentira.» «MM, me tienes a mí —había escrito Kata—. Yo te kiero.» Después de unos días de silencio, Marc había vuelto a confesarse asqueado, al límite de sus fuerzas. «Ya no es dolor, Kata, es que no puedo con mi alma. No vale la pena continuar, todo es muy chungo. No pienso volver.» Ella no había tardado en contestar. «No puedes dejarme colgada, MM. Necesito la pasta. Solo tienes que cerrar los ojos y follarme, el resto lo hago yo. Échale huevos. A mí hasta me pone. Kedamos en la plaza, en el banco de siempre. Me he puesto otro pincho en la ceja, vas a flipar.»

Elevó la vista al cielo. Le temblaban los labios.

—Es duro —dijo Rebeca—. Los leí el lunes, sin querer, cuando me llamaste para que revisara las carpetas de tu cajón. Desde entonces trato de hablar contigo pero...

Se volvió hacia ella con rabia.

—¡Cuatro días! —rugió—. ¡Has tardado cuatro días en dármelos!

—Joder, intenté hacerlo antes, pero me diste largas, varias veces. No me hiciste caso.

—¡Debiste obligarme, maldita sea! —Agitó los papeles en el aire—. ¿Y la noche de vigilancia? ¡Estuvimos juntos toda la madrugada y no me explicaste nada!

—Te vi en baja forma —dijo—. Pensé que no era oportuno y decidí esperar.

—¡Piensas demasiado, subinspectora! Me viste en baja forma y me los entregas ahora, cuando estoy más jodido. ¡El momento adecuado, sí señor!

—¡Exacto, para despertarte! ¡Yo qué sabía cómo

te iba a encontrar! Llego y te veo hecho polvo, diciendo tonterías sobre dejarlo todo. Quería que reaccionaras, por eso te he dado la carpeta blanca. Y lo siento si me he equivocado, pero contigo es muy difícil acertar. ¡Siempre vamos con el pie cambiado!

Milo la atravesó con la mirada.

—¿Podrías hacerme un favor? —preguntó.

—Depende. —Lo miró con desconfianza—. ¿Cuál?

—Preparar más café.

Sin pronunciar palabra, Rebeca abandonó la terraza.

Milo volvió a los papeles.

«Te lo juro, Kata, hacerlo delante de todos esos mirones me da vomitera. Es como revolcarme en la mierda. Al volver a casa, solo quiero encerrarme en mi cuarto y tapiar la puerta. No volver a salir, para que nadie me vea.» «Porfa, MM. Esos viejos se cansarán pronto. No me hagas la putada.» «No puedo, tía. Lo siento.» «He hablado con el dueño del parque y nos dará el doble. ¡MM, 1.000 euros por careto! No me falles, por tus muertos. Aguanta una vez más. Te kiero, te kiero, te kiero.»

Nervioso, pasó varias hojas hasta llegar a las dos últimas. El tono era otro. Identificó las señales de entrar en barrena. Del final de la pendiente.

«No hay esperanza para mí. ¿Por qué esperar? Nada me sale bien. No me importa mi vida. Estoy cansado de disimular. Soy débil.» La respuesta de Kata había sido inmediata. «MM, eres un tío mierda. Si lo sé, se lo ofrezco a otro. Esto es un chollo y tú te cagas. Que te den, llorón. Olvídame.» Después de este mensaje, Marc había tardado dos días en escribir un nuevo email. Por la fecha, supo que era el último. Puso fin a su vida esa misma tarde. Se imaginó lo que debió de padecer durante aquellas cuarenta y ocho horas. La oscura determinación mientras lo tecleaba. Lo leyó con el corazón en un puño. El texto era escueto, como una nota de suicidio. «Mi verdad es... Da igual. *Game over*, tía. Voy a daros una lección. Os odio. Es jodido ser invisible. ¡¡¡Es que todo el mundo está ciego!!!»

El grito de angustia resonó en sus oídos. Dejó caer los papeles en la mesa. Luego, se recostó sobre ellos, entrelazó las manos y apretó los ojos.

Rebeca lo encontró en aquella postura. Apoyó la cafetera en el suelo y se sentó a su lado. Le besó en la cabeza, le acarició el pelo. Quiso consolarlo, decirle palabras de aliento. Pero incluso en los cabellos notó su esfuerzo por contenerse y guardó silencio.

—¿Por qué no me lo explicó? —Se enderezó. Clavó la vista a lo lejos, donde los niños se reían alborozados—. Podría haberlo ayudado. Éramos colegas, nos teníamos confianza. Todo antes de... ¿Por qué no me lo contó? ¿Por qué?

—Tal vez por vergüenza, era muy joven. Un chiquillo desbordado por un asunto que le vino grande. Los adolescentes son así. Torrenciales en algunas cosas, y como tumbas en otras. —Alzó las cejas—. Lo siento, imagen desafortunada.

Se volvió despacio, el rostro desencajado.

—Tengo que encontrar a esa Kata. Y hablar con ella. Hoy. Ahora.

—Pues ya me dirás cómo lo vamos a hacer. Solo tenemos su dirección electrónica y un apodo, que supongo viene de Catalina. ¿Le pedimos a Toni que averigüe su IP?

—No, no quiero implicarlo más en esto. Podríamos mandarle un email y citarla en la plaza.

—¿Con qué excusa? ¿Y en qué plaza?

Milo se llevó las manos a la cabeza.

—¡Malditas pastillas! ¡No me dejan pensar!

Se levantó y golpeó con saña el faldón del toldo. Luego, anduvo de un lado para otro. Por último, se agarró a la barandilla y observó el pavimento de la calle.

—Inspector, mejor que te tomes las cosas con calma.

—¿De qué habla con lo de «el dueño del parque»?

—Vete tú a saber. ¿Quizás al de atracciones?

Mantuvo la vista fija en las baldosas de abajo. Eran lisas, sin grabados; incluso veía los guijarros más minúsculos. Ideales para resbalar. A la que caían cuatro gotas, la gente patinaba. Él mismo había perdido el equilibrio más de una vez con el riego de las cuadrillas de limpieza.

—No te obsesiones. Ya se nos ocurrirá algo.

—Un momento. Esa Kata... ¿cómo llama a Marc?

—MM.

—O lo que es lo mismo, Doble M. —Se le iluminó el rostro—. Hace unos días conocí en la plaza Universitat a una chica que lo llamaba de ese modo. Era de su pandilla de *skaters*. Tenía un *piercing* en el labio superior y otro en... la ceja. Me acuerdo porque fue la única que se mostró afectada por su muerte, como si entre ellos hubiera habido algo. No tendría más de trece años, catorce a lo sumo. Joder, y encima yo le di las gracias...

Cruzaron una mirada.

—¿Crees que puede ser ella?

—Voy a comprobarlo ahora mismo.

Entró en la sala deprisa. Rebeca fue tras él.

—¡Escucha un segundo! ¡No puedes ir así, sin más!

Se paró en seco.

—¿Por qué no?

—Porque la vas a espantar con esa cara de mala leche. ¿Te has mirado al espejo? Asustas. Hagamos bien las cosas —dijo—. Primero, te das una ducha, te serenas un poco, y después nos vamos a comer algo. Luego, con calma, cogemos el coche y nos dirigimos a la plaza. Ah, y hablaré yo con ella. No quiero que la traumatices. Necesitamos tacto; y eso, inspector, es algo de lo que careces.

Milo meditó un instante.

—¿Me tomas por un desaprensivo?

—Lo tuyo no son las distancias cortas —repuso, muy seria—. Son tus palabras.

Bajó la cabeza.

—De acuerdo, tú ganas. Me voy a la ducha.

—Perfecto, entretanto recogeré un poco todo esto. No soporto el desorden.

—Ni se te ocurra. Tú eres mi compañera, no la mujer de la limpieza. Lo haré yo en otro momento. —Se dio la vuelta para encaminarse al baño. De espaldas, agregó—: Y devuélveme la HK, te he visto esconderla en la mochila. Por cierto, nos la llevaremos con nosotros. Ya es hora de devolverla. Ah, y también esto.

Cogió un libro de la pila de la entrada y se lo lanzó.

—Inspector. —Tomó aire—. ¿Estás bien?

—Como nunca.

Se observaron unos segundos.

—Me alegra volver a verte —dijo ella.

17

Llegaron bajo un sol de justicia a la plaza Universitat. Muchos turistas se cobijaban bajo la sombra de unos sauces mientras otros sacaban fotos del lugar. El centro estaba tomado por los jóvenes de los monopatines. Sus colegas, en el banco de granito, aplaudían las evoluciones o se mofaban de sus caídas. Un aparato de música, a todo volumen, atronaba rap.

Se detuvieron a cierta distancia. Rebeca le preguntó si veía a la muchacha y Milo, tras observar detenidamente, negó con un gesto. Acto seguido, propuso ir a sentarse al banco. Ocupó un extremo. Sin disimulo, se dedicó a estudiar los rostros de los jóvenes a pocos metros. Pronto, varios lo señalaron con desconfianza.

—¿No podrías ser menos descarado? Se te ve a la legua que tramas algo. El objetivo es no espantar al personal. Y oye, tu agresividad se percibe a dos manzanas.

—¿No te echarán de menos en la comisaría?

El reloj de la torre marcaba las seis y cuarto. Sabía que la espera iba a ser larga. Que la joven no se iba a presentar nada más llegar ellos. Apretó las mandíbulas.

—En serio, inspector, relájate un poco. Vas a estallar.

—Marc se vio envuelto en algo sórdido. Y cuando quiso dejarlo, esa Kata lo presionó hasta que no pudo más. Utilizó el rollo sentimental. Marc contra las cuerdas y esa pequeña zorra lo empujó a seguir, hasta que lo rompió. No puedo relajarme, subinspectora. De una forma u otra, esa chica es responsable de su muerte.

—¿No estás siendo muy parcial? —replicó—. O sea que, según tú, una chica de trece o catorce años pasa de ser víctima a verdugo. Eres injusto con ella, es muy pronto para dictar sentencia. Tal como yo lo veo, aquí no hay buenos ni malos. O mejor dicho, los malos son esos viejos que citan los emails, no dos críos sin experiencia que fueron deslumbrados con dinero para practicar sexo entre ellos ante unos babosos. Y te lo aseguro, para echar un polvo, hacen falta dos personas. Lo siento, pero dudo de que a Marc nadie le apuntara en la cabeza para acostarse con Kata.

Milo torció el gesto.

—Ella fue el anzuelo, el cebo, ¿no lo entiendes?

—Lo que entiendo es que todo esto te sea desagradable, pero no puedes perder la objetividad. Todos, en un momento u otro de la juventud, nos metimos en líos por falta de cabeza. Unos supimos salirnos a tiempo, pero otros no lo lograron. ¿Eso los convierte en verdugos o culpables? No, como mucho en simples descerebrados que no vieron la salida.

—Sabes mucho tú de errores de juventud.

—Como cualquiera. ¿O tú no tienes escondido algún archivo del pasado? —Milo no respondió—. Pues eso, que no nacemos amueblados. Yo dirigiría tu ira hacia los adultos que los involucraron, no hacia esa chiquilla sin dos dedos de frente. —Sacudió la cabeza—. Me estoy asando viva. ¿Y si cambiamos de sitio?

De camino a la zona sombreada de los sauces, añadió:

—Lo de la objetividad no lo digo porque sí. Si no puedes, entonces lo mejor será pasarle el asunto a los de Delitos Sexuales. Tú verás.

—Procuraré ser imparcial.

—Jueza, acabo de oír tu mensaje.

Susana Cabot soltó un sonoro resoplido.

—A ver si te enteras de una vez, inspector Malart. Y te hablo como jueza, no como amiga. Debes tener siempre el móvil conectado, ¿lo has entendido? Las veinticuatro horas. Tengo demasiados problemas como para preocuparme por un cabeza de chorlito que se cree con derecho a apagar el móvil para echarse una siesta. ¡No mientras el caso esté abierto y trabajes con un pie dentro gracias a mis esfuerzos! ¿Me he expresado con claridad o esperas a tener los dos pies fuera para obedecerme?

—Entendido, señoría. El móvil siempre conectado. Las veinticuatro horas.

—Bien, pasemos página. ¿Sabes la última de Singla? Insiste en la culpabilidad del detenido y quiere llevar a cabo una rueda de reconocimiento con tu mendigo.

—Pierde el tiempo, no servirá de nada.

—Ya se lo he dicho. Está zombi, en el hospital, pero Singla se empeña en llevarlo a comisaría para que lo reconozca. Ha citado al abogado del sospechoso.

—Se va a liar otra. Y van a arriesgar la poca salud mental que le queda a ese hombre.

—Veré lo que puedo hacer. ¿Tú cómo andas? Por lo que tengo entendido, desde la noche de vigilancia no pisas la comisaría. ¿Te escondes?

—Ese no es mi estilo, Susana.

La jueza se aclaró la garganta.

—Milo, no se puede ganar siempre —dijo—. Por si te sirve de consuelo, yo confío ciegamente en tu capacidad. Hoy igual que ayer. ¿Está claro? Si me ocurriera algo, te escogería a ti como investigador con los ojos cerrados, ¿me oyes? Sin dudarlo un instante.

Milo guardó silencio.

—Singla ha ordenado abandonar tus líneas de investigación —agregó la jueza—. Escucha, de tu vuelta a la condición de expedientado no te preocupes. Yo me encargo. Pero tienes que hacer algo con el caso. Necesitamos resultados, Milo. Los de las medallas han tomado el fuerte y no me fío un pelo del cariz que van a tomar las cosas. Te necesito en plena forma. Que pongas todo en orden y apliques un poco de esa rara sensatez tuya. Ahora no puedes venirte abajo, no cuando se acerca la fecha de la visita del Papa y un psicópata va por ahí quemando a gente. ¿Estás de acuerdo?

—Por completo.

—Me alegra oírlo. Lo personal debe quedar aparcado. Todo lo personal. Decepciones, enfermedades y suicidios. Todo. Lo prioritario es lo prioritario. ¿Estás conmigo?

—Ya lo sabes, señoría.

—Perfecto. ¿En qué andas ahora?

—Siguiendo una pista —improvisó.

A su lado, Rebeca enarcó una ceja.

—Mantenme informada. Al minuto. ¿Cómo debes tener el móvil?

—Conectado. Las veinticuatro horas.

Colgaron.

—¿Acabas de mentir a una jueza? —preguntó Rebeca, perpleja.

—Cuestión de opiniones —dijo. Observó a los *skaters*. Ni rastro de la joven.

Le contó la conversación.

—¿No te ha explicado el revuelo que armó ayer Navarro en la Central?

Sonó un estruendo y volvieron la cabeza. Un coche había arrollado una moto en el cruce de Aribau con Gran Via y enseguida se agolpó una multitud de curiosos. Unos socorrieron al herido, los más se limitaron a mirar. El grupo de *skaters* también detuvo sus evoluciones. Algunos se aproximaron mientras otros, subidos al banco, trataban de vislumbrar si había sangre en el asfalto. Al cabo de unos minutos se oyó la sirena de una ambulancia; y poco después, se presentaron dos dotaciones de la Guardia Urbana. Los jóvenes, entre burlas, subieron el volumen de la música y se pusieron a bailar. Una chica de estatura mediana movía los brazos en dirección al cielo. La gorra, encasquetada hasta las cejas, ocultaba en parte su rostro.

Milo esquivó la gente y caminó rápido hacia ella. A medida que se acercaba, intentó escrutar las facciones. Pero sus constantes giros le impidieron identificarla. Rebeca lo agarró del hombro y lo detuvo a pocos metros.

La joven volvió la cara. No era Kata.

—¿Qué pasa, tíos? —se enfrentó—. ¿Os pone mi forma de mover el culo?

Mercader arrastró a Milo hasta el banco libre.

—No era esto en lo que habíamos quedado —dijo.

Media docena de nuevos *skaters* se unió al grupo. Los recién llegados saludaron a sus colegas, empapados y sedientos. Echaron a rodar los monopatines y tomaron el relevo. El reloj de la plaza marcaba las siete y media. La chica seguía sin aparecer.

Rebeca contempló las idas y venidas de los *skaters*. Sus cuerpos flacos y recios, su habilidad con aquellas tablas estrechas, sus gestos embebidos de autosuficiencia.

—Tienen talento —dijo—. Yo no aguantaría ni medio metro subida a esa cosa.

—Lástima que lo desaprovechen de ese modo.

—Ya salió el negativo. Son jóvenes, nada más.

—Sí, como Marc, y ya ves cómo acabó, sintiéndose invisible. —Clavó la vista en el suelo—. Como una víctima. Y yo no me di ni maldita cuenta.

—A su edad, yo viví algo similar —dijo Rebeca—. Pero tomé una decisión: cualquier cosa antes que sentirme víctima. Y corté las quejas de raíz. Opté por pensar en lo que tenía... en vez de en lo que *no* tenía.

Milo respiró hondo.

—Y te volviste de hierro.

—No creas, también de mantequilla. —Se encogió de hombros—. Una no es inmune a los bajos momentos. Pero resistí. Tuve suerte.

—¿Suerte? Yo más bien diría carácter. —Observó el portal junto a la tienda de mantas. Recorrió la fachada del edificio hasta detenerse en el balcón del cuarto piso. Tenía las contraventanas cerradas. Se imaginó a Sara en la cocina—. ¿Harías una cosa por mí?

—Sin problemas. ¿Cuál?

—Ir a casa de mi hermano, aquí enfrente, y devolver el portátil. Es mejor que yo no vaya. —Desvió la vista a la plaza—. Así que Navarro montó un escándalo en comisaría.

Rebeca sonrió, y le explicó lo sucedido. Con su altanería habitual, el periodista se presentó con un cámara y exigió ver al comisario jefe. Bastos se negó, y Navarro, gritando que le habían prometido una entrevista con algún inspector del caso, lo acusó de estafar a la audiencia, señaló que la policía estaba al servicio del público, y, sin dejar de ordenar al cámara que no se perdiera detalle, proclamó a voces su derecho a entrevistarlo. Al final, cansados de escucharle, cuatro agentes lo sacaron a la calle.

—El muy engreído —dijo—. Nos llena de basura y encima nos viene con exigencias.

—Cervera tendría que haberse ocupado de él. Es más bruto que un arado.

Rebeca lo corroboró con una mueca.

—Lo malo es que, en su programa de hoy, se ha vuelto a poner las botas con nosotros. Que si en una nueva demostración de incompetencia —imitó su voz—, al final todo fue una falsa alarma. Que si estamos como al principio, que si no somos capaces de esclarecer la desaparición de Torrens. Luego ha sacado las imágenes de su expulsión de comisaría y nos ha acusado de esconder la verdad. Se ha despedido anunciando a bombo y platillo que en el programa de mañana viernes hará una intervención especial, un reportaje en exclusiva sobre el caso del Verdugo de Gaudí. ¡Ese tío está como un cencerro!

—A mí no me importaría tener unas palabras con él en directo.

Ella puso cara de asombro.

—¿Lo dices en serio?

—¿Por qué no? Cuando quiero, puedo ser de lo menos civilizado. Y en televisión, de lo que se trata es de dar espectáculo, ¿o no es así?

Las sombras empezaron a invadir la plaza y el alumbrado público se puso en marcha. El calor húmedo permanecía, pero al menos ahora el ambiente había dejado de ser tan opresivo. Ella comenzó a impacientarse.

—La peña del monopatín se larga y no parece que esa chica vaya a acudir. No podemos preguntarles por ella; si luego le van con el cuento, apuesto que no vuelve por aquí. Propongo que nos marchemos, mañana será otro día.

Sonó el móvil de Milo y leyó la pantalla. Judit Gaig. Maldijo en silencio. Tenía hora en su consulta y no la había llamado para anularla. Se llevó el aparato al oído, y se alejó.

Al rato, regresó con aire circunspecto.

—¿Todo solucionado?

—No le ha sentado bien, son ya muchas las ocasiones en que la dejo plantada.

—Tu especialidad. Escucha, qué te parece si voy ahora a devolver el portátil.

Milo asintió. Extrajo el libro y le entregó la mochila. Rebeca lo vio soltarlo en el banco. Se incorporó.

—¿Por qué te desprendes de él? ¿Tan malo es?

—Al contrario, es una maravilla. Por eso lo dejo aquí, para que circule.

Ella se echó la mochila al hombro y cruzó la calle. Se dirigió al portal. Pulsó un botón en el portero automático. Al cabo de unos instantes, empujó la puerta.

Milo se entretuvo observando la plaza. Transeúntes paseando a sus perros, parejas caminando abrazadas, solitarios con la vista clavada en el suelo. Dos sintecho discutían a voces por unos cartones. Cogió el libro y lo ojeó. Pasado un rato lo cerró, y fue en busca de un lugar donde abandonarlo. Luego, regresó al banco de granito.

Minutos después, Mercader se sentó a su lado.

—Has tardado mucho.

—¿Quieres saber cómo ha ido?

Lo vio afirmar sin ganas, la mirada huidiza. Le contó que había entregado el portátil a Sara. Que por su expresión, supo que algo había sucedido. Que lo encontró por casualidad, barriendo su cuarto. Un trozo de zócalo se desprendió y, al mirar el hueco, descubrió la bolsa de plástico. Un fajo de billetes color púrpura y, en el centro, otros de color gris, azul y rosado.

—Inspector, más de cinco mil euros.

Milo cerró los puños y se incorporó sin fuerzas. Caminó como un sonámbulo hasta el coche. Se puso al volante mientras ella tomaba asiento en silencio. Arrancó.

—¿Te llevo a alguna parte?

—Tengo el coche en tu barrio.

El tráfico, a aquellas horas de la noche, era fluido. La gente abarrotaba cines y restaurantes con aire acondicionado, o bien se agolpaba en las terrazas al aire libre. Sin apresurarse, se sumó al torrente de vehículos que descendía hacia el mar.

—Marc era un buen muchacho —dijo Rebeca—. Sara me ha confesado que hacía tiempo que notaba que el dinero de la casa duraba más de la cuenta. Lo guardaba en un bote de galletas en la cocina, y Marc lo sabía. Inspector, ¿entiendes? Les pasaba dinero para llegar a fin de mes. Cobraba en billetes de quinientos y luego los cambiaba por otros más pequeños, para meterlos en el bote sin que se dieran cuenta. Tenía suficiente para comprarse una moto, por ejemplo, y en vez de eso...

—Y también, para irse de casa. Pero no lo hizo.

—Era buena gente. —Milo asintió—. No se transformó en el típico adolescente egoísta y caprichoso.

La atmósfera era pegajosa. Llevaban las ventanillas abiertas, pero el aire no lograba paliar el sofocante agobio del bochorno. Condujo de forma pausada, dejando que lo adelantaran otros coches ocupados por jóvenes que se dirigían hacia la zona de bares del Puerto Olímpico. Llegó al viejo almacén que le hacía las veces de parking y ella se apeó. Segundos después, extrañada, se aproximó a la puerta del conductor. Milo permanecía reclinado en el reposacabezas, los ojos cerrados.

—Te invito a una cerveza, bien fría —dijo Rebeca. Él bajó del coche. Caminó arrastrando los pies—. Y luego, podríamos darnos un baño. Nos sentará bien.

La brisa del mar era caliente, abrasadora. Milo se detuvo. Se volvió hacia ella.

—Mejor otro día.

—Iría bien relajarnos —dijo Mercader. Disimuló su contrariedad—. Esta noche no va a pasar nada.

—No, esta noche no va a pasar nada —repitió Milo.

En los ojos de Rebeca apareció el brillo del despecho.

—Tú te lo pierdes —dijo. Sostuvo su mirada—. Último aviso, este barco va a zarpar.

Él se inclinó hacia su cara. Ella se puso de puntillas.

—Buenas noches —dijo Milo. Besó su mejilla.

Rebeca dio media vuelta y se alejó.

Contempló su andar rápido, ofendido. Su esbelta figura. Al cabo, echó a caminar con paso cansino hacia el portal de la calle de la Atlàntida. *Esta noche no va a pasar nada.* De fondo se oía la música de los bares, las risas de la gente. *Eres gilipollas.* Entró en la escalera, dio al interruptor de la luz, y subió los cuatro pisos a oscuras.

Georgina Perricot no conseguía conciliar el sueño. Se revolvió en la cama, consultó la hora en el reloj de la mesilla, y apartó la sábana con disgusto. Últimamente no dormía bien y sus problemas de salud se acentuaban por la falta de descanso. Con un suspiro, se incorporó poco a poco hasta quedar sentada. En la oscuridad, tanteó con los pies en busca de las zapatillas y se levantó con un lento golpe de riñones. Aguardó unos segundos, por si sufría un mareo. Una vez todo en orden, se dirigió al balcón sin encender la luz. No estaban los tiempos para gastos.

Descorrió las cortinas y abrió la puerta de la amplia terraza. Afuera, la temperatura era abrumadora. A pesar de vivir en una casa rodeada de árboles, en la ladera de uno de los tres pulmones de Barcelona, el aire era tórrido.

—Virgen santa —murmuró.

Sabía que un golpe de calor podía ser fulminante para una persona de su edad y se llevó una mano al pecho. Comprobó que sus palpitaciones eran normales y, más tranquila, se acercó a una de las sillas. Mientras tomaba asiento, se dijo que ojalá cambiara el clima de una vez, aquellas bolsas de aire hirviendo que, según aseguraba el hombre del tiempo de TV3, provenían de la dichosa África.

—Las cinco de la madrugada y yo sin dormir.

Y eso que junto a Bernat, su marido ya fallecido, habían escogido con sumo cuidado el emplazamiento de su futuro hogar. Cuando la humilde pescadería que regentaban en la calle Roger de Flor empezó a dar dinero a espuertas, lo que les permitió establecerse como mayoristas en Mercabarna, ambos emplearon muchos años y tiempo en planificar los pasos para disfrutar de una vida cómoda y saludable. De este modo, mientras pasaban de mayoristas a armadores, sondearon la ciudad en aras de encontrar la zona de Barcelona más adecuada para criar a sus hijos. Según su hoja de ruta, tendrían cuatro criaturas; tres chicos, que con los años se ocuparían del negocio familiar, y una chica, que sería la niña de sus ojos.

Tras consultar con expertos inmobiliarios, resolvieron que solo había tres sitios que conjugaran salud y buena inversión: la sierra de Collserola, Montjuïc y los Tres Turons. Se decantaron por este último, el más prometedor, y se dedicaron a escoger un buen terreno. El dinero no era problema, pues la empresa iba viento en popa, y pronto se prendaron de uno, en el paseo Turull, que reunía todas las condiciones. Surgió una dificultad: no se podía construir en ese solar. De la solución se encargó su amado Bernat. Se fue a Madrid, se reunió con el mismísimo ministro de Vivienda, y, tras negociar lo que tuviera que negociar, un detalle que su marido nunca le aclaró, logró el permiso. Ya con el horizonte despejado, procedieron a contratar al arquitecto y diseñar la casa a su entera satisfacción.

Llegó la niña, todo iba sobre ruedas. Se mudaron

del piso de la calle Lauria, esquina con Caspe, y pasaron a vivir en su torre. Daba gusto oír el silencio por las noches, disfrutar de la paz que procuraba aquella colina situada tan cerca, y a la vez tan lejos, de una ciudad que, como habían aventurado, estaba creciendo a marchas forzadas. El segundo bebé también fue niña. Una pequeña contrariedad. Georgina acudió todos los domingos a la iglesia de los jesuitas de la calle Caspe, tal y como hacía cuando vivía en el barrio, para rogar por la concepción del ansiado niño. De nuevo en estado, arreció en sus oraciones. No obstante, la tercera criatura también fue niña. Y la cuarta. Cuatro hijas sanas. Y la casa en una zona privilegiada. Decidieron que eran unos afortunados, y lo aceptaron como una señal del destino. Los caminos del Señor eran inescrutables, y realmente fueron una familia feliz en aquella villa enclavada en uno de los pulmones de su adorada Barcelona, la ciudad de las ciudades.

Solo cometieron dos errores de cálculo a lo largo de su vida. El primero, que ninguna de sus hijas quiso dedicarse al negocio del pescado. Ahora, contemplándolo con la perspectiva del tiempo, era un asunto superado. Las cuatro estaban hoy felizmente casadas, con hijos, y unas carreras envidiables. La mayor, Berta, era oftalmóloga; la siguiente, Montse, arquitecta del ayuntamiento; Rosa, abogada de la Generalitat; y la pequeña Mariona, que residía en el antiguo piso de Lauria, actriz, la artista de la familia. Cuatro mujeres independientes y fuertes. Lo que cambiaban los tiempos. ¡Si Bernat levantara la cabeza! Realmente, los designios del Señor eran inescrutables.

El segundo error también fue inimaginable. Sin previo aviso, la zona donde habían levantado la villa había sido señalada como expropiable, y el asunto amenazaba con complicar su vejez. Ella no entendía de estos temas y lo había delegado en su hija Montse. Sin embargo, las cosas no pintaban bien. Su entrañable torre, la que había soñado con Bernat, el hogar donde habían crecido sus cuatro hijas, corría serio peligro. Jamás hubiera dicho que esto podría llegar a ocurrir. Es más, creían que el cercano parque, lugar de peregrinación para miles de turistas, haría las veces de muro de contención para el afán urbanístico. Lo tenían sobre sus cabezas, en la cima de la colina, casi pared con pared. Les acarreaba molestias, pues a menudo los extranjeros ascendían por la serpenteante cuesta del paseo Turull, despistados en busca de la entrada principal que se hallaba al otro lado de la montaña, y ella se veía obligada a señalarles el camino correcto. Pero aquello no era nada comparado con los beneficios que habían obtenido. Y ahora, todo se venía abajo. Le querían quitar la propiedad y, en el colmo, pretendían darle a cambio una bagatela, un tercio de su valor real. Podía entender que por el bien general tuviera que sacrificarse, pero no que la robaran. Con aquella limosna no podría comprar en otra zona una finca igual, exactamente igual, a la que tenía. Con todos sus metros cuadrados construidos y de jardín, con su paz y silencio. Y esto, para ella, era un robo en toda regla. Pero, claro, los del ayuntamiento no atendían a precios de mercado y se limitaban a exponer que su oferta era la decretada por la oficina de justiprecio. ¡Una oficina de ladrones, eso eran! Y que estas cosas ocurrieran en Barcelona, en su adorada Barcelona...

Enojada, se levantó de forma brusca. Un ligero mareo la envolvió unos segundos.

Al cabo, se aproximó a la barandilla con paso renqueante. Ella era una luchadora y no pensaba cruzarse de brazos. Pelearía, como había hecho toda su vida. Prueba de ello eran las pancartas que había escrito con Berta y Mariona, pues Montse y Rosa preferían la negociación en los despachos, y que pensaba colgar el próximo domingo de todas las ventanas. Estaba en contra de aquel PERI y no pensaba callarse. Ni aunque fuera la única vecina de toda la calle en colgarlas. Sería una anciana, pero no era muda. La escucharían, por supuesto que la iban a escuchar.

Oyó un ruido.

Volvió la cabeza y oteó hacia abajo. No había sonado muy lejos, pero la negrura de la noche le impidió distinguir el origen. Pese a ello, escrutó la calle que zigzagueaba por la pronunciada pendiente. Al no ver nada, lo dejó estar.

Le gustaba vivir en aquella zona. Por la quietud, rodeada de sus árboles. No quería marcharse. Era su hogar. Les había costado mucho esfuerzo y sudor levantarlo, y por nada del mundo lo abandonaría. Es lo que su Bernat habría hecho. Pelear. Y si tenía que acampar en la plaza Sant Jaume para protestar en defensa de sus derechos, lo haría sin pestañear. Estaba dispuesta a hacer lo que fuera necesario con tal de conseguir su objetivo. Que la dejaran morir en paz en la casa de sus sueños.

De nuevo, oyó un ruido.

Esta vez sonó más fuerte. Como el quejido soterrado de alguien que se encontrara en aprietos. Se asomó por la baranda y no distinguió nada. Claro que ella, sin gafas, no veía bien. Desvelada por completo, decidió ir a buscarlas. Las tenía en la mesilla, junto al libro de oraciones. Se dirigió a la habitación con paso inseguro. Al entrar, tropezó con el escalón y, trastabillando, logró sujetarse a la puerta cuando ya temía irse al suelo.

—Virgen santa —musitó, pálida por el susto.

No quiso ir hasta la mesilla y encender el pequeño aplique. Sería una locura exponerse a sufrir un nuevo tropezón. De ahí que, a tientas, resiguiera la puerta hasta encontrar el interruptor junto a la cortina.

Encendió la lámpara que colgaba del techo. Fue un regalo de Bernat. Tenía forma de racimo y estaba compuesta por multitud de cristales tallados a mano que escondían en su interior doce bombillas. Su luz era deslumbrante. Una luz que destacaba en la oscuridad.

Como un faro.

Milo salió del mar. Relajado tras el baño, volvió a casa.

Después de despedirse de Rebeca se había dedicado a ordenar el ático. Luego, se había echado en el sofá y encendido el televisor. Ningún programa le había ayudado a coger el sueño. Se sintió tentado de volver a echar mano de las pastillas, pero rechazó la idea. Y cuando el reloj marcaba las cuatro pasadas, había decidido ir a la playa y nadar unos largos bajo una noche sin estrellas.

Entró en el piso y se dio una ducha rápida. Luego, buscó sin éxito en la nevera algo para saciar el apetito y, a continuación, armado con una botella de agua fría, salió a la terraza para tenderse en la tumbona. Pensó en Rebeca, en la velada que había declinado. El reloj del móvil señalaba las 5.10. Sintiéndose como un perfecto idiota, comenzó a imaginarse cómo podrían haberse desarrollado los hechos. Cerró los ojos y empezó a soñar despierto.

El vehículo subió por la calle Lleida en dirección a Montjuïc. En el cruce, tomaron por el paseo de Santa Madrona, que ascendía por la montaña.

—¿Sabes dónde están esos jardines? Esto es un laberinto.

Navarro miró de reojo a su joven cámara. Por la postura de su cuerpo, supo que Lucas estaba nervioso. Le indicó que parara al llegar al paso de peatones. Lucas aminoró hasta frenar con suavidad, y señaló a su izquierda.

—¿Son esos?

—No, esos son los jardines Laribal. Nosotros vamos a los de enfrente.

Navarro se apeó, le dijo que aparcara más arriba, y consultó el reloj. Las 5.20.

—Yo te espero aquí, estudiando el lugar.

—¿Dónde en concreto? Todo está muy oscuro y la zona es extensa.

—Junto al estanque —indicó—. No tiene pérdida.

Cerró con un portazo y se internó por los jardines. La entrada era amplia, sin obstáculos. Tal como había visto por internet, el parque era circular, de tamaño reducido. En el centro había un estanque, con las fuentes apagadas. Al fondo, flanqueada por unas paredes de color claro, distinguió la escultura de una mujer en pleno paso de baile, intentando cubrir su desnudez con un velo... o todo lo contrario. Se aproximó con cuidado, bordeando el estanque, y comprobó que las paredes estaban coronadas por unos arcos. «Este es el lugar», se dijo.

Observó alrededor, en busca de un sitio donde Lucas pudiera esconderse con la cámara y grabar el encuentro. Eligió unos arbustos junto a las arcadas de la izquierda. Desde allí, incluso a él le costaría descubrirlo.

—Ya estoy aquí.

La voz resonó a su lado y el periodista pegó un salto.

—¡Joder, Lucas! ¡No estoy para bromitas!

—No grites —susurró—. Este sitio me da mala espina, tan negro.

—Solo es un parque, nada más.

—Me refiero a Montjuïc. Si la llaman montaña mágica será por algo, ¿no?

—En el buen sentido, coño. *Mons Iovis*, monte de Júpiter, la residencia de los dioses. ¿Y desde cuándo los dioses residen en un lugar siniestro?

Lucas contempló inquieto los altos cipreses, las mimosas, las acacias. Avanzaron juntos hasta los arcos. Navarro señaló los tupidos arbustos del extremo y le dijo que se metiera dentro para grabar el encuentro.

Lucas asintió, pesaroso.

—Venga, ¿a qué esperas? —urgió Navarro.

—Es muy pronto, voy a quedarme hecho un cuatro.

—Métete de una puta vez si no quieres cabrearme.

Lucas se introdujo a duras penas, se situó en el centro del arbusto, y se agachó para tomar asiento sobre las ramas. Varios crujidos rompieron el silencio sepulcral.

—Sitúa la cámara —ordenó Navarro. Se alejó unos metros hasta colocarse más o menos en el lugar de la cita—. ¿Me coges bien?

—Centrado y sin obstáculos —dijo.

Navarro ocupó un banco. Cabía la posibilidad de que el desconocido quisiera sentarse.

—¿Y desde aquí?

—Sin problemas.

Las dificultades surgirían si decidía situarse detrás de los arcos. Entonces solo cabría confiar en su habilidad para reconducirlo al lugar elegido. Pero aquello no sucedería, él era un tipo con suerte.

—¿Y ahora? —cuchicheó Lucas.

—Ahora a esperar. Ni una palabra más.

Echó un vistazo al reloj de la BlackBerry. Las 5.35. Cruzó las piernas y se dispuso a aguardar. A lo lejos, por entre los árboles, se divisaba la ciudad. Las farolas del alumbrado urbano, trazando líneas rectas y curvas, le permitieron distinguir algunos edificios. El resto estaba sumido en la oscuridad.

Se entretuvo jugando a identificar lugares.

La figura vestida de negro se dio la vuelta y contempló Barcelona a sus pies. Inmóvil, su rostro no exhibía ninguna expresión. Al cabo, extrajo una pequeña cámara. Apuntó a su derecha, en concreto a la C-31, y empezó a filmar. Poco a poco fue enfocando hacia su izquierda, en un lento barrido de ciento ochenta grados que recogió toda la ciudad, desde el río Llobregat hasta el Besòs. Una panorámica completa. Acto seguido, con pausada transición, siguió girando noventa grados hasta detenerse en el cuerpo atado en la cruz a su espalda. Aplicó el zoom para tomar un plano corto de su rostro. Los ojos desorbitados, la boca desencajada en un rictus de espanto, la piel cenicienta. Entonces cayó en un detalle y detuvo la filmación. Metió la mano enguantada en un bolsillo y sacó unas gafas de oscura montura fina. Con un gesto carente de emoción, se acercó al hombre y se las ajustó sobre el puente de la nariz, cada varilla encajada en una oreja.

Retrocedió un paso y contempló el resultado.

—No te puedes perder el espectáculo —dijo.

Volvió a tomar distancia, alzó la grabadora, y siguió filmando, ahora un plano medio. Procuró enfocar bien la cruz gaudiniana.

Cuando consideró que ya era suficiente, volvió a apagar la cámara. Allí, en el promontorio, no había espacio para tomar un plano completo del conjunto. Lo haría desde abajo. Incluso sería más impactante. Más hermoso.

—Ahora me ocuparé de ti.

Pese a su debilidad, el hombre forcejeó presa del pánico.

La figura de negro extrajo un Zippo y abrió la tapa con un chasquido. Luego, se apartó un par de metros y lo lanzó al crucificado. Prendió en el acto.

Félix Torrens empezó a proferir gritos de dolor.

La figura conectó la cámara y lo observó a través del visor. Con calma, cambió el peso del cuerpo de una pierna a otra. Apretó el botón de pausa.

—Buen chico —dijo.

Sin prisas, se agachó delante de la cruz, puso con dificultad una rodilla en el suelo, y con un dedo trazó una G sobre la grava mientras recibía una intensa oleada de calor, abrasadora, que a punto estuvo de quemar su corto cabello. Al cabo, se incorporó, recogió el bidón vacío, y descendió por los irregulares escalones con la ayuda de la barandilla de hierro.

Una vez a los pies del promontorio, soltó el bidón, levantó la cámara, y volvió a filmar tomando el plano que deseaba del conjunto.

En lo alto sobresalían las tres cruces recortadas contra el cielo, como un moderno Monte de los Olivos, ahora iluminadas por el resplandor del cuerpo en llamas que se retorcía en la del centro. Puso especial interés en atrapar el dolor de su agonía, filmar sus aullidos y convulsiones. Por último, tomando como punto de partida la imagen de la pira humana, realizó el barrido inverso, lentamente, esta vez desde el río Besòs hasta el Llobregat, y se detuvo donde había comenzado, en la C-31.

Se aclaró la garganta, impostó la voz, y dijo:

—La lucha antisistema es el camino. Somos legión.

Apagó la cámara. Recogió de nuevo el bidón. Caminó con calma hacia la salida del recinto sin apartar la mirada del sendero. El lugar le producía aversión. Todas aquellas líneas curvas, las esculturas inclinadas, las columnas torcidas. Le daban náuseas. Lo abandonó por la calle Olot esquina con Santuari. Tomó asiento en la abertura del muro, encogió las piernas con esfuerzo, y después se dejó caer. Una vez sobre el asfalto, desprendió las fundas de plástico que cubrían sus botas de gruesa suela de goma y se las introdujo en el bolsillo. Subió a la furgoneta que estaba en marcha y abandonó el lugar.

Navarro se irguió de repente.

—¡Qué coño...!

Clavó la vista en la distancia y se frotó los ojos. Un punto de luz oscilaba a lo lejos.

—¿Qué ocurre? —preguntó Lucas. Asomó la cabeza.

—¡Agáchate, imbécil!

—Pero ¿qué pasa?

—Se ha iniciado un pequeño fuego en la montaña.

—Llama a los bomberos —dijo—. Con lo seco que está todo, puede extenderse como la pólvora.

—Ya habrá avisado alguien. Tú métete en el arbusto y calla, joder. Ya casi es la hora.

—Tengo las piernas dormidas —protestó.

—¿Estás sordo o qué? ¡Que te calles de una vez!

El corazón le iba a toda mecha. Se enjugó el sudor de la frente con un pañuelo. Comenzaba a pensar que quizá no debía haber aceptado aquel encuentro con el desconocido de voz cascada. El mundo estaba lleno de chiflados, y a lo mejor una cita en un lugar tan apartado y solitario con un tipo que aseguraba poseer una cinta del desaparecido no había sido una buena idea. La apuesta era muy atractiva, pero no estaba dispuesto a jugarse el cuello por un reportaje. Y menos, sin protección policial.

Abrió la BlackBerry. Faltaban cuatro minutos para las seis. Nervioso, la utilizó como linterna y dio una ojeada a la zona. No detectó ningún movimiento. Se recostó contra el duro respaldo del banco. De forma inconsciente, disparó la pierna en un tableteo frenético. Valoraba la posibilidad de levantarse y abandonar el asunto cuando escuchó una voz quebrada a sus espaldas.

—Ayer no cumpliste mis órdenes.

Navarro se incorporó de golpe y vio a una figura vestida de negro de pies a cabeza. El casco de motorista era ovalado, con la visera tintada.

Procuró aparentar calma. Que no le temblara la voz.

—Julia me obligó a salir en el programa, se lo juro. Amenazó con despedirme.

Se sintió ridículo hablando de usted con un tipo que ocultaba el rostro tras un casco. Era de su altura, tal vez medio palmo más, y de complexión atlética. Pero si las cosas se ponían feas, creía poder dominarlo.

La figura no se movió. No emitió ningún sonido.

—¿Qué quería que hiciera? No convenía complicar las cosas. Lo digo por el reportaje de hoy. Ella es muy caprichosa y podría haberlo suspendido. Así es la tele. Una casa de putas.

—No insultes a Julia. Es una estrella.

Tragó saliva. Había cometido un error. Debía andar con pies de plomo, medir sus palabras.

—¿Tiene la grabación digital?

La figura movió lentamente un brazo y Navarro retrocedió un paso. Avergonzado, vio que solo introducía una mano en la cazadora de cuero. Cuando la extrajo, sujetaba con dos dedos enfundados en un guante negro un pequeño disquete en su funda de plástico.

Se lo tendió y Navarro se apresuró a cogerlo. El corazón le salía del pecho.

—No le defraudaré. Dentro de unas horas lo verá todo el país, el mundo entero.

Su mente iba a cien. Era periodista, no podía desaprovechar la ocasión.

—¿Puedo hacerle una pregunta? —No obtuvo respuesta. Se armó de valor, indicó la montaña a lo lejos, y dijo—: ¿Es cosa suya ese fuego?

La figura de negro se mantuvo en silencio, quieta. De no ser porque estaba aterrado, Navarro hubiera jurado que detrás de aquella visera se dibujaba una sonrisa.

—¿Por qué hace todo esto?

—Es parte de la lucha antisistema —dijo, como un autómata—. Después de un siglo, Barcelona volverá a ser la Rosa de Fuego.

Enarcó las cejas, suspicaz. La declaración le sonó a recitado, artificial. Entornó la mirada. La voz, por el casco, se escuchaba amortiguada, lo que producía un efecto menos amenazador. Aquello le insufló ánimos.

—A lo mejor yo podría ayudarte. Repetir estos encuentros. Para informar.

Reparó en que le había tuteado. Se arrepintió en el acto.

La figura permaneció rígida, sin mover un músculo.

—Y si te pregunto quién eres, no me responderás, claro —dejó caer.

—Ayer pastor, hoy señor.

Navarro se quedó pasmado. Iba a decir algo cuando la figura lo señaló.

—No vuelvas a desobedecerme.

A continuación, dio media vuelta y se alejó bordeando con tranquilidad el estanque.

La perdió de vista al girar el recodo. Echó la cabeza hacia atrás y respiró hondo.

—¿Ya se ha ido? —cuchicheó Lucas desde el arbusto.

El periodista corrió hasta él.

—Rápido, pásame la cámara. ¿Lo has grabado todo?

—Por supuesto. Ese tipo me pone los pelos de punta —dijo Lucas. Antes de entregarle la cámara, retiró el disquete recién filmado—. ¿Para qué la quieres?

Navarro forcejeó unos instantes con ella hasta lograr introducir el vídeo del desconocido. Mientras la activaba, acercó el rostro al visor.

—Date prisa en salir de ahí, tenemos el tiempo contado para ir al aeropuerto.

Las imágenes aparecieron en la reducida pantalla.

Momentos después, mientras Lucas se aproximaba para dar una ojeada, Navarro le soltó la cámara con urgencia, se dobló sobre sí mismo, y arrojó el contenido de su estómago sobre unos matorrales.

—¡Joder, tío! —exclamó Lucas, agrandando los ojos.

El móvil lo despertó justo cuando había cogido el sueño. Se sentó a horcajadas en la tumbona y vislumbró la leve claridad que empezaba a adivinarse en el horizonte.

Enojado, agarró el teléfono. Era Susana.

—¿Qué pasa ahora, señoría?

—Torrens ha aparecido. Tal como dijiste. Quemado vivo.

Un escalofrío le recorrió el espinazo.

—¿Dónde?

—En el parque Güell. No tardes.

18

El sol despuntaba sobre la ciudad cubierta por una densa neblina de polución. Aparcó detrás de dos vehículos de la Guardia Urbana con las luces bailando en el techo.

Uno de los agentes le señaló la entrada.

—La escena del crimen está en el promontorio de las Tres Cruces. Por la escalinata hasta la sala de las columnas y, de allí, por el viaducto del Rosario, hasta el sendero. Lo verá enseguida, es inconfundible. ¿Quiere que alguno le guíe? —Negó con un gesto—. Los demás inspectores ya se han marchado.

Traspasó la gran puerta de hierro forjado. El parque tenía una extensión de más de diecisiete hectáreas y estaba situado en la Montaña Pelada, en el barrio del Carmel. Gaudí lo concibió con un sentido religioso, aprovechando el desnivel para proyectar un camino de elevación espiritual, siendo la entrada una alegoría del acceso al Paraíso y situando en su cima el monumento al Calvario. Milo atravesó el amplio vestíbulo, comenzó a subir por la escalinata, y dejó atrás la fuente del dragón. Llegó a la columnata; a su derecha ascendía un nuevo tramo de escaleras que conducía a la plaza en forma de teatro griego, pero decidió internarse por entre los pilares con la sensación de adentrarse por un bosque de columnas de piedra. Desembocó en un porche viaducto que sostenía parte de los espacios ajardinados y, una vez en el sendero, se detuvo para recuperar el resuello. En lo alto, medio escondida por el ramaje, asomaba una de las cruces del montículo. Se percibía un rumor de voces. Tomó aire y se dirigió por la empinada cuesta hacia el monumento megalítico con forma de talayote balear. A medida que se aproximaba, observó su planta circular y las dos rampas de escaleras. En su cima se alzaban las tres cruces, dos más bajas que la tercera. En esta última, la central, todavía humeaba un cuerpo carbonizado.

Sorteó la cinta balizadora que acordonaba el camino sucio, y escrutó el escaso número de cuñas numeradas. Iluminado por los flashes de la cámara de unos de sus ayudantes, vio el rostro de Goyo Bonhora, concentrado, a un palmo de la víctima.

Saludó con un gesto a la jueza Cabot y Rebeca, y fue hasta el forense jefe.

—Pocos indicios —dijo.

—Sí, el asesino es un tipo de lo más cuidadoso. Salvo el Zippo, dudo que los demás rastros tengan relación con el caso. Según la Guardia Urbana, cerca de veinte mil personas visitan diariamente este lugar. ¿Ves esa marca de ahí, la cuña número tres? Por la forma, los de la Científica opinan que corresponde a un bidón. Y esas huellas lisas indican que llevaba cubierto el calzado, para no dejar grabadas las suelas.

Milo señaló la número dos, en la base de la cruz central. Se acuclilló ante ella.

—Tenemos la G.

Bonhora asintió.

—La firma. Como con la primera víctima.

—¿Huellas en las barandas? —Se incorporó.

—Infinidad. Y unas de guantes. No sirven de nada. El acta de inspección ocular va a ser más corta que una tarjeta de visita.

—¿Alguna conclusión preliminar sobre el cuerpo?

—A falta de la identificación por las muestras dentales, se trata de Félix Torrens. Entre sus pertenencias han hallado la cartera, el móvil y su reloj de muñeca, un Patek Philippe de oro rosa que vale una millonada. Todo chamuscado, pero revelan su identidad. También han encontrado en sus bolsillos restos de una cantidad muy abultada de dinero. Billetes de quinientos euros, requemados. Una fortuna.

—El famoso maletín desaparecido.

Bonhora se encogió de hombros.

—Lo que significa dos cosas —dijo la jueza Cabot. Tras ella, apareció la subinspectora Mercader—. Que no se había fugado, y que al asesino no le mueve la codicia. Como señalabas, esto es venganza, venganza pura y dura.

—Una ejecución pública —dijo Bonhora.

—Sí, un escarmiento —coincidió Milo.

—El asesino está reforzando su poder —intervino Rebeca—. Esta vez ha escogido como cadalso uno de los puntos más altos de la ciudad, para que la víctima tuviera Barcelona a sus pies mientras se consumía vivo. Una cruel paradoja. La élite, en la cima. Un castigo.

Se miraron entre ellos. La jueza se aclaró la garganta.

—Forense jefe, ¿fue sometido a la misma tortura que Eduard Pinto?

—Hasta que no le haga la autopsia no puedo estar seguro, pero tras la primera inspección de los restos diría que padeció idéntico trato durante su cautiverio.

—¿Y cómo explica que aguantara siete días sin ingerir líquidos?

El forense se tomó unos segundos antes de responder.

—Solo hay una posibilidad —dijo—. Le proporcionó la dosis justa para sobrevivir.

—Lo hizo durar —apuntó Rebeca.

—Para alargar su sufrimiento —añadió Milo.

—Y de paso, para confundirnos a todos pensando que había huido —concluyó la jueza—. El asesino ha jugado con nosotros. Además de sádico, es un manipulador.

La subinspectora Mercader soltó una ligera tosecilla.

—Lo empuja un profundo odio, odio en estado puro. A sus víctimas, a la ciudad, a todo y a todos. De ahí que haya elegido este sitio, el promontorio de las Tres Cruces. ¿Y en cuál de las tres cuelga el cuerpo? En la del medio. Pretende profanar, y su mensaje es claro. Félix Torrens era admirado, aplaudido por la sociedad antes de saber sus corruptelas. Pues bien, él se atreve a desafiar a esa sociedad y lo crucifica como falso rey. No se detiene, ni se va a detener, ante nada ni nadie.

—Y por ello ha vuelto a escoger un lugar declarado Patrimonio de la Humanidad —dijo Cabot—. Para subrayar su intención de burla, de ciscarse en lo establecido.

—Lo que demuestra que dicho patrimonio no es un lugar ni un edificio —dijo Milo—, sino la maldad.

Los tres guardaron silencio.

Fijó los ojos en el espectacular panorama de la ciudad.

—Algo nos observa —murmuró—, algo frío y aterrador, sin sentimientos, inhumano. —Abarcó la zona con un gesto—. Apuesto a que el asesino nos está viendo ahora. Esta ahí, en cualquiera de esas azoteas o escondido en el bosque. Disfrutando. Pero no me hagáis caso, solo es una sensación. Ya me conocéis, chifladuras mías.

A pesar del calor, los recorrió un escalofrío.

—¿Quién descubrió el cuerpo? —quiso saber Rebeca.

—Un vecino del parque. Vio el incendio, llamó a urgencias, y la policía alertó a los vigilantes, que estaban durmiendo. Cuando llegaron, la víctima ya estaba calcinada. Solo era un cuerpo sin vida, carbonizado hasta quedar desfigurado casi por completo.

—¿Hora de la muerte?

—Pocos minutos antes de las seis de la madrugada. Según el testimonio, el fuego comenzó sobre las seis menos cuarto. Si empleó en consumirse los quince minutos de rigor, puedes calcularlo tú misma. No es necesario que os diga la causa de la muerte, ¿verdad?

—¿Y cómo sabes que estaba vivo antes de arder? —preguntó Milo.

—Intentó zafarse. Hay marcas de forcejeo en muñecas y tobillos, por las ligaduras de acero. Me juego algo a que encontraré monóxido de carbono y partículas sólidas en sus pulmones, igual que en la primera víctima. Es su *modus operandi* —dijo Bonhora—. Si no tenéis más preguntas, yo ya he acabado aquí. Jueza, ¿podría ordenar el levantamiento del cadáver? Me gustaría iniciar la autopsia cuanto antes.

—Cuando quiera, la secretaria judicial ya ha terminado el acta —dijo. Firmó el documento—. Yo también me voy, hoy va a ser una jornada muy larga. Milo, estaré en mi despacho por si me necesitas. Y otro día, no llegues tan tarde, hazme el maldito favor.

Milo asintió con un leve cabeceo.

El forense jefe hizo una seña a sus ayudantes y estos, enfundados en trajes especiales, procedieron a auparse sobre unas escaleras de mano para cortar con unas cizallas el cable de acero que sujetaba a la víctima por muñecas y hombros al brazo horizontal de la cruz. Luego, repitieron la operación con el cable que ataba sus tobillos al vertical. Por último, con sumo cuidado, para evitar que el cuerpo se deshiciera en varios trozos, lo bajaron y lo introdujeron en una bolsa de nailon negro extendida sobre el suelo.

Mientras descendían del promontorio por los angostos escalones de piedra, Milo se acercó a Bonhora.

—Una cosa más, Goyo. ¿Has averiguado algo sobre la G, aquel estudio con la Unidad de Caligrafía Forense de la General?

—Poco, por no decir nada. Me refiero a que no es concluyente. Por su trazo, igual la podría haber escrito un hombre que una mujer, una persona joven o mayor, zurda o diestra. Ya te dije que con una muestra tan escasa era difícil concluir algo significativo. Apenas contamos con variables para someterlas a un análisis con cierto grado de validez.

—¿Has fotografiado esta nueva G?

—Eso son dos cosas, inspector. Te responderé con una cita. «No procuro saber las respuestas, procuro comprender las preguntas.»

—Bonhora, en estos momentos no estoy para esgrima mental. ¿Podrás compararlas y tratar de obtener alguna información? Ahora tenéis el doble de espacio gráfico, quizá saquéis algo. ¿Crees que es posible?

—Quién sabe. «Es mejor encender una vela que maldecir la oscuridad.» Veremos. —Sonrió—. Te veo en baja forma, no es habitual que rechaces una provocación para entrar en un combate de citas.

—Eres demasiado sabio para mí, no estoy a tu altura —dijo Milo—. De todos modos, tus dos citas de Confucio no son nada comparadas con la de Lao-Tsé. «Quien quiere humillar a alguien, debe primero engrandecerlo.» Juego, set y partido.

Bonhora hizo un gesto teatral, una especie de reverencia, y abandonó el promontorio bien agarrado a la estrecha barandilla.

—¿A qué jugáis vosotros dos? —preguntó Rebeca.

—¿Has averiguado el modo de acceso del asesino?

Mercader extrajo un bloc y leyó unas anotaciones.

—Aparte de la principal, el parque cuenta con otras nueve entradas. Tres laterales en la calle Olot, dos en la avenida del Coll del Portell, tres más en la zona boscosa norte, y una última en la carretera del Carmel. —Levantó la mirada—. Pero la muralla que envuelve el recinto está derruida en varias partes y hay más sitios por donde se puede acceder sin muchas complicaciones. Además, el muro se construyó parcialmente, y el resto del perímetro solo está vallado por una malla metálica que también tiene innumerables boquetes.

—O sea, que entrar en este parque es coser y cantar.

Hizo un gesto afirmativo.

—Pero sabemos el lugar por donde salió. Han encontrado tierra en el asfalto de la calle Olot, justo delante de una de esas partes donde el muro está derruido. Y si lo abandonó por ahí, es posible que también lo utilizara para entrar con la víctima.

—¿Y desde la calle Olot la cargó en el hombro durante todo el desnivel del parque hasta llegar a este montículo? —Arrugó la cara—. Sabemos que es un tipo atlético, pero eso rozaría la proeza. Yo me he visto obligado a detenerme para recuperar el aliento, y no iba cargado con el peso de un cuerpo inerte. La cuesta es muy pronunciada.

—Lo sé, pero tú apenas comes y duermes. Pudo usar algún medio para transportarlo, una carretilla o algo así.

—¿Hay huellas de rodaduras? —Rebeca negó con la cabeza—. Descartado entonces.

—No corras tanto. Un tipo tan precavido como para cubrirse el calzado con fundas, puede haberlas también borrado. Entra por la calle Olot, pasa la víctima y la carretilla por la abertura del muro, y sube hasta aquí. Luego, tras acabar, se cuelga el trasto al hombro, desanda el mismo camino, y borra las huellas de las ruedas. Es factible.

—Puede —dijo—. Pero hay otra fórmula más sencilla. Contó con la ayuda de otra persona. Esto explicaría cómo sorteó los escalones, y también cómo logró subir a la víctima hasta el brazo horizontal de la cruz y atarla. Es alta, y el cuerpo pesaba lo suyo. ¿Cómo se las ingenió para alzarlo y ligarlo? No, tuvo que valerse de alguien más.

—¿Sigues empeñado en que tiene un cómplice?

—Las cosas cuadrarían, tendrían sentido.

—No hay pruebas concluyentes. Son tus palabras.

Guardó silencio. Hundió las manos en los bolsillos.

—A veces me equivoco. Y cada vez, más a menudo.

Rebeca dio unos pasos alrededor de las cruces. Pensativa, regresó cabizbaja.

—La cantidad de molestias que se ha tomado el asesino —dijo—. Y todo, para colgar los cuerpos en sitios emblemáticos con Gaudí como denominador común. Yo a eso lo llamo complicarse mucho la vida. Podría conseguir algo similar sin tantos esfuerzos.

—No, si lo que le empuja es la pulsión de cumplir con un objetivo concreto, sea el que sea. —Señaló la ciudad—. Para él, Barcelona es un parque temático del horror; y Gaudí, su atracción de feria más insigne. Ignoro los motivos, pero todo señala que ambos, la ciudad y el arquitecto, son las víctimas que subyacen detrás.

Intercambiaron una mirada.

—Y no se va a detener —dijo Rebeca.

—No.

—Y hasta que no cometa un error —agregó ella—, estamos a oscuras.

Milo asintió lentamente.

En la comisaría, los gritos de Singla podían oírse desde el pasillo. Milo y Rebeca se acercaron a la mesa de Crespo.

—Está que trina —dijo. Señaló el despacho del inspector jefe—. Yo, de vosotros, me andaría con cuidado. Va en busca de alguien para descargar su ira.

—¿Con quién está reunido?

—Están todos los inspectores. Solo faltas tú.

Milo hizo un gesto de resignación.

—Subinspectora —dijo—, tú te lo puedes ahorrar. No va a ser agradable.

—¿Y perderme una visita gratis a la boca del lobo? Ni loca. Te acompaño.

—Como quieras —dijo. Inició el camino hacia el despacho. Señaló su camiseta negra con las letras SWAT estampadas en blanco—. A lo mejor nos trae suerte.

Entraron sin llamar. Singla les lanzó una mirada iracunda. Siguió hablando.

—Esto es un asesinato, inspectores. La pelota *ahora sí* está en nuestra cancha y aquí ya no pinta nada el fiscal anticorrupción y sus teorías sobre una fuga. ¡Somos el Grupo de Homicidios, joder! Vamos a investigar este jodido asunto y volcarnos en la jodida resolución del caso. Se acabaron las tonterías, ¿entendido?

Los cuatro inspectores asintieron en silencio.

—Quiero que curséis un aviso para someter a vigilancia a todos los cibercafés de la ciudad, por si al asesino se le ocurre volver a utilizarlos para publicitar su crimen.

—Pero, jefe, para eso van a hacer falta muchos agentes —objetó Cervera.

—Los traeremos de otras comisarías, y de la academia si hace falta. —Sacudió la cabeza con vehemencia—. Quiero saberlo todo de Torrens. Sena, Bachs, vosotros peinaréis sus socios, amigos, conocidos y saludados. Los interrogaréis a todos, sin dejaros ni uno. Id a Patrimonio y Fraude y que os faciliten todo lo que tengan.

—A la orden —dijo Sena.

—Rojo, Cervera, vosotros indagaréis entre sus enemigos. Id a Personas Desaparecidas y sacadles cualquier cosa que pueda llevaros a una pista. Y si se resisten, tenéis permiso para poner su despacho patas arriba.

—Eso está hecho —confirmó Rojo.

Singla se incorporó. Apoyó los puños sobre la mesa.

—Empezamos desde cero. Quiero que remováis su pasado de arriba abajo. Que crucéis sus datos con los de Pinto. Tiene que haber una relación entre ellos. El asesino sabe cuál es y yo no voy a ser menos que ese psicópata. —Se aflojó el nudo de la corbata—. Nos enfrentamos a un sujeto que tiene la absurda idea de que puede burlarse de nosotros. Y esto no va a pasar aquí. No en la Central. —Encendido, repasó uno a uno a todos los miembros del Grupo—. ¿Me explico con claridad?

—Meridiana, inspector jefe —dijo Cervera.

—Vamos a hacer nuestro trabajo y punto. Y siguiendo los procedimientos habituales, no los exóticos ni extravagantes. —Desvió la vista hacia Milo—. Se acabaron las payasadas, ¿queda claro? Vamos a atrapar a ese cabrón, a darle caza como a una sabandija.

Bachs salió con rapidez. Los demás lo siguieron.

La voz de Singla resonó a sus espaldas.

—Malart, tú te quedas. Mercader, a solas. Cierra la puerta al salir.

Milo se aproximó a una de las sillas.

—Te habrás dado cuenta de que no te he encargado ninguna misión. —Se enjugó la cara bañada en sudor—. ¿Tienes alguna idea del motivo?

—He enfadado a algunas personas.

—Y nos has hecho perder un tiempo muy valioso con tus teorías grilladas.

—Mira, jefe, te voy a decir lo que no quieres oír. Os advertí que lo de hoy iba a pasar, y ha pasado. Os dije que el asesino no se iba a detener en Pinto, y no se ha detenido. No eran gilipolleces de un chiflado. Solo me equivoqué en un par de días, la mente del asesino tiene muchos recovecos. Y sí, he valorado la posibilidad de presentar mi dimisión. Pero no. Todavía no. Antes tengo que acabar un asunto pendiente. Y te recuerdo que me llamasteis para que investigara desde un punto de vista distinto. Es lo que he estado haciendo.

—Sin resultados —dijo Singla—. Y yo no te llamé.

—Díselo al comisario jefe. Y el partido no ha acabado.

Singla se arrellanó en el asiento.

—Lo único que has hecho es buscar sombras.

—Y vosotros, detener inocentes de carne y hueso —repuso, irritado—. Imagino que ya habréis soltado a ese antisistema con cerebro de mosquito.

—Ni por asomo. Es un sospechoso que despeja muchos de los interrogantes abiertos en el caso de la primera víctima. Como el móvil, por ejemplo.

Milo levantó los brazos, exasperado.

—¿Me puedes decir cómo coño se las ha ingeniado Jon Grau desde el calabozo para llevar a Torrens hasta el parque Güell y achicharrarlo en una cruz?

—Muy sencillo. —Sonrió—. Un cómplice.

—¿No eras tú quien sostenía que el asesino actuaba en solitario?

—He cambiado de idea.

—Ya, para que todo cuadre. Metes las piezas a la fuerza para que encajen como sea.

Singla volvió a esbozar media sonrisa mientras se acariciaba el bigote.

—He aprendido de ti, figura.

Milo entornó los ojos y lo observó un instante.

—Esta táctica no te va a funcionar. Sé lo que pretendes.

—Tenía que intentarlo. —Se inclinó hacia delante—. Haz lo que te dé la gana, tú y esa subinspectora de las camisetas del Tío Sam; pero a partir de este momento, estás fuera de la investigación oficial.

—Es lo que quería oír. —Se levantó—. Seguiré con la mía paralela, como hasta ahora.

Dio media vuelta y abandonó el despacho. Rebeca salió a su encuentro muy alterada.

—Al inspector jefe le pirran tus camisetas.

—Ahora no hay tiempo para eso. —Lo agarró del brazo y tiró de él hacia la sala de visionado—. Tienes que ver algo, Navarro la está liando en televisión.

—Eso no es nuevo.

—Esta vez sí. Va a mostrar el cautiverio de Torrens en directo. Y su muerte.

En la sala ya estaban el resto de los inspectores además del sargento Crespo. Ambos se apretujaron contra él mientras en el monitor Navarro advertía por enésima vez que las imágenes que iban a ver a continuación podían herir la sensibilidad de los espectadores. Luego, sin más preámbulos, dio paso al vídeo con gesto solemne.

El rostro de Félix Torrens, demacrado, con la piel cerúlea y barba de varios días, apareció en un plano medio. Sus ojos, sin gafas, exhibían una expresión comatosa. Ofrecía un aspecto desastrado, con la ropa sucia de barro y polvo, rozada y rota. No llevaba corbata. En una de sus manos sostenía un vaso de papel. Bajo la potente luz, podía percibirse su repulsión, el brillo de la demencia en su mirada.

—Sargento —dijo Milo—, ¿lo estás grabando?

Crespo asintió con ademán tenso.

El vídeo era de alta resolución. No tenía sonido ni contador de tiempo. El zoom se activó hasta recoger un plano más amplio. A través de las rejas, vieron que el presidente del Círculo Gaudí estaba de rodillas, la cabeza ladeada en posición de súplica. Un temblor sacudía su cuerpo.

—¿Qué son esos papeles que hay por el suelo de la celda? —preguntó Sena.

—Billetes. De quinientos euros —respondió Bachs, seco—. Un montón de billetes.

Su rostro iba del vaso a la cámara y de esta de nuevo al vaso. Vacilaba. De pronto, como si hubiera recibido una orden, se puso de cara y, con movimientos torpes, empezó a descorrer la cremallera de los pantalones. Acto seguido, introdujo una mano, se acopló dentro del vaso, y cerró los ojos.

—¡Joder, está meando delante de nosotros! —soltó Cervera, estupefacto.

Una vez se hubo vaciado, levantó el vaso de papel hasta acercárselo a los labios.

—¿Qué coño va a hacer? ¡Será posi...!

Lo apuró de un trago. La cámara mostró su cara agrietada por las náuseas, y cómo se doblaba para arrojar una sustancia grumosa mientras su torso se agitaba por las toses de forma compulsiva.

—Esto es repugnante —murmuró Rebeca.

Torrens alzó el rostro y miró a los telespectadores con unos ojos que habían perdido la razón, implorantes. Sus labios boqueaban unas palabras en silencio.

—Está pidiendo agua. «Dame... agua...» —leyó Sena.

A continuación, de manera inexplicable, se situó a cuatro patas y permaneció quieto.

—¿Qué está haciendo?

—Obedecer una orden —dijo Milo.

Los minutos pasaron lentamente sin que Torrens variara de postura. De improviso, abrió la boca y se limpió los labios con la lengua.

—La hostia, es como si se relamiera...

Cuando no dejó ni rastro, se dio la vuelta poco a poco, como una marioneta teledirigida, hasta colocarse, a gatas, de espaldas a la cámara. De nuevo, aguardó sin moverse. Un instante y asintió con la cabeza. De pronto, comenzó de nuevo a rogar, de forma frenética, sin dejar de negar con sacudidas y súplicas. Se produjo un fundido a negro.

Cervera se giró hacia los demás.

—¿Qué leches es esta mierda? —dijo.

—Atento, que vuelve.

La siguiente imagen lo mostraba echado en el suelo, con los ojos cerrados, en el mismo escenario. Respiraba con dificultad. Después, rodaba sobre sí mismo para encararse con la cámara y sus labios articulaban la palabra *agua*. Debilitado, volvía a ponerse a cuatro patas, y arrancaba a gatear hasta acercarse a las rejas. Se detuvo.

—¿Cuál va a ser la próxima vejación?

—Espera y verás —dijo Bachs.

Rendido, lo vieron abrir la boca. A la izquierda de la pantalla apareció un brazo, la mano enguantada sosteniendo un plato hondo. Un chorro de agua se precipitó en su interior, cayendo más fuera que dentro. Acuciado, como si su cerebro se activara de golpe, Torrens sacó la lengua y la hundió con avidez en el recipiente. Presa de la ansiedad, trasegó el escaso dedo de agua y lamió con frenesí el plato hasta que la mano lo retiró de forma brusca. En la siguiente imagen, sus labios vocalizaban con mansedumbre la palabra *gracias*.

En la pantalla, todos vieron cómo, al cabo de unos segundos, su rostro de dolor se relajaba de manera repentina hasta transformarse en otro de gozo, como si su cuerpo vibrara por una inesperada corriente de placer. Fue una metamorfosis asombrosa, desconcertante.

—¿El tío se... se está... corriendo? —dijo Cervera.

Ninguno respondió. Sin poder apartar los ojos del monitor, nadie despegó los labios.

Torrens, como pillado en falta, farfullaba varias negativas hasta que algo lo hizo enmudecer en el acto. Paralizado por un miedo atroz, agrandó los ojos mientras arreciaba de nuevo con las súplicas. Instantes después, se desplomó de cara contra el cemento. Medio histérico, se abrazó a sí mismo mientras iniciaba un leve balanceo. Un corte en negro y la siguiente imagen mostraba un escenario completamente diferente.

En vez del lúgubre espacio de una celda, la pantalla enseñaba ahora una Barcelona sumida en la negrura de la noche. En un lento barrido de este a oeste, recorría toda la ciudad iluminada por el alumbrado artificial. Por contraste, provocó una sensación de calma que todos sabían que iba a desvanecerse de un momento a otro. En esta ocasión, el sonido estaba activado y una respiración, unida al suave frotar de la brisa contra el micrófono, podía percibirse de fondo. La panorámica era completa, sin interrupciones, hasta que la cámara siguió girando y enfocó lo que había a su espalda desde el inicio del barrido. Medio cuerpo de un Torrens aturdido, colgado por los brazos en una cruz de piedra.

—Ya lo tenemos aquí —susurró Cervera.

—¡Joder, cállate! —dijo Rojo, hastiado.

El zoom aproximó el rostro hasta encuadrarlo en un primer plano. El terror se reflejaba en cada uno de los pliegues de su piel. De golpe, la grabación se interrumpió para reactivarse de inmediato. Ahora, en su cara destacaban las gafas de oscura montura fina.

—¡Será cabrón! —exclamó Sena—. Se las ha puesto para que vea bien Barcelona...

—Es todo un detalle —dijo Bachs—. Y fijaos, le ha limpiado los cristales.

Un plano medio sustituyó al anterior. La imagen de la cruz gaudiniana con el cuerpo colgado ocupaba el centro de la pantalla en una visión impactante. Se mantuvo unos segundos fija hasta que se produjo un nuevo corte. Cuando se reanudó, Torrens estaba aullando mientras el fuego comenzaba a devorar su carne. El plano medio duró unos segundos. Tras una leve sacudida de la cámara, el ángulo de filmación era otro.

—Ha descendido a los pies del promontorio —señaló el sargento Crespo.

Desde abajo, la pantalla mostraba la estremecedora estampa de las tres cruces sobre el montículo al tiempo que el hombre en llamas se retorcía entre espasmos. El plano sobrecogía por la mezcla de belleza plástica y crueldad despiadada. Las tres cruces asimétricas perfiladas sobre un cielo sin estrellas, iluminadas por el resplandor del fuego ondulante. Luz y sombras en el Calvario ideado por Gaudí.

—Me está poniendo enfermo —susurró Rojo.

La cámara, inmóvil, registraba la agonía de la víctima. Todos sus gritos y convulsiones. Cuando la intensidad de su dolor fue menguando, pasó a realizar el barrido inverso, lentamente, hasta terminar donde había comenzado, más allá de la Zona Franca.

Entonces, para sorpresa de todos, mientras mantenía el plano final, sonó una voz.

—La lucha antisistema es el camino. Somos legión.

La pantalla quedó en negro y, sin pausa, apareció el rostro de Julia Valle.

—Terribles imágenes, Mauricio, terribles. —Se llevó una mano al pecho—. ¿Qué tal si pasamos a publicidad para recuperarnos de la impresión?

—¡Que alguien apague el jodido televisor! —soltó Cervera.

Todos permanecieron rígidos, sin reaccionar. Cervera se levantó de un salto y desconectó el aparato. Se volvió a los demás.

—¿Qué coño os sucede? ¿Estáis sordos?

—Ahora ya sabemos a qué prácticas somete a su víctima durante el encierro.

Rebeca parpadeó, todavía bajo los efectos del vídeo. A su lado, el sargento Crespo dejó escapar un suspiro mientras cruzaba una mirada con Milo.

—¿Tú te lo crees? Esa declaración me suena, no sé, falsa... Ahora que los demás se han ido, te diré que yo no. Que lo del rollo antisistema es un cuento chino.

—Opino igual, Toni —dijo Milo—. Es un manipulador y esta es su nueva jugarreta. Busca el contagio con gente descontenta que, aunque no comparta sus métodos, sí puede empezar a considerarlo un héroe de la causa. Y con su frasecita, le va a dar a Singla la coartada que necesita para mantener a Jon Grau en el calabozo y sus sospechas sobre el colectivo. —Alzó la cara hacia el techo—. Lo último que nos faltaba, liar más el asunto.

—Ha impostado la voz, estoy seguro. La ha enmascarado para hacerla varios tonos más grave, para evitar que podamos identificarla.

Clavó los ojos en el sargento.

—No suele dejar ningún detalle al azar, es un sujeto muy meticuloso. Como los cortes en la parte del promontorio. Corresponden a sus palabras. No quería que oyéramos su verdadera voz.

—¿Y por qué crees que en esta ocasión ha escogido la tele en vez de internet?

—¿Quería la inmediatez, la repercusión instantánea? —Se encogió de hombros—. Lo que está fuera de toda duda es que ha conseguido el objetivo que buscaba. La ventaja es que de este modo ya no hará falta vigilar los cibercafés. Una tarea menos.

—Todo coincide con el perfil de asesino organizado —intervino Rebeca—. Siente una atracción irresistible por ver sus hazañas a través de los medios de comunicación. Le da poder. Y una muestra de ese poder es provocarnos. Salir en un programa de máxima audiencia, y en una cadena estatal, es lo mismo que decirnos que no lo vamos a atrapar, que se considera invencible. Un segundo. —Se irguió en la silla—. ¿Cómo ha obtenido Navarro este vídeo? El asesino tuvo que contactar con él. ¡Se reunieron! Tenemos que interrogar a ese capullo. Llama a tu jueza y que mueva el culo para poner en marcha las cosas. ¿No queríamos pararle los pies? Pues nos lo ha puesto en bandeja.

—Explícate.

—Es de cajón, el asesino tuvo que hablar con él para organizar un encuentro mientras Torrens estaba vivo. Tu jueza puede acusarle de obstrucción a la justicia, y lo que es más grave, de conspiración para cometer un crimen. ¡Tenía que saber qué se llevaba entre manos el asesino! Si nos lo hubiera contado, tal vez habríamos podido salvarle la vida. Pero cerró la boca, lo que le convierte en cómplice de asesinato. ¡Lo tenemos agarrado por los huevos!

Milo extrajo el móvil, buscó un nombre y se lo entregó a Rebeca.

—Habla tú con ella. No es *mi* jueza.

Rebeca se puso en pie.

—¿Jueza Cabot? Soy la subinspectora Mercader.

Se alejó hasta la ventana. Milo la observó hundir una mano en el bolsillo mientras ladeaba la cadera.

—Toni, estoy hasta las narices de ese latiguillo. Palabra. ¿Cómo vas con el encarguito de Singla? ¿Alguna luz sobre la fuente de la filtración? —Observó las bolsas bajo sus ojos, la piel ajada—. No tienes buena cara.

—Es lo que sucede cuando investigas a tus compañeros. Pero respondiendo a tu pregunta, nada, cero. Estamos como al principio.

—Me lo imaginaba. Nadie aquí es tan idiota como para cobrar a su nombre o recibir este tipo de llamadas en su propio móvil. Ni siquiera Cervera. —Se rascó la frente—. ¿Y qué hay del asunto que te encargué sobre las casas de acogida que montó Torrens?

—No he tenido tiempo, inspector. No doy abasto.

—Horas extra, Toni. No hay otra.

—Pero sí he terminado con el listado de muertes extrañas y desapariciones.

Milo se enderezó de golpe.

—¿Lo tienes completo?

Asintió.

—Ha sido complicado. En todo el Estado ha habido más de catorce mil desapariciones durante los últimos años, y los informes que se remontan más allá de 2000 los he tenido que solicitar a la Policía Nacional. Y ya sabes lo que ocurre con los archivos antiguos...

—¿Se lo has contado a alguien?

—A nadie, ni a ella. —Señaló a Rebeca con un gesto—. ¿Cuándo se lo vas a explicar?

—En cualquier momento, luego. Primero quería que lo acabaras. —Bajó la voz—. ¿En qué año empezaron?

—En 1991. Hubo un cadáver sin identificar. Un mendigo. Fue descubierto en la cascada del parque de la Ciutadella. Ocurrió un 10 de junio.

—¿Partes del cuerpo desaparecidas?

—Una mano, la derecha.

—Resúmeme ese listado. ¿Recuerdas los datos?

—Algo así no se me olvida. —Torció la cara en un gesto nervioso—. En veinte años, seis muertos, ocho desaparecidos denunciados, y seis casillas en blanco que, según nuestra hipótesis, pueden corresponder a seis personas que se esfumaron sin que nadie las reclamara. En total, veinte víctimas. Una por año, y siempre en la misma fecha. —Se frotó la barbilla—. Antes de 1991 no ocurrió nada el 10 de junio, se interrumpe el patrón. No tengo la certeza absoluta, pero todo señala que fue a partir de ese año cuando comenzó la serie de crímenes.

—¿Y este último 10 de junio?

—Casilla vacía.

—¿La cascada donde apareció la primera víctima tiene algo que ver con Gaudí?

—La diseñó él. Pero hay más. —Echó un vistazo a Rebeca y convirtió su voz en un susurro—. También presenta una peculiar geometría, como sucedió con la plazoleta Aribau... y como sucede de igual forma con el parque Güell. Todo está relacionado. —Se inclinó hacia Milo—. De esto te quería hablar. Creo que sería conveniente una nueva visita a Gombrowicz. Te lo digo por las extrañas coincidencias que estoy encontrando. Preferiría que os las explique un experto. Si quieres, puedo organizar la cita. Y esta vez me gustaría acompañaros.

—Ningún problema, lo dejo en tus manos. Pero que sea la semana que viene, este sábado y domingo estoy liado.

Rebeca regresó con una sonrisa de oreja a oreja.

—Las cosas están en marcha —dijo. Le devolvió el móvil—. La Cabot comparte mi teoría y ahora mismo está redactando la orden para ponerlo a disposición judicial. También activará la alarma en Barajas para que la Guardia Civil nos avise cuando ese cabronazo fiche la tarjeta de embarque. Lo pillaremos cuando aterrice en Barcelona, y lo llevaremos a la Ciudad de la Justicia.

—Antes quiero cruzar unas palabras con él en privado.

—¿Qué tienes en mente?

Milo apartó el aire con un gesto vago.

—Veo que *tu* jueza es rápida de reflejos —dijo.

—¿Detecto un tono de celos?

—Hablabas del perfil del asesino. Sigue, hoy estás sembrada.

—¿Y ahora uno de envidia?

—Subinspectora, no estoy para bromas. ¿Qué te dicen esas imágenes?

—El sujeto ejerce un control absoluto sobre la víctima. No siente ninguna empatía por ella. La tortura psicológicamente, la hace depender de él para sobrevivir. Estamos hablando de dominación, sometimiento y asesinato. Su poder sobre ella es total, definitivo, y eso le da satisfacción. No se conforma con matarla, sino que desea causarle el máximo sufrimiento, una muerte lenta. La humillación es triple: primero, durante su cautiverio; luego, exponiéndola en público al acabar con ella; y por último, divulgando su degradación y agonía por televisión.

—¿Puede estar vinculado a las formas de abuso que sufrió en el pasado?

—Es lo más probable. —Reflexionó unos instantes—. Por lo que hemos visto, lleva a cabo un ritual muy preciso. En principio, diría que reproduce episodios que debió de padecer en su propia carne. Todo es muy mecánico, ordenado, sin dar pie, en apariencia, a la improvisación. Sí, creo que está reviviendo sucesos ocurridos en su infancia o adolescencia.

—Sucesos que bien pudo provocar Torrens.

—No lo podemos saber —repuso—. La manera de ensañarse con él podría señalar lo que dices, pero no hay forma de confirmarlo. ¿Pinto también lo sometió a abusos?

—No nos mostró su cautiverio, solo su ejecución y agonía. Hay una diferencia.

—Pero no lo sabemos con seguridad, inspector. Solo podemos conjeturarlo. Y recuerda que no hemos encontrado nada que relacione a Pinto con Torrens.

—Lo que no quiere decir que no lo haya habido.

—Suposiciones. —Negó con un gesto—. Sin pruebas, no tenemos nada.

Milo guardó silencio. Desvió la mirada hacia el monitor apagado.

—Convendría volver a verla —dijo—. ¿La repasamos?

El sargento Crespo hizo rodar la silla hasta los mandos mientras Rebeca esgrimía una mueca de disgusto. Tras unos segundos, la filmación ocupó la pantalla.

—Vale, la víctima está al límite de su resistencia, muerta de sed —describió Milo—. El zoom se activa y... detén la imagen. ¿Qué vemos? Está en una celda. No se ven ventanas.

—Dispone de un sótano, o un almacén. Un espacio cerrado.

—Y alejado —apuntó Crespo—. La víctima debió de gritar con todas sus fuerzas. En las cercanías no hay vecinos. No es un piso. ¿Tal vez una torre?

—O una casa fuera del área metropolitana —repuso Rebeca—. Las rejas son raras, ¿no os parece? No son los barrotes habituales. Nunca había visto nada semejante, tan irregulares, tan... peculiares.

—Son de hierro forjado —dijo Crespo—, y simulan plantas y enredaderas. ¿Qué es eso de ahí abajo, a la izquierda? Parece el borde superior de una cabeza de animal, pero no lo veo bien; el encuadre no recoge el resto. —Se volvió hacia Milo—. ¿Quién utiliza un enrejado tan sofisticado para cerrar una celda?

Milo sostuvo su mirada.

—¿Un coleccionista excéntrico? Quizás empleaba antes ese espacio como bodega.

—Es posible. —Forzó la vista—. Es de tamaño reducido. Aunque sin verla por completo no puedo afirmarlo. Y respecto a la reja, diría que no está acabada, que la disposición de los adornos es extraña. ¿Un material de derribo que el asesino compró en un desguace, en un almacén de hierros, en un anticuario? ¿O se la encargó, vete tú a saber cuándo, a un forjador? Puede provenir de cientos de sitios.

—Sigamos —dijo Milo—. La celda y los billetes.

—El sujeto se los lanzó con desprecio —dijo Rebeca—. Torrens debió de ofrecerle dinero y esta fue su respuesta. El maletín no entraba en sus planes.

—Y ahora, lo obliga a beber de sí mismo. Ordena, y la víctima obedece. Sumisión absoluta. ¿Qué le ha prometido a cambio, cuál es el premio?

—Agua. Por eso Torrens acata sus instrucciones y se humilla sin remedio. No tiene otra salida. Resistirse es morir. Lo obliga a limpiarse, a quedarse quieto.

—Pero se mueve. Y recibe su castigo. Se queda sin agua. Para el vídeo, Toni.

—Es repulsivo —masculló Rebeca.

Milo tensó los hombros.

—El asesino no tiene prisa. Filma con calma, con todo el tiempo del mundo. Se regodea en los detalles. Utiliza técnicas cinematográficas, zoom, barridos, ángulos, planos diferentes. Es una barbaridad, pero tengo la impresión de que tiene cierta vena de artista.

—Del horror —replicó ella—. Es un perverso, un torturador. ¿Dónde ves el arte?

—Toni, pásalo hasta la toma del Calvario. —Aguardó—. Aquí, ¿no te das cuenta? —Señaló el penúltimo plano—. Fíjate en las cruces recortadas contra el cielo, el efecto del fuego, cómo recoge las sombras y el resplandor de las llamas. Estoy de acuerdo en que su crueldad es infinita, pero no me negarás que las imágenes contienen, no sé cómo llamarlo, una inclinación creativa. No son burdas ni cutres de estar por casa. Subinspectora, no son solo películas, busca algo más. Son imágenes vigorosas, con cierta poética. Crueles, pero estéticas. Es capaz de transmitir, y lo consigue. Quiere hacerlo bien, y tiene el talento para lograrlo.

—¿Crees que se trata de un director de cine frustrado?

—O un aficionado, un estudiante. No sé. Solo es una sensación.

Crespo reprimió un gesto de impotencia.

—Vale, puede estar relacionado con el hierro, el coleccionismo o el cine. ¿Por dónde empezamos a buscarlo, por las páginas amarillas? Cada vez tiene menos sentido.

—Prosigamos, Toni. Donde lo habíamos dejado.

El sargento la rebobinó. Resultaba chocante ver las imágenes a cámara rápida y Rebeca apartó la mirada. Cuando se detuvieron, volvió a fijarla en la pantalla.

—Sigue la mecánica orden y acatamiento —dijo—. Y esta vez la víctima obtiene la recompensa. Le da agua.

—Sí, pero de un plato. Lo obliga a lamerlo. Dominación, humillación.

—Y sumisión. Le da las gracias. —La cara de Mercader se iluminó—. Amo y esclavo. Activo y pasivo. Esto va de sadomasoquismo. De obtener placer a través del dolor.

—O más allá —dijo Milo, sin inflexión—. Observa la cara de la víctima, su expresión. No es un orgasmo, pero ¿no veis el gozo? Su rostro expresa un alivio íntimo, y no es por medio del dolor, sino de la degradación. Es un nivel superior.

—Maestro, discípulo.

—Exacto. Y ahora, lo más llamativo: después de beber, la víctima balbucea sin cesar. De golpe, enmudece, pone cara de haber visto al demonio y arranca a gimotear como un poseso. ¿Qué le ha provocado ese miedo atroz? —Observó sus expresiones interrogantes—. Toni, pasa las imágenes de nuevo.

Los tres contemplaron la escena.

—Niega claramente y luego... se queda lívido, petrificado, como si hubiera recibido un tiro —definió Rebeca—. ¿Qué le ha dicho el asesino que le resulta tan aterrador?

Crespo detuvo la imagen. El rostro de Torrens exhibía un espanto escalofriante.

—Le ha hecho recordar —dijo Milo—. Volver al pasado. Acaba de saber que está perdido. El asesino no olvida. No perdona. Las frases de La Pedrera. Sigue, Toni.

El sargento desactivó la pausa.

—Y a continuación —indicó Rebeca—, más negativas, más súplicas...

—No —rebatió Milo—, no está implorando. Dice... No logro leerle los labios. ¿Alguno puede interpretar los movimientos de su boca? Toni, pásalo de nuevo.

Crespo la hizo retroceder y avanzar un par de veces.

—«Pero tú... tú...» —empezó Rebeca.

—«... no eres... Tú eres...» —finalizó el sargento.

—«Pero tú, tú no eres. Tú eres» —dijo Milo—. Páralo. —Se volvió hacia ellos—. Ha reconocido al asesino. Y no es quien creía que era. —Inspiró con fuerza—. Es otro.

—Joder.

—Abusó de más de uno. Ahí está la prueba. El pasado ha vuelto para vengarse. Solo que ahora, el maestro y el discípulo han intercambiado los papeles.

—Era el amo, el maldito amo —dijo Milo, la cara convertida en una máscara de hielo—. Se creía un ser superior, el dueño y señor de todo y de todos. Podía coger lo que se le antojara. Y ese diosecillo abyecto se encaprichó de un menor, de varios. Los tenía a su merced en sus casas de acogida. No tenía que salir a buscarlos, ellos iban a él. Indefensos, vulnerables. Y volcó en ellos su necesidad de dominación, sus obsesiones. —Tomó aire y dijo—: Satisfizo sus deseos. Todos sus deseos. Sin importarle las consecuencias.

—Ese Torrens era un miserable —dijo Rebeca—. En vez de una bolsa de nailon, los de Medicina Legal tendrían que haberlo recogido en un cenicero.

Milo se giró bruscamente hacia el sargento Crespo.

—¿Cuándo montó la primera casa de acogida?

—A comienzos de 1987.

—¿Y las otras?

—A finales del mismo año en Lleida, y a mediados de 1988 en Girona.

—Y regresó a Barcelona en 1990 para hacerse cargo de la fundación Círculo Gaudí, ¿es correcto? —Crespo asintió con un golpe seco—. Tres años al frente del proyecto. Tres años ejerciendo su poder con los menores. Suficiente para trastornar a cualquiera. Y con uno basta.

Lo contemplaron mover los labios en silencio, calculando. Levantó el rostro.

—¿Cuándo me has dicho que empezaron los crímenes del asesino del listado?

—En 1991. —Clavó la vista en sus ojos—. Un año después del regreso de Torrens.

—¿De qué asesino estáis hablando? —intervino Rebeca—. ¿De qué listado?

—Cuando cumplió la mayoría de edad y abandonó uno de esos centros.

Crespo contó con los dedos de manera apresurada.

—Por esa regla de tres, tenía catorce años cuando cayó en sus manos.

—O más, depende de la fecha de su ingreso y de la edad que tuviera entonces.

—Da igual. —El sargento apretó los dientes—. Era un menor y su mente era maleable como el barro. Bastan seis días para que un adulto desarrolle el Síndrome de Estocolmo; imagínate un muchacho, y no durante una semana, sino en un año, dos...

Milo endureció la expresión de su cara.

—Lo transformó en un monstruo, a su imagen y semejanza. Lo educó a conciencia.

—Y cuando recupera las riendas de su vida, viene a Barcelona, se instala, y nuestro joven psicópata inicia su andadura criminal.

—Sí, movido por la sed de venganza.

—Pero el Verdugo de Gaudí no hace ni dos semanas que actúa, y su método es diferente —repuso Crespo—. Es organizado. El del listado es todo lo contrario. Parece actuar por impulsos, como un cazador. Y no usa el fuego.

—¿Qué asesino? ¿Qué listado?

—Tal vez son dos asesinos distintos —dijo Milo—. Y Gaudí el elemento común.

—¿Un imitador? ¿Uno que ha tomado el relevo?

—Todo empezó hace veinte años. El pasado no se puede cambiar. —Parpadeó, ofuscado—. Nos faltan muchas piezas del puzle, pero las que tenemos encajan.

—¿Y qué pinta Eduard Pinto en todo esto, inspector? ¡No tiene pies ni cabeza!

—Ni idea. Pero urge que averigües todo sobre esas casas de acogida. Necesitamos saber los nombres de los niños y niñas que fueron acogidos en esos centros. Entre ellos se encuentra nuestro psicópata... o psicópatas.

El sargento afirmó con vehemencia.

—Haré lo que pueda.

—Hazlo.

—¿Qué listado? ¿Qué asesino? —insistió Rebeca colérica, levantándose.

Crespo y Milo la imitaron.

—Luego, chica dura, te lo explico luego.

19

—Y esto es lo que hay. —Le entregó la carpeta—. Ahora ya sabes lo mismo que nosotros.

Rebeca sacudió la cabeza.

—Cuesta creerlo. Veinte años llevando a cabo crímenes, y nadie repara en él. Ha pasado desapercibido. Como si fuera invisible.

—Hasta ahora.

—No es el mismo asesino, inspector. Juraría que son dos diferentes.

Milo observó de nuevo la plaza a través de su ventanilla abierta. Lo llevaba haciendo durante la última hora y media a intervalos de diez minutos. Había aparcado ante la tienda de mantas, junto a unos arbustos de la terraza de un bar. Desde allí disponía de una buena posición para distinguir el rostro de Kata entre la gente, hasta ahora sin éxito. La pandilla de los monopatines todavía no se había presentado. El calor en el vehículo era infernal, y unido a los humos de los tubos de escape del intenso tráfico que colapsaba la Gran Via para salir de la ciudad el fin de semana, provocaba un aire infecto, agobiante.

—¿Un asesino desorganizado no puede volverse metódico y racional?

—Sería más lógico lo contrario, que uno organizado pierda la cabeza, el control, y se desequilibre hasta volverse frenético. ¿Pero a la inversa? Lo dudo. Estamos hablando de personalidades psicóticas y cualquier cosa es posible, pero hay pocas probabilidades. —Se cruzó de brazos—. Un asesino no es una máquina, ni sus actos ni rituales son fijos y exactos. Puede alterarlos, en mayor o menor medida, aunque me resulta inverosímil hasta tal punto.

Se volvió hacia ella. Vio su frente perlada de sudor.

—¿Lógica, probabilidades? Hablas del comportamiento como si fuera una ciencia matemática y te olvidas de las emociones. Las personas cambiamos en veinte años.

Rebeca se mordió un labio.

—No te digo que no, pero sus actos son completamente distintos, opuestos. Uno escoge sus víctimas al azar, el otro va en busca de personas concretas. Uno acecha mendigos, sin papeles, prostitutas; atrapa al primero que se le pone a tiro, lo hace desaparecer o acaba con él de forma violenta, se lleva una parte de su cuerpo y abandona el resto. Hay sangre. El otro, en cambio, elige a conocidos prohombres, los somete a tortura, y luego los cuelga y quema vivos, sin derramar una gota. Uno no deja firma, lleva veinte años en acción, una vez al año, y el otro firma con una G, acaba de empezar, y lleva dos víctimas en quince días. Uno persigue que sus crímenes no llamen la atención, y el otro todo lo contrario, incluso utiliza internet y un canal televisivo para alcanzar la máxima difusión. Son *modus operandi* que no guardan relación, claramente diferentes.

—Vinculados por un elemento común: Gaudí.

Rebeca permaneció unos instantes ensimismada. Al cabo, hizo chasquear la lengua.

—Empecemos por el principio. —Abrió la carpeta que había elaborado el sargento Crespo y buscó la página que correspondía al año 1991—. Primera víctima: el cuerpo de un mendigo, NN, sin mano, encontrado en la cascada del parque de la Ciutadella, diseñada por Gaudí. —Pasó la hoja—. Al año siguiente, es hallado el cuerpo de un drogadicto, sin cabeza, frente al hospital de Sant Pau, justo en la diagonal que abre la avenida Gaudí y que desemboca en el ábside de la Sagrada Familia. Luego, en 1993 y 1994, se interrumpen los asesinatos y comienzan las desapariciones; una anciana que padecía alzhéimer y un veinteañero fugado de su casa. ¿Por qué este cambio?

—¿Para que nadie descubriera que había un asesino en serie actuando?

—Y otra pregunta, ¿por qué damos por sentado que empezó en 1991? Las casillas anteriores a esa fecha también están en blanco.

—Porque en el listado las vacías se dan a partir de 1995, y porque es cuando comienza a producirse el patrón. —Se frotó la nuca—. Escucha, todo esto tiene sentido si lo vemos a toro pasado. Me refiero a que la premisa se cumple cuando retrocedemos en el tiempo. Pero si lo observas en presente, año a año, solo parecen parte de los sucesos habituales que ocurren en una gran urbe. Por ello nadie se percató. No hay constantes que se repitan, salvo la fecha del 10 de junio. Pasaron disimulados entre las cifras de criminalidad. Y podrían haber seguido pasando desapercibidos de no ser por la irrupción del Verdugo de Gaudí.

Rebeca lo contempló con expresión indecisa.

—Está bien, sigamos. Dos años en blanco y en 1997 desaparece una estudiante italiana de intercambio. En 1998, es hallado el cadáver de una prostituta sin pie en la plazoleta Aribau, en el parque de la Ciutadella, diseñada por Gaudí. Y el año siguiente, el cuerpo de un viejo sin papeles pakistaní sin mano delante del Palau Güell, obra también del arquitecto. ¿Premonitorio?

Milo no contestó.

—Dos desapariciones más, un mendigo y otro joven fugado, y nueva casilla en blanco. A un anciano de un geriátrico se lo traga la tierra y en 2004 es descubierto el cuerpo de un sintecho en la plaza Reial, a los pies de una farola de Gaudí, sin dentadura. Desaparece otra prostituta, y dos casillas vacías consecutivas. En 2008 se denuncia la desaparición de un estudiante sueco, y al año siguiente el cadáver de un nuevo sintecho, NN, aparece sin mano en la fuente del Geni Català, muy cerca de donde Gaudí realizó sus estudios. Y el pasado 10 de junio, para rematar el asunto, casilla vacía. —Se reclinó en el asiento—. Esto es demencial, no hay pautas. Primero mata, luego hace desaparecer, imagino que para no dejar rastros, y por último, si no encuentra una presa fácil, combina las dos fórmulas, como si improvisara sobre la marcha. No sigue un sistema lógico, ordenado.

—O todo lo contrario —dijo Milo—. Y sí hay una pauta. Gaudí.

—Vale, pero el Asesino del Listado no busca causar alarma social. Es un cazador invisible que no pretende presumir de sus gestas. Justo al revés que el Verdugo, que quiere hacer ruido, daño. Mucho ruido y mucho daño. Sembrar el terror en la ciudad. —Levantó los brazos, exasperada—. Lo único que tienen en común es su fijación por el arquitecto.

Milo desvió la mirada a la plaza. La panda de los monopatines acababa de hacer su entrada con la música a tope y demás parafernalia. Se aclaró la garganta.

—Tienen otra —dijo—. Ninguno de los dos escoge a niños entre sus víctimas.

—Eso no lo sabemos. Las casillas vacías pueden corresponder a cualquiera. —Lo vio tamborilear sobre el volante—. ¿La distingues entre ellos?

Milo negó con un gesto, sin volverse.

—¿Y si se ha marchado de vacaciones, inspector? ¿Has contemplado esa posibilidad?

—Según tú, ¿qué busca el Asesino del Listado? ¿Qué necesidad satisface?

—Calmar sus instintos. A mi modo de ver, su comportamiento en su vida normal no es irregular. No llama la atención, es uno más entre los ríos de gente. Y eso le encanta, pero también lo enfurece. No se siente orgulloso de sus asesinatos y por eso intenta ocultarlos. Son obra de su naturaleza, de una naturaleza que no domina y por eso, en el fondo, la detesta. Se convierte en *alguien especial* matando. Parece desear un proceso de transformación.

—¿Y el Verdugo?

—En su caso, yo diría que se siente infravalorado. Tanta teatralidad es una forma de reforzar su autoestima. Posee un alto nivel de organización, así como gran control sobre sí mismo. No mata, ejecuta; y a estas víctimas en concreto para eliminar la causa de todo lo malo de su vida. Cree que sus crímenes están justificados, está orgulloso de ellos. Para él, son un acto de justicia. De castigo. Castigo divino. Y su uso del fuego me sugiere dos cosas; por un lado, que desea aportar luz a lo oscuro, a los traumas que vivió en el pasado; y por otro, que necesita *desinfectarse* de dichos sucesos. Está inmerso en un proceso de purificación.

Milo entornó los ojos. Gruesos goterones de sudor resbalaban por sus patillas.

—¿Y por qué ha esperado tanto? —preguntó, la vista clavada en la plaza.

—Quizás a sentirse preparado. A tenerlo todo listo.

—No, tiene que haber un detonante. Algo le ha hecho explotar ahora y le ha obligado a revivir esos sucios episodios que decías. —Hizo una pausa—. Pero ¿cuál?

—Hay multitud de interrogantes. Como dijo Crespo, esto no tiene pies ni cabeza.

Milo hizo un gesto negativo con la mano, muy lento.

—Hay un sentido, ambos nos lo están explicando con sus acciones. Y lo tenemos ante las narices, pero no lo vemos. —Se giró hacia ella—. ¿Por qué hacemos lo que hacemos? Siempre hay una razón.

—Inspector, ahí te equivocas. ¿Tú siempre sabes por qué haces lo que haces?

—No hablamos de mí. Sus hechos demuestran odio. ¿Y por qué tanto rencor? En tu opinión, porque los dos se sienten inferiores a los demás. Pero también se puede odiar a la gente porque te sientes superior.

—De acuerdo, ¿y qué?

—¿Qué es lo que falta aquí? ¿Qué es lo que no hay?

Rebeca observó su rostro tenso.

—¿Víctimas infantiles? Pero ya hemos comentado que no podemos saberlo porque...

—Supongamos que las casillas vacías no corresponden a menores —cortó—. Y supongamos que son dos los asesinos, uno organizado y otro desorganizado. ¿Cómo fue aquello que dijiste ayer? Cuando eras una adolescente, tomaste la decisión de convertirte en cualquier cosa antes que en una víctima. ¿Era así?

—Sí, pero...

—Tienes dieciocho años y acabas de salir de un centro de acogida donde han abusado de ti. Odias el mundo. Regresas a Barcelona. Estás solo en la ciudad. Has sufrido humillación, un depravado te ha convertido en esclavo. Corre el año 1991 y... ¿qué haces?

Rebeca se retrepó en el asiento.

—Comienzo a matar. Tal vez ya arrastraba una psicopatía antes de entrar en el centro.

Milo se quedó pensativo. Negó con suavidad.

—No, no concuerda. Ese cerdo te ha vuelto sumiso, pasivo. No encaja —insistió, la mirada ausente. Un momento y pestañeó—. A no ser... a no ser...

—¡Coño! ¿A no ser qué?

—Que no salieras del centro en 1991, sino en 1990. —Entornó los párpados—. Lo abandonaste poco antes que Torrens, cuando cumpliste dieciocho años.

—¿Y por qué antes que ese tipejo? ¿Cómo llegas a esta conclusión?

—Porque no sabes qué hacer sin un amo. Estás solo. Por eso no empiezas a matar.

Rebeca se quedó boquiabierta.

—¿Y a qué me dedico? ¿A rabiar en silencio?

—Te encierras en una madriguera. Y sufres. Enloqueces a cada minuto que pasa.

—Pero ¿por qué espero un año para desahogar mi odio? ¿Qué aguardo?

La cara de Milo se desfiguró con una expresión lunática. La miró directamente.

—Una orden —dijo.

Rebeca agrandó los ojos.

—Es lo que me han enseñado en el centro —admitió—. A obedecer. Y... y cuando la recibo, doy rienda suelta a mis impulsos, cometo los crímenes. Aunque solo me dan permiso para actuar una vez al año, un 10 de junio. Puedo hacer lo que quiera a quien sea... menos a niños. Pero ¿quién me da la orden? ¿Quién me domina?

Milo se señaló el pecho.

—Yo. Tu compañero en la casa de acogida.

—Tú no has sido el único menor en sufrir las vejaciones en el centro. Yo soy más joven que tú y me he quedado atrás, sin cumplir aún la mayoría de edad. Te veo marchar. Me siento perdido, indefenso. Voy a ser tu sustituto, lo sé, el nuevo capricho de ese gusano. Mi única defensa es aunar toda mi fuerza mental. Y tomo una decisión: antes que en víctima, me convertiré en cualquier cosa con tal de sobrevivir. Lo juro. Por mi vida.

Rebeca vio que las pupilas de Milo eran dos agujeros negros. Tragó saliva.

—Pero el cabrito comienza a someterte —dijo.

—Y me rebelo. Aprendo rápido el nuevo rol. He tenido un buen maestro.

—Entonces te conviertes en verdugo.

Milo negó con un movimiento eléctrico, furioso.

—En amo. No sé cómo, pero logro dar la vuelta a la situación —dijo, la voz ronca—. Y empiezo a dominar a quien me ha estado sometiendo a todo tipo de degradaciones.

—Dejas de ser el discípulo y te transformas en un

monstruo más perverso que tu maestro. Para sobrevivir. Cualquier cosa antes que en víctima. Y abandonas el centro.

—Y te encuentro tirado, solo en la ciudad. Necesitas a alguien que te dé instrucciones. Un sentido, una misión. A alguien que te susurre al oído las palabras que te levanten.

—Yo estoy dispuesto a obedecer —musitó ella—. A ser sometido.

—Y yo a ordenar. A ser dominante.

Rebeca sintió un escalofrío recorrer su espalda. Lo apuntó con un dedo tembloroso.

—Tú eres el organizado. Tienes la mente perturbada. Eres el Verdugo y mandas.

Asintió.

—Y tú el psicópata desorganizado, el Asesino del Listado, y me obedeces.

Se contemplaron con fijeza.

—Tenía razón —dijo ella con un hilo de voz—. No es el mismo asesino.

—Pero no actuamos cada uno por nuestro lado. Formamos equipo. Un equipo letal.

—Estrechamente unidos. Nuestro vínculo es profundo, definitivo. ¿Por qué?

Con voz monótona, Milo dijo:

—Cuando un emperador entraba triunfal en Roma ante las aclamaciones de la gente, llevaba en la cuadriga, a su lado, un esclavo que le susurraba al oído todo el rato: «Solo eres un hombre». —Clavó la mirada en un punto del parabrisas—. En nuestro caso fue al revés. No cesé de repetirte: «Eres dios». Tenía que hacerte sentir invencible. Cuestión de supervivencia.

Se encorvó sobre ella. Rebeca vio el vacío que asomaba en sus ojos, su expresión demente, y palideció mientras se hundía en el asiento, empequeñecida.

—A partir de ahora yo te dirigiré —dijo Milo—, harás todo lo que yo te ordene. Solo vivirás la realidad que te imponga. Me lo debes, me abandonaste en el centro. Para obtener el perdón, serás mi leal lacayo. Obedéceme, y jamás nadie volverá a humillarnos. Serás dios infligiendo castigo. Mi brazo ejecutor, un ejecutor implacable. Esta será tu misión.

Rebeca acató con levedad, intimidada.

—Seré tu siervo.

—Y yo tu dueño.

Ella bajó la vista. Se agarró las manos y las puso entre las piernas, estremecida.

—¿Y por qué tú, mi amo, has decidido intervenir ahora? ¿Por qué precisamente ahora?

—Porque hemos vuelto a sufrir una nueva humillación. Y no lo puedo tolerar.

La sangre se le agolpó en el cerebro al notar cómo las piezas encajaban de repente.

Mercader se volvió hacia él poco a poco.

—Muchas cosas cuadrarían —murmuró.

Milo ensombreció la expresión.

—O puede que todo sea una conjetura. —Hizo una mueca—. Una bonita conjetura.

Sonó un móvil y ambos pegaron un brinco. Rebeca reconoció la sintonía de *Born in the USA*. Lo abrió.

—¿Sí? —dijo, la voz inaudible. Carraspeó y volvió a repetir—: ¿Sí?

Milo se frotó los ojos con los nudillos. Luego, retornó la vista a la plaza. Observó a los *skaters*. Kata no estaba entre el grupo de jóvenes y maldijo en silencio.

—Era la jueza Cabot —dijo Rebeca. Guardó el teléfono—. Acaba de recibir la llamada de la Guardia Civil. Ha fichado el embarque. Nos vamos al aeropuerto.

—Mauricio Navarro.

—Mauricio Navarro.

Milo llevó una mano a las llaves. Se detuvo. Permaneció quieto, sin dar al arranque.

—¿Qué sucede?

—Torrens no llegó a montar ningún centro de acogida en Barcelona. Entonces, ¿por qué queremos vejarla? ¿Qué nos ha hecho la maldita ciudad?

Rebeca resopló.

—No fastidies, inspector. Dame un respiro.

Dejaron atrás la plaza Cerdà, la Ciudad de la Justicia, y enfilaron la C-31 rumbo al aeropuerto. Los seis carriles estaban repletos de vehículos que marchaban a paso de tortuga y se vio obligado a aminorar la velocidad.

—Pon la sirena, llegaremos tarde —dijo Rebeca.

—¿Qué sirena? No las soporto ni en pintura. Y no llegaremos tarde. Tenemos cincuenta minutos y solo son seis kilómetros. ¿Habrá allí una dotación de agentes?

—Con la puñetera orden —confirmó, con mala cara.

Milo movió el cuello a izquierda y derecha.

—Por aquí fue donde el Verdugo inició su barrido desde el promontorio del parque Güell. —Ella no abrió la boca—. Y también donde acabó el vídeo, soltando la frasecita. —Frunció el ceño—. ¿No te resulta extraño?

—Lo extraño es que no lleves una puta sirena y que ni siquiera te metas en el arcén para avanzar más rápido. Somos la policía, ¿recuerdas? Y estamos de servicio.

—Esa cara de mala uva no te va a favorecer por la tele. ¿Me dejas tu bloc de notas?

Ella se lo entregó.

—¿Para qué lo quieres? —Se lo dio—. ¿De qué hablas?

Milo lo guardó. Metió segunda y recorrieron un tramo sin tiempo de utilizar la tercera.

—Me estoy poniendo de los nervios, te aviso. Si tuvieras aire acondicionado, la cosa sería menos insufrible. Inspector, este coche es un desastre. Deberías cambiarlo.

—Por cierto, estamos fuera de la investigación oficial. ¿No te lo había dicho?

Rebeca se revolvió hacia él hecha una furia.

—¿Qué mierdas estás diciendo?

—Que estamos solos, al margen del Grupo. —Se encogió de hombros—. Lo lamento por ti, has tenido la mala pata de que te destinaran a ser mi canguro.

Ella apretó los labios, le lanzó una mirada asesina, y volvió a mirar al frente.

—Rectifico lo de antes. Todo tú eres un inmenso desastre. Joder.

Recorrieron el resto del trayecto en silencio.

Aparcaron ante la terminal del Puente Aéreo, detrás del coche de los Mossos d'Esquadra. Milo impartió instrucciones y uno de los agentes fue con ellos.

Franquearon la entrada y un golpe de aire frío los hizo estremecer de pies a cabeza. Sin reducir el paso, fueron a la zona de llegadas cuando el inconfundible

Navarro, con su perilla blanca y el ondulado cabello negro, apareció en las puertas correderas escoltado por dos individuos. El de su izquierda era un melenudo con una cámara colgando al costado, vestido con vaqueros, camiseta y deportivas. El de su derecha, en cambio, iba completamente trajeado y, por la expresión ceñuda de su rostro, Milo adivinó problemas.

Se dirigieron hacia ellos. Mercader se les adelantó.

—Mauricio Navarro —dijo. Les mostró la placa—. Tiene usted que acompañarnos.

—Un momento, caballeros —se interpuso el hombre trajeado—. Mi cliente, el señor Navarro, no va a ir a ningún sitio sin una orden. Soy su abogado y...

—Aquí tiene su maldita orden —espetó Rebeca. Se la plantó en el pecho.

El melenudo se colocó la cámara al hombro, retrocedió un par de pasos y empezó a filmar.

—¿Estoy detenido? —preguntó Navarro con una amplia sonrisa. La gente comenzó a apiñarse en círculo. Levantó las manos en un gesto estudiado y se dirigió a los curiosos—. Ustedes son testigos de cómo la policía autonómica trata de amordazar la libertad de prensa.

—Eso lo determinará la jueza —dijo Rebeca. Lo agarró del brazo—. De momento solo tenemos orden de ponerlo a disposición judicial, y es lo que vamos a hacer.

—¡No toque a mi cliente! —bramó el abogado—. ¡Suéltelo de inmediato!

Navarro adoptó una pose de mártir.

—Tranquilo, Carlos —dijo—. Ya conozco cómo se las gastan. ¿No los he presentado? Carlos Nin, abogado de Telecinco. Quizá les suene su nombre.

—Todo este numerito les va a salir caro —amenazó—. Si la jueza quería hablar con mi cliente bastaba con una llamada. Hubiera acudido con mucho gusto. ¡Pero esto es intolerable, no pueden tratarlo como a un delincuente!

Navarro extendió las muñecas hacia Mercader.

—¿No me pone las esposas?

—¿Va a oponer resistencia?

—Por supuesto que no, encanto, pero siempre he deseado que me espose una mujer.

—Camine, vamos —repuso con gesto autoritario.

Navarro no se movió y Rebeca titubeó un instante.

—Un momento, señores —intervino Milo, sonriente—. ¿Qué tal si nos calmamos todos un poco? —Pasó un brazo por los hombros de Navarro—. Este señor y yo somos amigos desde hace mucho tiempo y creo que esto es innecesario. —El melenudo continuó recogiendo la escena—. ¿Qué me dices, Mauricio? ¿Por qué no charlamos cinco minutos en privado? —Señaló unos asientos del gigantesco vestíbulo—. Tal vez podamos solucionar aquí el asunto, quién sabe. Por los viejos tiempos.

Navarro lo miró con estupor, confundido. Rebeca le soltó el brazo, tan sorprendida como él por aquella insólita amabilidad. Milo cabeceó para convencerlo.

—¿Qué son cinco minutos para dos amigos?

Dio un paso y el periodista se dejó llevar. Milo le palmeó la espalda.

—¡Mi cliente no habla con nadie si no es en mi presencia! —voceó el letrado.

—¿Ahora necesitas un guardaespaldas? —dijo Milo, burlón—. Cómo has cambiado.

Navarro se volvió a su abogado.

—Carlos, puedo hablar con él a solas perfectamente. No creo que me prepare una encerrona.

—¿Una encerrona, yo? —Milo soltó una carcajada—. ¿Por quién me tomas?

Rebeca se apresuró a ponerse a su altura.

—Subinspectora, a solas —la detuvo Milo. Sonreía con los labios, no con los ojos.

El abogado se quedó de una pieza observando cómo ambos se alejaban. El agente forzó un gesto de incomprensión hacia Rebeca. Ella se encogió de hombros.

Los curiosos empezaron a desperdigarse por el hall.

—Eres todo un elemento, Navarro. Un profesional como la copa de un pino. No das un paso sin haberlo calculado antes. Ahora me explico tu éxito.

—¿Me das coba? —dijo, incómodo bajo su abrazo.

Milo alzó la cara al techo y soltó una nueva carcajada.

Fueron a una zona apartada, con asientos acolchados, y se sentaron uno junto al otro. Milo cruzó las piernas, se apoyó contra el respaldo. Navarro, en cambio, se sentó en el borde, con el torso girado hacia él. Lo observó unos segundos.

—¿Qué hacemos aquí? —preguntó.

El cámara aplicó el zoom y siguió con su trabajo.

—Has montado una buena, ¿eh? —Le dio un golpecito amistoso en la rodilla—. La centralita saca humo por el aluvión de llamadas. Ciudadanos indignados que protestan por nuestra falta de eficacia, por haber permitido emitir esas imágenes. Ni te lo imaginas. —Cabeceó—. Bueno, claro que te lo imaginas. Nada de esto te viene de nuevas, es tu especialidad. Y oye, no tengo nada en contra, cada uno hace su labor.

—Me alegra oírlo.

—Tu acoso es brutal —dijo, sin perder la sonrisa.

—Me halagas.

—Con tu sensacionalismo estás logrando justo lo que persigue el asesino, extender el miedo por la ciudad.

—Daños colaterales. No es asunto mío.

—Le haces el juego, le das la publicidad que desea. Eres su correa de transmisión. ¿Ahora trabajas para él?

—Soy un periodista libre, no tengo dueño.

—¿Y cuando ya no le seas útil? —Chasqueó la lengua—. ¿Lo has pensado?

Navarro se removió inquieto. La pregunta revoloteó en su cerebro.

—No le supongo ninguna amenaza. Además, soy un tipo con suerte.

—Hasta que se te acabe, fíate de un psicópata. Estás jugando con fuego. ¿He dicho fuego?

—Mi vida es una balsa de aceite, lo tengo todo controlado. Y ya han pasado tres de los cinco minutos. ¿Algo más o solo querías hablar conmigo para meterme miedo?

Milo se rio abiertamente.

—Eres un lince, Mauricio, un fuera de serie.

—Pierdes el tiempo llevándome a comisaría, no vais a conseguir nada.

—Por eso te llevaremos a la Ciudad de la Justicia. Lo siento por ti, pero como dice mi compañera, te tenemos cogido por los huevos. Esta vez has cometido un error.

—Yo no cometo errores.

Milo descruzó las piernas. Se inclinó hacia Navarro.

—El asesino contactó contigo para entregarte el vídeo. En ese momento Félix Torrens estaba vivo y tú lo sabías. Pero cerraste el pico. A eso lo llamamos ser cómplice de asesinato. Y está castigado por la ley. Si nos lo hubieras contado, podríamos haberle salvado la vida.

—Os equivocáis, como siempre —dijo. Fingió infinita paciencia—. Me encontré el vídeo en mi buzón el viernes por la mañana a primera hora, al salir de casa para venir aquí. El asesino no contactó conmigo ni yo me cité con él. Así de fácil. No sabía nada.

Milo separó los brazos con teatralidad.

—En tu sección del jueves anunciaste a bombo y platillo que al día siguiente harías una intervención especial con un reportaje en exclusiva sobre el Verdugo de Gaudí.

—Me refería a otro.

—Pero sacaste el vídeo del cautiverio y la muerte de Félix Torrens.

—Que obtuve por azar, y la actualidad manda. Me debo a ella. Así funciona este negocio. ¿Qué quieres que haga yo?

—Mientes.

—Demuéstralo.

Ambos sostuvieron la mirada, en silencio.

—No tenéis nada —dijo Navarro, sonriente.

—*Touché* —dijo Milo. Esbozó una sonrisa más amplia. Extrajo el bloc y escribió sin dejar de asentir—. Entonces, ¿no sabes nada del Verdugo de Gaudí?

—Nada de nada. Como cualquier ciudadano.

—¿Cómo te enteraste de ese apodo? —preguntó.

—¿Pretendes que te revele la identidad de mi fuente?

—Estaría bien, sí —dijo Milo, bolígrafo en ristre.
—Mis fuentes son sagradas. No puedo, es imposible.
—No hay nada sagrado, y yo estoy abierto a negociar.
Navarro entornó los ojos.
—¿Qué tienes para ofrecerme?
—A mí —dijo—. En tu sección. Una entrevista en directo. ¿No era eso lo que querías?
El periodista enarcó las cejas.
—Y a cambio, el nombre de mi fuente. —Se acarició la perilla—. No es un mal trato.
—No quiero ayudarte a ganar audiencia, pero París bien vale algún sacrificio.
—Te destruiré en mi programa. —Sonrió—. Acabaré contigo de un plumazo.
—Eso habrá que verlo. —Acentuó su sonrisa—. Aunque no es tuyo, es de Julia Valle. —Puso los ojos en blanco—. Dices que no tienes dueño y sin embargo ella te tiene bien ceñido con un collar de perro. Te asoma por debajo de la camisa. ¿No te aprieta mucho?
—Los cinco minutos han acabado.
Navarro se levantó y Milo hizo otro tanto.
—¿Cómo quedamos entonces? —dijo. Guardó el bloc.
—Ya te llamaré.
—Muy bien, como digas.
Alargó la mano. Navarro la estrechó en un acto reflejo.
—Esther Garcilaso —dijo Milo, sin soltarlo.
—¿Cómo dices?
—La última víctima del Asesino del Parking. —Le apretó el brazo con la mano libre—. Fue por tu culpa. Yo no la he olvidado. Tu filtración dejó dos huérfanos.

Navarro retrocedió un paso y Milo no lo evitó. Continuaba sonriendo.

—Esta conversación ha terminado.

—Eres de lo que no hay —dijo. Meneó la cabeza en actitud amigable—. El asesino sabe dónde vives. El buzón. Y tú tan tranquilo. Me quito el sombrero.

—No te pierdas *La ronda* de mañana sábado. Serás la estrella. Prepárate.

Se alejó hacia donde le esperaba su abogado.

—No, la estrella serás tú —murmuró Milo. Y al ver que el melenudo bajaba la cámara, desactivó la sonrisa y su rostro adquirió una expresión neutra.

—Eres una caja de sorpresas —dijo Rebeca, de pie en la acera. Navarro y Carlos Nin aguardaban en el asiento posterior del vehículo de los Mossos, junto a un agente—. ¿Algún día lograré entenderte?

Milo se volvió hacia el melenudo de la cámara.

—¿Te llevo a la ciudad?

—Iré en taxi —dijo Lucas. Se dirigió a la parada.

—¿No vienes con nosotros a la Ciudad de la Justicia? —preguntó ella.

—Tengo cosas que hacer.

—No te comprendo, de veras. ¿Esas ganas de hablar con él solo eran de boquilla? Parecías una colegiala ante su ídolo musical. ¿Ya le has pedido un autógrafo?

—Como dijo tu jueza, se consigue más con azúcar que con vinagre. —Le devolvió el bloc—. No he hecho más que seguir sus consejos.

—No es mi jueza —replicó Rebeca.

—El asesino volverá a ponerse en contacto con él. —Señaló el coche con los ojos—. Pregúntale a Susana si está dispuesta a dictar una orden para intervenir sus teléfonos. Si se lo pides tú, a lo mejor acepta.

—¿Y de qué nos va a servir? Puede llamar desde una cabina. Nuestro sujeto es inteligente, no cometerá un error de este calibre. Sería más útil someterlo a vigilancia.

—Es la segunda petición que le harás, que alguien no lo pierda de vista ni un segundo. Ya me imagino la cara de Singla, el cabreo.

—¿Y por qué estás tan seguro de que volverá a contactar con él?

—Una corazonada.

Lo observó con fijeza. Milo sostuvo su mirada inquisitiva. Ella asintió.

—Está bien, se lo pediré a la jueza. Aunque pondrá el grito en el cielo. No creo que le haga mucha gracia eso de pinchar los teléfonos a un periodista.

—A ti parece hacerte mucho caso.

—Te estás poniendo muy pesado con este tema —dijo.

Entró en el coche y arrancaron. Hojeó el bloc. En una página, garabateado de forma casi ilegible, leyó lo que había escrito Milo. «Este tipo es un capullo.»

20

Palpó en la oscuridad hasta dar con el móvil. Vio que eran las 5.14 horas. Se vistió a toda prisa y abandonó el ático. Condujo veloz por las calles desiertas rumbo a la plaza Lesseps. Luego, tomó por las callejuelas que ascendían por la montaña. Llegó a la calle Olot y se apeó. Sin dificultad, se coló en el parque Güell por el boquete del muro y subió hasta el promontorio. Jadeando, sorteó la cinta balizadora y se paró ante las tres cruces para recuperar el aire. Confiaba en no haber alertado a los vigilantes.

Miró la hora. Las 5.42. Observó la ciudad que dormía a sus pies. Una urbe capaz de lo mejor, capaz de lo peor.

Capaz de haber engendrado a un psicópata. A dos.

Tuvo la impresión de que era un enorme vertedero donde se amontonaban todas las miserias humanas. Un mito donde convivían víctimas y verdugos: a un lado, los monstruos, los corruptos; al otro, los averiados por los primeros, otro tipo de monstruos; y en medio, la población indefensa. Una coctelera explosiva. Como dijo el poeta, «el dolor engendra».

Comprobó la hora. Las 5.45. Era el momento.

Procuró sentir como el asesino. Ver con sus ojos. Inspiró con fuerza y recorrió el panorama de este a oeste, lentamente, hasta dar media vuelta y quedar encarado con la cruz. Luego, hizo el camino inverso y se detuvo donde había empezado. Contempló la Zona Franca, con sus industrias y naves comerciales, y la C-31, que se adentraba en la planicie. Sacudió la cabeza y enfocó el mar.

Estaba oscuro, tan oscuro como su mente.

Recordó sus sueños de muerte, como si vivir fuera un juego. Como si morir fuera un juego. Los fantasmas se desataron en su interior. *El dolor engendra.* Comenzó a espantarse por los impulsos que martilleaban en su cerebro. *Somos legión.* La decisión dependía de él, ahora, más tarde, en cualquier momento. *Se acaba mi tiempo.* Era una idea que sopesaba cada vez más a menudo. *Ahora me ocuparé de ti.* Vislumbró su situación, el porqué de su aliento autodestructor. *Buen chico.* Su pesimismo irredento. *No hay esperanza.*

Entonces cayó en la cuenta.

—No te importa morir —murmuró—. Sabes que no hay salida...

—¡Arriba las manos! —gritó una voz—. ¡Ahora!

Dos potentes focos lo cegaron y obedeció la orden en un gesto mecánico.

—¿Quién eres? ¡Contesta! ¿Qué buscas aquí?

Las linternas se apartaron de sus ojos y pudo atisbar los uniformes de dos vigilantes. Le apuntaban con sus armas. Y la expresión de sus rostros era feroz.

—No es lo que parece. Mi placa está en el bolsillo.

—¿Eres policía? —preguntó uno.

—Inspector Malart, del GEHME. Estoy de servicio.

—¿A estas horas? —inquirió, desconfiado.

—Los asesinos no cierran.

Los dos vigilantes intercambiaron una mirada y uno de ellos se acercó para palparle los bolsillos. Extrajo la placa y la enfocó con la linterna.

—Todo en orden, ya puede bajar las manos. —Se la devolvió—. Verá, con la que nos cayó encima... hemos redoblado la vigilancia. Ha sido un malentendido.

—Estoy acostumbrado. Si no les importa, me voy.

—Lo acompañamos. Todavía está oscuro y...

—Sabré encontrar el camino.

Pasó por debajo de la cinta balizadora y bajó agarrado a la barandilla. Luego, se dirigió hacia el boquete del muro con el pulso disparado. Entró en el coche y dio al arranque. Ahora sabía que eran unos kamikazes. Que fuera lo que fuese lo que habían planeado, les daba igual la muerte. No iban a ser detenidos. Cogió por la primera calle que bajaba hacia el centro.

—Lo que los convierte en una bomba de relojería.

Despejado por completo, se dirigió a la plaza Universitat. Aparcó en una parada de taxis, quitó el contacto y se acomodó en el asiento. La espera iba a ser larga. Se cruzó de brazos mientras el cielo empezaba a clarear.

Le despertaron unos golpes en el techo.

—Jefe, aquí no puedes aparcar. Es para los taxistas.

Con gesto aburrido, mostró la placa y el hombre se alejó sin rechistar. Se enderezó. La gente cruzaba la plaza con paso rápido, algunos niños corrían alborozados, y media docena de ancianos ocupaban los bancos al sol. Adormilado, estiró los brazos. Bajó del coche y se acercó a un bar a tomar un café. En la barra vio la portada de *La Vanguardia*. «Félix Torrens quemado vivo en el parque Güell.» La abrió y leyó las páginas interiores. Alguien de la alcaldía declaraba la necesidad de replantear el asunto. «Quizás entre todos hemos cometido una injusticia con él y debamos reparar su memoria.»

—Ya empezamos a cerrar filas.

Repasó el resto de la prensa mientras apuraba el café. Abandonó el bar y regresó al coche. Clavó la vista en la plaza. Los del monopatín no habían llegado. Notó plomo en los párpados y decidió no luchar contra el sueño. Al mediodía volvió a abrir los ojos, alertado por el ulular de una sirena. El calor era asfixiante. Caminó un rato por los alrededores, sin apartarse de la sombra. En un Spar hindú de Tallers compró dos botellines de agua y unas barritas de cereales. El reloj de la plaza marcaba las siete de la tarde cuando decidió volver a su asiento tras el volante. Se despertó una hora después. Los monopatines ya circulaban por el lugar. No vio a la chica. Al caer la noche, los jóvenes recogieron sus bártulos y se alejaron en grupo hacia la plaza Castilla. La paz volvió a reinar sobre el pavimento. Se llevó el segundo botellín de agua a los labios y lo vació. Acto seguido, dio al contacto y se dirigió a casa.

Subió a oscuras los cuatro pisos y entró en la sala. Puso el televisor. Abrió de par en par las puertas de la terraza y echó un vistazo a la multitud que todavía ocupaba la playa. El mar estaba como todos los días, plano como un espejo. Agarró el mando. Zapeó un rato hasta que se vio sentado junto a Navarro en el aeropuerto charlando amigablemente. La voz en off del periodista comentaba las imágenes desde el plató mientras narraba su odisea en la Ciudad de la Justicia, cómo le habían obligado a prestar declaración. Dio al botón de MUTE cuando ambos se estrechaban la mano. Clavó la vista en las sonrisas, en el largo apretón, al igual que los millones de telespectadores con que contaba el programa *La ronda*, el de mayor audiencia de la noche del sábado en todo el país. Incluida Barcelona.

Fiel a su cita de todos los domingos, Georgina Perricot acudió a misa de doce en la iglesia de los jesuitas en la calle Casp y ocupó, como tenía por costumbre, uno de los bancos de atrás, el primero situado frente a la entrada lateral, justo en la cruceta de los dos pasillos. Ella no era como aquellas feligresas que llegaban con antelación para coger sitio en los primeros bancos, a la vista de todos, y dejar bien patente sus piadosas creencias. Su fe era reposada y sencilla, y no necesitaba presumir de ella ante nadie. Además, le gustaba observar desde la distancia a los fieles, quién acompañaba a quién, repasar la lista de asistentes, y rezar por el descanso eterno de los que faltaban por segundo domingo consecutivo, o bien por una pronta y sin dolor, sobre todo sin dolor, resolución de sus problemas de salud. La mayoría eran ancianos, los conocía de vista después de tantos años, y no era difícil imaginar qué les había impedido presentarse a su cita dominical. El resto eran personas de mediana edad, principalmente mujeres, aunque también había algunos hombres, en paro lo más probable. Los escasos jóvenes vestían ropas grises y tenían la piel muy pálida.

Surgió el padre Gabriel y todos se levantaron.

Georgina lo conocía bien. Era un jesuita de pelo blanco, mejillas hundidas y manos de color ceniza. Hablaba con voz bien timbrada, pero lo hacía con desgana y apenas se le entendía. Se le notaba que había perdido el entusiasmo. Pasado un rato, comenzó a leer el texto de un libro con bordes dorados y cintas de colores. Con tono aburrido, dijo algo sobre el viento y los sensatos, pero Georgina no acabó de captar el sentido, pues el padre Gabriel no vocalizó correctamente. Aquello le dio rabia. Esa clase de textos no se podían leer sin énfasis, como si fueran un folleto. Le faltaba garra, no tenía ningún interés en cautivar a la feligresía. Echó un vistazo y, en efecto, nadie parecía atenderle. Daban la impresión de estar con la mente en otra parte. Si ella celebrara la misa, no ocurriría lo mismo. Sabría recabar el interés, avivarlo hasta límites insospechados. Claro que ella no había perdido la pasión por las cosas.

Las ancianas de los primeros bancos se levantaron y el resto las imitó de forma mecánica. Cuando la gente volvió a tomar asiento, Georgina hizo otro tanto mientras se abstraía en sus problemas. No había derecho a lo que le estaban haciendo. Los representantes del bien común no se sometían a los precios de mercado mientras que ella no tendría más remedio a la hora de adquirir otra casa. Y luego la excusa de la crisis, como si a ella no le afectara. Y lo más irritante es que no pasaba nada. Pretendían echar de sus hogares a más de un centenar de familias a cambio de indemnizaciones de risa, y no pasaba nada. Y estas cosas no ocurrían en cualquier parte, sino en Barcelona. En su adorada Barcelona. Aquello no podía ser legal, de ninguna de las maneras. Y si lo era, entonces es que la justicia estaba dictada por miserables. Sulfurada, se sintió tentada de pedirle al Señor que intercediera. Pero lo descartó de inmediato. Él ya había hecho bastante por su familia y no tenía por qué encargarse de su trabajo. No, lo haría ella, y sus hijas, por descontado. Precisamente, hoy iba a comer a casa de Mariona, la pequeña, y luego habían planeado colgar juntas las pancartas como protesta por aquel atropello. Estaba pensando en otras acciones cuando de súbito percibió algo extraño a su espalda.

Se giró, asustada. No había nadie.

Dejó escapar una risita nerviosa. «Figuraciones», se dijo. No obstante, la sensación de peligro había sido intensa. ¿Estaría empezando a chochear? ¿O tal vez era que las tensiones comenzaban a pasarle factura? Soltó un suspiro mientras se llevaba una mano al pecho y oyó, con sorpresa, que los feligreses estaban rezando ya el padrenuestro. ¡Virgen santa, con sus preocupaciones no se había percatado de la consagración y ni siquiera se había arrodillado! Turbada, se apresuró a bisbisear la oración. Al acabar, más tranquila, aguardó de pie a que prosiguiera el rito que precedía a la comunión, su sacramento preferido. La voz del padre Gabriel seguía sonando rutinaria mientras recitaba unos párrafos y alzaba los brazos.

—Hermanos, podéis daros fraternalmente la paz —dijo el sacerdote.

Georgina dudó entre acercarse a los bancos de su izquierda o a los de su derecha. Entonces notó un golpecito en el hombro y se volvió con la mano extendida, contenta de no verse obligada a abandonar su sitio.

Un hombre de rostro agraciado, con el pelo rubio muy corto, le tendía la mano y Georgina la estrechó sin vacilar. Todo sucedió en unos segundos. Sintió el leve pinchazo en su muñeca y, sin entender nada, miró los ojos azules del desconocido al tiempo que sus piernas empezaban a flaquear. Una placentera sensación de debilidad se extendió por su cuerpo. Caballeroso, la sujetó con fuerza con ambas manos y ella quiso darle las gracias, pero algo le nublaba la mente y entorpecía su lengua.

—Te doy fraternalmente la paz —dijo, la voz rasposa.

Mientras la sentaba en el banco, Georgina se preguntó dónde había visto esa cara, por qué no podía hablar, y, lo más importante, qué le estaba ocurriendo. Sumida en una progresiva somnolencia, notó cómo el hombre la ayudaba a apoyar la cabeza contra el pecho, colocaba sus manos en el regazo, una sobre la otra, y enderezaba sus hombros para mantenerla recta. Lo siguiente que sintió fue muy parecido a coger el sueño. La diferencia fue que sucedió de forma fulminante, sin darle tiempo a reparar en que iba a perderse su última comunión. Ni a pensar que, en verdad, los caminos del Señor eran inescrutables.

Harto de estar en el coche, Milo cogió el libro que había retirado de la pila del ático y salió a caminar por la plaza. La recorrió de punta a punta y luego cruzó el paso de peatones para rehacer el camino, esta vez bordeando el gigantesco edificio que acogía varias facultades. Llegó hasta el kiosco de Aribau y se entretuvo en ojear las portadas. Todas se hacían eco del asunto Torrens. Una de ellas, sin embargo, ya incluía otra noticia. El titular era alarmante: la más que segura marcha del hasta ahora entrenador del Barça la próxima temporada.

Decidió ir al supermercado hindú de ayer y comprar algo para engañar al estómago. Escogió una bolsa de patatas fritas, dos barritas de cereales y un botellín de agua. Con disimulo, dejó el libro en la sección de chocolates y pagó en caja. Fue a la plaza. Se recostó en la valla acristalada del metro, a la sombra, y se comió las provisiones. Luego, regresó al coche y se sentó al volante con la vista clavada en el banco de granito, desierto a aquellas horas. Una ambulancia cruzó la Gran Via a toda velocidad provocando con su estridencia la desbandada de las palomas. Poco después, se le cerraron los ojos.

Avanzada la tarde, unos nudillos golpearon el parabrisas y Milo se irguió de golpe al tiempo que se abría la puerta del copiloto y Mercader tomaba asiento.

—Sabía que te encontraría aquí.

El suelo estaba lleno de envases vacíos y los apartó con el pie. De una bolsa extrajo un sándwich de jamón y queso, envuelto en celofán transparente, y se lo entregó.

—También te he traído otro de pollo, dos plátanos y dos latas frescas de Coca-Cola. —Le pasó una—. Si no comes te va a dar algo.

Milo contempló el sándwich y la lata en sus manos.

—Comer, beber. ¿Te acuerdas de cómo se hace? —ironizó Rebeca. Él dijo que no tenía apetito y se lo devolvió todo—. De nada. Tú siempre tan amable.

—Me tapas —farfulló Milo. La empujó contra el respaldo. Vio su camiseta blanca, planchada. Las letras DEA en azul oscuro—. Bonita camiseta.

—No se puede decir lo mismo de la tuya —señaló—. Está para el arrastre.

Milo guardó silencio.

—¿Desde cuándo llevas aquí? —Él se encogió de hombros sin apartar la vista de la plaza—. ¿La has visto?

Hizo un ademán negativo.

—Inspector, ¿cuánto va a durar esto? Ya te lo dije, puede haberse marchado de la ciudad, estar enferma...

—Vendrá —cortó—. Tarde o temprano.

—Deberías marcarte un límite. Poner un...

—Se lo debo a Marc.

Rebeca inspiró de forma sonora. Transcurrieron unos minutos. Ella abrió una lata y dio pequeños sorbos. Milo soltó un gruñido. Permanecieron callados un rato.

—¿Te explico cómo le fue a la jueza con Navarro?

—Solo quiero saber si va a pincharle los teléfonos y ponerlo bajo vigilancia.

—A lo primero se negó en redondo; y sobre lo otro, aceptó, pero a regañadientes. Ya ha enviado la orden a Singla, y el inspector jefe, después de subirse por las paredes, se lo ha encargado a Cervera.

—¿Cervera? No sabría vigilar ni a su propia sombra.

—La Cabot no termina de entender tu actuación en el aeropuerto —añadió—. Le pasa lo que a mí. Anoche te vi en la tele y me pareció surrealista, no eras tú. ¿Qué pretendías con todo ese repertorio de gestos y sonrisas?

Milo volvió a extender el brazo para apartarla de su ángulo de visión.

—Tú lo has dicho. Actuación.

Rebeca ladeó el cuello para observarlo. Él se limitó a poner cara de palo.

—¿Adónde fuiste después? —quiso saber ella.

—Por ahí.

—¿Has averiguado algo más sobre nuestros asesinos? —La apretó contra el respaldo por tercera vez—. ¡Para ya de empujarme! Si lo que quieres es que...

—Es ella —atajó—. Kata acaba de sentarse en el banco.

Mercader volvió la cabeza de inmediato.

Vio a una joven menuda, vestida con pantalones negros abombados, camiseta de tirantes también negra y sandalias. Permanecía sentada con las piernas dobladas contra el pecho, la cabeza inclinada. Era la única ocupante del banco de granito y, desde la distancia, tuvo la impresión de que formaba parte de un conjunto escultórico. La soledad. O bien, la derrota. Era la viva imagen de ambas.

—¿Estás seguro de que es ella?

No respondió. Dio a la manija para bajar del coche. Ella lo agarró del brazo.

—Deja que yo me acerque primero. Se logra más con azúcar que con vinagre. —Él asintió lentamente—. Espera a que te haga una señal, y entonces vienes. Pero con calma, ¿entendido? Sin nervios.

Rebeca se apeó y caminó hacia la joven. Milo la vio abordarla con naturalidad, entablar conversación. Por los gestos, adivinó que se estaba ganando su confianza. Kata se mostraba algo alelada y respondía con ademanes torpes, que contrastaban con los de Rebeca, enérgicos y decididos. De pronto, la joven negó con la cabeza y Rebeca se encaró con ella. Le habló con mayor intensidad, para vencer sus reticencias.

Al rato, Kata pareció acceder de mala gana y Mercader señaló un extremo de la plaza. Milo las vio dirigirse hacia una zona de bancos convencionales, tomar asiento una al lado de la otra, y cómo Rebeca extraía el bloc y anotaba sus respuestas. Minutos después, le hizo una seña y fue hasta ellas. Se sentó junto a la muchacha, quien se encorvó sobre sí misma como un caracol.

—He leído tus emails con Marc, con Doble M. Lo sabemos todo.

—Tío, no quiero problemas —dijo la joven, sin separar la vista del suelo.

—Solo queremos aclarar las cosas. —Llenó los pulmones de aire—. Tú no eres culpable, solo una víctima.

Kata se estrujó las manos. Luego, se las puso entre las piernas. Dio un leve balanceo mientras Milo le ofrecía una lata de Coca-Cola.

—Aún está fresca. —La joven no hizo ningún gesto—. ¿La quieres o no?

—¿No tienes algo más fuerte? —dijo, la voz pastosa.

—¿Qué te has metido?

—No jodas, tío. ¿De qué vas? Pareces mi viejo.

Milo la vio perder el equilibrio un instante, mirarlo con ojos enturbiados.

—Cuéntanos cómo empezó todo —intervino Rebeca—. El principio.

—¿El principio? —Meneó la cabeza, con flojedad—. No quiero problemas, tía. No quiero problemas.

Rebeca la cogió por los hombros y la sostuvo.

—No los vas a tener, te lo prometo.

Kata la miró un momento y señaló a Milo.

—Este tío me quiere meter un puro, lo leo en su careto. Es chungo.

—Solo necesita saber —dijo—. Y lo chungo es por la pena. Desde la muerte de Doble M pone esa cara. No tiene nada que ver contigo.

—Yo también lo echo de menos, era un tío guay.

—El principio, Kata —insistió—. ¿Cómo fue?

La joven bajó los ojos. Hizo una mueca y empezó a hablar.

—No nos hacían nada, solo nos pagaban para ir a esa choza del parque, ponerme ropas de puta y estar juntos, chuscando. Solo eso. —Curvó la boca—. La sala era grande, todo en esa keli era grande. Nos hacían poner en el centro. Se encendía un foco y chingábamos. Nada más. Hacíamos lo que nos decían. Nada más.

Milo inspiró con fuerza. Rebeca se irguió.

—Esa choza, la casa de la que hablas, ¿en qué parque está? —preguntó.

—Uno muy grande, arriba de todo. Tiene un dragón, y muchos colores.

—¿El parque Güell?

—No sé, tía. Desde la keli se veía una plaza, y columnas, y escaleras. Y tres cruces en un monte. En la entrada hay una verja. Y dos casitas más pequeñas, muy raras.

—El parque Güell —dijo Rebeca—. Continúa.

—No hay más que contar. Chingábamos delante de los viejos, nos pagaban y aire. Estaban tirados en los sofás, con unas pavas dándoles arriba y abajo. Pero Doble M y yo a lo nuestro. Nos lo decían por la oreja.

—¿A qué te refieres?

—Joder, como en la tele. Te metes una cosa en la oreja y oyes lo que tienes que hacer.

—¿Un auricular?

—No, más pequeño —negó, irritada—. Como un tapón. ¿No ves la tele o qué?

—Vale, y os daban instrucciones sobre lo que teníais que hacer.

Asintió sin fuerza.

—¿A los dos?

Volvió a afirmar con un gesto. Levantó la cabeza.

—Convencí a Doble M, me gustaba. Se lo pude decir a otro, pero Doble M me gustaba. —Miró asintiendo a Rebeca—. Y yo a él. Decía que yo era su chica. —Dibujó una sonrisa desvaída que se diluyó en el acto—. Nos daban quinientos por noche, a cada uno. Es mucha pasta, tía. Y solo por calentar al personal. Las pavas se lo hacían a los viejos, pero nosotros no. A nosotros solo nos decían lo que teníamos que hacernos. Y era fácil. Olvidarse de los mirones y a lo nuestro. Doble M me molaba cantidad. Y yo a él —repitió—. Era su chica.

—¿Sabrías reconocer la casa?

Afirmó con una leve sacudida.

—Y nunca os obligaron a hacer nada con ellos, ¿no es eso? —dijo Rebeca.

—Bueno...

—Acabas de decir que no.

—Joder, tía, era mucha pasta. Mil por una paja, mil quinientos con la boca y dos mil por un polvo. —Se encogió de hombros—. Les ponía que tuviera catorce tacos.

—¿Y Marc?

—No sé. Creo, pero no sé. —El *piercing* del labio superior empezó a temblar—. En esos momentos nos separábamos. Y luego, no abríamos el pico. A Doble M le parecía sucio, le daba vomitera y todo eso. Y lo era, si sabes lo que te digo. Pero era pasta fácil. Y la pasta es la pasta, joder. O la tomas, o pringas. Yo elegí tomar. —Apretó los labios—. Pero no soy una puta. Tampoco lo hice tantas veces; tres, cuatro..., no sé, ¿diez? No soy una puta, tía.

—Kata, no te estamos juzgando —dijo Rebeca—. Y después de lo de Doble M, ¿te buscaste a otro?

Negó con fuerza. Las tachuelas plateadas que jalonaban su oreja despidieron destellos.

—Me encerré en el chabolo de mi vieja, en mi cueva.

—Pero tú eras una habitual, ibas por la pasta. Disponías de colegas a manta.

—Y yo qué sé, tía. Me harté de esa mierda y punto. —Pegó las rodillas al pecho y escondió la cara—. Un día fui muy ciega. Ya no sabía a quién tenía detrás, ni a cuántos. Todo estaba muy confuso. Y Doble M luego estuvo potando dos días, sin parar. Y cuando... cuando se voló los sesos, ya no pude seguir. —Alzó medio rostro—. Ahora no soporto que nadie me toque. ¡Nadie, joder! —Volvió a sepultar la cara—. No sabía que se lo tomaría así, yo solo lo llamé para que ganara pasta. Decía que la necesitaba, que sus viejos la necesitaban. Yo... yo... yo lo perdí todo en esa keli de mierda. Todo.

Milo se removió. Clavó la vista en una paloma.

—¿Y cómo empezó el asunto? —preguntó Rebeca.

Kata tardó unos instantes en responder. Su cabeza oscilaba entre los brazos.

—Por internet —dijo. La voz sonó amortiguada—. Flipaba en los chats, poniendo caliente al personal. Era un juego. Flipaba la hostia.

—¿Y de este modo se ponían en contacto contigo?

Afirmó con un movimiento brusco.

—¿Cómo ibais al parque, quién os llevaba?

Asomó la cara.

—Nos pasaban a buscar en coche. —Señaló el kiosco de Aribau con la barbilla—. Como unos señores. Y lo mismo a la vuelta.

—Una pregunta más, la última —dijo Rebeca. Se aclaró la garganta—. ¿Quién era el dueño del parque que citabas en tus emails?

Kata la miró con los ojos velados. Arrugó los labios.

—El que movía todo el cotarro —musitó—, el amo de la choza. Nos observaba desde arriba, dirigiéndolo todo. Como un puto director de orquesta.

—¿Sabes su nombre?

Negó muy despacio.

—Pero ¿podrías identificarlo?

Asintió con suavidad.

—Es muy famoso —murmuró.

Milo tuvo una intuición, tensó los músculos.

Reprimiendo la ansiedad, Mercader lo detuvo.

—¿Por qué dices que es muy famoso? —preguntó.

—Salió en la tele —dijo Kata. Dirigió a Rebeca una sonrisa fría—. Lo quemaron vivo. Y me alegro, tía.

Milo condujo por la ciudad sin rumbo fijo. Ya sabía el atajo que tomó Torrens, el hueco que le faltaba por llenar. Cómo logró su ascenso meteórico, su red de influencias. Organizaba fiestas con prostitutas, invitaba a hombres en puestos clave, y reclutaba un par de menores para dar morbo.

—Apuesto a que filmaba esas veladas, a que hay películas de las orgías. Para someterlos a chantaje.

—No lo podemos afirmar —dijo Rebeca—. Solo nos basamos en el testimonio de una joven que va ciega la mayor parte del día. Mientras no contrastemos la información, yo no daría nada por sentado. Ha dicho varias cosas que no tienen sentido.

—Te equivocas. —Aceleró con rabia—. Esa joven

es la prueba que necesitábamos para pedir la orden de registro. Llama a la jueza Cabot y cuéntaselo todo.

—Primero llamaré a una inspectora que conozco de Delitos Sexuales para pasarle los datos de Kata y que abra una investigación. Esto no se puede quedar así.

—Pero luego a Susana. Y le pides también una orden para esa casa del parque.

—Eso es a lo que me refería —señaló Rebeca—. ¿Qué casa del parque?

—Analiza sus palabras —dijo Milo, apartando los ojos del tráfico. Pegó un volantazo y volvió la vista al frente—. Ha dicho que desde la casa se veía el parque. Debe de estar aneja al recinto, en la montaña del Carmel. Rodeada de árboles, le pudo parecer que se hallaba dentro del perímetro. Por eso creyó que Torrens era el dueño del parque.

—Suposiciones —repuso ella.

—Se lo preguntaré a la viuda cuando vayamos a registrar su casa. —Adelantó a un coche por la derecha y acto seguido hizo otro tanto por el carril de la izquierda—. Ese cabrón los engañó poco a poco, de forma progresiva. Al principio consentían, solo era entre ellos dos, y después se vieron forzados, seducidos por los billetes que agitaba en sus narices. Hasta que los convirtió en nada, en unos cuerpos sin espíritu.

—¿Sin espíritu? Los hundió en la mierda, diría yo.

Se abstuvo de replicar. Pensaba en Marc. Solo, sin salida, perdido. Y él no lo supo ver. La jodida invisibilidad. Y le falló. Le vino a la memoria un acantilado, con él al borde del abismo. Parecía haber transcurrido una eternidad. Había llegado tarde, como siempre. Ahora sabía las respuestas, pero no se sentía en absoluto satisfecho.

Rebeca dijo unas palabras que lo trajeron al presente.

—Los jóvenes de quince años ya son viejos. Mimetizan los tics de los adultos, como lo más natural. Es sórdido. El vacío, el caos de papeles. Y los depredadores como Torrens a punto de saltar sobre ellos. Lo que más me joroba es que no era la primera vez que lo hacía. —Se volvió hacia él—. ¿Crees que puede estar vinculado con nuestro caso? Sería una coincidencia.

—¿Coincidencia? —Frenó en una esquina—. Subinspectora, esos jóvenes tienen familia, solo que yo soy policía, y de la Central. Marc sabía que tarde o temprano el asunto acabaría en mi mesa. Es mi trabajo. No, no es coincidencia, sino fatalidad. Se cruzó con un monstruo que venía extendiendo su mierda desde hacía veinte años.

—Y por eso fue a tu casa, para contártelo, quizá para destapar el asunto.

Milo asintió sin energía.

—Pero la vergüenza fue más fuerte —dijo.

21

El mecanismo de apertura se activó y Milo y Rebeca, seguidos por dos parejas de agentes, entraron en la suntuosa propiedad. Echaron a andar en procesión por el camino asfaltado y, al final de la cuesta, se desviaron por el sendero de losetas repartidas sobre el mullido césped.

La puerta principal de la mansión se abrió y una mujer de rostro afilado, con los brazos cruzados a la altura del pecho, se interpuso en la entrada. En una de sus manos sostenía un pañuelo arrugado.

—¿Es que no tienen ya bastante? La señora Torrens está muy afligida, tratando de superar esta tragedia. —Adoptó una expresión de ira—. Y ustedes... y ustedes no hacen otra cosa que interrumpir su duelo.

—Inspector Malart y subinspectora Mercader, del Grupo de Homicidios —dijo Rebeca. Mostró su placa y extrajo un documento—. Traemos una orden de registro. ¿Está en casa la señora Virginia Colomer?

—¡Esto es intolerable! —exclamó la mujer, furiosa.

De la lujosa vivienda surgió una voz apagada.

—¿Laura? ¿Con quién estás hablando, Laura?

—Señora, apártese y déjenos hacer nuestro trabajo —dijo Rebeca con firmeza.

Entraron en el amplio recibidor sin hacer caso a sus protestas. Se detuvieron ante una mesa redonda, en el centro de la sala. Sobre la superficie había una bandeja de plata repleta de tarjetas.

Virginia Colomer, vestida de negro, descendió la escalinata. Su oscuro cabello lacio había encanecido, el porte ya no parecía tan regio, y el único complemento que lucía era el anillo con el grueso diamante. Milo la observó bajar con un paso lento y vacilante que le remitió a una vieja película norteamericana. Tuvo la impresión de que para aquella mujer habían pasado veinte años en vez de diez días desde su último encuentro.

—Señora —dijo Rebeca—, la acompañamos en el sentimiento.

—Déjese de hipocresías. ¿A qué han venido? ¿A regodearse con mi dolor? —Se dirigió a la mujer de rostro afilado—. Laura, haz el favor de echarlos de mi casa.

—No puedo, traen una orden de registro y yo... yo...

—Tendrán que disculpar a mi hermana —dijo la viuda de Torrens—, no tiene carácter.

—La orden cubre toda la propiedad. —Rebeca le alargó el documento. Ella lo apartó con la mano—. Lamentamos molestarla en estos momentos, pero...

—Ustedes no tienen sentimientos —dijo, con altivez—. Son como hienas, husmeando en los cadáveres.

Milo señaló la bandeja de plata.

—¿Son las condolencias? —preguntó.

—Del alcalde, empresarios, *consellers*... De todas las personalidades del país.

—Pronto dejará de recibirlas. Cuando saquemos a la luz todas las miserias de su marido, nadie querrá tener nada con usted. La tratarán como a una apestada.

—¡Cómo se atreve a hablarme así!

—Usted tenía que estar al corriente de sus inclinaciones —dijo—. Es algo que no se puede ocultar en el lecho conyugal.

—No sé de qué habla. Mi marido y yo dormíamos en habitaciones separadas.

—Hablo de los jueguecitos maestro-discípulo, ¿también los practicaba con usted? No, claro. Usted era mayor, no encajaba en sus gustos. A él le ponían las jovencitas y muchachos. ¿Quizá se limitaba a observar?

Virginia Colomer, enrojecida, dio un paso hacia Milo.

—¡Ha perdido el juicio, está loco! ¡Haré una llamada y le quitarán la placa!

Rebeca se interpuso entre ambos y se encaró con ella.

—Ya basta, señora. Sabemos la clase de fiestas que organizaba su marido en la casa del Carmel. Tenemos un testigo. No nos hable de hienas.

—¿Fiestas? ¿En la casa del Carmel? —Titubeó un instante—. Esa casa está vacía... La compró hace mucho tiempo, poco después de las olimpiadas, como inversión. Yo... yo solo la he visitado una vez. Está en un barrio muy... muy operario, ¿me comprenden? Jamás pondría los pies en... en esa casa.

—La comprendemos perfectamente —dijo Rebeca—. Y ahora, déjenos hacer nuestro trabajo. —Se dirigió a los agentes—. Vosotros dos, la planta baja. Y vosotros, el garaje. El inspector y yo nos encargaremos de la planta superior.

Mientras se ponían los guantes de látex, la señora Colomer se agarró del brazo de su hermana.

—Prepárame una copa, Laura —jadeó—. Algo fuerte.

—¿Estás segura, Virginia? ¿A estas horas?

—¡Prepárame esa copa!

Rebeca y Milo ascendieron por la elegante escalinata.

—Has cambiado de opinión —dijo Milo—. ¿No decías que no había que tratarla con dureza, que era una mujer que estaba sufriendo?

—Odio que me llamen «hiena» de buena mañana.

Se detuvieron en el distribuidor. Un enorme ventanal se abría a la ciudad.

—Las vistas siguen siendo espectaculares —dijo ella.

—Sí, pero ahora Barcelona me da claustrofobia.

Rebeca señaló una puerta entreabierta.

—Yo me encargo del dormitorio de la viuda.

—Y yo del de Torrens. No busques, dedícate a encontrar. Es tan clave ver lo que hay como lo que no hay. Si esperas hallar algo concreto, no verás lo demás.

—Entendido —asintió—. Como cuando fisgaba en el cuarto de mi hermano.

—A ese tipo le pirraban los mecanismos y escondrijos. No te fíes de ningún objeto o mueble por más que su apariencia sea normal.

—Inspector, me duermo. ¿Empezamos de una vez?

Desde una esquina, sentado en un confortable sillón de orejas, Milo recorrió el dormitorio con los ojos. Enfocó la pared de cristal, con la puerta de la terraza; las cortinas dobles, unas tupidas de color granate, y otras blancas, más finas. A continuación, la cama de gran tamaño, las dos mesillas de noche, el baldaquino de otra época. Enfrente, a un lado, la puerta del baño; y al otro, la del vestidor, ambas abiertas. En medio, un cuadro de Lempicka. Representaba a una niña de cabellos rubios, con los ojos y labios maquillados, sentada junto a un balcón. Vestía una corta camisola gris que le cubría las piernas hasta medio muslo, y calzaba merceditas, con blancos calcetines altos. Una mano descansaba en la falda con la palma hacia arriba, y su pie derecho se apoyaba de canto, ligeramente inclinado hacia dentro, en una pose infantil. En la pared a su derecha, una cómoda isabelina; sobre ella, una reproducción en cobre de las chimeneas-soldado de Gaudí que jalonaban la azotea de La Pedrera. Y colgado encima, como si fuera otro cuadro, un gran televisor Bang & Olufsen de plasma, extraplano.

Se incorporó y abrió los armarios de la cómoda. En uno encontró un equipo de música y en el otro dos reproductores, de vídeo y DVD. Iba a hacer otro tanto con el armario central cuando sonó el móvil. Leyó que era Irene.

—Me pillas en mal momento —dijo. Lo abrió.

—He hablado con mi padre, le he contado mis problemas con la tienda. —Vio que estaba ocupado por cientos de cedés, una colección completa de música clásica—. Ahora está estudiando con sus abogados la posibilidad de salvar los muebles.

—Hay que hacer caso a los expertos —dijo, distraído. También había una selección de música contemporánea. Ojeó los títulos—. ¿De qué posibilidad se trata?

—Está por decidir, pero me ha avanzado que el ajuste va a ser muy severo.

—¿Hasta qué punto? —Se acercó a una de las mesillas y abrió el cajón.

—No se lo he preguntado.

—Mal hecho —dijo. Contenía los mandos de los aparatos. Todos.

—He seguido tu consejo —señaló.

—Bien hecho. —Reparó en que faltaban los vídeos y los DVD.

—No te interesan mis problemas —dijo Irene. Milo regresó al sofá—. Ni siquiera me has llamado para preguntarme cómo me iban las cosas.

—Pensaba hacerlo en un rato. —Dejó vagar la vista por el lujoso dormitorio. El baño, el vestidor, el cuadro—. ¿Cómo te va todo?

—Y tampoco te has acordado de lo del piso.

—No me lo quito de la cabeza. —Se preguntó dónde podrían estar. La cómoda, las mesillas, la cama apoyada directamente sobre el parqué. Qué era lo que no había allí.

—No te interesa nada de nada —dijo ella. Y colgó.

—Patas —dijo Milo. Se levantó—. No hay patas.

Se arrodilló en el suelo, junto al lateral de la cama, y apartó los faldones de las ropas. El colchón era grueso, y debajo había un somier con soportes especiales. El conjunto descansaba sobre una tarima de madera blanca. La golpeó con los nudillos. Hueca. Revisó la superficie, todo el perímetro. Junto a la cabecera, sus dedos notaron un leve desnivel apenas perceptible. Acercó la cara y vio una especie de tapa blanca. La descorrió con la uña sin dificultad. Dentro, camuflada, halló una pequeña hendidura. Introdujo el dedo enguantado y tropezó con un resorte. Lo accionó. En el acto, una sección de medio metro se desplazó hacia arriba lentamente, amortiguada por unos muelles. Vislumbró un asa y tiró. Sin esfuerzo, extrajo una plataforma con ruedas. En su interior se apilaban de forma ordenada una serie de vídeos, fechados y numerados, seguidos por otra serie de DVD, estos últimos con fechas más recientes.

—¡Subinspectora! —rugió.

Después de visionar varias películas en ambos soportes, escogidas al azar y evitando las de los últimos seis meses, Rebeca se levantó de la cama y apagó el reproductor.

—Ya tengo suficiente. Todo esto me parece vomitivo.

—¿Has reconocido a alguien?

—Cómo no. Al director jurídico del Área de Urbanismo, un teniente de alcalde, un regidor del Ayuntamiento, por no hablar del gerente de Urbanismo y un joven político de izquierdas que hoy es secretario general de un partido conservador.

Intercambiaron una mirada.

—Es un material muy caliente, incendiario.

Asintió.

—A mucha gente no le va a gustar que lo hayamos encontrado.

—Que les den —soltó Milo. Echó a caminar por el cuarto—. Torrens llega a la ciudad poco antes de los Juegos, busca apoyo en diferentes grupos políticos y no lo obtiene. Luego, intenta ser aceptado en una sociedad masónica y es rechazado.

—Persigue su ascenso a todos los niveles del entramado social de Barcelona, pero sus planes se frustran. Y un hombre como él no acepta un no con facilidad.

—Entonces, por despecho, toma un atajo. Compra una casa apartada en la montaña del Carmel, y organiza fiestas fuertes a las que invita a hombres que puedan servirle para tejer su red de contactos e influencias.

—A hombres valiosos en aquella época y futuribles.

—Y mientras satisfacen sus impulsos, nuestro buscavidas los filma dando rienda suelta a sus fantasías sexuales. —Se detuvo—. Pero hasta aquí, no ha cometido ningún delito. Las mujeres son profesionales, mayores de edad, y ellos son adultos.

—¿Qué pasa cuando uno de ellos se niega, por ejemplo, a recalificar unos terrenos? Que saca su artillería y lo convence. El miedo al escándalo, a arruinar su carrera, surte efecto, y empieza la corrupción.

—Y su ascenso meteórico. Y con él, el éxito de un espacio cultural como Círculo Gaudí. Comienzan a lloverle patrocinios, cargos relevantes. Todo lo que toca se convierte en una nueva fuente de ingresos millonarios. Es el hombre del momento.

—¿Y nadie abrió la boca? —preguntó Rebeca—. ¿A nadie le llamó la atención que acumulara más de sesenta cargos? ¿No resultó sospechosa tanta voracidad?

—No seas ingenua, era uno de los nuestros. —Hizo una mueca—. Y lo que pasa en casa, se queda en casa. Todos tienen intereses ocultos. Dado el renombre que pronto alcanzó la fundación, los cuatrocientos apellidos ilustres miraron a otro sitio. Vale, era una oveja descarriada, pero la máquina funcionaba y lo demás eran nimiedades, como nos dijo su mujer.

—Un lobo disfrazado con la piel de cordero —dijo ella—. Pero no tuvo bastante. Le faltaba un ingrediente. Lo que experimentó en los centros de acogida. Se hizo adicto a lo que allí sintió, a lo prohibido.

Milo señaló el monitor.

—Y comenzó a incluir en sus fiestecitas la guinda del pastel. A menores en acción.

—Sabía dónde hallarlos, poseía fuentes inagotables en sus centros. Y cuando se cansó de esta fórmula, rastreó los chats de internet a la caza de carne joven.

—Así, mataba dos pájaros de un tiro. Por un lado, satisfacía sus necesidades de dominación. Y por otro, ataba con ligaduras de acero a los prohombres implicados.

Rebeca contrajo el rostro en una expresión de asco.

—Los tentaba con la manzana envenenada. Y a los menores, con dinero.

—Se convirtió en un Midas de la mierda.

Mercader separó los brazos.

—¿Y por qué continuó hasta ahora? Ya no necesitaba su red de chantaje ni seguir con la corrupción de menores. Tenía a todo el mundo a sus pies, ¿por qué arriesgarse?

—Era su juguete particular, un divertimento. Le encantaba ver a los poderosos temblando. Nunca tenía suficiente. Y como has dicho, estaba enganchado a su obsesión. Imagina el placer que sentía aquí viendo una y otra vez las películas, reviviendo la sensación de ordenar a unos críos que hicieran todo lo que a él se le antojaba.

Rebeca puso los brazos en jarra.

—¿Y dónde nos deja esto?

—Conocer a la víctima es clave para saber por qué ha sido asesinado. Ahora tenemos la prueba de cómo era, sus tendencias. Sabemos cuál era su verdadero rostro.

—¿Uno de esos hombres lo eliminó para terminar

con el chantaje? ¿Alguno de los menores que salen en las películas, alguien relacionado con ellos?

—¿Y para qué encerrarlo siete días y luego prenderle fuego? No, se trata de nuestros dos psicópatas. Y está vinculado con un centro de acogida.

—A lo mejor protagonizan alguno de los primeros vídeos y podemos ver sus caras.

Milo volvió a sacudir la cabeza.

—Comenzó a filmarlos después de las olimpiadas y ellos eran mayores de edad, ya no tenían ningún interés para ese cabrón.

—¿Y qué tiene que ver Pinto con este asunto? Su perfil es completamente opuesto al de Torrens.

—Es lo que tenemos que averiguar. Aún se nos escapan muchas cosas.

Rebeca indicó las películas con un gesto.

—Habrá que inventariarlas en la comisaría, una por una.

—Y luego pasarlas a tu contacto de Delitos Sexuales.

—No le envidio su trabajo —dijo. Agarró el tirador—. Voy a llamar a un agente para que suba bolsas de basura y las meta dentro, que es donde deben estar.

Abrió la puerta.

—Subinspectora —dijo Milo. Ella se volvió—. En ninguna hemos visto a Marc y te agra...

—Olvídalo —dijo. Antes de abandonar la habitación, señaló la reproducción de las chimeneas-soldado—. Asustan, ¿verdad?

Milo se sentó a los pies de la cama. Clavó la mirada en los rostros embozados de los soldados, en sus yelmos puntiagudos, en sus cuencas vacías. Sintió un escalofrío.

Se encerraron con Crespo en la sala de visionado. Después de contarle lo que habían hallado en el registro, Milo le entregó las tres bolsas de plástico con las películas.

—Tendrás que hacer un inventario de esta basura.

Crespo resopló ante el trabajo que se le venía encima.

—¿Las deposito luego en el almacén de pruebas?

—No, me las devuelves —dijo Rebeca—, y yo las llevaré a Delitos Sexuales.

—Pero entretanto no las pierdas de vista —ordenó Milo—. Ni un segundo.

Asintió.

—¿Os explico los resultados que he obtenido?

—Un resumen —dijo Milo. Se acomodó en la silla.

Crespo se rascó la cabeza y escogió una carpeta.

—Empezaré por las buenas noticias —dijo—. Hemos tenido suerte. La inspectora Serra, de Robos, me ha llamado esta mañana para decirme que uno de sus confidentes le pasó un soplo anoche. Un tipo compró un descodificador-reproductor de frecuencias en una tienda de electrónica de la calle Sepúlveda. Está prohibido a la venta, pero algunos comerciantes lo tienen debajo del mostrador, ya sabéis.

—Vayamos a esa tienda de inmediato —dijo Rebeca.

—Ya he mandado a dos agentes esta mañana.

—¿Han logrado una descripción del individuo?

—Este es el problema —dijo Crespo—. El dueño les ha explicado que no le pudo ver bien la cara, que iba con sudadera y una gorra encasquetada hasta las cejas.

—¿Y dónde están aquí las buenas noticias?

El sargento respiró con hondura.

—Ha aportado varios datos. Uno, es de complexión fuerte —enumeró—, algo que ya sabíamos; dos, tiene los ojos azules; y tres, su voz.

—¿Qué pasa con su voz?

—Era rota, desgarrada. Muy desagradable. Según el dueño, ponía los pelos de punta.

—Algo es algo —dijo Rebeca—. Lo podemos sumar a su pelo rubio muy corto, a que es un tipo bien parecido, y a que según nuestra teoría hoy tiene treinta y ocho años. Todo señala a que su fisonomía es de rasgos nórdicos.

—Un sujeto de aspecto nórdico con la voz rasposa y cerca de los cuarenta, ¿adónde vamos con eso? —gruñó Milo—. No sirve de mucho. ¿Tiene cámaras esa tienda? —Crespo negó con un gesto—. Otra pista que no nos conduce a ningún sitio.

—Al menos encaja con la descripción que dio el indigente, y descarta a Jon Grau.

—Pero sigue sin ser suficiente para hacer un retrato robot —concluyó Milo.

—Tiempo al tiempo, inspector. Ya veremos.

—Siguiente tema —dijo Milo. Cruzó los brazos—. Ahora las malas noticias.

El sargento Crespo abrió una nueva carpeta.

—Casas de acogida montadas por Torrens —dijo—, los nombres de los centros. El primero, inaugurado en la provincia de Tarragona en enero de 1987, lo llamó La Ferradura. El segundo, en Lleida, en diciembre del mismo año, El Mussol. Y el tercero y último, en Girona, a mediados de 1988, El Trèvol. Según he podido averiguar, ninguno recibió denuncias, y tampoco circularon rumores acerca de lo que ocurría en las instalaciones. En apariencia, los tres funcionaron con normalidad.

—Algo que sabemos que es falso —apuntó Milo.

—Algo que no sabemos con certeza —dijo Rebeca.

—Habla por ti, subinspectora —replicó—. Yo no tengo ninguna duda.

Crespo se encogió de hombros.

—No le faltaba sentido del humor, aunque macabro —dijo—. Los tres nombres de los centros hacen referencia a la buena suerte. La herradura, un búho y un trébol son símbolos de buena estrella. Al menos en Cataluña. Y visto el éxito que alcanzó después de montarlos, parece que la logró.

—Díselo a los menores que sufrieron sus vejaciones.

—No tuvo buena suerte —repuso Rebeca—, mira cómo ha acabado.

—¿Los centros siguen en activo? —quiso saber Milo.

—Ninguno, y eso es lo más curioso —dijo Crespo—. Los de Lleida y Girona fueron cerrados unos años después. Pero el de Tarragona ardió hasta los cimientos, quedó completamente destruido. Ocurrió en las Navidades de 1990, cuando todavía estaba en funcionamiento. Según el informe, no hubo víctimas.

Los tres cruzaron una mirada.

—¿El Asesino del Listado? —apuntó el sargento.

—Los incendios provocados son un delito de reafirmación de poder —dijo Rebeca—. Y encajaría con el perfil de asesino en serie, con las prácticas que pudo haber llevado a cabo en su niñez y desarrollado al llegar a su mayoría de edad.

Milo sacudió la cabeza.

—Pero estaba aguardando una orden, ¿recuerdas?

—¿Qué orden? —preguntó Crespo.

Ambos le pusieron en antecedentes sobre las conjeturas a las que habían llegado.

—Esto solo puede significar una cosa —dijo Rebeca—. Que su compañero en el centro también había abandonado la casa de acogida por esas fechas.

—Repasemos la secuencia —dijo Milo. Se volvió hacia Crespo—. ¿Cuándo regresó Torrens a Barcelona?

—En 1990, en agosto.

—Vale, el Asesino del Listado sale del centro unos meses antes que él, pongamos en marzo por ejemplo. Deja a su compañero a solas con ese monstruo y vuelve a la ciudad. Una vez aquí, espera pasivo su salida.

—Que se produce como máximo en diciembre, cerca de Navidades —intervino Rebeca—. Ha sido el juguete de ese depravado durante seis, ocho meses, tiempo suficiente para su transformación de víctima a verdugo.

—Y nada más llegar a Barcelona, se pone en contacto con el Asesino del Listado y le ordena su primera misión: quemar el centro de acogida, el escenario donde ha sufrido tortura y vejaciones. Reducirlo a cenizas.

—Misión que realiza de manera implacable y eficaz. Sin víctimas.

—Sí, ningún niño resulta herido —confirmó Crespo.

—Y luego, una vez le ha puesto a prueba, le concede un premio. Podrá satisfacer sus instintos criminales, la psicopatía que arrastraba antes de entrar en el centro, una vez al año, cada 10 de junio. El Verdugo ya se ha convertido en su amo.

—Y ambos forman un tándem letal, despiadado —concluyó Rebeca—. Cuadra.

—Ahora solo nos faltan pruebas —dijo Milo—. Toni, ¿has obtenido la lista que te pedí de los niños y las niñas que ingresaron en los centros, en especial el de Tarragona?

El sargento hizo un gesto negativo.

—Con el incendio —dijo—, los archivos quedaron destruidos. No hay constancia de sus nombres. —Abrió una carpeta—. Tengo las identidades de los menores que estuvieron en las otras dos casas, pero no creo que...

—La única que nos interesa es La Ferradura —cortó Milo—. El incendio la señala. Nuestros asesinos residieron allí durante una época. No puede ser otra.

—Estamos de acuerdo —dijo Rebeca—. Una lástima.

—Pero reduce la búsqueda —replicó Milo—. Ahora ya sabemos el lugar exacto donde empezó todo. —Se levantó de forma brusca—. Tiene que haber algún trabajador de ese centro que nos pueda contar algo sobre esos muchachos, un pedagogo, un cuidador, alguien que estuviera empleado en esas fechas. ¿Toni?

—Intentaré encontrarlo, inspector. Aunque ten en cuenta que hablamos de unos sucesos acaecidos hace veinte años. No va a ser fácil.

—¿Y cuándo lo es, sargento? No lo intentes, consíguelo. Remueve cielo y tierra, necesitamos nombres. Tal vez con uno nos baste. ¿Subinspectora?

—Estoy en blanco. ¿Y a ti? ¿Se te ocurre algo?

—Tengo una amiga, Martina Cots, de la época de la universidad. Es inspectora de Robos en la Comisaría Central de Tarragona. —Se encogió de hombros—. No creo que se acuerde de mí, pero podría pedirle que hiciera unas preguntas. Nunca se sabe.

—Seguro que te recuerda, inspector. Tienes mucha mano con nosotras. —Empezó a desplegar dedos—. Tu jueza, tu ex, la loquera, yo... Estás rodeado de mujeres.

—¿Qué pasa? Me entiendo mejor con vosotras, lo que ya es decir.

—A eso me refiero. Lo más probable es que le hicieras alguna trastada y las mujeres no olvidamos a los canallas universitarios. Llámala, ahora. ¿O te da corte?

Milo rememoró a Martina. La fiesta estudiantil. La borrachera. Ella rodeada de tipos, inmovilizada por brazos y piernas. La ropa desgarrada, los forcejeos, los gritos. Y cómo él acudió con lo primero que encontró: un extintor.

—¿Vas a hacer esa llamada, sí o no?

—A solas. —Señaló la puerta—. Sargento, subinspectora, si no os importa.

—¿Qué tal si quedo con Gombrowicz mañana a las siete de la tarde? —preguntó Crespo al tiempo que recogía las bolsas con las películas—. A esa hora podrá atendernos en la biblioteca con más comodidad.

—Lo que tú digas, Toni.

Los dos abandonaron la sala, ella a regañadientes.

—No entiendo por qué tanto secretismo —masculló.

Milo buscó el nombre en la agenda y pulsó la llamada.

El saludo fue formal, cortés, no exento de cierta frialdad. Después de las preguntas de rigor acerca de sus respectivas carreras, Milo le contó la situación y le preguntó si podía echarle una mano. Ella accedió, aunque avanzándole que podría encontrar dificultades.

—Si alguno de los exempleados del centro reside aún en Tarragona, a lo mejor puedo dar con algo. En la costa se han instalado muchos jubilados y quizá sea el caso. Pero si se ha largado de la provincia...

—Lo sé, va a ser difícil. Solo es echar la caña, por si pescas algo.

Se hizo un embarazoso silencio.

—De todos modos, gracias por intentarlo.

—Para eso están los viejos amigos.

Volvieron a quedarse callados. Incómodo, Milo fue a colgar cuando ella dijo:

—Todavía te recuerdo con el extintor, dispersando a todos aquellos cabrones.

—Fue lo primero que me vino a la cabeza.

—Armaste un buen sarao.

—Igual que tú, pegando patadas y rompiendo huevos.

—No hice más que seguir tu ejemplo cuando te liaste a soltar porrazos con el extintor de marras. Estabas como loco, aullando como un perro rabioso. Dabas miedo.

—Menudo numerito, sí.

Milo la oyó inspirar con hondura.

—Me puse histérica, estaba aterrada. Si no llegas a intervenir...

—Pasaba por allí, nada más.

Ella dejó transcurrir unos segundos.

—Una histérica y un loco. —Soltó una risa breve, fugaz—. Formamos buen equipo.

—De leyenda.

—Nunca te lo agradecí. Después de aquello, no

pude ni mirarte a los ojos. Incluso en estos momentos me cuesta hablar contigo.

—Martina, déjalo. No le des más vueltas.

De nuevo, ella permaneció unos instantes en silencio.

—Bueno —dijo—, muevo el asunto y te llamo, ¿de acuerdo? Alguna persona que haya trabajado en La Ferradura entre 1987 y 1990, ¿es así?

—Correcto, inspectora. Me alegro de haberte oído.

—Lo mismo digo. Y oye, aunque sea con retraso...

—Estamos en contacto, Martina —dijo Milo. Y colgó.

22

La secretaria de la jueza Cabot lo vio venir y se levantó de la mesa, fue hasta la puerta con rapidez y se interpuso abriendo los brazos.

—Esta vez no se saldrá con la suya, inspector Malart —dijo con firmeza.

Milo vio que le temblaba el labio y retrocedió un paso.

—Está bien, señora Conte, como quiera. Pero si repasa su agenda verá que tengo cita para hoy martes a las diez de la mañana con su señoría. Y ya llego tarde.

Alba Conte lo miró con la duda bailándole en los ojos.

—Juraría que se lo acaba de inventar, inspector.

Milo levantó las manos.

—¿Acusa de mentiroso a un miembro de los cuerpos policiales? Compruébelo, haga el favor, y que desaparezca ahora mismo si no es cierto.

—Usted no se mueva —dijo. Fue a su mesa.

Nada más alejarse, Milo se coló en el despacho de la jueza. Cerró la puerta y se apoyó en ella.

—¿Vuelves a las andadas con mi secretaria? —dijo Susana, levantando la vista de unos documentos—. Es una buena mujer, Milo; la vas a matar a disgustos.

Sonó el intercomunicador mientras Milo avanzaba hacia ella y tomaba asiento.

—Sí, Alba, lo sé —contestó la jueza—. No, no hace falta que llames a Seguridad. El inspector Malart me dice que te haga llegar sus disculpas, pero que es por causa de fuerza mayor. Sí, eso me ha dicho. Por causa de fuerza mayor. Sí, tranquila, todo está en orden.

Colgó el auricular y le lanzó una mirada furibunda.

—Que sea la última vez que te presentas así en mi despacho. Desobedeces mis instrucciones y encima vienes aquí como Pedro por su casa. La última vez, ¿me oyes?

—¿Qué instrucciones he desobedecido?

—No te hagas el tonto, lo sabes perfectamente.

—Te aseguro, señoría, que no sé de qué me hablas.

Cabot inspiró con fuerza.

—Te dije que aparcaras los temas personales y ¿qué haces tú? Seguir investigando el suicidio de tu sobrino. Inspector, que no me chupo el dedo.

Milo la contempló reclinarse, enfadada.

—Vayamos por partes, Susana. Sí, continué con un asunto personal, pero de forma paralela al caso. Y nos ha conducido a Torrens. Ha sido un golpe de suerte.

—¿Un golpe de suerte, dices? —Se inclinó hacia delante con expresión de pocos amigos—. La noticia del hallazgo de las películas ha corrido por toda la ciudad como la pólvora. La señora Colomer se ha encargado de ello, por supuesto. ¿Y dónde crees que ha estallado el polvorín? ¡Justo aquí, en mi cara! ¡Joder, Milo, te dije que no provocaras más incendios! ¿Te puedes imaginar la hoguera que has desatado?

—Lo único que he hecho ha sido destapar un feo asunto de corrupción de menores.

—Un asunto en el que están implicados varios peces gordos del ayuntamiento, por no hablar de otros estamentos. ¿Sabes lo que eso significa?

—¿Tormenta política? ¿Nervios en la parte alta de la ciudad? Que les den a todos, Susana. Mi instinto me decía que ese mal bicho de Torrens escondía algo más que pufos económicos y así ha sido. ¿Que esto desencadena presiones? ¡Pues a tomar tila a destajo, a mí qué me explicas! Utilizaban menores para calentarse. ¡Menores! ¡Como mi sobrino!

—No hagas de esto una cruzada personal —dijo ella.

—Lo llevó a acabar con su vida, toda esta mierda le cayó encima, no supo cómo salir..., y tú me hablas de que no lo convierta en algo personal. ¿Dónde está el límite, Susana? ¿Serías tan amable de indicarme la línea que separa lo personal de lo profesional?

La jueza suavizó la expresión de su rostro.

—Tienes razón, disculpa. Todos estamos muy nerviosos.

La observó con fijeza. Caviló un momento. Empezó a sentir el cosquilleo de la rabia.

—No me jodas, ya han puesto en marcha la maquinaria para desestimarlas —dijo, con alarma—. Me pediste una prueba para extender la orden y te la di. Torrens sometía a chantaje a todo tipo de personalidades y se valía de menores. Su corrupción no tenía límites con tal de lograr sus fines y lo he demostrado. ¿Qué más es necesario?

—La orden de registro es legal —declaró Susana.

—Me alivia oírlo.

—Otra cosa es que tenga que ver con el caso —añadió.
—Tiene que ver con prostitución infantil.
—Algo que no está demostrado —puntualizó ella, bajando la vista—. Por lo que ha llegado a mis oídos, hubo consentimiento.
Milo cabeceó, perplejo.
—No me puedo creer lo que estoy oyendo.
—Y yo no te digo nada que tú no sepas.
—No puedes hacerme esto, Susana. Tú no.
La jueza Cabot levantó los ojos.
—Yo no voy a permitirlo —dijo—. Pero si, como todo indica, no guardan relación con las muertes de Pinto y Torrens, otro juez se hará cargo del sumario y él podrá tomar las medidas que crea oportunas, incluyendo la anulación de esas películas como prueba.
—¿Hablas en serio?
Ella asintió sin energía.
—Solo digo que puede juzgar que la orden no se ciñó al caso por la que fue redactada, que se obtuvieron de forma incorrecta, procedimentalmente hablando.
—¿Y entonces?
—Harías bien en esperarte cualquier cosa.
Milo apretó los labios y fue hacia la puerta.
—Milo —llamó la jueza—. ¡Inspector Malart!
Agarró el tirador. Se dio la vuelta.
—Tú eres policía, no un vengador.
—Respóndeme una pregunta: ¿por qué tengo la impresión de que alguien quiere echar por tierra mi trabajo?
Cabot no contestó.
—Ya respondo yo por ti. Hay dos tipos de ciudadanos, los que mandan y los que obedecen. Y a mí no me gusta ser sumiso.

—Exageras —dijo—. No deberías tomártelo así.

—Virginia Colomer me lo avisó. Son intocables.

—Siéntate, venga. Todavía no me has contado el motivo de tu visita.

—Lo he olvidado —repuso Milo. Salió del despacho.

Cruzó la antesala sin mirar a Alba Conte y llegó al pasillo. Extrajo el móvil.

—Sargento, esconde las películas en sitio seguro. Luego te lo explico. ¿Toni?

—Inspector, lo siento. El juez Nadal las acaba de incautar. Ha traído una orden y todo estaba en regla. No he podido evitarlo.

Se apoyó en la pared. La cabeza a punto de reventar.

—Se han dado prisa —murmuró.

Atravesó la oficina y se dejó caer en una silla junto a la mesa de Bruno Bachs.

—Este calor aplasta —dijo—. Es inhumano.

—No tengo tiempo para chorradas —soltó Bachs—. Déjame en paz.

—¿Sabías que el olor activa la memoria más que ninguno de los otros sentidos?

Bruno apartó la vista del ordenador.

—¿Y qué con eso?

—Nada, que yo tengo un olfato muy desarrollado.

—Te felicito. Y ahora, largo de aquí —dijo. Se encaró de nuevo con el monitor.

—Los aromas dejan huella.

—Y los elefantes van en manada, ¿de qué cojones hablas? —Torció el cuello.

—De que percibo un hedor a podrido. —Se dobló

hacia él—. ¿Qué quisiste decir el otro día? Aquello de que buscara dentro y fuera de la comisaría.

Bruno miró con rapidez a izquierda y derecha.

—¿Te has vuelto a olvidar de tomar la medicación?

Milo prorrumpió en carcajadas al tiempo que se palmeaba el muslo con fuerza.

Varias cabezas se giraron en su dirección.

—Bachs, eres la hostia. Siempre me ha gustado tu sentido del humor. En serio, incluso en los momentos más delicados sabes sacarle punta al asunto.

—¿Qué momentos? —dijo—. ¿Qué asunto?

—Esto va a traer cola y tú tan pancho, gastando bromas. Me dejas de piedra.

—Como no te expliques, no entiendo ni jota.

—Tengo que reconocer que tu tapadera es impecable. Lo haces de fábula.

—Sigues siendo un capullo, Malart. Vete a la mierda. —Volvió el rostro a la pantalla.

—Genial, tío. Eres un actorazo. Claro que siempre puede haber alguien que sume dos más dos. —Se arrellanó en la silla—. ¿De quién fue la idea?

—¿Todavía estás aquí? ¡Que te des el piro, joder!

—Veamos, hay que pensar qué se sabe y qué no se sabe. ¿Y qué sabemos? —Empezó a enumerar con los dedos—. Uno, que el poder está en la mentira. Dos, que el topo siempre es el menos sospechoso. Y tres, que quién mejor para desenmascararlo que alguien que fue acusado hace dos años. ¿Te vas haciendo una idea? —Bruno siguió con la vista fija en el monitor—. Y ahora, lo que no sabemos. ¿Juegas con dos barajas? ¿Te presionan mucho? Y la última pregunta: ¿a por quién vais?

Bachs tecleó con impaciencia sin responder.

—Te aburro, lo sé —dijo Milo—. Mira, te voy a contar un chiste aunque no sean lo mío. ¿Qué tienen en común la Inteligencia Artificial y Asuntos Internos? —Aguardó un instante—. Que son lo contrario, estupidez natural. ¿Lo pillas? Las siglas, puestas al revés, IA y AI. ¿Caes ahora? Es malo de solemnidad, pero adecuado, ¿no crees?

Bruno se volvió lentamente hacia Milo.

—Eres un bocazas —dijo—. Empiezas a hartarme.

—¿Te ofreciste tú mismo o vinieron a buscarte?

—¡Estás como un cencerro!

Varios miembros de la oficina dejaron lo que hacían para atender a la conversación. Milo no bajó el volumen.

—Torrens tuvo que apoyarse en alguien de la Central para extender su red de corrupción. Alguien que controlara las cosas aquí. —Se miró las uñas—. ¿Me equivoco? Solo es una teoría, por descontado. —Alzó la vista—. Alguien que vigilara que no se colara ninguna denuncia inoportuna, por ejemplo. —Hizo una pausa. El rostro de Bachs se congestionó en una mueca de desprecio—. Control y dominio. Sus especialidades. Y claro, todo a cambio de suculentos premios en metálico. Pero tú ya sabes de qué te hablo, ¿no?

Bachs se incorporó muy despacio.

—Más vale que cierres el pico de una vez.

—Ese tipo sale en alguna de las películas requisadas —dijo Milo—. ¿Acierto?

—¡Deja de tocarme las pelotas, coño!

Milo sonrió de oreja a oreja.

—Un trabajo muy concienzudo el tuyo.

Bachs dio un paso hacia él. Enrojecido, blandió un puño en su dirección.

—He dicho que cierres el pico, no te lo pienso repetir.

Milo volvió a concentrarse en sus uñas.

—Si yo fuera ese tipo, podría tener la tentación de mantener abierto el chiringuito. Y entonces tú estarías entre dos fuegos. Menuda faena, ¿eh?

El comisario jefe Bastos y Singla hicieron su entrada en la oficina. De camino al despacho del segundo, los dos giraron la cabeza para contemplarlos. Bachs se pasó la mano por el pelo con gesto nervioso.

Milo dejó escapar un suspiro y se levantó.

—A lo mejor estoy equivocado —dijo. Dio unas palmaditas en su hombro—. Vigila tu culo. Es un consejo.

Dio media vuelta y se alejó con calma. Varias miradas se clavaron en su espalda.

Para matar el tiempo hasta la hora de la cita se acercó al parque de la Ciutadella. Estaba atestado de gente. Echada sobre el césped, cobijada en bancos bajo la sombra, sentada en las terrazas de los bares. Vio a familias, turistas, estudiantes. Los niños revoloteaban alrededor de los ancianos mientras los extranjeros disparaban sus cámaras sin importarles cazar como fondo a jóvenes parejas retozando sobre la hierba. La temperatura era abrumadora y los ciudadanos aprovechaban para refrescarse en un rincón alejado del tráfico y la contaminación. Se sintió un extraño en el paraíso. Un bicho raro. Por un momento experimentó la envidia de no ser uno más. De no poder sumarse y tomar un respiro charlando acerca de cualquier tema, sin desconfianza, sin sospechas. Sin pensamientos oscuros. Echó de menos la vida, vivir. Vibrar con las personas normales. Reír. Hablar con un refresco en la mano, incluso con una cerveza, y no tener miedo. Y no mentir. Dejar la mente libre, y sentir. Pero fue solo por un momento.

Se dirigió con paso cansino hacia la cascada del parque, el lugar donde había aparecido la primera víctima del Asesino del Listado. Después de echarle un vistazo, hizo otro tanto con la plazoleta Aribau, en el extremo noroeste. Por último, abandonó el parque, subió por el paseo, atravesó el Arco del Triunfo y caminó arrastrando los pies hasta llegar a la biblioteca Arús.

No prestó atención a la réplica de la Estatua de la Libertad del vestíbulo y entró cabizbajo en la primera de las salas. Rebeca salió a su encuentro.

—Llegas tarde —dijo.

—¿Crespo ya ha llegado?

—Está con Gombrowicz, charlando de sus cosas. He preferido no entrometerme y esperarte aquí, curioseando los libros. ¿Sabías que en algunas culturas la impuntualidad se considera una grave ofensa?

—Subinspectora, no estoy de humor.

Ella se encogió de hombros y le guio por los pasillos hasta desembocar en una sala pequeña, recóndita, ocupada por estanterías de pared a pared. En el centro, unos viejos butacones rodeaban una mesilla baja.

Gombrowicz se levantó con la mano extendida.

—Celebro volver a verlo, inspector. Aunque por su expresión de cansancio diría que el trabajo le resulta una carga muy pesada. ¿Le apetece beber algo?

Negó con un gesto. Saludó a Crespo con la cabeza y se desplomó en uno de los butacones.

—Usted no cree en el pensamiento positivo, ¿verdad?

—Sí, cómo no, pero también en el realismo —repuso el bibliotecario. Tomó asiento a su lado—. La idea es acabar el trabajo, no que el trabajo acabe con uno. La pasión está bien, pero no cuando se transforma en obsesión. La clave es no perder nunca el control.

—¿Algo más?

Eugeni Gombrowicz se echó a reír.

—Tiene que disculparme, uno de mis vicios es meterme donde no me llaman.

—¿Qué tal si vamos al grano? —Dirigió la mirada al sargento—. Me hablaste de la peculiar geometría que presentaban entre sí los lugares donde el asesino dejó a sus víctimas, que todos estaban relacionados, y no sé qué de unas extrañas coincidencias que estabas encontrando.

Crespo desplazó el cuerpo hasta el borde de la butaca.

—Eugeni, le conté lo de las líneas de Gaudí, pero tú eres el experto. —Titubeó un instante—. Lo que te vamos a explicar no puede salir de estas paredes.

—Toni, mis labios están sellados, como siempre.

El sargento inspiró hondo.

—Tenemos una teoría.

Acto seguido, le explicó de forma escueta lo que habían descubierto sobre el Asesino del Listado, los emplazamientos que había escogido para abandonar los cadáveres, y la suposición de que se las tenían que ver no con uno, sino con dos psicópatas. Al terminar, el aire de la sala se hizo denso de repente, plomizo.

El rostro afable del bibliotecario se endureció, marcado por la preocupación.

—Ahora entiendo su cansancio, inspector Malart —dijo—. No sé ustedes, pero yo necesito un buen té helado. Me he quedado con la garganta seca.

Se levantó con un ágil movimiento y se marchó sin añadir una palabra.

Los tres observaron cómo Gombrowicz, armado con lápices de colores y una regla, extendía un mapa de la ciudad sobre la mesilla, junto a cuatro vasos y una jarra de té donde tintineaba el hielo. Luego, marcó una serie de puntos y agarró la regla.

—Están todos —dijo—. Y ahora observen, son las famosas y enigmáticas líneas de Gaudí. —Se dobló sobre el mapa y cogió un lápiz de color rojo—. Vayamos a por la primera. Si nos situamos en el comienzo de la avenida Gaudí, frente al hospital de Sant Pau, en el lugar donde el asesino dejó a su víctima de 1992, y trazamos una línea recta, esta nos conduce, pasando por el ábside de la Sagrada Familia, justo hasta el Palau Güell, el sitio donde abandonó a la víctima de 1999. De igual forma, si cogemos como punto de partida la plazoleta Aribau del parque de la Ciutadella, lugar de la víctima de 1998, y tiramos una línea que pase por la plaza Reial, esto es, el sitio de la víctima de 2004, verán que finaliza en el mismo punto, el Palau Güell de nuevo. —Levantó la vista del mapa—. ¿Qué les recuerda la figura formada por estas dos líneas?

—¿Una flecha? —aventuró Rebeca.

—Exacto, una especie de señal indicadora de un punto concreto: el Palau Güell.

—Sede de la fundación Círculo Gaudí —dijo Crespo.

—Que presidió Torrens tras abandonar el proyecto de los centros de acogida —apostilló Milo, sombrío—. El responsable de desatar el torrente de crímenes.

—Prosigamos —dijo el bibliotecario. Cogió un lápiz azul—. Ahora tracemos una línea desde el parque Güell, lugar donde apareció quemado y crucificado Félix Torrens, hasta la plazoleta Aribau; y a continuación, tomando el mismo punto de partida, otra que vaya hasta la verja de los pabellones Güell de Pedralbes. Estas dos líneas son iguales y perpendiculares, lo que no deja de resultar curioso; pero lo que todavía resulta más singular es que, si unimos los dos puntos lejanos, la verja de Pedralbes y la plazoleta Aribau, esta recta es la hipotenusa que forma con las dos anteriores un triángulo rectángulo de catetos idénticos. Estarán de acuerdo conmigo en que esta geometría del genial arquitecto es, cuanto menos, enigmática.

Los tres asintieron sin despegar los ojos del mapa.

—Pero no acaban ahí las coincidencias geométricas —dijo Gombrowicz—. La distancia que separa la cascada del parque de la Ciutadella y la escalinata central del parque Güell, justo desde el atanor, es la misma que hay entre este lugar y la verja de Pedralbes.

—Sin embargo —intervino Crespo—, esa verja de los pabellones Güell que dices no ha sido utilizada por los asesinos para dejar ninguna víctima.

El bibliotecario forzó una mueca de perplejidad.

—¿Tiene algo de particular esa verja? —dijo Milo.

—Es donde se encuentra el dragón forjado que representa a Ladón, el guardián del jardín de las Hespérides, vencido por Hércules en su undécimo trabajo tal como narra Jacint Verdaguer en su poema *L'Atlàntida* —explicó Gombrowicz—. Lo sostiene una columna en cuya cúspide hay un naranjo de antimonio, el metal de los alquimistas y alusivo también a las Hespérides. La forma del dragón corresponde a la posición de las estrellas de la constelación de la Serpiente, en la que fue convertido Ladón como castigo por el robo de las naranjas.

Mientras Crespo y Rebeca asimilaban aquella información, Milo murmuró:

—Apuesto a que es el lugar elegido por el Verdugo para quemar a su próxima víctima.

—Inspector, no se ha producido ningún nuevo secuestro —rebatió el sargento.

—Lo sé, pero ese tipo es muy minucioso. Y por lo que parece, está reproduciendo uno por uno todos los puntos que forman las dichosas líneas de Gaudí.

—No todos —dijo Rebeca—, falta otro.

Se volvieron hacia ella. Señaló el mapa con el índice.

—Falta la Sagrada Familia, en concreto el ábside.

—El templo que el Papa visitará el próximo domingo —dijo Crespo.

Milo sacudió la cabeza.

—Sí, pero estará acorazada por cientos de efectivos de todos los cuerpos policiales.

Los tres enmudecieron sin saber qué decir.

—Hablando de templos expiatorios, ¿sabían que hay dos en Barcelona? —informó el bibliotecario—. Además de la Sagrada Familia, tenemos el Tibidabo. Se lo digo porque volvemos a encontrarnos con singularidades geométricas. Verán —se dobló de nuevo sobre el mapa—, si trazamos la línea que une ambos templos, esta pasa prácticamente por el punto más alto del parque Güell, el promontorio de las Tres Cruces, donde apareció el cuerpo de Félix Torrens. Y esto no es todo, si trazamos otra que una el Tibidabo con la Casa Xifré, lugar aledaño de donde se descubrió a la víctima de 2009, la línea transcurre justo sobre La Pedrera, edificio que el asesino utilizó para colgar en llamas a Eduard Pinto.

Milo soltó un resoplido de impaciencia.

—Comienzan a marearme tantas coincidencias.

—Pues todavía no le he explicado las peculiaridades que entraña el promontorio de las Tres Cruces —apuntó Gombrowicz—, así como tampoco la profusión de símbolos masónicos y herméticos que utilizó Gaudí en la mayoría de sus obras.

—Hábleme de ese promontorio —dijo Milo—. Pero en resumen, si no le importa.

—Es un lugar francamente misterioso. De entrada, una de las cruces no es tal cosa sino una señal que indica la dirección arriba-abajo; otra está orientada norte-sur, y la tercera hacia este-oeste. Es decir, son tres elementos que señalan las seis direcciones. Y de hecho, ninguna de ellas debería ser considerada una cruz puesto que en realidad son taus culminadas por la forma menos católica de todas: un cubo en punta, que es el símbolo masónico del grado de maestro, y que también se encuentra en...

—Todo esto está muy bien —interrumpió Milo—, pero dejémoslo para otra ocasión. Lo que me gustaría saber es qué significan todas estas líneas que ha trazado en el mapa. Yo no creo en las coincidencias y no acabo de entender cuál pudo ser la intención de Gaudí, si es que tuvo alguna, al disponer sus obras de una manera tan... tan matemática.

—¿Quiere saber lo que opino acerca de ellas? —dijo el bibliotecario. Milo asintió—. Pues bien, son líneas que muchos expertos han estudiado a fondo sin llegar a ninguna conclusión. Resultan llamativas, enigmáticas, un buen reclamo para especialistas, pseudoestudiosos y divulgadores... pero que, hasta que no se demuestre lo contrario, no significan nada. En mi opinión, fueron una travesura de Gaudí, un simple desafío a su genial intelecto, tal vez arrastrado por su gusto por la exactitud.

—¿Y todo se reduce a eso, a un mero juego geométrico?

—Es lo que opino, sí. Otra cosa es que los dos asesinos, llevados por una fijación más que evidente con la figura de Gaudí, hayan querido aprovechar el misterio para incorporar confusión al asunto.

—¿Confusión?

—Ahondar en lo inexplicable, aumentar las teorías más peregrinas, incidir en el simbolismo hermético. Lo que estoy diciendo es que sus motivos son subrayar la obsesión hacia el genio, pero que no tienen un significado concreto. Un masón no lo haría, y alguien contrario a las sociedades masónicas tampoco; ¿para qué tendrían que hacerlo? No, aquí subyace un trauma, una grave avería en la psique, que se traduce en una mente torturada.

El sargento Crespo se aclaró la garganta.

—Lo que, de forma escabrosa, los hace sentirse unidos a Gaudí, aunque remotamente.

—Explícate.

—Según los expertos, su vida sigue siendo un misterio. Hay muchos puntos que no logran aclarar. Por ejemplo, no se ponen de acuerdo en su lugar de nacimiento; unos citan Riudoms y otros Reus. Y luego está el cambio drástico que dio a su vida, un giro de ciento ochenta grados. Cuando llegó a Barcelona para estudiar arquitectura, las crónicas hablan de que era un joven orgulloso y esnob, que se hacía acompañar en calesa a las obras, y que no se bajaba de ella ni para consultar los planos. En esa época entabló relaciones con conocidos miembros de la francmasonería y se mostraba indiferente al culto religioso. Y de pronto, de ser un joven dandi con gustos de gourmet, un habitual del teatro y la ópera, experimentó una radical transformación y se convirtió en todo lo contrario, en un místico de misa diaria, refugiado por completo en su trabajo, practicante del ayuno y la más severa frugalidad, que vestía trajes viejos y gastados, y descuidaba su aspecto hasta el punto de que a veces lo confundían con un mendigo, como ocurrió en el momento del atropello del tranvía que le provocó la muerte.

Gombrowicz afirmó lentamente con la cabeza.

—El porqué de este giro tan notorio continúa siendo un enigma.

—Dicha transformación guarda cierto paralelismo con la que padecieron nuestros asesinos —agregó Crespo—. A esto me refería. Sus vidas también sufrieron un cambio radical, y puede que este aspecto, en un plano mental perturbado, los haga *hermanarse* con su figura. Sé que suena rebuscado y algo pillado por los pelos, pero explicaría las razones de su fijación con el arquitecto.

Milo se dirigió a Rebeca.

—Cuando me hablaste del perfil de los dos asesinos, dijiste que uno, el del Listado, parecía estar inmerso en un proceso de transformación.

—Sí, y el otro, el Verdugo, en uno de purificación —dijo Rebeca—. Ambos coincidirían con lo señalado por Toni.

Milo se llevó las manos al rostro. Estiró la piel de las mejillas en un intento por despejar la mente. Luego, se reclinó en la butaca y parpadeó mirando el techo.

—El que me interesa es el Verdugo. Hemos deducido que es él quien dirige al Asesino del Listado, ¿no es eso? Pues centrémonos en sus pasos.

Rebeca y Crespo cruzaron una mirada mientras Gombrowicz se servía más té aguado.

—Un momento —dijo Milo. Se incorporó de golpe, se inclinó sobre el mapa y lo observó con fijeza. Al cabo de unos instantes, cogió un lápiz y trazó un aspa en el Palau Güell—. La flecha lo señala. No lo ha utilizado para exponer y quemar a sus víctimas, pero sí nos lo ha remarcado con alguna intención. Ahora, si añadimos los lugares que sí ha utilizado, el parque Güell, La Pedrera —trazó dos aspas sobre ellos—, y agregamos los dos que nos faltan, la verja de Pedralbes y la Sagrada Familia —repitió la operación—, ¿qué tenemos?

—¿Cinco aspas? —dijo Gombrowicz con una sonrisa.

—En efecto. Ya solo nos falta unirlas. —Se dirigió a Crespo—. Gaudí sentía predilección por las líneas curvas, ¿no es verdad? Da igual, las rectas también nos valdrán. —Plantó el lápiz en el aspa más alta a la derecha y lo hizo resbalar hacia el de la izquierda; a continuación, descendió hasta el aspa más baja y, de ahí, fue en busca de los dos siguientes para terminar en el último, casi en el centro del mapa. Observó el resultado—. El dibujo no es lo mío, pero con un poco de imaginación se distingue perfectamente la letra que ha salido, ¿no os parece?

Gombrowicz y Crespo enmudecieron.

—¡Es una G! —exclamó Rebeca.

—Exacto, el Verdugo está firmando la ciudad.

Salieron a la calle todavía abrumados por la información obtenida. Frente a la puerta estaba la moto del sargento; sin embargo, meditabundos, cada uno rumiando para sus adentros, descendieron por el paseo Sant Joan sin despegar la vista del suelo. Rebeca llevaba bajo el brazo el mapa con las líneas que les había entregado Gombrowicz.

Milo se detuvo. Se giró hacia Crespo.

—¿Vuelves a la Central o ya das la jornada por acabada?

—Debería volver. Pero no me apetece nada.

—¿Y tú? —se dirigió a Rebeca.

—Lo mismo. ¿No vienes con nosotros?

—Ya he tenido bastante comisaría por hoy.

El sargento carraspeó.

—¿Puedo preguntarte algo, inspector? —Milo asintió—. ¿Qué pretendías con tu conversación de antes con Bachs?

Un camión de bomberos pasó atronando con la sirena y Milo aguardó a que se apagara la molesta estridencia.

—Sacudir el árbol —dijo—. Para ver qué pájaro levanta el vuelo.

—¿Qué conversación? —se interesó Rebeca.

—Es un juego que puede resultar peligroso —declaró Crespo—. ¿Eres consciente?

—La idea es que alguien se ponga nervioso y cometa un error.

Rebeca se interpuso entre ambos con los brazos en jarra y les preguntó de qué estaban hablando. El sargento Crespo se lo explicó brevemente.

—Tú estás majara, inspector —soltó ella.

—En absoluto. Estoy convencido de que Torrens

tenía sometida a mucha gente en puestos clave de la ciudad. Hacienda, por ejemplo. Me juego lo que queráis a que la denuncia anónima que destapó todo el asunto no era la primera, a que hubo más y que fueron paralizadas por una mano invisible. La diferencia es que la última llegó al despacho del fiscal anticorrupción y este no estaba en su agenda, eso es todo.

—¿Y crees que ocurría otro tanto en la Central?

—¿Por qué tenía que ser diferente? También es un puesto clave. —Se volvió hacia Crespo—. ¿Cómo era aquella máxima de las sociedades masónicas?

—«Lo que tú haces, te hace» —dijo, con rapidez.

—Eso es. Si te sometes, te vuelves sumiso. Si aceptas presiones, te corrompes.

—Y si actúas como un corrupto, te conviertes en un nombre en una agenda.

—Es una cadena. ¿No os sorprende la celeridad con la que el juez Nadal se ha presentado en la comisaría para hacerse con las películas?

—Y ha venido acompañado por la plana mayor, Bastos y Singla —informó Crespo.

Milo chasqueó la lengua.

—No han tardado ni veinticuatro horas.

—¿Quiénes? —preguntó Rebeca.

—No lo sé —reconoció—, pero algo se está moviendo. Los cargos que salen en las cintas temen que salgan a la luz, sus carreras serían destruidas además de acabar en chirona. Con Torrens desaparecido, se mantenía una calma tensa. Pero ahora, las cosas han cambiado y los poderes han movido pieza para protegerse y tapar el asunto. «Son de los nuestros», y no podemos permitir que la ciudadanía lo sepa todo. Así es como funcionan las cosas, y así debe continuar siendo.

—¿Sospechas de alguien? —quiso saber Rebeca.

—Tengo una ligera idea.

—Para que luego digan del secretismo de las sociedades masónicas —se quejó el sargento.

—Toni, todo es lo mismo. —Pasó un brazo por sus hombros—. Os acompaño a buscar la moto.

Rehicieron el camino de vuelta en silencio. Al llegar al vehículo, Crespo extrajo dos cascos y le pasó uno a Rebeca.

—Inspector, antes de que se me olvide. Esta tarde he recibido un informe sobre la muerte de una anciana mientras asistía a misa. Te lo cuento porque con el tema del listado veo muertes extrañas por todas partes.

—¿Cuándo ocurrió?

—El pasado domingo.

—No fue 10 de junio —repuso Milo.

—Lo sé.

—Entonces, ¿qué le ves de particular?

El sargento se encogió de hombros. Incómodo, jugueteó con la visera del casco.

—Georgina Perricot, viuda, cuatro hijas, ochenta y dos años. Vivía sola en el paseo Turull. Según el informe, todo indica que falleció de un infarto.

—¿Se le practicó la autopsia?

—Ochenta y dos años, inspector.

—Insisto, ¿dónde ves lo extraño?

—El paseo Turull está justo debajo del parque Güell.

Milo alzó una ceja.

—Continúa.

—Sucedió durante una misa.

—Eso ya lo has dicho.

—En la iglesia de los jesuitas de la calle Casp —añadió Crespo.

—¿Y qué?

—La he buscado por internet y el arquitecto fue Joan Martorell...

—Maldita sea, Toni, desembucha de una vez.

—El delineante fue Gaudí, una de sus primeras colaboraciones.

Milo frunció los labios.

—A lo mejor solo es una coincidencia —murmuró el sargento. Se puso el casco.

—Tú y tus dichosas coincidencias —gruñó Milo—. ¿Jesuitas de Casp?

Crespo asintió mientras se montaba en la moto.

—No perdemos nada por echarle un vistazo. Subinspectora, ¿te apuntas?

—¿Yo, ir a una iglesia? —dijo. Ocupó su sitio.

—Se está muy fresco y podrás rezar a gusto. De paso, te presentaré a unos amigos.

—Olvida lo de rezar. —Se agarró a la cintura del sargento—. ¿A las nueve?

—Seré puntual. Y oye, no te olvides de guardar ese mapa en mi cajón.

Crespo arrancó. Plantado en la acera, Milo los observó bajar a la calzada y alejarse entre el tráfico.

23

Cruzó Pau Claris en rojo y corrió hasta llegar a la esquina. Allí se abría el portalón del colegio de los jesuitas y no pudo evitar la tentación de asomarse y dar una ojeada. Durante años estuvo franqueando a diario aquellas puertas para asistir a clase y le picó la curiosidad por ver si habían cambiado mucho las cosas. El vestíbulo permanecía igual, solo que ahora desierto por las vacaciones. La misma garita acristalada del conserje, las orlas colgadas en las paredes, la puerta de secretaría; y enfrente, las escaleras que ascendían a las aulas, la escultura del Sagrado Corazón de Jesús en el primer recodo que tanto le intimidó durante las primeras semanas. Sacudió la cabeza. La época del colegio. En realidad, no fue tan mala. Una vez se hubo acostumbrado al cambio, a compartir el enorme edificio con cientos de alumnos, todo fue relativamente bien. Salvo un detalle. Un pequeño detalle. Confiaba en que sí hubieran cambiado algunas cosas.

La iglesia estaba a media manzana en la calle Casp, y se apresuró para no hacer esperar a Mercader.

Nada más verla, supo que no valía la pena acelerar el paso.

—No digas nada y entremos.

Rebeca contuvo su malhumor y fue tras él.

El lugar era oscuro, un leve aroma a incienso se esparcía por los bancos. Caminaron por uno de los laterales, provocando algunas miradas de los pocos feligreses que a aquellas horas aguardaban la misa de diez. Entraron en la sacristía. Un hombre, vestido de gris, les daba la espalda mientras preparaba las ropas del sacerdote que iba a oficiar la liturgia.

Milo soltó un carraspeo y el hombre se volvió.

—Inspector Malart y mi compañera, la subinspectora Mercader. —Le mostraron las placas—. Queremos hablar con el cura que celebró la misa del domingo.

—¿Vienen por lo de la pobre señora Perricot? Una desgracia —dijo. Juntó las manos—. Morir así, sin tomar la comunión. Qué fatalidad, Dios mío.

—¿Estaba usted presente?

El hombre asintió.

—Ayudé al padre Gabriel, como siempre. Se quedó como un pajarillo, sentada en su banco de costumbre. —Elevó la vista al techo—. Que Dios la tenga en su Gloria. Era una de nuestras feligresas más fieles; nunca, que yo recuerde, faltó a misa de doce los domingos.

—¿Vio algo extraño? —dijo Rebeca—. ¿A alguien no habitual cerca de ella?

El sacristán puso cara de desconcierto.

—No... no sé a qué se refieren. Los de la ambulancia dijeron que fue el corazón, un ataque súbito. No pudieron hacer nada por la pobre señora. Ya saben, a esa edad ocurren estas cosas. Es muy triste, pero créanme, por la expresión de su rostro, se marchó en paz.

—Se santiguó de forma veloz—. Ahora nos contempla desde el Cielo, sentada a la diestra del Señor.

—En primera fila, sí —dijo Milo—. Entonces, ¿no vio nada que le llamara la atención? ¿Un desconocido sentado en su proximidad? ¿Tal vez un hombre rubio, con el pelo muy corto?

El estupor aumentó en las facciones del sacristán.

—Ocupaba los bancos de la cruceta —dijo—. Los domingos suelen asistir muchos fieles con sus familias. Yo no... Estaba lejos, en el banco cerca de la puerta. Decía que le gustaba sentarse allí porque de esa forma estaba más tranquila, sin gente alrededor. Y la verdad, yo ya no me fijo en quién asiste. Es cierto que también vienen algunas personas no habituales, incluso turistas, pero no les sabría decir...

—¿Qué es lo que no sabrías decirles, hermano Josep?

—Padre Gabriel, son policías, vienen por lo del fallecimiento. Son los inspectores Malart y Mercader.

—Subinspectora —corrigió Rebeca. Se volvió hacia el hombre de pelo blanco y mejillas hundidas. Vestido con camisa y pantalones negros, el alzacuello era la única nota de color en su indumentaria—. Es una investigación de rutina, solo queremos saber si durante la liturgia del domingo observó algo extraño en torno a la finada, algún detalle inusual que...

—¿Malart? —interrumpió el cura—. ¿Camilo Malart?

—Milo, si no te importa —dijo.

El padre Gabriel lo repasó de arriba abajo.

—Siempre es un placer reencontrarme con un antiguo alumno —dijo.

—Yo no utilizaría esa palabra entre estas paredes,

Gabriel. Suena inadecuado, ¿no te parece? Y más, en labios de un profesor de Lengua.

—Exprofesor, señor Malart. He dejado la enseñanza.

—Exseñor, Gabriel, ya no voy al colegio. Ahora soy inspector.

—Padre Gabriel, si eres tan amable. Recuerdo que no sacabas muy buenas notas en mi asignatura, tus redacciones estaban plagadas de errores de ortografía.

—Tienes buena memoria.

—Nunca olvido una cara —aseguró el sacerdote—. Veo que la vida te ha tratado bien. Inspector, nada menos.

—¿Qué puedes decirnos de lo sucedido el domingo?

El cura se giró hacia el sacristán y este le tendió un lienzo rectangular de lino blanco.

—Nada de particular, oficié la misa como siempre. —Introdujo la cabeza y se colocó el amito sobre los hombros—. Me extrañó que la señora Perricot no se acercara a recibir la comunión, pero no le di importancia. —El sacristán lo ayudó a cruzar las cintas por la espalda y luego se lo ató él mismo por delante—. Fueron los feligreses quienes la descubrieron inconsciente. —El hermano Josep le entregó el alba, larga hasta los pies, y el sacerdote se puso la blanca camisola bordada—. Acudí al oír el revuelo y alguien llamó a la ambulancia. Pero fue en vano. Solo pude rezar una oración por su alma. —La ajustó con el cíngulo a la cintura y le llegó el turno a la estola—. No tenía pulso, la pobrecilla. Y no, no vi nada de particular, a nadie hacer nada que no fuera lo normal en estos casos. —Se vistió la casulla verde sobre la larga y estrecha banda del mismo color—. Abanicarla, pasarle un pañuelo húmedo por la frente, limpiarle la muñeca...

—¿Limpiarle la muñeca?

—Una gota de sangre que alguien debió de hacerle con la pulsera, a lo mejor fui yo mismo con las prisas por tomarle el pulso. Sus hijas están desconsoladas, como es lógico. Fue una tragedia. Pero cuando el Señor nos llama a su vera, ¿qué mejor sitio que una iglesia? —Adoptó una expresión grave—. Me consta que Georgina Perricot vivió una vida de fe y plenitud con Dios. Que descanse en paz. Y ahora, si me disculpas, mis feligreses me están esperando.

El sacerdote inició la salida, pero Milo se interpuso.

—Antes de tomarle el pulso, ¿estás seguro de que no sangraba? Piensa en ello, Gabriel, es importante.

—¿Y cómo quieres que lo sepa? Con el tumulto no tuve tiempo de fijarme. Fue un infarto, ocurre todos los días, y más a personas de la tercera edad. No quieras ver cosas donde no las hay. —Puso una mano en su hombro—. Siempre fuiste un diletante, Malart. Te recuerdo discutir por todo, lo que te gustaba buscarle tres pies al gato.

—Vosotros me enseñasteis a pensar por mí mismo. ¿Cómo era lo que decíais? —Engoló la voz—. «Pretendemos educar a los jóvenes de manera que no acaben de encajar en el sistema para que de este modo logren cambiarlo.» Loable objetivo, pero incómodo para los alumnos. Vamos de cabeza, todo el día chocando contra todas partes.

El padre Gabriel sonrió de oreja a oreja.

—Deberías venir a las reuniones de antiguos alumnos. Disfrutaríamos contigo.

—¿También acude Federico Pires a esas reuniones?

La sonrisa se borró en el acto de su rostro.

—El padre Pires está en nuestra misión de Honduras.

—Bien lejos de nuestro alcance. No deberíais protegerlo.

—Realiza una gran labor con los niños desfavorecidos —dijo, la voz ronca.

—¿Con los niños? —Un arrebato de ira se apoderó de Milo—. Es un depredador, lo sabéis, y tendría que estar entre rejas. No tenéis perdón.

—¡Jesús, María y José! —exclamó el sacristán—. Hijo, no pierdas la fe.

—No soy su hijo —soltó. Se encaró con el padre Gabriel—. ¿Recuerdas a Carlos Guevara? Fue uno de mis compañeros de clase.

—No, no me acuerdo de él —repuso, bajando la voz dos octavas.

—Acabas de afirmar que nunca olvidas una cara —dijo Milo, con desdén—. Te lo juro, Gabriel, no os entiendo. Al encubrirlo estáis provocando que continúe con sus bajezas. Sería más sencillo decir la verdad y pedir perdón. Sobre todo a sus víctimas, como mi amigo Guevara. Después de lo de Montserrat desapareció del colegio.

—¡Cómo se atreve a hablarnos así, insensato! —clamó el hermano Josep.

—No te sulfures, hermano. Malart debe de tener problemas con la bebida o las drogas.

—No, nada de eso. Yo solo leo libros de autoayuda.

—Entiendo.

—No entiendes nada, como me temía. Si un día ves a Pires, dale recuerdos de mi parte. Dile que yo no olvido, al igual que Guevara, y que rezo para tropezarme con él por la calle. —Sonó el móvil y Milo lo extrajo. Era un número desconocido—. ¿Crees que Pires tendrá el mismo valor con un adulto que con un niño de doce años?

El color rojo se acentuó en las mejillas del sacerdote. El móvil siguió sonando.

—Siempre fuiste un insolente.

—Saber lo que pasaba y mirar hacia otro lado es la peor cobardía.

Pulsó el botón de responder con cierta aprensión. Enseguida reconoció la voz al otro lado. Era Alba Conte, la secretaria de Susana. Estaba muy nerviosa.

—¡Esta es la casa del Señor! —aulló el sacerdote.

Tapó el micrófono con la mano.

—Pues a ver si lo demostráis de una vez. Necesita una buena limpieza.

Sin prestar atención a los exabruptos del padre Gabriel, se llevó una mano a la oreja libre y salió de la sacristía. Rebeca fue tras él.

La voz de Alba Conte rozaba el histerismo.

—Inspector Malart, la jueza Cabot tenía una reunión a las nueve en su despacho y aún no se ha presentado. Son las diez, no es nada habitual en ella. Me hubiera avisado. Y no me contesta al móvil ni en su casa. Le ha sucedido algo, lo sé. Le llamo porque ella no se cansaba de repetirme que si le ocurría cualquier cosa usted fuera el primero en enterarse. ¿Qué hago? ¿Qué hacemos?

Milo palideció de golpe.

—¿Qué pasa? —quiso saber Rebeca, alarmada.

—Señora Conte, no se preocupe. Yo me encargo. Procure calmarse y esté atenta al teléfono.

Al colgar, se dio cuenta de que estaba en el altar.

Los feligreses lo contemplaban perplejos mientras el padre Gabriel le señalaba indignado la salida.

—Por el amor de Dios —clamó.

Milo atravesó la iglesia a toda velocidad con Rebeca pegada a sus talones.

—Puede que Susana haya sido secuestrada —dijo, una vez en la calle. Buscó un número en la agenda—. Iremos al paseo Turull otro día. —Estableció la comunicación—. ¡Toni, pásame con Sonseca, de Personas Desaparecidas! ¡Ahora!

El dispositivo de investigación pronto dictaminó que, en efecto, la jueza había sido secuestrada. Su coche, un Mercedes clase M, fue descubierto en la calle General Batet, en las proximidades del hotel Juan Carlos I, abandonado y cerrado. Su bolso estaba en el asiento del copiloto y en el maletero encontraron una bolsa con ropa deportiva y un carnet del Club Laietà. El Departamento de Personas Desaparecidas, tras regresar de ambos escenarios, estableció a media tarde la secuencia de los hechos en el despacho del inspector jefe Mateo Sonseca.

—El método es muy similar al de los casos de Pinto y Torrens, solo que esta vez no abordó a su víctima al salir del trabajo, sino cuando la jueza abandonaba las instalaciones del club deportivo al que acudía los martes y jueves para realizar su clase de pilates.

—Maldita obsesión por la línea —dijo Milo, entre dientes. Se había convertido en la sombra de Sonseca durante todo el día y su rostro empezaba a reflejar las huellas del cansancio—. Típico de ella.

—Salió de la Ciudad de la Justicia alrededor de las ocho de la noche y se dirigió al club. Hora y media después, los testigos afirman que se montó en su coche y salió del recinto. Una compañera de clase se despidió de ella cuando cruzaba la barrera levadiza del aparcamiento. Fue la última en verla.

—Suponemos que el secuestrador ya iba en el asiento trasero —dijo el inspector Cruz.

—Debió de introducirse en el parking del club. Está al aire libre, y no tan vigilado como el de la Ciudad de la Justicia. Es fácil colarse en las instalaciones, como un socio más. El... el secuestrador...

—Puedes llamarlo Verdugo —cortó Milo—. Es él.

Rebeca asintió con un cabeceo y Sonseca prosiguió:

—Abrió el vehículo sin dificultad con el reproductor de frecuencias, se ocultó en la parte trasera y aguardó el momento oportuno para neutralizarla.

—Eligió de nuevo una calle solitaria y poco frecuentada, sin cámaras.

—La animación comienza más tarde, cuando las prostitutas y los travestis se instalan allí. Pero entre las nueve y media y las diez apenas circula gente. Por el momento no hemos encontrado a ningún testigo ocular del secuestro.

—La Científica ha hallado huellas, fibras y cabellos. Los están analizando. A lo mejor tenemos suerte y...

—El Verdugo no comete estos errores —dijo Milo.

—Siguiendo su *modus operandi*, imaginamos que la neutralizó con algún tipo de sustancia anestésica y luego la trasladó inconsciente a su vehículo.

—La furgoneta blanca —señaló Rebeca.

—No lo sabemos, ninguna cámara la ha recogido.

—Todo en un abrir y cerrar de ojos —dijo Milo—. Susana no tuvo tiempo de darse cuenta de lo que sucedía. Si no, se hubiera resistido, la conozco.

—Este tipo es un jodido fantasma. Lleva a cabo el secuestro y desaparece del lugar sin apresurarse, para no llamar la atención.

—La debió de seguir las últimas semanas, para conocer al dedillo sus rutinas.

—Y preparó la acción con meticulosidad.

Rebeca carraspeó ligeramente.

—Sé que es una tontería, pero ¿se ha recibido alguna petición de rescate?

El inspector jefe Sonseca hizo un gesto negativo.

—La pregunta es: ¿por qué el Verdugo ha secuestrado a Susana Cabot?

—Porque es la jueza que lleva el caso —dijo Cruz.

Milo se mantuvo callado. Se preguntó si el inspector estaba en lo cierto.

—Malart, siento todo esto —dijo Sonseca—. Sé que os unía una buena amistad y...

—Nos une, en presente. —Fue hacia la puerta—. El Verdugo se ha equivocado. Ha tocado a uno de los míos y el partido no ha acabado. ¿Me mantendrás al corriente?

—Dalo por hecho.

Se dirigió a las escaleras. Se sentó en un tramo. Permaneció con los ojos clavados en el suelo. Luego, respiró hondo y llamó a Alba Conte. La voz de la secretaria sonó apelmazada. A lo largo del día la había informado puntualmente, pero horas antes habían tenido que administrarle una fuerte sedación y mandado a casa.

—Inspector Malart, ella confía ciegamente en usted —dijo. Articuló muy despacio las palabras—. No nos defraudará, ¿verdad? Esto... yo...

—Le doy mi palabra.

Mientras colgaba, oyó que se abría la puerta de las

escaleras. Momentos después, Rebeca se sentó a su lado.

—¿Cómo estás?

—Susana no será la nueva Esther Garcilaso.

—Tenemos cinco días para atrapar al Verdugo...

—Antes de que la cuelgue en un maldito sitio de Gaudí y la queme viva.

Rebeca contuvo la respiración.

—La verja de los pabellones de Pedralbes —dijo.

—O la Sagrada Familia.

Asintió.

—Cinco días, inspector. El próximo domingo. El día de la ceremonia de consagración.

—Sé contar. La cuenta atrás empezó anoche.

—¿Qué me escondes, cabrón? —preguntó—. ¿Qué es lo que no hay aquí?

Estaba en la sala de visionado. El reloj marcaba las cuatro y diez de la madrugada y ya había repasado varias veces la filmación de la agonía de Pinto sin hallar lo que buscaba. Intuía que algo se le escapaba, pero por más que se devanaba los sesos no lograba desentrañar qué era. Molesto consigo mismo, agarró la taza vacía y se levantó. La llenó de nuevo en la sala de descanso y aprovechó para estirar las piernas por la oficina casi desierta. Se detuvo ante una ventana y contempló la calle.

La soledad. El silencio. La negrura.

Unas imágenes restallaron en su cabeza. El rostro de Pinto desgarrado por los aullidos de dolor. El cuerpo de Torrens devorado por las llamas. El primero, colgado en un balcón; el segundo, crucificado en un calvario. Los dos, consumiéndose en la pira humana. Un escarmiento. Castigados. *El espíritu ha muerto.* Una mano retorciendo el cuello de una paloma. *Barcelona lo estropeó todo.* Susana encerrada en una celda nauseabunda. Sin agua. Aguardando su hora. El fuego.

Dio media vuelta y regresó a la sala de visionado.

Volvió a repasar la grabación de las cámaras de vigilancia. El vehículo de Parques y Jardines llega a las 5.40 horas. Se detiene bajo la balconada del lateral. La figura vestida de negro carga el cuerpo de la víctima en la plataforma elevadora. Lo cuelga en la barandilla del primer piso, lo riega con gasolina. Pinto abre los ojos, la boca. Son las 5.42 y la figura se pone de espaldas a las cámaras, se entretiene con él unos segundos. Desciende hasta el suelo. El contador de tiempo marca las 5.43. Aparta el vehículo y prende a la víctima. Grandes lenguas de fuego la envuelven en el acto. La figura se marcha y abandona el vehículo en la calle de arriba. Cruza el paseo de Gràcia a la carrera y desaparece del ángulo de la cámara. El reloj señala las 5.44. Pinto patalea en el aire. A las 5.47 sus movimientos son más pausados. El fuego se mantiene constante. La víctima deja de moverse a las 5.49. Un fuego fatuo oscila en su cabeza ennegrecida. Los bomberos llegan a las 6.02. Un minuto después se acaba la filmación.

—Me la sé de memoria —farfulló en la sala vacía.

Sustituyó la película por la que había grabado el asesino y dio al PLAY. Un primer plano de la víctima, su terror sin límites cuando comprendió que iba a ser devorado por el fuego. La cámara era digital, de alta definición. Tenía desactivado el sonido y la función del contador de tiempo.

—Las 5.42 —dijo. Recordaba el dato a la perfección.

Observó sus facciones al escuchar las palabras del asesino, el espanto en sus ojos. En el siguiente plano, tomado ya desde la esquina de enfrente, su cuerpo aparecía envuelto en llamas. Calculó las 5.45, un minuto después de salir del vehículo y cruzar a la carrera el paseo. El zoom aproximaba su rostro en un cruel primer plano. Sus mejillas comenzando a derretirse por el fuego lacerante. Dos minutos después, el objetivo se alejaba para encuadrar un plano medio. Las convulsiones cada vez más pausadas. Y tras dos nuevos minutos, un largo plano general mostrando el cuerpo inmóvil colgado en el fastuoso cadalso de Gaudí, la cimbreante fachada de...

—Espera —murmuró.

La hizo retroceder hasta el segundo plano corto. Acercó la cara a la pantalla. Contempló los detalles con detenimiento. Parpadeó, atónito, y se echó para atrás.

Sacó el móvil y llamó a Rebeca. Tamborileó impaciente escuchando la señal.

—¿Sí? —dijo ella, la voz adormilada.

—Tengo la prueba. Son dos. Y sé cómo lo hicieron.

Mercader llegó a la Central con el rostro abotargado por el sueño. Entró en la sala con un café en la mano.

—¿Es que tú nunca duermes? —preguntó.

—Ya lo haces tú por los dos. —Palmeó el asiento de una silla—. Siéntate y observa.

Activó la filmación del asesino y señaló el monitor.

—¿Qué ves?

—Unas imágenes horribles de la muerte de un hombre envuelto en...

—¿Y qué es lo que no ves? —atajó. Sacudió el índice de forma perentoria.

Mientras ella escrutaba la pantalla, Milo contempló su rostro, los ojos grises reflejando el fulgor de las llamas. Instantes después, la vio arquear las cejas.

—Es obvio, no hay contador de tiempo —dijo.

—Premio. Ahora dime, ¿por qué el asesino desactivó esa función de la cámara? No le importa que lo veamos de cuerpo entero, pero sí el reloj. ¿Por qué?

—Imagino que quería ocultarnos los minutos transcurridos, no se me ocurre otra explicación. Lo que se me escapa es el motivo.

—Ahora vamos a eso, pero antes... —Maniobró con los mandos hasta detenerla en el segundo plano corto del rostro de Pinto—. ¿Qué es lo que no ves aquí?

Rebeca hizo una mueca al observar su boca desencajada por los gritos mudos, la piel de sus mejillas empezando a deshacerse como mantequilla. Entornó los ojos.

—¿Compasión, clemencia?

Milo hizo un gesto de fastidio.

—No, no hablo de lo intangible. Me refiero a lo tangible. ¿Qué falta en este plano?

Rebeca frunció los labios. Negó con la cabeza.

—Dímelo tú.

—Consunción, los estragos del fuego. —Señaló la imagen—. El asesino lo prende a las 5.43, sale a la carrera a las 5.44, se sitúa en la esquina opuesta y retoma la filmación más o menos a las 5.45. Pinto lleva unos dos minutos ardiendo... ¿y la piel de su cara empieza justo ahora a derretirse?

—Está poco quemado —dijo ella.

—Exacto. ¿Y qué significa esto? Que hay otra cámara, y la maneja el segundo asesino. Aguarda a que su compañero se vaya con el vehículo, espera... pero se precipita, quizás un minuto, y comienza a filmar antes de tiempo. Por eso el rostro de Pinto no presenta más destrozos, el fuego acaba de iniciarse. Simplemente, se adelantó.

—Dos cámaras, dos asesinos —musitó Rebeca—. Hay un salto en el tiempo de filmación, editaron la película.

—Y para evitar que lo descubriéramos, suprimieron la función del contador.

—¡Esta es la prueba que confirma que son dos, ya no es solo una conjetura nuestra!

—Es lo que pienso, sí. —Esbozó media sonrisa al ver su entusiasmo—. Y en mi opinión, el de la segunda cámara es el Verdugo. Es él quien firma con la G, y el que filma las escenas más plásticas. Es quien tiene la tendencia creativa, el artista. El otro es la fuerza bruta, el ejecutor.

—El Asesino del Listado —concluyó Rebeca.

Milo hizo un gesto afirmativo.

—Repasemos la secuencia de los hechos. Ambos llegan a La Pedrera con el vehículo de Parques y Jardines, llevan a Pinto en el suelo de la parte delantera.

—Como un bulto a sus pies —dijo ella, nerviosa—. El vehículo se detiene poco antes del ángulo de las cámaras y el Verdugo se apea.

—Se sitúa en la esquina de enfrente, a cara descubierta, como un peatón más —siguió Milo—. Entretanto, el del Listado hace lo que ya sabemos. Con eficacia y rapidez. Igual que un autómata.

—El Verdugo aguarda, impaciente. ¿Firma entonces la G en la acera?

—No, después, al terminar. No quería perderse el espectáculo. Necesitaba saborear su venganza.

—Y presa de la excitación, se precipita al grabar el sufrimiento de su víctima.

—Sí, el del Listado abandona el vehículo en la calle de arriba y sale a todo meter, cruza el paseo de Gràcia y se aleja corriendo. Pero no baja hasta la esquina, sino que sigue recto, llega a la Rambla Catalunya y, evitando las cámaras, va a buscar la furgoneta blanca a Consell de Cent, donde la había aparcado.

—Y a continuación regresa para recoger al Verdugo —apuntó Rebeca—, quien seguía filmando la muerte de Pinto y la llegada de los bomberos.

—Es el momento que me contó el indigente. Sucedió tal y como él dijo. Lo que explica por qué pudo verle la cara. El Verdugo no llevaba casco, solo el del Listado.

—Para poder filmar sin dificultades. Entonces llega la furgoneta, lo recoge. Y se van juntos.

Milo asintió. Pensativo, dijo:

—Gracias al viejo mendigo sabemos la descripción del Verdugo. Rubio, con el pelo rapado, un tipo guapo.

—Y según el dueño de la tienda de electrónica, con ojos azules y voz desagradable.

—Un hombre de treinta y ocho años y aspecto nórdico... que ahora tiene en su poder a Susana.

Rebeca puso una mano en su hombro. Luego, se levantó para apagar el monitor.

—No, no lo apagues. Aún no hemos terminado. Falta otro detalle.

Abrió los ojos poco a poco. Un intenso dolor en las sienes la hizo cerrarlos. Respiró con dificultad. Quieta, procuró librarse de la opresión que sentía en el pecho. Una vez que hubo acompasado el ritmo de sus pulmones, intentó poner en orden las ideas. La clase de pilates, las bromas en las duchas, la despedida en la cafetería. En el coche, dejó su bolsa en el maletero, se sentó al volante. Arrancó y salió del club.

El pinchazo en el cuello.

Al recordarlo, quiso llevarse una mano a la zona, pero el brazo le respondió a cámara lenta, como si no fuera suyo. Lo obligó hasta lograr que la obedeciera con exasperante lentitud. No sintió nada, el dolor había desaparecido. Esto, o su sistema nervioso aún estaba anestesiado. Rememoró el momento. La inyección y, después, la oscuridad. Hasta ahora.

El método del Verdugo.

La había cazado como a Eduard Pinto y Félix Torrens. De súbito, dos sentimientos la inundaron: el primero, de vergüenza; el segundo, de terror. Luchó contra ambos. Era una jueza, pero no podía haber previsto que el psicópata se volviera contra ella. Y respecto al otro, se dijo que nunca en su vida se había rendido sin presentar batalla.

—Esta no va a ser la primera vez —dijo, la boca pastosa.

Entonces aparecieron en su cerebro las imágenes de los vídeos y volvió a notar cómo se le aceleraba el corazón. Con el estómago encogido, su seguridad empezó a tambalearse. La sed, el fuego. Una mala muerte, lenta. El dolor. No lo soportaría, se vendría abajo. Iba a morir de la peor forma posible. Y no quería, no quería. Todavía no, por Dios. Unas lágrimas se le escaparon y esto la puso furiosa. Se ordenó apartar aquellos pensamientos de su mente. Como un mantra, se repitió que ella era fuerte, una roca. «Eres de acero, una mujer de acero.»

A continuación, repasó las armas que tenía en su poder. El dominio del sentido común sobre el corazón. Una fortaleza inquebrantable. La cabeza, su único talento natural. Nunca la perdía, ni siquiera en las situaciones más difíciles. Además, ella era una mujer y ese miserable un hombre. La inteligencia. No, no le iba a dar la satisfacción de verla acobardada. Y por nada del mundo pensaba suplicarle. Tras superar el ataque de pánico, resolvió mantenerse firme y no desfallecer. Y que pasara lo que tuviera que pasar. Ya cruzaría cada puente en su momento.

Vio las sombras alargadas que se reflejaban en el techo. Rodó sobre sí misma y, con un supremo esfuerzo, se puso en pie apoyándose en la pared. A pocos metros, se alzaban los barrotes. Y detrás, un foco de luz cegadora. Pestañeó mientras con la mano se protegía de aquel resplandor tan hiriente.

—¿Hay alguien ahí? —preguntó.

Silencio.

Notó las cuerdas vocales resecas. Pese a ello, tomó aire y dijo:

—No me das miedo.

Silencio.

Se insufló ánimos y avanzó hasta los barrotes.

—Voy a resistir lo que sea necesario —declaró—. Cinco, siete, diez días. Soy como los camellos, mis reservas de agua son inagotables. ¿No has visto mis cartucheras?

Agarró los barrotes e introdujo la boca entre ellos.

—Hasta que me rescaten, hijo de puta.

—No te van a rescatar —dijo alguien, más allá del foco de luz.

Susana enmudeció, sorprendida. La voz había sonado suave, y ella se esperaba una más grave. Desconcertada, permaneció unos instantes callada hasta que cayó en la cuenta de que había logrado arrancarle unas palabras. Uno a cero. Era un buen comienzo.

—Ni te imaginas la de gente que te sigue la pista.

No recibió respuesta.

Sin amilanarse, continuó azuzándolo.

—Hay uno en concreto que lo conoce todo de ti. Y es el mejor. Nunca falla.

Silencio.

—Es capaz de bajar al infierno para atraparte. Y sabe leer tu mente, lo que piensas.

Silencio.

—¡No voy a suplicarte agua, capullo! —gritó.

—¿Sabes rezar, jueza Cabot?

Los barrotes impidieron que se cayera al suelo.

De uno en uno, sin soltarse, fue a la pared y se recostó en ella. Acto seguido, se dejó deslizar hasta quedar sentada. Extendió las piernas y trató de hacer como antes, acompasar la respiración. Había perdido los nervios. Un fallo imperdonable. Empate. Inspiró hondo. La espera iba a ser larga y no podía permitirse errores infantiles. Todo estaba en manos de Milo. Milo. El contradictorio y extraño Milo. Impredecible y descreído. Tan cambiante como las fases de la luna, vertiginoso como una montaña rusa. Su leal e ingobernable Milo. Con un suspiro, cruzó los dedos. Confiaba en que, en esta ocasión, no llegara tarde. Que por una vez en su vida fuera puntual.

Consciente de que era observada, volvió a cerrar los ojos. Intentó dejar la mente en blanco. No temer, no imaginar lo peor. Le resultó imposible.

Entonces acudió al plan B. Improvisó una oración.

—Buena chica —dijo la voz.

—¿Qué detalle?

Milo hizo retroceder la filmación y la detuvo en el primer plano corto.

—Observa. —Señaló la pantalla—. El asesino se pone de espaldas a las cámaras de vigilancia. Se inclina sobre Pinto y le susurra algo.

—No quiere que le leamos los labios y averigüemos qué le dice.

—Correcto. Fíjate ahora en el rostro de la víctima. Está aterrorizado, sí, pero por una fracción de segundo lo contrae en una expresión de horror aún más grande. ¿Qué te muestran sus ojos?

Rebeca contempló las imágenes mientras Milo las hacía pasar adelante y atrás.

—Reconocimiento —concluyó. Se volvió hacia Milo—. Lo acaba de reconocer.

Asintió.

—Le ha dicho su identidad. —Pulsó la pausa—. Quería cerciorarse de que supiera su nombre, si no ¿dónde está la satisfacción de su venganza? Por este motivo, le comunica quién es. Y lo hace en el último momento, después de tenerlo encerrado cinco días. ¿No te resulta raro?

—¿Por qué?

—¿En todo ese tiempo Pinto no lo reconoció, no ató cabos sobre quién era?

—A lo mejor permaneció siempre con la cara tapada.

—Igualmente, subinspectora. Observa su gesto. Es el de alguien que recuerda de pronto, que de súbito cae en la cuenta. Hasta ese instante ni se le había pasado por la imaginación quién podría ser su captor. En cambio, el asesino sí conocía a Pinto. ¿Y por qué? Porque le hizo algo en el pasado que no puede perdonar ni olvidar. Que no *quiere* perdonar ni olvidar. Y por eso, refresca su memoria. La única explicación que se me ocurre es que la víctima no era consciente, ni siquiera se acordaba. —Volvió a señalar la pantalla—. De ahí su mueca de horror. Acaba de saber que un hecho del que no se sentía especialmente responsable iba a ser el causante de su muerte.

—Un hecho que sucedió hace mucho tiempo.

—Sí, cuando los asesinos eran unos muchachos. En la década de los ochenta. —Apagó el monitor—. Para ser más exactos, pocos años antes de 1990.

Rebeca arrugó el ceño.

—¿Y cómo deduces esa fecha?

—Por su perfil psicológico, tú misma lo dijiste. Ese hecho no pudo ocurrir después de salir de La Ferradura, sino *antes*. Piensa. Cuando abandonaron la casa de acogida en 1990 eran invulnerables, ya nada podía hacerles daño. Llegaron a la ciudad transformados: uno, en asesino implacable; el otro, en un verdugo planificando su venganza. Y se volvieron invisibles. —Bajó la voz—. Fuera lo que fuese lo que sucedió, tuvo que ocurrir antes de caer en manos de Torrens, cuando aún tenían el perfil de víctimas. —Se encogió de hombros—. Hasta ahora creíamos que allí empezó todo. Estábamos equivocados.

—Pero nada parece vincular a Pinto con Torrens —replicó Rebeca.

Milo inclinó la cabeza y enlazó las manos sobre la nuca. Clavó la vista en el suelo.

Las piezas del rompecabezas seguían sin encajar. Todo parecía tener un significado, pero insuficiente para obtener una visión completa del cuadro. Intuía que se encontraba cerca, muy cerca, y al mismo tiempo también muy lejos. Frustrado, llegó a la conclusión de que necesitaba una perspectiva distinta, un nuevo enfoque.

—Nos estamos equivocando otra vez —murmuró.

Se echó a caminar de un extremo a otro de la sala. Tenía que pensar de forma diferente, menos lineal. Abandonar las líneas rectas y hacer lo que siempre le había funcionado: contemplar las piezas desde dentro, sentir como si él fuera una de ellas. Palpar la arquitectura, el diseño, la urdimbre de los asesinos. Partir de ellos y dirigirse hacia fuera. Realizar el camino inverso. Y cambiar el ángulo de la luz, ver el caso en su esencia, darle la vuelta. Solo así podría componer una nueva imagen.

Se detuvo en seco.

—Es al revés —dijo.

—¿Cómo dices? —preguntó Rebeca, perpleja.

—Buscamos una relación entre Pinto y Torrens y no la hallamos. ¿Y qué hacemos? Nos estrellamos una y otra vez como moscas contra el cristal. ¿Por qué? —Se dio la vuelta—. Porque miramos en la dirección errónea. Sencillamente, no hay relación directa entre ellos.

—No puede ser, tiene que haberla...

—Pero al cambiar el enfoque, el nexo se ve enseguida. Tan claro como el agua.

—¿Y cuál es?

—Los asesinos.

Rebeca lo observó aturdida, sin comprender.

—Ellos son su único vínculo, ¿no lo ves? —Se aproximó—. Ni Pinto ni Torrens, ni ahora Susana, guardan relación entre sí. Pero si le damos la vuelta, cada uno tuvo que conocerlos por separado hace veinte años. Lo acabamos de ver en la filmación. Pinto no tenía ni idea de quién era su captor hasta que este se lo dijo. Entonces lo reconoció. Y recuerda la grabación de Torrens, lo que leímos en sus labios: «Tú no eres, tú eres...». Ese fue el momento en que supo de quiénes se trataba: las víctimas de sus vejaciones. Lo único que los tres tienen en común es el episodio de finales de los ochenta.

—¿Y qué pudo hacerles Pinto en esa época que justifique una muerte tan horrible? Solo era un cargo de La Caixa, un tipo pacífico y un trabajador ejemplar.

Milo la dejó con la palabra en la boca y salió en estampida. Llegó hasta su mesa y, haciendo caso omiso a los saludos de quienes acababan de llegar, revolvió en su cajón hasta hallar la carpeta que buscaba. Regresó a la sala y se la lanzó a Rebeca.

—Apuesto a que ahí tienes la respuesta.

Mercader la atrapó en el aire. La puso en su regazo.

—Búscala, ¿a qué esperas? —se extrañó Milo.

—Inspector, ¿y Susana? Tú y yo la conocemos. Es incapaz de hacer daño a nadie. ¿Por qué alguien habría de secuestrarla para someterla a una tortura tan cruel?

Milo se quedó paralizado.

Al cabo, se dejó caer en la silla.

—No puedo pensar, necesito un café.

—Lo que necesitas es dormir un par de horas.

—¿Recuerdas las imágenes de la celda? —Cruzaron una mirada—. Pues eso. Ya habrá tiempo.

—Voy a traerte ese café.

—No, iré yo. Mientras, empieza a repasar la carpeta. De principio a fin. Tienes que encontrar a qué se dedicaba Pinto durante esa época.

Rebeca la abrió de inmediato. Iba a iniciar la lectura de los informes que había elaborado Crespo sobre la primera víctima cuando vio de soslayo que Milo no se movía.

—¿Inspector?

Milo abrió los ojos y se despabiló un instante.

—Voy —dijo, la voz soñolienta—, ya voy.

A continuación, desplomó la cabeza y volvió a quedarse dormido.

24

Dos horas después, se despertó de golpe. Confundido, observó a Crespo y Rebeca.

—¿Va todo bien? —preguntó ella.

—¿Qué hora es?

—Las nueve pasadas —dijo el sargento.

—Joder, ¿por qué me habéis dejado dormir? —Ahogó un bostezo—. ¿Qué has descubierto en los informes?

—Ese café con hielo es para ti —señaló Crespo—. Te lo acabo de traer.

Mientras Milo lo alcanzaba, Rebeca explicó:

—Durante la década de los ochenta Pinto desempeñó varios cargos en empresas participadas por el Grupo La Caixa. —Bajó la vista a los papeles—. Estuvo tres años en Servihabitat, desde 1983 hasta 1986, cuando la empresa tenía otro nombre, como director de Operaciones. De ahí pasó a Aucat, donde permaneció cinco años, hasta 1991. Luego, coincidiendo con los Juegos Olímpicos, ascendió a las oficinas centrales del Grupo y, poco después, inició su andadura en la política.

—Aucat es la que encaja. ¿Cuál era su tarea?

—Lo mismo, director de Operaciones.

—¿Y a qué se dedicaba esa empresa?

—Se dedica. Construye carreteras. Autopistas de Cataluña.

Milo detuvo la taza poco antes de llegar a sus labios.

—Carreteras. Olimpiadas. Expropiaciones. —Repasó sus caras—. Los dos asesinos, sus familias, pudieron ser expropiados. Las fechas coinciden.

—¿Pertenecen a ese club que llamaste «de los damnificados»? —inquirió Rebeca.

—Si sales de la ciudad por la Meridiana verás una pintada gigantesca en el lateral de un edificio. Reza: LOS JUGOS DE BARCELONA. —Apuró la taza—. Hasta ahora nos preguntábamos qué pudo haberles hecho la ciudad para convertirse en el objetivo de su rencor. Una expropiación podría ser la respuesta.

—¿A dos muchachos a la vez? —replicó ella—. ¿Qué pasa, eran vecinos?

Milo contuvo un gesto de impaciencia.

—¿Y cómo quieres que lo sepa? —dijo—. ¿Se te ocurre una explicación mejor? Esa expropiación pudo provocar algo, no sé.

—Supuesta expropiación —matizó Crespo.

—¿Tú también me sales con estas? —Se levantó, irritado—. Estamos aquí para formular una hipótesis sólida, una lo suficientemente plausible como para tirar del hilo, y no para poner palos en las ruedas. Para eso, ya está el resto del Grupo. ¿Queda claro?

—Inspector, confundes discrepancia con enfrentamiento —señaló Crespo.

—Déjalo, Toni, cuando se despierta siempre está de un humor de perros —dijo ella.

Se ruborizó como una colegiala y Crespo desvió la vista al suelo.

—De acuerdo, Toni, lo que tú digas —continuó Milo, sin apercibirse—. Tenemos dos muchachos y una *supuesta* expropiación. Esto explicaría por qué se vengaron de Pinto. Si él fue el encargado de las negociaciones, pudieron verlo como el principal responsable de la pérdida de sus viviendas. Y también, su horror cuando descubrió por qué iba a morir poco antes de ser quemado vivo. ¿Estáis de acuerdo? —El sargento asintió—. A partir de aquí, ¿qué pudo suceder que cuadre con lo que sabemos? ¿Cómo llegaron a la casa de acogida? Sus familias, sus padres, ¿se arruinaron, los abandonaron?

—No es por discutir, inspector, pero una expropiación no arruina a la gente. Puede ser un trance muy doloroso, incluso traumático, pero a cambio los expropiados reciben una cantidad de dinero más o menos justa, lo suficiente como para rehacer su vida en otra parte.

—Me he informado, Toni, y borra eso de «más o menos justa». En la actualidad hay una oficina de apoyo a los afectados con abogados y asesores, pero aun y así, la gente recibe mucho menos de lo que vale su propiedad. Si esto pasa ahora, imagínate hace veinte años, sin tantos recursos ni defensas. No, los expropiados no cogen el dinero y hala, a vivir que son dos días. En absoluto. Es un golpe muy duro de encajar. Y más, si a continuación se desencadena lo que seguimos ignorando. Vuelvo a preguntar: ¿por qué acabaron en La Ferradura?

—No hay forma de saberlo —dijo Rebeca—. Estamos atascados.

—Habla por ti, subinspectora —gruñó Milo—. Sargento, ¿has localizado a algún trabajador de ese centro? —Crespo negó con la cabeza—. Mierda, nada funciona.

Se dirigió a la ventana con grandes zancadas. Sintió la tentación de golpear el cristal, pero se limitó a apoyar las manos.

Las imágenes volvieron a su mente.

Pinto aullando entre las llamas, Torrens ardiendo crucificado, Susana encerrada en una celda a la espera de ser pasto del fuego.

Una paloma con el cuello retorcido.

—Barcelona lo estropeó todo —murmuró—. El espíritu ha muerto.

—¿Perdona?

Se dio la vuelta poco a poco.

—Fueron expropiados, y eran menores. Este fue el detonante. La ciudad, ante sus ojos, fue la culpable. La que inició su descenso a los infiernos. Y allí, en La Ferradura, se encontraron con el mismísimo demonio: Torrens. Ese monstruo acabó de arruinar sus vidas, de averiar sus cerebros. Mató sus espíritus a conciencia. Pinto, Torrens y Barcelona, tres objetivos de su odio.

—Falta Susana —dijo Rebeca.

—¡Eran menores! —exclamó—. ¡*Alguien* tuvo que enviarlos a ese centro de acogida!

Crespo y Rebeca lo miraron pasmados.

—¿El Tutelar de Menores? —preguntó el sargento.

Milo afirmó con un gesto rabioso.

—He sido un estúpido —dijo—. Susana ejerció de jueza en el Tutelar hace un millón de años, poco antes de conocernos. Ella fue quien envió a esos dos muchachos al centro. Lo escogió sin saber que con aquella decisión estaba sellando el destino de dos infelices... y firmando su propia sentencia de muerte. —Respiró hondo—. Por eso es el nuevo objetivo de su venganza.

Extrajo el móvil y llamó a Alba Conte.

—Señora Conte, por ahora no hay novedades en el secuestro. La llamo para que me haga un favor. Necesito que busque en los archivos de Menores los casos que llevó Susana Cabot durante los años que estuvo en el Tutelar, allá por finales de la década de los ochenta. Y escuche, solo aquellos que tuvieron como destino un centro de acogida en la provincia de Tarragona llamado La Ferradura. Es muy urgente. ¿Cree que podrá hacerlo?

—Por descontado, inspector Malart —dijo, con aplomo—. El problema será dar con los sumarios.

—Explíquese.

—Verá, hace veinte años los ordenadores no eran lo que son ahora, y muchos de esos archivos que me pide todavía no han sido pasados a soporte informático. Y con el traslado a las nuevas dependencias de la Ciudad de la Justicia, me temo que se hallen amontonados por cualquier parte. Usted ya ha visto que trabajamos inundados de documentos.

—Maldita sea, señora Conte, es de crucial importancia que encuentre esos archivos.

—Y lo haré, no lo dude —aseguró—. Pero va a requerir tiempo, eso es todo.

—Justo lo que no tenemos.

—Póngase en mi lugar, pueden hallarse bajo una montaña de legajos, traspapelados o perdidos entre miles de casos, y yo...

—Me pongo en el lugar de Susana Cabot —cortó Milo con aspereza. Se produjo un silencio al otro lado—. Movilice a todo el personal que pueda. Y, señora Conte, disculpe mi brusquedad, pero ahora no hay tiempo de sutilezas. ¿Ha tomado bien los datos? La Ferradura, en la provincia de Tarragona. Tutelar de Menores a finales de los ochenta. ¿Señora Conte?

—Haré lo imposible —dijo, la voz temblorosa.

—Con eso me conformo.

Colgó mientras reprimía un gesto de impotencia. Rebeca carraspeó con suavidad.

—Inspector, ¿estamos seguros de que el Verdugo es el responsable del secuestro?

—Por completo, pero no por los motivos que dijo Cruz. —Se dirigió al sargento—. Necesitamos una nueva lista, Toni, una que recoja las expropiaciones que Pinto llevó a cabo en esos años. Solo en Barcelona ciudad y su área metropolitana. Llama a Aucat y que te la proporcionen. ¡Y mételes prisa! Cuando la tengas, la cruzaremos con la de Bachs y Sena sobre los damnificados. Tienen que salir dos nombres, ¿me oyes? Es todo lo que te pido. ¡Dos nombres!

—Tranquilízate, yo me encargo. ¿Algo más?

—No, sargento. —Lo miró con fijeza—. Pero si se te ocurre alguna idea, por más peregrina que te resulte, no me lo preguntes y hazlo. Cualquier cosa. Lo que sea.

Crespo asintió, y abandonó la sala de visionado.

Milo se derrumbó en una silla.

—Dime qué pasa por tu cabeza, subinspectora. Te veo muy callada.

—No me atrevo. Estás muy nervioso, a la que salta.

—¿Una chica dura como tú? No me hagas reír. Habla.

—Son las piezas, no me acaban de cuadrar —dijo, con prudencia—. Veo demasiados interrogantes. Las expropiaciones por ejemplo. ¿Dos a la vez, al mismo tiempo? ¿Y por qué Susana los envió a ambos a ese centro? Por no hablar de los padres de cada uno de esos muchachos. ¿Qué fue de ellos, o de sus familias? Lo veo todo muy impreciso, la historia. Y antes de que me saltes a la yugular, está lo de la anciana muerta en la iglesia. ¿Es otra víctima de la demencia asesina de esos dos psicópatas? Y para rematar el asunto, todo mezclado con Gaudí. ¿Qué pinta en esta locura? —Separó los brazos—. Y la pregunta clave: ¿por qué ahora? Después de veinte años, ¿por qué justo ahora el Verdugo ha decidido poner en marcha su venganza?

—¿Alguna pregunta más?

Rebeca afirmó con un gesto.

—Muchas, pero me las guardo para cuando te vea más calmado.

—Es un detalle por tu parte —graznó—. Te digo lo mismo que a Crespo. Estoy abierto a cualquier sugerencia. Cualquiera.

Permanecieron unos instantes en silencio.

—Creo que deberíamos repasar la filmación de Torrens —dijo Milo.

—Santo Cielo —resopló Rebeca—. ¿Es necesario?

—Hoy es jueves, subinspectora. Tenemos un día menos.

—Adelante con esa película. Me encanta el cine.

La puerta se abrió y Crespo asomó la cabeza.

—Inspector, el jefe Bastos te llama a su despacho.

—Hoy hemos bajado dos puntos —dijo Julia Valle. Terminó de consultar unos papeles a la salida del plató—. No has estado muy fino.

—El secuestro de la jueza no tiene tanto gancho, y el espectador lo que quiere son más imágenes impactantes.

Julia le soltó las hojas de audiencia en el pecho y Navarro se apresuró a cogerlas.

—Pues consíguelas.

La observó alejarse con su taconeo rápido. Enrojeció. Aquella bruja ya estaba agotando su paciencia. Dos puntos menos, ¿y qué? Su material era de primera. Quizás había llegado el momento de marcharse a otra cadena.

Se puso los papeles bajo el brazo y activó el sonido de la BlackBerry mientras se dirigía al camerino para desmaquillarse. Tenía el fin de semana por delante y ahora solo quería regresar a Barcelona y descansar. Tomarse un buen respiro. Ya vería las cosas más claras después de desconectar dos días. Entonces tomaría la decisión.

Nada más franquear la puerta, sonó el móvil.

—¿Sí? —preguntó, sin ganas.

—Tengo un nuevo disquete para ti —dijo una voz, rota y desagradable.

Navarro la reconoció enseguida y se puso alerta.

—¿De la jueza?

—Esta madrugada, a las cinco. En el mismo sitio.

Notó que se le aceleraba el corazón. De fondo, oyó el ulular de una sirena.

—Allí estaré, sin falta. Puntual como un clavo.

—Un aviso. Te han colocado un madero a la espalda.

—¿Me están siguiendo? ¡Jodido Malart! Descuida, me desharé de él.

—Sin trucos. Tú solo.

—Sin trucos, palabra.

Iba a preguntar cómo había descubierto que le habían puesto bajo vigilancia cuando oyó que la línea se había cortado. Se guardó el móvil con un gesto de satisfacción.

Sonrió ante el espejo.

—Mauricio, sigues siendo un tipo con suerte.

—Pase y siéntese, inspector Malart —ordenó Bastos.

Estaba apoyado con los codos en la mesa, la barbilla en las manos, y Milo obedeció sin rechistar. Tomó asiento, cruzó las piernas. Una extraña sensación se apoderó de él.

—No me andaré por las ramas —dijo el comisario jefe—. Está armando mucho revuelo con las películas que halló en casa del malogrado Félix Torrens.

—¿Mucho revuelo? No sé a qué se refiere.

Lo perforó con la mirada.

—No me tome el pelo, inspector. Yo mismo fui testigo de su pamema con el inspector Bachs hace dos días. Está en boca de toda la comisaría. Y es algo que no puedo permitir.

—Le aseguro que no sé de qué me habla. Solo fue una conversación entre dos compañeros.

El comisario jefe apretó los labios hasta convertirlos en una fina línea blanca.

—En este asunto hay cosas que lo sobrepasan —dijo.

—¿Cómo dice?

—Que hay temas que están por encima de su nómina.

—Pues súbame el sueldo y punto.

Bastos retiró las manos de la barbilla y las dejó sobre la mesa. Cerró los puños.

—No quiere enterarse, ¿verdad?

—Hable claro, jefe, y no me haga perder el tiempo.

—Esto le viene grande, no es el hombre adecuado. Le falta visión de altura, comprender la situación. Nos encontramos ante un grave problema de Estado.

—La comprendo perfectamente, quizá demasiado.

—Entonces, preste un servicio al país y deje de tocar los huevos con este asunto.

—Lo que me pide es imposible, señor.

—No se lo estoy pidiendo, es una orden.

Milo sintió la sangre hervir en sus venas.

—Comisario jefe, creo que se excede en sus funciones. Puede ordenarme que investigue, pero no que haga la vista gorda cuando se ha cometido un grave delito.

Bastos convirtió los ojos en una estrecha ranura.

—Usted no es quién para decirme lo que puedo hacer.

—Ni usted para ordenarme que eche tierra sobre este asunto.

El timbrazo del intercomunicador sonó en aquel instante y Bastos aplastó el botón para apagarlo. Milo se preguntó si aquello señalaba el fin del primer asalto.

—No me gusta su actitud, Malart —dijo el comisario, recuperando el control—. Nunca me ha gustado. Los que van por libre siempre crean problemas. Si está aquí fue por expresa voluntad de la jueza que llevaba el caso. Pero como me temía, usted nunca ha sido uno de los nuestros.

—En efecto, no soy uno de los suyos, pero Susana Cabot sí es una de los míos.

—La jueza ya no está en disposición de cubrirle las espaldas —dijo—. Está solo, Malart.

—¿Qué quiere decir con eso? —Un sudor frío le recorrió la espalda—. ¿A quién he molestado? ¿A los cargos que salen en las películas, a sus amigos? ¿Tal vez a alguien más próximo, a alguien de la Central?

—No diga bobadas. Sus teorías conspirativas provocan vergüenza ajena.

—¿Vergüenza? Es curioso que sea usted quien pronuncie esta palabra.

—Divaga, como siempre. —Lo señaló con el índice—. Usted es un experto en humo, no pienso caer en sus provocaciones. La ciudad nos paga y nos debemos a ella.

—Yo me debo a los ciudadanos, a todos los ciudadanos, y no solo a unos cuantos. Si eso no les gusta a algunas familias, por mí como si aprenden danza tirolesa.

Bastos tomó aire muy despacio y abrió una carpeta que tenía sobre el escritorio. Pasó unas hojas distraído. Al cabo, sin levantar la mirada, dijo:

—Es mala política morder la mano que te da de comer.

—Yo no hago política, se lo dejo a usted. Yo, trabajo.

—Como hizo por ejemplo con Virginia Colomer. —Alzó los ojos—. La volvió a tratar sin la consideración que se merecía después de haber perdido a su esposo, y ya es la segunda queja que presenta. Por lo que veo, usted no tiene nunca bastante. ¿Por qué su animadversión hacia ella? Le advertí de que no volviera a suceder, que su cabeza pendía de un hilo. Pero usted, ni caso. —Pasó otra hoja—. Y luego lo de su numerito con ese periodista.

—¿Qué pasa con él?

—A mí no me engaña con su teatro de aficionado en el aeropuerto. —Hizo una pausa de las suyas, larga, interminable—. Hablando con él de forma amistosa, delante de todo el mundo. Era una provocación, lo convirtió en un blanco. Rece para que no le ocurra nada a ese hombre. Si resbala en la ducha y se parte la crisma, yo personalmente me encargaré de acusarle de incitación al asesinato.

—Ordené su vigilancia, ¿qué más quiere que haga?

Bastos volvió a concentrarse en los papeles.

—La lista de irregularidades es interminable —dijo. Pasó una hoja tras otra—. A lo que hay que sumar el informe de la psicóloga Judit Gaig y su comportamiento errático en las dos últimas semanas.

—¿Qué comportamiento errático?

—Amenazas a un compañero, intento de agresión, ebriedad por la calle, intromisión en otro departamento, ausencia injustificada durante dos días... ¿Le parece suficiente? Inspector Malart, usted está quemado. El informe de la doctora lo deja bien claro. —Lo leyó por encima—: Inestabilidad emocional, mentiroso compulsivo, problemas con la autoridad, dificultades de control, etcétera, etcétera. —Lo miró con frialdad—. La doctora aconseja que lo visite un psiquiatra por sus, y cito textualmente, «peligrosas fugas a la irrealidad».

Una sensación de ahogo le impidió hablar.

—Pero la gota que colma el vaso —prosiguió Bastos— es su comportamiento con ella, los dos últimos plantones. ¿En qué estaba pensando, Malart? Cuando congelé su suspensión le dije que no quería quejas, cero errores. ¿Y usted qué hace? —Cerró el dosier y lo empujó con desdén en su dirección—. Ponernos en evidencia allí donde va. No, usted nunca ha sido uno de los nuestros, y jamás lo será. Es la deshonra de la comisaría. —Hizo otra pausa—. Desde este momento queda de nuevo suspendido de servicio con efectos inmediatos. Le entregará la placa y el arma a su superior directo. Eso es todo.

—Pero... el caso, la jueza...

—Se encargará el departamento. Puede marcharse.

Milo se levantó con lentitud, fue hasta la puerta. Agarró el tirador. Se dio la vuelta.

—Comisario jefe, ¿le gusta el cine?

Bajó las escaleras de dos en dos hasta que se obligó a detenerse. Aquello no le podía estar ocurriendo. No ahora. La vida de Susana tenía los días contados y necesitaba seguir en el caso. Como fuera. Una espiral de rabia comenzó a ascender rumbo a su cabeza. Tras la explosión, identificó a un culpable. A una culpable. Judit Gaig. Se sintió traicionado, pero ahora no tenía tiempo de arreglar cuentas con la doctora. Acabó de bajar las escaleras y empujó la puerta. Cruzó la oficina como una exhalación, camino del despacho de Singla.

Entró según su costumbre, sin llamar.

—Inspector jefe, ¿eres tú el responsable?

—Órdenes superiores.

—No puedes ser cómplice de esto —dijo. Fue hasta su mesa—. ¿No ves que todo es una maniobra para apartarme de las películas? ¡Joder, piensa un poco! Tenemos un topo en el Grupo, sacudo el árbol, y ¿qué pájaro levanta el vuelo? Bastos, para suspenderme apenas cuarenta y ocho horas después. ¿No ves nada extraño?

Singla se echó contra el respaldo. Cruzó los brazos.

—¿Estás acusando al comisario jefe?

Milo sostuvo su mirada de incredulidad.

—Blanco y en botella. Alguien de arriba tiene entre nosotros a su hombre de paja. No tienes más que seguir la cadena de mando. —Se apoyó en el escritorio—. Termina en Torrens y su red de chantaje. Piensa, inspector jefe, piensa. —Se inclinó hacia él—. ¿Quién hay en toda la maldita Central que no sea policía? ¿Quién llegó aquí proveniente del mundo de la política?

Singla no tuvo que meditar demasiado.

—No puede ser —dijo—. ¿Por qué motivo?

—¿Alguna vez has interpretado una película porno?

El rostro del inspector jefe se mantuvo inexpresivo.

—No me puedes quitar del caso —arremetió Milo—. No mientras la jueza Cabot esté en poder de esos dos psicópatas. Y estamos muy cerca de ellos. Pero para atraparlos necesito la placa, al menos hasta el domingo.

Singla enarcó las cejas.

—¿Dos?

Milo contuvo los nervios y le explicó telegráficamente las conclusiones a las que había llegado con Rebeca y Crespo. A medida que avanzaba en su teoría, las mandíbulas del inspector jefe se fueron desencajando.

—Tenemos pruebas, Mercader te las puede enseñar. —Estrechó la distancia entre ambos—. Escucha, tú y yo hemos tenido desavenencias en el pasado, pero los dos somos policías y hablamos el mismo lenguaje. Sabemos tragarnos el orgullo cuando es necesario. ¿No puedes echarle huevos y hacer lo correcto? Solo hasta el domingo, es lo único que te pido. Luego puedes hacer conmigo lo que te dé la gana.

Singla se lo sacó de encima con un gesto.

—Antes era como tú, Malart. Todo impulso y coraje. Pero el tiempo me ha enseñado a actuar con prudencia. Lo que me pides es imposible.

—Nunca has sido como yo —masculló Milo—. Haz lo que tengas que hacer y habla con quien tengas que hablar, tú sabrás —remarcó con intención—. Pero hay dos asesinos en la ciudad, en nuestra ciudad, y no puedes permitir que uno de tus hombres quede fuera del caso. Soy el figura, ¿recuerdas?

Singla empujó la silla y se incorporó de un salto.

—¡No puedo desobedecer una orden!

—¡Tenemos que detenerlos para averiguar dónde tienen encerrada a la jueza!

—¡No hay más que hablar!

Fue hasta la ventana y observó la calle sin dejar de atusarse el bigote.

—Sé cuándo va a ocurrir, e intuyo dónde —dijo Milo a su espalda—. El domingo, el día en que el mundo estará pendiente de Barcelona. El Papa y la Sagrada Familia. Las autoridades al completo. —Suavizó la voz y añadió—: Si mis sospechas son ciertas, tú podrías ser el próximo comisario jefe. Serías el hombre que detuvo al Verdugo de Gaudí, por no hablar del Asesino del Listado. Portada en todos los periódicos. Tu nombre, tu cara. El hombre del año.

Calló de golpe, confiando en que sus palabras surtieran efecto. La espera se le hizo eterna.

—Tienes hasta el domingo —dijo Singla, sin volverse.

Milo salió del despacho a la carrera.

Llegó hasta su mesa y empezó a vaciar el cajón.

—¿Qué haces? —preguntó Rebeca.

—Quitarme de en medio, por si acaso. —Le contó

la situación mientras introducía las carpetas, el mapa y los papeles en una mochila—. No me fío. Te recojo delante de la Casa Milà esta tarde a las cinco. Y no me hagas esperar, aparcar allí es misión imposible.

—¿Adónde iremos después?

—Al paseo Turull, lo más lejos posible de la comisaría. —Echó un vistazo al cajón para comprobar que lo había vaciado y lo cerró de un puntapié—. Y oye, Singla te espera. Explícaselo todo, sin ahorrarte ni una coma, ¿de acuerdo? —Agarró la mochila y se la colgó al hombro—. Chica dura, las cosas se van a poner feas. —La miró directamente a los ojos—. ¿Estás conmigo?

—Tienes un morro que te lo pisas —dijo Rebeca, encendida—. Jamás te he hecho esperar, y encima me haces preguntas estúpidas. ¿Eres gilipollas o qué?

Milo observó un instante el brillo de sus pupilas, el enfado en su rostro. Nunca la había visto tan hermosa. Sin dudarlo, le estampó un beso fugaz en los labios.

Arrancó a caminar de espaldas.

—Cuando veas a Toni dile que esté pendiente del móvil, que no se despegue de él ni un momento, ni para ir al baño.

Dio media vuelta y se alejó, la mochila golpeando el costado con cada paso.

El paseo Turull no era un paseo. El nombre resultaba demasiado rimbombante para una callejuela mal asfaltada, estrecha y sin señalizar, salvo un único poste indicador que advertía de que era una calle sin salida. Se accedía tras tomar una angosta curva en subida, escondida y muy cerrada, razón por la cual no la vieron ninguno de los dos la primera vez que pasaron por delante.

Perdidos en un laberinto de calles, recorrieron la zona en repetidas ocasiones hasta que, por fin, atinaron a dar con ella.

—Joder con la callecita —soltó Rebeca—. Si tuvieras GPS...

—Dudo que salga en esos aparatos. A diez minutos de la plaza Lesseps y parece el fin del mundo.

Ascendieron por la empinada calle mirando a ambos lados. A diferencia de otros barrios de la zona alta, allí no había uniformidad y la mezcla de tipos de viviendas era chocante. Construcciones sencillas y baratas, con paredes de ladrillos y techos de uralita, junto a viejas casonas deslucidas que vivieron sus tiempos de esplendor en otra época. Coquetos chalés estilo suizo y humildes casas adosadas. Auténticas chozas y lujosas mansiones de altos muros. Solares abandonados, repletos de vegetación salvaje, y refinados jardines con piscina y solárium.

—¿Qué número buscamos?

—El 142. Estará al final de la calle. Según Crespo, linda con el parque Güell.

Continuaron colina arriba, con el coche protestando por la pronunciada cuesta que serpenteaba hacia la cima. A cada curva, la suspensión hacía oír sus chirridos.

—Este trasto debería pasar ya a mejor vida, inspector.

—Funciona.

—Un día de estos te va a dejar tirado.

—Nos enterrará a todos.

En el último tramo, Rebeca señaló una casa.

—Tiene que ser ahí —dijo.

Milo frenó junto a una verja blanca, de media altura, que daba paso a un camino asfaltado que terminaba en lo que supusieron que era el garaje. Se apearon. Rodeada de árboles, era una vivienda de aspecto cuidado y funcional. La cal de sus paredes no estaba desconchada, el jardín aparecía sin rastrojos, y las persianas relucían al sol. Dos terrazas se abrían en la planta de arriba mientras un porche recorría el perímetro de la planta baja.

—¿Oyes? —preguntó Milo.

—¿El qué? No oigo nada.

—Exacto. El silencio es absoluto, un verdadero milagro. —Señaló la arboleda—. Abetos, cipreses, pinos mediterráneos... por eso el calor aquí no aprieta tanto. ¿Crees que me la querrán alquilar por un precio razonable?

—Ya te la regalo. ¿Has visto las ventanas? No hay una que no tenga rejas, parece una cárcel. Y fíjate en las puertas. Son de acero blindado, como una caja fuerte.

—Cambio la seguridad por el silencio y la sombra. No hay color. —Introdujo medio cuerpo sobre la verja blanca y echó un vistazo—. ¿A qué se dedicaba el marido?

—Mayorista de pescado en Mercabarna —dijo Rebeca—. Cuatro hijas. Pasta larga.

—Un hombre inteligente. Vida familiar en la cima de Barcelona, una casa agradable, no ostentosa. Aire puro y tranquilidad. Sin sirenas ni polución. Los hay que nacen con suerte.

—¿Te refieres al matrimonio?

—A las hijas. ¿Ves algo de particular?

Ella oteó en todas direcciones sin descubrir nada.

—Lo que veo es normal. Perdemos el tiempo.

Milo dio la espalda a la vivienda y contempló la vista. Al fondo, la ciudad, con sus edificios apiñados como una colmena. Y colina abajo, el repertorio de torres, casitas y casuchas, desperdigadas entre árboles y vegetación. Justo enfrente, descendía un vertiginoso pasadizo de escaleras que, salvando el pronunciado desnivel, cruzaba el paseo en varias ocasiones y desembocaba en la vieja casona que habían visto al principio. Pudo vislumbrarla desde allí. El edificio era gris, de líneas cuadradas; un estanque vacío presidía el terreno que lo circundaba, pelado, sin una triste flor. En un extremo se amontonaban trastos, tablas y hierros. La única señal de vida era un alto eucalipto de gruesas ramas. Sin el esplendor de antaño, la casona era la imagen del abandono. En cambio, un tramo de escaleras más arriba, vio dos chalés que eran todo lo contrario. Tejados de pizarra, paredes blancas, flores, césped y media docena de tumbonas en la parte de atrás, rodeando una piscina. Tres jóvenes adolescentes, sin el top del bikini, se tostaban al sol.

—Se te van los ojos, inspector. Un poco de disimulo.

—No sé de qué me hablas.

Volvió a contemplar con el ceño arrugado la casa que los había llevado allí.

—¿Nos vamos? —insistió Rebeca—. No le des más vueltas. Una anciana muere de un infarto en una iglesia y Crespo ve fantasmas, lo que no me extraña después de elaborar tu lista de muertes y desapariciones. Sí, Gaudí fue el aparejador de la dichosa iglesia, ¿y qué?

—Delineante —dijo, pensativo.

—Y qué más da. Solo es una coincidencia.

—No creo en...

—¡Lo sé, lo sé! —se impacientó—. Pero ¿me puedes decir qué ves aquí que resulte sospechoso? No hay nada fuera de lo normal. Es un barrio diferente, eso es todo.

—El parque Güell está allí arriba —señaló Milo.

—Sí, y la Sagrada Familia ahí abajo. Te lo repito, ¿y qué? La anciana murió de un infarto, es lo que dictaminaron los de la ambulancia.

—No le hicieron la autopsia, y en su muñeca brotó una gota de sangre.

—Una muñeca repleta de pulseras, lo dijo tu amigo, el padre Gabriel.

—No me fío de él, y no es mi amigo.

Rebeca resopló mientras Milo se acuclillaba. Lo vio agarrar una ramita y ponerse a trazar dibujos sobre la tierra del arcén. De pronto, se detuvo y observó el puntero con interés, en concreto su extremo.

—El asesino neutraliza a las víctimas con una sustancia anestésica —murmuró.

—¿Y?

—Se vale de una jeringuilla o algo parecido. Un artilugio inyector. —Se incorporó. Le enseñó la ramita—. Si te pincho con esto, sangrarás. ¿Lo comprobamos?

—Ni te atrevas.

—Una gota. Con las prisas, lo hizo mal y brotó una gota de sangre. Pudo haber ocurrido así. Nadie en la iglesia lo habría advertido.

—Y para qué, ¿me lo puedes explicar? Además, no es su método. Secuestra a gente, la encierra sin agua ni comida, y luego la quema. Esto no es obra suya.

Milo cabeceó. Sulfurada, Mercader prosiguió:

—Solo era una anciana, ¿por qué quiso acabar con ella? ¿O su idea era secuestrarla en plena misa y se le fue la mano? El sujeto escoge sitios apartados y solitarios, ¿crees que una iglesia cuadra? No, ni es su *modus operandi* ni la fallecida tiene nada que ver con el caso. ¡Por Dios, la viuda de un mayorista de pescado!

—Una mujer acostumbrada a levantarse cada día de madrugada para preparar el desayuno a su marido antes de ir a Mercabarna. Toda su vida. Se levanta, sale a tomar el fresco a la terraza del dormitorio principal —la señaló—, y se asoma.

—¿Crees que vio algo? —dijo ella, tensa de repente.

—¿Una anciana de ochenta y dos años?

—Pudo ponerse gafas.

—¿Recién levantada? —Negó con un gesto—. Solo quiere tomar el aire, relajarse un poco antes de volver a coger el sueño. La oscuridad es total, el silencio...

Enmudeció de golpe.

—¿Qué pasa?

—No vio nada... pero sí pudo *oír* algo. Algo que le llamó la atención en plena noche, un ruido fuera de lugar. ¿Y qué hace entonces?

—Alarmada, entra a buscar las gafas. Las tiene en la mesilla y...

—Enciende la luz. —Se volvió hacia ella—. Pero no la de la mesilla. Preocupada, busca un interruptor más cercano. Enciende otra más potente. ¿No caes? —Abarcó el barrio con un gesto—. Es de madrugada, todo permanece a oscuras. Y esta casa está en la cima de la colina. Una luz en la terraza. Brillando en la negrura.

—Destacaría como un faro en medio de la niebla.

Milo asintió lentamente.

—Ella no fue testigo, pero alguien pudo creer que sí había visto algo.

—El asesino. Los asesinos.

—Y cometieron el error que esperábamos. Nos han atraído a este barrio.

Se les aceleró el pulso.

—La mataron para cerrarle la boca —dijo Rebeca. Milo inspiró con fuerza.

—La pregunta ahora es: ¿alguno de ellos vive aquí, es en esta zona donde tienen su guarida? ¿O solo estaban de paso con su furgoneta camino del parque Güell?

—¡Joder, el parque Güell! —exclamó ella—. ¡Me había olvidado! Fuera como fuese, tuvo que suceder la madrugada del jueves al viernes, poco antes de entrar en el recinto y colgar a Torrens en la cruz del promontorio.

—Un parque que está justo sobre nuestras cabezas.

—Pasaron por aquí —dijo ella. Abrió el Volkswagen—. ¿Seguimos su recorrido?

—Sí, pero a pie. Quiero verlo todo con lupa.

Quiso hacer las cosas con tiempo y se preparó para salir de casa. Un baño de espuma, ropas cómodas, una copa para animarse. Echó un vistazo por la ventana. Al otro lado de su portal estaba aparcado un Opel Astra de color gris oscuro. En su interior, distinguió las piernas del ocupante. Sonrió. Iba a divertirse un rato con él.

Cogió las llaves y abandonó el domicilio. Una vez en la acera, paró un taxi.

—Al centro —dijo.

Giró el cuello y, en efecto, el Astra arrancó y se situó tras ellos, dos coches por medio.

—¿Adónde del centro? —preguntó el taxista.

—Ya le iré indicando.

—Oiga, ¿usted no es el tipo ese que sale por televisión? Tiene a mi esposa embobada con sus crónicas negras. Aunque si le digo la verdad, a mí quien me gusta es Julia Valle. ¡Qué gran mujer!

—No me diga —replicó Navarro entre dientes.

25

Caminaron por la calle sin dejar de observar a izquierda y derecha. A medida que ascendían, las casas fueron desapareciendo para dar paso a descampados y solares, donde se amontonaba toda clase de basura y escombros. La vegetación era cada vez más densa en aquella tierra de nadie.

—Este sol va a acabar conmigo —jadeó Rebeca, empapada de sudor—. Es como un horno al rojo vivo.

—Ya falta poco, chica dura.

El asfalto dejó de existir súbitamente, como si los de Fomento se hubiesen hartado de pavimentar el paseo, y la gravilla pasó a ocupar su lugar. Poco después, llegaron a una planicie donde moría la calle para convertirse, torciendo a la derecha, en una nueva más empinada que conducía a las entradas norte y oeste del parque, claramente delimitado por los altos muros.

Se detuvieron para tomar aire.

Milo observó que desde el llano partían tres senderos que se adentraban en el bosque a continuación. Una mujer, apoyada en un bastón, se alejaba cojeando por el del centro acompañada por un hombre alto. La zona estaba ocupada por gente variopinta. Dos mochileros estaban sentados en un tronco preparando un pícnic; uno de ellos tenía el pelo rubio muy corto y el otro, por contra, lo llevaba largo, atado por una coleta. Unos pasos más allá, tres deportistas hacían estiramientos. Sobre uno de los muros de considerable altura, dos jóvenes practicaban la escalada mientras otros dos los controlaban desde abajo. Por último, un grupo de turistas consultaban un mapa, un hombre y su hijo pequeño paseaban a dos rottweiler de aspecto fiero, y tres muchachos con pinta de pijos liaban unos porros a la sombra de las acacias.

—Estoy muerta —resopló Rebeca, apoyada en las rodillas—. ¿Descansamos un poco?

—La calle tiene salida, pero es para caballos.

—Y para burros como nosotros.

Se aproximaron a la sombra. Rebeca se desplomó en el suelo, recostando acto seguido la espalda en el tronco de un árbol. Cerró los ojos.

—Tú y tus ideas de bombero —protestó.

Milo se enjugó el sudor mientras contemplaba los escaladores. El grupo de turistas, tras decidir la ruta a seguir, se encaminaron por la cuesta que conducía al parque. De fondo, se oían las risas de los tres pijos colocados.

Una de las atletas inició un suave trotecillo al tiempo que apremiaba a sus compañeros a terminar con los ejercicios. El mochilero de la coleta extrajo un tetrabrik de vino barato y dos vasos de papel, los llenó por la mitad y le pasó uno al del pelo corto. Mientras los entrechocaban, la mujer del bastón reapareció por el sendero con su acompañante. Este último vestía pantalones de camuflaje, camiseta y deportivas; una gorra militar le protegía del sol. No cesaba de parlotear con ella. Media melena rubia, cuerpo bien torneado, una ligera cojera. Calculó que sobrepasaba la treintena. Su aspecto era el de una mujer que no se esforzaba en acentuar sus encantos. Es más, tuvo la impresión de que para ella su belleza era una carga, un defecto que la avergonzaba y del que quería huir como de la peste. Sin saber por qué, aquello le resultó singular, muy atractivo, de una carnalidad imanadora. Entonces alzó la mirada y le flaquearon las piernas. Sus ojos de cervatillo, la delgadez de sus mejillas. Algo en ella le resultó familiar, muy cercano. *Marc.* Las risotadas de los emporrados lo trajeron de vuelta a la realidad. Y en ese momento, uno de los rottweiler, libre de la correa que sostenía el niño, se impulsó con los cuartos traseros y se abalanzó sobre la mujer.

Navarro hizo parar al taxi frente a La Casa del Libro, en el paseo de Gràcia. Sin prisas, se arregló la camisa en la acera mientras se sacaba de encima a una pedigüeña con un niño en brazos. Quería hacerle sudar tinta china a su vigilante, jugar con él al ratón y al gato, pero no que lo perdiera de vista a las primeras de cambio. Le tenía reservada una jornada memorable.

Entró en la librería y fue directo a las novedades de novela negra, su género preferido. Ojeó los títulos. Vio un par que le resultaron interesantes, uno de una autora islandesa y otro de una canadiense, pero los dejó para otro día. De improviso, giró sobre sus talones y se dirigió con paso rápido a la salida que daba a la calle València. Una vez al aire libre, aguardó impaciente a que pasara un taxi. Entonces, sacudió la mano y el vehículo se detuvo a pocos metros. Se subió de forma apresurada.

—Al Corte Inglés —dijo.

—¿A cuál de ellos?

—Al que le haga más gracia. Arranque.

El taxista se encogió de hombros y activó el contador. Sin dudarlo, eligió el más lejano, el de Meridiana. Miró por el retrovisor y se sumó al tráfico. No estaban los tiempos como para despreciar una carrera larga. Al llegar a un semáforo en rojo, echó una ojeada al espejo. En el asiento trasero, el cliente se había girado para observar algo a su espalda; luego, se acomodó sonriendo de oreja a oreja. Valoró llevarlo al de Sabadell, pero lo descartó; cabía la posibilidad de volver de vacío y entonces el tiro le saldría por la culata. Cuando se puso verde, aceleró lentamente y se dispuso a cruzar toda la ciudad.

Milo saltó hacia el perro sin pensarlo dos veces. El tiempo quedó suspendido. En el aire, fue consciente de tres cosas: la primera, que la mujer no reaccionaba; quieta, sin despeinarse un cabello, se mostró indiferente, sin miedo. La segunda, que a medida que se aproximaba su atracción crecía de forma progresiva; la cara sin maquillaje, el cuello esbelto, de cisne, su imagen desprovista de cualquier asomo de feminidad. Y la tercera, que su inusual belleza le estaba nublando el entendimiento pues el rottweiler pesaba más de cincuenta kilos y aún no se había planteado cómo iba a enfrentarse contra una mole tan robusta.

Impactó contra el perro con fuerza y lo desplazó un

par de metros. Fue igual que golpear un saco de arena. A continuación, se aprestó con el segundo, que ladraba enfurecido pugnando por librarse de la correa del hombre. Desatado, con la visión teñida de rojo, adelantó un antebrazo y se puso a gritar como un poseso, fuera de sí.

—Jo, tío, qué fuerte —soltó uno de los emporrados.

La atleta se situó a su lado, y poco después llegó Rebeca, la mano sobre el arma. Los mochileros dejaron caer los vasos, y uno de los escaladores perdió pie y se quedó agarrado al muro con una mano. Los de abajo corrieron a situarse junto a Milo y la joven deportista. En corro, rodeando a la mujer del bastón, mientras su acompañante se agachaba abrazado a sí mismo, los cinco lograron contener a los perros el tiempo suficiente como para que el hombre se hiciera con la correa del primer rottweiler, tirara de ambas para hacerse con el control de los animales, y lograra apaciguarlos. Entretanto, su hijo prorrumpió en lágrimas, pálido como un cadáver.

El estallido se apagó de forma repentina, tal y como había empezado.

—Lo siento, lo siento —decía el hombre, reculando con los perros—. No entiendo qué ha sucedido. De veras, nunca han atacado a nadie.

—¡Un bozal, eso es lo que necesitan sus fieras! —abroncó Rebeca, aún con la mano en el costado—. Son un peligro, ¿es que no lo ve?

El hombre se alejó con los rottweiler, que sacaban la lengua y trotaban mirando con cara de inocentes a todo el mundo. El niño, sin levantar la vista, fue tras ellos.

Milo se volvió a la mujer.

—¿Todo bien? ¿Algún rasguño?

—Solo el susto —dijo.

Se miraron a los ojos y él adivinó, por su lividez, que algo no marchaba del todo. Al instante, ella dio un leve cabeceo y, por más que se sujetó al bastón, perdió el equilibrio. Milo la agarró del brazo y la llevó a sentarse en el tronco, a la sombra, junto a los mochileros. Era ligera como una pluma. Tomó asiento a su lado.

—¿Tenéis un poco de agua? —preguntó al de la coleta.

La mujer bebió poco a poco. Mientras, Rebeca se hizo cargo de la situación. Agradeció a la atleta y los dos escaladores su ayuda, y luego se encaró con Milo.

—¿Estás loco? Enfrentarte con esa fiera, ¿en qué pensabas, inspector?

El color regresó a la cara de la desconocida.

—¿Qué tal ahora, mejor? —se interesó él.

—Sí, gracias. —Esbozó una sonrisa—. ¿Inspector?

—No por mucho tiempo, puedes llamarme Milo.

—Entiendo —dijo. Inspiró lentamente—. Yo igual, me queda poco en la empresa.

—¿A qué te dedicas?

—Soy correctora de libros, trabajo en casa.

—Es la número uno —dijo el tipo de la gorra militar, acercándose—. Hace maravillas con los textos, al menos con los míos. —Nervioso, se sacó la gorra y pasó una mano por su cabeza pelada. Volvió a encasquetarla, la mirada huidiza—. Los perros me aterrorizan.

—¿Eres escritor?

Asintió mientras desviaba los ojos. Milo se volvió hacia la mujer.

—¿Editas libros? —Oyó un bufido de Rebeca—. Si me dices algún título, a lo mejor ha caído en mis manos.

—Ahora preferiría irme a casa. —Se levantó con esfuerzo—. Estoy un poco mareada.

—Tengo el coche aquí cerca. ¿Vives muy lejos?

—No, al principio del paseo. Todo es bajada y me conviene caminar, por la pierna.

Hablaba con voz calmada, firme. Se dirigió al escritor.

—Otro día acabamos de comentar los cambios.

El tipo se encaminó hacia la cuesta del parque mientras ella se alejaba cojeando, rumbo al paseo.

—¡Puedo llevarte, no me cuesta nada! —insistió Milo.

Ella agitó una mano sin dejar de andar. Cuando llegó al asfalto, Rebeca soltó:

—Sois la hostia, veis un culo bonito y babeáis.

Milo guardó silencio hasta que la mujer desapareció en una curva.

—¿Culo bonito? ¿Sabes cuál es la primera imagen que me ha venido a la cabeza al verla? Una chica vieja. Como Marc. Él también era un joven anciano.

Rebeca se quedó desarmada, de piedra.

—En marcha, chica dura. Sigamos el maldito recorrido hasta el parque.

Después de matar el tiempo en el centro comercial, decidió poner en marcha la última fase de su plan. Salió a la calle y detuvo un taxi.

—Hotel Arts —dijo.

Una vez en el lujoso hotel, se dirigió a cenar al Arola, uno de los restaurantes del complejo. No le gustaba la cocina rebuscada y experimental, pero le encantaba ver las expresiones de la gente guapa al reconocerlo. Y el

Arola era un sitio frecuentado por ese tipo de personas. Se situó en una de las esquinas, con la pared a la espalda, para dominar el local. La vista desde allí era espléndida. El Puerto Olímpico, el mar, una parte de la gigantesca ballena de Gehry. Encargó una cena ligera y se dedicó a lanzar sonrisas a diestro y siniestro. Estaba de un humor excelente.

Eligió la terraza para tomar el café. Los jueves, en temporada estival, la música *chill out* amenizaba las veladas, y aquella noche tuvo la suerte de que fuera en directo. Ocupó el extremo más alejado y pidió un whisky de malta, sin hielo, dejando al camarero la elección de la marca y los años. Cuando le trajo la gran copa de boca ancha, comprobó que había acertado. A un personaje tan reconocido como él, nunca le servirían un brebaje de estar por casa. Dejó transcurrir el tiempo, sin emplear ni un segundo en meditar acerca de su marcha de Telecinco y plantar de una vez a aquella endiosada de Julia Valle. Ya lo decidiría mañana.

Poco antes de cerrar, pagó la cuenta y abandonó el restaurante. Se dirigió por los pasadizos del hotel a la terraza de la piscina. Tomó asiento en el sector más apartado, cerca del paseo Marítimo, y pidió un agua mineral con gas. En poco rato se encontraría con el desconocido de la voz rota y no sería buena idea acudir a la cita con la mente enturbiada. Se relajó escuchando una suave música, aderezada por el rumor de las olas. La vida era maravillosa. No podía juzgar su trayectoria sin catalogarla de éxito total, abrumador. Ni en sueños la hubiera podido concebir tan perfecta. Su buena estrella, unida a su olfato, lo había guiado hasta la cumbre y ahora solo tenía que recoger los frutos. Dejó escapar un suspiro de satisfacción.

Al rato, sacó la BlackBerry y realizó una llamada.

—Lucas, recógeme en la entrada del hospital del Mar dentro de veinte minutos.

Apuró el vaso y barrió con los ojos la terraza. Ni rastro del sabueso. Lo imaginó aparcado en la entrada del hotel, aguardando su salida. Se iba a llevar un gran chasco. Navarro era un hombre de recursos.

Levantó la mano y llamó al camarero.

—Me gustaría dar un paseo por la playa antes de subir a mi habitación. —Extrajo un billete de cincuenta euros—. ¿Le importaría abrir la salida lateral? Sé que va en contra de las normas, pero le estaría muy agradecido.

El camarero cogió el billete de forma solapada.

—No faltaba más —dijo.

Cruzó la puerta, descendió unas escaleras y salió al Marina Village, en los bajos del hotel. Ya en la arena, bordeó la animada zona de bares bajo el paseo Marítimo. La luna se recortaba en el cielo, le faltaba muy poco para ser llena. Anduvo por una rampa y desembocó en el paseo. Lo cruzó atento a ciclistas y patinadores, y llegó al hospital del Mar donde divisó el coche de su cámara. Ocupó el asiento delantero.

—Arranca —dijo.

Se alejaron de la Barceloneta. Esta vez, Navarro no se tomó la molestia de girarse. Sabía que había despistado a su vigilante. Todo iba sobre ruedas.

Después de revisar el hipotético recorrido que realizaron los asesinos, sin descubrir nada de particular, Milo y Rebeca fueron al ático de la calle de la Atlàntida. Subieron los cuatro pisos a oscuras y se desplomaron en el sofá. Tras descansar un rato, empujaron los escasos muebles contra la pared, y arrinconaron cajas y sillas. Por último, esparcieron las carpetas de colores sobre el suelo.

—Parece un *trencadís* de Gaudí —dijo Rebeca.

Milo sacudió la cabeza.

—Nuestras piezas no están rotas, no son material de desecho.

—Lo que tú digas —repuso ella—. Pero me sigue pareciendo algo gaudiniano. Todos esos colores...

—Falta el mapa, lo necesitamos a la vista.

Entre los dos lo colgaron en la pared. Luego, regresaron al sofá.

—Bien, lo tenemos todo ante nuestros ojos —señaló Milo—. Ahí está la respuesta, ¿alguna idea? —Se volvió hacia Rebeca—. ¿Subinspectora?

—Se me cierran los ojos —murmuró, derrengada sobre los almohadones. Se descalzó con sendos golpes en el aire y agregó—: ¿Tú no estás exhausto?

—La celda, sin agua. El fuego —dijo—. No hay tiempo para el cansancio.

Ella se enderezó en el acto.

—Vamos a ello —suspiró.

Contemplaron las líneas trazadas en el mapa, la G sobre Barcelona.

—¿Las víctimas nacen o se hacen? —dijo ella, al cabo.

—Según lo que aplicaste en tu juventud, diría que se hacen; pero no sé. Lo que está claro es que el Verdugo se negó a ser una. Y con el tiempo, asumió su sombra.

—Y hace dos semanas, decidió empezar esta pesadilla. ¿Por qué?

Milo se quitó las deportivas. Se dejó caer en el sofá.

—Ni idea.

—Los pequeños detalles pasados por alto son la clave.

Pasaron unos minutos en silencio.

—Aunque suene mal, gracias al secuestro de la jueza hemos descubierto la conexión entre las tres víctimas —apuntó ella—. Tú ya me entiendes.

—Y con el asesinato de la anciana, sabemos que cometieron un error.

—Actuaron con prisa, sin planificar. Por primera vez.

—No, tardaron casi tres días —replicó Milo—. Ocurrió el domingo, y lo de Torrens la madrugada del jueves al viernes. ¿Por qué esperaron?

—A que se diera un escenario Gaudí —sugirió ella—. El Verdugo es un obseso de la exactitud. Su fijación es enfermiza. Y si no, seguro que tenía un plan B.

—Sí, todo ha de estar perfecto, hasta el último detalle.

—Es su obra, y quiere que sea maestra. ¡Jodido loco!

—Es lo que pretende cualquier artista con su trabajo, ¿están todos sonados?

—Mata, inspector, este tipo tortura y mata. En vez de usar pinceles o música, ese cabrón se vale del fuego, la sed y la crueldad. ¿Dudas de su estado mental?

—No, me refiero a que... a que... —Se quedó con la mente en blanco—. No sé a qué me refiero. —Se levantó pesadamente—. Estar sentado me atonta.

—Es el agotamiento. Estás como yo, hecho polvo.

—Ya hemos hablado de eso —dijo. Salió a la terraza.

Contempló la noche, la estela de la luna sobre el

mar. Estiró los brazos. La música de los chiringuitos comenzaba a remitir. Regresó a la sala.

—Se acabó el recreo —dijo—. Empecemos por el principio. ¿Qué sabemos?

Lucas torció a la izquierda al llegar al Mercat de les Flors y subió por el paseo de Santa Madrona. Minutos después, Navarro lo hizo detenerse en la entrada del parque.

—Yo me bajo aquí. Aparca donde el otro día.

Se apeó. Lucas se inclinó hacia la puerta abierta.

—¿Y por qué no puedo aparcar detrás de esa furgo? —señaló al otro lado de la calle.

—No quiero que ese tipo descubra que no vengo solo.

—Al menos esta vez podrías llevarte la cámara —dijo el joven melenudo.

—¿Y arrugarme la camisa? Escucha, aunque tenemos tiempo, no tardes. No me gusta nada este lugar.

—Serán dos minutos.

—Que sea uno. Te espero junto al estanque.

Cerró de un portazo y observó cómo se alejaba. Echó una ojeada a la furgoneta. Era blanca, sin rótulos. Se dio la vuelta. Un hombre estaba a un palmo de su rostro. Vestido de negro, con la cara descubierta. Tenía el pelo rubio muy corto y acerados ojos azules.

—Llegas pronto —dijo, la voz rasposa.

Se le heló la sangre. Una intensa sensación de peligro bloqueó su cerebro. Intentó bajar la mirada, pero los músculos no le respondieron. La luz de la luna destelló en las pupilas del desconocido y el periodista intuyó de golpe que su buena suerte se había acabado.

—He... he despistado a la policía —farfulló.

—Buen chico.

Su movimiento fue rápido. Sintió el pinchazo en el cuello. Sin comprender qué ocurría, Navarro supo que su olfato había acertado de nuevo. La jornada iba a ser memorable. Y cuando empezó a notar que le fallaban las fuerzas, ya no le cupo ninguna duda.

El hombre dobló las rodillas para recibir el peso muerto del periodista sobre uno de sus hombros, y acto seguido se impulsó hacia arriba.

—No deberías haber hecho sombra a Julia Valle. —Arrancó a caminar—. Ella no es como tú, es una estrella. —Cruzó el paso de peatones—. Y tampoco me gustó que hablaras con ese inspector.

Llegó hasta la furgoneta blanca y abrió la parte trasera. Lo tiró dentro, como un fardo.

—Pero lo de Julia es imperdonable —dijo. Cerró el portón sin hacer ruido.

La rodeó y se puso al volante. Arrancó con suavidad.

Poco después, Lucas entró en el parque con la cámara al hombro.

—¿Navarro? —susurró.

—¿Otro café?

—No puedo ni uno más —dijo Rebeca, con un bostezo.

Milo vio sus ojos enrojecidos, la expresión estragada.

—Está bien, vayamos a despejarnos.

Fue al dormitorio y regresó con dos toallas. Se detuvo en el recibidor.

—¿No vienes?

—¿A darnos un baño? —Se frotó los párpados—. Estoy muerta de sueño, me ahogaré.

—No te ahogarás.

Abrió la puerta y empezó a bajar las escaleras. A su espalda oyó unos pasos seguidos por un portazo.

Se desvistieron en la orilla. La playa estaba desierta. Milo fue el primero en meterse en el mar. Rebeca introdujo un pie y se abrazó a sí misma. Luego, se adentró hasta las rodillas.

—Está fría —protestó.

—Solo es la primera impresión.

Milo se zambulló y nadó unas brazadas hacia lo hondo. Cuando tuvo bastante, se dejó flotar. Miró hacia la orilla. Mercader permanecía en el mismo sitio, con los brazos cruzados en el pecho; entonces, ella contuvo el aire y se lanzó. Nadó de forma furiosa hasta llegar a su altura. Sacó la cabeza, boqueando.

—Quita el aliento.

—Es de lo que se trata. No hay manera más eficaz de despejar la mente.

—Y de sufrir un infarto.

—Exageras, chica dura. En Port de la Selva sí que está helada, tengo que llevarte un día. Esto son aguas termales.

Volvieron a nadar, cada uno por su lado, y luego regresaron hasta hacer pie.

—Tengo la impresión de estar en otro sitio —jadeó ella, el agua por el cuello—. Como si no fuera Barcelona.

—El mar lo cambia todo.

—Es una gozada. Comprendo que en vez de dormir prefieras pasarte las noches en remojo. Es muy diferente a bañarse de día.

—No hay gente.

Rebeca rodó sobre sí misma y se sumergió, buceando a ras de arena varios metros.

Aprovechando el silencio, Milo observó la línea de la costa, las luces de la urbe. De improviso, le atacó la visión de los cuerpos inertes a su alrededor. Los ciudadanos olvidados, aquellos que a golpe de piquetas habían sido desposeídos. Las víctimas invisibles que flotaban junto a él. Miles de cuerpos. Como en una morgue. El alma perdida de la ciudad.

—Les robaron la pasión.

—¿Qué? —dijo Rebeca, surgiendo a su lado.

—Somos emoción, estamos enganchados a ella como si fuera una droga. Emoción por las cosas, por las personas, por una ciudad. —Se volvió muy despacio—. Pero nuestros asesinos carecen de espíritu. Ese monstruo los anuló como seres vivos. Se la arrebató. Y desde entonces actúan como autómatas, sin sentimientos. Ya no son humanos, ahora viven como máquinas. Están muertos, y lo saben.

Oyeron el timbre de un móvil y Milo salió del agua a toda prisa. Lo extrajo de los vaqueros y se lo llevó a la oreja.

—Soy Bonhora, ha aparecido otro cuerpo en llamas. Colgado en la verja de los pabellones Güell de Pedralbes. Ahora mismo lo están...

—¿Lo has identificado? —dijo, el corazón en un puño.

—No es la jueza Cabot. Un vecino insomne descubrió el fuego y bajó enseguida con un extintor. No está carbonizado por completo, su perilla blanca es inconfundible.

Sintió un aguijonazo en la espalda. Más problemas.

—¿No lo estaba vigilando Cervera?

—¿Ese bruto? —El forense jefe hizo una pausa—. Los de la Central ya se han marchado. Solo quedamos nosotros. Ya puedes venir.

—Estás al corriente de la noticia.

—No estoy sordo. ¿Localizas tú a Mercader?

—Nos vemos en veinte minutos. Y oye, Bonhora, gracias por el aviso.

Rebeca se acercó. La luna teñía su piel de plata.

—Tenemos que irnos —dijo Milo. Recogió sus cosas. Mientras ella hacía otro tanto, le contó lo que había sucedido—. Ya solo queda un escenario Gaudí.

Los dos salieron a la carrera.

Llegaron a la esquina de la avenida de Pedralbes con la calle George R. Collins. Varias dotaciones de la Guardia Urbana permanecían estacionadas, las luces bailando en el techo. Una cinta balizadora recorría todo el perímetro. Bajaron del coche y se aproximaron. El cuerpo ya había sido descolgado, y los ayudantes del forense terminaban de introducirlo en una bolsa de nailon negro. El dragón de la verja, entre las luces y las sombras de la calle, tenía un aspecto terrorífico. La boca abierta, los afilados dientes, las patas recogidas en posición de ataque. Un rastro negro provocado por el fuego tiznaba su ala y parte de una garra. En el suelo, se esparcían media docena de cuñas numeradas.

Goyo Bonhora se acercó hasta ellos.

—Impresionante, ¿verdad? —Señaló el dragón—. Como para soñar con él.

—¿Ha sido el Verdugo?

—Según lo aportado por el testigo, no hay duda.

Un tipo con casco, vestido de motorista. Tenemos el Zippo y el cable de acero. Hay cámaras de vigilancia ahí —indicó un poste elevado— y ahí enfrente, en la oficina de La Caixa de Catalunya. Pero me temo que veremos lo que ya hemos visto. Mismo método, mismos resultados. La diferencia es que esta vez la actuación del vecino ha evitado que el cuerpo ardiera por completo. Y otra cosa, lo vio marchar en una furgoneta blanca, sin matrícula. Algo es algo.

Milo miró a un lado y otro del pavimento.

—¿Qué buscas?

—¿No hay G?

—La tienes ahí —señaló el alto pilar que sostenía un extremo de la verja—. Grabada en piedra, por el mismísimo Gaudí. Imagino que debe de tratarse de la inicial de su principal valedor, el conde Güell. Los pabellones de dentro eran suyos, como media ciudad.

—Al haber una G, no se ha entretenido en dibujar otra con espray —conjeturó Rebeca.

Milo arrugó el ceño.

—¿Qué es eso de ahí arriba, en el pináculo?

—El naranjo de antimonio del que nos habló Gombrowicz —respondió ella.

Milo hizo un gesto hacia la bolsa de nailon.

—Mauricio Navarro, el ladrón de las naranjas.

—Sí, un nuevo escarmiento. Y otra vez, nos presenta una cruel paradoja.

—Tiene sentido poético —dijo Bonhora—. Colgado en el cuello de la bestia.

—Pero no lo ha sometido al encierro sin agua ni comida. Ha cambiado su *modus operandi.* ¿Por qué?

—Porque Navarro no intervino en el episodio de hace veinte años, era alguien del presente —dijo Rebeca—. Ha jugado con él, se ha valido de su ambición para obtener la repercusión pública que pretendía, y luego, tras servir a sus fines, lo liquida con su sistema preferido: el fuego. Y de paso, marca el penúltimo punto para su firma.

—Pero aún no ha terminado su venganza —repuso Milo, sombrío—. Tiene a Susana, habrá más filmaciones. Lo seguía necesitando para publicitar sus crímenes.

—Con Pinto usó internet —dijo Bonhora—. ¿Quién sabe lo que pasa por la mente de ese psicópata?

—O quizá descubrió que Navarro le hizo alguna jugada. Ese periodista no se casaba con nadie, y pudo incumplir sus instrucciones. Lo veo capaz.

Milo observó cómo introducían la bolsa de nailon en el furgón forense.

—¿Hora de la muerte? —preguntó a Bonhora.

—Alrededor de las cinco y media de la madrugada.

—¿Estaba vivo antes de arder?

—Como los otros, hay marcas de forcejeo. Pero te lo confirmo cuando le haga la autopsia.

—¿Quién ha sido el juez encargado de ordenar el levantamiento del cadáver?

—Marcel Godia, se acaba de ir. Joven, inexperto. Tendrías que haber visto su cara cuando ha echado un vistazo al cuerpo medio calcinado. Blanco como el papel.

Milo desvió los ojos.

—¿Pertenencias?

—Ahí es donde quería yo llegar. —Caminó hasta una maleta plateada, abierta sobre la acera, y sacó una bolsa de pruebas—. Se la he pedido prestada a los de la Científica durante una hora. Solo está chamuscada.

—Destapó el cierre hermético y extrajo una BlackBerry con la mano enguantada—. Es de la víctima, quizá te interesa. —Le lanzó una mirada elocuente—. Usa guantes, haz el favor.

Milo cogió unos de la maleta y se los puso con rapidez. Agarró la BlackBerry con cuidado. Buscó la agenda de contactos. La lista era interminable y abundaban las iniciales. Apretó la B. Fue bajando el cursor. El sexto que aparecía eran dos siglas: BB. Levantó la cara.

—¿Benet Bastos?

—O Bruno Bachs —dijo Rebeca.

Bonhora se encogió de hombros.

—No te la puedes llevar —extendió la mano—. Tienen que revisar las últimas llamadas recibidas y las que realizó Navarro. El asesino tuvo que llamarlo para citarse con él, aunque imagino que lo hizo desde una cabina. No servirá de nada.

—Un momento, Goyo. Subinspectora, apunta. —Recitó el número—. ¿Lo tienes?

—Lo tengo.

Sacó su móvil y dijo:

—Dicta. —Tecleó a medida que ella le cantaba las cifras. Al terminar, oyó una grabación. «El número al que llama está apagado o fuera de cobertura.» Colgó—. Seguro que está a nombre del mismo Navarro. Se lo entrega a su fuente y este, a la primera señal de problemas, se deshace de él. Fácil y sencillo. Un teléfono limpio.

—De todas formas —dijo Rebeca—, dale el número a Crespo y que lo compruebe.

Milo asintió mientras le devolvía el móvil a Bonhora, quien volvió a introducirlo en la bolsa y luego la guardó en la maleta.

—Una cosa antes de irme —dijo—. Puede que la Unidad de Caligrafía Forense de la General haya obtenido un resultado significativo sobre la G.

—Joder, Goyo, haber empezado por ahí.

El forense jefe exhibió una amplia sonrisa.

—No es concluyente, así que no te hagas ilusiones. Recuerda que no es una ciencia exacta, y que con tan poca muestra gráfica es muy difícil llegar a alguna parte.

—Suéltalo ya, Bonhora.

—La Unidad ha estudiado distintas variables, como el trazo, la rapidez, la dirección, la forma y la continuidad, y ha concluido que hay un cincuenta por ciento de probabilidades de que el autor haya sido una mujer. Sorprendente, ¿no?

—¿Solo un cincuenta por ciento? —dijo—. Eso ya lo sabíamos sin realizar el estudio, Bonhora. ¡Maldita sea, decir esto y nada es lo mismo!

—Perdona que te corrija, Milo. Antes de analizar las muestras gráficas, el autor podía ser hombre o mujer, a partes iguales. En cambio, lo que ahora sabemos es que hay un cincuenta por ciento de posibilidades de que *no* sea un hombre, lo que es muy diferente.

—No veo la diferencia por ninguna parte.

—Te falta mentalidad científica, inspector. Conclusiones más cruciales se han alcanzado con porcentajes más bajos. En fin, por mi parte, eso es todo. Si no tenéis ninguna pregunta más, me espera una autopsia. —Meditó un instante y dijo—: «El verdadero misterio del mundo es lo visible, no lo invisible», Oscar Wilde.

Milo hizo un gesto de resignación.

—Tú ganas, mi cabeza está hoy para el arrastre. —Endureció la mirada—. Escucha, que vigilen esa

BlackBerry, que la pongan a buen recaudo. Y no lo digo en broma.

—Descuida.

Se dirigió hacia el furgón forense cargando la maleta.

—¡Goyo! —Bonhora se giró—. «Lo que no me mata me hace más fuerte», Nietzsche. Acabamos el partido otro día.

El forense jefe asintió con fastidio y ambos lo vieron subirse al asiento delantero. Poco después, el vehículo desapareció en dirección a la Diagonal.

El cielo comenzaba a clarear.

—¿Crees que el Verdugo puede ser una mujer?

—No hay nada imposible, subinspectora. —Echó a caminar hacia el Volkswagen—. Pero diga lo que diga Bonhora, con ese porcentaje estamos como al principio. A oscuras. —Ocupó el asiento del conductor—. ¿Te llevo a alguna parte?

Rebeca entró en el coche.

—A casa, quiero darme una ducha y cambiarme de ropa antes de ir a comisaría.

Arrancó. Dio la vuelta para tomar la misma dirección que el furgón.

—¿Regresarás al ático para seguir con las carpetas? —preguntó ella.

—Primero quiero hacer una visita a un viejo amigo.

—¿Otro jesuita?

—Algo parecido.

26

Se situó a espaldas de la Escuela Industrial, frente a la calle Còrcega, y se dispuso a esperar hasta las nueve de la mañana sin despegar la vista del edificio ubicado en la esquina. Sus ojos iban del quinto piso al portal, repasando a cada vecino que salía a la calle.

Reconoció a la mujer en el acto. Su rostro afable no había cambiado con los años. Arrastraba un carrito de la compra y, tras bajar las escaleras que conducían a la acera, se encaminó hacia el mercado a un par de manzanas. Milo cruzó el paso de peatones sin aguardar al semáforo verde. Entró en el ascensor y apretó el botón del quinto piso. El inmueble era lujoso, con una puerta por rellano, entrada directa a la cocina para descargar la compra, y acceso al parking situado seis plantas en el subsuelo. Tocó el timbre. Se oyeron unos pasos, seguidos del descorrer de la mirilla.

—Milo, por Dios, qué sorpresa —dijo Emilio Vilaplana. Le franqueó la entrada.

—Jefe.

Se estrecharon la mano y le hizo pasar a la sala.

El hombre que había guiado su carrera, promoviéndole a los sucesivos ascensos hasta llegar a inspector, tenía buen aspecto. Vestía ropa de estar por casa, y sus hombros mantenían la complexión robusta. La inteligencia seguía presente en sus ojos. La única huella del paso del tiempo se reflejaba en sus cabellos; el color blanco asomaba por las sienes y empezaba a ralear sobre la frente.

—Menuda visita más inesperada —dijo el excomisario jefe. Señaló el tresillo al tiempo que se dirigía a una pequeña alacena, encajada en la gran estantería que presidía el salón—. Sé que es muy temprano, pero mi mujer acaba de irse y no está para pegarme la bronca. —Alcanzó una botella de brandy—. Además, qué demonios, un día es un día. ¿Continúas sin beber alcohol?

Milo hizo un gesto ambiguo. Lo observó servirse una generosa cantidad.

—Sigo pensando que un policía que no bebe de vez en cuando es, como mínimo, sospechoso. Claro que tú siempre has sido diferente. —Tomó asiento en el sofá—. Los medios te han vapuleado, ¿eh?

—Nada que no pueda resistir.

Vilaplana bebió un sorbo, hizo una mueca, y dejó la copa en una mesita baja.

—¿Qué te trae por aquí? ¿Todo bien en la Central?

—De eso venía a hablarte. Están ocurriendo cosas muy graves y quiero saber tu opinión. A ti nunca te arredraron las presiones.

Le explicó de forma breve el asunto de las filtraciones, el hallazgo de las películas, la apresurada intervención del juez Nadal, y sus sospechas al respecto.

Vilaplana se quedó pensativo unos instantes.

—¿Tienes pruebas?

—Solo indicios, pero todo apunta a dos nombres. —Le puso al corriente de las siglas encontradas en la agenda telefónica de Navarro—. La investigación de sus datos bancarios no dio resultado, pero ya sabemos que eso no quiere decir nada.

—No, no quiere decir nada —dijo, ensimismado—. ¿Quieres oír mi consejo?

—A eso he venido.

—No te encabrones. Da carpetazo al asunto y concéntrate en el caso que tienes entre manos. Lo demás es perder el tiempo. Son cosas que pasan.

—¿Cosas que pasan? —Milo se quedó de una pieza—. Jefe, no te hablo solo de una filtración más o menos interesada a la prensa, sino de corrupción. En la Central hay un topo que estaba al servicio de Torrens y que ahora campa a sus anchas tapando todos los rastros que conducen hasta él. Son cosas que no deberían pasar.

—¿Y crees que no lo sé? —Volvió a dar otro trago—. Pero sin pruebas no vas a ningún sitio. —Se dobló hacia él—. Escucha, si sigues adelante con esto te crearás problemas, problemas serios. Yo de ti pensaría en tu carrera.

—Son la sal de la vida. Sin ellos, sería muy aburrida.

—Sigues con la manía de meterte en todos los charcos. Siempre fuiste muy testarudo.

—Y tú, que yo recuerde, nunca te inclinaste ante nadie; contigo los políticos dieron en hueso. ¿Entonces tu carrera no te importaba lo suficiente?

—No sabía lo que sé ahora, y me costó el puesto.

—¿Y qué sabes ahora?

—Que hay muy pocas cosas por las que valga la pena arriesgar el cuello.

—Has cambiado.

—Me he hecho viejo.

Milo se rascó la nuca. La conversación no iba como esperaba. Se hundió en el sofá y guardó silencio.

—Recapacita, Milo, no tienes nada sólido contra esos dos. Solo sospechas. —Apuró la copa y se levantó para servirse otra—. Uno fue tu compañero, y el otro es un gestor, no un policía. ¿Por qué tenía que filtrar nada?

—A río revuelto, ganancia de pescadores —dijo—. Si estaba a sueldo de Torrens, le convenía crear confusión, obstaculizar mis indagaciones sobre sus asuntos, dejar que las cosas se apagaran por sí solas. En aquellos momentos creía que se había fugado, y cuanto más caos hubiera alrededor del caso, mejor. ¿No lo viste balbucear en la rueda de prensa? Logró sus objetivos, marear la perdiz. Y respecto a Bachs, es un trilero, metido siempre en todos los saraos para sacar tajada. Creo que puede estar jugando con dos barajas, a la espera de saber por cuál decantarse. Pero de lo que no tengo ninguna duda es que está metido hasta las cejas. ¿En qué me baso? En que lo conozco como si lo hubiera parido. Es el hombre de paja, dispuesto a sacar beneficios de donde sea.

A su espalda, lo oyó forcejear con la alacena.

—Déjalo estar, Milo, apártate de esta historia. Vas a caer en desgracia.

—¿Todavía más?

El alcohol cayendo en la copa. El suspiro pronunciado.

—¿Has visto esas películas? —preguntó su antiguo jefe, la voz un punto distinta.

—Solo unas cuantas. —El sonido de una pieza al

encajar en su cerebro lo dejó aturdido. Resonó como un disparo. Contrajo la cara en una expresión de dolor—. No tuve estómago, y el dormitorio de ese gusano no era el lugar apropiado.

El cierre apresurado de la botella, el nuevo forcejeo tenso con el pequeño armario.

—¿Y el sargento Crespo?

—Tampoco. El juez Nadal las incautó antes de que tuviéramos tiempo.

Vilaplana palmeó su hombro de camino al sofá. El contacto le abrasó como el fuego.

—Milo, te estás quedando antiguo —dijo—. Hoy la intuición es ya solo una reliquia. Los rastros de ADN, las pruebas de laboratorio, los avances técnicos... Esto es lo que vale en la actualidad. Los tiempos cambian.

—Pero permanecen los antiguos vicios.

El excomisario jefe encajó el golpe con disimulo. Tomó asiento y se acercó la copa con un ligero temblor.

—¿A qué vicios te refieres? —dijo.

—Félix Torrens, su red de chantaje. Veinte años extendiendo su mierda. Veinte años.

Vilaplana bajó los ojos. Los clavó en el líquido ámbar.

—Son muchos años, sí —murmuró.

—¿Cuánto dinero hace falta para comprar a un comisario jefe?

Se desinfló en el sofá.

—El suficiente, Milo, el suficiente. —Trató de esbozar una sonrisa, pero solo logró un remedo que le desfiguró la cara—. Veo que estás en forma, tu dichosa parabólica.

—Jefe, no te voy a preguntar si estuviste en su agenda. Te respeto demasiado. Pero...

Vilaplana lo interrumpió alzando una mano. Miró la pared más allá de Milo.

—Fue solo una vez, una jodida vez. Cuando era intendente. Un estúpido error que me ha perseguido desde entonces. —Fijó los ojos en un punto por encima de su cabeza—. Había prostitutas profesionales, y me dejé enredar como un aprendiz. Luego vino lo que ya te imaginas, me agarró por los cojones y no me soltó. Tú no lo puedes comprender, pero mis hijos, mi mujer... Lo hice por ellos, para evitar el escándalo. Me plegué a sus exigencias. Ese maldito capullo. —Enfocó a Milo—. Y cuando me harté de ser su perro, movió los hilos y me sacó de en medio. —Chasqueó los dedos—. Así de fácil. Quería a uno más obediente. Por eso acepté el relevo sin presentar batalla. Lo último que quería era hacer ruido, para no perder la pensión. Y me retiré... aunque no del todo.

Intercambiaron una mirada.

—Tú fuiste quien realizó la denuncia anónima al fiscal anticorrupción.

—Al menos hice algo. —Volvió a desviar los ojos—. La conciencia, ya sabes.

Una súbita sensación de derrota invadió a Milo. Se incorporó del tresillo.

—Una conciencia un poco tardía. —Endureció la voz—. Si lo hubieras hecho antes, quizá hoy Marc estaría vivo. —Vilaplana bajó la cabeza—. Tuvo más valor que tú. No es necesario que me acompañes, ya sé el camino.

—Milo. —Se detuvo en el umbral de la sala—. Te debes a tus jefes, que son políticos, pero todavía más a los ciudadanos. Haz lo que creas oportuno, el Cuerpo lo resistirá. Pero hazlo con discreción, sin que trascienda. Los medios lo despedazarían como hienas.

—¿Qué sugieres?

—Bachs es el eslabón más débil, y la pieza clave. Yo empezaría por él.

—¿Pues a qué esperas? —dijo, cansado—. No me vendría mal un poco de ayuda.

—¿Me estás diciendo que llame a Asuntos Internos?

Milo reemprendió la marcha hacia la puerta.

—Suerte con el Verdugo —dijo Vilaplana. Se hundió en el sofá y vació la copa de un trago antes de oír el portazo. Le sacudió de pies a cabeza.

La espera del ascensor se le hizo eterna y bajó por las escaleras, la mente a cien. Salió a la calle y tomó aire con fuerza. Rabioso, extrajo el móvil.

—¿Señora Conte? ¿Cómo va la búsqueda?

—Estamos en ello, inspector. Hemos removido media Ciudad de la Justicia, pero aún no hemos dado con los sumarios. Falta la otra mitad, no pierda la esperanza.

—Nunca la pierdo.

A continuación realizó otra llamada.

—Crespo, ¿los de Aucat te han entregado esa lista?

—Aún no, los acabo de llamar hace unos minutos y...

—¡La necesitamos, Toni! ¡Haz que muevan el culo!

—Hago todo lo que puedo, incluso les he insinuado una denuncia por obstrucción. Pero se escudan en que son informes de hace veinte años y...

—¡Sé más contundente, joder! ¡Déjate de insinuaciones y hazlo de una puta vez!

—Están colaborando, hay que tener paciencia.

Milo se mordió los labios.

—Apunta este número. —Lo dictó de memoria—. Quiero saber a nombre de quién está. Te espero.

Se dirigió al coche con el móvil pegado a la oreja. Estaba aparcado en una zona de carga y descarga, y una multa destacaba en el parabrisas. La retiró furibundo.

Mientras la estrujaba, oyó la respuesta del sargento.

—Mauricio Navarro.

—Te llamo esta tarde.

Arrancó a toda prisa y condujo hacia el ático sin prestar atención a los bocinazos. Lo suyo era prioritario.

La luz entró por sus párpados cerrados y se tapó la cabeza para proteger los ojos. Negó con floja vehemencia mientras exhibía una sonrisa desdibujada.

—Gracias, pero no quiero agua —graznó, la garganta reseca—. Estoy bien.

Entonces pensó que a lo mejor la estaba filmando y se arregló la falda. Cambió de postura. Lentamente, se arrastró hasta la pared, apoyó la espalda, y cruzó las piernas.

—No queremos escandalizar a los telespectadores, ¿verdad?

El dolor en sus cuerdas vocales era insoportable. Pronunciar cada palabra era igual a arrancarle un trozo de carne. Intentó tragar saliva, pero ya no tenía ni una gota.

—Aunque si me ofreces una cerveza, no te diré que no.

Silencio.

—Sé que estás ahí, no seas tímido. Si me conocieras, sabrías que no muerdo.

Silencio.

La jueza Cabot soltó una risotada que le martilleó todo el cuerpo.

—Esta dieta me va a ir de perlas. Cuando salga de aquí, seré una sílfide.

—Te conozco —dijo una voz más allá del foco.

Susana se volvió con parsimonia en su dirección. De nuevo, le sorprendió el tono suave. Bajó la barbilla e hizo visera con una mano.

—¿De veras?

No obtuvo respuesta.

Partiendo de aquella voz, trató de adjudicarle un rostro. Pero su cerebro no estaba en condiciones. Espeso, solo atinó a recordarle que no debía mostrarse débil ante aquel sujeto.

—Si te envié a chirona fue porque te lo merecías.

Escuchó el sonido de un líquido al ser trasegado y se le hizo la boca agua. Cuando el desconocido terminó de saciar su sed, soltó un aliento de satisfacción.

—Está fresca —dijo.

—Malo para el gaznate —replicó, pugnando por no perder el control.

El siguiente ruido fue el golpeteo del líquido contra el pavimento. Un chorro, como una cascada, interminable. Se llevó las manos a los oídos, incapaz de soportarlo. Cerró los ojos para contener las lágrimas. Agua, agua resbalando por su garganta. Colmándola. Podría beber un día entero. «¡Basta!», se ordenó. Una semana entera. Bañarse en un lago de agua helada y entreabrir los labios para cicatrizar el ansia. «Por Dios, cállate», se suplicó a sí misma, intentando dominar los temblores.

—Fue peor que la cárcel —dijo la voz, cortante como un cuchillo.

Cabot se limpió la nariz con el antebrazo.

—¿Quién... eres? —balbuceó, sorbiendo.

—Ayer pastor, hoy señor.

—No... no entiendo.

—Ayer víctima, hoy verdugo.

El miedo empezó a apoderarse de ella. Era evidente que aquel tipo era un perturbado, un loco que la tenía en su poder para ponerla al límite de sus fuerzas y luego... luego... Se negó a seguir por ese derrotero. Debía aunar su fortaleza, no debilitarla con el enemigo interior.

Meditó un instante y dijo lo primero que se le ocurrió.

—Has... has prosperado. ¿Así me... lo agradeces?

—Te reservo algo muy especial.

La voz era fría, insensible. Sonaba sin energía. Por más que lo provocaba, no mostraba signos de enfado ni crispación. Despojada de emociones. Sin vida. Escalofriante.

Entonces recordó un detalle.

—Si no fue a... a chirona, ¿adónde te... te envié?

—A casa del monstruo. Con sus guardianes. La Ferradura.

Aquel nombre no le dijo nada, pero sus palabras la aterrorizaron.

De golpe, la luz se apagó.

—Ya ha recibido su castigo —dijo la voz. Se acercó—. Como tú muy pronto.

Percibió su respiración en la oscuridad, a pocos metros. Y algo más. Una implacable voluntad, de hierro. Presa del pánico, reculó hasta la esquina de la celda. Le faltaba aire. Se agarró a las rodillas hasta arrebujarse en el rincón.

—Dulces sueños, señoría —dijo la voz, parodiando a una criatura.

Llevaba tres horas repasando las carpetas y no había obtenido ningún resultado. El historial de Pinto, los informes de Mercader sobre la conducta de los asesinos en serie, el listado de ladrones de vehículos en activo, la lista de llamadas sobre las localizaciones donde Torrens había sido visto, el expediente que la jueza le había entregado sobre la muerte de la primera víctima. Al pensar en Susana, el mundo se le cayó encima. Era desesperante. Tenía ante sus ojos una inmensa sopa de letras, pero no le servía de nada hasta que no localizara la palabra clave y la redondeara en rojo. Desalentado, contempló el cielo que se abría más allá de la terraza. En la calle se alzaba el rumor de la gente, los gritos de los niños, la música de los chiringuitos. Se preguntó cómo era posible que los demás prosiguieran con su vida como si tal cosa.

Agarró el móvil.

—Crespo, novedades.

—Sigo metiéndoles caña a los de Aucat. Uno de los responsables de no sé qué sección me asegura que no piensa parar hasta enviarme la información; pero se acerca la hora de cerrar y el fin de semana está por medio. —Hizo una pausa—. No soy muy optimista, la verdad.

—Escucha, no hay fin de semana para nadie. Ya se lo puedes decir a ese individuo. Y por Dios, persuádelo de la importancia de este asunto.

—Ya me las ingeniaré, inspector.

—¿Has encontrado el nombre de algún empleado de La Ferradura entre 1987 y 1990?

—Nada, como si se los hubiera tragado la tierra.

Milo se llevó las manos a la cabeza.

—Inspector, se me ha ocurrido una idea que...

—Toni, no me lo cuentes, hazlo.

Llamó a Alba Conte. Recibió la misma respuesta. Los sumarios seguían perdidos bajo montañas de expedientes antiguos. Lanzó el móvil al sofá.

Al levantarse, se tambaleó. Comer. Necesitaba comida.

Cogió algo de fruta de la nevera y la mordisqueó sin hambre mientras volvía a concentrarse en los papeles esparcidos por el suelo. Repasó el historial de la Casa Milà, el de Torrens, el listado de las sociedades masónicas, el de las muertes extrañas y desapariciones durante los últimos veinte años. Le atenazó intuir que estaba cerca de algo, pero enseguida se diluyó la sensación, desbordado por un mar de datos. Las dudas lo acosaron. ¿Qué era lo siguiente que tenía que hacer? ¿Por dónde tirar? ¿Debía esperar a que los sumarios aparecieran, a que la nueva lista aportara un poco de luz al caso? Negó con la cabeza. Cualquier cosa menos aguardar de brazos cruzados. Eligió otra carpeta y se sumergió en su lectura.

Más tarde, hojeó los papeles que habían elaborado Bachs y Sena, la lista de los damnificados. Recordó que no estaba acabada, que al cerrar Singla sus líneas de investigación quedó sin completar. Dejó de leerlos y los arrojó contra la pared, cerca del mapa con las líneas y aquella G ominosa. Maldiciendo en silencio, contempló por enésima ocasión las rectas que había trazado Gombrowicz, la letra picuda que él mismo había dibujado uniendo los puntos donde los cuerpos en llamas habían sido colgados. Observó la flecha que señalaba el

Palau Güell, la sede del Círculo Gaudí. Allí no había aparecido ninguna víctima del Verdugo, aunque sí una del Asesino del Listado. Se cuestionó si aquello significaba algo, si entrañaba alguna clave que les hubiera pasado desapercibida.

—¿Qué te dice el instinto?

Cerró los ojos. La primera imagen que le asaltó fue la de un mar en llamas. En el centro, se erguía un árbol de fuego. Asoció la escena con las palabras de Jon Grau, el antisistema detenido. «Barcelona volverá a ser la Rosa de Fuego.» Se le aceleró el corazón. El mito de la ciudad anarquista, un siglo después. Y hoy, las víctimas invisibles sobre las que se asentaba la urbe para crecer. Crecer. Solo eran unos niños. De repente, experimentó algo muy parecido a asomarse por un precipicio. Vértigo. Pero a la inversa. Como subir en un ascensor a toda velocidad. Abrió los ojos.

Se tiró al suelo en busca de la carpeta con la grabación de la llamada al 010 que hizo uno de los asesinos advirtiendo de la rotura de las farolas en el paseo de Gràcia. Halló el cedé, lo introdujo en el reproductor y apretó el PLAY. Subió el volumen.

La duración era muy corta. Pero se podía percibir que la voz no era rota ni desagradable; seca, inexpresiva, impostada varios tonos más grave, pero no rasposa. Detuvo el cedé, y volvió al desorden de carpetas para encontrar la que contenía las llamadas de los zumbados habituales afirmando ser los autores de la muerte de Pinto. Metió el cedé en el aparato y, al poco, sonó en la sala un repertorio de chaladuras a cuál más inverosímil y peregrina. Iba a detener la sarta de burradas cuando una voz, nuevamente impostada, dijo: «Barcelona lo estropeó todo, y va a pagar por ello». Apretó el STOP.

Se le erizó la piel. La voz no le había arañado los oídos, no era como papel de lija; al contrario, a pesar de sus esfuerzos por deformarla, había sonado como la otra, seca e inexpresiva, un punto arrogante y gutural, pero normal.

Algo no cuadraba.

El dueño de la tienda de electrónica había dicho que el hombre de ojos azules tenía la voz rota y desagradable. Por otro lado, el indigente lo había descrito como un tipo agraciado, con el pelo rubio muy corto, y no escuchó su voz. Pero sí ellos, en la película de la muerte de Torrens, al soltar la frase sobre la lucha antisistema. La voz era muy parecida a la de la llamada al 010, igual de impostada. Y habían deducido que el Verdugo era el encargado de filmar, el que tenía una tendencia artística, pues el viejo mendigo lo había visto frente a La Pedrera. Y basándose en los dos testimonios, habían cometido un nuevo error: el Verdugo no tenía la voz cascada. Lo demostraba la película. Se podía disfrazar el habla, pero no hasta ese punto.

—El aspecto de ambos nos ha confundido.

Se quedó quieto, helado. Los mecanismos de su cerebro trabajando. Los asesinos eran similares, de apariencia muy semejante. Los dos eran agraciados, confundibles. De ahí su error. De súbito, vio una palabra en la gigantesca sopa de letras y la redondeó en rojo.

Al principio pensó que no podía ser. Una explicación tan sencilla resultaba difícil de creer. Pero con esa palabra, todo encajaría. Escéptico, le dio vueltas unos minutos. No había duda, esa palabra explicaría muchas cosas.

—Hermanos —dijo—. El Asesino del Listado y el Verdugo son hermanos.

Una energía poderosa lo atravesó de pies a cabeza. Los dos vivían juntos con su familia, juntos fueron expropiados, y juntos los envió Susana a La Ferradura. ¿Por qué? Porque se quedaron sin familia. Algo tuvo que ocurrir, algo trágico, y los dos perdieron hogar y familia, a la vez. Y entonces vino la puntilla: la casa de acogida. Expropiación, tragedia familiar, La Ferradura. Y veinte años después, el Verdugo había iniciado su venganza.

Como un torbellino, rebuscó el móvil por el sofá.

Se dispuso a llamar a Rebeca cuando se detuvo en el aire. La película de Torrens en el promontorio. Comenzaba en una imagen, y era la misma del último plano. Ató cabos en una décima de segundo. Lo habían tenido delante de las narices todo el tiempo. El Verdugo se lo había mostrado, pero ninguno había caído en el detalle.

—Todo empezó en el lugar que señala la imagen.

Marcó el teléfono del sargento Crespo.

—¿Sabes algo de Aucat?

—No han pasado ni dos horas desde la última vez que me lo has preguntado y no, no hay novedades. He llamado hace poco y la respuesta es la misma, están en ello.

—Diles que concentren la búsqueda en el principio de la C-31, o por la Zona Franca. A partir de la plaza Cerdà, más adelante, justo enfrente de donde hoy se ubica la Ciudad de la Justicia. ¿Recuerdas el primer plano de la filmación de Torrens? Pues por ahí.

El sargento guardó silencio.

—¿Toni?

—¿Crees que en esa zona es donde se produjo la expropiación?

—La película empieza y acaba en el mismo sitio. ¿Por qué lo usó como fondo para soltar su frasecita? Más lógico hubiera sido un plano general de la ciudad.

Crespo soltó un silbido de sorpresa.

—La leche, tuvo la audacia de señalarnos el lugar, y repitió el plano al final...

—Llama de inmediato a ese responsable de Aucat. Si estamos en lo cierto, hemos acotado una barbaridad el territorio de búsqueda. No se lo podemos poner más fácil.

Colgó con impaciencia y se quedó mirando el móvil.

Al cabo, se sentó en el suelo y volvió a releer todos los informes. No quería que se le pasara por alto ningún otro detalle. Empezó por el que tenía más a mano, el expediente de Pinto. Repasó el informe forense, las fotos de la escena del crimen, los testimonios de la esposa, los amigos y vecinos. Fue pasando las hojas una tras otra.

Al terminar, recogió los papeles desperdigados. La lista que habían elaborado Sena y Bachs. La lista incompleta. Nervioso, volvió a apartarlos de en medio con un gesto de fastidio. Eligió otro dosier.

Ya de noche, seguía con la cabeza metida en las carpetas cuando sonó el interfono del portal. Era Mercader.

—¿Puedes bajar un momento? Debes ver una cosa.

Una vez en la calle, vio que estaba acompañada por el melenudo que ejercía de cámara para Navarro.

Rebeca lo señaló con un gesto.

—Lleva todo el día pensando qué hacer con unas

imágenes que tiene, hasta que se le ha ocurrido la brillante idea de acudir a comisaría.

—¿Qué imágenes?

—Como suponíamos, Navarro mantuvo un encuentro con uno de los asesinos. Pues bien, escondido en los arbustos, aquí este joven llamado Lucas filmó la cita.

El melenudo asintió con cara de susto. Alzó la cámara.

—¿Podemos verlas en ese trasto?

El joven volvió a asentir y los tres se dirigieron a un banco de la plaza. Desplegó un visor, ajustó la altura, y Milo y Rebeca se apretujaron para ver la secuencia.

Navarro y la figura con casco ocupaban el centro de la pequeña pantalla. Conteniendo la respiración, los escucharon hablar. La voz del desconocido era rugosa.

—El Asesino del Listado —apuntó Milo.

—¿Cómo lo sabes?

—Luego te lo explico.

Observaron cómo le entregaba un disquete que el periodista se apresuró a coger. Y a continuación, oyeron la breve charla que sostuvieron, su oferta de ayudarlo.

—Estúpido —dijo Milo—. Confiar en un psicópata...

—Espera —hizo callar Rebeca.

El Asesino del Listado respondía a la pregunta sobre su identidad. Ambos oyeron claramente la respuesta. Cruzaron una mirada de perplejidad. Poco después, la filmación terminaba cuando la figura de negro salía de plano.

—«Ayer pastor, hoy señor» —repitió Rebeca—. ¿Tienes idea de a qué se refiere?

Milo negó con un gesto mientras Lucas cerraba el visor. Extendió la mano hacia él.

—Necesito la película —dijo. El joven se la entregó sin rechistar—. Supongo que la pasada madrugada el imbécil de Navarro acudió a una nueva cita con la promesa de otra grabación.

Lucas afirmó con un leve encogimiento de hombros.

—Y tú también estabas ahí. ¿Pudiste grabar algo?

—No, fui a aparcar el coche. Cuando volví, ya había desaparecido.

—Te libraste por los pelos. —El cámara asintió—. Achicharrado por un maldito programa televisivo. Perder la vida así es de gilipollas.

—Tío, para ya de hablar mal de los muertos.

Milo reprimió la impaciencia y se mordió la lengua.

—¿Algo más? —intervino Rebeca.

—Había una furgoneta —dijo Lucas. Agarró la cámara y se levantó—. Blanca, sin rótulos. Cuando llegué al lugar del encuentro ya no estaba.

—Agradecemos tu información, ¿verdad, inspector?

Milo ya se alejaba hacia el portal. Rebeca se despidió del melenudo y corrió tras él. Detuvo la puerta antes de cerrarse. Por las escaleras, oyó que hablaba con Crespo.

—Sí, la frase que te he dicho: «Ayer pastor, hoy señor». A ver si averiguas algo sobre ella, quizá le suene a Gombrowicz —resopló—. Seguimos en contacto.

Mercader lo alcanzó y juntos recorrieron el último tramo.

—Ya sabemos la jugarreta de Navarro al Asesino del Listado —dijo, a oscuras—. Filmó el encuentro.

—¿Crees que el asesino no se lo figuraba? —dijo Milo. Entró en el piso.

—¿Por qué se lo cargó si no?

—Solo era una ficha en su partida de ajedrez, subinspectora. Cuando ya no le fue útil, se lo sacó de encima como el simple peón que era. ¡Y ese mamón le ofreció su ayuda!

Rebeca se quedó paralizada en el umbral.

—¿No entras? —preguntó Milo.

—Eso que has dicho del ajedrez. La última pieza que queda en pie es el rey. El amo. El señor. Todas las demás están a su servicio.

—Incluso el Asesino del Listado, su brazo ejecutor. Su hermano.

Ambos permanecieron inmóviles un instante.

—Tienes que explicarme algunas cosas —dijo ella.

—Vale, son hermanos, pero ¿perder la familia en una expropiación? —replicó—. Es poco verosímil. ¿Mueren los padres al mismo tiempo? ¿De qué? ¿Del disgusto?

—¿Cómo sabes que no eran ya huérfanos de padre o madre? Puede que uno de sus progenitores hubiera fallecido y el otro estuviera delicado de salud. Y sin otros familiares, su custodia habría pasado a la tutela del Estado. Esto explicaría cómo llegaron al tribunal que entonces presidía Susana. A mí no me parece tan descabellado.

—De acuerdo —concedió—, pero seguimos encallados en el mismo sitio: ¿por qué ahora?

—¡Joder, solo te oigo peros y preguntas! —saltó Milo—. ¿Te crees que soy adivino? Estoy igual que tú, perdido, a ciegas. Y yo fui el último en llegar al caso. ¡El último! ¡Así que espabila de una maldita vez!

Las fuerzas lo abandonaron de improviso. Caminó hacia la terraza como un boxeador al borde del KO. Se dejó caer en la tumbona. Cruzó un brazo sobre el rostro.

—¿Qué te pasa? —dijo Rebeca. Se acuclilló a su lado. Le acarició la mejilla.

Milo retiró su mano, pero no la soltó. Ladeó la cara hasta enfocarla, los ojos velados.

—Puedo estar equivocado.

—Descansa un poco, estás exhausto. Todo irá bien.

—Media hora, solo media hora. —La apretó con suavidad. Tomó aire y dijo—: Llama a Alba Conte, y a Crespo. Para que no cesen la búsqueda.

—Yo me encargo, no te preocupes.

Ella cogió el móvil y se incorporó. Milo siguió sujetando su mano.

—Llama por el tuyo —musitó—. Necesito el mío libre.

La encontró dormida en el sofá, agarrada a uno de los almohadones. Su rostro mostraba la placidez del sueño. Volvió a salir a la terraza para contemplar el amanecer.

El mar, plano como un espejo. El cielo, adquiriendo un brillante tono luminoso. El silencio, por todas partes, salvo el ocasional canto de algún pájaro madrugador. La paz.

Sonó el móvil. Vio que era Martina Cots, la inspectora de Robos de la Central de Tarragona. Contestó sin perder un segundo.

—Sabía que te pillaría despierto —dijo ella, la voz soñolienta.

—Tú no pareces haber dormido mucho.

—Hemos pasado una noche movidita, desde las doce que estamos en danza. —Soltó un bostezo—. Perdona, pero es que estoy que me caigo. Te llamo porque hemos tenido un golpe de suerte. Unos ladrones han intentado entrar de madrugada en casa de Eva Messeguer y la patrulla local nos ha pasado los datos de la denuncia. Al leerlos me he dado cuenta, y ya me ves recorriendo Cambrils para dar con ella y preguntarle si...

Milo sintió que la cabeza le daba vueltas.

—¿Quién es Eva Messeguer? —interrumpió.

—Una mujer de cincuenta y ocho años, medio zumbada por los medicamentos que toma para su cáncer de pulmón. Va con oxígeno, ya sabes, bombona y todo el equipo. Hablar con ella es un suplicio, te lo aseguro. Solo tiene oídos para la televisión y es capaz de hacer perder los nervios al mismísimo Job.

—Martina, ¿quién es Eva Messeguer y por qué me cuentas todo esto?

—Fue pedagoga en una casa de acogida situada en Reus, La Ferradura. ¿No querías que localizara a alguien que hubiera trabajado en ese centro? Pues ya lo he hecho.

Se le disparó el pulso.

—¿Tienes su dirección?

—Apunta.

Milo tomó los datos y se despidió de ella a toda prisa. Luego, fue al dormitorio y cogió ropa limpia. Antes de entrar en el baño, lanzó una camiseta a Rebeca. Al caerle en el rostro, la subinspectora se despertó de golpe.

—Tenemos prisa —dijo él. Abrió el grifo de la ducha—. Está amaneciendo y aún tienes que cambiarte. Si quieres una muda, tendrás que coger una de las mías.

—¿Qué pasa? —dijo, adormilada—. ¿Adónde vamos?

—¡A Cambrils! —exclamó, bajo el chorro del agua—. ¡No hay tiempo que perder!

Rebeca miró la camiseta gris, sin estampados; a continuación, a izquierda y derecha. No había comprendido una palabra. El sol que despuntaba por el horizonte la hipnotizó unos minutos. Pero cuando Milo salió del baño pegando gritos, la ensoñación desapareció como por ensalmo.

27

Abandonaron la ciudad por la Diagonal, y tomaron la AP-7 en dirección sur. El tráfico era fluido y no tuvieron dificultad en dejar atrás Barcelona. Hasta pocos kilómetros antes de llegar al peaje de Martorell. Las colas de vehículos eran vertiginosamente largas. El día iba a ser espléndido y mucha gente había decidido aprovecharlo ya de buena mañana y pasar el sábado en la playa. Sin dudarlo, Milo se metió por el arcén. En el peaje, tomó por el carril de emergencias, mostró la placa al hombre de la cabina, quien levantó la barrera, y salieron disparados. Recorrieron varios kilómetros a toda velocidad. Poco después, se vio obligado a aminorar a causa de una nutrida caravana. Y más adelante, descubrió que el depósito estaba vacío. Se detuvo en la primera estación de servicio. Una treintena de vehículos aguardaba en fila india ante cada surtidor. Sulfurada, Rebeca se apeó y, placa en ristre, empezó a ordenar el tráfico para que el Volkswagen pudiera avanzar. Por fin, pusieron gasolina y se incorporaron a la autopista, con la subinspectora indicando una y otra vez los carriles por donde Milo debía meterse para ganar velocidad.

—A la vuelta conduciré yo —dijo—. Eres una tortuga.

Dejaron la AP-7 y siguieron la nacional hasta llegar a Cambrils. En vez de la hora y media habitual, habían empleado más del doble. Bajaron hasta el paseo Marítimo y, una vez allí, lo recorrieron hasta el final, doblaron por varias travesías, hasta que por fin hallaron la calle, en segunda línea de mar. Predominaban los grandes hoteles y altos edificios de apartamentos.

—Tiene que estar por aquí —dijo Milo.

Una hilera de sencillas torres, separadas por estrechos pasadizos, se alineaba entre dos bloques. Aparcó frente al número 24 y se apearon empapados de sudor, el cuerpo anquilosado.

—Vamos allá —dijo Mercader.

Franquearon la verja y caminaron hacia la entrada. Llamaron al timbre. Desde el porche se oía el televisor. Volvieron a llamar. Al no obtener respuesta, Rebeca aporreó la puerta. Al rato, se abrió muy despacio hasta chocar con una cadena. El rostro demacrado de una mujer asomó por la abertura.

Milo y Rebeca mostraron sus placas.

—¿Vienen otra vez por lo del robo?

—Así es, señora. Nos gusta hacer bien las cosas.

La mujer cerró la puerta, descolgó la cadena, y la abrió de nuevo para dejarlos pasar. Un nauseabundo olor los golpeó nada más entrar en la sala.

La estancia ofrecía un aspecto cochambroso. Muebles desvencijados, cortinas deshilachadas, la alfombra raída. En el centro, un televisor sobre una mesita con ruedas. Por todas partes suciedad, pilas de periódicos, abandono. En una estantería se acumulaban docenas de figuritas de porcelana cubiertas por una capa de polvo. Y sobre una mesa, una lata de conservas vacía, goteando aceite sobre el mantel lleno de migas, junto a un plato con cáscaras de naranja.

Eva Messeguer caminó pesadamente hacia el sofá situado ante el televisor. A un lado, una bombona de oxígeno conectada a una mascarilla; y en el otro, una mesilla donde había varios botes y cajas de medicamentos junto a una botella de agua. Vestía un holgado camisón con el logotipo de un hospital de la comarca, y calzaba zapatillas de estar por casa, desparejadas. Una peluca sintética de color platino tapaba su cabeza, asomando varios mechones de pelo ralo y gris por la frente. Su expresión era adusta, la mirada de indiferencia, y sus gestos eran blandos, sin energía. Clavó los ojos en la televisión sin ofrecerles asiento.

El volumen era ensordecedor. En la pantalla, una mujer teñida de rubio discutía con un calvo mientras el presentador se esforzaba por mantener el orden. Entre los aplausos del público, los dos tertulianos se enzarzaron en una pelea verbal.

—Esa sí que sabe poner a los hombres en su sitio —comentó Eva Messeguer.

—Señora, queremos hacerle unas preguntas.

—Les conté todo a sus compañeros —dijo, sin apartar la vista del programa—. Unos gamberros forzaron la ventana del baño, los oí y llamé a la patrulla. Se largaron sin llevarse nada. Pero puse la denuncia por el seguro. Destrozaron la ventana y alguien tiene que pagarla. —Señaló el televisor—. Ya verán ahora, se va a liar.

—Señora, ¿podríamos bajar el volumen?

—El calvo se va a enterar, no sabe con quién se mete.

Milo agarró el mando y quitó el sonido. Ella alzó los ojos con sorpresa.

—¿Qué hace?

—Necesitamos que nos hable de La Ferradura.

La mujer cogió la mascarilla de oxígeno y se la llevó a la cara. Aspiró una bocanada de aire sin dejar de contemplarlos con sus ojillos apagados.

—La Ferradura, señora Messeguer, queremos que nos hable de ese sitio —repitió Milo—. Las cosas que ocurrían allí, Félix Torrens, los niños. Usted trabajó en ese centro como pedagoga.

Ella separó lo justo la mascarilla de la boca.

—Fue hace veinte años, ya no me acuerdo —dijo.

—Sí, sí que se acuerda. Tiene que acordarse. En concreto de dos hermanos.

La mujer desvió la mirada hacia el televisor. Respiraba con dificultad.

—No tendría que haber dejado al torero —dijo. No entendieron sus palabras. Apartó el artilugio y señaló la pantalla—. Digo que no tendría que haberse divorciado. Antes era más guapa, pero parecía una mosquita muerta. Tantas operaciones de estética la han echado a perder. Aunque ya ven, ahora es una estrella.

Rebeca soltó el aire con fuerza. Se interpuso entre la mujer y el televisor.

—Señora, hay dos formas de hacer esto —dijo. Colocó los brazos en jarra—. O nos lo cuenta por las buenas, o la arrastramos con bombona y todo hasta la comisaría. Usted elige. —Extrajo las esposas—. Comisaría o aquí, en su casa de mierda.

Sin inmutarse, la mujer dio otra bocanada y apoyó la mascarilla en la bombona.

—No han venido por el robo —dijo. Se ajustó la peluca—. Y yo tengo mis derechos.

—Dos hermanos —insistió Milo—. Agraciados, muy unidos. Háblenos de ellos.

Eva Messeguer hizo una mueca y chasqueó la lengua.

—El señor Torrens se fue al otro barrio, lo vi por la tele. ¿Para qué quieren remover el asunto? Es mejor dejar en paz a los muertos. —Se quedó pensativa—. Pronto me reuniré con él. Era una buena persona.

—¿Buena persona? —dijo Rebeca.

—Tenía sus rarezas, pero todo lo hacía por el bien de esos críos. —Levantó la cara—. Ustedes no lo comprenden. Llegaban hechos unas fieras al centro y había que domarlos. Eran unos mocosos salvajes, sin educación. Con ellos solo valía la mano dura. Los métodos que aplicamos eran los habituales en estos casos.

—Explíquenos esos métodos —dijo Rebeca.

—Los habituales, ya les digo. —Ladeó el cuello para ver la pantalla detrás de la subinspectora—. Joven, ¿podría apartarse un poco? Es que me tapa la tele.

—Los métodos —repitió ella, sin moverse.

—Pues dejarlos sin comer, sedarlos en momentos de crisis, el aislamiento, todo eso.

—¿Dónde los aislaban? —quiso saber Milo.

—En el sótano, en un cuarto especial. —Se encogió de hombros—. Lo corriente.

Milo contuvo un gesto de rabia.

—Ha dicho que el señor Torrens tenía sus rarezas. Háblenos de ellas.

—¿Sus rarezas? —Fijó la vista en un punto entre Rebeca y el aparato—. Él iba y venía a la casa, no siempre estaba con nosotros. El sótano era su espacio reservado. Yo era la única a quien le permitía entrar, pero solo cuando estaba ausente. Los demás lo tenían prohibido. Era su refugio. Lo llamaba «el laboratorio». Se encerraba allí para meditar cuando nos visitaba. —Exhibió media sonrisa floja—. Y no sé por qué tanto secretismo y puerta bajo siete llaves, lo que tenía allí no era nada del otro mundo. Todos tenemos nuestras manías.

—¿Qué había en ese sótano? —inquirió Rebeca.

—Su pasión, Gaudí. Le chiflaba cualquier cosa relacionada con él. Libros, cuadros, esculturas en bronce, incluso diapositivas que pasaba en una pantalla desplegable. Tenía de todo. —Sacudió la cabeza—. Si no me creen, les diré que una gigantesca reproducción fotográfica cubría una pared de parte a parte. Se pasaba el tiempo libre contemplándola, sentado delante en su silla de brazos, como en un trono. ¿Eso es estar obsesionado o no?

—No era su única obsesión —dijo Milo.

—¿Qué mostraba esa fotografía? —preguntó Rebeca.

—Las chimeneas-soldado. En primerísimo plano. Eran espeluznantes, con sus cuellos retorcidos, las cuencas vacías, embozados. —Reprimió un escalofrío—. Dicen que es arte, pero a mí me parecen repulsivas, de pesadilla. Nadie en su sano juicio puede crear una cosa así. Pero contra gustos... —Volvió a encogerse de hombros. Luego, alargó la mano hacia la mascarilla—. Hay gente para todo. A mí me atraen las figuritas de porcelana. —Las indicó—. No soy quién para hablar de rarezas.

Dio una nueva bocanada de aire, larga, profunda.

—Encerraban a los rebeldes en el sótano —dijo Milo.

—En un cuarto especial, ya se lo he dicho. Estaba al fondo, en una esquina.

—Y allí aislaban a los que no se portaban bien.

Ella asintió sin fuerza, inclinando otra vez el cuerpo para ver la televisión.

—Los dos hermanos eran inquilinos asiduos de ese cuarto oscuro, ¿me equivoco?

—¿Quién ha hablado de que fuera oscuro? Era un cuarto normal, sin ventanas. Y sí, eran muy conflictivos. Sobre todo el mayor. Se peleaba mucho con los demás, era muy rebelde. Tuvimos que emplearnos a fondo con él. —Entornó los ojos—. No podíamos permitir que siguiera provocando pequeños incendios, ¿entienden?

—¿Le gustaba el fuego? —dijo Rebeca, tensa.

—Nada, cosas de niños. Quemaba hojas en el jardín, papel higiénico en los baños, soldaditos en el comedor... Por más que le requisábamos las cerillas siempre se hacía con otra caja. —Separó las manos—. ¿Comprenden ahora? No podíamos permitirlo, suponía un riesgo para todos. ¿Se imaginan si hubiera prendido algo más grande? Podría haberse incendiado la casa entera y estábamos a rebosar de niños. No, se merecía un castigo, uno lo más severo posible, y el señor Torrens se encargó personalmente de meterlo en cintura.

La atmósfera de la sala se hizo más y más opresiva y a Milo le costó respirar.

—¿Y al otro?

—Lo mismo, se ponía como una furia cuando encerraban a su hermano en el cuarto del sótano. Se negaba a hacer los deberes, a recoger sus cosas. Estaban muy unidos. —Intentó coger el mando, pero Milo lo alcanzó primero. Lo miró enfadada—. Me estoy perdiendo el programa. No pienso seguir hablando si al menos su compañera no se aparta.

Rebeca se desplazó un par de pasos.

—Y entonces el señor Torrens se encargó de ellos, de los dos —dijo Milo.

Eva Messeguer se acomodó en el sofá. Aliviada, cruzó las manos en el regazo.

—Sí, dijo que él se ocuparía de esos dos revoltosos.

—Y se ocupó de ellos. Vaya que sí. A fondo.

—Era parte de su responsabilidad —dijo, la vista clavada en el televisor—. Esa mujer los tiene bien puestos. Lo está regando de saliva y el tipo ni se atreve a levantarle la voz. ¿No podrían subir un poco el volumen?

—Luego —zanjó Milo—. Veo que sí recuerda a los dos hermanos.

—Claro, cómo los iba a olvidar. Sus nombres no, pero sí sus caras. Eran muy..., no sé cómo decirlo. Desde luego, no pasaban desapercibidos. Tenían carisma, eran especiales. Guapos, pero en un sentido diferente. No sé si me explico. Con la medicación me cuesta pensar. Eran... eran... singulares. No, más que eso. ¿Andróginos? Sí, ni carne ni pescado. Sobre todo ella. Era la que sobresalía, la que más llamaba la atención. —Señaló la pantalla—. ¿Ven a esa mujer? No se parecía en nada, pero durante el tiempo que estuvo con nosotros experimentó un cambio parecido. Pasó de ser una mosquita muerta a convertirse en una cría dura. La mirabas a los ojos y notabas una intensidad extraña, fuerza, no sé, como si tuviera mucho poder. ¿Entienden lo que digo?

—¿Una cría? —dijo Milo, rígido—. Señora Messeguer, ¿de quién nos está hablando?

—De ella, de la hermana pequeña. ¿No les había dicho que era una chica?

—El día que llegaron al centro me fijé en un detalle muy curioso —contó la mujer—. Franquearon la cancela del jardín y caminaron hacia la casa, él delante, tirando de ella. No sé si saben que el chico abandonó La Ferradura antes que la joven. —Asintieron—. Pues bien, cuando la fue a recoger tras obtener la tutela de la chica, salieron ella delante, con él caminando detrás, como un perrito. ¿A que es curioso?

Cruzaron una mirada de conmoción. Bajo el impacto de la noticia, pugnaron por asimilar algo que, a pesar de las palabras de Bonhora, habían juzgado muy poco probable hasta ese momento. El Verdugo era una mujer. Tratando de digerirla, atendieron a la charla insulsa de la antigua pedagoga del centro.

—Lo recuerdo con claridad, como si hubiera ocurrido ayer. Qué cosas tiene la mente, ¿verdad? Me olvido de tomar una dichosa pastilla, y en cambio soy capaz de acordarme de viejos episodios que nada tienen que ver conmigo. Los médicos deberían estudiar más el cerebro. Muchos cohetes a Marte y no saben nada de lo que hay en la sesera. Y lo primero es lo primero; vamos, digo yo.

Volvió a llevarse la mascarilla a la boca.

—Y Félix Torrens se encerró con ellos en el sótano, ¿es así? —preguntó Milo.

La mujer movió la cabeza arriba y abajo una vez.

—¿Juntos o por separado?

Desplazó el artilugio unos centímetros.

—Primero por separado, con el chico. Luego, más adelante, también con ella.

—Y usted nunca supo lo que sucedía en ese sótano, claro —soltó Rebeca, el asco reflejado en la cara—. ¿Cómo es posible que no lo sospechara, que no adivinara las prácticas a las que eran sometidos por ese cerdo?

—¿De qué prácticas habla? Se encerraba con ellos para educarlos. —Los miró asombrada—. Les pasaba diapositivas de Gaudí, intentaba reconducirlos por el buen camino, hacerles entender las consecuencias de sus actos. Demostró tener mucha paciencia con esos dos salvajes. —Inspiró con esfuerzo—. ¿Saben?, creo que su padre era un chiflado. O algo así. Habían crecido bajo una mala influencia, no había más que verlos. Les faltaba el cálido apoyo de una madre, los pobrecillos.

—¿Y no observó nada raro en sus comportamientos tras esas sesiones en el sótano? —insistió Rebeca.

La mujer clavó la mirada en el televisor. El calvo se había levantado y hacía el amago de marcharse del plató. El resto de los tertulianos se afanaba en disuadirlo.

—Ese no se larga —dijo—. ¿Se juegan algo? Le gusta demasiado salir por la tele.

—¡Conteste a mi pregunta, maldita sea!

—¿Qué... qué me ha preguntado? —balbuceó, sorprendida por su ferocidad.

La subinspectora se la repitió, mascullando cada palabra con desprecio.

—¿Raro? —Reflexionó unos segundos—. Bueno, un día el chico trató de ahorcarse con una cuerda en las duchas. Pero tenía problemas, ya se lo he dicho. Llegó al centro mal de la cabeza, era un pirómano, por Dios. Conseguimos descolgarlo en el último momento. Luego ya no fue el mismo. Se encerró en el silencio, sin hablar con nadie que no fuera su hermana. La voz, ¿saben? Le daba vergüenza. Tras lo de las duchas le quedó una voz horrible, rasgada. Por suerte, poco después cumplió los dieciocho y abandonó la casa. No sé qué más hubiéramos podido hacer por él. Lo adecuado era que recibiera ayuda psiquiátrica, atención personalizada. —Se encogió de hombros por tercera vez—. Estaba lejos de nuestras posibilidades, nos sobrepasaba.

Milo sintió despertar una ira desquiciada que le resultó muy familiar. Se encaró con la mujer.

—¿Y la chica? ¿Qué pasó con la chica cuando su hermano dejó el centro?

Ella hizo el gesto de volver a colocarse la mascarilla, pero Milo la agarró del brazo.

—¿Qué... qué hace? ¡Cómo se atreve!

—Ella también intentó suicidarse, ¿no es así? Se quedó a solas con ese monstruo y su primer impulso fue acabar con su vida. ¡Responda!

—Se... se tiró de cabeza desde el piso de arriba. No pudimos impedirlo. Era tan... tan callada y frágil. Parecía un ratoncito asustado. Nos pilló de... de improviso. Ninguno nos lo esperábamos. Se destrozó la pierna.

Milo le arrancó la mascarilla. La sujetó por los brazos en el sofá. Se dobló hacia ella.

—Estaban bajo la tutela del Estado, bajo su responsabilidad, y usted los dejó a merced de un cabrón que les arruinó la vida. Los vejó una y otra vez, como simples pedazos de carne, hasta hartarse de ellos. Se obsesionó hasta el paroxismo. Y no me diga que no lo sabía porque hasta un ciego lo hubiera visto. ¿Cuánto le pagó Torrens para que cerrara la boca? ¿Cuánto?

—Yo... yo no sabía nada. No... no podía saberlo... Solo era... solo era...

—Su alcahueta. Y calló. Como una puta.

Rebeca corrió a apartarlo.

—Inspector, déjala ya. No vale la pena. Te estás ensuciando las manos.

Milo se mantuvo firme, sin separarse un milímetro.

—Dígame sus nombres. ¡Ahora!

—No... no los recuerdo, de verdad —dijo, lívida—. Necesito... oxígeno, por favor.

—¡Dígamelos!

La mujer empezó a soltar agónicos estertores.

—¡Sus nombres!

—Néstor, Nerón..., no recuerdo, era poco habitual. Y ella, Magdalena..., Alicia, algo así, no sé... —sollozó—. La memoria me falla..., estoy enferma...

—¡El apellido!

Su rostro comenzó a adquirir un tono amoratado.

—Me... me ahogo... —gimió.

Rebeca recogió la mascarilla y se la enchufó en la cara. Milo la soltó. La señora Messeguer respiró hondo, blancos los ojos, agarrada a la mano de Rebeca.

Mientras recuperaba el color, Milo dijo:

—Es probable que se haya librado de una muerte horrible al no vivir en Barcelona, pero pienso poner todo esto en conocimiento del fiscal. No se va a ir de rositas.

La mujer oscureció la mirada. Forcejeó con Rebeca para liberar la boca.

—Me quedan tres meses de vida, no me hable de muertes horribles. La que me espera no va a ser ninguna fiesta.

Milo se revolvió contra ella. Le temblaba la voz.

—Usted se ha provocado el cáncer como castigo. Por haber bloqueado su luz interior. Podría curarse si se perdonara. Pero no puede, y lo sabe. Buen viaje al infierno.

Dio media vuelta y se dirigió como una bala hasta la puerta. La abrió de un tirón, salió al aire libre. Por el ímpetu, la portezuela giró sobre sus goznes y rebotó en la jamba. Fue hacia el coche con los puños apretados.

Rebeca llegó segundos más tarde.

—Eso que le has dicho es una canallada, además de una memez como un templo.

—Lo sé, por eso lo he hecho. ¿Has visto sus ojos? Se lo ha creído. —Le lanzó las llaves—. Tu turno. Regresemos a nuestra bonita ciudad.

—El Verdugo es una mujer —repitió Rebeca por enésima vez, sin acabar de creerlo.

Habían tardado más de lo esperado en salir de Cambrils. La localidad estaba repleta de turistas y veraneantes y, para su desesperación, toparon con un tráfico colapsado. Ahora circulaban a toda velocidad por la autopista, las ventanillas abiertas de par en par.

—Sí, la cerebral, la metódica. Ella es el amo, y su hermano, el fiel esclavo.

Mercader aceleró para dejar atrás una fila de camiones.

—Tras la muerte del padre, los dos se centraron exclusivamente el uno en el otro, formando un vínculo emocional indestructible.

—Llegan a la casa de acogida y el chico se enzarza en toda clase de peleas para proteger a su hermana, que en aquellos momentos era la desvalida. Y entonces comienza la pesadilla con Torrens. Tiene ante él dos hermanos que le atraen como un imán, vulnerables, muy parecidos, casi gemelos, y vuelca en ellos su fetichismo, su necesidad de dominación. Fue demasiado para ese gusano, una tentación irresistible, lo prohibido.

—Y los sometió a sus juegos, dañando todo su mapa del amor. —Lo miró de soslayo—. Así fue como cimentó su unión. A partir de ese momento, fueron lo único que tuvieron. El uno al otro. En todos los aspectos. Y cerraron la puerta al resto del mundo. Solo confiaban en ellos. Y dejaron crecer la agresividad, el rencor, el odio.

Milo se apoyó en el reposacabezas. Cerró los ojos.

—Primero empieza con el chico, es el más fuerte. Utiliza el encierro, el castigo sin comida, tal vez drogas. Hasta que logra doblegarlo. Entonces suma a la chica. Su perversión no tiene límites y puede obligarlos a cualquier cosa en su presencia, incluso entre ellos, para luego usarlos a su antojo, por turnos. Era el jodido señor, el que mandaba. Rompió sus resistencias hasta transformarlos en robots al servicio de su libido, de su ansia de poder. Los convirtió en obedientes, en seres inanimados para el resto de sus vidas.

—El muchacho no lo puede soportar e intenta suicidarse. Pero no lo consigue. Acto seguido se viene abajo. —Apretó el volante hasta que sus nudillos se tornaron blancos—. Y poco después, abandona la casa de acogida. Ella se queda sola con el monstruo.

—Ya no es una chica rebelde, ahora es mansa, dúctil —prosiguió Milo, la voz monótona—. Accede a todos sus deseos. Ha pasado por las cinco fases de la muerte, de lo que ella consideró como su muerte. Negación, ira, negociación, depresión y aceptación; en este caso, sumisión. Antes de esta última, empujada a la locura por fantasmas perturbadores, imita al hermano y se lanza al vacío. Pero tampoco logra poner fin a su vida. Y de vuelta al sótano, a la situación del horror, inicia un cambio. Da principio a una nueva fase. Por supervivencia. De ser dominada, pasa a convertirse en dominadora. Poco a poco, de forma sutil. Con inteligencia, con una voluntad de hierro. Y cambia las tornas. «Lo que tú haces, te hace.»

—Descubre el mundo del poder y el control. Y se vuelve feroz, inflexible. Ya no hay vuelta atrás. Ahora es el Verdugo. Y le gusta. Todos los rasgos de su antigua personalidad desaparecen en la hoguera donde arde su pasado. Tenía que disociarse para sobrevivir, y se disoció. —Se giró hacia Milo—. La psique de una persona puede ser aniquilada en apenas setenta y dos horas. Ella estuvo meses con ese monstruo, meses.

Milo apretó los labios.

—Y todo, bajo la mirada vacía de los soldados embozados de Gaudí, unos rostros pavorosos. —Entornó los ojos—. Que no hicieron nada por defenderla. Al contrario, que fueron sus carceleros. Tal vez su odio a la obra del genio, su fijación, se deba a esto.

—Y como Gaudí, sufrió una transformación, aunque de signo distinto. En vez de pasar de lo frívolo al misticismo, lo hizo de la vida normal al horror y la demencia.

Circularon unos minutos en silencio, la luz del atardecer tiñendo el cielo de púrpura.

—Regresa a la ciudad y ¿qué hace? Devuelve la vida a su hermano, le da un sentido. Dirige sus pasos para liberar sus necesidades de destrucción, su furor contra el mundo. La felicidad de los demás los agrede, los irrita. Escondidos, le permite un desahogo una vez al año, cada 10 de junio, ignoramos el porqué. Y mientras, ella planifica su venganza.

—Que desata hace dos semanas. No sabemos la razón.

—Cuando la justicia no funciona, llega la hora de tomarla por tu mano —salmodió Milo, sin energía—. Sufrieron lo indecible y nadie movió un dedo por ellos. Solo eran unos críos, maldita sea. Viven con su padre, y de repente el cielo se desploma sobre sus cabezas. Son expropiados, el padre muere, son enviados a La Ferradura, al infierno. En cuestión de días, unas semanas, todo cambia para ellos. ¿Y por qué? —Se quedó mudo unos instantes—. Por las malditas olimpiadas. Esa secuencia se inició cerca de la C-31, en una de las principales entradas de la ciudad, la que utiliza la gente que viene del aeropuerto. Fuera lo que fuese lo que tenían allí, lo perdieron por los Juegos. —Se calló—. ¿Sabes lo que pienso?

Rebeca aguardó a que prosiguiera. Pero él volvió a sumirse en el mutismo.

Le echó una rápida ojeada. Los hombros hundidos, la espalda encorvada, la mirada perdida. Lo vio negar con un lento vaivén de cabeza, como si lo que cruzaba por su cerebro fuera una idea surrealista. Algo impensable.

—Imagen, apuesto a que todo fue por la imagen —dijo, abatido—. Por esa zona había casas muy humildes, desguaces, viejas fábricas. Barcelona se preparaba para recibir a millones de visitantes y no podía permitir que lo primero que vieran fuera algo tan desastrado. —Se llevó las manos a la cara—. Y construyeron oficinas, centros comerciales, hoteles ajardinados. Expropiaron a toda esa gente para lograr una imagen más bonita. ¿No te parece gracioso? Las vidas de los dos hermanos fueron destrozadas porque su inmueble afeaba la postal. Por la puta imagen.

La noche cayó sobre la autopista. En silencio, la subinspectora activó las luces.

—Fue ella —dijo Milo, como en sueños. El tráfico había empezado a hacerse más denso y Rebeca, sin aminorar, sorteaba vehículos cambiando una y otra vez de carril—. A quien vio el indigente fue a ella. «Ese marica.» Agraciado, cabello rubio muy corto. Creyó que era un hombre, pero era una mujer. Con el pelo rapado.

Mercader asintió con un suspiro.

—Ella es la que filmaba, la de las tendencias artísticas que decías. Y también, la que dibujó la G con espray. La autora de las firmas. Un momento. ¿Cuáles fueron los significados que nos contó Gombrowicz sobre esa letra?

—Hubo varios.

—Pero uno de ellos se refería a *generación*. Hombre y mujer, dos en uno, y uno en dos generadores tras los efectos de la destrucción. —Señaló a Milo y el coche se desvió contra el guardarraíl. Pegó un volantazo—. Tenemos a un hombre y a una mujer. Tenemos la destrucción. La G es de *Generación*.

—¿Y qué más da? —dijo Milo. Se sentía extrañamente apagado desde su estallido con la pedagoga—. ¿De qué sirven nuestras deducciones? Susana continúa en su poder. Y el tiempo corre. Seguimos a oscuras.

—Ahora no es momento de derrotismos, inspector.

A lo lejos vislumbraron un gran número de luces rojas apiñadas. El peaje. Se aproximaron a media velocidad. Rebeca maniobró con súbitos acelerones, cruzó en diagonal los tres carriles, y llegó al arcén, donde dio gas sin cesar de apretar el claxon. En las cabinas, repitió la operación de la ida y reemprendieron la marcha zigzagueando entre vehículos.

—Ni una palabra sobre mi forma de conducir.

Milo dejó vagar la mirada por la ventanilla.

Las nubes de calor eran vibrantes. El aire estático, tórrido. El bochorno, en oleadas.

—Hemos reconstruido gran parte de su historia —dijo Rebeca—. Digas lo que digas, nos tiene que servir de algo. —Milo guardó silencio—. Inspector, la celda. Cuatro días sin agua. El fuego. Susana necesita que actives de una puta vez tus neuronas. ¡No le puedes fallar ahora, jodido lunático!

Una sombra oscureció el rostro de Milo. Se enderezó en el asiento.

—Hago todo lo que puedo.

—¡Pues no lo parece! —azuzó—. ¡Dime!, ¿qué hacemos ahora?

Milo rebulló entre la rabia y la confusión.

—Despertar —dijo—. Despertar, loca del demonio.

Cogió el móvil.

—Señora Conte, ¿cómo va esa búsqueda? ¿Ha...?

—¡Inspector Malart, déjeme en paz! —saltó la secretaria—. ¡Estoy de polvo hasta la coronilla, hundida en legajos de hace un millón de años, con media docena de personas sudorosas, y aquí no hay quien respire! ¡No tengo tiempo para sus preguntitas! ¿Me ha oído? ¡Cuando encuentre algo ya lo llamaré!

La mujer colgó. Milo se quedó mirando el aparato.

—¿Por qué de pronto todo el mundo se cree con derecho a gritarme?

—¡Porque nos sacas de nuestras casillas! ¡Por eso! Ya era hora de que entre todas te pusiéramos en tu lugar.

Milo llamó al sargento Crespo.

—Espero que tú no te pongas también a gritarme —dijo—. ¿Hay noticias de Aucat?

—Todavía no. Pero he logrado que el responsable de la sección regrese a la oficina para continuar trabajando en la búsqueda y...

—¿Que regrese a la oficina? —cortó, exasperado.

—Es muy largo de explicar, inspector. Tiene familia y hoy sábado era el cumpleaños de su hija. En fin, lo importante es que ha vuelto y seguimos en contacto.

—Y tú, ¿en qué andas mientras tanto?

—En aquella idea que te dije. Lo de las forjas.

—¡Qué forjas, maldita sea!

Al otro lado de la línea oyó un suspiro de impaciencia.

—Te hago un resumen. Esta mañana he ido a la verja de Pedralbes, por lo de Navarro. Quería verla con mis propios ojos. Y me ha recordado mucho, salvando las distancias, a la de la celda donde estuvo Torrens. Le he sacado unas fotos y luego la he comparado con la de la filmación. A mi juicio es una réplica, pero burda, mal hecha. Entonces he pensado en lo que dijimos cuando vimos el vídeo y me he preguntado por qué no podía ser obra de uno de los asesinos. Podría ser un forjador, y haberla hecho en su época de aprendiz. ¿Me sigues? Pon que uno de ellos trabaje en una forja, ya sea como operario o dueño. No hay tantas en la ciudad, es un oficio artesanal y se está extinguiendo; de hecho, solo hay cinco en toda el área metropolitana. Pues bien, desde el mediodía estoy recopilando los nombres de todos ellos. Y sí, antes de que me lo digas, a lo mejor estoy perdiendo el tiempo. Pero es un tiro al aire que puede funcionar por si nos falla la lista de Aucat o la otra, la de los niños de La Ferradura. Es una tercera posibilidad para cruzarlas, ¿entiendes?

—Me dejas de piedra.

—No te burles, inspector. Las forjas trabajan con fuego, una forma muy limpia de deshacerse de los cuerpos de los desaparecidos. Tú mismo lo dijiste y...

—Toni, es una idea brillante. ¿Te falta mucho para terminar?

—Dos forjas, una de la calle Badajoz y otra en Poble Sec.

—Buena suerte. Ahora escucha, el Asesino del Listado y el Verdugo son hermanos; mejor dicho, el Verdugo es su hermana pequeña.

El sargento se quedó mudo. Milo le puso al corriente.

—Cada vez que despejamos una incógnita, surge otra —comentó Crespo, perplejo.

—Hasta que atemos todos los cabos. ¿Has averiguado el origen de aquella frase?

—Forma parte del escudo de armas que diseñó Gaudí para el conde Güell cuando obtuvo el título nobiliario. Lo dividió en dos partes utilizando el templete del Palau Güell. A la derecha, encima de una paloma sobre una rueda dentada, símbolo de su espíritu industrial, está la leyenda «Ayer pastor»; y a la izquierda, sobre un búho posado en media luna, expresión de prudencia y sabiduría, «Hoy señor». ¿Te explico el resto del escudo?

—No hace falta, Toni. Cuando haya noticias, llámame.

Se volvió hacia Mercader y le explicó el contenido de la llamada. No había terminado cuando el móvil volvió a sonar. Irene. No contestó.

—Continúa la obsesión con Gaudí —dijo Rebeca—. Otra vez una obra suya, ahora un escudo de armas.

—Y de nuevo, el Palau Güell —señaló Milo. El móvil siguió sonando.

—¿Crees que tiene intención de utilizarlo como escenario con Susana?

Milo se encogió de hombros.

—La Sagrada Familia está blindada, cubierta por multitud de hombres armados. Es imposible.

Rebeca pegó el morro del Volkswagen al guardabarros de un deportivo que le cerraba el paso. Mientras le lanzaba destellos con las largas, repuso:

—Y ya ha utilizado la verja de Pedralbes. —Señaló el móvil—. ¿No contestas?

—Es mi ex. Ya sé lo que me va a decir. Que su padre se ha apropiado del negocio. —El teléfono dejó de sonar—. ¿Qué hora tienes?

—Cerca de las diez. —Inspiró hondo—. Nos quedan unas siete horas hasta las cinco de la madrugada, cuando más o menos el Verdugo suele colgar a sus víctimas.

—Siete horas. Ocho como máximo.

—¿Volvemos a montar guardia junto al Palau Güell?

Milo señaló el parabrisas con gesto decidido.

—Acelera.

28

Llevaban aparcados en la calle Nou de la Rambla dos horas, vigilando los movimientos que se producían cerca del Palau Güell. Hasta el momento, lo único que había atraído su atención fue un par de miniautocares que descargaron varios grupos de turistas en el hotel de enfrente tras visitar la Barcelona nocturna. A juzgar por las voces y los cánticos, la sangría había corrido a espuertas. Desde el vado donde estaban, ni siquiera observaron las habituales escenas entre prostitutas y clientes.

—Con el Papa en la ciudad, las habrán obligado a cerrar las persianas —dijo Rebeca. Milo asintió sin apartar los ojos del edificio—. ¿Se te ocurre algo?

Hizo un gesto negativo.

—¿Qué harás el lunes? —dijo, por entablar conversación—. ¿Irás a la Central?

Él forzó una mueca.

—Oye, yo también estoy preocupada por Susana, pero encerrarse en el silencio no es ninguna solución. Hablar puede ser positivo.

No obtuvo ningún comentario.

—Está bien, no quiero ser plasta.

Una furgoneta blanca, con el logotipo de una marca de alquiler de coches, llegó hasta el final de la calle y se detuvo ante el semáforo. Tensos, la observaron con fijeza. Cuando cambió a verde, torció las Ramblas abajo.

—Falsa alarma —dijo Rebeca.

Extrajo su HK para comprobar que estuviera en orden.

—Hay algo que no me gusta —murmuró Milo.

—¿A qué te refieres?

Empleó varios minutos en responder. Al cabo, dijo:

—Estamos aquí por una G trazada en un plano. —Se volvió hacia ella—. Y sí, está la flecha que lo señala y todo lo demás; pero básicamente, este es el motivo. No sé, me resulta insuficiente. Hay otras muchas posibilidades. De entrada, podemos dibujar la misma letra pasando por otros puntos, y todos son edificios de Gaudí.

—¿Como por ejemplo?

—La Casa Calvet, el colegio de las Teresianas, la Casa Batlló... También se encuentran a lo largo del trazo. —Se rascó la nuca—. Y luego está lo de la Sagrada Familia. No me creo que esos dos no aprovechen la obra más emblemática de Gaudí para su venganza. Y más, en un momento como este, cuando el Pontífice la va a consagrar para el culto. Es una gran ocasión, única. El problema es que no se me ocurre qué pueden haber preparado.

—Ya hemos descartado lo de Susana.

—Por eso lo digo —indicó. Un fugaz rastro de dolor asomó a sus ojos—. Ella forma parte de su plan, pero tienen otro, seguro. Y este último tiene como escenario la Sagrada Familia, no puede ser de otra manera.

—¿Qué sugieres?

—Son demasiados frentes, necesitamos ayuda. Voy a llamar a la caballería.

—¿Seguro? La sensación de *déjà vu* es muy intensa.

—¿Tienes una idea mejor? —dijo Milo, el dedo sobre un contacto del móvil. Ella negó con un gesto. Pulsó la llamada—. Inspector jefe Singla, tenemos que hablar.

—Maldita sea, Malart. ¿De verdad te crees todo eso?

—Jefe, no es momento de discutir, sino de actuar. Hay mucho en juego.

Singla ahogó un bufido de exasperación.

—Tú ganas —dijo—. Movilizaré a todo el Grupo por esos edificios de Gaudí.

—Que pasen desapercibidos, nada de cortar calles ni sirenas. No queremos alertarlos y que huyan mientras tengan a la jueza en su poder. Y otra cosa, jefe, tenemos que cogerlos con vida. No debe haber errores ni nadie de gatillo fácil, ¿entendido?

—Se hará como dices —gruñó—. ¿Alguna cosa más?

Milo hizo una pausa antes de contestar.

—Tenemos que cubrir también la Sagrada Familia. El interior del templo.

—Definitivamente te falta un tornillo, Malart —dijo Singla—. ¿Sabes cuántos hombres forman el dispositivo de seguridad alrededor de la basílica? Estamos nosotros, la Guardia Civil, la Policía Nacional, la Guardia Urbana, por no contar los agentes de la Casa Real que protegerán a los Reyes, y los de la seguridad vaticana que harán otro tanto con el Pontífice. Y claro, los desactivadores de explosivos, los grupos especiales caninos, las unidades del subsuelo, los grupos especiales de asalto, tanto los GEO como nuestros GEI, los tiradores de élite que vigilarán desde las azoteas y las torres del templo, y los helicópteros que ya están sobrevolando el espacio aéreo cerrado de la ciudad. ¡No podría pasar ni un alfiler!

—Tienen un objetivo, quizás uno de los invitados —repuso Milo. Un calambre en el estómago le nubló la visión unos instantes. Singla estaba en lo cierto, era imposible que alguien en su sano juicio pretendiera actuar en la Sagrada Familia con un despliegue tan nutrido. No tenía sentido. Pero los dos hermanos no estaban en su sano juicio—. Preparan algo, no me preguntes cómo lo sé, pero lo sé.

—De la seguridad del interior del templo se encarga la Policía Nacional, hablaré con ellos —cedió Singla, a regañadientes—. Lo más probable es que me pongan una camisa de fuerza cuando les vaya con el cuento.

—¿Cómo accederán los invitados?

—Por rigurosa invitación nominativa más DNI y acreditación personal. Se calculan unos 7.500 entre autoridades, feligreses representantes de parroquias, sacerdotes, cantores, empleados de las obras y servicios del templo, quienes podrán acudir con un acompañante, y los colectivos de religiosas, enfermos y minusválidos que serán situados en la zona cero. Todos sus datos personales han sido revisados por las Fuerzas de Seguridad del Estado en busca de antecedentes, así que no vayas por ahí, Malart. Ese camino ya ha sido cerrado.

—¿Y a qué hora empieza el show?

—La ceremonia, Malart, habla con respeto. La Sagrada Familia se abrirá a las siete de la mañana, y todos deberán estar sentados en sus respectivos sitios a las nueve.

—Una última pregunta, jefe; ¿cuándo saldrá el Papa del arzobispado?

—Está previsto que se suba al papamóvil a las nueve en punto para iniciar el recorrido de tres kilómetros y medio hasta el templo, donde nada más llegar se encontrará con los Reyes a las nueve y media. Luego accederá al interior por la Puerta de la Gloria, en la calle Mallorca, para iniciar la ceremonia a las diez. No estarás insinuando que...

—Solo pregunto, para estar preparado. Imagino que el tráfico de los distritos cercanos ya está cerrado.

—Cerrado y vigilado desde el sábado a las dos de la tarde hasta el lunes a las ocho de la mañana. Nadie que no tenga autorización puede circular por las vías adyacentes a la basílica. Más de cuatro mil *mossos* de uniforme estarán repartidos a ambos lados de las calles, uno cada ocho metros, sin incluir a los de paisano, lo que hace un total de más de veinte mil agentes de todos los cuerpos policiales controlando el acto, ¿satisfecho?

—Agénciate un buen traje, jefe. Y un pase para acceder al interior.

—¿Cómo?

—Necesitamos a alguien del Grupo dentro. ¿Quién mejor que tú?

—Bromeas.

—Nunca he hablado más en serio. Y oye, la noche va a ser larga. Deja las líneas abiertas. —Tomó aire y agregó—: Inspector jefe, confía en mí una vez más. Se me han encendido todas las luces rojas de alarma. Rojo sangre.

Al otro lado escuchó un silencio repentino, seguido de un suspiro.

—Idearé una forma de cubrirnos las espaldas. A todos.

Colgaron. Milo apoyó la cabeza sobre el salpicadero.

—¿De verdad piensas que puede suceder algo? —preguntó Rebeca.

—¿Qué hora tienes? —replicó, sin moverse.

—Las dos y cuarto de la madrugada.

—Pronto lo sabremos —dijo.

—Héctor, inyéctale una dosis pequeña, lo justo para que no me cause problemas. Pero que tampoco se pierda el espectáculo. Quiero que sufra.

Su hermano llenó la jeringuilla y abrió la celda. Susana Cabot entreabrió los párpados.

—¿Ya es... la hora? —jadeó, deshidratada. Enfocó la mirada y vio el rostro agraciado, con el pelo rubio muy corto, el iris de un azul brillante—. Bonitos... ojos.

Héctor le sujetó el brazo y le clavó la aguja en la vena.

A su espalda, la jueza vislumbró la figura de una mujer. Semejaba una réplica en femenino del tipo que estaba ante ella. Tenía el mismo color de ojos. La única diferencia era que su azul cielo irradiaba fuego negro.

—¿Vamos de... viaje? —logró preguntar.

—Tu último viaje —señaló la mujer, sin inflexión.

—Nadie vive... eternamente —gimió. Esbozó una sonrisa desvaída.

Héctor dejó caer su brazo, que golpeó el suelo como un peso muerto.

—Hecho —dijo, la voz rasposa.

—Ha sido... un placer... conoceros... —balbució Susana, la cabeza dando vueltas—. Es una... lástima que... acabéis en... la trena. Tan guapos... tan delgados...

La mujer hizo un gesto imperativo a su hermano. Héctor se cargó la jueza al hombro.

—No tememos las leyes, ya estamos condenados —dijo, fría como el hielo—. Conozco el precio de la venganza, pero vale la pena pagarlo.

Boca abajo, desmazalada sobre aquella recia espalda, la jueza tuvo tiempo de escuchar unas últimas palabras.

—¿Puedo quedarme un trozo de su cuerpo? —preguntó Héctor al salir de la celda.

—Estas son mías —dijo la mujer—. No se tocan. Las quiero enteras.

Héctor se detuvo ante ella. Bajó la cabeza.

—Pero... mi obra —suplicó.

—Tú ya tienes las tuyas.

El hombre avanzó hacia la puerta y, sin esfuerzo, subió por el angosto pasadizo de escaleras que desembocaba en una cocina. Una vez allí, salió al aire libre. Bajo la noche estrellada, se dirigió hasta la furgoneta blanca aparcada a pocos metros con los portones traseros abiertos. Depositó el cuerpo ya inconsciente en su interior.

Su hermana aguardó quieta, los brazos cruzados, supervisando la operación.

Héctor cerró los portones sin hacer ruido.

—Ahora, sube a vestirte —ordenó ella.

—¿Tan pronto? ¿No podríamos estar juntos un poco más? La noche es preciosa.

—He dicho que subas a vestirte. Y no olvides nada.

—Lo tengo todo preparado, aún tenemos tiempo...

—Esto es una despedida —cortó—. Tengo que irme.

Héctor asintió, cabizbajo.

—No entiendo el cambio de planes —dijo—. Me gustaría estar contigo cuando todo suceda. Para protegerte.

La mujer se alejó un par de pasos.

—Tú no puedes protegerme, me dejaste sola.

—Lo sé, no tengo perdón. —Alzó la cabeza hacia las estrellas—. Añoro cuando éramos pequeños. Nuestros juegos, cuando te defendía de tus miedos y...

—Yo no.

La mujer inició el camino hacia la parte delantera de la furgoneta. Héctor corrió a abrirle la puerta.

—Nos vemos en el infierno, majestad —dijo, con una leve inclinación.

—No, allí ya hemos estado —replicó ella. Se sentó al volante—. En el cielo, hermano, nos vemos en el cielo.

Arrancó. Hizo marcha atrás. Ya iba a salir de la propiedad cuando frenó.

—Héctor. —Su hermano acudió solícito—. Que no quede nada en pie. Quiero que todo quede reducido a cenizas. Asegúrate antes de marcharte. —Dolido por sus dudas, él no se atrevió a sostener su mirada—. Y recuerda, eres de hierro. Nadie puede detenerte. Nadie.

A las tres y media de la madrugada distinguieron el coche de Rojo y Cervera aparcando en la esquina al principio de la calle, junto a las Ramblas. Los dos flancos estaban cubiertos. Luego, se produjeron en cascada las llamadas de los otros inspectores anunciando cada cual su posición. Una hora después, seguía sin suceder ningún movimiento sospechoso.

Con los nervios a flor de piel, Milo llamó a Crespo.

—Dime que tienes algo.

—Lo siento, inspector, pero aún no hay resultados. Ya tengo la relación de los dueños y operarios de todas las forjas de la ciudad, pero hasta que no aparezca otra lista para cruzarla es en balde. El de Aucat sigue con su búsqueda, al igual que la secretaria de la jueza; un consejo, mejor que no la llames, está que se sube por las paredes.

Colgó.

—Se nos acaba el tiempo, ¿alguna idea?

Rebeca movió lentamente la cabeza de lado a lado.

Continuaron aguardando, sin despegar los ojos del reloj. Las cinco menos cuarto.

—Esto es desesperante, subinspectora. Necesitamos un golpe de lucidez. Di algo.

—Estoy en blanco —lamentó.

Las cinco y media. Nada.

—Es ahora, o este no es el sitio —dijo Milo.

Rebeca permaneció quieta, observando el edificio.

Los relojes marcaron las seis en punto de la mañana. Ninguna furgoneta blanca apareció por la calle. Nadie se acercó al Palau Güell.

—Nos hemos vuelto a equivocar.

—O han cambiado de planes —apuntó Rebeca.

Minutos después, el cielo empezó a clarear.

Los inspectores llamaron para pedir instrucciones.

—Contesta tú, diles que abandonamos la vigilancia —masculló Milo.

Bajó del coche. Anduvo unos metros y pateó una

lata vacía de refresco que salió despedida, rebotando escandalosa contra la acera. Se apoyó en una pared.

Rebeca pasó la orden a los inspectores y luego se apeó.

—Ahora no puedes venirte abajo.

Milo se mantuvo en silencio, abstraído. Miraba las baldosas del pavimento.

—Sí, han cambiado de planes. Han intuido que lo sabíamos. No sé cómo, pero lo han hecho.

—¿Y entonces?

—Entonces Susana está perdida si no se nos ocurre algo nuevo. ¿Qué coño planean hacer con ella? ¿Dónde la tienen encerrada? —Apretó los dientes—. ¡Joder, Milo, piensa! ¿Qué se nos pasa por alto? —Se encaró con Rebeca—. Tú eres el Verdugo, ponte en su piel. ¿Qué sientes? ¡Dime lo primero que intuyas! ¡Lo primero!

—E... estoy furiosa. Necesito hacer ruido, daño. Mucho ruido y mucho daño.

—¿Qué más?

—Quiero que la jueza sufra al máximo, por lo que me hizo.

—¿Y qué más?

—Que la ciudad padezca mi ira, sin compasión por nada ni por nadie...

—¿Por qué?

—Porque no hay perdón para Barcelona —dijo, el pulso acelerado.

Milo se acercó a un palmo de su cara.

—¿Qué te hice yo, la ciudad? ¡Responde!

—Me desposeyó, destruyó mi familia. Me envió al infierno. Solo éramos unos niños, unos niños... —De golpe, la oscuridad tiñó sus ojos—. ¡Tienes que pagar por ello!

—¡Explícate! ¡Eso no basta! —Blandió un puño en su dirección—. ¿Por qué?

—Es la única alternativa que me queda —dijo ella. Parpadeó—. Me lo quitaste todo. Solo puedo revolverme contra ti, atacarte en lo que consideras más sagrado. Es de justicia: si tú me enloqueces hasta transformarme en una bestia, yo te enloqueceré hasta volverte mi igual. ¡Es la justicia de los aplastados!

—¡Te lo impediré! —voceó Milo—. ¡Pondré todos los medios para evitarlo!

Rebeca bajó la voz. Como en trance, repuso:

—La violencia contra mí no sirve de nada.

—¿Por qué? ¿Por qué?

—Porque ahora soy el Verdugo —dijo—. He soportado más de lo que un ser humano es capaz de soportar. ¿Cuántas veces crees que se puede joder a unos niños?

—¿De qué hablas?

—¡De la gota que ha colmado el vaso! —rugió, los ojos entornados—. ¿Por qué a nosotros otra vez, eh? ¡Dime, maldito cabrón! ¿Por qué has vuelto a jodernos de nuevo?

—No..., yo no...

—Tú eres el monstruo. Yo no hago más que defenderme. Primero fue por los Juegos, y ahora... ¿Por qué la pesadilla vuelve a empezar? ¿Qué te hemos hecho nosotros?

—Dímelo tú —murmuró Milo, conmocionado.

—Nos has convertido en víctimas de nuevo.

Rebeca se desinfló de súbito, y Milo tuvo que cogerla para que no cayera al suelo.

—Ha habido una segunda vez —dijo, con ella en brazos—. ¡Este es el detonante! Has aguardado veinte años... hasta que la situación se ha repetido. Lo impensable ha vuelto a suceder. Y entonces le has dado la orden a tu hermano de comenzar la venganza.

—Hemos vuelto a ser desposeídos... ¿Una segunda expropiación?

—¡Vamos! —ordenó, saliendo a la carrera hacia el coche—. ¡Tú conduces!

—¿Adónde?

Caminó tras él a duras penas. Tomó asiento y arrancó. Derrapó hacia las Ramblas.

—Al ático —señaló hacia el mar—, quiero ver unos papeles. ¿Puedes responder una pregunta más?

Ella asintió con decisión.

—Eres de nuevo el Verdugo. Piensa, ¿cuál es tu presa más valiosa? Y no es la jueza. ¿Cuál es el desafío imposible?

Rebeca rodeó el monumento a Colón con gran chirriar de neumáticos y enfiló el paseo apretando a fondo el acelerador. Concentrada, repasó lo sucedido. La presa más valiosa. Su rostro mostró la fuerza de una revelación.

Encorvada sobre el volante, dijo:

—Todavía le recuerdo pegar saltitos de euforia cuando la ciudad fue designada sede de los Juegos de 1992... LOS JUGOS DE BARCELONA. El principio de nuestro final.

—¿Te estás refiriendo a...?

—Al alcalde de la ciudad en aquella época. Él fue el impulsor de todo.

Milo extrajo el móvil. Marcaba las 6.37 horas.

—¡Singla! —gritó al aparato—. ¿Tienes una lista

de las autoridades que van a asistir a la ceremonia de la Sagrada Familia?

—La puedo obtener en un par de minutos, ¿por qué?

—¡Búscala, te espero! —dijo a pleno pulmón mientras se agarraba al techo para no estrellarse contra la puerta—. ¡Subinspectora, tienes permiso para saltarte los semáforos, pero no para volcar el coche!

Haciendo caso omiso, Rebeca volvió a trazar con velocidad la curva para coger el paseo Borbón. Luego, tomó otra de forma aún más vertiginosa. Torció por la calle de la Atlàntida y frenó en seco delante del inmueble.

Se bajaron del coche, dejaron las puertas abiertas. Milo abrió el portal, sin apartar el móvil de la oreja, y dio al interruptor de forma mecánica. De improviso, la luz iluminó el hueco de la escalera, desde la planta baja hasta el ático. Sin salir de su asombro, bajó el teléfono. Entonces oyó los gritos del inspector jefe.

—¡Dime! —voceó a su vez.

—¡Ya la tengo! —repitió—. ¿Y ahora qué?

Le dio un nombre para que lo buscara en la lista.

—¿El exalcalde? ¡Joder, Malart! ¿Por dónde me sales ahora?

—¿Está o no está entre las autoridades invitadas?

—Un momento. —Lo oyó maldecir. Entretanto, llegó con Rebeca al rellano del ático. Sin aliento, le entregó las llaves para que abriera—. Sí, aquí está. Acudirá en compañía de su esposa.

—¡Pégate a él como una lapa! —dijo. Tenía sentido. Era una locura, pero tenía sentido. *¿Y Susana?* Una oleada de náuseas lo inundó—. ¡Ve a la Sagrada Familia y no te separes de él!

—Pero…

—¡Singla, es el objetivo del asesino! ¡No hay tiempo para explicaciones!

—No tiene pies ni cabeza. El exalcalde es un tipo bonachón, padece una…

Milo lo interrumpió sin contemplaciones.

—El asesino está loco, programado para matar, y el Verdugo le ha dado una orden que va a cumplir a rajatabla. Escucha, es un kamikaze, le da igual morir en el intento. Y ha escogido el ábside de la basílica como escenario. ¿Se te ocurre un sitio mejor? Ante los ojos del mundo, en presencia del Papa. ¿Lo entiendes?

—¡Voy para allá!

—¡Singla! Lo quiero vivo, ¿me oyes? Nos tiene que decir dónde tienen a Susana Cabot, no lo…

—¡No te prometo nada!

El inspector jefe cortó la comunicación. Milo se quedó ofuscado un instante.

—No tienen plan de escape —murmuró—, saben que no van a ser detenidos. Son dos bombas de relojería y cada uno actúa por su lado. Y ambos ya están disparados. —Levantó la cabeza—. No hay salida, subinspectora.

—En el ajedrez, la última pieza que queda en pie es el rey, el amo —recordó—. Todas las demás están a su servicio. Y ha enviado a su hermano como último movimiento; su pieza más valiosa, pero también sacrificable. El ejecutor implacable.

—Penúltimo movimiento —corrigió—. El último le corresponde al Verdugo. Es ella quien tiene a Susana. Y no necesitan plan de huida. Son dos suicidas.

—Siempre hay una salida. —Señaló el ático—. ¿Qué demonios hacemos aquí?

Milo regresó al presente. Indicó las carpetas diseminadas por el suelo.

—Bachs y Sena —dijo—. Hablaron de tres PERI en marcha en la ciudad. Y al no terminar el listado, no presté atención a esos papeles. Tienen que estar por aquí. ¡Rápido, tenemos que encontrarlos!

Los dos se pusieron a gatas sobre el montón de dosieres multicolores.

—¿Son estos? —dijo Rebeca. Agitó unos papeles.

Milo se los arrancó de un manotazo. Empezó a pasar hoja tras hoja.

—Aquí está. Un PERI en Les Corts, otro en la Sagrera y uno más en... los Tres Turons. ¡La montaña del Carmel! Joder, el paseo Turull. Viven en el paseo donde estuvimos. Toda la zona va a ser expropiada.

Miró la hora antes de llamar a Crespo. Las 6.58. Le pidió con urgencia el censo de los vecinos del paseo Turull. Colgó. Entonces vio que Rebeca se dirigía al baño.

—¿Adónde vas?

—Oye, que llevamos toda la noche encerrados en un coche y una es humana —dijo, entrando en el lavabo—. ¿No te parece un barrio algo caro para que vivan dos asesinos?

—Puede ser la casa familiar, donde antaño vivían con sus padres —aventuró.

—¿Y qué les expropiaron en la C-31? ¿El negocio?

Milo fue hasta la terraza. Sin salir, recordó una imagen de pesadilla. Dos niños delante de una hoguera. Cogidos de la mano. Inocentes. Vulnerables. Dos víctimas asustadas.

Oyó la descarga de la cisterna. Ella apareció subiéndose la cremallera de los vaqueros.

—Mi turno —dijo Milo. Ocupó el baño—. Oye, coge dos camisetas limpias del armario. Las que llevamos apestan.

Rebeca entró en el dormitorio y repasó las prendas. No había ninguna con estampados.

—Deberías ponerte una americana o un traje. La Sagrada Familia, ya sabes, para no llamar la atención.

—Solo me verás con traje el día de mi entierro.

Tiró de la cadena. Acto seguido, abrió el grifo para lavarse las manos. Se agachó para refrescarse la cara. Una chispa le encendió la memoria. El paseo Turull. Una mujer de aspecto muy especial. La carnalidad. Esforzada en no acentuar su belleza. Tan frágil como Marc. Con bastón. Cerró el grifo.

—Ten, una blanca. Yo, la azul oscuro —dijo Rebeca.

—La mujer que fue atacada por los perros.

Algo en su tono la obligó a girarse.

—¿Qué pasa con ella?

—La chica de La Ferradura saltó al vacío y se destrozó una pierna. Nos dijo que era correctora de libros. ¿La tendencia artística? Su meticulosidad, su puntillismo, su afán perfeccionista por la exactitud...

—No puede ser —rebatió Rebeca—. Tu indigente contó que tenía el pelo muy corto.

—Tal vez llevaba peluca, como Eva Messeguer. No se le movió ni un cabello durante el ataque del rottweiler. Era demasiado rígido.

Ella se detuvo con la camiseta por el cuello.

—Explicaría el cambio de planes —dijo—. Me oyó llamarte «inspector» y supuso que nos estábamos acercando. Por eso los cambió, sospechó que andábamos tras su pista. ¿Dónde dijo que vivía?

—Al principio de la calle. ¡Pasamos junto al lugar donde tenía encerrada a Susana!

—Es pronto para llegar a esa conclusión.

—¿Pronto? Confío en que no sea demasiado tarde.

Acabaron de vestirse bajando de dos en dos las escaleras. Subieron al coche y Rebeca arrancó rumbo al paseo Turull. Sobre las baldosas dejó marcadas las rodaduras negras de los neumáticos. El reloj marcaba las 7.07.

Notó los cachetes en las mejillas y pugnó por desprenderse de la pesadez que aplastaba sus párpados. La última bofetada logró que abriera los ojos.

—Te quiero despierta —dijo la mujer de pelo corto—, bien consciente.

Amodorrada, extremadamente débil, Susana vio su rostro a un palmo. Era una máscara inexpresiva, sin vida. Los ojos vacíos, muertos. Se acercó a escasos centímetros de su cara. Abrió la boca y soltó un grito pavoroso, agudo, interminable.

—Nadie va a oírte aquí —dijo, a continuación.

Ensordecida, Susana intentó preguntarle por qué le hacía aquello, pero sus labios agrietados no se despegaron.

—Vas a morir en este sitio, señoría. ¿Estás cómoda?

Una leve palpitación se acentuó en su pecho. Aterrada, la miró con ojos desorbitados.

—Tu Milo no te va a rescatar —dijo—. No ha logrado leerme la mente.

La imagen de Milo acudió a su cerebro. Se agarró a

ella como un náufrago a una tabla. Milo. Por Dios, Milo. Aferrada a su nombre, exhibió un rictus que quería ser una sonrisa.

La mujer, sorprendida, se enderezó.

—¿Aún tienes esperanzas? —preguntó—. Eres una ingenua. No sirven de nada.

Acto seguido, movió algo muy pesado y la negrura se cernió sobre Susana Cabot. Una oscuridad completa, abrumadora, hermética. En silencio, se negó a dejarse convencer. No iba a rendirse. Milo aparecería. Seguro.

Luchando contra el terror, se dispuso a esperar.

Rebeca tomó por la cortada Via Laietana. Era parte del mismo trayecto que iba a realizar la comitiva papal. Mostró su placa a los agentes y estos apartaron las vallas para dejarlos pasar. Las banderolas blancas y amarillas que jalonaban la calle se agitaron a su paso. Debido a lo temprano de la hora, la gente aún no había ocupado las aceras. Según cálculos de la Guardia Urbana, unas trescientas mil personas iban a presenciar el recorrido del papamóvil. Se le hizo extraño circular a toda velocidad por una calle vacía, bajo la asombrada mirada de cientos de agentes que se encontraban repartidos a cada pocos metros.

A su lado, Milo llamó por enésima vez a Crespo.

—Joder, comunica.

—¡Inténtalo de nuevo!

Pulsó el botón de llamada. El reloj marcaba las 7.18.

—Lo siento, inspector —dijo Toni, atribulado—. Trataba de hablar con Manel Santaló, el propietario de la forja de la calle Badajoz para confirmar...

—¿Tienes el censo del paseo Turull? —bramó Milo—. ¡Los asesinos viven en una casa al principio del paseo!

—Lo sé, he cruzado el censo con la relación que elaboré de dueños y operarios de forjas y ha surgido un nombre: Héctor Guitart. Trabaja como forjador y vive con su hermana Helena. —La voz del sargento reflejaba un inusual nerviosismo—. He pedido un informe NIP de cada uno y ya tengo sus datos personales, dirección, teléfonos, todo. —Le dio las señas—. Héctor tiene a su nombre una furgoneta blanca, una vieja Nissan del 91. Sin antecedentes, ninguno de los dos. Están limpios.

—Los tenemos —dijo Milo.

—Intento localizar al dueño de la forja para obtener más información sobre Héctor, nos puede ser útil. Te llamo cuando la consiga.

—Nosotros vamos al paseo Turull. Estamos en contacto.

Iba a colgar cuando oyó que Crespo gritaba algo.

—¡Dime!

—Según la mitología griega, Héctor es el Guerrero, protegido por los dioses. Ten mucho cuidado con él.

—¿Y Helena?

—La Belleza, hija de Némesis, la Venganza.

Colgó. Con el corazón en un puño, se volvió lentamente hacia Rebeca.

—Héctor y Helena Guitart —murmuró.

—¡Ya son nuestros!

—No cantes victoria. Tengo un mal presentimiento.

Llegaron a la plaza Urquinaona y Rebeca viró para subir por el paseo de Gràcia. El Volkswagen rugía cuando pasaron por delante de La Pedrera. Al unísono, ambos observaron el edificio donde había comenzado el caso.

El sonido del móvil interrumpió el hilo de sus pensamientos. Lo abrió en el acto.

—Soy Alba Conte, acabo de encontrar el sumario —dijo la secretaria, exhausta—. Los niños se llamaban Guitart, Héctor y Helena Guitart. Se quedaron huérfanos de madre a los ocho y seis años, y luego, en 1989, murió su padre, Artur Guitart, a causa de un derrame cerebral. Fue entonces cuando el Estado se hizo cargo de su tutela y la jueza Cabot los envió a La Ferradura, la casa de acogida que...

Una pregunta estalló en la cabeza de Milo.

—¿Conoce la fecha exacta de la muerte del padre?

—Sí, cómo no. —La oyó mover unos papeles—. El 10 de junio de 1989.

—Gracias, señora Conte. Su información es crucial.

—Inspector, encuentre a la jueza —dijo—. Aquí estamos muchas personas pendientes de usted. Espero su llamada de buenas noticias.

Tragó saliva mientras interrumpía la comunicación.

—El 10 de junio —repitió—. Ya sabemos cuál era el aniversario que el Asesino del Listado celebraba cada año cobrándose una víctima.

Rebeca aceleró hasta desembocar en la plaza Lesseps. En el cielo se recortaba una densa columna de humo negro. Milo la señaló.

—Me lo temía —dijo.

Recorrieron la última parte del trayecto sin pronunciar palabra. El paseo Turull estaba cortado por varios camiones de bomberos que les impedían el paso. Se apearon a toda prisa y mostraron sus placas. Corrieron hasta el lugar del incendio.

La reconocieron enseguida. Era la vieja casona gris, de líneas clásicas y aspecto abandonado, que vieron el otro día. En línea recta, ascendiendo por la montaña, estaba la casa de Georgina Perricot. Entraron en la propiedad. Lo único que permanecía indemne era el alto eucalipto. Pequeñas llamaradas surgían de las ventanas.

—Y aquí está la hoguera —susurró.

—¿Qué dices?

—Ya solo faltan los niños. Unos niños que ya no son vulnerables ni están asustados.

Un bombero salió a su encuentro. Tenía la cara tiznada de negro y en su espalda colgaba una bombona de oxígeno boca abajo.

—No pueden estar aquí, el incendio todavía no ha sido apagado por completo.

Volvieron a mostrar sus placas.

—¿Han hallado algún cuerpo? —preguntó Milo.

—No, por suerte la casa estaba vacía cuando estallaron las llamas.

—¿Provocado?

—Sin duda. Gasolina y temporizadores. Estaba repleta de bidones volcados, del sótano a las buhardillas. —Señaló la casona—. Ninguna estancia se ha librado del fuego. Es un milagro que no se haya venido abajo. Si no llega a ser por el aviso de los vecinos, ahora estaríamos ante un montón de ruinas y el incendio podría haberse extendido por toda la montaña debido a la vegetación.

—Ha hablado de un sótano —dijo Rebeca—. ¿Ha visto lo que había allí?

El hombre se sacó el casco, lo colocó bajo el brazo y se pasó un pañuelo por la frente.

—De lo más extraño. Una celda en una esquina. Abierta y vacía. Nunca había visto nada igual. La reja es escalofriante, una especie de dragón con la boca abierta.

El móvil de Milo empezó a sonar. Marcaba las 7.52.

—¿Saben la hora en que se inició el incendio? —preguntó Milo. Lo abrió—. Un momento, Toni.

—Sí, sobre las seis, poco antes de amanecer.

—Su hora acostumbrada —dijo Rebeca.

Milo se dio la vuelta.

—Dime, Toni. ¿Algo nuevo?

—Tengo a Manel Santaló en la otra línea, te lo paso.

—¿Manel Santaló? ¿Quién es?

—El propietario de la forja de la calle Badajoz. Es un anciano de ochenta y tantos, pero todavía está al pie del cañón. Te lo paso y que te lo cuente él mismo.

Aguardó unos instantes sin comprender nada. Los acontecimientos se estaban precipitando y seguía sin saber el paradero de Susana.

—¿Oiga? —dijo una voz débil, propia de alguien muy mayor—. ¿Con quién hablo?

—Inspector Malart al aparato. ¿Podría decirme algo sobre Héctor Guitart?

—Como le he dicho a su compañero, es uno de mis mejores operarios, un artesano de los pies a la cabeza. Lo que es natural, siendo nieto de uno de los mejores forjadores que ha tenido la ciudad.

—No le entiendo.

—Joan Guitart, el abuelo de Héctor, trabajó con el mismísimo Gaudí, ¿entiende lo que le digo? Fue el forjador de los principales diseños del genio, la mayor parte de sus obras contienen trabajos suyos. Era un verdadero maestro. Pero la saga se interrumpió con el padre, Artur, un hombre que heredó el oficio pero no el talento. ¿Usted cree que, teniendo como progenitor al gran artesano del hierro..., va y se dedica a la chatarrería y los desguaces? Y lo digo con todo el respeto, no me malinterprete. Pero es que me sigue resultando un auténtico despropósito. Si le digo la verdad, no debía de andar muy bien de la cabeza. Fue un disgusto para el insigne Joan que por poco no lo manda a la tumba. Aunque a mí me fue de perlas, ya que al quedarse sin sucesor para la forja, la pude adquirir yo y ponerla a mi nombre.

Milo parpadeó confundido. ¿A qué conducía aquello?

—Por eso, cuando Héctor se presentó en el taller de fundición, lo acogí con los brazos abiertos —prosiguió el anciano—. Es un chico muy reservado, de pocas palabras, pero es como su abuelo, un maestro del *coup de fouet*, una de las artes más difíciles. Tiene su mismo talento, lo que nos ha valido para ser los forjadores de la Sagrada Familia. Las vueltas que da la vida, señor Malart. Si su abuelo levantara la cabeza, estaría muy orgulloso de todos nosotros. Hemos retomado su relevo en la obra magna de la historia de la arquitectura. Y por este motivo, hoy es un día de profunda alegría para nuestra forja. Todos estamos muy emocionados.

—¿A qué se refiere? —preguntó Milo, con una punzada de angustia.

—La ceremonia de la Sagrada Familia, estamos invitados por ser los autores de los trabajos en hierro del templo. Todo un honor, y un premio a nuestra trayectoria, como puede usted com...

—¿Estamos? —cortó—. ¿A quiénes se refiere?

—A Héctor y a un servidor, claro. Yo todavía estoy

en la cola de acceso, pero acabo de verlo entrar. Va muy elegante con su traje nuevo, tendría usted que...

Milo colgó. Las 7.58. Marcó un nombre en el móvil. Procuró mantener la calma.

—Singla —dijo—. El asesino está dentro.

29

El interior del templo lucía espléndido sin los andamios. Era, en verdad, como un gigantesco bosque de piedra. Fastuoso, único, sublime. De unas dimensiones descomunales. La singular nave central, con sus diáfanos lucernarios en cada una de sus cincuenta y dos altísimas columnas, brillaba con insólito fulgor. Geometría y naturaleza en una proeza arquitectónica sin parangón. Arcos y curvas, piedra en movimiento, juego luminoso de una audacia técnica nunca vista, círculos formados por los brazos que brotaban de los pilares hasta conformar unas bóvedas laberínticas. La estructura arborescente bajo un cielo estrellado era tan espectacular que se sintió sobrecogido. Porque él, Héctor Guitart, era parte de toda aquella magnificencia. Había colaborado con sus propias manos, unas manos que poseían una misteriosa virtud magnética. Por unos instantes, abrumado, se quedó sin aliento.

Hasta que bajó la vista y vio a su objetivo.

Se encontraba a veinte metros, dentro de la zona reservada a las autoridades, pero unas filas más atrás, cerca de la cruceta. Su esposa lo agarraba del brazo mientras ambos saludaban a un grupo de minusválidos. No cesaba de sonreír. El hombre que había encabezado la candidatura de Barcelona como sede olímpica de los Juegos de 1992, que había firmado la recalificación de los terrenos donde se levantaba Hierros Guitart, S.L., que había desencadenado toda la tragedia que había arruinado su vida, no cesaba de sonreír. Él borraría aquella sonrisa de su cara para siempre. Nadie podría detenerlo. Nadie. Su fuego interno se avivó hasta límites insospechados. Pura lava.

Necesitaba calmarlo.

Y sabía cómo hacerlo. Pero debía esperar al momento que su hermana le había ordenado. La comunión. En el pasillo central. Frente al altar. Delante de Su Santidad. Entonces se situaría en la fila, detrás de su víctima, y podría sosegar sus ansias de destrucción. El cuerpo ardería como una tea, y sus gritos serían para él como rociar el fuego con aspersores de agua. Una sensación muy agradable. Ante su mayestática Helena, ante los ojos del mundo, cumpliría así con su venganza. Y la ceremonia de consagración del templo contaría con un sacrificio humano. Con dos. El círculo estaría cerrado. De forma inolvidable.

Un detalle le llamó la atención.

La gente iba y venía, acompañada por los voluntarios que ejercían de acomodadores. El tráfago era constante. Sin embargo, había un hombre que no se despegaba del exalcalde. Era recio, de complexión fuerte a pesar de su baja estatura. Vestía traje oscuro, camisa azul y corbata negra. En su rostro destacaba un bigote. Y sus ojos no paraban de mirar a uno y otro lado, con nerviosismo. Su lenguaje corporal le indicó que estaba en guardia. Era otro cazador experimentado, como él.

De pronto, lo vio hablar por el móvil, tensar las mandíbulas, barrer con la mirada en todas direcciones, y acto seguido llevarse la mano libre al costado, bajo la chaqueta, mientras enganchaba la espalda al exalcalde.

Se quedó quieto. Todos los sentidos alerta.

El hombre del bigote sustituyó el móvil por un *walkie-talkie*, soltó unas frases con decisión, y disparó el cuello con movimientos secos, frenéticos. Le recordó a un perro husmeando su presa.

Sus ojos se encontraron.

Héctor ató cabos con rapidez. Alguien le había advertido de su presencia, dado su descripción, y acababa de pedir refuerzos. De soslayo, comprobó que había acertado. Varios hombres trajeados, con peculiares cables colgando tras las orejas, se aproximaban hacia él con disimulo desde la fachada de la Pasión, el presbiterio y la fachada del Nacimiento. Lo habían descubierto. Cambio de planes. El Papa se perdería el espectáculo.

Era ahora o nunca.

Arrancó hacia su objetivo con celeridad, acortando la distancia en pocos pasos. El hombre del bigote extrajo un arma. Lo apuntó directamente entre los ojos. Vio su HK, el cañón oscuro, su mirada. La decisión. No llegaría hasta ellos. Lo comprendió en una décima de segundo. Sobre su hombro izquierdo, distinguió la cabeza del exalcalde. Ya no sonreía. Sus ojillos exudaban temor. Con eso se conformó. Se desvió hacia el lateral cruzando por uno de los bancos.

Esquivando niños cantores y monjas, llegó hasta el pasillo. La gente comenzó a apartarse. El cerco se estrechaba y aceleró el paso hacia la cripta. Debía darse prisa. Sin dejar de avanzar, extrajo un inocente botellín de plástico, lleno de líquido incoloro, y se lo vertió por la cabeza. Luego, sin detenerse, hizo otro tanto con el que tenía atado bajo una de las perneras del pantalón. Por último, notando el aliento de sus perseguidores, repitió la operación con un tercero. Empapado de alcohol, los ojos ardiendo, alcanzó la puerta de la cripta.

—¡Alto! —exclamó uno de los trajeados.

Héctor se llevó una mano al bolsillo y empuñó un Zippo plateado. Inmóvil, lo enarboló con un dedo sobre la tapa. El hombre bajó su arma.

—Si te acercas, me prendo fuego —dijo Héctor sin entonación, la voz rasposa.

Los demás trajeados se detuvieron de golpe. Permanecieron quietos, en semicírculo.

En aquel instante, Héctor oyó un grito desgarrador. Volvió la mirada muy despacio. Un rostro familiar terminaba de abrirse paso por la fachada del Nacimiento, forcejeando entre la gente y demás miembros de seguridad.

—¡No disparen! —repitió Milo, las manos en alto, la placa en una de ellas—. ¡Por lo que más quieran, no disparen! ¡Lo necesito vivo!

Aprovechó el momento de desconcierto y bajó las escaleras de la cripta.

Los trajeados fueron tras él, seguidos por Milo.

Héctor caminó lentamente hasta la tumba de Gaudí, una austera losa de mármol blanco. Allí estaban sus espartanas barandillas de hierro, las humildes lámparas que había forjado con sus manos. Una sencilla corona de flores blancas reposaba a sus pies. Dos velas ardían a cada lado. El lugar poseía la sobriedad que había caracterizado al genio durante sus últimos años de vida.

Se dio la vuelta y se enfrentó con la media docena de hombres.

Repasó sus rostros. Al llegar a Milo, desvió la vista y contempló el ábside.

Con solemnidad, embebido de su fortaleza indestructible, alzó el Zippo.

—Soy el orgullo de mi padre —dijo, la voz como papel de lija.

—¡No se mueva! —exclamó uno de los trajeados, levantando el arma.

Milo avanzó hacia Héctor. Le enseñó sus manos vacías.

—¿Dónde tenéis a Susana Cabot? Dímelo, por Dios.

—El árbol se muestra indiferente a la tempestad y a la calma, al calor y al frío —dijo el hombre de pelo rubio y ojos de un azul acerado. Abrió el mechero. Dio a la ruedecilla. La llama aleteó furiosa—. Y yo soy fuerte como un árbol.

Lo acercó a sus ropas. El fuego lo prendió enseguida.

—¡No! —gritó Milo, abalanzándose hacia él. Tres hombres lo sujetaron. Debatiéndose contra ellos, volvió a gritar fuera de sí—: ¡Dímelo! ¡Dime dónde!

—Nadie puede detenerme —dijo Héctor, el rostro en llamas—. Nadie.

Dejó caer el mechero. Separó las manos. Alzó la cabeza hacia el ábside.

—Soy un árbol de hierro —añadió, envuelto en fuego.

A continuación, se inclinó poco a poco hacia la losa de mármol blanco y se recostó con delicadeza, a lo largo. Apoyó sus manos flamígeras sobre la inscripción del nombre de Gaudí. Lo acarició con dulzura.

—Padre —gimió en un quejido ronco, abrazado a la piedra.

El fuego lo consumió con avidez antes de que llegaran nuevos hombres ahora armados con extintores. El olor a carne quemada se extendió por la cripta.

Milo dio media vuelta y subió las escaleras con paso vacilante.

—¡Usted, no se vaya! —ordenó uno de los trajeados—. ¡Tenemos que hablar!

No le hizo caso y llegó hasta la nave central. Cabizbajo, notó cómo alguien lo detenía.

—¿Quién cojones se cree que es, saltándose así el dispositivo de seguridad?

Se desasió con un golpe de hombro. A lo lejos, Singla vio la escena y se aproximó a toda prisa. Se interpuso entre Milo y los miembros de otros grupos policiales.

—Soy el inspector jefe Singla del GEHME —dijo, con autoridad—. Yo me encargo de este hombre. Hablen con sus mandos, están al corriente.

—¿Está a salvo el exalcalde? —preguntó Milo.

Singla asintió con un gesto.

—Lo que tú decías, iba a por él —agregó, enjugándose la frente con la mano.

—No todos tienen la misma suerte —repuso.

—Esa fiera quería quemarlo vivo delante de todo el mundo.

—¿Esa fiera? —Se revolvió con rabia—. ¿Cuántas veces hay que joder a esos niños?

—¿Estás loco? ¡No era un niño, era un psicópata! ¡Un asesino adulto!

Uno de los trajeados llegó hasta ellos.

—¿Jefe Singla? Hay unas personas que quieren felicitarlo por su intervención, ¿me acompaña? Tenemos el tiempo justo antes de que llegue el Sumo Pontífice.

Cruzaron una mirada.

—¿Estás bien? —quiso saber Singla.

—Esto no ha acabado —dijo Milo.

Abandonó el templo cuando su móvil empezó a sonar. Marcaba las 8.46 horas.

—Dime, Toni —contestó. Caminó hacia el coche, donde le esperaba Rebeca.

—El de Aucat acaba de llamarme. Pinto se encargó de la expropiación de unos terrenos en la C-31, al inicio de la antigua autovía de Castelldefels, ocupados por un negocio de hierros y desguace a nombre de Artur Guitart.

—Te lo dije —masculló, en dirección a Rebeca—. La puta imagen.

Subió al Volkswagen.

—Según el expediente, ocurrió el 10 de junio de 1989.

—¿La misma fecha en que murió el padre?

—Por lo visto, se resistió a abandonar la propiedad. Se negó a negociar con la empresa y los últimos meses vivió encerrado allí dentro con sus hijos. Formó con los coches una especie de parapeto fortificado, dispuesto a llegar hasta las últimas consecuencias. Inspector, tuvieron que utilizar excavadoras y fuerzas policiales para sacarlo de allí. Y con el forcejeo final, cayó fulminado por un derrame. —Hizo una pausa—. Todo delante de sus hijos.

—Vivieron la tragedia en primera fila —murmuró—. ¿Algo más?

—Es todo, de momento. ¿Sabes algo del paradero de la jueza?

—Luego, Toni, hablamos luego.

Colgó al tiempo que señalaba hacia delante.

—Salgamos de aquí. Todo esto es solo un panteón, el más grande de la ciudad.

—¿Adónde vamos?

—Ni idea, pero quiero perder de vista este mausoleo.

Rebeca puso el vehículo en marcha y circuló despacio por la calle Provença hasta cruzar el cordón policial. Dejaron atrás la Sagrada Familia, imponente con sus ocho torres.

—Piensa en Helena, dónde puede estar —dijo Milo—. ¿Qué sabemos de ella?

Circularon en silencio un par de travesías desiertas.

—Es despiadada, metódica, fría como el hielo.

—Y está poniendo en práctica lo de la tierra quemada. No deja nada en pie a sus espaldas. Ha destruido su casa, su hermano, ¿qué le queda? ¿Dónde puede esconderse?

Frenó en la esquina con Bruc. Se volvió hacia Milo.

—Es una fanática de la exactitud, hasta la médula. ¿Recuerdas la filmación de Torrens? Acababa en el mismo sitio que empezaba. La estructura era circular. —Calló unos instantes. Titubeó—. A lo mejor es una tontería, pero el primer escenario que usó fue La Pedrera. Allí comenzó el caso. Hace un rato hemos pasado por delante.

Milo la contempló con fijeza. Cinco segundos, diez. Se le iluminó el rostro.

—Y allí, en la azotea, están las chimeneas-soldado.

—Las mismas que tanto la perturbaron —concluyó Rebeca—. ¿Tú crees que...?

Se encogió de hombros.

—No perdemos nada visitándola. Está a un par de calles, a unos minutos.

Rebeca arrancó con suavidad.

—¿Y Susana? No creo que la lleve consigo.

Milo no respondió. Cerró los ojos y se dedicó a contar los segundos.

Aparcaron en el paso de peatones y se dirigieron a la entrada de donde partía una cola muy reducida de turistas, media docena a lo sumo.

El guarda de seguridad salió a su encuentro. Le mostraron las placas.

—¿Cómo es que hay tan pocos visitantes hoy? —preguntó Milo, extrañado.

—¿No se ha enterado? El Papa está en la ciudad. Esto no ocurre todos los días.

—¿Ha subido mucha gente a la azotea? —dijo Rebeca.

—Muy poca, unas diez personas.

—¿Ha visto a una mujer de treinta y tantos, guapa, el pelo rubio muy corto o media melena, de ojos azules, y que camina con un bastón?

El guarda sacudió la cabeza. Sonrió de oreja a oreja.

—¿A ese encanto? Ha sido la primera en subir. Cuando hemos abierto el portal ya estaba esperando. Si no fuera porque estoy de servicio yo mismo la...

Milo se irguió de repente, igual que si hubiera sufrido una descarga eléctrica.

—¿Tiene algún compañero en la azotea?

—Sí, por supuesto, dos.

—Que la despejen de inmediato. Deles la descripción de esa mujer y que no se acerquen a ella bajo ningún concepto, ¿me ha oído? Y todo de forma discreta. ¡Ahora!

Mientras el guarda obedecía sus instrucciones, Milo se giró hacia Rebeca.

—Encárgate de que no dejen subir a nadie, que cierren la entrada. Y llama a la Central pidiendo refuerzos para rodear el perímetro. Sin sirenas. —Dio media vuelta. Se detuvo—. Una cosa más, que la acera quede vacía de gente. No quiero a nadie bajo esa azotea, ¿entendido? Ni un alma. Y cuando lleguen los refuerzos, que no interfieran, que aguarden mis órdenes. Nada debe impedir que me diga dónde tiene a Susana. ¡En marcha!

—Inspector.

—¿Qué? —preguntó, deteniéndose otra vez.

—Ella es la última pieza que queda en pie. Es el rey, el Verdugo. Buena suerte.

Milo tomó aire y salió corriendo. Franqueó la entrada. Un guarda le indicó el ascensor. Subió el tramo de escaleras hasta el primer piso y se metió en el cubículo. La espera se le hizo interminable. Cuando por fin la cabina se paró, un pequeño grupo de gente se cruzó con él.

—¿Inspector? —dijo un guarda, *walkie-talkie* en mano—. Todo despejado. La mujer está en las chimeneas-soldado que dan al paseo de Gràcia. —Las señaló—. Es el único visitante que queda. Aguardaré aquí.

—No deje pasar a nadie —ordenó—. Con una excepción, la subinspectora Mercader. Mercader. ¿Lo recordará? La única.

Sin esperar respuesta, avanzó por la azotea desierta.

La vio al girar un recodo. Pese a no llevar peluca, la reconoció al instante.

Contemplaba el cielo, la ciudad. Con calma. Estaba apoyada contra un murete, las piernas cruzadas. El bastón reposaba junto a ella, inclinado. En sus manos sostenía un botellín de agua. De nuevo, al igual que en la explanada del bosque, lo invadió una sensación extraña. Había algo que los unía. Un vínculo. El nexo con aquella mujer era tan potente que lo dejó sin aliento. Pero no tenía tiempo de preguntarse cuál era.

Avanzó decidido.

La mujer volvió la cabeza al escuchar sus pasos.

—Milo, te esperaba —dijo, sin inflexión—. Sabía que vendrías.

El tiempo quedó suspendido.

Observó su pelo rapado, el rostro. La rara belleza, despojada de cualquier feminidad. Pura, sin adornos. Desvalida. La imagen de alguien que ansiaba someterse a tus deseos. La inocencia y la carnalidad juntas, de la mano.

Por unos instantes, no pudo pensar.

—Una amiga tuya me dijo que eras capaz de leer mi mente. ¿Lo has hecho?

Entornó los ojos y de súbito se operó en ella una transformación completa. La sumisión se tornó en dominación, y lo desvalido en invulnerable. Su cuerpo adquirió una nueva dimensión. Energía. Fuerza. Un poder salvaje, de una fiereza apabullante. Majestuosa.

—Todo ha terminado, Helena. Tu hermano ha muerto. Dime dónde está Susana.

—Héctor solo era un don nadie. Se creyó todas las patrañas que le contó nuestro padre. Otro sonado. Pero me servía con lealtad. ¿Ha cumplido su última misión?

Milo negó con un gesto.

—Retiro lo dicho. Era otro siervo inútil.

—¿Como quién más?

—Como todos. —Desvió la vista a los tejados de la ciudad—. ¿Sabes qué hizo cuando abandonó La Ferradura?

—Esperarte.

—No, llorar como una niña ante la tumba de nuestro padre. Se pasó dos días allí dentro. Héctor ni siquiera era un hombre. Cuando aquel monstruo lo obligó a que me...

—Puedo imaginármelo —interrumpió Milo—. ¿Dónde tienes a Susana?

Helena volvió la mirada lentamente, sin emoción.

—No —dijo, gélida—, no lo puedes imaginar. Tanta iniquidad es inimaginable. Pero ahora el pasado ya está enterrado. Fin de la historia. Solo queda un último acto.

Desenroscó con tranquilidad el tapón del botellín.

—«A medida que mi cuerpo se debilita, se fortalece mi espíritu» —dijo. Y añadió—: Es una cita de Gaudí. Tengo que aprovechar el momento.

—¿Por qué Gaudí?

—¿Por qué no? Él me envió sus demonios para torturarme —señaló los soldados con el botellín abierto—, yo le mandé los míos para hacer otro tanto con su obra. En paz.

Milo detectó los síntomas. La indiferencia y la apatía, la impasibilidad del ánimo. Aquella mujer tampoco podía experimentar afectos. Se le disparó el corazón.

—Antes me aterraban —agregó Helena, la expresión anodina—, ahora son mis ángeles protectores.

De improviso, se vertió el botellín por encima. Hasta la última gota.

Y a continuación, antes de que él pudiera reaccionar, extrajo un Zippo.

—¡Marc, hay otra salida! —soltó Milo, en un grito lunático—. ¡Tiene que haberla!

—¿Marc? —dijo, con la belleza extraviada—. No, no la hay. Esa es la verdad.

Abrió la tapa.

Milo dio un paso hacia ella.

—Helena, la jueza es inocente. Dime dónde está.

—Nadie es inocente. Todo es cuestión de equilibrio.

Dio a la ruedecilla.

Milo avanzó otro paso.

—De venganza.

—No. —Emitió una mirada dura. Negra—. De justicia.

Volvió a dar a la ruedecilla. No brotó ninguna chispa.

—¡Dónde tienes encerrada a Susana! —aulló, saltando sobre ella.

El tiempo se activó de repente. De hecho, se dividió en dos velocidades. En una, anormalmente rápida, Helena lo esquivó a la vez que se subía al murete. En la otra, singularmente lenta, Milo solo tuvo ocasión de darse contra la piedra ondulada.

Desde lo alto, Helena convirtió su voz en un sonido gutural, profundo.

—Para conseguir la purificación, es necesario el sacrificio.

La desesperación lo envolvió como una ola. Cayó de rodillas, a sus pies.

—Por favor, ¿dónde está la jueza? Te lo suplico, dime dónde la tienes encerrada.

—Buen chico. Ahora contesta una pregunta: ¿quién manda aquí?

Milo bajó la cabeza.

—Tú, Helena, tú. Tú eres la reina. Mi amo y señor.

—Me decepcionas, creía que tú sí eras un hombre —dijo—. ¿Ves el cielo? Ahora me pertenece por completo. El juego ha terminado.

Y saltó.

Milo permaneció inmóvil. El odio era lo único que no le habían quitado a aquella mujer. Cogió el bastón y se puso en pie trabajosamente. Entonces, acudió la ira y lo destrozó contra el murete. Hasta hacerlo trizas.

Negó despacio mientras acompasaba la respiración.

—¿Quién quiere el cielo? Solamente es una postal.

Dio media vuelta y se alejó del vacío.

Milo descendió por las escaleras. Una idea daba vueltas en su cabeza. De pronto, aceleró el ritmo y las bajó de tres en tres.

En la calle, corrió en dirección opuesta al cuerpo que yacía en la acera, hacia el coche. Rebeca fue tras él. Ambos cerraron de un portazo, sin pronunciar palabra.

Milo hizo rechinar las ruedas sobre el asfalto.

—¿Has averiguado dónde está encerrada Susana?

—Tengo una ligera idea.

—¿Te lo ha dicho?

—Por la boca muere el pez. Llama a Toni y que

averigüe en Pompas Fúnebres en qué cementerio hay un panteón familiar o mausoleo a nombre de Guitart.

Sorprendida, Rebeca hizo la llamada. Minutos después, dijo:

—Cementerio de Montjuïc, en la Agrupación Santa Eulalia, junto a la Via Sant Josep.

—Que una ambulancia vaya para allá con todo el equipo de reanimación. Cagando leches. ¡Y esta vez con las sirenas a tope!

Rebeca vio sus mandíbulas apretadas, su gesto transfigurado por la decisión.

Circularon sin respetar ni un solo semáforo en rojo. Dejaron atrás el paseo de la Zona Franca y se internaron por las distintas calles sin reducir la velocidad.

—¿Cómo lo has adivinado? —preguntó Rebeca.

El Volkswagen atravesó las verjas de entrada al cementerio como una exhalación.

—«El pasado ya está enterrado.»

Ella lo miró con estupor. Un instante y dijo:

—¿Y por qué un mausoleo?

—Cuando el hermano salió del centro, fue a la tumba de su padre y se pasó dos días allí dentro. *Allí dentro*. Me lo acaba de decir ella.

Derrapando en cada curva, ascendieron siguiendo las indicaciones.

—¡Aquí es! —exclamó Rebeca.

Frenó en seco, el coche derivando hasta golpear un árbol con la trasera.

El panteón era una sencilla y solitaria construcción que se adentraba bajo unas escaleras, empotrada en la pared. Sin adornos ni lujos, un nombre en mayúsculas aparecía grabado sobre el dintel de piedra: GUITART.

Encima, se erguía una cruz de hierro profusamente elaborada. Las puertas eran de recia madera.

Milo no se anduvo con remilgos y disparó la HK sobre la cerradura. Saltó hecha pedazos. A continuación, pateó las puertas hasta abrirlas por completo.

Lo que vieron los sobrecogió de espanto.

Era una estancia reducida, nichos a izquierda y derecha, unos sobre los otros, cada cual con el nombre del finado y las fechas de nacimiento y muerte. Enfrente, la obra del diablo. En un *trencadís* del horror, distinguieron las urnas de cristal, de formas y colores distintas, que contenían en su interior trozos de cuerpos humanos. Herméticas, estaban selladas por una red de finas barras de hierro artísticamente dispuestas. Gracias a la luz que se colaba del exterior, vislumbraron los torsos, los pies, una cabeza y gran mayoría de manos.

—Las veinte víctimas del Asesino del Listado —señaló Rebeca, la voz ahogada.

Milo no le prestó atención. Estaba arrodillado en el suelo, pugnando por desplazar una losa de mármol blanco. En su superficie estaba grabado un nombre: Helena Guitart; la fecha de nacimiento, 24 de junio de 1974, y la de muerte: 25 de julio de 2010.

Hoy.

—¡Mueve el culo y ayúdame! —gritó Milo.

Poco a poco, lograron deslizar la losa a un lado. Dentro, Susana Cabot mantenía los ojos cerrados, la boca abierta, torcida en un rictus mortuorio.

Milo se abalanzó sobre ella. Apoyó la mejilla contra su pecho.

—¡Respira, Susana, por favor! —La zarandeó—. ¡Abre los ojos! ¡Maldita seas, respira! —Le dio un cachete suave. Otro. Y otro más—. ¡Señoría, joder! ¡Ya basta de dietas!

La jueza parpadeó con debilidad, al borde de la inanición.

Una sirena atronó no muy lejos, seguida de un frenazo. Rebeca salió a indicarles el camino. Dos sanitarios entraron en la reducida estancia.

Mientras uno le colocaba una pequeña botella de oxígeno, el otro empezó las tareas de reanimación. Milo observó todos sus movimientos sin cesar de repetir su nombre a gritos.

Instantes después, Susana Cabot entreabrió los párpados. Su vulnerabilidad, el terror que vio en su mirada, le precipitó a cogerla de la mano.

—Susana, soy yo, Milo —dijo—. Estás a salvo.

Ella empleó unos minutos en distinguir las palabras, las imágenes. Cuando por fin lo logró, clavó los ojos en su rostro. Pronunció unas palabras ininteligibles.

Uno de los sanitarios apartó ligeramente la boquilla del oxígeno.

Las repitió de nuevo.

—... manía... de llegar... tarde —jadeó.

Sentado en las escaleras sobre el panteón, marcó un nombre en el móvil.

—¿Señora Conte? Su señoría va camino del hospital. Se recuperará. Sí, hemos llegado a tiempo. Lo mismo digo, bendita sea usted también.

Colgó para realizar otra llamada.

—Toni, misión cumplida. La jueza nos seguirá dando la lata muchos años. —Escuchó su grito de júbilo. Luego, ambos intercambiaron información. Milo le puso al corriente del final del caso y Crespo acerca de los últimos acontecimientos en la Central—. Bien, te llamo más tarde. Sí, mejor mañana. Nos conviene un descanso.

Rebeca se sentó a su lado. Apoyó la cabeza en su hombro.

—¿Qué cuenta el bueno de Toni?

—Bachs acaba de ser detenido por dos agentes de Asuntos Internos. Se lo han llevado esposado para interrogarlo.

Se enderezó para mirarle a la cara.

—¿Y Bastos?

Milo se encogió de hombros.

—Veremos. De momento se le espera mañana lunes en comisaría.

Rebeca recogió unas piedrecillas del suelo. Lanzó una contra ninguna parte.

—¿Has llamado a tu hermano o a Sara? —Lanzó otra piedra—. Creo que deberías contarles lo sucedido. Todo.

—Pueden esperar un poco.

Lanzó una tercera.

—¿Y qué vas a hacer ahora? —preguntó, como al desgaire.

—Primero, darme un baño.

—¿Y luego?

—Dormir una semana entera.

—¿Y después?

—Tengo un juicio pendiente. Sabe Dios.

Lanzó la última y se frotó las manos para sacudir el polvo.

—¿Me necesitas para algo?

Milo levantó los brazos y se estiró todo lo que pudo.

—¿Qué clase de pregunta es esa?

—No sé, ¿qué clase de pregunta te parece a ti que es?

—Una pregunta muy tonta, la verdad.

El rostro de Rebeca mostró su decepción.

Milo alzó los ojos. El cielo lucía despejado, sin una nube. El día iba a ser espléndido. Observó el panorama a lo lejos, la ciudad. Allí la gente normal charlaba de cualquier tema, sin sospechas, sin pensamientos oscuros. Se preguntó si no era hora de sumarse a la vida, reír, incluso tomarse una cerveza. Sin miedo. Dejar la mente libre, y vivir.

Se puso de pie. Le tendió una mano.

—Programa para el resto del día: espirar, inspirar, espirar. Vámonos, subinspectora, esto pronto estará lleno de agentes y miembros de la Científica.

Ella agarró su mano y se incorporó. Golpeó los tejanos para desprender la tierra.

—¿Adónde? —interrogó.

Milo se encogió de hombros otra vez. Llenó los pulmones de aire.

—Al mar de verdad —dijo—. ¿Te apetece conducir, chica dura?

La fundación Círculo Gaudí es ficticia. Todo lo demás referente al genial arquitecto modernista, incluyendo sus líneas sobre el mapa de Barcelona, es rigurosamente cierto.

Agradecimientos

Si en el comienzo fue el Verbo, el principio de este proyecto fue Anik Lapointe, el impulso. Luego, se sumó mi agente Úa Matthíasdóttir, quien con su aliento contribuyó a hacerlo avanzar. Por último, conté con la ayuda de Bárbara, mi esposa, primera lectora, crítica y apoyo vital. Asimismo, quiero agradecer la colaboración y el asesoramiento de Olga Marco, Alberto Prats, Manu Casas, Joan Carles Vera, Jaume Fornell y Mauricio Bach. A todos ellos y ellas, gracias.

booket